btb
Aus Freude am Lesen

Rafi Zabor · Der Bär kommt heim

Rafi Zabor

Der Bär kommt heim

Roman

Deutsch von Karsten Singelmann

btb

Die Originalausgabe erschien 1997
unter dem Titel »The Bear Comes Home«
bei W. W. Norton, Inc., New York

Teil eins erschien in etwas anderer Form ursprünglich
im *Musician* Magazin

Umwelthinweis:
Dieses Buch und sein Schutzumschlag wurden auf
chlorfrei gebleichtem Papier gedruckt.
Die Einschrumpffolie (zum Schutz vor Verschmutzung) ist aus
umweltschonender und recyclingfähiger PE-Folie.

btb Bücher erscheinen im Goldmann Verlag,
einem Unternehmen der Verlagsgruppe Bertelsmann GmbH

1. Auflage

Satz: IBV Satz- und Datentechnik GmbH, Berlin
Druck und Bindung: Graph. Großbetrieb Pößneck
Printed in Germany
ISBN 3-442-75032-6

To: the Musicians, all of them

In memoriam
Steve McCall
Julius Hemphill

»How can you make fun of Me, you whose hopes abide in Me?«

»My trace is Yours and my quality is Yours. … My inexistance implies Your existence, my avarice Your generosity, my muteness Your word, my whisperings Your discourse. … Everything in accord with Your gift is made into Your praise.«

– Ibn ‘Arabi

Teil eins

I didn't come here and I'm not leaving.

– Willie Nelson

1

Es war ein heißer Tag, und der Bär schuftete für sein Geld: Erst tanzte er zu Jones' Mundharmonikabegleitung, dann zu einer Discokassette, ein paar österreichischen Märschen und undefinierbarer Bauchtanzmusik. Dann schlürfte er eine Flasche Bier leer und trottete grunzend den Bürgersteig auf und ab, wobei er immer wieder seine eindrucksvollen Pranken in die Luft stieß. Er ließ sich von Jones zu Boden ringen, einen Fuß triumphierend auf den breiten Brustkorb setzen und duldete Jones' Siegesgeheul mit stoischer Gelassenheit. Er ließ sich an der Kette, die an seinem Nasenring befestigt war, im Kreis herumführen, damit die Zuschauer ihm ins Gesicht lachen und applaudieren konnten. Zweimal wälzte er sich im Rinnstein, ohne aufzublicken. Sie nahmen etwa vierzig Dollar ein.

Der Bär war eine gute Nummer. Er war ein tolpatschiger mittelbrauner Bär, der auf allen vieren klein genug aussah, um nicht bedrohlich zu erscheinen, aber riesig wirkte, sobald er sich erhob und die Arme ausstreckte, um die Oohs und Aahs in Empfang zu nehmen, das Stückchen Ehrfurcht, das ein Kunstwerk erst vollendet, selbst wenn die Kunst nur darin besteht, sich zweimal täglich im Rinnstein herumzuwälzen. Diese Verwandlung des Bären war ein magischer Augenblick – kurz, aber Wunder genug für einen Tag und vermutlich genau das, was die Leute an der Straßenecke, nachdem sie zu Ende gelacht und sich wieder beruhigt hatten, mit nach Hause nahmen. Ansonsten fiel der Bär nie aus der Rolle, machte Jones keinen Ärger bei der Arbeit und pinkelte nicht auf die Straße. Wenn Jones ihn gegen Abend nach Hause führte, folgte ihm der Bär mit rollendem Gang wie ein Schwergewichtsboxer, sein Kopf wiegte sich freundlich und mechanisch, die Miene leer, die Augen glasig. Natürlich zog er die Blicke der Passanten auf sich, aber angst machte er eigentlich niemandem. Vielleicht wunderten sie sich sogar eher über Jones, einen hageren, beinahe zu gut gekleideten Mann mit glattem braunen Haar und einst klaren, inzwischen aber etwas verlebten Gesichtszügen, der ganz offensichtlich an einen Tanzbären gekettet war. Der Bär wußte sich in Gesellschaft zu benehmen. Er beherrschte alle Anstandsregeln.

Nachdem sie zu Hause angekommen und die Treppen in dem schmalen dreistöckigen Haus ohne Fahrstuhl hochgestiegen waren – durch ein Treppenhaus mit nackten Glühbirnen, zersprungenen Fliesen, blätterndem roten Anstrich und Kakerlaken –, entriegelte Jones die Vorhängeschlösser an der Tür und trat ein. Der Bär folgte ihm, löste die Kette aus dem Nasenring und ließ sich in den alten grünen Sessel neben der Tür fallen. Feiner Staub wirbelte aus dem Polster auf.

»Wieder einen Tag geschafft«, sagte Jones.

»Wieder einen Dollar gerafft«, fügte der Bär hinzu.

»Bier gefällig?«

»Wenn's genehm ist.« Der Bär begann, mit den Krallen auf die verschlissene Sessellehne einzutrommeln.

Jones machte zwei gekühlte Anchor Steams auf und setzte sich dem Bären gegenüber auf die abgenutzte alte Truhe. »Wie fühlst du dich?« fragte er.

»Wenn ich diesen Scheiß noch einen Tag länger machen muß«, sagte der Bär, »raste ich aus.«

»Was hast du für eine Alternative? Glaubst du, die Leute nehmen dich so, wie du bist?« Jones wurde schneller ungehalten als sonst. Vielleicht lag's an der Hitze. »Die stecken dich in irgendeine Scheißfreakshow oder ins Museum. Die verzieren dir den Kopf mit so vielen Elektroden, daß du aussiehst wie Goldlöckchen.« Er nahm einen Schluck Bier. »Bleib bei deiner Nummer. Es ist eine gute Nummer, was Besseres haben wir jedenfalls nicht zu bieten.«

»Es ist würdelos«, erklärte der Bär.

»Und was ist mit mir? Mach ich vielleicht etwas anderes? Mach ich nicht genau den gleichen Scheiß wie du?«

»Morgen«, erwiderte der Bär, »trete ich dir auf den Bauch und gröle wie Tarzan, und du wälzt dich in der Gosse.«

Jones legte die Stirn mühevoll in tiefe Falten, eine Miene, die er nur einen Moment durchhielt.

Der Bär ließ aber nicht locker. »Du darfst dann die Kette in der Nase tragen, aber das Bier kriege ich natürlich trotzdem... Übrigens«, sagte er, jetzt ernsthafter, »ich möchte noch ein oder zwei Bier mehr in die Nummer einbauen. Und kälter könnten sie auch sein.«

Jones sagte nichts, allerdings mit ungewöhnlicher Klarheit.

»Was ist los«, sagte der Bär.

»Ich mach mir Sorgen«, sagte Jones.

»Wegen?« lockte der Bär.

»Wegen dir.«

»Wegen *meiner* Wenigkeit?« meinte der Bär mit servilem Grinsen und einer kleinen Verbeugung im Sitzen. »Hast du Angst, ich werde ein unartiger Teddy sein? Die Kundschaft sexuell oder anderweitig belästigen? In den Rinnstein kacken? In aller Öffentlichkeit plötzlich aus dem *Lear* zitieren? Warum bärig, warum unedel? Blaset ihr Winde, zersprengt eure Backen, brecht entzwei die Formen der Natur, aus denen der undankbare Mensch entsteht? Massa wirklich Sorgen haben wegen *mir*?«

»Manchmal«, sagte Jones, »kannst du einem echt auf den Sack gehen.«

»Während ich ansonsten schlicht dein täglich Brot bin.«

»Bär...«, beschwor ihn Jones.

»Ein lausiges Bier mehr, das ist alles, worum ich bitte«, sagte der Bär, »wo ich dich immerhin locker vier- oder fünfmal unter den Tisch trinken könnte.«

»Körpergewicht«, sagte Jones.

»Charakter«, sagte der Bär. »Ein zusätzliches Bier, Jones. Das ist ja wohl kaum zuviel verlangt. Mach ich hier vielleicht einen auf Primadonna? Ich bitte dich.«

»Alkohol am Arbeitsplatz«, sagte Jones kopfschüttelnd und nahm noch einen Schluck Bier.

»Kein Wunder – bei *der* Arbeit.«

»Genau«, sagte Jones und rülpste. »Und deswegen ist eine Extraflasche oder zwei von dem Zeug auch gefährlich. Ich will nicht erleben, daß du den Tag nicht mehr ohne Bier überstehst. Denk dran, daß du dieses Problem schon mal hattest.«

»Damals war ich ein drolliges kleines Junges. Bin halt ein paarmal auf die Schnauze gefallen.«

»Ungünstiger Präzedenzfall, Mann.«

»Ich bin«, sagte der Bär, »kein Mann.«

Sie schwiegen. Sie tranken ihr Bier und ließen sich in ihre gegenseitige Freundschaft zurücksacken, wie meistens nach dem rituellen Streit über die Arbeit. Manchmal fragten sie sich, ob sie wohl schon zu lange zusammen waren, aber wo in aller Welt sollte der Bär sonst hingehen, und was in dieser Welt würde Jones ohne ihn anstellen?

Der Bär wühlte durch seinen Brustpelz, während Jones sich den Schweiß von der bleichen Stirn wischte und eine Locke seines braunen Haars zurückstrich.

Draußen dämmerte es, und man konnte hören, wie es Abend wurde: die Rufe und Schreie einiger Kinder auf der Straße; Autos, die auf der Suche nach einem Parkplatz herumstreiften; die Nachrichten im Fernsehen, präsentiert von Tom Brokaw oder einem anderen Vertreter der Seriosität; eine Büchse, die durch den Rinnstein getreten wurde, während ein Spaziergänger mit einem Stock gegen sämtliche Straßenlaternen auf seinem Weg schlug. Der Geruch von Brathähnchen schwebte herein.

»Was gibt's zum Abendessen?« fragte der Bär.

»Könntest du dich noch einmal für Spaghetti erwärmen?«

»Für Spaghetti kann ich mich wohl erwärmen.«

»Morgen besorg ich dir eine Dose Lachs und ein paar Beeren.«

»Bah«, sagte der Bär, »Lachs taugt nur, wenn er frisch ist, und unser Geld reicht wahrscheinlich eh nicht für eine anständige Portion.«

»Wenn ich die überfällige Stromrechnung bezahle, nicht, nein.«

»Hast du vielleicht noch ein bißchen Gehacktes?«

»Hab ich.«

»Dann mach mir doch ein schönes Tatar als Happen vorweg.«

»Ich wollte es eigentlich für die Soße verwenden.«

»Du machst auch ohne Fleisch ganz wunderbare Soßen, und ich brauche mehr Protein als du. Verzauber mich mit einem Häppchen.«

Jones machte eine kunstvolle Handbewegung. »Abrakadabra – du bist jetzt ein Häppchen«, sagte er.

»Au Mann«, sagte der Bär.

»Selber schuld«, sagte Jones. »Wir sollten doch fair bleiben. Schließlich wolltest du verzaubert werden.«

»Na gut«, sagte der Bär und streckte lustlos seine Arme in Richtung Jones. »Simsalabim, jetzt bist du auch ein Häppchen.«

»Was für eins?« Jones hob den Kopf. »Kaviar?«

»Du bist Gehacktes, Jones«, sagte der Bär. »Bestenfalls eine Dose Lachs und ein paar sehr kleine Beeren.«

Jones und der Bär lachten über die alten Witze und machten noch zwei Flaschen Bier auf. Jones zündete sich eine Zigarette an, und sie saßen einander im hereinbrechenden Sommerabend gegenüber, der die erste kühle Brise durch das offene Fenster schickte.

»Ah«, erklärte Jones.

»Come with me«, sang der Bär, *»if you want to go to Kansas City.«* Es folgte eine Pause, um Platz für den Pianobreak zu lassen.

»I'm feeling so sad and blue, and my heart's full of sorrow«, sang Jones, der das Timing nicht so perfekt beherrschte und drei Schläge zu früh eingesetzt hatte.

»Don't know just what to do.«

»Where will I be tomorrow?«

»Got to go there.«

»Really got to go. Really want to go there.«

»Really got to go there, sorry-but-I-can't-take-you«, vollendete der Bär. Es war nicht ohne ein paar Auslassungen und Fehler abgegangen.

»He he he«, meinte Jones. »Und he.«

»He. Mach Essen.«

Jones stand auf. »Immer durch dick und dünn«, sagte er.

»Parker's been your friend«, sang der Bär. *»Mann!«* rief er und knallte die Tatze auf die fadenscheinige Sessellehne. »Charlie Parker!« Der Bär strahlte, eine kräuselige Welle bahnte sich ihren Weg durch seinen Pelz, und es schien fast so, als ginge von den Ohren bis hinunter zu den Zehen ein sanftes Glühen von ihm aus. *»Bird!«*

Jones machte sich am Tatar zu schaffen, wobei er sich grummelnd über die Unzulänglichkeit des Hackfleischs ausließ, während der Bär sich seinen Kasten flach auf die Knie legte und das Altsaxophon auspackte. Er überprüfte das Rohrblatt, betätigte die Klappen und blies ein paar Phrasen. Nachdem er sich davon überzeugt hatte, daß sowohl er als auch das Saxophon betriebsbereit waren, begann er »Parker's Mood« zu spielen, wobei er im Fortgang des Solos seine eigenen Kommentare und Verbesserungen einbrachte. Nach fünf Chorussen lehnte er sich im Sessel zurück, die Augen vor Vergnügen geschlossen. »Weißt du«, sagte er, »ich muß gar nicht jede Menge komischen und ausgefallenen Scheiß spielen, um glücklich zu sein. Im Bebop steckt so viel Weisheit, das reicht im Grunde für ein ganzes Leben. All die Sachen, die man wissen muß, damit überhaupt ein einziger Chorus funktioniert. Dazu muß man das Leben schon ziemlich gut kennen. Vom Instrument ganz zu schweigen.«

»Du spielst auch schon ziemlich gut.«

»Ich weiß, daß ich ziemlich gut bin. Vielleicht nicht Erste Liga, vielleicht nicht gerade Weltklasse, aber gut genug, um in New York über die Runden zu kommen.«

»Du phrasierst schön.«

»Natürlich phrasiere ich schön. Bären sind ein seelenvolles und erfindungsreiches Volk. Wir sind freundlich, wir sind kreativ, und wir sind cool. Aber die Welt«, erklärte er Jones, »erkennt uns nicht.«

»Ich erkenne dich.«

»Du. Ja. Du kennst mich.« Der Bär hob das Saxophon zum Mund und arpeggierte sich durch einen typischen spätfünfzigermäßigen, mörderischen Coltrane-Turnaround: C^{Maj7}, $E\flat^{7}$, A♭-Dur nach B^{7}, E-Dur nach G^{7}, und endete auf einem volltönenden C, das er, um es zu betonen, leicht verminderte. »Versuch *du* das mal mit Tatzen, Alter. Entwickle *du* mal ein Mundstück für eine Schnauze. Yeah, *du* kennst mich. Klar doch. Könntest *du* das?«

»Tatar«, sagte Jones und präsentierte ihm einen Teller rohes Hack, mit frischen grünen Kräutern vermischt und einer Prise Paprikapulver abgerundet. »Du hast ja eine Scheißlaune.«

»Tut mir leid«, sagte der Bär, »es ist nur alles so frustrierend. Soll ich dir bei den Spaghetti helfen?«

»Nee. Danke.«

»Ich könnte dir ohne weiteres bei den Spaghetti helfen.«

»Laß gut sein.« Jones räusperte sich und legte eine Hand ans Schlüsselbein. »Ich koch ja gern.«

Der Bär blies Ganztonskalen, während Jones Zwiebeln, Knoblauch, getrocknete Pepperoni und glatte Petersilie hackte. Jones machte Olivenöl heiß und ließ die Gewürze, bis auf den Knoblauch, kurz anbraten. Der Bär blies zur Abwechslung ein paar Legatophrasen in einer dorischen Skala, und Jones ließ zehn frische Eiertomaten in einen Topf mit kochendem Wasser gleiten. »Möchtest du am Wochenende nach Woodstock rauf, mit Julius jammen? Julius ist cool. Ich könnte ihn anrufen.«

»Yeah, Julius ist cool«, sagte der Bär und setzte das Saxophon ab, »aber wenn er zufällig Besuch bekommt, muß ich raus in den Garten und mich aufführen wie ein Tier.«

»Wir könnten trotzdem rausfahren.«

»Außerdem glaube ich, daß Julius diesen Monat in Europa ist.«

»Schön für Julius«, sagte Jones, gab den Knoblauch in die Pfanne und begann die Tomaten zu häuten, die er mit einem Löffel aus dem Topf gefischt hatte.

»Yeah. Schön für Julius. Haben wir irgendeinen trinkbaren Wein im Haus?«

»Einen ganz ordentlichen italienischen Roten, glaube ich.«

»Applaus für einen ganz ordentlichen italienischen Roten«, sagte der Bär matt.

»Gelangweilt?« erkundigte sich Jones.

»Zu Tode«, sagte der Bär und machte den Tatar-Berg in zwei großen Happen nieder. »Ich meine, tanzen ist ja in Ordnung, selbst auf der Straße. Es ist die Poesie des Körpers, das Fleisch, das nach Grazie strebt oder den Geist zum Verweilen einlädt. Aber die Musik.« Er schüttelte den großen Kopf. »Das ist was anderes. Das ist ein ganzes Stück subtiler. Ich meine, wenn das Universum aus Schwingungen besteht, und wer wollte das nach Einstein bestreiten, dann durchdringt Energie die Materie, und bevor sie das schafft, manifestiert sie sich als Klang. Wenn man also Musik macht – *gute* Musik macht«, korrigierte er sich, »ist es, als ob man selbst die Zukunft gestaltet... Jones? Kannst du mir folgen? Entdecke ich da vielleicht einen glasigen Ausdruck in deinen Augen?«

»Das klingt mir alles reichlich wirr«, gab Jones zurück, den aufsteigende Dampfschwaden einhüllten. »Du hast wohl die falschen Zeitschriften gelesen.«

»Bären haben eine Ader für Metaphysisches, Jones, obwohl wir mit den Tatzen immer fest auf dem Boden bleiben. Ich weiß, wovon ich rede.«

»Schön, daß wenigstens einer von uns das tut.«

»Du verstehst mich schon.« Der Bär leckte sich die Hackfleischreste aus der Schnauze und klinkte das Saxophon wieder in den Halsriemen. »Du hast nur Angst, daß ich ausflippe und außer Kontrolle gerate.«

»Ich will nur nicht, daß du auf irgendwelche komischen Gedanken kommst.«

»Zu spät«, sagte der Bär. »Hab den Kopf schon voll davon.« Er erhob sich und lief im Zimmer auf und ab, wobei er das Saxophon mit einer Klaue festhielt. »Mann, bin ich unruhig.«

»Ich könnte Mirelle anrufen«, schlug Jones vor.

»Ich hab von Nutten die Schnauze voll«, sagte der Bär, »außerdem stehen die nicht auf mich, und wenn sie's doch tun, sind sie krank. Die flippen so darüber aus, es mit einem Bären zu treiben, daß ich persönlich gar nicht mehr für sie existiere. Mirelle kann warten. Vielleicht sollten wir nach Norden fahren, und ich könnte ein bißchen durch die Wälder streunen.«

»Das ist die richtige Einstellung«, sagte Jones. »Eine Bärin aus dem Big Indian.«

»Eine nette Bärin vom Lande«, stimmte der Bär ein. »Kein geistiger Überflieger, eher der schlichte Wurzeln-und-Beeren-Typ. Ein Hippie. Aber worüber könnten wir uns hinterher unterhalten? Kennt weder Proust noch Dessous von *Victoria's Secret*, will dich aus ihrem Revier raushaben, sobald du fertig bist ... So ein Leben wird schnell öde, Jones. Es paßt einfach nicht zu mir.«

»Weißt du, was dein Problem ist?« fragte Jones und probierte ein bißchen Soße von einem Holzlöffel, nachdem er ausgiebig draufgepustet hatte. »Du bist zu gut.«

Der Bär nickte heftig. »Nagel auf den Kopf getroffen. Zu gut. Oft gedacht, doch nie so schön zum Ausdruck gebracht.«

Beide, Jones und der Bär, mußten noch mal ein bißchen lachen.

»Weißt du noch, wie ich damals in Harlem immer mit den Jungs aus Lionel Hamptons Band gejammt habe?« fragte der Bär.

»Wer könnte das je vergessen.«

»Die wußten nicht, was sie von mir halten sollten, was? ... Äh, du kommst von, äh, *wo*? ...« Der Bär mußte grinsen. »Ohne Julius wäre das alles gar nicht möglich gewesen. Aber ich war gut, das wirst du doch zugeben. Und ich hab deinen Arsch sicher durch Harlem geschaukelt. 140th Street, wohlgemerkt, nicht bloß bis zur 125th.«

»Das Ganze«, sagte Jones, »war ein kalkulierbares Risiko.«

»Ich hab's sogar zu dieser Plattenaufnahme gebracht.«

Jones lachte leise und ließ die Spaghettistäbe ins kochende Wasser gleiten. Dann ahmte er die näselnde Stimme des Gewerkschaftsvertreters nach: »Äh, wer ist der Künstler da mit dem Ring in der Nase? Der, äh, spielt, äh, Alt? Altsaxophon? Ich glaube, sein Name steht hier gar nicht auf der Liste.«

»Julius ist auf den Typen zugegangen«, und hier machte der Bär Julius' Stimme nach und baute sich vor dem Gewerkschafter auf. »›Entschuldigung, aber haben Sie sich je gefragt, woher die Dogon ohne die Hilfe eines Teleskops wußten, wie Po Tolo seinen Tanz um Sirius herum aufführt und seine Umlaufbahn stört? Sie möchten sich vielleicht bei dem, ahhh, Gentleman erkundigen, der den Pelz und, wie Sie ganz richtig beobachtet haben, einen Ring in der Nase trägt. Vielleicht ist er gewillt, etwas von seinem Wissen mit Ihnen zu teilen. Man kann nie wissen.‹ Der Gewerkschaftstyp ist fast gestorben.«

»›Das Tragen des Pelzes‹«, fuhr Jones in seiner eigenen Version von Julius' tiefer, schwerfälligen Sprechweise fort, »›symbolisiert das Annehmen der Urkraft ...‹«

»Das möchte ich doch annehmen«, sagte der Bär.

»›... eine Aneignung des rituellen Mantels der Nacht und der Wildnis. Haben Sie wirklich noch nie die Maske Gottes getragen? Oder agieren Sie nur durch die äußerliche Form menschlichen Daseins?‹«

»Gott, was war der Mann bescheuert«, sagte der Bär.

»Und hartnäckig. Aber alles Gute«, sagte Jones, »muß einmal ein Ende haben.«

»Manchmal muß es auch wieder von vorn anfangen, oder nicht? Es juckt mich, weiß Gott, unheimlich, wieder mal auf einer Bühne zu stehen.«

»Nur weil du rund und braun bist«, meinte Jones, »halten dich die Leute noch lange nicht für Arthur Blythe.«

»Gibt's heut abend irgendwas im Fernsehen?«

»Heute ist Freitag. Wir könnten uns eine *Rockford*-Wiederholung reinziehen.«

»Genau!« sagte der Bär. »Das ist die Rettung. Applaus für Big Jim Garner!«

»Das Essen ist fast fertig. Möchtest du vorm Fernseher essen?«

»Scheißt der Bär in den Wald?« fragte der Bär. »Anwesende ausgenommen.«

»Bevor sie Bev aus dem Drehbuch rausgeschrieben haben, gefiel mir die Serie besser«, sagte der Bär, während er mit einem Stück Brot die Soße vom Teller tunkte, »aber selbst die Wiederholungen sind trotzdem noch so ziemlich das Beste, was in der Kiste läuft.«

»Bev? Wer ist Bev?«

»Rockfords Anwältin, du Kretin. Gute Schauspielerin, starke Ausstrahlung.«

»Die hieß Beverly. Oder Bess.«

»Yeah«, sagte der Bär spöttisch, »Bess Myerson.«

»Myerson?« sagte Jones. »Myerson? Bist du sicher, daß es Myerson war?«

»Meine Herren, je später der Abend, desto heller dein Köpfchen.«

»Ich bin eben müde. Ich komme langsam in die Jahre.« Lustlos schwenkte er sein leeres Weinglas. »Ich bin müde. Laß mich in Ruhe.«

Der Bär betrachtete Jones' unbehaarte weiße Brust, über der sich das Hemd geöffnet hatte. »Die Spaghetti waren klasse«, sagte der Bär und dachte dabei: Armer Jones.

»Danke. Ich steh auf Angel«, sagte Jones.

»Ich steh auf Dennis«, sagte der Bär. »Rockfords Freund Dennis Becker, der Cop.«

»Er sieht aus wie ein Bär«, sagte Jones. »Drum gefällt er dir.«

»Am Arsch tut er das«, sagte der Bär, »und am Arsch tu ich das.«

»Ja, ja, ja«, sagte Jones. »Ich bin müde. Ich steh auf Rockfords Dad. Laß mich.«

Armer Jones, dachte der Bär. Armer, schwacher Jones. So was von ausgebrannt. Irgendwie ist er auf der Strecke geblieben. Der Bär mußte hier raus. Er packte sein Alt ein – soweit nichts Ungewöhnliches –, dann ging er zum Schrank, zog die weitgeschnittenen Khakihosen und den langen weiten Regenmantel an und setzte den Hut auf.

»Was machst du da?«

»Sorry but I can't take you«, sang der Bär. »Keine Sorge. Ich bin gegen zwei wieder zurück, spätestens drei. Wir gehen morgen auch wieder brav arbeiten, versprochen, aber heute abend brauche ich ein bißchen frische Luft.«

»Wo willst du hin?«

»Ins Tin Palace vielleicht, ein bißchen jammen. Vielleicht mach ich's auch einfach wie Sonny Rollins, stell mich oben auf die Brücke und spiele. Stehe dort zwischen Himmel und Abgrund und warte, was passiert.«

»Warte einen Moment, ich komm mit, nur zur Sicherheit.«

»Heute nicht«, sagte der Bär und zeigte die Zähne. »Das hier muß ich ganz alleine durchstehen. Muß mich beeilen. Robert Jordan fühlte das Pochen seines Herzens auf dem nadelbedeckten Boden des Kiefernwaldes. Gary Cooper. Ingrid Bergman. Ende.«

»Red keinen Schwachsinn. Ich komm mit. Warte.«

»Paß auf, wenn ich mich auf diese Brücke stelle und spiele, kommen wir vielleicht in die Zeitung. Welche Brücke war's noch mal genau?«

»Brooklyn. Williamsburg. Hab's vergessen.«

»Rainbow. Die Brücke in den Farben des Regenbogens. Man sieht sich.«

Der Bär war bereits aus der Tür und polterte die Treppe hinab, als Jones aufgeregt sein Hemd zuknöpfte und nach seinen Socken suchte. Scheiße, dachte er, wußt ich's doch, daß es eines Abends so weit kommen würde. Er kriegt garantiert Ärger da draußen. *Sucht* regelrecht danach. Gott sei Dank kann er sich in einer Schlägerei behaupten, aber New York hat sich doch mächtig verändert, seit er zuletzt allein unterwegs war. Zu viele durchgeknallte Leute mit Waffen auf der Straße heutzutage.

Jones fand den anderen Schuh und schlüpfte hinein. Ich muß einen Gang zulegen, wenn ich ihn überhaupt noch erwischen will.

Er stürzte zur Tür und vergewisserte sich, daß er die Schlüssel eingesteckt hatte.

Der Bär stand schon draußen vor den Glastüren des Gebäudes und zog sich den Hut tief ins Gesicht. Ich mag ja Hut und Regenmantel tragen, dachte der Bär, aber es wird mich trotzdem niemand mit Winnie dem Pu verwechseln. Ich habe das niedliche Teddygehabe immer abgelehnt. Und ich bin, objektiv gesehen, ein ziemlicher Brocken von Bär.

Er trat die sieben Stufen hinunter auf den Bürgersteig und wandte sich nach rechts auf die Avenue zu. Von hinten sah er aus wie ein auffallend großer, kräftiger Mann im Mantel, mit einem vor Kraft strotzenden Körper. Das Gewicht des Saxophonkastens beeinflußte seinen Gang nicht im geringsten. Er schwankte oder stolperte nicht, hielt die Schultern gerade und bewegte sich gemächlich den Bürgersteig entlang.

Wer mich von hinten sieht, kam dem Bären in den Sinn, denkt vielleicht, daß ich ein Gewehr in dem Kasten habe, oder eine Bombe, oder das Geheimnis meines Lebens, das ich mangels Mut nie vollständig offenbart habe, oder das Geheimnis dieser großen und furchtbaren Stadt, oder vielleicht statt dessen – etwas Seltsames ging vor – einen länglichen, von innen erleuchteten Smaragd, einen Meter auf dreißig Zentimeter auf fünfundvierzig, der weder wie der Mond (silbern), die Sonne (golden) noch wie die Sterne (diamanten) leuchtet, sondern wie ein verborgener, ungeahnter geistiger Globus oder Lichtkörper, über dessen Existenz, Eigenschaften und Namen sich die Menschen erst allmählich klarwerden: ein grüner Edelstein, der die ganze Welt mit Licht durchflutet; ein Katalysator nie gekannter Gefühle, der Schlüssel zu neuen Eigenschaften, neuen Symbiosen und neuem Leben, das Geheimnis aller Geheimnisse, das innerste Zentrum der Welt: der Mikrokosmos, das wahre Mandala, die Kehrseite des Manifesten und der Schlüssel zu jeder möglichen Befreiung. Vielleicht, so dachte der Bär, hatte ein nächtlicher Passant Derartiges gedacht, und für einen Moment enthielt der Saxophonkasten vielleicht das einzige und unvergängliche Weltenprinzip, den exakten Ort der Offenbarung, hell aufflackernd und dann vollständig verlöschend – wer weiß? Doch die einzige Person, die der Bär momentan im Rücken hatte, war Jones, der zerzaust und konfus die sieben Stufen zur Straße hinabstürzte. Sein erster Impuls war, dem Bären nachzueilen und ihn zurückzuholen, doch dann besann er sich eines Besseren, ging langsamer und folgte ihm in einiger Entfernung.

Inzwischen hatte der Bär die Avenue erreicht, wo ein blendender, glitzernder Verkehrsstrom in einer Prozession aus Lichtern nicht nur von Norden nach Süden, sondern auch von dieser Welt in die nächste zu rollen schien. Doch war es Jakob gewesen, der die Leiter erblickt, mit dem Engel gerungen und sich sein Geburtsrecht hinterlistig erschlichen hatte. Der Bär hatte nichts dergleichen getan. Er zog sich die Hutkrempe tiefer ins Gesicht und ging südwärts unter dem Gewölbe der Dunkelheit entlang, über sich wie Wächter oder Herolde die Neonreklame der Bars und Geschäfte – weiß, orange, gelb, golden, rot, strahlend blau und grün, gelegentlich ein majestätisches Purpur –, als wären es Engel, herabgestiegen auf die Erde, um sich als Lockvögel für irdischen Handel zu verdingen, womöglich noch gar aus Mitgefühl. Der Bär schritt unter ihnen hindurch wie ein entschlossener und starker Mann, und der Saxophonkasten schwang an seiner Seite wie ein geheimes Behältnis des Schicksals, der Liebe, des Goldes oder der Vergeltung. Als ihm klarwurde, daß er zwischen diesen seine Wahl treffen konnte – daß ihm tatsächlich alle Möglichkeiten offenstanden, daß er jetzt, in diesem Augenblick, von allen Fesseln befreit, erlöst, zum Himmel erhoben war –, da blieb er für einen Moment stehen, stellte den Saxophonkasten ab, blickte sich langsam um, reckte die Schnauze hoch, lächelte ein breites Lächeln, und dann streckte er mitten auf dem Bürgersteig seine schweren, gewaltigen Arme aus und hob sie empor. Aah. Er trank die Nacht wie Honig, und dann lachte er, lachte aus tiefster Seele und mit solch grenzenloser Hingabe, als wäre es das erste Mal in seinem Leben.

2

Obwohl der Bär an die zweihundert Kilo wog, einen Saxophonkasten trug sowie ausgebeulte Hosen, einen weiten Regenmantel und breiten Hut, schenkte ihm kaum jemand auf seinem Weg von der Wohnung Richtung Tin Palace irgendwelche Beachtung. Auf der Strecke von immerhin mehr als zwölf Häuserblocks folgten ihm nur Jones und ein Hauch von Barmherzigkeit. Jones kaute auf seinen Fingernägeln und überlegte, wann er am besten eingreifen sollte. Ein gnädiges Schicksal hatte alle Streifenwagen auf die gegenüberliegende Spur verbannt und jede bedrohliche Gestalt rechtzeitig in eine Seitenstraße verschwinden lassen. Zwar sahen ein paar Passanten den Bären aus einer Entfernung von etwa einem Block auf sich zukommen, aber selbst aus dieser Distanz wirkten seine Größe und Statur so beeindruckend, daß die Leute auf die andere Straßenseite wechselten und ihnen das Herz bis zum Halse schlug, solange der Bär in Sichtweite war. Niemand von ihnen hatte Gelegenheit, ihn als das zu erkennen, was er tatsächlich war. Nur ein junger Mann, der gerade aus einem Hauseingang trat, sah den Bären aus der Nähe, doch da er eben von einem einjährigen Aufenthalt bei den Derwischen in der Türkei zurückgekehrt war, betrachtete er ihn als einen Effetball, den Gott ihm an diesem Abend zuwarf. Vielleicht hielt er ihn aber auch für einen Elementargeist, der sich verlaufen hatte. Ein anderer Passant fühlte sich lediglich darin bestätigt, daß New York immer weiter auf den Hund kam und man in dieser Stadt inzwischen wirklich auf alles gefaßt sein mußte. Erst im Kino und gut anderthalb Stunden später dämmerte es ihm mitten im Film, was er da vorher auf der Straße gesehen hatte, nämlich einen leibhaftigen, lebensgroßen Bären. Da krallte sich der Mann in die Lehnen seines Kinosessels und stieß einen kleinen Schrei aus. Bei der dritten menschlichen Person, die dem Bären, zwei Blocks nördlich vom Tin Palace, begegnete, handelte es sich um den unvermeidlichen Säufer, der jedoch, entgegen dem uralten Witz, keineswegs auf der Stelle dem Alkohol abschwor, sondern dem Bären die Hälfte seines Night Train anbot. Der Bär nahm dankend an. »Ich hab dich nicht mehr gesehen seit ... laßma überlegen«, meinte der Säufer.

»Nur du kannst Waldbrände verhindern«, gab ihm der Bär mit auf den Weg.

Der Bär brach durch die Türen des Tin Palace wie eine Naturgewalt. Die Band machte offenbar gerade Pause, und der Laden war halb leer: ein langgestreckter Raum mit einer Ziegelmauer rechts und einer endlosen Bar mit einem Spiegel dahinter gegenüber, dazwischen billige Holztische, ein abgetretener Lattenboden und weiter hinten, wie nachträglich in die Szenerie eingebaut, eine winzige Bühne und ein ebensolches Klavier. Er ging zu den Tischen hinter der Bühne, die am Ende des Clubs auf der Seite der Bar standen. Die meisten Leute nahmen keine besondere Notiz von ihm. Und die wenigen Ausnahmen waren zu sehr darauf bedacht, cool zu wirken, als daß sie etwas gesagt hätten. An einem der vorderen Tische saß ein Jazzkritiker, der den Burschen im Bärenkostüm für Joseph Jarman hielt, der nur mal kurz Lester Bowie hallo sagen wollte, der heute abend ebenfalls da war. Nur der Barkeeper, ein großer Mann mit Hemingwayfrisur und -bart, hatte den Bären als solchen erkannt und überprüfte seinen Vorrat an Eis.

Wie sich herausstellte, saß die Band an den Tischen, die der Bär angesteuert hatte. Ohne zu grüßen wuchtete er seinen mächtigen Körper auf einen Stuhl an der Wand und bemühte sich, so zu wirken, als gehörte er hierher. Angeredet wurde er schließlich von der Türsteherin, einer blassen, dunkelhaarigen und von Kopf bis Fuß in Schwarz gekleideten jungen Frau. Sie hatte gerade telefoniert, als er hereingekommen war, und eilte nun an seinen Tisch, um die drei Dollar Eintritt zu verlangen. In dem Augenblick, da sie den Mund aufmachte, sah sie ihn näher an. »Huch«, sagte sie.

»Huch«, sagte der Bär und lüftete höflich den Hut.

Der Drummer heute abend, Steve McCall, ein großer und – man kann es nicht anders sagen – bärenartiger Mann, saß rechts neben dem Bären. Er hatte ein breites, ovales Gesicht, dessen untere Hälfte von einem Bart bedeckt war, und er trug eine Brille mit runden Gläsern. »Geht schon klar«, sagte er zu der Kellnerin. »Der Herr gehört zu uns.«

Die Frau zog sich verunsichert zurück. Sie fühlte sich plötzlich unsagbar müde und fragte sich, ob ihr ein Kaffee wieder auf die Beine helfen würde. Nun ja, ein Kaffee vielleicht nicht, aber in etwa einer Stunde konnte sie glücklicherweise ein Päuschen einlegen.

Lester Bowie, der heute zwar nicht auf dem Programm stand, aber vorbeigekommen war, um bei ein paar Sets einzusteigen, war unterdessen aus der Herrentoilette gekommen und starrte den Bären mit wildem, vergnüglichem Grinsen an. Sein Knebelbart war zu zwei akkuraten Zipfeln gezwirbelt, er trug einen makellos weißen Arztkittel und hatte ein Stethoskop um den Hals hängen. »Heiliger Strohsack«, sagte er schließlich. »Hei-li-ger Strohsack.« Bowie war kurz vorher gekommen und hatte unterwegs eine nicht alltägliche Zigarette geraucht, deren Genuß ihn jetzt besonders empfänglich für Ausgelassenheit und Ehrfurcht machte. »He«, sagte er schließlich, »ich glaub, das wird mir gefallen.«

»Herr Doktor, mir tut da was furchtbar weh«, sagte der Bär. »Überall, wo ich auftauche, machen die Leute einen Aufstand, und ich fühl mich ganz schrecklich.«

Bowies Grinsen wurde, sofern das überhaupt möglich war, noch breiter.

»Bierchen gefällig?« fragte McCall.

»Immer«, sagte der Bär.

McCall hob sein Glas und winkte dem Barkeeper, der kurz zurücknickte.

»Es wird mir sogar sehr gefallen«, sagte Bowie und pflanzte sich dem Bären gegenüber auf einen Stuhl. »Und ich weiß, daß es mir verdammt noch mal hundertmal besser gefallen wird, wenn ich herauskriege, was es ist.«

»Es ist ein Bär«, sagte der Bär.

»Verdammt noch mal... hundert... Male... besser«, wiederholte Bowie in dem rhythmischen Singsang, für den er berühmt war.

Jones hing inzwischen an der Eingangstür fest und grub in seiner Hosentasche verzweifelt nach drei Dollar, während er mit wachsender Panik die hinteren Tische beobachtete – es ist aus, alles ist aus, dachte er, es ist nur noch eine Frage von Minuten, bis jemand die Bullen ruft. Aber schließlich hatte er sein Eintrittsgeld hervorgekramt und sank nun erschöpft auf den Stuhl neben Bowie, um sich erst einmal, völlig aufgelöst, durch das schweißnasse dünne Haar zu fahren. »Also, das hier ist alles ganz anders, als es aussieht«, brach es aus ihm heraus. »Mein Freund hier ist mein Freund hier ist völlig in Ordnung, und es besteht absolut kein Grund zur zur zur Panik. Alles klar? Ganz ruhig, Leute.«

McCall reckte zwei Finger in Richtung Barkeeper, der bereits ein Bier in der Hand hatte und auch diesmal nickte.

»Wer ist der Typ«, fragte McCall den Bären.

»Mein Manager. Mein bester Freund.«

»Wie geht's«, sagte McCall zu Jones.

»Ich bin ein bißchen nervös«, erwiderte Jones.

»Man sieht's«, sagte McCall. »Immer mit der Ruhe.«

»Hört zu«, sagte Jones, »wenn er hier gesehen wird, wenn irgend jemand ihn sieht, und die Bullen kommen rein, oder die Wissenschaftler, dann ist alles aus. Ich mein, dann ist seine Freiheit beim Teufel, versteht ihr? Dann ist alles aus. Das alles hier ist sehr gefährlich für ihn.«

»Er hat recht«, sagte der Bär. »Er hat absolut recht.«

»Moment mal«, sagte Bowie bestimmt. »Falls irgendwer dem Bären an den Arsch will, dann kriegt er es mit uns zu tun, mit mir, mit Steve, mit der Geschäftsleitung und mit jedem Scheißmusiker hier, okay? Also entspann dich; ihm wird nichts passieren, es wird niemand – und ich sage *niemand* – einem Freund von mir dumm kommen, solange ich es verhindern kann. Alles klar?«

Der Barkeeper brachte die Biere selbst, stellte sie auf den Tisch und nickte dem Bären diskret zu. »Jeder, der es hier plötzlich sehr eilig hat rauszukommen«, sagte er mit gedämpfter Stimme, »oder nur mal schnell telefonieren muß, kann sich auf allerhand Verzögerungen gefaßt machen. Fühlt euch ganz wie zu Hause.«

Der Bär nickte und nahm einen ersten Schluck. »Aah«, sagte er. »Also, ich möchte euch allen für eure, äh, Gastfreundschaft danken, und obwohl es mir wirklich großen Spaß machen würde, einfach so dazusitzen und zu klönen«, fuhr er fort, »bin ich eigentlich hierhergekommen, um zu spielen. Was dagegen, wenn ich mit einsteige?« Als Antwort auf das allgemeine Unverständnis, das seine Frage in der Runde ausgelöst hatte, packte er seinen Saxophonkasten und stellte ihn auf den Tisch.

»Und ob du mit einsteigen kannst«, sagte Bowie.

»Versteht sich von selbst«, sagte McCall.

»Wo sind Fred und Hilton?« fragte Bowie.

»Draußen«, sagte McCall. »Wie wär's noch mit einem kurzen Bier? Und was möchtest du spielen?«

»Zum Einstieg vielleicht einen Blues?« schlug der Bär vor.

Ein paar Biere später fand sich die Band schließlich wieder vollständig auf der Bühne ein, während der Bär lieber noch mit tief ins Gesicht gezogenem Hut auf seinem Stuhl sitzen blieb, bis er mit Spielen an der Reihe war. Die Band hatte sich für »C. C. Rider«

entschieden, einen nicht zu schnellen Blues in $B^{\flat}$, nicht der übliche Shuffle, sondern eher was ganz Lockeres, *au courant*, mit ganz entspanntem Groove. Etwas Entscheidendes hatte der Bär allerdings nicht mitgekriegt, nämlich daß dies heute ein Auftritt von Arthur Blythe war, und als die Band dann mit der Wiederholung des Themas durch war und der Altsaxophonist ans Mikro trat, um seine Chorusse zu blasen, staunte der Bär nicht schlecht, wie flüssig dessen Spiel klang. Es war, wie er irgendwo mal gelesen hatte, eine wahre Freude, ein so sauberes Altsaxophonspiel zu hören. Ich könnte nie so gut spielen, dachte er und nahm sein Instrument aus dem Kasten, um es zusammenzustecken, und drehte sich zur rückwärtigen Wand des Clubs, um sich unhörbar warmzuspielen. Nachdem er sich das Mundstück zurechtgekaut und richtig eingestellt hatte, wandte er seine Aufmerksamkeit wieder der Bühne und Blythe zu.

Er sah den kleinen, rundlichen, braunen Mann im Profil, wie er das goldene Saxophon gefühlvoll nach vorn zum Mikrophon hin streckte und jede einzelne Note so makellos geformt und vollendet daraus entließ, als hätte er sie auf einer Drehbank modelliert. So, wie Blythe das Saxophon hielt und spielte, wirkte es weniger wie ein Musikinstrument, sondern erinnerte eher an das Handwerkszeug eines Goldschmieds, etwas, das dazu dienen mochte, einen wertvollen Stein zu schneiden und zurechtzuschleifen. Dem Bären gefiel Blythes Ansatz zwar gut, doch war die Spielweise für seinen Geschmack insgesamt viel zu glatt und kopflastig, um ihn persönlich zu berühren. Und obwohl er wußte, daß er sich in technischer Hinsicht nicht mit Blythe würde messen können – diese Zwei-Oktaven-Sprünge, diese sauber artikulierten Sechzehntelläufe über Substitutakkorde, und wie er am Blatt saugte, um die Töne zu modulieren –, packte ihn der Ehrgeiz, spürte er zum ersten Mal in seinem Musikerleben eine umfassende Bärenhaftigkeit in sich aufsteigen, um sich gegen das zu behaupten, was er immer als die rein menschliche Welt angesehen hatte. Er bemerkte, wie sich eine große animalische Wärme in seinem breiten Brustkorb ausbreitete.

»Und du bist ganz sicher, daß du das willst?« hörte er Jones' dünne Stimme fragen.

»Hundert Pro«, sagte der Bär und spürte, wie sein großer pelzbedeckter Körper wie eine Urkraft auf seinem Stuhl saß, und diese Urkraft wollte sich entfalten. Nur ich kann Waldbrände verhindern, sagte er zu sich selbst. Nur ich kann diese sich erhebende Feuersbrunst formen und besänftigen, sie großmütig und gütig machen.

Blythe beendete sein Solo mit einer Reihe von schnellen Läufen, die immer wieder in die tiefste Oktave seines Instruments hineinstießen, um strahlend wieder aufzusteigen. Dann ... nein, jetzt kehrte er wieder zu den gleichmäßigen, perfekt gesetzten Bluesfiguren zurück, mit denen er begonnen hatte. Der Bär wußte, daß sein Augenblick gekommen war, erhob sich rumpelnd aus seinem Stuhl und machte sich auf zur Bühne, wobei sich seine Gedanken geradezu überschlugen. Und nun, da er mit dem offenkundig bärenhaften McCall und dem kleineren, doch ebenso bärenartigen Blythe auf der Bühne stand, drängte sich ihm der Gedanke auf, ob es nicht eine tiefe oder gar fundamentale Beziehung zwischen seiner eigenen Spezies und der des Jazzmusikers im allgemeinen gab. Bird hatte mit zunehmendem Alter und Gewicht durchaus bärenhafte Qualitäten entwickelt. Mingus war ein Grizzly. Jaki Byard. Jack the Bear. Ellington hingegen war ein Tiger, das wußte jeder, und elegant noch dazu, bis in die Spitzen seiner Klauen und die Höhe seiner Samtstimme.

Als er sich nunmehr endgültig auf der Bühne stehen und Blythe diskret zurücktreten sah, verwarf der Bär solcherlei Gedanken als nichtig und bereitete sich auf seinen Einsatz vor. Gott, was für eine Rhythmusgruppe, dachte es in ihm, als er sein Saxophon zur Schnauze führte und hörte, wie McCalls ganz unmodisch einfacher Beckenbeat eine Unendlichkeit von Zeit und Raum eröffnete, Hopkins' Baß tiefe Strahlen der Dunkelheit in den Beat senkte und Ruiz' Akkorde ihn, selbst auf diesem unmöglichen Klavier, vom ersten Takt an mit Kraft und Ideen versorgten.

Der Bär wagte dann ein paar Experimente, die er noch nie versucht hatte, teilweise als Reaktion auf Blythes geschliffenen Stil, doch weit mehr noch aus Gründen, die ihn einfach überwältigten und die er sich teilweise gar nicht erklären konnte. Er begann sein Solo mit einer ungestümen, bruchstückartigen Abfolge von verschmierten Tönen – hatten nicht Ornette Colemans frühe Aufnahmen ihn stets an breite rote Farbschmierer erinnert? –, die über

Taktstriche und Beat hinwegbluteten und doch irgendwie innerhalb des vorgeschriebenen Rahmens eines zwölftaktigen Blues in $B^{\flat}$ blieben. Er hörte ein begeistertes »Yeah!« aus dem Publikum, und überraschenderweise (denn er hatte solche Ausrufe immer als geschmacklos und unangemessen empfunden) spornte ihn das an. Er quetschte weiter Töne aus sich heraus wie Farbe aus einer Tube, so lange bis nichts mehr da war, und dann, nachdem dieses rohe, expressionistische Impasto für ein paar Chorusse stand, begann er, daraus ein paar schnelle Läufe emporzuheben, die wie Feuerwerkskörper an ihm vorbeihuschten, wie das nächtliche Lichtsignal eines Unfallwagens. Danach näherte er sich wieder dem konventionellen Blues, mit dem er begonnen hatte, als würde er sich von dem eben stattgehabten Sturm weitertragen lassen, doch nicht ganz; die Regeln, wie auch die Noten und Phrasen selbst, waren verworfen, geschröpft und verbrannt worden: sie waren einstürzende Häuser und brennende Städte ihrer selbst, sie waren schlagende Türen und zerplatzende Leiber, sie waren, gottverdammt, ziemlich gut. Das hier ist gar nicht schlecht, sagte sich der Bär beim Spielen, das ist wirklich nicht schlecht.

Hilton Ruiz spielte einen letzten Blockakkord auf dem Klavier, breitete ihn aus, worauf McCalls und Hopkins' Taktgefühl noch mehr verschmolzen und sie so druckvoll spielten, daß der Bär einen Moment lang glaubte, sie hätten das Tempo erhöht. Aber sie blieben exakt auf Kurs und entfalteten ihre ganze Kraft in der Unendlichkeit des perfekten Timings.

Der Bär hatte noch nie mit solchen Musikern gespielt. Er bog den Kopf zurück, um tiefer Luft zu holen, und wäre er sich des Publikums bewußt gewesen, hätte er bemerkt, daß der plötzliche Anblick seines aufgerissenen Kiefers – große weiße Reißzähne, bläulichroter Gaumen und breite, speichelnde Zunge –, daß dieser Anblick den Zuhörern kollektiv den Atem stocken ließ und sie, soweit der Platz es zuließ, unwillkürlich zu einem Schritt rückwärts veranlaßte.

Der Kritiker war von seinem Sitz in der ersten Reihe aufgesprungen und bahnte sich eilig einen Weg zum Münztelefon am jenseitigen Ende der Bar. Er hatte bereits die ersten vier Ziffern der Nummer seiner Bildredaktion gewählt, als der Barkeeper herüberlangte, den Hörer an der Wand zerschmetterte und ihm mitteilte: »Tut mir leid, aber dieses Telefon ist vorübergehend außer Betrieb.«

Alle Musiker im Club – darunter auch David Murray, der im ersten Stock wohnte und dessen halbgeschlossene Augen bereits die Überlegung verrieten, welchen Nutzen er aus der Darbietung des Bären ziehen konnte – waren schwer beeindruckt von dem, was dem Bären bei seinem Spiel am selbstverständlichsten war: sein gewaltiges Lungenvolumen, die unglaubliche Lautstärke, die er auf dem Instrument erzielen konnte, ohne daß der Ton zerbrach. Und was das betraf, *was* er spielte, yeah, das war okay. Vielleicht gab's jetzt einen neuen Musiker in der Stadt, vielleicht aber auch nicht. Ein einziges Solo macht noch keinen Künstler.

Der Bär überraschte sich selbst noch mit ein paar Einfällen, wenn es auch nicht zu hundert Prozent seine eigenen waren: Wie Dolphy, begann er, Ideen einzubauen, die eigentlich nichts in einem Solo zu suchen hatten, verirrte Gedanken, aufgeschnappte Geräusche, Mißgeburten der Inspiration, Wortwechsel, die schnellfeuerartig auf der dunklen Bühne des Geistes aufgeführt wurden. Er fügte diese Elemente ein, wenn ihm danach war oder wenn sie sich nachdrücklich genug aufdrängten – ihm gefiel der Gedanke, warum sollte ein Solo nicht das aufgreifen, was außerhalb von ihm ablief, warum sollte es sich nicht selbst kurz unterbrechen, um etwas Belangloses oder Erhebendes auszudrücken? Aber dann wurde er dieses Vorgehens genauso plötzlich wieder überdrüssig und spielte so viele Noten, wie er irgend konnte, als sollten diese sich gegenseitig aufheben und jegliche Dialektik auslöschen, in der Auseinandersetzungen, und seien es fruchtbare, ausgetragen werden konnten, und sie zu ersetzen durch das eher ganzheitliche und harmonische Instrument, das ihm auf dem Weg zum Club als Gabe des Himmels zuteil geworden war. Er begriff, daß die Erleuchtung, die er empfangen hatte, so fragmentarisch und unbefriedigend sie ihm jetzt auch erscheinen mochte, doch den Bedürfnissen der Musik vollkommen angemessen war und sein Spiel bestimmte. Sein Solo wurde gleichmäßiger und spiegelte inmitten des noch immer tobenden Tumults eine Art Frieden. Ja, dachte er, da ist mein wahres, unsterbliches Selbst und das Lied, in dem ich zu Hause bin. Wie konnte ich mich auf diesen anderen Scheiß überhaupt einlassen?

Er stimmte sich ein auf das Vollkommene und Zeitlose in seinem Inneren und versuchte, dessen Musik durch sich hindurchströmen zu lassen.

Und tatsächlich drang *etwas* davon für ein paar Chorusse durch, schwebte über die Nichtigkeiten des Augenblicks und drehte sich langsam um die eigene Achse, aber dann, noch bevor er sich selbst darüber im klaren war, hatte der Bär sein Saxophon auch schon abgesetzt und war dabei, die Bühne wieder zu verlassen. Sein Solo war offensichtlich zu Ende. Ärgerlich war nur, daß er eigentlich noch weiterspielen wollte. Er hob das Saxophon noch einmal zur Schnauze, merkte jedoch, daß die Regeln, welche er selbst soeben aufgestellt hatte, ihm jetzt Einhalt geboten. *Ich habe genug*, sprach sein Innerstes zu ihm, und mit untypischer Fügsamkeit fand er sich darein und trollte sich. Lester Bowie nahm seinen Platz ein und begann ein zischendes, elektrisierendes Trompetensolo. Auf dem Weg zurück zum Tisch brach plötzlich die handfeste Realität der New Yorker Welt wieder in das Bewußtsein des Bären ein. Unter dem Fell trat ihm der Angstschweiß aus allen Poren. Heilige Scheiße, sagte er sich, wir müssen hier raus. »Jones?« sagte er matt.

»Ich bin bei dir«, sagte der Mann, der sein Freund war.

»Nichts wie raus hier«, sagte der Bär.

Benommen tapste er quer durch den Nachtclub dem Ausgang entgegen, durch den Schleier gemischter Gefühle und das stumm zurückweichende Publikum. Er hatte sein Instrument eingepackt und vorher sogar noch oberflächlich saubergetupft, konnte sich aber schon nicht mehr daran erinnern. Als er mit Jones den Club durch die Doppeltüren verließ und sie sich nach rechts wendeten, sah der Bär vor sich eine Wildnis aus menschlicher Dunkelheit und künstlichem Licht. Er fing an zu zittern. »Ich kann nicht mehr«, sagte er zu Jones. »Ich schaff es niemals bis nach Hause. Ich bin am Ende, ich mache schlapp.«

»Es gibt nur eine Möglichkeit«, sagte Jones, und obwohl der Bär wenig oder gar nichts sehen konnte, hörte er trotz des Straßenlärms, wie Jones die Kette entrollte.

»Okay«, stimmte der Bär zu und begann sich auszuziehen. Nachdem er sämtliche Kleidungsstücke abgelegt hatte, rollte Jones alles zu einem Bündel zusammen, das er mit dem Gürtel des Regenmantels umschnürte. Der Bär befestigte die Kette an seinem Nasenring und ließ sich auf alle viere nieder. »Fertig«, sagte er, und sie machten sich auf den Weg nach Hause.

Der Bär gab sich alle Mühe, seinen stumpfsinnigen, rollenden Feierabendgang aufzulegen, und war entsetzt, als er ihn einfach nicht richtig hinbekam. Plötzlich war er den Tränen nahe. War er von seinem Solo noch so aufgewühlt? Eine grenzenlose Trauer stieg aus den Tiefen seines Körpers empor, sie schien die Gestalt seines ganzen Lebens zu tragen, Gefangenschaft und Verlust, die Irrungen und Wirrungen seiner Persönlichkeit und seines Schicksals, alles, was ihn geprägt hatte und wovon er in diesem Moment lieber nichts wissen wollte. O Gott, dachte er, jetzt kommt es, der Große Jammer, nicht in kleinen Häppchen, sondern alles auf einmal. Ich bin am Absaufen. »Bleib ganz cool«, hörte er Jones scharf zischen.

»Was?« fragte der Bär hoffnungslos und sackte auf dem Pflaster zusammen, als wollte er im Erdboden versinken.

»Genau, stell dich dumm«, flüsterte Jones. »Da kommt die Polizei.«

Der Bär konnte sich gerade noch verkneifen zu sagen: »Die was?« Er nahm ein rotes Licht wahr – ha, die Unterwelt, sagte er sich, sie dreht sich sinnlos und ewiglich auf einem Autodach – und dann einen Beamten, der ihm mit einem grellen weißen Licht in die Augen leuchtete, die prompt zu tränen begannen.

Eine unfreundliche Stimme fragte: *»Haben Sie eine behördliche Genehmigung für dieses Tier?«* Nein, er ist nicht böse, sagte sich der Bär, nur bedauernswert, er hat den Kern seines Wesens verloren, das, was ihn im Innersten zusammenhält. Vielleicht hat er es auch nie besessen. Wie kann man so leben? Wie halten die Menschen ein Leben in purer Illusion durch?

»Selbstverständlich, Officer«, hörte er Jones sagen und gleich darauf das Rascheln eines Papierstücks. Der Bär fühlte, wie seine Traurigkeit die Gestalt änderte, es schien, als breitete sich so etwas wie Erbarmen in ihm aus – es war sicher eine hektische Nacht für den Cop –, und ihm war, als sollte er sich aufrichten, um die Seele des Polizisten zu heilen, indem er ihm die Wahrheit verkündete. Du mußt das Leben bedingungslos leben. Halte dich an das Wahre, oder sei bereit, Stück für Stück zu sterben. Wenn dieser

Abend dich irgend etwas gelehrt hat, dann dieses: Ein halbherzig geführtes Leben ist das Tödlichste auf Erden. Du mußt vollständig geboren werden.

»Sie wissen, daß Sie nachts nicht mit ihm draußen sein dürfen«, hörte er die Stimme des Cops sagen. »Und was ist in dem Koffer da drin?«

»Seine Sachen«, sagte Jones. »Ich mußte ganz dringend mit ihm zum Tierarzt. Sie sehen ja, wie schlecht er beieinander ist. Zurück war kein Taxi zu kriegen, so mitten in der Nacht und deshalb müssen wir jetzt zu Fuß nach Hause.«

»Und was hat er?«

»Staupe.«

»He, das hatte mein Hund auch mal.«

»Ein Bär ist auch nur ein großer Hund.«

»Was meinst du, Jack?« sagte der Polizist.

»Weiß nich«, sagte eine ähnlich klingende Stimme nahebei. Der Bär hörte, wie sich eine Wagentür öffnete und wieder zugeschlagen wurde, danach Schritte auf dem Pflaster. »Ich will ihn nich mitnehmen, ins Tierheim bringen, all der Scheißpapierkram. Der Mann hat nen kranken Bären. Das ist nich mein Job, kranke Bären.«

»Wir können sie nicht einfach auf der Straße rumlaufen lassen, Jack«, gab der erste Beamte zu bedenken.

»Da haste auch wieder recht«, sagte der zweite Beamte.

»Wir sind ein Team, wir arbeiten zusammen«, hörte er Jones in flehentlichem Tonfall zu den Polizisten sagen. »Als Straßenkünstler sozusagen. Wir sind ehrliche Steuerzahler. Vor kurzem ist sogar ein Artikel im *New York Magazine* über uns erschienen«, schwindelte er.

»Is wahr?«

»Das Wiederaufleben einer großen alten Tradition, haben die geschrieben.«

»Oh. Tja. Hm.«

»Hören Sie«, sagte Jones, und es klang, als hätte er plötzlich eine Eingebung, »wie wär's, wenn ihr uns nach Hause fahrt? Es ist nur ein paar Straßen weiter, und wir wollen doch keine Leute hier erschrecken. Auto fahren macht ihm nichts aus, er scheißt auch nicht auf die Sitze oder so.«

Einen Moment lang herrschte Schweigen, ob nun zur eingehenden inneren Erörterung oder deren Vortäuschung, und die Waage der Gerechtigkeit wurde in die Höhe gehoben, um die Möglichkeiten zu prüfen. Die Nacht hielt inne. Eine Wolke verdeckte den Mond. Einen halben Block weiter krachte eine Flasche aufs Pflaster, und eine Stimme bejubelte ihr Zersplittern. »Okay, schaffen wir ihn ins Auto.«

Als der Bär gehorsam auf den Rücksitz des Polizeiautos rutschte, machte er sich zum Sprechen bereit. Denn es war an der Zeit. Alles Mitgefühl, alle Traurigkeit und Liebe der Welt hatten sich in seiner Brust versammelt – nun ja, zumindest so ähnlich –, und zwar nicht in dem üblichen Durcheinander, sondern um endlich ihre wahre Aufgabe zu erfüllen. Es war an der Zeit, dachte der Bär, daß die volle Wahrheit und sein ganzes Fühlen unverfälscht aus ihm herausfloß und das Leben der Menschen veränderte. Es war an der Zeit, die alltäglichen Regeln wegzufegen, nicht aus selbstsüchtigem Überschwang, sondern weil die Menschenwelt den ewigen Kreis schon zu oft abgeschritten hatte und niemand mehr da war, der aufwachen und aus der Tretmühle heraustreten konnte. Überall war nur bleierne Müdigkeit.

Er hatte sein bescheidenes Solo gespielt, und nun wurde es Zeit, eine kleine Rede zu halten. Keine große Sache. Nichts als ein bescheidener Zuwachs an Erkenntnis, eine leichte Lockerung der Zwangsjacke unter den Armen. Es mag an der Zeit sein, unsere Epoche zwei oder drei Grad seitwärts ins Licht zu stupsen. Jetzt ist es soweit, hatte Bird gesagt. Das wollte der Bär nun aufnehmen. Warum war ich so lange Zeit zu feige dazu? Er gab einen Takt vor und machte sich für seinen Einsatz bereit.

Als der Bär den Kopf hob, um zu sprechen, traf sein Blick das massive Stahlgitter, das die Rückbank von den Vordersitzen trennte, und er erinnerte sich – oder sah es vielmehr voraus –, daß bei alldem, was in dieser Welt falschlief, ein viel endgültigeres Gefecht vonnöten wäre, und sein Mut sank in sich zusammen, erstickte, gefror und löste sich auf. Und so macht, dachte er. Das Gewissen. Uns alle. Zu Memmen. Warum? Warum muß es immer so enden? Er hatte keine Antwort darauf. Sein großer Auftritt war endgültig vorbei.

»Wie sindse denn an den Bären gekommen?« hörte er eine

Stimme aus weiter Entfernung fragen. Nein, hier, warte mal, sie kam nur vom Vordersitz. Die Welt hat uns wieder. Die Uhr tickt weiter.

»Hab ihn beim Pokern gewonnen«, hörte er Jones wahrheitsgemäß antworten.

»Mit was für 'nem Blatt denn?«

»Mit 'nem lupenreinen Full House.«

»Haus voll Bärenscheiße, würde ich eher sagen.«

»He, der war gut«, sagte Jones, und allgemeines Gelächter erfüllte das Auto. Der Bär stimmte mit ein, worauf Jones ihm schnell mit dem Ellbogen in die Rippen stieß, aber die Cops schienen nichts bemerkt zu haben.

Und dann, merkte der Bär, vergaßen die Cops ihn völlig. Sie ließen kurz die Sirene aufheulen, um sich in den Verkehr einzufädeln, wendeten weiträumig und dirigierten den Wagen in Richtung Uptown.

Die Fahrt dauerte fünf Minuten, die Ermahnung zum Abschied noch mal zwei.

»Ja«, sagte Jones, der sich behutsam aus dem Wagen schlängelte, sobald der Fahrer die hinteren Türen per Fernbedienung entriegelt hatte. »Ja, Sir.«

Mit einem letzten grüßenden Sirenenblinken schoß der Streifenwagen davon.

Auf allen vieren folgte der gefügig an der Kette hängende Bär Jones den Aufgang zum Haus hinauf und dann durchs Treppenhaus zur Wohnung. *»When you see me coming raise your window high«,* sang er auf dem Absatz des ersten Stocks, mal wieder »Parker's Mood«.

»When you see me going hang your head and cry«, gab Jones zurück.

Im Flur des zweiten Stocks suchte Jones in seinen Taschen nach dem Schlüssel. Er entriegelte die Schlösser, und sie gingen hinein. Der Fernseher lief noch immer, aber sie setzten sich beide hin und starrten nur auf den Boden.

3

Der Bär wachte eine Stunde früher als gewöhnlich auf und mußte feststellen, daß er wieder einmal mit der Klaue die Ecke seiner Matratze zerfetzt hatte – wieder mal schlecht geträumt. Diese Alpträume suchten seit der Jam Session im Tin Palace seinen Schlaf heim, und sie waren von besonderer Lebhaftigkeit, besaßen das ganze Gewicht und die Nachdrücklichkeit von Erlebnissen im Wachzustand. Die letzten Bilder des jüngsten Traumfilms spukten ihm noch im Kopf rum, aber er wollte gar nicht näher hinsehen. Er schälte sich aus dem Gewirr seiner Bettdecke und machte sich, noch halb benebelt, ins Badezimmer auf, wo er die Dusche aufdrehte und sich im Spiegel anstarrte, während das Wasser heiß wurde. Er sah matt und bedrückt aus. Die Augen wirkten ausgebrannt. Ist da noch irgendwas, irgendwas, in diesem würdelosen Klotz von Körper, fragte er sich, der doch sonst immerhin in der Lage ist, sich zur Schönheit zu erheben? Oder war das auch immer nur ein Traum gewesen? Während er darüber nachdachte, beschlug der Spiegel zusehends, und sein Spiegelbild verschwand im Dunst.

Er zog den rosa Plastikvorhang zurück, trat in die Duschwanne und unter den heißen Wasserstrahl. Reinige mich, betete er zum Wasserstrahl. Ich bin das Opfer, das Sakrifizium. Ich bin die Opfergabe und die Flamme, der sie geopfert wird. Ich bin die geklärte Butter. Ich bin der Yak draußen hinter dem Lamakloster. Ich bin das blaugrüne Etwas in der hintersten Ecke des Kühlschranks, gleich hinter der aufgeblühten, einen Monat alten Milchtüte. Ich bin, was ich bin, und das ist alles, was ich bin. Ich bin Popeye der Seemann. *Ich Narr.*

Den Bären schauderte. Nicht den Kopf hängen lassen, es ist bald vorbei.

Apropos Träume, wie ging denn der von heute nacht noch? Neulich war er mal ermordet worden: zwischen die Schulterblätter geschossen, während er in seiner weiß-goldenen Robe und Mitra das Hochamt zelebrieren wollte vor einem gemischten – tierischen und menschlichen – Publikum in einer alten Holzscheune. In der Nacht davor war er von der Mafia gejagt worden – anscheinend hatte er das falsche Geld eingesackt oder jemanden verpfiffen –, bis in ein schäbiges 50er-Jahre-Hotelzimmer in Cincinnati, mit suppengrünem Teppich, zerzaustem Bett, und draußen im gefärbten Sonnenlicht rumpelte die Straßenbahn vorbei, und zwei Männer in Mänteln sahen zu seinem Fenster hoch, als er den Vorhang zur Seite schob. Irgendein sporadisch halbwacher Teil von ihm bat immer wieder: Moment mal, halt, stopp! Das macht doch gar keinen Sinn, wie bin ich denn *hierher* geraten? Aber der in den Träumen obwaltende Sinn fürs Detail hatte ihn fertiggemacht, und er war hart und tief in ein Glaubensgefühl und bevorstehendes Verhängnis hineingestürzt. In der Nacht davor hatte er als Kommandant seines U-Bootes versucht, die Welt vor einer Horde gräßlicher grüner Kreaturen zu retten, die aber einen geheimen Eingang irgendwo ganz unten fanden und über ein Labyrinth von Leitern und Luken, die er als vernachlässigte Teile seiner selbst erkannte, zu ihm hinaufdrangen, um ihn sodann in ihre unsagbar abscheuliche Anwesenheit einzuhüllen und ihn in aller Ruhe systematisch zu verspeisen.

Der Film der letzten Nacht, erinnerte er sich jetzt, war von einer weniger routinierten Alptraumhaftigkeit gewesen, aber irgendwie noch deprimierender. Er war gegen Abend auf einer eher undeutlich gezeichneten städtischen Straße spaziert und sah sich plötzlich, als würde sein Kopf mit Gewalt nach unten gedrückt, auf die Rückseite seiner Klauen starren: Sie verwandelten sich in rosafarbene, wurmfingrige Menschenhände; ihm wurde ganz schlecht, und er bekam Angst. Dann, allzu schnell, hatte der Traum sich verwandelt: Er begann, mit dem Kopf voran und in rasender Geschwindigkeit über das Pflaster zu fliegen, und jetzt war die Straße nicht mehr nur unbestimmt gezeichnet: Ungeachtet der Tatsache, daß sein Blick entsetzt auf seine Halb-Klauen-halb-Hände gerichtet blieb, nahm er jeden Stein, jeden Fleck, jeden Lichtschimmer auf jeder Fensterscheibe und jedes Fitzelchen vorbeischwebenden Rußes in fesselnder, unwirklicher Detailtreue wahr. Er erkannte die Straße nicht wieder, aber er ahnte, während er durch ihr übernatürlich detailliertes Netzwerk von Materie, Licht und Schatten flog, daß er sie eines Tages wiedersehen würde, wenn er wach war, möglicherweise in derselben Geschwindigkeit. Diese Überlegung schien ihm ohne Sinn und Verstand, und er war kurz in dem dunklen Zimmer aufgewacht, wo die durch die Jalousie dringenden Lichtgitter der Autoscheinwerfer über die Decke wischten und geräuschlos ineinanderprallten. Er sank in vage Träumereien und Halbschlaf zurück. Bis zum Morgengrauen folgte er einer blassen, irgendwie vertraut scheinenden Frau durch ein Labyrinth von Straßen und Gassen.

Die Dusche hatte nicht viel weitergeholfen, denn die Nacht hatte ihn immer noch im Griff. Er drehte das Wasser ab, ließ sich auf alle viere nieder und schüttelte sich trocken. Nachdem er den Vorhang aufgezogen hatte und aus der Wanne gestiegen war, warf er noch einen letzten Blick in den Spiegel. O was nur fehlt dir, elend' Wicht? sprach er zu sich selbst. Längst welkt das Schilf am See und singt kein Vogel mehr? Ist es das, was dich fertigmacht, du Trottel?

Er ging in die Küche, machte sich Eier, Toast und Kaffee, setzte sich an den Tisch, um das Ganze zu verzehren, und fand die letzte Warnung und Mahnung der Telefongesellschaft zwischen den Servietten, wo Jones sie tags zuvor versteckt haben mußte. Bald schon roch der Bär den Rauch der ersten Zigarette dieses Tages, und nach kurzer Zeit tauchte Jones persönlich unter seiner Schlafzimmertür auf, gähnte und rieb sich die Augen. »Morgen, Bär«, sagte er und kratzte zerstreut an seiner Unterwäsche herum.

»Morgen, Jones«, sagte der Bär. »Kaffee ist fertig.«

»Ich muß erst duschen. Stell ihn warm.«

Zehn Minuten später saßen sie sich am Tisch gegenüber. Jones mampfte sein *Frühstück für starke Männer*, während die Eier kalt wurden, der Bär schlürfte noch einen Kaffee, schwarz und ohne Zucker, aus seiner extrabreiten Tasse.

»Du hast wieder lauter Fell in der Wanne gelassen«, sagte Jones. »Ich wünschte, du würdest, äh...« Er machte eine unbestimmte Geste mit der Hand.

»Ich dachte, ich hätte gewischt.«

»Hast es vergessen.«

»Tut mir leid«, sagte der Bär und wedelte mit der Nachricht von der Telefongesellschaft.

»Ich hatte gehofft, daß du das nicht finden würdest. Keine Sorge, das bezahl ich schon.«

Der Bär nahm einen Zug aus Jones' Zigarette und legte sie in den Aschenbecher zurück. »Wie kannst du bloß diese Dinger rauchen?«

»Jesses, guck mal, wie du sie jetzt eingesabbert hast. Guck dir das Teil an. Glaubst du, so was rauch ich noch?« Jones quetschte sie brutal im Aschenbecher aus.

»Betrachte mich als deinen Therapeuten«, sagte der Bär. »Ich will dich dazu bringen, damit aufzuhören. Du kennst meine Methoden, Watson.«

»Leck mich«, bemerkte Jones und zündete sich eine neue Lucky an.

»Haben wir das Geld für die Telefonrechnung?«

Jones zuckte die Achseln. »Ich bezahl sie. Sind ja eh alles meine Anrufe.«

»Ich benutze das Telefon auch.« Der Bär hatte es sich zur Gewohnheit gemacht, spätnachts ausgiebige Unterhaltungen mit Ferngesprächsvermittlern in Denver, Idaho City, Des Moines und Kansas City zu führen. Er erzählte ihnen, er sei Geschäftsmann, Schriftsteller, ein Sohn auf der Suche nach seinem Vater, ein Vater auf der Suche nach seinem Sohn. Nach fünf Minuten erzählten sie ihm gewöhnlich ihre Lebensgeschichte, und im Gegenzug dachte er sich dann eine Geschichte aus, paßte sich einen menschlichen Lebenslauf an, fabulierte sich in jedesmal neu entstehende Persönlichkeiten hinein. Es waren gute Menschen, die Leute von der Vermittlung. Es machte ihm Freude, mit ihnen zu reden. Wenn man alles glauben konnte, was man am Telefon hörte, dann gab es in ganz Amerika lauter untadelige, großzügige Menschen.

»Deine Telefonate sind doch immer gebührenfrei«, sagte Jones. »Ich hab schon dran gedacht, mir einen Job in einem Restaurant zu suchen.«

»Was ist mit unserer Nummer?« fragte der Bär. »Wenn wir keine Kohle mehr haben, bin ich bereit, wieder zu arbeiten.«

»Ach was«, sagte Jones. »Mach mal Pause. Ich kann ruhig ein paar Wochen lang den Kellner machen, das wird mich schon nicht umbringen.«

»Und was mach ich? Den ganzen Tag in der Wohnung rumsitzen? Toll.«

»Du könntest fernsehen«, schlug Jones vor. »Ein Buch lesen.«

»Einrosten«, hielt ihm der Bär entgegen. »Und vor Langeweile sterben.«

»Was, zum Teufel, soll ich denn tun? Ich kann dich nicht mehr einfach irgendwo da draußen absetzen. Die Forstbehörde ist ziemlich scharf geworden. Du gehörst zur falschen Art, und du bist nicht gekennzeichnet. Die fliegen deinen Arsch nach Manitoba.«

»Die Wildnis ist auch nicht mehr das, was sie mal war«, sagte der Bär.

Jones streckte die Arme über den Kopf und bog knackend die Fingergelenke. »Die Dinge werden eines Tages zur Rache schreiten«, sagte er, »aber jetzt kauf ich erst mal eine Zeitung und guck mir die Stellenanzeigen an. Soll ich dir irgendwas mitbringen?«

Der Bär gurgelte sich an der Spüle den Zigarettengeschmack aus dem Mund, dann packte er sein Alt aus und ging inmitten des Frühstücksgerümpels ein paar Grundübungen durch. Nachdem er Blythe von nahem gesehen hatte, wollte er den ihm zu Gebote stehenden Tonumfang erweitern und seine Fingerfertigkeit verbessern. Er brachte jeden Tag eine Stunde allein mit solchen Übungen zu. Derselbe genetische Querschläger, der für die Vergrößerung und Differenzierung seines Gehirns verantwortlich war, hatte ihn auch mit einem Paar gegengreifenden Daumen ausgestattet, was natürlich cool war, aber seine Klauen verfügten beileibe nicht über die Fingerfertigkeit, die für jene alptraumhaften Wurmhände völlig selbstverständlich gewesen wäre. Hatte es das zu bedeuten? War es ein Saxophontraum gewesen? Der Traum war ihm aber nicht wie ein Saxophontraum vorgekommen. Der Bär spielte in seinen Träumen sonst häufig Saxophon. Gelegentlich hatte er sogar in seinen Träumen mit Saxophonen geschlafen – um es unmißverständlich auszudrücken: Er hatte sie *gevögelt*, und zwar mit einer Rücksichtslosigkeit, die er einem anderen Wesen gegenüber niemals aufgebracht hätte, und war dann inmitten Coltranescher Klangflächen respektive klebriger Baumwollakenflächen aufgewacht und hatte gedacht: Wie pervers! Er war vom Thema abgekommen, und infolge seiner Abgelenktheit hatten die Übungen, denen er sich eigentlich widmen wollte, ihre Geschlossenheit verloren und verwandelten sich beinahe in Musik. Was im Moment aber nicht angesagt war. Und so wendete er sich mit aller gebotenen Konzentration wieder ganz der anatomischen Maschinerie zu.

Üben war eine freudlose Angelegenheit, aber man konnte nicht leugnen, daß es was nützte: Seine Klauen gewöhnten sich langsam an schnellere Bewegungen, und indem er sich durch ein paar aberwitzig kompliziert gewundene Phrasen züngelte, bekam er auch das Instrument langsam besser in den Griff und sah neue Möglichkeiten aufscheinen, wie er sich dieses Im-Griff-Haben zukünftig zum Zwecke lebendigen Spielens zurechtbiegen könnte. Die Saat der Musik brauchte diese Schale der Hartnäckigkeit und Wiederholung, aber es schien ihm ein Jammer, daß das Ganze nicht einfach mittels des süßen sengenden Feuers Gottes bewerkstelligt werden konnte, als Musik sozusagen, die auf Schwingen herniederkam und einen auf irgendeiner Kutsche, einer *sweet chariot*, mit sich riß.

Ecce der letzte Romantiker, dachte er, setzte das Instrument ab und sah sich das Frühstückschaos auf dem Tisch an. Jones hatte eine seiner Zigaretten in einem erstarrten Eigelb ausgedrückt, und der Bär hatte einen Rest Kaffee verschüttet. Das soll mich inspirieren? Das soll die Grundlage für kommende Kunst darstellen? Das Feuer, die Inspiration, das Was-auch-immer, das ihn ein paar Nächte zuvor im Tin Palace erfüllt hatte, lag schlafend oder beschädigt irgendwo in den Tiefen seiner Brust. Er versuchte, »Giant Steps« zu spielen, aber obwohl er die Tempowechsel hinbekam, klang es lustlos, leer, nicht mal annähernd richtig. Komisch, wie es einmal funktioniert, und dann im nächsten Moment wieder nicht. Er legte sein Alt beiseite, ging zur Spüle und wusch das Geschirr ab.

Jones knallte bei seiner Rückkehr fast die Tür aus den Angeln, er schien aufgeregt, war rot im Gesicht und bekam kaum Luft.

»Is' was, Doc?« fragte der Bär, wofür er sich in der Mitte eines Chorusses von »Brilliant Corners« unterbrach. »Ich weiß doch, daß du nicht gejoggt bist. Hast du einen Job im Lutèce ergattert?«

»Nicht ganz.« Jones hielt ihm eine aufgeschlagene Zeitung vor die Nase. »Du hast es in die *Voice* geschafft.«

Der Bär kniff die Augen zusammen und entzifferte gerade mal die Überschrift. *»Öko-Jazz Fusion?«* las er.

»O ja.«

»O nein.«

Jones schwenkte die Zeitung und begann laut vorzulesen: »›Inmitten des drastischen Ungleichgewichts, in das die Natur durch menschliche Habgier und Dummheit gestoßen wurde, breitet sich die allumfassende Stille des Naturreichs langsam, aber unaufhaltsam immer weiter als Klang aus‹«, sagte er.

»Ohne Scheiß?«

»Ohne Scheiß. ›Kein Altsaxophonsolo kann in diesen Zeiten hoffen, die Stimme darzustellen, welche die Wunden des geschundenen Planeten lindert…‹«

»Nein?« fragte der Bär.

»Offenbar nicht«, sagte Jones. »Und was, glaubst du wohl, soll es bedeuten, daß du dich ›in analoger Weise auf Albert Ayler, Lee Konitz, Albert Schweitzer und Chu Berry bezogen‹ hast?«

»Ich hab keinen blassen Schimmer«, sagte der Bär.

»Hier, nimm die Zeitung.« Jones reichte sie ihm hinüber.

Der Bär strich die Zeitung auf dem Tisch glatt, legte den oberen Teil seines Kopfes in Falten und kratzte sich zwischen den Ohren. »Hast du das hier gelesen?«

»Was denn?«

»Daß, falls es für die menschliche Rasse noch irgendeine Hoffnung gibt, diese durch die Pforte des Außermenschlichen vorstellig werden wird?«

»So sieht es ja schon seit einigen Jahren aus.«

»›Was das Außermenschliche angeht‹«, zitierte der Bär, indem er mit erhobener Klaue die Luft durchfurchte, »›beziehe ich mich nicht nur auf Bärensolo und Walgesang, sondern auch auf die weniger artikulierten Äußerungen der Mineralwelt, die Sprache der Vegetation in der Abfolge der Jahreszeiten, Wasser, das sein Herz auf den Mond ausrichtet.‹ Hab ich das gespielt? Weiß ich gar nicht mehr.«

»Wie ich eben sagte«, sagte Jones. »Die Dinge werden Rache nehmen.«

»Ich bin«, sagte der Bär, »kein Ding.«

»Aber klar doch«, sagte Jones. »Sind wir alle. Es ist eine dingmäßige Welt. Die Sonne scheint gleichermaßen auf die Guten und die Bösen, die Gerechten wie Ungerechten.«

»Außerdem«, las der Bär weiter, »bin ich anscheinend ›das erste Aufscheinen eines neuen Zeitalters nicht nur tierischer, sondern auch menschlicher Möglichkeiten, das Entriegeln einer bizarren, einzigartigen Tür im stolzen Haus der Zukunft und möglicherweise der beste Altsaxophonist, den New York seit Zoot Finster erlebt hat‹. Was sagste nu?«

»Klingt so, als würde unser Mann eine ganze Menge Kaffee trinken. Sagt er auch irgendwas über mich?«

Der Bär zog sich mit der Zeitung in eine Ecke des Wohnzimmers zurück, und nach einer Weile wurde sein Lachen sanfter und zufriedener. »Also, irgendwie hat das alles nichts mit mir zu tun«, erklärte er schließlich, »aber der Tag ist gerettet. Ach Gottchen!«

»Willst du heute immer noch auf der Straße arbeiten?«

»Kann es noch bis morgen warten?«

»Wir haben noch zwei Tage Zeit, die Telefonrechnung zu bezahlen, bevor sie uns die Leitung kappen, und beim Lebensmittelladen kann ich noch anschreiben lassen.«

»Wirke ich auf dich wie ein erstes Aufscheinen?«

»Als ich dich das erstemal sah, hab ich mir gesagt ... meiner Treu, das ist ja eine bizarre und einzigartige ... äh ...«

»Tür«, soufflierte der Bär.

»Genau«, sagte Jones. »also, was soll ich fürs Abendessen holen?«

»Türangeln«, sagte der Bär.

Am nächsten Tag waren sie zur Mittagszeit an einer Straßenecke in Midtown. Ihre polizeiliche Erlaubnis war sichtbar ausgestellt, eine akzeptable Menge von Arbeitnehmern und Passanten hatte sich versammelt, und der Bär lag flach auf dem Rücken, stöhnte und summte und stieß ohne Sinn und Verstand die Tatzen in die Luft. Er war sich nicht sicher, daß er die Nummer würde durchstehen können. Er fühlte, wie ihn die Umgebung förmlich pulverisierte, und da war auch etwas Schwächelndes in seinem Herzen, das ums Überleben kämpfte. Rundherum sahen Gesichter zu ihm herab und lachten, zeigten Zähne und Zungen. Es ist so wenig von mir übrig, dachte der Bär, nehmt doch gleich alles! Der Bär begann sich zu entgleiten. »Hahu«, machte er und wedelte irgendwie mit den Tatzen. »Hahuuu.«

Jones wußte, daß Hahu nicht im Drehbuch stand, und als es Zeit für ihn wurde hinzugehen, triumphierend in die Gegend zu blicken und den Fuß auf die bebende Brust des Bären zu pflanzen, da schaute er lieber erst mal, ob alles in Ordnung war. »Hahu?« fragte der Bär und sah ihm mit unvergeßlicher Klarheit in die Augen. Jones fühlte, wie sich sein ganzes Inneres erhob, um ihn anzuklagen, und er trat verwirrt zurück.

Mit der ersten Show nahmen sie neunzehn fünfzig ein. Während er sich aufrappelte und seine Jacke abklopfte, fragte sich der Bär, ob irgend jemand aus dem Publikum wohl den Artikel über ihn in der *Village Voice* gelesen hatte.

Als Jones den Bären betrachtete, der wartend auf dem Bürgersteig inmitten einer Schar Kauflustiger stand, war ihm eher danach, sich in Stücke zu reißen, als weiterzumachen. Er hätte sich niemals von ihm dazu überreden lassen dürfen, mit der Nummer wieder auf die Straße zu gehen. Es war für sie beide eine Tortur. Der Bär war *Musiker*, um Gottes willen, und wenn er sich davor fürchtete, in der Menschenwelt als das dazustehen, was er wirklich war, dann war es seine, Jones', Pflicht, ihm beizustehen, ihm die Kraft zu geben. Ich bin der einzige, der ihn kennt, sagte sich Jones. Ich hab ihn aufgezogen, hab ihm Schallplatten gegeben und für eine gewisse Ausbildung gesorgt. Als er sich dann als etwas ganz Besonderes erwies, habe ich ihn beschützt, aber ich hätte imstande sein müssen, mehr als das zu tun. Wenn ich ein besserer Mensch gewesen wäre … Wenn ich Manns genug gewesen wäre zu verhindern, daß das Geld, das ich hatte, mir immer nur durch die Finger rann, dann müßten wir das hier nicht machen. Dann würden wir auf den Bahamas leben, uns das Essen von den Bäumen pflücken und es mit schönen Frauen jedweder Rasse treiben … Zu besonderen Anlässen würde der Bär zum Abendessen einen Fisch aus den Wellen greifen. Wenn ich ein richtiger Mann wäre, hätte ich ihm ein anständiges Leben bieten können. Wenn ich fähig gewesen wäre, das Geld aus dem Familienerbe zusammenzuhalten, hätte ich ihm ein Versteck einrichten können, aber du liebe Güte, schau uns an.

Inzwischen bildete die sich um den Bären versammelnde Menschenmenge einen dreifachen Ring, und es wurde Zeit anzufangen. Na ja, dachte Jones, es ist immer Streß, sich den Lebensunterhalt zu verdienen, selbst unter besten Bedingungen. Man wird bei lebendigem Leibe aufgefressen, Stück für Stück. Er rückte seinen steifen Strohhut zurecht, machte die Mundharmonika bereit und begann, »Columbia the Gem of the Ocean« in C-Dur zu spielen. Der Bär salutierte auf muntere Weise, dann begann er im Kreis zu steppen, wobei er ein verzweifeltes, zähnebleckendes Grinsen im Gesicht trug, während er sich an den Gesichtern der Menge vorbeibewegte. Er zog eine kleine amerikanische Flagge aus der Brusttasche seiner karierten Jacke und schwenkte sie herum. Es gab einen kleinen, kaum mehr als wohlmeinenden Applaus.

So weit war es mit ihnen jetzt also gekommen: Jones hatte erste Ansätze von Tränen in den Augen, während er in seine kleine Chrommundharmonika ein- und ausatmete, als wäre das Gerät operativ an seinem Gesicht befestigt, der Bär tanzte im Kreis mit einem fürchterlichen Grinsen im Gesicht, während die Menge langsam locker wurde und sich zu amüsieren und im Takt der Musik zu klatschen begann. Über den Stahl-und-Beton-Gebäuden war der Himmel klar und strahlend blau. Es war ein normaler Arbeitstag in der gefallenen Welt.

Jones setzte die Hohner ab und schaltete den Sony ein. Der Bär führte einen komischen Bauchtanz auf, gefolgt von einer einwandfreien Disco-Parodie (mit in der Luft kreisenden Tatzen), und dann, während Jones sein Küstenwachen-Armband anlegte und den weißen Seemannshut hervorholte, machte der Bär seine onkelhaft stolzierende Wien-Nummer zu Walzermusik von Johann Strauß. Als Jones ihm den Seemannshut zuwarf, und die Kassette zu »Anchors Aweigh« überblendete, sahen sie sich, von einem identischen Schmerzen im Herzen durchbohrt, über das Pflaster hinweg an, als läge ein Abgrund zwischen ihnen, bevor sie dann mit der Nummer fortfuhren. Der Bär war der betrunkene Seemann, Jones der Mann von der Küstenwache, der ihn mit Fragen nach seiner Einheit, seinem Schiff und Dienstrang piesackte. Die grunzenden, einsilbigen Antworten des Bären waren perfekt getimt, seine Imitation menschlicher Trunkenheit war für eine Kreatur seines Schlages erschreckend präzise. Die Menge war begeistert, Männer und Frauen konnten sich vor Lachen kaum halten, und die Nummer begann ihren Rhythmus zu finden, aber als Jones dem Bären mit dem Schaumgummiknüppel eins über den Kopf zog, worauf der Bär aufstöhnte und sich wieder einmal im Rinnstein wälzte, da schlaffte die Show plötzlich ab, und die ganze Ausgelassenheit verschwand. Jones machte dem ein Ende. Der Knüppel fiel ihm aus den Händen, und seine Schultern sackten zusammen. »Komm, Bär«, sagte er, »gehen wir nach Hause.«

Der Bär, der immer noch auf dem Boden lag, blinzelte zweimal und ließ überrascht die Schnauze offenstehen. »Soll mir recht sein«, sagte er schließlich. »Ich fühl mich wie zwei Pfund selbstgemachte Scheiße.«

»Wir können das nicht mehr weiter machen«, sagte Jones. Er streifte das Armband ab und verließ den Zuschauerkreis.

Zuerst dachten die Zuschauer, es handele sich hier um eine großartige neuerliche Wendung in der Vorführung, irgendeine Kombination von Zeichen, Bauchreden und Selbstverzauberung, und obwohl sie sich unbehaglich fühlten, applaudierten sie. Aber als der Bär sich daran machte, Jones beim Zusammenpacken zu helfen, den Kassettenrecorder mit müder Beiläufigkeit ausschaltete und zusammen mit dem Seemannshut in die Reisetasche packte, da setzte Unsicherheit ein. Es war, als würden sie ein Stück modernes Theater sehen, über das noch keine Besprechung geschrieben worden war.

»Besorg du ein Taxi«, sagte der Bär, »ich übernehm das Geldeinsammeln. Eine kleine Gabe«, rief er der Menge zu. Als er, den Hut in der Hand, den Kreis abschritt, um Dollars, Streichholzbriefchen und furchtsame Blicke einzusammeln, konnte der Bär spüren, wie die Hülle seines Lebens fast hörbar aufriß, eine Membran, die ihn ferngehalten hatte – ja, von was? Ab sofort hieß es entweder ein neues Leben oder tödliche Krankheit. Das bißchen Prophylaxe jedenfalls war verschwunden. »Nur fünfzig Cents?« sagte er zu einer Dame mit Olivenhaut, hohlen Wangen und gezupften Augenbrauen à la Dietrich. »Für ein erstes Aufscheinen, eine bizarre und einzigartige Tür?« Er sah, wie ihr der Mund aufklappte, die Augen peinliche Berührtheit ausdrückten. »Tut mir leid«, murmelte er und schritt weiter in der Reihe. »Tut mir leid. Ich wollte nicht ...«

»Taxi ist da«, hörte er Jones rufen.

»Hoffentlich ist's ein Checker«, sagte der Bär. Er blickte sich um, und tatsächlich, es war einer. Schön geräumige Rücksitze.

Der Bär steckte das Geld ein und machte sich auf den Weg zu dem schönen großen alten Taxi. Jones saß schon drinnen. Als die Leute sich ehrfurchtsvoll nach links und rechts teilten wie in den alten Zeiten einmal das Meer, da erkannte der Bär, daß der Augenblick gekommen war, einen letzten öffentlichen Abgesang als Straßenentertainer abzuliefern. Aber die nötige Poesie wollte sich nicht einstellen. Was hätte er sagen können? O ihr Leute, ihr müßt euer Leben ändern? Irgendwie fehlte da doch der richtige Pep.

An der Taxitür angelangt, drehte er sich um. Da waren sie immer noch: gut. Während er auf das Sprudeln der rhetorischen Einfälle wartete, die ihn in die Lage versetzen würden, alle Feuer des Himmels auf dieses Land sinnlos grinsender Narren herabzuschicken, mußte er jedoch an die Frau denken, die er eben mit einer hingeworfenen Bemerkung verletzt hatte, und er erkannte, daß sie, wie auch all die anderen, unschuldig war an dem, was auch immer er unter ihren Augen erlitten haben mochte. Diese Leute waren keine Gegner, sie waren halt nur menschlich, nur aufgrund eines vorübergehenden, bärenhaften Verstoßes gegen die Gesetze der Natur ein bißchen verunsichert, und er wollte denn doch nichts anderes, als ihnen den zerbrechlichen, grundlosen Seelenfrieden belassen. Ich bin einfach nicht rücksichtslos genug, sagte er sich. Das wird noch mal mein Ende sein.

»Unser Spiel ist nun zu Ende«, sprach er sanft zu seinem Publikum, »und unser kleines Leben rundet sich im Schlaf.« Er verneigte sich tief, die Hand aufs Herz gelegt. »Ihr steckt alle tief in der Scheiße«, murmelte er vor sich hin. »Viel Glück.«

Der Applaus setzte ein, als er sich wieder aufrichtete, und hielt an, als er ins Taxi stieg. »Das ist typisch New York«, sagte er zu Jones, als er die Wagentür zuzog. »Wenn sie glauben, es sei Kunst, dann klatschen sie, und wenn sie glauben, es sei Wirklichkeit, dann werden sie blaß und hoffen, daß es vorbeigeht. Ist dir klar, daß wir satte fünfzig Eier eingesackt haben?« Er lächelte und winkte der Menge zu, während sich das Taxi in Bewegung setzte.

»Was ist bloß in uns gefahren?« sagte Jones.

»Gott, ich weiß nicht«, sagte der Bär. »Willst du es noch mal versuchen, um es herauszufinden?«

»Nö.«

»Was es war«, sagte der Bär weise, »das war das Gesetz, das

besagt: Wie auch immer die Realität einer Situation beschaffen sein mag, am Ende kommt es heraus. Es gibt keinen Weg zurück. Also, das war praktisch eine Veränderung des Aggregatzustands.«

»Menschenskinder«, sagte Jones. »Du mußt mir nicht immer alles und jedes erklären. Ich komm mit dem normalen Zeug ganz gut aus.«

»He, wohin nach Downtown?« fragte der Taxifahrer.

»Bleiben Sie auf der Second Avenue«, wies ihn Jones an, »ich sag Bescheid, wenn wir da sind.«

»Klasse Kostüm haben Sie da«, sagte der Fahrer, der kurz einen Blick über die Schulter warf.

»Danke«, sagte der Bär. »Ich fange selbst an, eine gewisse Zuneigung dafür zu entwickeln.« Er griff nach vorn, um die Plexiglas-Trennscheibe zu schließen. »Das wär's dann also«, sagte er zu Jones. »Wenn wir zu Hause sind, werde ich Lester Bowie anrufen und ihm sagen, daß der Gastauftritt beim Art Ensemble läuft, falls es ihnen immer noch recht ist. Aber ich weiß nicht, wie's weitergehen soll, wie wir finanziell über die Runden kommen und alles.«

»Also«, sagte Jones, indem er es sich auf seinem Sitz gemütlich machte, »mit dem Artikel in der *Voice* im Rücken, könnten wir es wahrscheinlich schaffen, eine kleine Tournee für dich auf die Beine zu stellen.«

»Eine Tournee?« sagte der Bär.

»Du hast selbst gesagt, daß es kein Zurück mehr gibt. Warum dann nicht gleich volle Kraft voraus gehen?«

Der Bär fuhr mit der Tatze übers Gesicht, wie um es zu säubern. »Jones, ich weiß nicht. In meiner Familie gibt es eine lange Tradition des Schweigens. Zwanzig Generationen sprechender Bären, und ich bin der erste, der einem Menschen gegenüber überhaupt den Mund aufgemacht hat.«

»Wahrscheinlich, weil ich so ein reizender Typ bin«, sagte Jones.

»Ich weiß nicht genau, ob ich noch weiter gehen kann«, sagte der Bär.

»Das bist du doch schon. Wenn du die nächste Grenze wirklich überschreiten willst«, Jones räusperte sich, »dann geh ich mit.«

»Ich weiß«, sagte der Bär. »Aber eine Tournee...«

»Denk drüber nach. Du hast Zeit.«

Der Bär schaute hinaus auf das am Taxifenster vorbeischaukelnde New York. Ein Gefängnis aus Stein mit Menschenballungen an den Hauptkreuzungen. Zehn Millionen benommene und sterbliche Wesen, hypnotisiert durch Liebe, Arbeit, Haß, Familie und Vergangenheit. Wie standen die Chancen, fragte sich der Bär und versuchte realistisch zu sein, daß man in all dieser Vielfalt einigermaßen Halt in echter Freiheit finden konnte? Der Blick auf diese Auswahl von den Millionen genügt doch, um mich davon zu überzeugen, daß ich keine Bedeutung und keine Chance habe. Was kann es schon für einen Unterschied machen, ob noch ein Geschöpf mehr oder weniger auf einem Instrument bläst?

Sie fuhren an der 14th Street vorbei, wo lauter Drogenwracks an den Schaufenstern entlangwankten wie in Mäntel gehüllte Geister. In der richtigen Welt zu leben bedeutet, Teil von *dem* da draußen zu werden.

Andererseits, dachte er, wer das Richtige tun will, der muß tapfer sein, sein persönliches Körnchen Wahrheit nehmen und sich damit in die Arena stellen, egal, was kommt. Gott steh mir bei, dachte er, ich bin wahr und echt, ich bin ein Trottel. Er wandte sich zu Jones. »Gastspiele?« sagte er. »Eine Tournee? Ich bin bereit, wenn du es bist.«

Der Bär sah auf seine Tatzen nieder. O nein, dachte er, als ihm klarwurde, was er jetzt zu tun hatte. Dramatische Gesten waren noch nie mein Ding. »Muß ich das wirklich tun?« sagte er laut.

»Was?« sagte Jones.

»Der Ring.«

»Vielleicht solltest du warten, bis wir zu Hause sind.«

»Ich glaube, es wird Zeit, daß er abkommt.«

»Denk halt dran, daß es von Anfang an nicht meine Idee war, okay?«

»Ich weiß. Du wolltest beim Halsband bleiben«, sagte der Bär. »Es war meine albern sardonische Einstellung, als ich noch grün hinter den Ohren war. Er hätte schon längst verschwinden sollen. Dann verschwindet er eben jetzt.«

»Ich glaube, du wirst jede Menge Tupfer brauchen«, sagte Jones warnend.

Aber der Bär hatte bereits seine Zeigeklauen eingesetzt und begann, den Ring in seiner Nase auseinanderzuziehen.

»Langsam, langsam«, sagte Jones, aber die ersten hellen Tröpfchen arteriellen Bluts spritzten dem Bären bereits auf die Brust.

»Zieh mir die Jacke aus«, sagte der Bär gerade noch.

»Moment…«

»Pack an, pack an, zieh sie runter.«

»Scheiße, jetzt hast du's geschafft«, sagte Jones, als er sah, wieviel Blut der Bär verlor.

»Meine *Scheiße*!« sagte der Taxifahrer, der mitbekam, was los war, und dann gab es ein mächtiges Reifengequietsche und Gehupe, als er sein Taxi zur Seite riß und am Straßenrand hielt.

Jones hielt das karierte Jackett des Bären unter dessen blutende Nase und warf dem Kutscher einen Batzen von der fetten Tageseinnahme zu. »Zwei Blocks nach Süden und dann links. Ich hab das Nasenbluten hier im Griff, und das Geld da ist für Sie.«

Der Fahrer ließ die Luft aus den aufgeblasenen Backen entweichen. So kann man's auch sagen, dachte Jones und freute sich auf das Anbrechen des Abends, wenn all dies vorbei sein und etwas Unvorhergesehenes endlich beginnen würde.

4

Zwei Wochen später hatten sie gerade die Brooklyn Bridge halb überquert, als der Bär es leid war, sich im hinteren Teil des Transporters, den Jones für einen Tag gemietet hatte, zu verstecken. Er kletterte nach vorn auf den Beifahrersitz und drehte das Fenster herunter.

»Bär«, sagte Jones und wechselte die Spur, »erreg bitte kein Aufsehen.«

»Ich?« sagte der Bär, dann streckte er den Kopf aus dem Fenster und führte zwei blonden Kindern in einem überholenden Oldsmobile seine Bernhardinernummer vor. »Wuff«, sagte er, »wuff, wuff, wuff.« Dann ließ er die Zunge in voller Länge aus dem Mundwinkel hängen und geiferte in den Wind hinein.

Die Kinder winkten und zeigten auf ihn und stießen ihre Eltern heftig an, aber die Herrschaften schienen sich zu weigern, auf einen solchen Blödsinn zu reagieren.

»Aufsehen erregen, papperlapapp«, sagte der Bär und zog den

Kopf wieder ein. »Das kümmert doch keine Sau. Aber was für ein Tag. Ist das nicht ein strahlender Tag unten im Hafen? O Sonne mit deinen glänzenden Strahlen! O Wasser mit deinem schimmernden Schein! Stählerne Harfe über die Tiefe gestreckt! O Sonny! O Rollins!«

»Ach, halt den Mund.«

»Wir sollten wirklich öfters mal rauskommen. Du unternimmst einfach nie was mit mir.«

»Jetzt unternehmen wir ja was.«

Sie landeten auf der Brooklyner Seite, fuhren zwischen dem Eagle Warenhaus und dem Wachturm hindurch – LEST TÄGLICH GOTTES WORT, DIE HEILIGE SCHRIFT.

»Jones«, sagte der Bär, »was weißt du eigentlich über diese Band?«

»Es sind die besten Leute, die wir unter den gegebenen Umständen kriegen können.«

»Umstände«, sagte der Bär, »die werden mich noch mal ins Grab bringen.«

»Hör zu«, sagte Jones, »es ist Sommer. Jeder, der die Möglichkeit dazu hat, ist auf Tournee in Europa oder Japan. Mal ganz abgesehen von Sicherheitserwägungen und dem Geld, das wir zahlen können, ist da noch die generelle Einstellung: Hm, ein Bär? Und das ist zum Teil deine Schuld, weil du immer unbedingt jeden darauf hinweisen mußt, daß die Gefahr besteht, daß du hopsgenommen wirst, und die ganze Band mit dir. Ich wünschte, du würdest mir die Telefonate überlassen.«

Daß es Ärger auf der Tournee würde geben können, das war schon wahr. Am Anfang ihrer gemeinsamen Zeit waren sie sehr diskret hinsichtlich der wahren Natur des Bären gewesen und hatten es nur einem kleinen Kreis von Freunden und Bekannten gegenüber herausgelassen. Trotzdem hatte es Anfragen gegeben, höfliche und wissenschaftlich interessierte zunächst, von milden, beflissenen Zeitgenossen mit schlechtsitzender Kleidung und unmodischen Brillen: Es wäre uns eine Ehre, wenn Sie ein paar Tage im Labor... Und damit hätte sich das vielleicht auch erledigt gehabt, wenn der Bär sich nicht so unnachgiebig geweigert hätte. Spätere Bemühungen waren nachdrücklicher ausgefallen, gipfelten schließlich sogar in Drohungen: Natürlich könnten wir die

Sache auch selbst in die Hand nehmen, Sir, was wir aber nicht tun werden, wenn Sie kooperieren, eine Woche mit Ihrem Tier ist alles, was wir wollen, versprochen. Ihr habt sie wohl nicht mehr alle, war Jones' Antwort gewesen. Das Forschungsmotiv kam dann zu höchster Ausformung in Gestalt von zwei Männern in enggeschnittenen Anzügen, mit kurzen Haaren und Nickelsonnenbrillen, die Jones einen »Buchvertrag« – zwei Bücher sollten unter seinem Namen erscheinen, und er würde regelmäßig Tantiemen erhalten – für die »Benutzung« des Bären anboten: In unseren Einrichtungen können wir besser für ihn sorgen, als Sie das können, und er wird ein gutes und – zwinker, zwinker – *erfülltes* Leben bei uns haben. Selbst nachdem Jones und der Bär zweimal umgezogen waren, hatte es irgendwelche Gestalten gegeben, die nachts in gegenüberliegenden Hauseingängen lauerten, neue Mieter in der Nachbarwohnung, ein merkwürdiges Echo im Telefon und ein verdächtiges Feuer im Hausflur. Nach Jahren extremer Abgeschiedenheit, in denen sie ihr gesellschaftliches Leben auf einen Kreis von praktisch zwei Personen beschränkt hatten, hatten Jones und der Bär ihre Anonymität wiedererlangt, wie sie zumindest hofften. Jedenfalls hatte sich seit geraumer Zeit keine fremde Nase mehr durch ihre Vorhänge geschoben, aber jetzt, wo sie das Wasser wieder aufwühlten, wer wollte da sicher sein?

»Ich will niemanden in Probleme reinreißen, von denen er sich keine Vorstellung macht«, sagte der Bär.

»Das ist sehr edel von dir, aber dann solltest du vielleicht gar nicht erst auf Tournee gehen. Was man so Tournee nennt. Ein paar unangekündigte Gigs in New York und ein schneller Abstecher nach Boston. Da kann man von Glück sagen, wenn man überhaupt eine Band zusammenbekommt. Immerhin«, sagte Jones, »Julius hat mit Tim Berne und Marty Ehrlich gesprochen, und obwohl sie ihre eigenen Bands nicht zur Verfügung stellen konnten, kannten sie doch immerhin diese anderen Typen …«

»Der Bär und Diese Anderen Typen. Klasse Programm. Ich hatte gehofft, ich hatte wirklich gehofft, daß wir unter Julius und McCall und den Typen vom Art Ensemble ein paar richtige Kaliber finden könnten, die gewillt sind, mit uns was loszumachen.«

»Du durftest bei McCall und Lester einsteigen, und jetzt bist du verwöhnt. Du hast dir solche Typen für eine reguläre Band noch nicht verdient.«

»Mir sind also alle Wege außer dem nach unten verschlossen. Stockender Verkehr.« Der Bär zeigte auf die Autos, die sich vor der Ampel stauten.

»Das krieg ich schon hin«, sagte Jones und bremste ruckartig. »Scheißfederung.«

»Bau bitte keinen Bums.« Aber der Bär machte sich eigentlich keine Sorgen um einen Verkehrsunfall – wie gut würden Diese Anderen Typen sein, und wenn sie diese Tournee tatsächlich machten, würde er sie überleben?

Der einmalige Auftritt mit dem Art Ensemble war gut über die Bühne gegangen, aber das war das Verdienst von Lester Bowie, der alles getan hatte, um dem Bären die Sache zu erleichtern und dafür zu sorgen, daß man sicher war: die Türen des Liefereingangs auf der Rückseite des Bottom Line taten sich auf, gerade als Jones und der Bär im Transporter vorgefahren kamen, Bowie bugsierte sie ins Innere und machte den Bären im Backstage-Umkleideraum mit dem übrigen Art Ensemble bekannt.

»Wir übertreiben den Kostümscheiß heute abend. Du kannst von Glück sagen, wenn dich überhaupt jemand bemerkt«, sagte Bowie, und er mochte recht gehabt haben: Malachi Favors, der Bassist, hatte sich das Gesicht weiß angemalt und trug ein stammeskultartiges Gewand aus Silberlamé; Joseph Jarman hatte sein Umhang- und Kriegsbemalungsoutfit mit einem Paar flauschigen rosa Häschenohren abgerundet; der Drummer Don Moyé wäre annähernd als Dogon-Amtsträger durchgegangen; Roscoe Mitchell trug Straßenkleidung und eine schwarze Baumwollstrickmütze und nickte wie ein Grüßaugust. Der Bär trug das, was man wohl als sein reguläres Musikerkostüm bezeichnen mußte: Regenmantel, weite Hose und breitkrempigen Hut.

»Und wie findste das?« sagte Bowie und zeigte ihm die Waffe, die in seiner Hand lag: eine kleine schwarze Automatik. »Kleine Abschreckung für eventuelle Eindringlinge, was? Manchmal schieß ich sie gern zum Ende eines Trompetensolos ab, Platzpatronen natürlich nur, aber man kann sie auch mit Leuchtmunition und Tränengas laden. Hab ich für alle Fälle mitgebracht. Als ich das Ding gekauft hab, wollte ich mal sehen, wie die Leuchtkugeln kommen, und hätte um ein Haar das ganze Haus in Brand gesteckt.«

Malachi Favors legte letzte Hand an seine hellrote Lippenbemalung und lächelte dem Bären aus dem Spiegel zu. »Ich bin gespannt darauf, wie du spielst«, sagte er. »Sicherlich werd ich begeistert sein, nach dem, was Lester mir erzählt hat.«

Roscoe Mitchell nickte nur unablässig und sagte: »Hi.«

Letzten Endes war die Musik nicht uninteressant gewesen.

Nachdem die Band schweigend, nach Osten gewandt, dagestanden hatte – ein schöner Augenblick übrigens, eine wirksame Einstimmung –, waren die Dinge mit einem Rumoren von Gongs und Lockpfeifen ins Rollen gekommen, und der Bär hatte sich, von ein paar eingesprengten Tönen abgesehen, zunächst rausgehalten. An seinem Baß stehend, begann Malachi Favors in ein Megaphon zu brummeln, Lester Bowie atmete heiser in sein Blasinstrument hinein, und irgend etwas in diesen anwachsenden Musikfetzen verfing sich im Fell des Bären, und bevor er sich's versah, war er in einem flüsternden Austausch mit Roscoe Mitchell am anderen Alt begriffen, während Joseph Jarman hinter ihm die Welt der Becken und Gongs durchfurchte, wobei er hier und da die Sounddünung mit einer Fahrradhupe unterstrich. Nun hatte der Bär sich nie als einen ausgesprochen freien, atonalen Spieler verstanden – er hoffte, daß er irgendwie einen eigenen Stil hatte, obwohl es ziemlich offensichtlich war, daß er von Bird, von Ornette und von Jackie McLean herkam –, aber als er und Roscoe sich weiter ineinander verschlangen und Baß und Schlagzeug unter ihnen aufstiegen wie ein sich zusammenballender Sturm und Jarman ein gewaltiges Glockengeklingel vor dem sich erhebenden Wind veranstaltete, da sah sich der Bär innerhalb von Minuten in sich wiederholende Ausbrüche freien Blasens mit Roscoes ziemlich atonalem Alt verwickelt, und der gesamte Bandsound schwoll auf wie eine Welle. Als das Crescendo wieder abschwoll, war der weitere Abend von jeglichen Hemmnissen freigeblasen, und der Bär begab sich fröhlich und ohne große Sorge ins Geschehen. Das Publikum, das ziemlich ordnungsgemäß nach jedem Satz Beifall klatschte, störte ihn auch nicht weiter.

Es gab ein langes, bluesartiges Stück; die Rhythmusgruppe stand wie eine Eins, Malachi Favors' Baß klang mächtig und warm, und das, wie der Bär überrascht bemerkte, ohne Zutun eines Verstärkers. Der Bär hatte einigen Spaß mit Bowie beim Abwechseln der Chorusse, bevor sie in ein weniger deutlich markiertes Call and Response übergingen. Es gab einen langen Percussion-Jam, bei dem er die Bühne überquerte, sich einen Trommelstock griff und auf eine große Baßtrommel einprügelte, und dann verlangte jemand Jarmans in unmöglichem Uptempo angelegtes Coltrane-Tribut »Ohnedaruth«, worauf sich alle Bläser nacheinander das Gehirn aus dem Kopf bliesen. Bowie war als Letzter dran, zog am Ende seiner Schlußkadenz die Pistole und ballerte das ganze Platzpatronenmagazin in die Lichter.

So weit, so gut, dachte der Bär, der an seinem Rohrblatt rumzuzelte und ein durchdringendes multiphones Pfeifen herausholte, doch dann langte Bowie, der jetzt trotz der wissenschaftlichen Nüchternheit seines Laborkittels aussah, als wäre er verrückt geworden, in seine Tasche, lud ein neues Magazin in die Automatik und feuerte noch eine Salve Platzpatronen auf das enthusiasmierte Publikum an den vollbesetzten Tischen, wobei er »Peng, peng, peng, Motherfuckers!« schrie, und nun geriet eine Busladung von Touristen an einer der vorderen Tischreihen – irgendein Reiseveranstalter mußte sie entweder aus Versehen oder um sich einen Spaß zu machen zum Art Ensemble geschickt haben –, die sich von den ersten Schüssen und der Tatsache, daß sich offenbar ein echter Bär auf der Bühne befand, nur mäßig alarmiert gezeigt hatten, in blinde Panik, warfen ihre Stühle beiseite und stürmten durch die dichtgedrängte Menge zum Ausgang. Die Panik wirkte ansteckend, zumal niemand so recht wußte, was genau passiert oder nicht passiert war, und so leerte sich der Saal weitgehend. Die Band zog sich lachend in den Backstagebereich zurück, während Jarman zweimal androhte, Lester Bowie umzulegen, und der Bär stand da auf der Bühne und blinzelte durch Pistolenrauch.

Er hörte Jones von der Eingangstür des Clubs her rufen, aber er sah auch eine einsame Gestalt an einem der Tische sitzen, und nun fiel dem Bären vor Ehrfurcht die Kinnlade herab: Es war Ornette Coleman, der Meister: Ihm habe ich alles zu verdanken.

Der Bär stieg durch den in der Luft hängenden Pistolenrauch hindurch von der Bühne herab und ging auf Ornettes Tisch zu. Ornette trug einen schwarzen Seidenanzug und schien gänzlich unbeeindruckt von den Schüssen und der dadurch hervorgerufenen Entleerung des Clubs. Er lächelte dem Bären zu. »Das war nicht schlecht«, sagte er mit entrückter, sanfter Stimme, »aber ich frage mich – obwohl du tausendmal besser gespielt hast, als ich es je könnte –, wie es kommt, daß du so dermaßen wie ein Mensch gespielt hast. Wie ist das? Transponierst du von Bär zu Mensch? Und wenn ja, warum tust du das, weil, wenn ich mit dir spielen würde, dann würde ich es gut finden, wenn du Bär spielen würdest ohne Transponieren, und ich könnte dann spielen wie ich, auch wenn ich nicht weiß, ob das Mensch bedeutet, und dann könnten wir sehen, wie sich das insgesamt zusammenfügt, wenn sich niemand verstellt. Verstehst du?«

Obwohl er das Gefühl hatte, daß sich die beiden Hälften seines Gehirns ineinander verkeilten, war der Bär sich sicher, daß Ornette recht hatte. Warum, in der Tat, transponierte er? Warum war er so schwach, sich assimilieren zu wollen? »Du hast recht«, sagte er überflüssigerweise zu Ornette.

»Weißt du«, sagte Ornette, »ich glaube, du spielst eigentlich quadrupedisch. Also, wie würde ein quadrupedischer Ton klingen, wenn du ihn nicht in zweifüßige Musik transponieren würdest. Das wäre eine wirklich interessante Sache. Übrigens«, sagte er, »würde ich mir keine Gedanken darüber machen, daß die Leute rausgelaufen sind. Bei mir sind sie früher andauernd rausgelaufen.«

»Bär«, hörte er Jones rufen, »draußen hat sich ein Mob versammelt, und ich glaub, ich höre eine Polizeisirene.«

»Laß uns irgendwann mal zusammen spielen«, schlug Ornette vor.

»Vielleicht könnten wir zusammen hier weg«, sagte der Bär.

»Nein, laß man«, sagte Ornette, »ich möchte noch den Rest vom Konzert hören.« Er zeigte auf die leere Bühne.

Jones trat heran, packte den Bären am Arm, und sie kamen gerade noch durch die Hintertür und zum Transporter, bevor sich von vorn das Geräusch eindringender Massen erhob.

Es hatte ein paar Tage gedauert, bis der Bär seinen Saxophonkasten wiederbekam, trotzdem betrachtete er seinen Abend mit dem Art Ensemble als Teilerfolg, nicht zuletzt aufgrund des unerwarteten Schecks von Lester Bowie, der sich in der Post befand, und zwar über einen durchaus nicht unerheblichen Betrag. Er hätte den Gig auch für umsonst bestritten. Sicher hättest du das, entgegnete Bowie dem Bären, als dieser ihn anrief, um sich zu bedanken, aber das konnten wir doch nicht zulassen, oder?

Der Scheck deckte die Gebühr für den heute zum Einsatz kommenden Mietwagen ab und reichte darüber hinaus, um ein paar Notwendigkeiten für eine Tournee zu finanzieren.

Und was genau das wohl heißen würde?

Der Transporter schlängelte sich durch ein paar Kreuzungen zwischen den städtischen Gerichtsgebäuden, bahnte sich anschließend den Weg durch eine Geschäftsstraße und hielt an einer Parkuhr vor dem Haus von Tim Berne – der Bär kannte Tim aus der Zeit, als sie beide bei Julius in die Lehre gegangen waren. Sie zockelten durch die Tür und weiter die Treppe hoch, vorbei an einem Frisiersalon im ersten Stock und dann durch die geöffnete Tür von Tims Wohnung, grüßten und betraten das Musikzimmer, wo die Rhythmusgruppe sie bereits erwartete.

Klavier, Baß und Schlagzeug, und als der Bär hereinkam, wechselten die drei Typen hinter den Instrumenten ein paar schnelle Blicke und feixten sich eins.

Der Bär drehte sich zu Jones um. »Ich glaube, mein Eindruck ist nicht der allerbeste«, sagte er.

Zum Zeitpunkt, als die eigentliche Tournee anrollte, hatte man das Schlimmste an Sommerhitze bereits hinter sich, und am Abend des ersten Auftritts kam der Herbst auf einem schwarzen Wind die Fifth Avenue heruntergeblasen, wo der Bär und seine Band, belästigt von herumfliegenden Zeitungen und aufstiebender Asche, ihre Ausrüstung aus einem dunkelgrünen Transporter luden. Äußerst darauf bedacht, so schnell wie möglich von der Straße zu kommen, schnappte der Bär sich beide Hälften des Fender-Rhodes-Pianos und trug sie wie zwei Koffer eilig ins Beefsteak Charlie's hinein, legte sie auf der Bühne ab und verschwand dann in einer dunklen Sitzecke mit hoher Rückwand, während Jones und die Rhythmusgruppe den Vorhang vorzogen, um das Schaufenster neben dem Eingang des Clubs abzuschirmen. Der Bär glaubte bereit zu sein, sich auf ein Publikum einzulassen, aber er wollte nicht von der Straße aus beobachtet werden. Alle hatten ihn zu beruhigen versucht, aber er machte sich trotzdem Sorgen wegen der Polizei.

Nachdem er das mit dem Vorhang geregelt hatte, gesellte Jones sich zu ihm, während die Rhythmusgruppe die Instrumente aufbaute. Eine Kellnerin kam vorbei, und Jones bestellte zwei Cognacs.

»Nee«, sagte der Bär zu der Kellnerin, »machen Sie aus meinem ein gezapftes Bier. Haben Sie Guinness vom Faß? Um so besser. Nehm ich einen Halben davon.«

»Gern«, sagte die Kellnerin lächelnd und versuchte irgendwie, ihm unter den Hut zu gucken.

Im Bemühen, ein wenig Jovialität zu zeigen, nahm der Bär ihn ab, fuhr sich durch das Kopffell und lächelte zurück. »Hi«, sagte er. »Sie haben schon die ganze Woche von mir gehört und wollten jetzt mal wissen, ob es wirklich wahr ist, stimmt's?«

»Stimmt«, sagte sie.

»Es ist wahr«, sagte er, »und ich habe mich umentschieden, ich nehme den Cognac zusätzlich zum Bier. Aber ich brauch einen sehr großen Schwenker.« Er trieb es noch weiter, klopfte sich auf die Schnauze und lächelte erneut. »Kalte Nase, warmes Herz«, fügte er hinzu, wobei er sie von oben bis unten musterte.

»Herrgott, Jones«, sagte der Bär, nachdem sie verschwunden war, »mit wie vielen Leuten muß ich heute noch reden? Ich bin das nicht gewöhnt.«

»Genau das gefällt mir an dir«, sagte Jones, »du bist nicht zu taff, um nicht doch auch sensibel zu sein, manchmal sogar ein bißchen schüchtern.«

Der Bär öffnete die schwarzlila Lippen vor Jones und zeigte die scharfen Eck- und Schneidezähnen. »Und wo haben die hier all diesen Jahrhundertwendemist her«, beschwerte er sich und zeigte auf Holzverzierungen, beschlagene Pseudolederkissen, Gaslampenimitationen mit Schmiedeeisen und Mattglas und blasse Zeitgemälde an der Wand. »Was erwarten die von mir, daß ich dazu einen passenden Cakewalk spiele? Sind wir hier eigentlich richtig?«

»Reproduktionen sind derzeit der angesagte Trend im Restaurantwesen, da kann ich auch nichts dafür«, sagte Jones. »Freut mich, daß du so gut drauf bist.« Er reckte den Kopf kurz aus der Sitzecke heraus. »Cummins ist grad gekommen.«

»Gott sei Dank«, sagte der Bär.

Bob Cummins kam zur Sitzecke und ließ sich auf den Platz neben Jones gleiten. »Hallo, Jungs«, sagte er.

»Hallo, Bob«, sagte der Bär. Er mochte Cummins und hatte dem Mann, sehr zu seiner eigenen Überraschung, sofort vertraut, als er ihn in der Woche zuvor kennengelernt hatte. Cummins war ein etwa Vierzigjähriger mit sanften Gesichtszügen, die von gelockten braunen Haaren mit einem Zug ins Gräuliche sowie einem ebensolchen Bart umrahmt waren. Ihm gehörte die kleine grenzwertige Plattenfirma India Navigation, für die der Bär zum Ende der Tournee hin Aufnahmen machen sollte.

»Wie läuft's?« fragte Cummins.

»Oh, klasse«, sagte der Bär. »Ich möchte am liebsten vom Sitz aufspringen und mein Instrument in den Gully werfen, aber sonst läuft alles tadellos. Cummins«, sagte er jetzt ernsthafter, »bist du sicher, daß das die beste Rhythmusgruppe ist, die wir kriegen konnten? Also, ich bin ja froh über deine Hilfe, aber die Leute sind mir beim Proben ziemlich auf die Eier gegangen, auf dem Weg hierher haben sie kaum mit mir geredet, und außerdem sind sie wirklich nicht so besonders gut. Was geht hier ab?«

»Sie sind jung und nervös«, sagte Cummins.

»Und ich bin groß und behaart. Na und?«

Cummins überlegte ein bißchen, dann fuhr er fort: »Erstens hat die Musikergewerkschaft von dir gehört, und denen gefällt die Sache überhaupt nicht. Die haben ein paar Leute angeschrien, haben eine Menge Fragen gestellt und haben gegen die Internationale Vereinigung der Zirkuskünstler Anzeige erstattet, die natürlich nicht die geringste Ahnung hat, wovon die Rede ist.«

»Und«, soufflierte der Bär, der Cummins' Widerwillen spürte weiterzureden.

»Und es geht unter Musikern in der Stadt so ein Gerede um, daß du ein Novelty-Act seist und, kurz und gut, die reine Verarsche. Es gibt nicht wenige Leute, mit denen ich telefoniert habe, die nicht mit dir arbeiten wollen.«

»Oh«, sagte der Bär. »Das ist prima. Das ist toll. Da fühl ich mich ja richtig wohl hier. Es macht mir nämlich Spaß, mich schuldig zu fühlen. Was würde ich bloß den ganzen Tag ohne Schuldgefühle machen, wo mich doch das Fernsehprogramm nicht interessiert. Ich stehle also den Leuten die Butter vom Brot, ist es das?«

»Du mußt berücksichtigen«, sagte Cummins, »daß die meisten dieser Musiker, abgesehen davon, daß sie dich nicht kennen oder noch nie spielen gehört haben, reichlich marginale Existenzen sind und ein reichlich marginales Einkommen haben.«

»*Ich* kenn mich mit marginalen Einkünften aus, Bob«, sagte der Bär mürrisch. »Was ist mit unseren Freunden?«

»Die sind alle mit ihren regulären Bands auf Tournee, und Dave Holland und Jack DeJohnette können wir uns nicht leisten.«

»Bist du immer noch mein Kumpel?« wollte der Bär wissen. »Willst du immer noch eine Platte mit mir machen?«

»Ich würde mich glücklich schätzen, dich in meinem Katalog zu führen, Bär. Ich mag deine Arbeit, und wer weiß, vielleicht verkaufst du gerade so viele Platten, daß ich mich aus meiner Rechtsanwaltspraxis verabschieden und fulltime ins Plattengeschäft einsteigen kann.«

»Wir Novelty-Acts tun uns mächtig Mühe geben«, versicherte ihm der Bär.

»Und es wird uns vielleicht möglich sein, die Band zu verbessern, wenn die Tour erst unter Dampf kommt.«

»Dampf?« sagte der Bär verwundert. »Wieso Dampf? Was soll sie denn mit Dampf zu tun haben?«

»Also, mich hat letztens jemand von Warner Brothers angerufen, der wissen wollte, ob du echt bist. Falls du ein bißchen Geld verdienen willst, könntest du wahrscheinlich mit denen was aushandeln. Wenn du interessiert bist, kann ich zurückrufen und dich als dein Anwalt vertreten.«

Der Bär sah Cummins über den Tisch hinweg an. »Ich möchte Musiker sein, nicht irgendeine berühmte Laune der Natur. Deswegen habe ich mit dir zu tun. Außerdem ist das hier gerade so viel Welt, wie ich im Moment vertragen kann.«

»Ich wollte dir nicht zu nahe treten«, sagte Cummins.

Die Kellnerin brachte die Getränke, und der Bär hob sein großes dunkles Glas Guinness. »Andererseits ist Bugs Bunny immer einer von meinen Helden gewesen – glaubst du, daß sie mich eine Platte mit Yosemite Sam machen lassen würden?«

Der erste Set war eine nicht wiedergutzumachende Katastrophe, wie der Bär später befand, sosehr Cummins und Jones auch beteuern mochten, daß er die Sache aus dem Feuer gerissen hätte. Begonnen hatte es damit, daß der Bär vor einem nur zu einem Viertel gefüllten Haus stand (Votivkerzen in Farbglashaltern mit dazu passendem Plastikfischnetz auf allen Tischen), ein stampfendes »Straight No Chaser« anstimmte und die Band ihm in einem deutlich langsameren Tempo folgte. Sie hätten testen wollen, aus welchem Holz er geschnitzt sei, lautete die wohlwollende Interpretation; wahrscheinlicher war, daß sie ihn einfach fertigmachen wollten. Dann fiel er, der er keine Erfahrung mit dem Spielen in Salons hatte, dem akustischen Doublebind derartiger Räumlichkeiten ohne Bühne zum Opfer: Er konnte entweder die Rhythmusgruppe oder sich selbst hören, nie aber beide zugleich. Zu schlechter Letzt verschworen sich seine Angestellten, nachdem sich das Tempo eingependelt – beziehungsweise er sich ihnen angepaßt – hatte, erneut gegen ihn. Der Drummer, eine junge Kanone, dessen türkische Becken so hoch hingen, daß er sie kaum erreichen konnte, begann laute, irrelevante Breaks dem Bären hinterherzujagen, ihm praktisch jedesmal ins Wort zu fallen, wenn er etwas mehr als nur eine gewöhnliche Phrase entwickeln wollte, und die Chorusse so zu punktuieren, als seien sie nicht zwölf, sondern nur acht Takte lang. Der Pianist mischte sich wenig später mit ein paar aufdringlichen und unangemessenen Harmonien ein und eröffnete drei aufeinanderfolgende Chorusse mit laienhaften Modulationen, daß es so aussehen mußte, als wäre der Bär in der falschen Tonart gelandet. Der Bassist hielt sich zurück, aber viel Schaden konnte er vom Baß aus sowieso nicht anrichten, wenn er auch durchaus aus dem Tritt kam, wann immer der Bär ungeachtet aller Widrigkeiten zu swingen begann. Der Bär wandte sich um und fauchte die drei über seine Schulter hinweg an: der Drummer wurde blaß und ließ ein paar Schläge aus, der Pianist sah angestrengt weg, und der Bassist hatte die Augen geschlossen. Recht vielen Dank, dachte der Bär, euch Typen kann ich so gut gebrauchen wie einen Pelzmantel.

Was ihn am meisten verbitterte, war die Tatsache, daß er – Bär oder Nichtbär, Novelty-Act oder bizarre und einzigartige Tür – so viel besser spielte als die anderen. Es war ja nicht so, daß sie einen inkompetenten Musiker zum besten hielten. Wie er so ins unbeeindruckte Publikum schaute und an die alte Geschichte aus Kansas City dachte, derzufolge der berühmte Jo Jones dem blutjungen Charlie Parker verächtlich sein Becken vor die Füße geworfen hatte, beschloß der Bär fast resigniert, das zu tun, was er schon ein- oder zweimal während der Proben getan hatte, nämlich den Spieß umzudrehen. Auf geht's, meine Herren. Hier entlang, bitte. Geben wir mal ein bißchen Zunder.

Als erstes begann er, die Melodie zu zerlegen. Er spielte eine Serie von brutalen Honks im tieferen Register, dann einige wütende, ungeordnete Läufe, die die Kadenz am Ende des Chorus vergewaltigten. Und da ging das Tempo dahin: Die Rhythmusgruppe sah sich gezwungen, aus dem Glied zu treten und zu stottern, damit es so aussah, als würden sie eventuell frei improvisieren. Als der Bär den Druck weiter erhöhte, zersplitterte der Takt wie Buchsbaumholz unter dem Gewicht seiner Phrasierung, und die Ausgangstonart kollidierte raffiniert mit zwei oder drei anderen, wobei Motivfragmente von den Rändern wegschleuderten wie Elektronen von einer kritischen Masse.

Teile und herrsche? Im Gegenteil: Sag Allah und überlaß sie ihrer Verwirrung.

Egal, nachdem er sich die Rhythmusgruppe vom Leib geschafft hatte, fing er langsam neu an, spielte eine Kadenz in mittlerer Lage ohne festes Tempo, was den Drummer dazu zwang, sich auf filigranes Beckentupfen zu beschränken, setzte dann zu einem langen, bedächtig angelegten Accelerando an, das sie alle aufnehmen mußten, wenn sie nicht ganz blöd aussehen wollten, und trieb es allmählich zu einem so hohen Tempo, daß sie es eigentlich nicht mehr stilvoll bewältigen konnten. Er spielte ein paar furiose, unverstellte Blueschorusse und gab ihnen mehr Feuer, als seine Mitspieler aufbringen konnten, dann wandte er dem Publikum den Rücken zu und spielte einen scheußlichen zwölftaktigen Blues in keiner bestimmten Tonart, aber jedenfalls schrecklich falsch und den drei anderen Bandmitgliedern direkt ins Gesicht. Er setzte das Saxophon ab, zeigte die Zähne in all ihrem zerreißenden Schrecken und stampfte, die Mikrophonständer zum Schwanken bringend, von der nicht vorhandenen Bühne. Das Publikum klatschte, als wäre alles ganz wunderbar gewesen, und die Rhythmusgruppe, die nunmehr für die Dauer ihrer eigenen Solodarbietungen wieder in trivialer Kompetenz erstrahlte, gewährte ihm für den Rest des Sets eine mißtrauische und uninspirierte Professionalität: »Skylark«, »Afro Blue«, »Oleo«, und Schluß.

»Ich versteh das nicht«, beschwerte er sich hinterher in der Sitzecke bei Cummins und Jones. »Ich hab versucht, mich mit ihnen zu unterhalten, einen auf Kumpel zu machen und so, aber es ist immer das gleiche. Bob, du mußt mir helfen, du mußt mir ein paar andere Leute zum Spielen besorgen. Den Novizen aufzuziehen mag ja das altehrwürdigste Ritual der Welt sein, aber ich hab genug von diesen Typen, es reicht.«

»Ich will sehen, was ich tun kann«, versprach Cummins.

»Was glaubst du wohl, wie viele Tourneen dieser Art ich machen werde?« fuhr der Bär fort, dann bemerkte er, daß vor der Sitzecke eine Frau stand, die offenbar auf eine Unterbrechung ihrer Unterhaltung wartete. »Ja, bitte?« sagte er.

»Sybil«, sagte Cummins und begrüßte sie, indem er sich halb erhob. »Komm zu uns. Setz dich.«

Cummins und Jones saßen dem Bären gegenüber. Der einzige freie Platz war der neben dem Bären, und Sybil wirkte etwas unschlüssig.

»Sie sind völlig sicher«, versicherte er ihr. »Es war die Schöne, die das Biest getötet hat, nicht umgekehrt.«

Nach einem kurzen Zögern setzte sie sich zu ihm, wobei sie ihn mit einem im Rahmen allgemein flüchtiger Augenkontakte bemerkenswert offenen Blick bedachte. »Sie machen mir einen recht unanfechtbaren Eindruck«, sagte Sybil.

»Was Sie sehen, bedeutet gar nichts«, sagte er. »Ich besitze ein fühlendes Herz und eine ausgeprägte Neigung zur Selbstzerfleischung.«

Sybil lachte und riß die Hand hoch, um sie sich vor den Mund zu halten.

»Aber nein«, sagte er. »Lachen Sie ruhig. Dafür lebe ich doch. Schön, Sie kennenzulernen.«

»Schön, kennengelernt zu werden.« Sie ergriff seine Pranke mit einer höflichen, wenn auch nicht vollends überzeugenden Demonstration von Unerschrockenheit und schüttelte sie. »Sybil Bailey.«

»Der Bär. Für Sie einfach nur Bär.«

»Ich bin Bobs Anwaltssozius.«

»Ja«, sagte der Bär. »Ich habe von Ihnen gehört.«

Sybil, befand der Bär, besaß eine eher graziöse und milde als bezwingende und herzerobernde Schönheit – Jones machte den Eindruck, als würde er das eventuell anders sehen –, aber da brodelte durchaus ein Feuer in ihr, ungeachtet aller Beklommenheit, die sie in Gegenwart von soviel lebendem Fell befallen haben mochte. Sie hatte hellbraunes, etwas unbändiges Haar, eine glatte, unbesorgte Stirn und grünliche Augen. Er mochte die Wärme, die er in ihr sah, auch wenn sie im Moment durch was auch immer verdeckt sein mochte. Und war sie ihm auf der Bank nicht gerade ein ganz klein bißchen näher gerückt?

Jones legte ein nervöses Husten auf und kaute nachdrücklich auf seinem Cocktailstrohhalm. Der Bär beschloß, daß es an der Zeit war, auch ihn einmal zum Zuge kommen zu lassen, und wandte sich ein wenig von Sybil ab.

Sybil blickte über den Tisch und sagte: »Hi, Ray.«

Ray? Wer ist denn Ray? hätte der Bär beinahe laut gefragt, bevor ihm gerade noch rechtzeitig einfiel, daß es Jones' Vorname war. War ja schon ewig her.

Jones und Sybil reichten sich die Hände über den Tisch hinweg, und die eigene Einsamkeit versetzte dem Bären einen Stich. Jones hatte ihm von Sybil erzählt, hatte durchblicken lassen, wieviel es ihm bedeutete, sie kennengelernt zu haben, und daß da möglicherweise was zwischen ihnen laufen könnte... Der Bär wurde erst gestreift, dann zusehends überschwemmt von der Erinnerung an eine kleine schlanke Frau mit einem strahlenden, wunderschön ausgeprägten Gesicht, großen hellen Augen, in denen er, wie es schien, immerzu versinken mußte, und roten, um ihre kleinen eckigen Schultern herabstürzenden Haaren. Iris, eine Biochemikerin, war eine alte Freundin von Jones aus Collegezeiten gewesen, und nachdem der Bär, den er beim Kartenspiel gewonnen hatte, plötzlich anfing, wie aufgezogen zu reden und ein geradezu verblüffendes musikalisches Talent zu entwickeln, hatte Jones sie gebeten, die Fähigkeiten des Tieres zu testen. Die Verblüffung sucht Gesellschaft sogar noch mehr als das Elend – und heischt jede Menge Bestätigung.

Jones besaß damals noch Geld aus dem Familienvermögen, und

so wohnten sie in einem ziemlich geräumigen Apartment. Iris besuchte sie dort, lauschte der Familienüberlieferung des Bären und veranstaltete im Laufe einiger Wochen alle Untersuchungen, die sie machen konnte, ohne ihn ins Labor zu schaffen: EKG, Zellproben, Blut, Urin, Samen (der Bär hatte sich zwar geweigert zu masturbieren, aber immerhin zugelassen, daß die Hinterlassenschaft eines feuchten Traums unterm Mikroskop landete). Bald kam Iris auch nur so zu Besuch, blieb zum Essen und unterhielt sich mit dem Bären bis spät in die Nacht, während das Radio lief, der Aschenbecher sich stetig füllte und Jones im Zimmer nebenan versuchte zu schlafen, dabei jedoch vom Geräusch ihres Gelächters gestört wurde, ihrer von Ernsthaftigkeit und Zuneigung getragenen Unterhaltung. Was sich aus der genetischen Recherche entwickelt hatte, war keine bequeme alltägliche Antwort, die den Bären wegerklären konnte, sondern eine Intimität, die sowohl ihn als auch Iris überraschte, und als sie sich weiter vertiefte, als die Übereinstimmungen zwischen ihnen sich vervielfältigten und sie noch enger verbanden, da wurde ihnen klar, daß der naheliegende nächste Schritt einer war, den zu gehen sie zu entsetzt oder überrascht waren. Besonders Iris litt unter ihrer Verwirrung: Obwohl sie nicht in irgendeiner obszönen oder perversen Weise von der Übertretung fasziniert war, die darin gelegen hätte, es mit dem Bären zu treiben – Gott sei Dank –, hatte sie sich in ihn wohl doch sozusagen, nun ja, verliebt und wußte nicht, wie sie damit umgehen sollte. Der Bär wiederum, mit dem Zartgefühl, das ihm aus seiner Jungbärenzeit ungeachtet aller zwischenzeitlichen Nuttenerfahrungen erhalten geblieben war, hätte was auch immer getan oder hätte wer auch immer sein wollen, um sie von jedwedem Schmerz und Wirrwarr zu befreien, der ihre Seele um seinetwillen befallen haben mochte. Vorläufig schlug er vor, daß sie sich von ihm fernhalten, daß sie mehr oder weniger für immer fortgehen solle.

Sie fragte ihn, warum sie sich des Vergnügens berauben solle, ihn zu besuchen.

Der Bär sagte: Äh, ich dachte, na ja, weiß auch nicht.

So wurde Iris und dem Bären noch eine mit Unentschlossenheit gefüllte Frist gewährt, bevor sie dann, ohne zu wissen, wie und warum eigentlich, getrennt wurden, wie Schwimmer, die von gleichgültigen Strömungen auseinandergetrieben werden und in verschiedenen, unverbundenen Wasserläufen landen. Obwohl der Bär seither mit drei Bärinnen geschlafen hatte (zwei waren aus den Wäldern und eine für eine Nacht von einem Zirkus gemietet) und auch mit viel zu vielen menschlichen Prostituierten, und obwohl andererseits zwischen ihm und Iris alles gewesen war außer der schließlichen körperlichen Vereinigung, blieb sie die einzige Frau, die er je wahrhaftig, im vollen und seelendurchdringenden Sinne des Wortes, geliebt hatte. Oh, er war wohl imstande gewesen, die ganze Sache im Kopf zu verarbeiten und den Balsam der Ironie auf die Wunde zu streichen, aber es war doch der letzte Stein, der sich auf sein Herz gelegt, die letzte scharfe Kante, die sich in den Groll gewetzt hatte, den er gegen die Welt hegte: Es war ihm nie vergönnt gewesen, den Rundkurs seiner Liebe zu vollenden. Inzwischen war diese so lang vernachlässigte und unterdrückte Liebesfähigkeit nicht mehr das, was sie einst gewesen war – schwächer ausgeprägt sicherlich, morbide geworden höchstwahrscheinlich, bitter ... das Übliche. Iris entschwand ihm nicht nur in die Vergangenheit, sondern in eine Welt der Sensibilität, die ihm kaum noch zugänglich war. Das Leben hatte ihn verhärtet. Alles, was ihm blieb, war der ungenügende Ersatz der Kunst. Das letzte, was er von Iris gehört hatte, war, daß sie verheiratet sei, zwei Kinder habe und nach Kansas City gezogen sei.

Jemand hatte etwas zu ihm gesagt. »Was?« sagte der Bär, riß sich aus Erinnerung und Bedauern zurück, fand sich noch immer am Tisch sitzen und noch immer als der einzige Bär weit und breit. Er versuchte sich über Jones' mögliches Glück mit dieser Sybil zu freuen, als er jedoch zum nächsten Set auf die Quasibühne zurückzottelte, wollte er nur noch Balladen spielen, und sein geliebtes Saxophon erschien ihm plötzlich als das finstere und grausame Instrument seines eigenen Verderbens. Trag ich also mein Kreuz nach Scharbeutz. *Vita brevis*, dachte er, *ars nada, nada, nada*.

Ein paar Tage später lachte dann auch dem Bären ein Stück Glück. Billy Hart, der kürzlich sein langjähriges Engagement in Stan Getz' Band beendet hatte und daher kein festes Gehalt mehr bezog, nahm jetzt jeden sich bietenden Gig an und bestritt jede

Plattensession, die er kriegen konnte, um seine Familie über Wasser zu halten. Er hatte sich bereit erklärt, wie Cummins dem Bären am Telefon berichtete, beim Großteil von dessen Clubauftritten mitzuwirken und auch für die Aufnahmesession im Anschluß daran zur Verfügung zu stehen. Darüber hinaus würde er auch noch den Rest einer Rhythmusgruppe mitbringen, nämlich Scott Lee am Baß und Armen Donelian am Klavier, und obwohl ein beträchtlicher Bissen von Tourneebrot des Bären draufgehen würde, um diese Leute zu bezahlen, war er inzwischen bereit, das in Kauf zu nehmen. Am ersten Abend, an dem er mit ihnen zusammen spielte, war er sich schon sicher, daß das Opfer sich mehr als auszahlen würde. Ideen strömten aus seinem Saxophon, die ihn selbst überraschten; er begann wieder an die tieferen Freuden des Spielens zu rühren, an den Spaß über eine sich entwickelnde Melodielinie, die sich ganz in ihrem Element bewegt, und er spürte das wiederholte Zucken frischer Kreativität, das Entfalten neuer Energie in Bauch, Brust und Gliedern.

Dem Bären gelang es dabei, sich nicht der Selbsttäuschung hinzugeben, daß diese neue Beherrschung des von ihm erwählten musikalischen Materials ihn zum König der Welt machen würde, und er entwickelte eine besonders enge Übereinstimmung mit Billy, einem abgeklärten braunen Jazzer in den Vierzigern mit weißgewordenem Haar und einem praktisch habituell freundlichen Lächeln, das ihm selbst dann nicht aus dem Gesicht wich, wenn er seine Trommeln und Becken nahezu kurz und klein schlug und die ganze Nacht zu einem einzigen Trommelgewitter zu machen drohte. Auch in Billys Schlagzeugspiel lag ein Lächeln, eine gewisse Sanftmut, die es trotz all der nichtbeachteten Taktstriche, all dem Getöse und Gesplitter durchdrang. Etwas Freundliches, Warmes gar. Der Bär lernte allmählich, diesen Weg mitzugehen. Und manchmal sogar zu fliegen.

Er verstand sich ganz gut mit Scott Lee, ohne ihn freilich je näher kennenzulernen. Armen Donelian taute auf, als der Bär ihm erzählte, daß seine Vorfahren immer dankbar für die Freundlichkeit der armenischen Tierwärter im türkischen Zirkus gewesen seien.

Sie machten eine Reihe von unangekündigten Gigs in der Stadt, wobei sie für gerade so viel Mundpropaganda sorgten, daß die

Nachtclubs zur Hälfte gefüllt waren. Der Bär empfand sich irgendwie als unbeständiger Spieler, aber die anderen und Billy Hart im besonderen versicherten ihm, daß er ein gutes Bild abgebe. »Heißt das, du weißt nicht über die drei Sorten von Riffs Bescheid?« fragte Billy den Bären eines Abends, als dieser sich einer besonders großen Unbeständigkeit auf dem Saxophon zieh.

»Hat das was mit einer Piratengeschichte zu tun?« fragte der Bär zurück.

Das Grinsen in Billys Gesicht wurde noch breiter. »Du bist vielleicht 'ne Marke, Bär. Hör zu, es gibt drei Sorten von Riffs, und sie haben weniger miteinander zu tun, als du glaubst: die Sorte Riff, die man hernimmt, wenn man für sich allein übt, die Sorte, wenn man mit anderen Leuten spielt, und dann gibt es noch die Sorte, wenn man mit anderen Leuten vor Publikum spielt. Das sind drei völlig verschiedene Dinge. Soweit ich verstanden hab, hast du ziemlich lange Zeit allein zu Hause gesessen. Natürlich wirst du ab und an mal einen schlechten Abend haben. Es ist aber schlechterdings ausgeschlossen, daß du schon weißt, wie man tourt.«

»Ach ja?«

»Woher solltest du auch wissen, wie man tourt? Die Spannung, unter der man steht? Das ist eins der Dinge, die die Jungs zum Alkohol und zu den Drogen treibt, einfach wegen der Entspannung. Du mußt gelassen bleiben, mußt dir Zeit geben, dich zu entwickeln. Wie willst du sonst vorankommen? Ich muß dir eins sagen, du schlägst dich besser, als ich gedacht hätte, als ich dich zum ersten Mal gehört hab. Ich glaube, du hast das Talent, es so weit zu bringen, wie du willst.«

»Ich brauche also einfach mehr Riffs vom Typ drei?«

»Das ist es.« Billy hatte ein so gewinnendes Lächeln und eine so positive Einstellung, daß der Bär sich keinerlei Gedanken machte, ob der Typ ihn zum besten hielt oder nicht. »Bleib gelassen, Bär, laß dir Zeit, lern zu touren, und alles wird gut.«

Aber der Bär, ein Meister der Selbstquälerei, war sich sicher, daß damit die Sache nicht erschöpft sein konnte. Weil er, wie Billy sagte, bisher nicht Abend für Abend auf der Bühne gestanden und gespielt hatte, gab es große Bereiche seiner Darbietung, die verschwommen waren, die in Konzeption und Ausführung ungenügend verwirklicht wurden. Es mochte sein, daß er sich beim Üben auf seine Stärken konzentriert und den Rest lieber nicht angerührt hatte. Jetzt wo er sich ungeschützt präsentieren mußte, und zumal seit Billy das musikalische Niveau in die Höhe trieb, da trat es zutage, erbarmungslos zutage. Er hörte die Lücken und die unbearbeiteten Bereiche, die toten Übergänge, die nicht sorgfältig genug behandelten, leblosen Töne und die riesigen Weiten des schlichtweg Unerledigten – hörte es Set für Set, Abend für Abend, hörte es ungeschützt und gnadenlos und hatte das Gefühl, daß alles schuldbewußte Üben, in das er sich jetzt noch stürzen könnte, zuwenig wäre und zu spät käme.

Er sagte etwas Dahingehendes zu Billy Hart.

Billy erzählte ihm, daß es immer so sei. »Mit *Musik* ist es eben so, B. Egal, welches Niveau man erreicht, es gibt immer etwas, nach dem man sich strecken kann, etwas, das man vorher nicht gesehen oder von dem man gar nichts gewußt hat. Sobald man dieses Gefühl verliert, ist man so gut wie am Ende.«

»Ehrlich?« sagte der Bär.

»Yeah. Wenn das passiert, dann mag es vielleicht noch so aussehen, als könntest du spielen, aber das Licht ist aus. Die Sache ist gestorben. Du fühlst dich im Moment vielleicht nicht wohl in deiner Haut, aber das liegt nur daran, daß du noch lebendig bist, noch Saft und Kraft hast. Glaub mir«, sagte Billy. »Und wenn du mir sonst nichts glaubst. Es ist wahr.«

Der Bär nickte und wollte es gern glauben, aber irgend etwas in den Tiefen seines Bauches sagte nein und hielt seine Eingeweide fest im Griff. Irgendein blöder verhängnissüchtiger Eigensinn. Oder höchstwahrscheinlich ein Fall von Nervenschwäche.

Die Band unternahm einen Wochenendausflug in zwei gemieteten Transportern, um in New Haven und Boston aufzutreten. Dem Bären machte der Gig in Boston mehr Spaß als alle bisherigen. Er fand in einem Etablissement namens Michael's statt, in der Nähe der Kunsthochschulen und der Symphony Hall, und die kleine Bühne war umringt von erwartungsvollen und lebhaften Gesichtern, die zu ihm aufblickten, lächelten und zustimmend nickten, während er spielte. Musikstudenten: Berklee, das Bostoner Konservatorium. Sie waren in beachtlicher Stärke angerückt, um die angekündigte Rhythmusgruppe zu hören, aber nach dem ersten Set hatten sie offenbar noch ihre Freunde angerufen – um halb zwölf war die Bude gerammelt voll; einige Leute saßen sogar im Schneidersitz auf dem staubigen Holzboden vor der Bühne.

Zwischen den Sets wurde er mit Fragen bestürmt. Bisher hatte er sich immer im hinteren Teil der Clubs, in irgendwelchen Sitzecken oder dunklen Séparées versteckt, aber in einer Studentenkneipe wie Michael's gab es so was nicht. Sie fragten ihn nicht, wie ein Bär dazu komme, Altsaxophon zu spielen, sondern wo er dieses oder jenes Lick herhabe, ob er Atemübungen mache, und wenn ja, was für welche, was für ein Rohrblatt er benutze, was er von Anthony Braxton halte und ob er irgendwas Spezielles getan habe, um sein Mundstück an sein, äh, du weißt schon, anzupassen. Der Bär war es nicht gewohnt, mit soviel Akzeptanz umzugehen und fühlte sich furchtbar unbeholfen und fehl am Platz. Er versuchte, freundlich zu sein, doch war er sich selten zuvor seiner physischen Größe und seines offensichtlichen Gewaltpotentials – diese Klauen ließen sich einfach nicht wegdiskutieren – derart bewußt gewesen, und ihm war klar, daß er, wenn er seinem natürlichen Fluchtimpuls folgen und aus der Tür stürmen wollte, ein paar Dutzend dieser Sympathisanten verletzen und einige Stühle zertrümmern würde.

Spätnachts, auf der Fahrt zurück nach New York, saß er auf dem Vordersitz des Transporters – die Rhythmusgruppe hatte sich gesondert auf den Weg zum Big Apple gemacht – und kläffte gelegentlich aus dem Fenster hinaus, wenn sie von anderen Autos überholt wurden. Jones, der im Michael's eine ganze Anzahl von Joints geschnorrt hatte, kicherte vor sich hin und fuhr noch unkonventioneller als gewöhnlich, mit einer Tendenz, sich von Spur zu Spur treiben zu lassen. »Wer hätte das vor ein paar Monaten gedacht, Alter«, sagte er schließlich so gegen vier Uhr morgens, als der Verkehr auf dem Highway sich weitgehend verabschiedet hatte, »daß es dazu kommen würde.«

»Mhm«, sagte der Bär matt. Der Gig im Michael's war eine Wohltat gewesen, aber wie so oft nach großen Vergnügungen warf sein nichtsnutziger Misthaufen von Unterbewußtsein mit dicken Elendsklumpen nach ihm, und diese versauten bereits seinen Ornat.

»Kriegst es nicht auf die Reihe?« fragte Jones.

»Nicht so richtig. Es wird zwar besser, aber manchmal steh ich echt neben mir.«

»Jesses, Bär, du solltest häufiger stoned sein.«

»Ich mag keinen Rauch«, sagte der Bär bestimmt.

Jones wedelte kurz mit den Armen, um aber gleich darauf wieder das Lenkrad zu packen. »Was wir hier machen, das ist der Stoff für Legenden, Bär, mit dem Lieferwagen durch die Gegend fahren und Musik auf unangekündigten Gigs im dunklen Mitternachtsamerika machen. Davon haben wir immer geträumt. Du solltest dich reinhängen, Bär. Es ist doch genau das, was du immer wolltest.«

»Du hast ja recht«, sagte der Bär. »Ich brauch halt etwas Zeit, um mich drauf einzustellen. Die Veränderung ist mir irgendwie zu groß und geht mir zu schnell. Ich komme da nicht ganz mit.«

»Ich möchte mal wissen, ob die Indianer in der Gegend hier nicht einen Mythos vom Sich Reinhängenden Bären hatten, dem im Transporter reisenden Saxophonisten des Amerikanischen Traums... He, das Publikum fängt gerade an, auf dich abzufahren. Ich spüre, wie da etwas am Wachsen ist. Ich sehe jede Menge Anerkennung voraus... Jazzfans, das sind doch solche Außenseiter, die können was anfangen mit der Art von Mythologie, die du darstellst. Du bist eine Gestalt ihrer Träume, du bist ihr hippes stilles Gebet. Ich glaube, sie sind dabei anzubeißen.«

»Es lag eigentlich nicht in meiner Absicht, die Traumgestalt von Hinz und Kunz zu sein«, sagte der Bär. »Ich wollte nichts weiter, als ein bißchen Musik machen und hinterher nach Hause gehen... Na ja, vielleicht liegt mir das Kontemplative ja doch am besten. Sich in aller Ruhe hinzusetzen und, äh, auf eigene Faust davon zu träumen.«

»Wir sind alle Freunde des Kontemplativen«, sagte Jones zustimmend, »wir haben allerdings erkennen müssen, daß man damit die Miete nicht bezahlen kann. Dann willst du also zurück in die eigenen vier Wände, zurück zu Frustration und Straßenzirkus? Du verblüffst mich, ehrlich wahr. Guck uns an, B. Wir sind schwer im Kommen.«

»Ich weiß«, sagte der Bär. »Ich bin ein alter Miesepeter. Ich bekomme alles, was ich je wollte, auf einem silbernen Tablett serviert, und alles was mir dazu einfällt, ist die silberne Beschichtung zu bekritteln. Ich bin ein Schwachkopf.«

»Du schlägst dich wirklich gut«, sagte Jones. »Alles in allem.«

»Das erzählt mir jeder«, sagte der Bär, »aber ich weiß nicht. Nun ja, ist es wirklich das, was ich immer wollte? Es kommt mir eigentlich überhaupt nicht so vor.«

»Cummins hat vor, so schnell wie möglich die Aufnahmen zu machen. Er will es nächste Woche an zwei Abenden live versuchen, und wenn das nicht hinhaut, hat er ein Studio an der Hand. Daß du zu gut für diese Welt bist, weiß ich doch schon, Bär. Um was geht es jetzt, bist du auch zu gut für die Kunst?«

»Wie kommt es«, fragte der Bär, »daß früher, wenn irgendwas mit meinem Leben nicht in Ordnung war, immer die Welt dran schuld war und heute aber offensichtlich ist?«

»Parallaxe«, sagte Jones. »Du wirst erwachsen. Du wirst zum Star.«

Der Bär beugte sich vor und blickte mit zusammengekniffenen Augen durch die Windschutzscheibe nach oben in den Himmel. »Ursa Major, der Große Bär«, sagte er.

»Kannst du ihn sehen?« fragte Jones.

»Blend mal die Scheinwerfer ab.«

»Wie wär's hiermit...« Jones schaltete die Scheinwerfer ganz aus. Der Highway lag im Perlmuttschimmer des abnehmenden Viertelmondes vor ihnen, und dann, als ihre Augen sich eingestellt hatten, stieg die gewaltige, beharrliche Nacht auf, weitausgreifend und mit Sternen bedeckt.

»Wow«, sagte der Bär.

»Allzeit dort außerhalb seiner, jetzt und immerdar: Welt ohne Ende.« Jones schaltete die Scheinwerfer wieder ein.

Der Bär lehnte sich zurück, schloß die Augen und versuchte, in der vorwärts schießenden Bewegung seines Lebens die Sterne, die seine Knochenkonstellation beschrieben, zu fühlen und in seinem großen Körper die wahre Geometrie des Lichts, den umfassenderen Frieden, in dem er seiner Überzeugung nach lebte, den er aber nicht vollständig finden konnte. Warum muß es bloß ein solches Ratespiel sein, fragte er sich, wenn doch die Wahrheit gleich vor uns liegt, wenn wir aus ihr bestehen? Er wollte irgendwie nicht einsehen, warum es überhaupt Unkenntnis geben sollte, warum nicht vielmehr nichts existierte als erschöpfende Erkenntnis und wahrer Frieden. Er rief sich den Geschmack seines zeitlosen Ichs aus einer Handvoll von Begegnungen mit diesem in Erinnerung und genoß dessen allem Zwist abgekehrte Harmonie. O freedom, dachte er. O freedom over me. Before I'll be a slave I'll be buried in my grave, and go home to my Lord and be free. Ist das der einzige Weg in die Freiheit? Das Grab? Das nehm ich niemandem ab. »Ich hab ein bißchen über Archetypen nachgedacht«, gestand er, um die Unterhaltung wieder in Gang zu bringen.

»Toll«, erwiderte Jones. »Amüsier dich ruhig, aber fang nicht an zu spinnen. Während du dich in den Großen Bären vertieft hast, hab ich den Gürtel des Orion gesehen. Scheißgroßer Jäger, Alter. Behalt ein Auge auf deinen Archetypen und das andere auf deinem Arsch.«

Der Bär überlegte einen Moment. »Geschenkt«, sagte er, und dann: »Hast du was dagegen, wenn ich die Innenbeleuchtung anmache? Hast du Papier da? Einen Bleistift? Kugelschreiber?«

»Was bin ich denn hier, Gott der Ernährer und Versorger?«

»Etwa nicht?«

Nachdem das Wageninnere erleuchtet und die Schreibmaterialien beschafft waren, brachte der Bär einen groben Entwurf von ein oder zwei Motiven aufs Papier, überlegte, wie es weitergehen konnte, und schrieb die ersten vier Takte auf. Darunter skizzierte er dann noch die wahrscheinlichen Akkordwechsel.

Interessant, dachte er, und betrachtete es gewissermaßen aus der Ferne. Eigentlich überhaupt nicht mein übliches Ding. Ein bißchen Mingus ist offensichtlich drin, und jemand anders auch noch ... Strayhorn? Was ihn richtiggehend faszinierte, war die für ihn uncharakteristische harmonische Dichte, so als ob er irgendeinen neuen Teil seiner selbst mit einer Studie über Grundstrukturen, Trägerkonstruktionen oder Pfahlwurzeln, die ins Dunkle greifen, betraut hätte, während er normalerweise nach einem melodischen Fluß strebte und nach einem offenen akkordischen Raum, in dem sich ersterer entfalten konnte. Und selbst ein ungeübtes Ohr konnte die emotionale Zweideutigkeit der Melodie ausmachen: Es schien offensichtlich, daß dieses Stück der Beginn einer kreativen Antwort auf gewisse Aspekte seiner neuen Erfahrungen war.

Andererseits sollte er es vielleicht lieber zu Ende schreiben, bevor alles übrige zu reiner Spekulation würde. Nach kurzer Besinnung schrieb er weitere vier Takte auf:

Womit das Ende des Durchlaufs erreicht war. Natürlich fehlte hier noch eine Überleitung. Er hatte keine Ahnung, nicht den blassesten Schimmer, wie diese aussehen könnte, aber er dachte: Selbst, wenn das alles ist, was ich habe, können wir es trotzdem spielen.

Jones beugte sich herüber. »Hast du einen Titel dafür?«

»Wie wär's mit«, sagte der Bär und schrieb es oben quer über die Seite: »›Billy Heart‹. Reicht schwerlich, um ihm das zurückzugeben, was ich ihm schulde, aber ihm wird's gefallen.«

Der Bär schaltete das Innenlicht aus und schaute wieder hinaus. Ein Mond wie ein Daumenabdruck ging am westlichen Himmel unter, ein erstes graues Reff der Dämmerung wurde am östlichen Horizont sichtbar.

»Haben noch hundert Meilen vor uns«, sagte Jones.

»Sieht so aus«, sagte der Bär.

Was auch immer von Jones' abstrahierendem Zugriff auf die Wege des Himmels und die Größe des Orion zu halten war, der Bär entschied, daß der Mann recht hatte, was das Funktionieren der Tournee anging, und daß sein Optimismus gar nicht so idiotisch war. Zwei Abende später im Sweet Basil's – der Vorhang vor den Frontfenstern dieses umgewandelten Drugstores war wieder in Dienst genommen; es war eine unangekündigte Montagabendvorstellung, und nach drei Tagen Pause sollten dann an zwei Abenden Liveaufnahmen im Tin Palace folgen – schaute er während eines

Originalblues, den er vielleicht mit auf die Platte nehmen wollte, ins Publikum und entdeckte weniger Sensationslustige und vielleicht mehr echte Zuhörer als sonst im Saal. Es gab sogar ein paar Leute, Journalisten wahrscheinlich, die sich Notizen machten, während er spielte, wenngleich er sich in höchst merkwürdiger Weise durch die Einfachheit ihres Schuhwerks irritiert fühlte. Es war ein Jammer, daß er sich für die Plattenaufnahmen noch nicht ganz bereit fühlte. Nicht, daß er schlecht spielte oder die Musik nicht hinhaute, aber er war irgendwie noch nicht ganz reif, und was er und die Rhythmusgruppe zur Zeit vorstellten, das war lediglich immer noch eine unvollständig veredelte Version einer Zufallsband. Die Mitspieler fingen gerade erst an, etwas zu entwickeln, was man irgendwie als ihr Eigenes würde bezeichnen können, und er hätte, falls sich dieses Eigene voll entfalten würde, lieber davon eine Platte gemacht als von diesem unzulänglich ausgeformten Gewimmel von Hoffnung und Dingen, die er geübt hatte.

Der Bär entwickelte langsam den Verdacht, daß er das Zeug dazu haben könnte, richtig originell zu sein – was er zu Anfang wirklich nicht gedacht hätte –, aber falls die Aufnahmen nach Plan gemacht werden sollten, dann wäre es jetzt noch eine Idee zu früh. Ornettes Bemerkungen im Bottom Line machten ihm zu schaffen. Er hatte es noch nicht gepackt. Er hatte stets der naiven, aber verständlichen Vorstellung angehangen, daß er, sobald er erst einmal ernsthaft in die Musik eingestiegen sei, sich alles genau so einrichten könne, wie er es haben wollte, jetzt jedoch lernte er in dieser Beziehung praktisch jeden Tag dazu. Die Welt hielt nicht still, damit er sie mit einem Schnappschuß auf den Begriff bringen konnte, und es schien im Bereich der Musik keinen Ort zu geben, der immun gewesen wäre gegen den ihn umgebenden Fluß des Lebens, keinen privilegierten Punkt, auf dem man fest und unbewegt verharren konnte, aber genau dies war es gewesen, was der Bär, gewissermaßen aus dem Exil heraus, sich von einem Musikerleben versprochen hatte.

Irgendwie seltsam, als was sich das Leben erweist, wenn man dort ankommt. Sweet Basilikum und bitteres Kraut in einem.

Der Bär spielte einen bittersüßen kleinen Lauf, der an Jackie McLean erinnerte, preßte die Töne dabei leicht nach unten, um das zu unterstreichen, und dann, als sein Blick wieder über den verdunkelten Nachtclub und die aufmerksamen vagen Gestalten schweifte, sah er, daß es einen Punkt im Saal gab, den er bisher instinktiv gemieden hatte: im hinteren Bereich, fast in einer Fensternische, wo an einem durch eine Hängepflanze teilweise verdeckten Tisch eine kleine grazile Gestalt saß, die in der Hand eine Zigarette hielt, über der sich der Rauch in einem durchgehenden blauen Faden erhob wie ein zusammenhängender Gedanke. Es war eine Frau, und sie kam ihm in dem trüben Licht bekannt vor, aber jedesmal, wenn er drauf und dran war, sie näher ins Auge zu fassen, lenkte irgend etwas seinen Blick und seine Gedanken ab, und er schaute weg.

Plötzlich, und noch ohne sie wirklich gesehen zu haben, wußte er, daß es Iris war. Sein Tempogefühl kam ins Schleudern, er spielte einen haarsträubend falschen Ton und handelte sich einen mahnenden Rimshot von Billy Hart ein, er schüttelte den Kopf, spähte angestrengt durch den Saal, konnte sie nicht richtig erkennen, versuchte irgendwie weiterzuspielen, kam aber nicht zurecht und wartete, daß Donelian eine Überleitung spielen würde, um ihn zu decken. Der Bär wünschte sich, daß sie es sei, der Bär wollte nicht, daß sie es sei, er wollte, wollte nicht, wollte. Der Bär würde in den kläglichen Backstagebereich gehen und die Sache vergessen, würde nicht zu ihr an den Tisch gehen, er würde, würde nicht, würde. Der Bär fühlte sich erneut auf das Erdenrad von Gewinn und Verlust gespannt, und trotz seiner unvollendeten Liebe war es nicht das, was er wollte. Ich versuche nur, ein bißchen Musik zu machen. Was soll ich mich mit größerem Zeug belasten? Er schüttelte den Kopf, um das unzulängliche Gehirn darin aufzuklaren. Lachhaft, daß irgend jemand, ob tatsächlich anwesend oder nicht, eine solche Macht über sein Herz haben sollte.

Anscheinend war er quer durch den Saal zu ihr an den Tisch gegangen. Sie erhob sich, lächelte und ergriff seine Pranke, als würde sie sich nach fünfminütiger Abwesenheit auf einer Cocktailparty wieder zu ihm gesellen. »Ich wußte, daß du es bist, als ich den Artikel in der Zeitung sah«, sagte sie zu ihm.

»Iris«, sagte er, niemals um das rechte Wort zur rechten Zeit verlegen. Ihre Wirkung auf sein Herz war unmittelbar und überwältigend; er war immer noch von ihr gefesselt, so sehr die Zeit und das Leben ihn auch verändert haben mochten. Mit anderen Worten, er war, schlicht gesagt, noch immer der gleiche Idiot wie früher. »Herr im Himmel, du bist's.«

»Ich wäre schon eher gekommen, um dich zu sehen«, sagte sie mit der ihr eigenen feinfühligen Haltung, in höflichem und geselligem Ton, »aber du kündigst deine Auftritte ja nicht groß an.«

»So bin ich eben«, sagte der Bär und überlegte, was er als nächstes sagen sollte. »Immer gewesen.«

»Ich weiß«, sagte Iris.

5

Genaugenommen hatte sein Leben, wie der Bär später, als er viel Muße zum Überlegen hatte, sich zurechtlegte, in jener Nacht eine erfrischende Stabilität gefunden, nachdem er Iris im Sweet Basil's begegnet war. Wie er so durch den Club auf die Leute blickte, die Spaß an seiner Musik hatten, und auf einen kleinen Tisch weiter hinten unter einer Hängepflanze, auf die eher kleine Gestalt einer Frau, die er liebte und die möglicherweise ihn liebte, da hatte er den Eindruck, daß der furchtbare Riß, der zwischen ihm und der übrigen Welt klaffte, vielleicht doch endlich geheilt würde, daß ihm womöglich, wie durch den Kurier des Königs, zu guter Letzt das Plazet der Realität erteilt worden sei. Er betrachtete das Sortiment von Befreundeten und Liebenden im Kerzenlicht, und zum ersten Mal in seinem Leben fühlte er sich ihnen annähernd gleich. Bis dahin hatte er sich immer entweder ungeheuer viel besser oder ungeheuer viel schlechter gefühlt. Wenigstens vorläufig war die Last des Vergleichens von ihm genommen.

Etwas allerdings störte ihn immer noch. Diese ganze Soforterfüllung, machte sie ihn nicht zu einer allzu simplen Kreatur? Konnte man da überhaupt noch von persönlicher Würde sprechen, wenn es schon reichte, daß mal eben Frau Iris in sein Leben zurückspaziert kam, damit er sich *ganz* fühlte? Und lag da nicht mehr als nur ein schwacher Hauch von Besitzanspruch in seiner Haltung zu ihr, eine billige, vorwegnehmende Lüge? Und – he, Bär, wie kommt es eigentlich, daß du vergessen hast, sie zu fragen? Ob sie noch verheiratet ist? Tja, was sagste dazu. Er beobachtete sie von der Bühne aus, nachdem er diese wieder bestiegen hatte, um den Set zu beenden, und versuchte sich klarzumachen, daß sie, ungeachtet seiner jahrelangen Sehnsucht nach ihr, ihr eigenes Leben führte und wahrscheinlich so feinsinnig und schwer faßbar war wie eh und je. Als dann die Band ihre Sachen zusammengepackt hatte und Jones und Sybil ihn im Transporter zu Iris' Wohnung fuhren – sie war vorausgefahren, um ein bißchen aufzuräumen –, da wußte der Bär zwar, daß sie nicht mehr verheiratet war, war sich aber nicht mehr sicher, daß er sie wirklich sehen wollte. Ach, natürlich wollte er sie sehen, aber mußte es denn jetzt gleich so ein Gefühlstheater geben?

Jones brachte den Transporter in der Nähe von Stuyvesant Town auf der 20th East zum Stehen. »Die Apartmentnummer hast du?« fragte er.

»Jau«, sagte der Bär.

»Und sie hat dir erzählt, sie sei geschieden.«

Der Bär nickte. »Willst du vorgehen und für mich klingeln?«

»Es ist vier Uhr morgens. Es ist keiner mehr unterwegs. Geh ruhig.«

»Komm schon, Jones«, sagte der Bär. »Erkunde wenigstens die Straße für mich.«

Jones gähnte, ohne sich die Hand vor den Mund zu halten. »Ein Bär muß tun, was ein Bär tun muß. Ich für meine Person steig aus diesem Transporter nicht aus, bis ich zu Hause bin.«

Der Bär schlug den Mantelkragen hoch und schwankte mit unguten Gefühlen aus dem Wagen, vom Freunde verlassen und ausgesetzt in die Anonymität der Nacht. Die Straße war leer, aber er hatte das unangenehme Gefühl, beobachtet zu werden. Er schritt über den schwarzen Rasen hinüber zur Eingangshalle, wo augenblicklich, nachdem er sich mit den Klingelknöpfen zurechtgefunden und Iris ihn per Summer eingelassen hatte, der Fahrstuhl aus dem Keller hochgefahren kam, und als die Aluminiumtüren sich öffneten, stand dahinter eine kleine, mürrisch dreinblickende Frau mit rotgefärbtem Haar und einer Zigarette im Gesicht. Die Frau hielt einen blauen Plastikwäschekorb in den Armen. Der Bär trat ein, drückte auf die Vier und bemühte sich, unauffällig zu wirken. Als die Türen sich schlossen, warf er einen flüchtigen Blick zur

Seite. Die Frau sah ihn direkt an. Der Zigarettenrauch stieg ihr in die Augen, aber sie blinzelte nicht einmal. »Wer sind denn Sie?« fragte sie ihn.

»Austräger«, sagte der Bär. »Wie ist die Wäsche geworden? Haben Sie das Mittel mit dem besonders weißen Weiß benutzt?«

»Was soll das sein, irgend 'ne Art Witz?«

»Genau«, sagte der Bär. »Ich bin so 'ne Art Witz.«

»Na, mich können Sie nicht reinlegen.« Sie kniff die Augen zusammen, um zu demonstrieren, wie schwer es war, sie reinzulegen, schlug gegen das Knopfbrett hinter ihr, und der Fahrstuhl kam im nächsten Stock zum Stehen. Sie stieg aus und drehte sich zu ihm um. »Ich weiß genau, was Sie denken«, sagte sie.

»Das ist im Moment mehr, als ich von mir behaupten kann«, teilte der Bär ihr mit und tippte zum Abschied gegen den Hut. Na ja, dachte er, als die Türen zuglitten und der Fahrstuhl wieder Fahrt aufnahm, wenn ich diese Wirkung auf alle Damen habe, dann werde ich heute abend wohl kein Glück haben.

Iris wartete schon, als die Türen im vierten aufgingen. Sie lächelte ihm von schräg unten zu, ihr Gesicht war niedlich, klug, kurzum: genauso perfekt wie eh und je. »Ist Jones nicht mit raufgekommen?« fragte sie.

»Er findet, daß ich lernen soll, selbst auf mich achtzugeben.«

»Darum geht's nicht«, sagte Iris. Sie nahm ihn bei der Pranke. »Hier entlang.«

»Da war eine Frau mit mir im Fahrstuhl«, sagte der Bär, während Iris ihn den Flur hinunterführte. »Hatte ihre Wäsche mit.«

»Und rotes Haar? Hat sie dich verkniffen angeguckt und gesagt, sie könne deine Gedanken lesen?«

»Macht sie das mit allen?« sagte der Bär.

Iris nickte und hielt sich lachend die freie Hand vor den Mund. »Ich glaube, der Fachausdruck lautet plemplem. Du dachtest wohl, die hatte dich auf dem Kieker, aber diesmal hast du dich geirrt.«

»Paranoia«, sagte der Bär hilflos.

»Eitelkeit«, sagte Iris. »Da wären wir. Es ist allerdings ein bißchen unordentlich.«

»Es ist wunderbar«, sagte der Bär und wirbelte in einer Art domestizierter Ekstase durchs Wohnzimmer. »So geräumig und so hell.«

»Sie gehörte früher meinem Vater. Ich bin in die Stadt zurückgekommen und hab sie übernommen, als er nach Florida gezogen ist. Sie ist eigentlich zu groß für mich, aber ich zahl nicht viel Miete.«

»Du solltest mal das Loch sehen, in dem Jones und ich hausen. Die Wohnung hier ist sagenhaft.«

»Ihr beiden habt doch mal ziemlich gut gelebt«, sagte Iris fragend. »Große Stereoanlage, frischer Lachs, guter Sekt...«

»Das ist lange her«, sagte der Bär, »seitdem ist viel Wasser unter der Brücke durchgeflossen.« Er richtete seine Augen wieder auf Iris. »Dein Haar war früher rot.«

»Das hast du jetzt erst gemerkt?«

»Iris, eigentlich bin ich noch viel zu überwältigt, um Einzelheiten überhaupt wahrzunehmen.«

»Bist du nicht«, sagte Iris. »Du erinnerst dich einfach nicht so gut an mich.«

»Ich hab an dich gedacht, du hast ja keine Ahnung, ich hab...«

Iris hob entschieden ihre kleine Hand wie ein Verkehrspolizist. »Nicht. Laß es.«

Es folgte eine Pause, die den Bären kaum peinlicher hätte berühren können, als sie es tatsächlich tat. Iris wiederzusehen, das war, als würde man gegen eine Wand aus Feinsinnigkeit laufen, in einen Nebel der Sanftheit hinein, eine immaterielle Aura, die zu sehen er nicht mehr kultiviert genug war, die aber trotzdem auf ihn einwirkte. Er wollte darin leben, obwohl er dazu noch nicht ganz bereit war. Er war noch nicht genügend transformiert. Na und? Er liebte sie. Reichte das nicht?

»Was meine Haarfarbe betrifft«, sagte Iris und nahm damit den Faden wieder auf, als nach ihrer Einschätzung wohl genügend Zeit verstrichen war. »Nachdem ich meinen Mann verlassen hatte, habe ich erst in einem unbeheizten Ferienhäuschen gewohnt, und zwar im Winter. Ich hab dann Scharlach bekommen, bin fast daran gestorben, und als das vorbei war, hatte mein Haar plötzlich diese spülwasserbraune Farbe bekommen, dunkelblond oder wie auch immer.«

»Du bist immer noch wunderschön«, sagte der Bär.

»Bin ich nicht. Bitte schwindel mich nicht an.«

»Ich hab dich nie angeschwindelt«, sagte der Bär mit ausreichender Bestimmtheit, wie es schien, um das Thema vorläufig zu beenden. Er war neben einem Couchtisch stehengeblieben und senkte den Blick. *»Pu der Bär?«* sagte er und nahm das Buch in die Hand. »Hast du das für mich da hingelegt?«

Iris wurde rot, und ihre Augen glänzten. Ihre Gesichtszüge waren immer schon so lebhaft, kam es dem Bären in den Sinn, aber darum geht's eigentlich nicht. Etwas Subtileres dringt aus ihr heraus, aus ihren Augen. Eine Art Licht. »Oh, ich, äh, ich hatte heute abend darin gelesen, bevor ich mich zum Club aufgemacht hab. Als ich jetzt zurückgekommen bin, wußte ich nicht, ob ich es weglegen soll oder nicht. Zweimal hab ich's schon weggepackt und dann doch wieder hingelegt.«

Der Bär setzte sich auf die Couch und legte die Füße auf den Tisch. Seine Füße sahen gewaltig aus. Er wedelte mit den Klauen. »Und? Hab ich Ähnlichkeit mit Pu dem Bären?« fragte er.

Sie war immer noch etwas rot im Gesicht, aber es ließ schon nach. »Natürlich nicht«, sagte sie. »Zieh mich nicht auf. Möchtest du etwas zu trinken?«

»Ein Bier, wenn du hast.«

»Dein Geschmack hat sich also nicht verändert. Ich bin drauf vorbereitet.« Iris ging um eine Ecke in die Küche, was dem Bären Gelegenheit gab, sich im Wohnzimmer gründlich umzusehen, die geschmackvollen aber abgewetzten Möbel zu mustern, die alte Stereoanlage nebst Fernseher und ihre Gemälde an den Wänden. Ihm hatte ihr Malstil schon immer gefallen: wie die Bilder angelegt waren, wie sie die Farben einsetzte, wie die Emotionen zum Ausdruck kamen.

»Du kannst über Nacht bleiben«, drang ihre Stimme, zusammen mit dem Klirren von Flaschen und Gläsern, aus Richtung Küche, »falls du nicht mehr unbedingt nach Hause gehen willst. Ich hab das Gästezimmer hergerichtet.«

»Ähm«, sagte der Bär und spielte dabei mit dem schweren Glasaschenbecher, den er vom Tisch genommen hatte. »Ich glaube nicht«, fügte er hinzu, jedoch so leise, daß sie es nicht hören konnte.

Sie kehrte mit zwei großen Gläsern Bier zurück. Der Bär beobachtete, wie sich ihr Körper unter dem dunkelgrünen Kleid bewegte. *»Pu der Bär«*, erzählte Iris, »war eins der wenigen Dinge, die ich mitgenommen habe, als ich meinen Mann verlassen hab.« Sie reichte ihm eins der Biere und setzte sich in gewisser Entfernung von ihm aufs Sofa, ließ die Schuhe auf den Fußboden fallen und schlug die Beine unter. »Ich hab es immer den Kindern vorgelesen.« Sie stellte ihr Glas auf dem Couchtisch ab und schien es dann vollständig zu vergessen.

Der Bär nahm einen ersten Schluck und bekam davon vorn auf der Schnauze einen Schaumschnurrbart. »Wie kommt es, daß dein Mann das Sorgerecht für die Kinder bekommen hat. Ist es nicht üblich, daß die Frauen … du weißt schon.«

»Herb ist ein bekannter Psychotherapeut und ein nahezu krankhafter Lügner. Er hat das Gericht übers Ohr gehauen. Er schafft alles.«

»Er hat den Richter davon überzeugt, daß du verrückt bist? Das ist doch wohl nicht möglich.«

Aber Iris nickte. »Ich bin labil. Ich bin als Mutter nicht geeignet.« Ihre Augen strahlten, aber sie hatte die Hände in den Schoß drapiert, um ein leichtes, aber offensichtlich nicht zu unterdrückendes Zittern zu verbergen. »Er hat seine Kollegen aufmarschieren und Lügengeschichten über mich erzählen lassen. Es war entsetzlich.«

»Warum hast du ihn verlassen?«

»Ich mochte ihn nicht mehr«, sagte sie, als sei es die einfachste Sache der Welt, jemanden zu heiraten, zwei Kinder mit ihm zu haben und ihn dann nicht mehr zu mögen. Der Bär, der nie verheiratet gewesen war, aber an die Dauerhaftigkeit von Beziehungen glaubte, war von der Beiläufigkeit dieser Bemerkung dermaßen irritiert, daß er nicht imstande war, darin ihren Wunsch zu erkennen, mit dem Thema abzuschließen. Iris drückte sich die Fingerspitzen leicht gegen die Stirn, wie um ihren Gedanken Halt zu geben. Als sie dann weitersprach, hatte ihre Stimme jedoch die übliche Beherrschung wiedererlangt. »Als ich die Geschichten meinen Töchtern vorlas, hab ich ihnen erzählt, daß Pu ein alter Freund von mir aus New York ist. Da wollten sie dann nur noch Geschichten von Pu und mir hören, und das Buch war plötzlich ganz unwichtig.« Sie lachte mit gesenktem Kopf in ihren Schoß hinein. »Ich hab angefangen, ihnen von dir zu erzählen, über die verrückte Jugendzeit, wie du Saxophon gespielt hast, wie du Jones beim Schach geschlagen hast, über deine Familie in der alten Heimat und hier. Du bist zu ihrer Lieblingsfigur geworden, und dann, ist das nicht lustig, müssen sie irgendwas spitzgekriegt haben, jedenfalls haben sie mich gefragt, ob Pu in mich verliebt war.«

»Pu war in dich verliebt«, teilte der Bär einem ihrer Gemälde mit.

»Und sie wollten wissen, warum ich nicht mit ihm weggegangen bin.«

»Weißt du irgendeinen Ort, wo wir hätten hingehen können?«

Iris räusperte sich. »Ich hab ihnen immer erzählt: ›Damit ich euch kriegen konnte.‹ Na jedenfalls, als ich Herb verlassen habe, hab ich mir eine Wohnung gemietet, hab am Abend vorher alles eingepackt, was ich brauchen würde, und am nächsten Morgen, nachdem er ins Büro gefahren war, hab ich mich und die Kinder in ein Taxi gesetzt. Im letzten Moment hab ich mir noch das Buch geschnappt und es mitgenommen.«

»Er hätte das Sorgerecht nicht bekommen dürfen«, sagte der Bär.

»Ich war zu der Zeit ziemlich daneben, Bär. Ein paar schlimme Sachen sind passiert. Ich war in Panik. Ich hatte mich nicht gut im Griff. Ich hatte ein paar schlechte Jahre hinter mir. Er hatte die Karriere und sich dazu noch eine wunderbare, liebende und perfekte neue Frau angeschafft. Es war nicht schwer für ihn, mir Tracy und Amy wegzunehmen.« Sie machte eine Pause. Iris sprach von großer Unbeständigkeit und tiefem Schmerz, sah dabei jedoch irgendwie glücklich aus und wirkte überhaupt nicht verhärmt. Ihre Augen strahlten. »Bär«, sagte sie, »ich bin nicht mehr wie früher. Ich habe nicht mehr die Kraft. Ich bin angeknackst. Ich bin leicht zu verletzen, und ich kann mich nicht dagegen wehren.«

»Du machst den Eindruck, als wärst du ganz gut beieinander.«

»Oh, zum Eindruckschinden reicht es bei mir noch. Das übe ich ja auch ständig. Und du hast dich ja schon immer von Äußerlichkeiten beeindrucken lassen. Aber ich bring nicht mehr alles zuwege. Den Laborjob kriege ich gerade so auf die Reihe. Irgendwie schaffe ich es auch noch, für mich zu kochen, die Telefonrechnung zu bezahlen und Unterhaltungen zu führen, wenn es die Gesellschaft verlangt, aber hier drin«, sie klopfte sich mit ihrer kleinen

Faust heftig an die Brust, »ist alles zerbrochen, und die Teile passen nicht mehr zusammen. Ich hab keine Kraft mehr, ich bin ein Niemand.«

»O Baby«, sagte der Bär. Er konnte nichts dafür, aber für ihn war die Tatsache, daß eine so bezaubernde Person wie Iris an der Seele Schaden genommen hatte, eine Anklage an die Welt im Ganzen. Er spürte etwas in seinem Innern, teils Beschützerinstinkt, teils Begehren, das ihr auf dem Sofa näher rücken wollte.

Sie schien das irgendwie geahnt zu haben, denn sie erhob sich rasch und ging durchs Zimmer, um ziemlich sinnlos etwas an der Jalousie zu prüfen. »Du mußt doch recht glücklich sein, jetzt wo du in der Öffentlichkeit deine Musik spielen kannst«, sagte sie, wie um das Thema zu wechseln.

»Ach, ich weiß nicht«, sagte der Bär, der nach kurzem Sträuben auf den Themenwechsel einging. »Ich weiß nicht. Vielleicht war es vorher ja besser. Ich weiß es nicht.«

Iris setzte sich wieder, und nun war der Bär an der Reihe, im Zimmer umherzulaufen. »Was soll das heißen, du weißt es nicht?« sagte Iris, und er hörte irgendwie die Erleichterung aus ihrer Stimme heraus, daß jetzt über ihn geredet wurde. »Du weißt es wahrscheinlich doch. Erzähl es mir.«

»Ich will jetzt nicht rumklagen«, sagte der Bär und wedelte abwehrend mit dem Arm.

»Du *liebst* es, dich zu beklagen«, erwiderte Iris. »Du bist ein hervorragender Selbstanklager. Das Schicksal hat mich ausersehen, nur mich allein, und so weiter. Du bist darin einer der Besten.«

Der Bär richtete einen ungnädigen Blick auf sie.

»Bin ich auf einen empfindlichen Zeh getrampelt? Tut mir leid. Erzähl weiter.«

Langsam wandte der Bär den Blick von ihr ab und nahm den Faden wieder auf. »Ich weiß nicht. Na ja, das ist alles so neu für mich. Ich mag es nicht, *gesehen* zu werden. Ich mag es nicht, wenn die Leute denken, sie wüßten, wer ich bin. Vollkommen Fremde, verstehst du? Glauben die, sie kennen meine Eingeweide, nur weil sie mich ein paar Chorusse auf dem Saxophon haben spielen hören? Wie kommen die dazu, woher glauben die das Recht dazu zu haben? Ich fühle mich vergewaltigt. Manchmal krieg ich echte Anfälle, Zuckungen, muß mich richtig krümmen und kann nichts dagegen machen. Ich spüre, wie sie mich mit ihren Augen bearbeiten. Es tut weh. Ich weiß, daß das ganz furchtbar unreif von mir ist oder so, aber ich kann es nicht ändern. Das Unterbewußtsein ist eine schreckliche Sache.«

»Aber Bär«, sagte Iris, »du hast dir doch immer so sehr gewünscht, daß deine Musik gehört wird. All die Dinge, die du ausrücken, rüberbringen, geben wolltest.«

»Ausdrücken?« sagte der Bär. »Geben? Das muß vor langer Zeit gewesen sein. Ich war ja damals noch ein Kind, als du mich kennengelernt hast.«

»Du warst ein lieber, romantischer Bär«, sagte Iris.

»Ich bin immer noch ein lieber, romantischer Bär«, knurrte der Bär zurück. »Ich bin der liebste, romantischste Bär auf der ganzen Welt, aber das Leben war viel leichter, als das, was ich getan hab, noch nichts mit dem zu tun hatte, wer ich bin.«

»Das glaubst du doch nicht im Ernst.«

»Alle setzen mir ständig zu. Alle wissen, was gut für mich ist, alle sind Experten, was mich betrifft, nur ich nicht, alle haben sie einen guten Rat für mich. Als wenn ich irgendein Popel ohne Gehirn wäre.« Mit Iris' Feingefühl und Gewitztheit vor Augen empfand er die tiefgreifende Blödheit und Primitivität seiner eigenen Äußerungen. Er hatte sie so lange nicht gesehen, und auch sonst niemanden, der ihr auch nur im entferntesten glich. Er selbst hatte etwas Stumpfes, Undifferenziertes an sich, aber das war jetzt nicht zu ändern. Da brauchte es, wenn überhaupt, schon etwas Zeit. Oder mehr von ihrem Einfluß. In ihrer Abwesenheit war er ungeschliffen geworden. Er hatte so viel vergessen.

»Du bist kein Popel ohne Gehirn«, sagte Iris.

»Ich nähere mich dem allerdings an. Und wie ich sehe, hast auch du einen guten Rat für mich parat. Mit Sicherheit therapeutisch wertvoll, aber… Iris, ich bin«, es war sehr schwer für den Bären, das Wort auszusprechen, »…verletzt. Irgendwas macht mir zu schaffen, und ich kann mitten in der Tournee und allem nicht damit fertig werden. Es gibt einfach keine Pause.« Er schlug sich leicht gegen die Brust, um den Standort des Problems anzudeuten. »Wenn ich eins brauche, dann ist es meine Privatsphäre, und die soll vor den Blicken der Leute geschützt sein. Jetzt, wo ich mit jemandem darüber reden kann, seh ich erst, wie schlecht es mir geht. Und in diesem Zustand soll ich eine Platte aufnehmen. Das ist doch bescheuert.«

»Also, wenn es das ist, was wirklich in dir vorgeht«, sagte Iris, ohne sich aus der Ruhe bringen zu lassen, »warum sollte die Platte dann eben nicht davon handeln?«

»Nee, nee. Auf keinen Fall.« Den Bären schauderte es ein wenig. »Das Rennen gehört nicht den Verwirrten, sondern den Flinken.«

»Entschuldige, Bär, aber du klingst bockig.«

»Ich *weiß*«, sagte er und fuhr mit einer Klaue durch den Brustpelz. »Auf diesem Wege liegt Wahnwitz. Ich kann so nicht leben.«

»Bär, tut mir leid, dir das sagen zu müssen, aber das ist es, was das Leben ausmacht. Du läufst eine Weile so mit, bis du mehr abgekriegt hast, als du vertragen kannst, und den Rest des Weges gehst du dann mit lauter Bruchstellen. Es ist nicht das Schlimmste, was es auf der Welt gibt, und der einsame Cowboy bist du dabei auch nicht.«

»Nein, so stimmt es nicht«, beharrte der Bär, der sich hoch über Iris erhoben hatte und mit den Armen fuchtelte. »Das ist immer der gleiche Mist, den die Leute glauben. Aber Vollkommenheit *existiert*. Man darf sich nicht zu Notlösungen drängen lassen. Das ist alles nur Wahn, Müll, Irrglauben.«

»Wahrscheinlich ist dir nicht ganz klar«, sagte Iris, »wie sehr das Leben aus Scheitern besteht.«

»Menschliches Leben vielleicht, aber meins nicht. Was mich annervt, ist, daß ich eigentlich damit fertig werden müßte, es einfach aus dem Weg räumen, so wie früher.«

»Wenn du früher das Gefühl hattest, dann bist du da sehr stark gewesen oder hast eben viel Glück gehabt.«

»Yeah, ich alter Glückspilz... Ich sollte trotzdem irgendwie in der Lage sein, es hinzukriegen. Ihr Menschen, ihr habt ein Gefühlsleben, das von eurem Körper gar nicht getragen wird, euch fehlt die Kraft, um euch die Sachen vom Leibe zu halten, völlig klar, daß ihr da den Schwanz einzieht und auf halbem Wege schlappmacht...« Der Bär unterbrach sich. Iris schien den Kopf auf dem grazilen Hals in die Höhe gereckt zu haben und sah ihn unverwandt an. »O Gott, tut mir leid...«

»Bär? Bist du das da drinnen? Ich hab dich schon wütend erlebt, aber ich hab dich noch nie so reden hören. Du hast dich verändert.«

»Ich hab noch nie irgendwas von dem zu irgendwem gesagt, Irish.« Einer seiner alten Spitznamen für sie. »Ein bißchen höchstens, aber nicht so wie eben. Ist denn hier wenigstens ein bißchen Platz für mich, so wie ich wirklich bin?«

Iris hob den Arm und streckte ihm die Hand hin.

Er kam um den Couchtisch herum und setzte sich neben sie. Sie hatte nichts dagegen, daß er sie an sich heranzog, also hielten sie sich in den Armen, für den Augenblick ganz entspannt, doch dann wurden sie merkwürdig steif, zuerst Iris und daraufhin auch der Bär. Aber trotzdem war es unglaublich schön für den Bären. Ihm war, als hätte er seit Ewigkeiten kein anderes Lebewesen mehr berührt, als würde er allmählich wieder in die warme Gemeinschaft des Fleisches aufgenommen. Als gäbe es in dieser Welt am Ende doch noch einen Ort für Zärtlichkeit.

»Weißt du noch«, sagte Iris, »damals, bevor ich dich zum ersten Mal gesehen hab, daß ich eine Woche lang immerzu von einem sprechenden Bären geträumt hab und daß plötzlich dann Jones angerufen hat?«

»Weißt du noch, wie wir uns plötzlich gegenseitig denken hören konnten?«

»Das erste Mal, wo ich deine Stimme laut in meinem Kopf gehört hab, bin ich fast vom Stuhl gefallen.«

»Wir gehören zusammen«, sagte der Bär. »Ist das nicht offensichtlich?«

Iris rückte von ihm ab, so daß sie ihn ansehen konnte. »Paß auf, ich weiß, du hast dir ein großes Drama entworfen, und ich bin als nächster Akt vorgesehen«, sagte sie. »Aber das wäre nicht das, ich bin keine Lösung, ich kann die Rolle nicht spielen. Auf jeden Fall solltest du keine voreiligen Schlüsse ziehen. Es ist viel Zeit vergangen, und in mancher Hinsicht bist du mir sehr fremd. Es mag eine Verbindung zwischen uns geben, aber wir haben uns beide verändert. Könnte sein, daß wir uns sogar sehr verändert haben.«

»Komisch«, sagte der Bär. »Mir kommt es vor, als ob überhaupt keine Zeit vergangen ist und als ob sich gar nichts verändert hat.«

»Da liegst du in beidem falsch.« Sie setzte sich gerade hin und strich den Kleidersaum nach unten, so daß der Rand eben die Knie bedeckte.

»Es hat sich nichts Entscheidendes geändert«, sagte der Bär.

»Nein? Ich hab dich vorhin ganz anders reden hören.«

Herrje, fuhr es in den Bären, es war ein Fehler gewesen, was gesagt zu haben.

»Ich hab da was, das ich dir gern zeigen möchte.« Iris erhob sich vom Sofa, ohne ihn anzusehen, und auch, als sie durch das Zimmer ging, hielt sie das Gesicht abgewandt. Sie kramte in einem Zeitschriftenstapel, der auf einer Kommode lag, und brachte eine Ausgabe des *Rolling Stone* zutage.

»O nein«, sagte der Bär und schlug kummervoll die Tatzen über dem Kopf zusammen. »Bin ich etwa auch im *Stone* besprochen worden? Ich halt's nicht aus. Ich komme mir vor, als würde ich aufgeschnitten werden, kaputtgemacht, als würden mir die Eingeweide rausgerissen.«

»Lustig, daß du so etwas sagst«, sagte Iris, die offenbar die bewußte Stelle gefunden hatte. »Übrigens, nein, du bist nicht im *Stone* besprochen worden. Ich will dir nur was aus einer Buchbesprechung vorlesen: ›Wenn du hervorbringst, was in dir ist, so wird, was du hervorbringst, dich erretten. Wenn du nicht hervorbringst, was in dir ist, so wird, was du nicht hervorbringst, dich zerstören.‹«

»Heavy«, sagte der Bär. »Woraus ist das?«

»Aus *Versuchung durch Erkenntnis: Die gnostischen Evangelien*.«

»Du hast also Gott an deiner Seite, ja?«

»Haben wir das nicht alle?« sagte Iris.

»Ah, hast wahrscheinlich recht, Kindchen. Ich bin halt ein alter Scheißkerl geworden, das ist alles. Früher hab ich dich so aufrichtig und rein geliebt, und jetzt verbringe ich die Hälfte der Zeit damit zu überlegen, wieviel Zeit es wohl brauchte, dich zu verführen.«

»Das ist wohl nur natürlich«, sagte Iris und blickte ihm, ohne zu blinzeln, in die Augen.

»Ist es?« sagte der Bär. »Gott, ich bin so fremd in dieser Welt.«

»Tja, viel Glück«, sagte sie.

Er ging nach Hause, allein unter den Pylonen und Trägern der

Roosevelt-Brücke, roch die stinkende Nacht und beobachtete die farbigen Lichter, die auf der schwarzen Oberfläche des Flusses schimmerten. Warten auf Godzilla, wie die ganze übrige Stadt. Der Bär feierte bereits erste Erfolge bei dem Versuch, sich Iris aus dem Kopf zu schlagen. In seinem Leben stapelte sich sowieso schon alles. Schlimmer noch, er hatte sich einem dummen, unwürdigen Automatismus hingegeben, hatte mit der Nase am Eisengeländer der Ereignisse geklebt, benommen von deren Aufeinanderfolgen, gebannt, traumwandlerisch, unaufmerksam. Er war blöd genug gewesen, sich von Leuten und Ereignissen etwas zu erhoffen. Die Gigs, die Musik, Iris – er hatte vor ihnen gestanden wie jemand vor dem Tresen einer Kantine: mit der Erwartung, etwas vorgesetzt zu bekommen. So funktionierte es aber nicht. Man konnte nicht mit ausgestreckter Hand durch die Welt spazieren und von dem, was einem dabei begegnen mochte, seinen Sinn erbetteln. Ein Lastwagen donnerte hupend unten auf der Schnellstraße an ihm vorbei, er zog den Mantelkragen höher und die Hutkrempe tiefer. Man konnte nur richtig leben, wenn man frei war von dem, was einem zustieß, und das hatte er inzwischen völlig eingebüßt. Er steckte fest. Er hatte alles eingebüßt! Der Bär war sich durchaus des unwirklichen, melodramatischen Tons bewußt, aber er machte trotzdem weiter. Die Aufnahmesession in zwei Tagen bedeutete rein gar nichts. Und Iris? Noch so eine Abhängigkeit. Verletzlichkeit! Geben und nehmen! Diese ganze große Scheiße! Läßt er sich von ihr erzählen, daß all dieser Müll gut für ihn sei, obwohl er genau weiß, daß er daran kaputtgeht!

Der Bär suchte den Fluß ab, bevor er sich landeinwärts in Richtung Wohnung wendete. Godzilla würde vielleicht doch nicht auftauchen, um die Stadt aufs rechte Maß zu stutzen, aber irgendeine monströse Zweideutigkeit strebte durch andere Wasser an die Oberfläche. Sie war eine Bedrohung für all die angesagten paradoxen Anpassungen an die Welt, die er vorgenommen hatte, um seine Angst vor ihr im Zaum und sein Ich halbwegs beieinander zu halten. Godzilla im Fluß und wer weiß was in mir. Ich hätte nie aus der Höhle herauskommen dürfen. Ich hätte mich mit den Schattenspielen begnügen sollen. Die Welt ist unermüdlich. Nur wenn man für sich ist, kann man es sich gemütlich machen.

Mehr habe ich nie gewollt.

Er hatte so ein leises Gefühl, daß er sich klammheimlich eine Katastrophe herbeiträumte, die die ganze jetzige Entwicklung zertrümmern würde, damit er sich nicht weiter entfalten müßte. Falls er das überhaupt tat.

Als sie mich wegschafften, hörte man mich sagen: Aber ich war cool.

Er kam ohne Zwischenfall vor dem ersten Morgenlicht nach Hause, stieg die Treppen hoch und schlief trotz seiner Erregung fast augenblicklich ein. Er hatte einen Traum, der behauptete, den Schleier zu lüften und ihm die geheime Vollkommenheit seines Lebens zu enthüllen. Nicht allein, daß die Ereignisse seines Lebens, zum einen Teil schöne, zum anderen Teil entsprechend schreckliche, durch die Schönheit des Gesamtentwurfs mit Vollkommenheit geschlagen waren, nein, auch war jedes einzelne dieser Ereignisse in sich vollkommen. Eine große Blume wurde ihm gereicht, auf deren Blütenblättern die einzelnen Ereignisse seines Lebens – vergangene, gegenwärtige und zukünftige – in wunderschöner Gestalt und harmonischer Anordnung ausgestellt waren: Es gab nicht einen falschen Ton in dieser Komposition. Mitten in diesem Traum kam die Frau mit den rotgefärbten Haaren und dem Wäschekorb auf ihn zu und küßte ihn voll auf den Mund.

Als er am Tage der Aufnahmesession aufwachte, war der Nachmittag schon fortgeschritten, und Jones war mit Sybil zum Lunch ausgegangen, wie eine entsprechende Nachricht vermerkte. Der Bär tigerte grummelnd durch die Wohnung, probte ein bißchen und fragte sich, ob er nervös sein sollte oder nicht. Als es dunkel wurde, rief Cummins an und fragte, wie alles laufe. Der Bär teilte ihm mit, es laufe wie geschmiert.

Der Abend kam allzu schnell, und allzu bald danach erschien Jones mit einem geistlos eifrigen Gesichtsausdruck und hatte den Transporter unten stehen. »Es ist soweit, hä, Bär? Der große Abend. Bist du bereit, in die Geschichte einzugehen?

»Nein«, sagte der Bär. »Und angezogen bin ich auch noch nicht.«

»Weißte nicht, welches Paar weite Hosen du anziehen sollst? Ob du den Regenmantel lieber zuknöpfst oder zubindest? Lampenfieber? Ist es das, was dir zu schaffen macht, Dusselchen?«

»Jones«, erwiderte der Bär, indem er den Regenmantel abklopfte und sich wünschte, er hätte an dessen Stelle einen schwarzen, »versuch mal, eine nicht ganz so große Nervensäge zu sein.«

Sie gingen die Treppe hinunter, der Bär vorneweg und dahinter Jones, der eine kleine Edward-G.-Robinson-Nummer ausprobierte à la: Ich hab dich gemacht, und ich kann dich auch fertigmachen, also leg mich nicht rein heute abend, sonst wird es dir leid tun, verstanden? Die Fahrt zum Tin Palace war viel zu schnell vorbei, und als der Bär den Club betrat, wußte er ohne den geringsten Zweifel, daß nichts klappen würde. Vielleicht würde er sich einfach weitgehend raushalten, damit die Rhythmusgruppe dann wenigstens eine Trioplatte rausbringen konnte. Die Jungs waren gut, also warum nicht?

Nach und nach kamen ein paar Leute hereingeschneit, aber wozu? Um Dinner zu bestellen. Das ist vernünftig. Das leuchtet ein. Meine Anwesenheit hier nicht.

Kurz vor dem ersten Set rief er Iris an.

»Bist du sicher, daß ich nicht vorbeikommen und zugucken soll?« sagte sie.

»Du würdest mich nur nervös machen. Oder ich würde alles und alle vergessen und nur für dich spielen.«

Ihre Stimme wurde weich. »Das ist lieb«, sagte sie.

Sie hauchte einen Abschiedskuß in den Hörer, und er legte auf.

Die Rhythmusgruppe erschien, und der Bär alberte und lachte mit ihnen, aber fühlte sich völlig allein auf der Welt, ohne Widerhall. Das war natürlich eine Täuschung, aber so angespannt und besorgt war er eben.

Cummins baute das Aufnahmegerät und die Mikrophone auf, während der Bär sich durch eine zerstreute Unterhaltung mit dem Barkeeper über seinen ersten Besuch des Etablissements ein paar Monate zuvor arbeitete, und allmählich kamen immer mehr Leute und versammelten sich im hinteren Teil, nachdem sie sich mit Drinks von der Bar und Speisen aus der Küche ausgerüstet hatten. Allzubald wurde es Zeit für den ersten Set. Er wies Cummins an, das Bandgerät noch nicht mitlaufen zu lassen, aber Cummins tat nur so, als gehorche er seinem Wunsch – er konnte sehen, wie sich die Spulen drehten. Der Bär fühlte sich beim Spielen nur halb anwesend, fing mit »Au Privave« und ein paar Standards an und spielte dann kurze, oberflächliche Versionen von zwei Originalstücken, die er später aufnehmen wollte. Die Rhythmusgruppe klang okay, obwohl sie irgendwie versuchten, ihm ein bißchen Feuer unterm Hintern zu machen, und ob seiner ausbleibenden Reaktion offenbar etwas nervös wurden. Nach dem Set sagten ihm alle, daß er gut rüberkomme, aber er konnte sehen, daß sie schwindelten, und das verstärkte seine Unruhe noch. Als er sich zum zweiten Set aufmachte, war er innerlich bereit, den Abend für gelaufen zu erklären. Der Club hatte sich ziemlich plötzlich gefüllt, aber das nahm er kaum zur Kenntnis. Wo sollte er bloß die Musik hernehmen?

Er sah zu den Leuten im Club hin, nahm aber keine Details wahr. Der Abend hatte etwas Unwirkliches. Etwas Provisorisches. Etwas, wie ihm scheinen wollte, was noch nicht deutlich war.

Nachdem er dann einen furiosen Blues gespielt hatte, in der Hoffnung, daß dieser ihn öffnen würde, was er aber nicht tat – alles was er im Lärm seines Spiels hören konnte, war das Wüten der Unzufriedenheit –, machte der Bär eine ganz neue Erfahrung. Die Erkenntnis flog ihn an – auf eine Weise, die keinen Zweifel zuließ –, daß alle Schlachten, die er in seinem Leben versucht haben mochte auszufechten, beendet und verloren waren. Alles, was er zu bewerkstelligen versucht hatte, war verloren, und seine Bemühungen waren für die Katz. Was immer es war, was er in seinem Innern anzulegen versucht hatte, es war, wenn nicht verschwunden, so doch Schnee von vorgestern. Ein Hauch seiner wahrhaftigen und unbestreitbaren Verlassenheit streifte ihn, und deshalb bedeutete er der Band per Handzeichen, von dem Monk-Stück, das er eigentlich hatte folgen lassen wollen, abzulassen, und er begann allein zu spielen. Irgendwann später würde er dann auf die nesselartige Ballade treffen, die er im Transporter auf dem Rückweg von Boston für Billy geschrieben hatte, aber jetzt wollte er erst einmal für sich spielen.

Was für ein leeres Leben ich doch immer geführt habe. Ich habe versucht, es mit Leidenschaften und Zielen und was weiß ich für Zeugs auszufüllen, aber es hat nie richtig geklappt. Weil ich es nicht konnte. Weil es nicht hinzukriegen war. Er sah sein Leben jetzt deutlich, und es war ein für allemal leer. Etwas hatte nachgegeben und das Dasein aller Bestrebungen und Illusionen entkleidet, und die Musik kam geordnet und leidenschaftslos aus ihm heraus, einem unbekannten Prinzip folgend und weniger wie eine Sprache des Gefühls als eine der Tatsachen anmutend. So also werde ich für eine ganze Weile sein, dachte er. Ich weiß nicht so recht, ob es mir gefällt, aber es wird nicht einfach verschwinden. Es hat zuviel Gewicht. Er empfand sich als einen großen dunklen Raum, in dem sich alles beruhigt und auf seinen Platz begeben hatte. Er hatte keine Ahnung, ob das gut oder schlecht war, er glaubte auch nicht, daß es das Ende oder das Ziel aller Wahrnehmung sei, aber nachdem er ungefähr fünf Minuten lang allein gespielt und danach die Band durch die Grundzüge des Stückes geführt hatte, da hatte er das Gefühl, er habe zum ersten Mal einen ungeahnten Teil seiner selbst in Musik überführt und das müsse jetzt so stehenbleiben. Es war nicht besonders angenehm, aber wahr.

Der Bär hörte in den Tönen, die er hervorbrachte, eine neue Schwere zum Vorschein kommen, die sich mit der Dichte der Akkordwechsel traf und sich um deren Fundamente kräuselte wie Wellen um Felsen am Meeresufer, und er umschloß das Rohrblatt fester mit dem Mund, um die Gewolltheit seiner Attacke zu unterstreichen und die Implikationen dieses Zusammenstoßens näher auszuführen: anpassungsfähige Musik trifft auf Welt unerbittlicher Fakten – Frage: Wird das Wasser je den Felsen fortspülen? Innerhalb einer einzigen Lebensspanne, zum Beispiel seiner? Im Moment schien es unwahrscheinlich, aber man konnte nie wissen – es gibt andere Gewässer, andere Küsten.

Er hörte, wie sich die Rhythmusgruppe hinter ihm zurücknahm und Platz machte, um ihm einen Freiraum zu schaffen, um anschließend eine Antwort zu formulieren. Danke, Jungs. Das ist eine Geste des Respekts, und ich bin euch dafür dankbar. Donelian spielte einen Akkord, der mit Quarten und Sexten vollgepackt war, die normalerweise gar nicht zu seinem Repertoire gehörten; Scott Lee streifte durch die tieferen Stockwerke seines Instruments und brach ein paar dunkle, bis dahin unbenutzte Zimmer auf; Billy ließ seine Tomtoms grummeln, um ein Erzittern der Fundamente anzudeuten, ein Verrücken tiefgelegener Steine. Der Bär erhob einen Heuler und ließ ihn wieder herabstürzen, dissonant und unaufgelöst, sicherlich unbefriedigt, vielleicht verzweifelt. Er wollte in diesem Haus nicht wohnen, aber für den Moment war er nun einmal zweifellos hier. Er verlängerte sein Solo um einen weiteren Chorus und betrat jedes Zimmer. Sein Leben war im Begriff, sich zu verändern.

Und außerdem, dachte er, während er durch die Fremdheit des Nachtclubs zu Cummins hinter dem Aufnahmegerät hinüberblickte, ist das hier zwölf, vielleicht sogar fünfzehn Minuten lang und was zum Behalten, egal, wie schräg es auch ist. Sie brachten also doch etwas zustande.

Er spielte einen schnellen, improvisierten Blues direkt aus der Kadenz heraus, um ein wenig Dampf abzulassen, und obwohl er durchaus flüssig und scharf aufspielte, wußte er, daß er es zum Ende der Vorstellung besser machen würde, und morgen wahrscheinlich noch besser. Bis dahin hätten sie dann genug Material für eine Platte beisammen. Okay, dachte er und gestattete sich das denkbar kleinste und höhnischste Lächeln. Okay. Es ist nicht das, was ich mir vorgestellt habe, aber es muß reichen. Er trat ans Mikrophon, um ein paar Worte Unsinn zu erzählen und das nächste Stück anzukündigen.

Man hatte die Polizeitruppe angewiesen, bis zum Ende des Sets zu warten, aber der Nachwuchsmann in ihrer Reihe war anscheinend nervös geworden: »NEW YORK CITY POLICE!« rief er, sprang auf und hielt eine merkwürdig aussehende Pistole mit beiden Händen und steif nach vorn gestreckten Armen. »KEINE BEWEGUNG!«

Der Bär nahm Schreie, umstürzende Tische und splitterndes Glas wahr, während er den Mikroständer umwarf und zur Küchentür stürmte. Er hörte einen seltsam gedämpft klingenden Schuß, und als er über die Schulter zurückblickte, mußte er beinahe lachen. Die machten ja alles falsch: Der Cop hatte doch tatsächlich in die Luft geschossen, aber er benutzte eine Betäubungspistole, und jetzt hing ein buntgefiederter Betäubungspfeil heftig zitternd an der Decke. Um der ganzen Farce die Krone aufzusetzen, rief noch jemand: *»Halt! Im Namen des Gesetzes!«*

Du meine Güte, fragte sich der Bär, während er durch die Küche sprintete und die Hintertür mit der Schulter auframmte, hat das wirklich jemand im Ernst gerufen? Er schlug den Posten zu Boden, der in der Gasse auf ihn gewartet hatte, sprang über eine niedrige Ziegelmauer, landete auf allen vieren und machte sich mit sechzig Stundenkilometern durch eine Parallelgasse davon. Nun, da die langbefürchtete Razzia schließlich über ihn gekommen war, fühlte er sich seltsam befreit. Keine Halbherzigkeiten mehr. Kein Munkeln im Dunkeln mehr. Laßt es heraus. Soll der Regen doch fallen. Er überwand einen Kettenzaunabschnitt, fand sich auf einem Bürgersteig wieder und sprintete durch die Dunkelheit in Richtung Second Avenue, wobei er ständig nach Verfolgungsgeräuschen horchte. Vorerst hörte er nur seine Klauen auf dem Pflaster, aber sie würden schon noch kommen.

Ein Porträt des Künstlers als gejagtes Tier – er blieb kurz am Rande der von der Straße ausgehenden Helligkeit stehen, um mögliche Handlungsstrategien zu erwägen. Er könnte versuchen, irgendwo reinzugehen, um sich zu verkriechen, oder einfach dreist in der Menschenmenge untertauchen. Letztere Alternative schmeichelte seinem Sinn für Humor, zumal er nicht mehr als fünf Minuten Fußweg von zu Hause entfernt war und vielleicht zehn Minuten von Iris' Wohnung – das war zwar doppelt so weit, aber dort würde wohl niemand nach ihm suchen.

Die Hutkrempe nach unten und den Mantelkragen nach oben zerrend, erhob sich der Bär auf seine Hinterbeine und schickte sich an, der Musik der großen Straße entgegenzutreten. Fast auf der Stelle erkannte er, daß er es nicht schaffen würde. Es war ihm durchaus schon gelungen, sich durch Menschenmengen zu bewegen, aber heute abend war er einfach zu daneben. Er roch nicht normal. Sobald er um die Ecke kam, begannen die Leute zurückzuweichen und Tamtam zu machen. Ein mageres Mädchen, in schwarzem Leder und mit lauter Pfauenhaaren auf dem Kopf, stieß einen Schrei aus. Eine Anzahl dunkler Münder blieb offen stehen. »Alles in Ordnung«, versicherte er ihnen. »Lassen Sie mich durch, ich bin Arzt.« Ein junges Paar in Daunenjacken stolperte bei seinem Anblick rückwärts in den Verkehr hinein. Ein Taxi schleuderte herum, um ihnen auszuweichen, worauf sich ein gewaltiges Hupkonzert erhob. Überall sah der Bär Gesichter, die in seine Richtung herumwirbelten. Es ist soweit, dachte er, du hast die Gesetze der Schwerkraft lange genug mißachtet.

Während ihm der Schweiß unter dem Pelz ausbrach und er die deutliche Empfindung hatte, etwas nachzuspielen, was bereits vor

Urzeiten geschehen war, ließ er sich wieder auf alle viere fallen, wandte sich in Richtung Uptown und stürmte los, an den Ladenfronten vorbei, durch Streifen von Licht laufend, zunächst ein Bündel von Purpur und Grün, dann Weiß, und die dünnen Beine der Leute purzelten nur so durcheinander. Er bemerkte den zunehmenden Tumult hinter sich und nahm die erste sich bietende Abzweigung nach links, hinein ins verhältnismäßig Dunkle. Er lief eine hohe Ziegelsteinmauer, an der das Wasser herabrann, entlang und fand schließlich eine rostige Metalltür, stieß sie mit der Schulter auf und wandte sich abwärts über ein Gewirr von Treppen, während er sich gleichzeitig bewußt war, daß er sich durch eine Landschaft bewegte, die schon in seinem Innern angelegt war. Er stieß gegen eine Reihe von schweren Gegenständen und kam schließlich zum Stehen. Er stand im Dunkeln und horchte. Draußen dopplerte eine Sirene los, und der Geruch von rostigem Eisen drang ihm in die Nasenlöcher. Irgendwo in der Nähe tropfte etwas gleichmäßig auf den Steinboden.

Nach ein paar Minuten war sein Schweiß getrocknet, und der Herzschlag hatte sich dem Normalbetrieb genähert. Er tastete sich voran und dann langsam die erste Eisentreppe hinauf, die sich ihm darbot, folgte ihr über eine ganze Reihe baufälliger und unebener Windungen und mußte dann auf eine Art Sims klettern. Er hatte, während er dort stand, das Gefühl, in einen großen offenen Raum hinausgelangt zu sein. Als seine Augen sich an die Verhältnisse gewöhnt hatten, machte er hoch über sich ein Stück durchbrochener Decke aus, durch die ein schwaches Licht schräg nach unten gefiltert wurde. Er befand sich auf einer Art Plattform, die sich über einer Landschaft von zerbrochenem Bauholz und aufgerissenem Fußbodenbelag erhob. So wie es aussah, stand er auf der Bühne eines aufgegebenen Theaters, und nachdem er seinen Laufweg durch die Avenue rekonstruiert hatte, wurde ihm klar, daß er durch die Seitentür des alten Fillmore East gedrungen, in den Keller hinabgestiegen und langsam wieder hochgekommen war. Fünfzig Jahre zuvor hatte Carnovsky hier seinen berühmten jiddischen Lear aufgeführt, und in jüngerer Vergangenheit war das psychedelische Zeitalter auf einem Meer purpurner Wogen ostwärts bis zu dieser Plattform getrieben worden. Jetzt war *er* an der Reihe, der einzigartige Bär.

»Welt«, sagte er.

Ein Geräusch kam aus dem Orchestergraben, drei leuchtstarke Taschenlampen wurden eingeschaltet und strahlten ihm ins Gesicht. »Hallo«, rief er ihnen zu, die bekannte Stimme des sprechenden Pferds nachahmend. »Ich bin Mr. Ed.« Ein vierter Polizist, der hinter den anderen dreien stand, hob eine Art Laterne, so daß der Bär sie jetzt alle sehen konnte. Es mochte an der irregulären Beleuchtung liegen, aber es sah so aus, als würden sie blaue oder rote Gumminasen tragen. Warum auch nicht? War er nicht ein Bär mit Regenmantel und Hut? Der Bär fühlte sich ganz furchtbar müde. Er schloß die Augen; er hatte nur noch den Wunsch, sich hinzulegen.

Das hab ich nun davon, daß ich nach dem Köder schnappen mußte, dachte er. Was für ein Trottel bin ich doch gewesen. Musik, Karriere, Liebe gar. Ist es denn zu fassen, meine Damen und Herren? Ich wollte leben!

»Wir können dich von hier aus bequem mit einem Pfeil voll PCP abschießen«, erklärte ihm ein großer weißhaariger Mann mit Mantel in beiläufigem Konversationston, »es wär also besser, wenn du gar nicht erst versuchst wegzulaufen.«

Einer der uniformierten Cops, der etwas unsicher durch das Gerümpel auf dem Boden stakste und dann stehenblieb, stellte seinem Vorgesetzten eine Frage: »Wie kriegen wir den Bären von der Bühne runter?«

»Gar nicht«, teilte ihm der Bär mit. »Es liegt ihm im Blut.«

»Wie war das?« sagte der Detective scharf.

Sie pumpten ihn erst mit Sedativa voll, bevor sie ihn aus dem Theater heraus auf die Straße führten. Er war halbwegs angenehm benebelt, spürte aber dennoch die echte Eiseskälte des Winters auf seinem Pelz, als sie an die frische Luft kamen. Ein schwerer schwarzer Laster – BESSERUNGS..., konnte er auf dessen Seite entziffern, – hatte am Kantstein geparkt, und jede Menge Gaffer umringten den Bären. Er war überaus beschämt. Es handelte sich hier um etwas, das er sich selbst eingebrockt hatte. Es verriet einiges über ihn, sprach ihn einer eklatanten Geschmacksverirrung, einer lausigen Vorstellungskraft schuldig. Paranoia ist die letzte Zuflucht der Phantasielosen. Und du schimpfst dich einen Künstler. Da hast du wohl nicht deine Hausaufgaben gemacht.

Ein Kinoplakat schälte sich von der Mauer: *Der ultimative Alien-Schocker*. In der Nähe stand der Lieferwagen einer Kammerjägerfirma: *Wir sind die Schädlingsdoktoren! Alle unsere Patienten sterben!*

Dann stand da noch ein dunkelgrüner Tanklaster: *Mystic Transport – Wir wachsen durch unseren Service*... nein, so ein Laster war da nicht. Er hatte ihn woanders gesehen, zu einer anderen Zeit. Das Überangebot an Bedeutungsträgern war ein Streich des zunehmenden Drogennebels und Gehirnschwurbels. Es entsprang ihm selbst.

Als er vorwärts stolperte, erhob sich ein Schrei aus der Menge. Dem Brauch bei solchen Anlässen gehorchend, hielt er sich den Hut vors Gesicht und versuchte dann, über diesen Gag zu lachen, was ihm aber nicht gelang.

Sie warfen ihn halb bewußtlos in den Besserungslaster. Mit hoher Geschwindigkeit wurde er, benebelt und geblendet, durch halb vertraute Straßen gefahren. Später sollte sein Körper die Erinnerung an schmerzhafte Schläge mit stumpfen Instrumenten wachrufen. Fagotte? Es folgte noch dies und jenes. Seine letzte klare Wahrnehmung war, daß er gröblichst in eine Zelle gestoßen wurde. »Das sollte dich für eine Weile im Zaum halten«, sagte eine Stimme zu ihm. Sein Saxophon wurde ihm hinterhergeworfen. Jemand mußte es im Club aufgelesen haben. Es traf ihn im Gesicht, und ehe er abwärts in eine braune und trostferne Dunkelheit wirbelte, bemerkte er noch ein Paar Augen, das ihn beobachtete. Schrumpfte die Welt zu einem winzigen Punkt zusammen oder expandierte sie bis zur Unkenntlichkeit? Womöglich handelte es sich um seine eigenen Augen? Nein, zu intensiv, zu unbeirrbar.

Iris? Jones?

Die waren ja nicht da.

War er's?

Teil zwei

Höre auf der Flöte Rohr, wie es erzählt
Und wie es klagt, von Trennungsschmerz gequält!
»Seit man mich aus der Heimat Röhricht schnitt,
Weint alle Welt bei meinen Liedern mit!

Und doch, so fern ist meine Klage nicht –
Dem Aug' und Ohre fehlet nur das Licht.
So sind auch Leib und Geist einander klar –
Doch welchem Auge stellt der Geist sich dar?

Der Liebe Glut ist's, die ins Rohr gefallen,
Der Liebe Brausen läßt den Wein nur wallen.
Die Flöte – der Getrennten Freundin sie –
Zerreißt die Schleier doch die Melodie!«

– Rumi

1

Jones öffnete ein Auge, und das gesamte stoffliche Universum war wieder da, in seiner ganzen selbstgefälligen Allgegenwart. Bei diesem Gedanken schloß Jones das vorwitzige Auge schnell wieder und schaffte es, noch ein halbes Stündchen Schlaf dranzuhängen. Aber das war dann auch alles, was er noch vermochte, und schließlich blieb ihm nichts anderes übrig als aufzuwachen.

Als er die Augen – nunmehr beide – öffnete, fand die wachende Welt ihn auf dem Rücken liegend vor, die Arme melodramatisch in Kreuzform ausgebreitet, die Intimregion durch einen Zipfel der Baumwollüberdecke abgeschirmt. Im Aufblicken bemerkte er die womöglich erste Fliege dieses Frühjahrs, die allem Anschein nach ihre Geometriehausaufgabe in die Luft über seinem Kopf zeichnete, eine ganze Serie von scharfgeschnittenen, überaus regelmäßigen Winkeln vor dem geädert weißen Hintergrund der Schlafzimmerdecke. Jones war sich nicht recht schlüssig, ob das Insekt Dreiecke konstruierte oder Quadrate oder ein sich phantomhaft drehendes Unlösbarallelogramm – die Winkel schienen exakt und vollkommen zu sein, aber die Figur im ganzen verschob sich immerfort auf unergründliche Weise, und er konnte einfach nicht ausmachen, was es war. Vielleicht spann sie ja die Gestalt seines Schicksals aus, falls er noch eins hatte, was er aber bezweifelte. In jedem Falle, das konnte Jones schon mal festhalten, handelte es sich um eine bemerkenswerte Fliege. Es kam ihm auch in den Sinn, daß Die Fünf Platonischen Festkörper ein guter Name für eine Doo-wop-Truppe wäre. Daneben gefiel ihm noch Die Peptide, und auch Ein See Von Plagen hatte einiges für sich, war als Name aber etwas unhandlich.

Noch etwas, was er hinsichtlich der Fliege – aller Frühjahrsfliegen genaugenommen – nicht verstand: Wuchsen sie aus diesen peniblen Schularbeiten heraus und entwickelten sich zu dem größeren schweifenden, fressenden, sich paarenden Modell, oder gab es zwei vollkommen verschiedene Sorten Fliege auf der Welt, eine mit einem ausschließlichen Interesse für Fressen und Unzucht und die andere mit einer unerklärlichen Obsession für die Gesetze der reinen Form? War so etwas möglich? Falls ja, dann wies das auf eine ziemlich strenge Arbeitsteilung im Reich der Fliegen hin und auf eine ganze Reihe von verdrießlichen Dingen in der Welt im allgemeinen.

»Ich bin noch kein Aas, jedenfalls nicht ganz«, teilte er der Fliege für alle Fälle mit. Jones gehörte zu den Leuten, die mit Tieren redeten.

»Fliegenkind, wer schuf dich?« fragte er sie nach einer Weile. »Weißt du denn auch, wer dich schuf?« Er zündete sich eine Zigarette an, inhalierte die darin enthaltene Dosis Gift und blies den Rauch schräg seitlich am Arbeitsbereich der Fliege vorbei. Wer hat dir eine so strenge Aufgabe gestellt? Wie hat sie sich in deine Gene oder dein winziges Gehirn eingeschrieben? Freute da des Werks Er Sich? Schuf der, der'n Bär'n erschuf, auch dich?

Die letzte Überlegung legte sich schwer auf sein Gemüt und erweckte die Bestie seines Schuldgefühls zu neuem Leben. Jones erhob sich von seiner Matratze, torkelnd und unzureichend gewappnet gegen das anklagende Licht des Tages, und stolperte aus dem Schlafzimmer, verfolgt von einem Bären. Den er im Stich gelassen hatte. Den er anheimgegeben hatte der Einkerkerung oder Vernichtung oder noch Schlimmerem seit wie vielen Monaten schon? Nur raus aus diesem Schlafzimmer. Jones blinzelte in das vom Tageslicht erhellte lange Rechteck des Wohnzimmers und fand süße Bewußtlosigkeit für einen Augenblick, da er nackt in der Tür stand, bis seine moralische Uhr wieder zu ticken begann, hörbar und unerbittlich, und die Bestie sich wieder in Bewegung setzte. Er schleppte seine hartnäckige Katastrophenstimmung Richtung Bad, legte dann aber noch eine kurze Rast ein, um nach geeigneter Klolektüre Ausschau zu halten. Die rechter Hand gelegene Wohnzimmerwand war von links nach rechts und vom Fußboden bis zur Decke lückenlos mit Bücherborden ausgestattet. Jones selbst war ein eher unsystematischer Leser, der Bär dagegen ein unerschrockener Allesfresser, der praktisch alles weglas, was sich ihm in den Weg warf. Belletristik, Geschichte, die Mystiker. Es konnte durchaus passieren, wenn er sich erst einmal einen Meister Eckhart oder einen Ibn 'Arabi vorgenommen hatte, daß man den Laden für den Rest des Tages zumachen konnte. Jones für seinen Teil hatte an mystischen Erfahrungen nicht viel vorzuweisen – es sei denn, man zählte seine Beziehung zu dem Bären dazu, da war er sich nicht sicher – und vermochte den Gedankengängen des Bären daher nur auf dem Wege unzulänglicher rationaler Analogien zu folgen. Wenn der Bär auf seinen mystischen Ausflügen einmal so richtig in Fahrt kam, dann konnte sich das Zuhören – so jedenfalls schien es Jones immer – nach den ersten zwanzig Minuten zu einer recht zähen Angelegenheit auswachsen.

Jones zog die Penguin-Ausgabe der *Kartause von Parma* aus dem Regal – der Lieblingsroman des Bären, obwohl Jones nie kapiert hatte, wieso eigentlich – und ließ sich damit auf das durchgesessene Sofa plumpsen, das bei der Landung nicht nur galaktische Staubwirbel, sondern auch einen unerwartet intensiven Bärengeruch ausatmete. Für einen schwindelerregenden Augenblick gab sich Jones dem vollen Aroma dieser Lebenserinnerung hin. Die Zeit mit dem Bären war, obwohl weiß Gott kein Honiglecken, ein unvergleichlich sinnreiches Erlebnis gewesen, ein Leben, das diesen Namen verdiente und das ihm, jedenfalls für eine gewisse Zeit, ein besonderes Schicksal beschert hatte, eine Rolle in der Welt und eine Nische, in der er sie leben konnte, eine Rolle zudem, die er verstand, etwas Beständiges, Volltönendes, Verläßliches. Jetzt war es nicht mehr der Bär, sondern die Leere, die durch die Wohnung schnüffelte und sich überall breitmachte, die Leere, die sich, wenn er ausging, an seine Fersen heftete und die morgens, mittags, abends an ihm fraß. Es war seine Schuld, daß der Bär verschwunden war, oder tot oder was auch immer und wo auch immer. Alles war seine Schuld gewesen, immer schon. *Sela!*

In jüngeren Jahren war Jones ein Mann mit vielversprechenden Anlagen gewesen: klug, witzig, nicht übel aussehend, mit gewinnendem Auftreten und einem gewissen Flair – der klassische Bohemien, der, wofern er nicht selbst Künstler war, so doch über künstlerischen Geschmack und entsprechende Vorlieben gebot und dem das Geld allzeit locker saß. Aber in der Umwandlung des Potentiellen ins Tatsächliche hatten die Solvationen und Koagulationen keinerlei alchemistische Qualitäten gewonnen und etwas eher Bleiernes im Destillierkolben hinterlassen. Fürs Geschäftsleben zu hip und für eine akademische Karriere zu wenig geneigt, die Dinge ernst zu nehmen, hatte er als Kellner gearbeitet, sich ein bißchen im Journalismus versucht, ein paar Charakterrollen off-off Broadway gespielt – einen kleinen Erfolg als Dr. Van Helsing in einer Avantgarde-Produktion von *Dracula* hatte er gelandet, jedoch niemals seinen Traum erfüllen können, in einem Tschechow-Stück, egal, welche Rolle, zu spielen – sowie sich mit Schmeichlern und Schmalspurgaunern abgegeben, kurzum: er hatte alles mögliche gemacht und doch nichts Rechtes. Was absolut cool war, solange es nicht Jahre lang dauerte und die Unterhaltungen und das Essen immer noch gut waren. Als er dann aber anfing, mit russischen Emigranten aus der Zirkusszene herumzuhängen, wurde das Geld langsam knapp, die Aussichten wurden merklich trüber und er konnte sich allmählich des Eindrucks nicht mehr erwehren, daß er sein Leben ziemlich grundlegend in die Scheiße geritten hatte.

Einer der glücklicheren Momente, wenn auch gewiß, wie er damals gedacht hatte, kein alles entscheidender, war in jener Nacht gekommen, da er drei Karten für ein Full House, Könige und Buben, gegen den Großen Witschinskij gezogen hatte. Witschinskij hatte zuviel Wodka getrunken und nörgelte wie üblich über die Beliebtheit in Amerrrika von diese beschissne *Kahtzen* und dem mangelnden Verständnis für seine alte, einstmals hochrespektierte Spezialität – sie waren doch, höre zu, Jones, die Seele vonne ganze wahre Zirrrkus, all das Gefiehl und Pahthos von wahre Zirrrkus, und ich mit der einzige Junge, das ich heimlich mitnehme konnt von die große demokratische Stadt Cincinnati, und wozu? Wer kann erkennen? Mein Cousin, wo ist Phiehsiker, fährt immer noch Taxi. Und warum? Wegen Neid, darum. Kein Verständnis für Leben, darum. Wegen Amerrrika, darum. Schön glitzernde Oberfläche, *nitschewo* darunter. Ich will sehen und erhöhe auf fienfzig. Weiß ich, daß ich nicht hab. Wenn du gewinnst, du niemst Bärenjunges, okay? Bin ich ferrrtig mit Leben sowieso.

Rückblickend, durch die verzerrte Optik der Erinnerung, mußte Jones zugeben, daß er zu der Zeit, als er Witschinskij beim Pokern schlug, schon mehrmals in derselben Sackgasse gelandet war und sich verschiedentlich Tagträumen vom Gashahn überlassen hatte. Auf eben diese Weise hatte Witschinskij ein paar Wochen nach dem Kartenspiel versucht, allem ein Ende zu machen. Jones hatte angeboten, ihm das Bärenjunge wiederzugeben, und Witschinskij hatte dies, mit der üblichen melodramatischen Begleitmusik, zurückgewiesen, so sehr Jones auch insistierte. Wo mochte Witschinskij dieser Tage sein? Jones hoffte, daß es ihm gutging.

Er las denselben Satz ungefähr zehnmal – irgendwas über diesen Idioten Fabrizio del Dongo, der ein paar Fässer Nebbiolo für wen auch immer kauft –, ohne daß er irgendeinen Sinn ausmachen konnte, dann war seine Zigarette aufgeraucht, und er erinnerte sich, noch immer eingehüllt in den unerwarteten Bärgeruch und noch ehe die Tageswelt ihn in weiterreichende Aktivität verstricken konnte, an die ersten Tage in der Wohnung mit dem Jungbären, den er eigentlich nur behalten hatte, um sich gleichsam vorzuführen, zu was für einem abgestandenen Witz sein Leben herabgesunken war (sich Jones zu nennen, wo doch sein eigentlicher Name soviel wie Garten-auf-dem-Berg in irgendeiner Sprache bedeutete, das war noch so ein Ein-Mann-Insiderwitz darüber, was für ein Nichts aus ihm geworden war). Das dumme pelzige Scheißerchen saute die Möbel voll und zerkratzte alles Holz, schien aber manchmal auch Jones' subtilste inneren Regungen zu verstehen. Mitunter, so wollte ihm scheinen, imitierte es seine Stimmungen mit einer geradezu parodistischen Stoßrichtung: Jones saß beispielsweise im Sessel und hatte ordentlich Mitleid mit sich selbst, und am Boden zu seinen Füßen stützte der Jungbär in der klassischen Wehe-mir-Pose seinen Kopf auf die Hände und fing an, zu stöhnen und zu schaukeln. Wie um das Vorgebrachte näher zu erläutern, erhob er sich dann und lief mit der Nase gegen die Wand neben einer offenen Tür, als wollte er sagen... Dann waren da noch die Sachen, die wirklich nicht mehr paßten: Du kommst ins Zimmer und triffst den Bären mit einem offenen Buch im Schoß an – er schaut auf, registriert deine Anwesenheit und fängt an, die Seiten abzulecken, oder seine Augen werden glasig und er pinkelt auf den Teppich. Und dann war da natürlich noch die Aufmerksamkeit, mit der der kleine Bär Musik hörte – immerhin insofern erklärbar, als Bären dafür bekannt sind, auf das Zeug anzusprechen.

Jau. Da war also das.

Und dann war da eben, noch vor der mündlichen Auflösung, die Tatsache, daß der Jungbär die eine gute Eigenschaft in ihm wachgerufen hatte, die er sich noch zubilligte, nennen wir sie ruhig beim Namen: Hingabe.

Jones stand auf und entfernte sich von der Erinnerung.

In der Dusche flehte er um kühles Wasser, auf daß es niederstürze und diese quälenden Flecken von seiner Seele wasche, aber als er die Dusche abdrehte, da atmete die Welt immer noch langsam und stetig in seinen Nacken, in ihrer gewohnt barschen Demonstration von Konstanz und Präsenz und Gewicht. Ach, laß mal fünfe grade sein, bat Jones sie. Für eine Weile bin ich dir entkommen, einige Jahre lang sogar. Gönn mir jetzt noch einmal ein paar Minuten.

Wen die Götter vernichten wollen, den berauben sie zuerst seines magischen Bären.

Wie spät war es eigentlich? Bald würde er sich auf den Weg zur Arbeit machen müssen.

Jones trocknete sich ab, aber frischer Schweiß sammelte sich schon auf seiner Stirn; später würde er heruntertropfen und ihn blenden, das war abzusehen. Was war überhaupt der Sinn etwelcher Anstrengung, etwelcher Bewegung, etwelcher noch so schwachen Willensregung? Jones spürte, wie die komplexe Geometrie seiner Depression ihm auf die Pelle rückte, der unsichtbare Käfig, der ihn zwang, sein Stückchen Luft unter was für einem Geheimbefehl eigentlich abzupatrouillieren? Er zwinkerte sich im Spiegel zu, und sein Gesicht blickte zurück, auf der Glasscheibe weder sehr eindrucksvoll noch sehr gesund wirkend. Ein Gesicht zuviel auf der Welt, dachte er. Zu viel, zu ungesund, zu eklig. Schuf, der die Fliege schuf, auch dich?

Er mußte sich jetzt mal beeilen, sonst käme er zu spät zur Arbeit in die Bar, und Johnny Coyle würde ihm den ganzen Tag die Hölle ganz speziell heißmachen. Er mußte dringend einen Zahn zulegen.

Fand sich dann aber doch wieder auf dem Sofa hängen, das heute so bärhaltig war, dasselbe ungelesene Buch aufgeschlagen auf dem Schoß. Und Jones dachte zurück an sein Bärenjunges, das auf dem Fußboden saß, während eine Platte lief, die Schultern mit beinahe menschlich anmutender Konzentration gerundet, als ob das Ding, wie Jones damals dachte, sich selbst zur Musik formte. Noch bevor er eine wirkliche Ahnung davon hatte, was für eine Intelligenz da ansässig war, konnte Jones fast fühlen, wie der Bär die Musik in sich hineinsaugte, die pelzkugelige Gestalt unbeweglich vor den Lautsprechern verharrend oder konzentriert mitschaukelnd, der Blick verschwommen oder auf einen beliebigen Punkt auf dem Fußboden fixiert, während Coltrane sich mit einem kleinen Blues auf seinem Weg zu Gott verzehrte oder Ornette sein Saxophon erhob und Jahrhunderte von kognitiver Gefangenschaft ohne größeres Drama zu Staub zerfielen. Jones pflegte den Geschmack seines neuen Haustieres mit verschiedenartigen Platten zu testen. Sehr zu mögen schien es Bach und Bird – dann legte sich immer diese kautzige Bewegungslosigkeit über ihn, und er bekam diesen komischen entrückten Blick –, aber wenn man eine Scheibe von Mantovani auflegte, dann zockelte das Teil sofort auf allen vieren ins Schlafzimmer. Sobald aber dann auf Mozart oder Sonny Rollins umgeschaltet wurde, saß er wieder da auf dem Teppich vor der Anlage, betrachtete seine Pfoten im durchs Fenster dringenden Sonnenstrahl, während er lauschte, oder schlug nach den Staubkörnchen und beobachtete ihren Wirbel im schwindenden Tageslicht.

Niedlicher als ein Hund und womöglich sogar ein bißchen klüger, hatte Jones seinerzeit gedacht, und ist es nicht kurios, daß er genau zu verstehen scheint, was ich zu ihm sage? Obwohl, sicher, manchmal tut er's nicht, und dann aber meistens auch gar nicht. Aber was mach ich mit ihm, wenn er größer wird? Du kannst nicht einen ausgewachsenen Bären in einer New Yorker Wohnung halten. Ich werde ihn vom Tierarzt einschläfern lassen oder ihn in den Zoo geben müssen. Jones gestand es sich nur ungern ein: In seiner damaligen Isolation war ihm der Jungbär zum besten Freund geworden. Er sprach mit ihm, erzählte ihm alles, vertraute sich ihm an. Eine absurde Form von Symbiose hatte sich zwischen ihnen entwickelt; vom Gefühl her in Ordnung, aber vom Verstand her völlig wahnsinnig. Abends führte Jones lange, einseitige Unterhaltungen mit dem kleinen Bären, nicht ohne die besondere Bescheuertheit dieses Absturzes zu vermerken, und manchmal schien das Tier an entscheidenden Punkten bestätigend zu nicken oder schweigend ein gewisses Mitgefühl auszudrücken, indem es ihm eine Pfote aufs Knie legte.

Ich weiß, daß ich ein Versager bin, sagte Jones zu ihm, aber hab ich nicht vielleicht noch irgendwas Gutes in mir? Der kleine Bär tätschelte ihn tröstend. Das war doch idiotisch. Dann aber, wenn er sagte: Na, in Wirklichkeit verstehst du mich doch, fing das Ding an, aus dem Mundwinkel zu sabbern und auf Jones' Pantoffel herumzuknabbern.

Er pflegte den Bären regelmäßig an die Leine zu legen, um mit ihm Spaziergänge durch die Nachbarschaft zu machen, und er hatte auf diese Weise eine Menge gutaussehender Frauen kennengelernt. Seh ich recht, ist das etwa ...? Sie nehmen mich auf den Arm! Wirklich? Sie kamen dann auf ein Bier oder einen Kaffee mit in die Wohnung, aber das führte niemals zu mehr, als daß sie stundenlang mit dem Bären spielten, ihn an ihre übernatürlich schlanken Taillen oder ihre hartnippligen, durch T-Shirts und enge Tops sich bohrenden East-Village-Busen drückten und sich von dem niedlichen kleinen Ding überall bepföteln ließen, sich über seine dicken, nassen, wie zufällig wirkenden Küsse freuten und sogar über seine schockierend rosa Erektionen lachen mußten.

Wenn sie geahnt hätten.

Verdammte Scheiße, wenn *er* nur geahnt hätte.

Schließlich aber war es dann soweit. Als ein Mann von – freundlich ausgedrückt – allerlei Halbbegabungen hatte Jones auch regelmäßig auf dem einen oder anderen Musikinstrument herumdilettiert, und eines Tages also kramte er seine alte Blechklarinette hervor und spielte dem heranwachsenden Bären an ein oder zwei ausgedehnten Nachmittagen etwas vor. Er spielte ein bißchen Sousa, einen Quasi-Blues, etwas Beinahe-Klezmer, eine Anmutung von Bauchtanzmusik und halt alle kleinen Stückchen von diesem und jenem, die er kannte. Vielleicht krieg ich dich ja dazu zu tanzen, sagte er zu dem Tier. Ich spiele gar nicht übel, oder? Zwischendurch mal ein kleiner Schnitzer, geschenkt. So ein Rohrblatt ist manchmal scheißschwer zu beherrschen. Vielleicht wäre das etwas, womit wir uns beschäftigen können, wenn wir erwachsen sind. Ich spiele, du tanzt, wir machen ein bißchen Kohle und setzen uns dann auf dem Land zur Ruhe, wie zwei alte Handelsherren. Was sagst du dazu? Ich weiß, es klingt wie ein Witz, aber wie macht es sich als reelle Lebensperspektive? Meinst du, ich könnte dich zum Mitmachen bewegen? Denn eins kann ich dir sagen, Alter, vom Kellnern hab ich die Schnauze voll. Im Herzen, Bär, bin ich nämlich Künstler. Immer gewesen. Jones spielte noch einen kleinen Songfetzen auf der Klarinette und schloß die Phrase mit einer fragenden Aufwärtsnote ab. Was meinst du? Sag mir deine ehrliche Meinung.

Der Jungbär erhob sich auf die Hinterbeine, watschelte auf Jones zu, riß ihm das Instrument aus der Hand und sprach: »Ich glaube, wenn ich noch fünf Minuten länger zuhören muß, wie du dieses arme Geräte folterst, dann krieg ich die Scheißerei.«

Jones schnappte nach Luft und wäre fast umgefallen. »Ah«, sagte er.

»Heißt das, dir hat nie was gedämmert?« fragte ihn der Bär, während er ganz ruhig das Rohrblatt der Klarinette in Augenschein nahm.

»Es gab Hinweise«, brachte Jones so eben durch seine zugeschnürte Kehle hervor. Es war die seltsamste Unterhaltung, die er je geführt hatte, und er wußte nicht recht, was für einen Ton er anschlagen sollte. Gemessene Empörung hatte offensichtlich keinen Zweck. Fieberhaft suchte er, was er an Rollenmustern und Tonfällen in petto hatte, fand aber keine Karte, die er ausspielen konnte. »Hinweise«, wiederholte er mit einer Stimme, die er kaum als seine eigene erkennen konnte.

»Yeah«, sagte der Bär. »Ich hab ein paar für dich ausgelegt, aber du warst anscheinend ein bißchen, äh, schwer von Begriff.«

»Ein bißchen *was*?« sagte Jones, bestürzt über die Beleidigung, die Kränkung, den Affront gegen seinen…

»Ich weiß, es ist ein riesiger begrifflicher Sprung und so, aber ich hatte den Eindruck, du wärst ein bißchen, wie soll ich das ausdrücken, beschränkt, und ich wollte es dir ersparen. Das heißt, du warst vielleicht noch nicht so weit.«

»Oh, recht herzlichen Dank.«

»Aber das mit der Klarinette hat das Faß zum Überlaufen gebracht«, erklärte der Bär. »Dir mußte Einhalt geboten werden.

Na prima, da wären wir nun also soweit«, paraphrasierte er eine von Jones' Lord-Buckley-Platten mit der entsprechenden Stimme, *»ahn't we.«*

»W-was bist du?« hatte Jones absurderweise protestiert, und die Hände flatterten an seinen lächerlichen Armen. »Der große Klarinettenexperte?«

»Experte wäre vielleicht ein bißchen hoch gegriffen«, sagte der Bär. Er befeuchtete die Spitze seiner Schnauze, dann spielte er die ersten Takte der Klarinettenstimme von Mozarts Quintett KV 581 bis zum Ende des ersten Arpeggios, den Rhythmus schön akzentuierend und mit wohlkontrolliertem Atem, wenn auch mit einigen Unsicherheiten in der Tonerzeugung bei einigen Teilen des Registers – Mozart war doch nicht so einfach, wie es schien. Dem Arpeggio ließ er nahtlos Charlie Parkers »Au Privave« folgen und improvisierte zwei gar nicht mal so üble Chorusse lang, bevor er die Klarinette von den geblähten, schwarz und purpurnen Lippen absetzte. »Wenn du draußen am Kellnern bist, nehm ich das Sofa nur auseinander und zerreiß den Teppich, um den Schein zu wahren. Die meiste Zeit lese ich oder übe auf dem Instrument. Ich hätte allerdings lieber ein Saxophon. Wahrscheinlich würde ein Alt am besten zu mir passen, aber das ist schwer zu sagen, solange man es nicht ausprobiert hat.«

»Du hast geübt, während ich unterwegs war.« Jones gelang es, zusammenhängend und mit der eigenen Stimme zu sprechen.

»Wie ich grade eben sagte.«

»Ich glaub, ich brauch jetzt einen Drink.«

»Setz dich hin, ich mach dir einen. Es ist gerade noch genug Scotch für einen starken übrig. Den üblichen halben Eiswürfel und etwas Soda dazu? Wasser ist schon drin im Whisky. Ich nehm ab und zu mal einen Schluck und füll dann aus dem Hahn auf. Anscheinend hast du es nie gemerkt. Kein besonders feiner Gaumen, wie? Bist du dir auch sicher, daß du was trinken willst? Deine Konstitution ist nicht die beste, und das Zeug ist nicht gut für dich.«

Kaum mehr als ein kleines Baby, wollte Jones sagen, blieb aber still: und schon so scheißhochnäsig.

»Paß auf«, sagte der Bär, als er mit dem Drink wiederkam, so als ob er Jones' Gedanken gelesen hätte, »wenn ich dich nicht leiden könnte, würde ich gar nicht mit dir reden. Ich bin selber ziemlich aufgeregt deswegen. Ich überkompensiere. Ich bin nicht so selbstsicher, wie ich mich anhöre. Es ist auch für mich ein großer Schritt. Also, es liegt zwar auf der Hand, daß du, praktisch gesehen, eine absolute Gurke bist, aber du hast ein gutes Herz, und das ist es, für was ich empfänglich bin.«

»Du *magst* mich?«

»Warum nicht? Du bist einer der wenigen echten Gentlemen der menschlichen Rasse.«

»Ich?«

»Glaub mir. Über viele Generationen hinweg hat meine Familie jede erdenkliche menschliche Grausamkeit kennengelernt. Du bist nicht so einer. Du bist ein guter Mensch. Du kannst keiner Fliege etwas zuleide tun.«

»Ich bin ein guter Mensch«, wiederholte Jones mit einiger Verwunderung.

»Trink aus und gewöhn dich dran. Du bist jetzt DER MANN, DER EINEN SPRECHENDEN BÄREN BESITZT.«

»Besitzt? Wie könnte ich dich besitzen?«

»Das bestätigt nur, daß ich recht habe«, sagte der Bär, »aber dein Leben ist jetzt sowieso vorgezeichnet. Also erzähl mir, was machen wir als nächstes?«

Jones erwachte Jahre später auf dem Sofa, schaute auf die ungelesenen Worte in seinem Schoß. Was für ein Buch ist das? Warum rieche ich dich heute so eindringlich? Ich hab doch auch vorher schon auf diesem Sofa gesessen. Bist du noch irgendwo da draußen? Ist es möglich, daß du noch am Leben bist? Ist es möglich, daß du mir irgend etwas mitzuteilen versuchst?

Heiliger Bimbam, kam es ihm dann, ich komm zu spät zur Arbeit.

Jones ermordete eine weitere Muschel, legte sie auf den Pappteller zu den anderen fünf, die er bereits geöffnet hatte, und reichte das halbe Dutzend junger Venusmuscheln durch das Verkaufsfenster, wo es ein großer braunhäutiger Mann in Empfang nahm, hinter dem der Verkehr lärmte und blaue Abgaswolken aufstiegen, während auf dem Platz auf der anderen Straßenseite ein Hula-Hoop-Spiel in Angriff genommen wurde.

»Kann ich noch so ’n kleinen Becher scharfe Soße bekommen?« fragte ihn der Kunde.

»Bitte sehr, der Herr.« Jones hielt das Gewünschte ins Tageslicht und nahm das Geld des Mannes in Empfang. Dann wischte er sich die Hände an der Schürze trocken, aß noch ein paar kalte Shrimps mit Cocktailsoße, die er mit viel Meerrettich angerührt hatte, und nahm einen Schluck Bier aus einem Pappbecher. Manchmal war er richtig verblüfft darüber, daß er hier den ganzen Tag stehen und eine einfach unglaubliche Menge von Meeresfrüchten wegputzen konnte. Shrimps, Muscheln, Austern, ab und an mal ein Seezungenfilet mehr oder weniger nach Müllerinart – das alles flutschte in den Magen, ohne daß er sich auch nur ansatzweise überfressen hätte. Wie schaffte er es, so viel zu essen? Nur weil er auf die Sättigungsbeilagen verzichtete? Er hatte nicht die Absicht, die hier verkauften Fritten zu essen, schon aus Respekt vor dem gesegneten Alter des Öls in der Friteuse. Der Geschäftsleitung schien es egal zu sein, wieviel Fisch er aß, aber das lag hauptsächlich an Coyles Großzügigkeit. Es war nicht unbedingt der übelste Job, den er je gehabt hatte. Nein, ganz und gar nicht.

»Ah, entschuldige mal, Jonesy«, ertönte Johnny Coyles Stimme genau hinter seinem rechten Ohr, »aber falls du nicht zu beschäftigt mit Shrimpsessen und Wichsen bist, könntest du vielleicht mal in den Keller gehen und mir noch ein paar Kisten Miller’s raufholen?«

Coyle war ein ehemaliger Hafenarbeiter, der habituell den Ich-bin-doch-nur-ein-blöder-Scheißire raushängen ließ, Mitte Vierzig, lockiges Haar, und der Schnäuzer wurde langsam grau, war aber immer noch schneidig geschnitten. Er machte den Job erträglich und stellte sich zwischen Jones und den Mafioso, dem der Laden gehörte, wann immer dieser kleine, untersetzte und strengriechende Brocken psychotischer Gewalt auf der Bildfläche erschien, meistens nachdem er grade irgendeinen armen Teufel mit dem Wagenheber halb zu Tode geprügelt hatte. Dem Vernehmen nach war Coyle der einzige Mensch auf der Welt, der dieses schwere, schwitzende, raumgreifende Monster in Schach halten konnte; offenbar war er früher schon in den lauen Monaten mit ihm unterwegs gewesen, um aufzupassen, daß er niemanden außer der Reihe umlegte. Jones gegenüber war Johnny Coyle umgänglich und leicht zu haben, auf seine Weise sogar ein recht sensibler Bursche. »Klar«, sagte Jones. »Ich glaub, ich kann dir ein paar Kisten billig besorgen.«

»Da du ja anscheinend alles selber austrinkst«, legte Coyle nach.

»Es ist der Champagner unter den Flaschenbieren«, sagte Jones lehrhaft.

»Wenn du jetzt bitte so scheißnett sein würdest. Nur wenn du Zeit hast natürlich. Falls du mir die Bitte nicht übelnimmst.«

»Ja, ja, ist ja schon gut.«

Jones überprüfte seinen Schnellgerichtsgeschützstand – die auf Eis liegenden Muschelkübel, die auf einem Pizzatablett ausgebreiteten gekochten Cocktailshrimps und rechter Hand die Friteuse und der Grill –, um sicherzugehen, daß alles in Ordnung war. Der Bär hatte ihm vor langer Zeit einmal erklärt, daß es keine Facette des Wesens einer Person gebe, die die Welt nicht aufdecken und eines Tages karikieren werde. Nein. Wie war das noch. Es gebe keine Karikatur des Wesens einer Person, die einem die Welt nicht irgendwann um die Ohren hauen würde, so hatte der Bär sich ausgedrückt, und vom gegenwärtigen Aussichtspunkt aus schien es so, als hätte der Bär, dessen spezielle Erfahrungen im Leben ihn natürlich in diesem Sinne eingenommen hatten, tatsächlich recht. Der Job im Filet of Soul an der Sixth Avenue im Village hatte Jones Stigmata an den Händen beschert und eine Papierkrone auf dem Kopf, auf der in blauen und roten Lettern die Worte *Soup Burg* geschrieben standen. Die Stigmata waren leicht zu erklären: Da er den ganzen Tag Muscheln zu öffnen hatte, drückten die Ränder der Schalen mit der Zeit ein Loch in die Innenfläche der Hand, mit der er die Muscheln gegen das Messer preßte. Das Loch verschwielte dann zwar, aber in der Mitte verblieb ein kleines rotes Auge. Jones war beidhändig veranlagt, und so hatte er an beiden Händen Schwielen entwickelt, aus denen ihm jeweils ein bleigraues Auge entgegenstarrte, und zwar – wie alles andere auch – vorwurfsvoll. Um das Bild abzurunden, hatten das Eis und die aus den Muschelkübeln schwappende Flüssigkeit häufig seine weißen Segeltuchschuhe durchnäßt, was schließlich einen gesprenkelten Hautausschlag auf den Fußrücken verursachte. Nicht gerade ein Nagelmal, aber unter den Umständen tat es es auch. Die Soup-Burg-Mütze war ein Überbleibsel aus einem anderen Restaurant, das er nichtsdestotrotz nach dem Willen des Besitzers dennoch die ganze Zeit zu tragen hatte. Das paßte vielleicht besser, wenn es auch weniger wahrheitsgetreu war, als Filet of Soul, und nach einem langen Arbeitstag hatte er auch immer das Gefühl, daß Soup Burg auch ungefähr das beschrieb, was von seinem Gehirn noch übrig war.

Aber es hatte auch einen Ausgleich für diese bildhafte Darstellung am Mann gegeben: An Jones' zweitem Arbeitstag hatte sich die Flüssigkeit aus den Muschelkübeln ihren Weg durch den Keller und alles darunterliegende Gestein gebahnt, um sich dann an einem Teil der städtischen Stromversorgung zu schaffen zu machen, und die ganzen U-Bahn-Linien, die unterhalb des Filet of Soul verliefen, gaben pünktlich zum Feierabendverkehr ihren Geist auf, und die Straßen waren einige Stunden lang vollgepackt mit gestrandeten Zivilisten. Jones hatte New York City die Lichter ausgeblasen! Er hatte das Gefühl, einen Schlag für die Freiheit geführt zu haben und in irgendeiner Weise in Kontakt mit dem Bären getreten zu sein.

Jones übernahm üblicherweise die Nachtschicht, bereitete Muscheln und Shrimps für den Straßenverkauf zu und betrieb den Grill für die Leute in den hochwandig abgeteilten Sitzecken im dunklen Innenraum des Filet of Soul – er mußte auch die Tische bedienen und eine vollausgerüstete Küche im hinteren Teil in Betrieb nehmen, falls jemand Steak oder Miesmuscheln bestellte –, heute aber hatte er die Tagesschicht, mittags bis abends, und konnte abhauen, sobald er seinem Auswechselspieler, dem dominikanischen Typen, wie hieß er gleich, Esposito, Vergíl, über den ärgsten Ansturm der Abendgäste hinweggeholfen hatte. In den meisten solchen Arbeitsnächten war schon das Tageslicht am Himmel zu sehen, bis Jones den Grill abgerüstet hatte und mit Auswischen fertig war, und draußen schaukelten meist nur noch die Zeitungen vom Vortag im Luftzug, und ein paar letzte Vampire trotteten am Rinnstein entlang durch die frühe Bläue nach Hause.

Heute allerdings mußte er nach der Arbeit noch etwas Zeit totschlagen. Sybil Bailey hatte telefonisch angekündigt, daß sie gegen sieben oder acht mal vorbeischauen würde. Sie gingen nicht mehr miteinander – gegen Ende waren sie sogar buchstäblich nirgendwo mehr gemeinsam hingegangen –, aber sie hatte jetzt den endgültigen Entwurf für die Covergestaltung des Albums und wollte, daß er ihn sich ansah. Er hatte die Sache mit dem Album fast vergessen gehabt. Was hatte es eigentlich auch für einen Sinn, es jetzt, wo der Bär weg war, noch herauszubringen?

»Jonesy«, erklang wieder Coyles Stimme. »Das Bier. Wann immer es dir paßt. Und grüß Spooker von mir, falls er dir nicht vorher die Eier abbeißt.«

»Was dagegen, wenn ich ihm einen kleinen Hamburger runterbringe? Also, man weiß ja nie.«

»Klar. Bring ihm auch einen von mir mit.«

Er war schon in Ordnung, der Johnny Coyle.

Jones holte zwei flache runde Frikadellen aus dem Kühlschrank und nahm den Kellerschlüssel vom Haken, und obwohl er genau wußte, daß er seine Schürze umhatte, tastete er sich ab, um ganz sicherzugehen. Wenn man die Kellertreppe hinuntersteigen würde, ohne eine Schürze umzuhaben, würde einem der Hund die Kehle herausgerissen haben, bevor man wüßte, was los war – es geht doch nichts über eine solide Mafiaausbildung. Die Hamburger dienten als Zusatzversicherung.

»Spooker, Süßer«, sang Jones von der obersten Treppenstufe hinunter, nachdem er die Kellertür hinter sich geschlossen hatte. Das Licht da unten war ständig an, ein paar nackte Birnen hingen von der Decke, die Wände bestanden aus rohen, groben angenagelten Bohlen, es gab ein Kühlgewölbe. Am unteren Ende der Treppe konnte er einige getrocknete Hundehaufen erkennen, aber der Dobermann selbst war noch nicht zu sehen. »He, *Spooker*.« Ein schnelles Getrappel ungeschnittener Zehennägel auf dem Zementboden war zu hören, und dann stand er vor ihm, ein rötlichbrauner, vollgestopfter, beweglicher Fleischklops, die Schnauze offen, die Augen nach oben gerichtet, und er wedelte mit dem Schwanz, als würde er dafür bezahlt. Das Tier war offensichtlich halb wahnsinnig durch das Leben da unten. Der Boß wollte nicht, daß er mit irgend jemandem Kontakt hatte, aber Johnny Coyle gelang es trotzdem hin und wieder, ihn heimlich rauszuschmuggeln und an einer starken Leine spazierenzuführen. An regnerischen Tagen zumeist oder spät abends, wenn nicht allzu viele Leute unterwegs waren.

»Guck mal, mein Kleiner, was ich dir mitgebracht habe«, sagte Jones, dann warf er Spooker einen halben Burger hin. Der Hund schlang blitzschnell das Fleisch hinunter und schaute mit einem breiten Hundelächeln erwartungsvoll zu Jones hinauf, wobei die Zunge an der Seite herausgerollt war. Das Gehirn eines Hundejungen und ein muskelbepackter, auf Angriff programmierter Körper. Hallöchen, Spooks.

Jones sammelte Mut für den weiteren Abstieg in den Keller.

Soweit ihm bekannt war, hielt sich jedes Restaurant in Manhattan eine gehirngewaschene Kreatur wie Spooker im Keller. Soweit ihm bekannt war, stützte sich die ganze Stadt auf eine Schicht von begrabenen Tieren, die unter Glühbirnen lebten und auf gegossene Betonböden kackten. Das war Teil einer hierarchischen, metaphysischen Weltanordnung, wie sich Jones in den vergangenen Monaten zurechtgelegt hatte, eine Art von überdimensionalem gedanklichem Fresko: Die träumende Allgemeinheit lief im Tageslicht durch das obere Labyrinth, während darunter wie ein Abbild ihres eigenen begrabenen, verdrängten oder beschädigten Ichs eine Schicht von Tieren eingesperrt und von allem abgeschnitten hauste. Eine Ebene tiefer, knapp oberhalb der Abwässer, verkehrte die U-Bahn, vollgepackt mit Arbeitsbienen und verblödeten Konsumenten, während in den entsprechenden Höhen, über allem schwebend, die Reichen in goldenen Eigentumswohnungen vor einem blauen Fra-Angelico-Himmel residierten. Aber aufgepaßt, meine Damen und Herren: Wenn der Große Tag heraufzieht, dann werden die Ersten vielleicht die Letzten sein, und die Letzten könnten sich eventuell in die Spitzenpositionen drängeln, wäre ja möglich, aber auf jeden Fall wird alles in ganz unvorhersehbarer Weise durcheinandergewirbelt werden, die Tiere werden befreit werden, und sie werden für Gerechtigkeit sorgen.

Aber wohl nicht gerade heute. Nein, heute vermutlich nicht.

Unten angelangt, ging Jones in die Knie und hielt Spooker ein weiteres Stück Hamburger hin, das so schnell in dessen Schlund verschwand wie Welten im Rachen des Kali. Dann warf der Hund seinen kräftigen, fordernden Kopf in Jones' Hände, wohl um ein wenig menschlichen Kontakt zu finden, eine schnelle Liebesbezeugung, und Jones kraulte ihn hinter den Ohren. Jones mußte dem abwesenden Bären zugestehen, daß der Karikaturfaktor heuer in der Tat recht stark war.

»Wie geht's denn, Blödi«, fragte er Spooker, während er mit den

Händen die Stelle hinter den Ohren bearbeitete und der Hund sich gegen ihn preßte, um damit »fester, fester, mehr« auszudrücken. Jones knetete sich am Rückgrat des Dobermanns entlang. »Bist auch nur so ein armer Malocher mit den falschen Instruktionen«, sagte er. »Stimmt's?«

Spooker sah ihn mit irrer Verehrung an und nickte.

»Manchmal frage ich mich, ob du mir, wenn ich hier ohne Schürze runterkommen würde, an die Kehle springen oder lieber den kürzeren Weg an die Eier nehmen würdest.«

Spooker verlangte nach mehr Gekraule hinter seinem rechten Ohr und weiter unten am Hals.

»Natürlich wird eines Tages deine Programmierung ausfallen, und dann greifst du mich trotzdem an. Die Schürze wäre vielleicht immerhin ein Schutz für die Familienklunker. Die ich allerdings mit dem Silber gleich hätte mitversetzen können, so wenig Nutzen, wie ich im Moment daraus ziehe.«

Spooker wurde sehr, sehr glücklich. Er hatte einen Kumpel gefunden. Guck dir an, wie dieser Schwanzstummel rast. Jones bearbeitete die andere Seite des Halses.

»Dann friß noch mal einen Burger auf mein Wohl.«

Spooker sah mit plötzlich ernster Eindringlichkeit zu ihm hoch.

Ach du Scheiße, dachte Jones. »Äh, wie wär's, wenn ich ihn dir im Kühlraum gebe?«

Jones erhob sich und überlebte den Stellungswechsel. Den letzten halben Hamburger schwenkend ging er zum Kühlraum, knipste das Licht an, zog die schwere Tür auf und warf das Stück Fleisch hinein. Spooker rannte in den Kühlraum, drehte sich auf dem Betonboden, sah begeistert seinen guten alten Kumpel Jones an, ohne das Fleisch auch nur anzurühren, und hatte die Ohren auf höchste Aufmerksamkeitsstufe gestellt. Jones warf ihm die Tür vor der Nase zu, und während er bis zwanzig zählte, untersuchte er die Doppel-X-Eichenträger der tresorartigen Tür. Im Zentrum meines Lebens – dunkles Holz. Guck dir an, wie das gearbeitet ist. Und da heißt es, das Handwerk sei tot. Möchte wetten, die Tür, hinter der sie den Bären eingesperrt haben, ist nicht so einwandfrei zusammengebaut. Achtzehn, neunzehn.

Als Jones die Kühlraumtür aufriß, hatte Spooker den Burger immer noch nicht gegessen; er sah Jones mit weit aufgerissenen

Augen an, und aus seiner fest zusammengezogenen Schädelhaut schienen Wellen von manischer Energie zu strahlen. Jones wußte nicht, was Spooker am besten gefiel: die Kälte im Kühlraum oder der Thrill des Eingesperrtseins und Freigelassenwerdens. Spookers Füße mit den ungeschnittenen Nägeln führten einen kleinen Steptanz auf dem Beton auf. Seine Nervenleitungen liefen heiß, und dann hatte er das Glücksrad bestiegen: Helle Funken sprühten durch die Reibung auf, und der Hund war im Begriff, seinen Gott zu erblicken.

Das ist ja furchtbar, dachte er. Ob sie aus dem Gehirn des Bären inzwischen auch so etwas gemacht haben?

»Alles cool soweit?« fragte Jones. Dann schlug er die Tür ein zweites Mal zu, trat zur Wand und schnappte sich zwei Kästen Miller's, die er an der Treppe stapelte.

Als er die Kühlraumtür wieder aufmachte, erblickte er einen Hund, der sich offenbar im Zustand der Glückseligkeit befand. Wenn Spooker seinen Körper von innen nach außen hätte kehren können, um seine Dankbarkeit zu bekunden, er hätte es wohl ohne Zögern getan. »Aus«, sagte Jones streng und registrierte, daß das Fleisch verschwunden war. »So gern ich auch mit dir in der Unterwelt herumkaspere, es wird Zeit, daß wir beide wieder an die Arbeit gehen.«

Jones klopfte dem Dobermann zum Abschied ein paarmal fest gegen den Brustkorb und bat ihn noch einmal, ihn nicht umzubringen, wenn er das nächste Mal runterkommen würde. Während er die Bierkästen einzeln die Treppe hochwuchtete, überlegte er, wieviel Stunden es noch dauern würde, bis Sybil aufkreuzte, und ob er sie auch wirklich sehen wollte.

Jones wußte schon lange, daß er den Dreh einfach nicht raushatte, wie man romantische Katastrophen vermeidet, aber er war nun doch ziemlich entsetzt darüber, wie verhängnisvoll er immer noch in Sybil Bailey verliebt war. Er brauchte gar nicht lange für diese Wiederentdeckung. Die letzten Reste des Tageslichts verdunkelten zwar die Details ihrer Schönheit, als sie von der Sixth Avenue in die verhältnismäßige Düsternis des Filet of Soul trat, aber sobald sie die warme Großzügigkeit ihrer Gestalt auf einen der hohen, unbequemen Barhocker plaziert hatte, fühlte Jones, der auf der Kante des danebenstehenden Hockers hing, wie seine hoch aufwogende Seele in die Tiefen stürzte wie nur je ein braver Lemming. Sybil schlüpfte aus ihrem graubraunen Jackett, das womöglich von Armani war, legte es über den Tresen, und er war hin und weg.

Konnte er der Wärme des Lächelns Glauben schenken, das sie ihm entgegenbrachte? Glauben auch dem »Jones, wie schön dich zu sehen«, das es begleitete? Und was war mit dem bewußten Sekundenschlag, in dem sie ihn am Oberarm hielt, und dem halben Augenblick, in dem sie ihre Lippen, erst sanft und dann mit einem letzten ironischen Nachdruck, begrüßend auf die seinen preßte? Die Sanftheit des ersten Lippendrucks war niederschmetternd, er hatte desgleichen so lange nicht erlebt. Konnte er der Bedeutung trauen, die die Geste zu tragen schien? Nun, ehrlich gesagt war er so närrisch verliebt, daß das eh kaum ins Gewicht fiel.

»Auch schön, *dich* zu sehen«, gelang es ihm zu sagen. Am Rande nahm er wahr, wie Coyle hinter dem Tresen hervorglotzend seinen Gefallen an Sybil zu erkennen gab, und durfte beobachten, wie sein sozialer Marktwert hier mit Geschäftsschluß noch rapide in die Höhe schoß. »Immer noch eine Vorliebe für Cognac?« fragte Jones Sybil mit, wie er fand, einem gewissen Grad von Souveränität und Gelassenheit und setzte nach mit: »Ich fürchte allerdings, Rémy Martin ist das Beste, was der Laden hier zu bieten hat.«

Johnny Coyle schenkte ihr ein ansehnliches Maß ein und wartete darauf, bekanntgemacht zu werden. Die obligatorischen Verlautbarungen gaben Jones für einen Augenblick Gelegenheit, die Überreste seiner selbst zusammenzusammeln. Konnte es sein, daß Sybil gewillt war, ihn noch einmal ranzulassen? In den Anfangszeiten ihrer, na, nenn es Liebe, hatte es so wenig Probleme und so viel Mmmmh gegeben. Es war wirklich ziemlich bemerkenswert gewesen.

Wäre das, was er für Sybil empfand, lediglich eine aufrichtige Würdigung der warmen Fülle ihres Körpers gewesen, oder der Intensität, mit der dieser ihn einst willkommen geheißen hatte, hätte Jones seinen Gefühlen einen schlichteren Namen geben können. Es war lange her, sozusagen eine Ewigkeit, seit eine Frau von solcher Schönheit und Intelligenz ihre Zärtlichkeit und Leidenschaft ihm zugewandt hatte. Es war die Frau in ihr, die hinter den grauen

Augen, in die Jones so tief hinabgestürzt war, zu lauern schien, so jedenfalls Jones' Eindruck, die jene Art von Liebesspiel, der sie sich hingegeben hatten, überhaupt erst möglich machte. In sexueller Hinsicht hatten sie zusammen mitunter ungeahnte Höhen erklommen, sofern man Worten in dieser Sache trauen konnte. Auf jeden Fall war es schön gewesen. Was ihn verblüfft hatte, sogar inmitten des Zusammenleuchtens ihrer vermischten Polarlichter, war die unerklärliche hohe Wertschätzung, die sie ihm entgegenzubringen schien, so als wäre in ihm noch eine substantielle Spur des Mannes erkennbar, der er hätte sein können.

Es hatte eine Weile gedauert, bis das normale Leben mit seinen alltäglichen Verweigerungen eingeschritten war und ihr Blick sich von den letzten Schleiern romantischen Nebels befreit hatte. *Mach* etwas, *sei* etwas, lag sie ihm daraufhin immer in den Ohren, und zwar, wie ihm schien, mit einer für sie ungewöhnlich hysterischen Emphase; es war quasi ein gegen das zerstörerische Gewicht der Erfahrungen, wie er sie bis dato kannte, geschleuderter Befehl gewesen. Mach etwas aus dir, was in dieser Welt zählt, und ich bleibe bei dir, hatte sie gesagt und damit ein unerklärliches Engagement für ihn ausgedrückt, aber ebenso eine erklärte Unduldsamkeit gegenüber Nichtigkeit und Versagen, Jones' angestammter Domäne. In dieser Kultur drückt ein Mann seine Männlichkeit mit Jagen und *Geld*ansammeln aus. Du mußt es aber wirklich tun, Jones, dann könnte ich dir für lange Zeit gehören, wer weiß, vielleicht fürs Leben, denk drüber nach... Hast du denn *überhaupt* keinen Sinn für Anpassung? Ach, warum seid ihr Männer bloß alle solche gehirnverklemmten Idioten?

Ist mir ein Rätsel, hatte Jones zu ihr gesagt. Ein ewiges Rätsel.

Sybils Vorschlag hatte ihn natürlich einerseits angeregt, doch andererseits wußte er auch nicht recht, was er in der Sache tun könnte. In diesem weltlichen Sinne hatte Jones nie so recht gewußt, was zu tun sei. Auf derlei Anmutungen konnte er nur reagieren, wie er sein ganzes Leben lang auf die materiellen Forderungen der Welt im allgemeinen reagiert hatte, nämlich wie ein Mann, der soeben beim Tennis von einem harten Schmetterball genau zwischen den Augen getroffen worden ist. Der Ball war offensichtlich in seinem Feld, aber mit dem Spiel, das hier zu spielen war, konnte Jones nichts anfangen. Er stand dort auf dem Asphalt, verschreckt und gelähmt wie ein geblendetes Reh. Dieser starrende Blick. Sieh doch. Die hübschen Lichter. WummKrach.

»Was in aller Welt könntest du mit mir anfangen wollen? Was siehst du in mir?«

»Sei kein Idiot«, hatte sie mit einer Heiserkeit erwidert, die er ihrer Stimme nicht zugetraut hätte, und dann hatte sie ihn an sich gezogen. Er liebte die Beschaffenheit ihres Körpers, der weniger dürr war, als die Mode gegenwärtig verlangte, fraulich, mit Rundungen gesegnet und einer Weichheit, die in dieser Welt als ein Zeichen von Gnade zu gelten hatte. Er erinnerte sich an ihren ersten Kuß, der zwischen zwei Barhockern stattgefunden hatte, wie ihre belanglose Unterhaltung jetzt. Sie war von ihrem Hocker geglitten und mit offenem Mund auf ihn eingedrungen, und »O Jesus« hatte er erstickt gemurmelt ob der mit reiner Intensität zwischen ihrer beider Lippen vibrierenden Energie, während sie seine Zunge fast aus der Verankerung saugte.

Nicht lange nach dem Verschwinden des Bären und dem Offenbarwerden von Jones' Unfähigkeit, den Volley zu retournieren, war Sybil weg. Für Jones keine große Überraschung, wenn auch Sybils Abgang nach der Verhaftung des Bären als fast zu vernachlässigende Stärke auf der Jonesschen Richterskala aufschien – ein bißchen aufgewirbelter Staub inmitten der größeren Erschütterung seines Lebensfundaments. In der Zwischenzeit jedoch hatte seine doppelte Einsamkeit mit einer Schärfe in ihm gewütet, die nicht zuletzt von dem Entzug all dessen herrührte, was Sybils streitlustige Liebe versprochen zu haben schien. Wer fehlte ihm mehr? Auf einer fundamentalen Ebene der Bär, aber das war wenigstens teilweise all der investierten Zeit und der gemeinsamen Erlebnisse geschuldet, während Sybil ihm das Sinnbild aller Erfüllung war, die das Leben ihm je verweigert hatte. Die Anklage ihrer Abwesenheit war im allgemeinen volkstümlichen Sinne von *mene mene tekel upharsin* endgültig.

»Tja, eigentlich«, sagte Jones jetzt zu Sybil, »nicht so furchtbar viel. Und du?«

»Ich war ziemlich beschäftigt«, sagte Sybil.

»Das glaub ich.«

»Arbeit. Papierkram. Büro«, seufzte Sybil schablonenhaft. »Noch eine gescheiterte Liebesaffäre.«

»Du hast dich mal wieder in einen Cary Grant verliebt?«

»Sei bitte nicht unbarmherzig«, sagte sie, als könnte das überhaupt zur Debatte stehen, und die graue Iris in ihren großen Augen schien momentweise zu kaleidoskopieren und sich zurückzuziehen.

»Ist nicht wahr.«

»Doch.« Die Augen kehrten zu ihrer ursprünglichen Klarheit zurück, und Sybil verlagerte ihr Gewicht auf dem Barhocker, als wollte sie ihren Schwerpunkt neu austarieren.

»Aber er war ein Arschloch«, hakte Jones nach, »wie all die letzten Male.«

Sybil antwortete mit einem leicht melodramatischen Nicken.

»Also«, sagte Jones gedankenversunken, »es ist schon komisch. Na ja, für mich bist du das Musterbeispiel von jemandem, der das normale Leben auf die Reihe kriegt.«

»Bin ich größtenteils auch.«

»Aber es gibt da noch einige unaufgeklärte Regionen hinter den intelligenten Augen, wie?«

»Ein paar«, sagte Sybil zubilligend und nahm Zuflucht zu einem Schluck Cognac. »Ach, Jones, es ist ziemlich kalt da draußen, und mitfühlende Herzen sind rar gesät.«

»Nun, es gibt immer noch mich.«

»Ja, es gibt immer noch dich.« Sie streckte den Arm aus, gerade wie ein Eisenträger, und legte ihre Hand auf Jones' Schulter.

Der Bär hatte recht, befand Jones. Die Menschen sind komisch. »Und du suchst grade ein bißchen Zuflucht«, sagte er, um ihr auf die Sprünge zu helfen.

»Na ja«, sagte sie, »das wäre gar keine so üble Idee.«

Das ging sich ja nicht schlecht an, dachte Jones, blieb aber vorerst auf der Hut. Sybil besaß ein merkwürdiges Ungeschick, und manchmal, wenn sich gerade echte Intimität eingestellt zu haben schien, konnte sie etwas völlig Unbedachtes, Verletzendes sagen, ohne es überhaupt zu bemerken. »Okay«, sagte er. »Aber ich liebe dich sehr und bin dir hilflos ausgeliefert. Also paß bitte ein bißchen auf.«

Sie nickte Zustimmung, dann ließen beide einen Seufzer ab.

»Möchtest du einen Happen essen?« fragte er.

»Gegen Austern hätte ich nichts einzuwenden.«

»Die sind hochgradig aphrodisisch. Wollen wir uns ein Dutzend teilen?« Er merkte, wie sich ein offenes Grinsen auf sein Gesicht legte.

»Aber immer«, sagte Sybil.

Ich bin voll dabei, sagte er sich verblüfft. Höflich, oder auch aus Gründen der Schicklichkeit, schlug er die Beine übereinander. »*Holá,* Vergíl«, rief er. Der kleine dunkle Dominikaner, der sich vorn zwischen Backplatten, Muschelkübeln und dem Verkaufsfenster eingerichtet hatte, hob den Kopf. *Domini canes*, die Hunde Gottes. Spooker. Sehr lustig. »Eine Perlenkette, bitte schön«, sagte Jones feierlich. »Zwölf Stück.«

»*Sí, Señor*«, rief Vergíl zurück und machte sich an die Arbeit.

»Das *Señor* muß dir zu Ehren sein«, sagte Jones zu Sybil. »Normalerweise nennt er mich nur *maricón*.«

»Sehr charmant.«

»Er sagt zu jedem *maricón*.«

»Sagt er auch zu Johnny Coyle *maricón*?« Sie deutete mit dem Kinn auf den Barkeeper, der drei Hafenarbeitertypen, die gerade hereingekommen waren, eine Runde Boilermaker – Bier mit einem Schuß Whiskey – einschenkte.

»Nein, das nicht.«

»Na.«

Vergíl kreuzte mit dem frischen Dutzend auf, das er sorgsam auf einem weißen Porzellanteller angerichtet hatte statt auf dem vorgeschriebenen Pappgeschirr. Er war um den Tresen herumgekommen, und während er die Servietten und das Austernbesteck hinlegte, die Flasche mit der scharfen Soße danebenstellte und sich wieder verzog, glitt sein Blick mit unverschämter Direktheit, von einem Grinsen begleitet, über Sybil.

Jones und Sybil verzogen voreinander das Gesicht angesichts dieser Vulgarität, dann drückten sie Zitronenscheiben aus und schluckten je eine Auster hinunter. Jones starrte in Gedanken auf die Rückseite seiner auf dem Tresen liegenden Zigarettenpackung. LSMFT. Lucky Strike Means Fine Tobacco. Lockersitzende Sweater Meinen Flabbelige Titten. Nicht bei ihr.

»Nicht schlecht«, sagte Sybil.

»Der Laden sieht von außen nach nicht viel aus«, sagte Jones und wurde sich dabei unangenehm bewußt darüber, daß er unterschwellig in eigener Sache sprach, »aber die Meeresfrüchte hier sind erste Wahl.«

Sybil verzehrte ihre zweite Auster. »Hast du den Ring gesehen, den Virgil am Finger hatte?«

»Den was?« fragte Jones, indem er einen kleinen Tropfen scharfe Soße auf seine nächste Auster fallen ließ.

»Den Ring.«

»Auf solche Sachen achte ich nicht. Ein Jammer, daß der Sekt so miserabel ist. Ein Glas anständiger Schaumwein würde jetzt nicht schlecht kommen.«

»Es ist der, den ich dir geschenkt habe«, sagte Sybil, die nicht locker ließ. »Der silberne mit dem eingearbeiteten blutroten Opal.«

»Was?« stieß Jones hervor und kam sich dabei mit einem Schluckversuch ins Gehege.

»Virgil trägt den Ring, den ich dir geschenkt habe. Habt ihr beiden was Festes miteinander oder was?«

»Ich *wußte,* daß ich ihn hier irgendwo verlegt hatte«, rief Jones aus, was ihm einen raschen Seitenblick von Coyle eintrug, der sich gerade von den Hafenarbeitertypen einen Scotch ausgeben ließ. »Ich weiß, daß ich ihn im Keller abgenommen und zur Seite gelegt hab, als ich ein paar Kisten raufbringen mußte, und dann hab ich ihn nicht wiedergefunden. Ich hab Virgil gefragt, ob er ihn gesehen hätte, aber er hat nein gesagt.«

»Da hat er dich aber vielleicht angelogen. Schau selber.«

»Und ob.«

Sobald er vom Hocker runter war, zog Jones sich die Jeans hoch, was einem Kinocowboyreflex geschuldet sein mochte, und schlenderte zum Grillgefechtsstand mit dem Rechteck schwindenden Zwielichts dahinter, wo entlang der ganzen Avenue die farbigen Lichter angingen.

»Klasse Austern«, sagte er zu Vergíl. »Schön fleischig. Wir haben ja auch gerade einen Monat mit einem r drin, und Vollmond ist auch. Bist du soweit für die Nacht gerüstet? Ich werde gleich mal losziehen, aber falls du noch irgendwas brauchst ... *He,* hast du einen neuen Ring?« sagte er wie beiläufig und griff nach Vergíls Handgelenk. »Genau so einen hatte ich auch.«

Was Sybil vom anderen Ende der Bar her sah, riß sie vom

Hocker: Jones greift mit gestrecktem Arm nach der Hand des kleinen Latinos, der Latino fährt heftig zurück, Jones klammert fester und läßt nicht los, da kommt das Messer.

Es war ein großes langes Küchenmesser, und als Jones sah, wie Vergíl damit zweimal an seinem Bauch entlangwischte, ganz schnell nur, aber als wenn er einen Bann schlagen würde, ließ er das Handgelenk des Dominikaners fahren und bog seinen Körper von der Klinge weg, wobei er gegen die Seitenwand des Schnellimbißkabuffs prallte. Dann geschah etwas Merkwürdiges mit Jones' Wahrnehmung. Alles ging jetzt viel langsamer. Er starrte auf das Messer wie ein Spatz in das Auge der Kobra – das Ding hatte ihn hypnotisiert. Das Messer *bedeutete* etwas, aber es war wie immer, wenn man etwas Elementares in seinem Leben betrachtet: Letzten Endes kann man es nicht entziffern, man bekommt nicht heraus, was es einem sagen will.

Jones versuchte sich aus dem Geschützstand herauszuwinden, um Bewegungsspielraum zu gewinnen, aber das Messer folgte ihm, und dann hatte er unversehens Vergíls Hand ergriffen und drückte den kleineren Mann nach hinten gegen den Grill. Vergíl weitete Augen und Mund, da er die Hitze hinter sich zu spüren bekam, und er fuchtelte mit der Messerhand noch bedrohlicher und todesversprechender. Jones war klar, daß er, wenn er jetzt losließe, herausfinden würde, wie es ist, von einem großen Küchenmesser geschlachtet zu werden. Die Stille wich zurück, die Zeit nahm wieder Fahrt auf, und ihn ergriff wieder die Furcht. Verdammte Scheiße! Wie bin ich bloß hier reingeraten?

Ungefähr in diesem Augenblick hörte er Johnny Coyles Stimme sagen: »Aufhören. Keiner von euch rührt sich.«

Jones stellte erleichtert fest, daß sowohl er als auch Vergíl Coyle zunächst einmal gehorcht hatten, wenn auch ihre Körper angespannt blieben, ihre Augen wachsam auf eine günstige Gelegenheit lauerten, während die Hand des Dominikaners weiterhin nach einem Schwanken von Jones' Körperschwerpunkt und Standfestigkeit tastete.

»Zwei Dinge«, sagte Coyle zu ihnen. »Ich hab eine Hand an dem .38er Revolver hier, und die andere ist unterm Tresen am Knopf für die Kellertür. Ich weiß nicht, auf wen von euch der Scheißköter zuerst losgeht, wenn ich sie aufsummen lasse, aber eins weiß ich, Virgil, daß selbst wenn du mir in den Scheißbauch stichst, ich dir dann ins Bein schieße und den Kopf in die Friteuse halte, bis er verdammt noch mal gar ist. Hast du verstanden? Leg das Messer hin. Ich zähl bis fünf.«

Jones sah all die wunderbaren Möglichkeiten, die die Situation barg: das in seinem oder Coyles Bauch steckende Messer, Vergíls im uralten Fett der Friteuse blubbernder Kopf, der von einem blutenden Coyle mit letzter Kraft niedergehalten wurde, und schließlich Spooker, dessen Bild in Jones' überaus angespannter Vorstellung sich wie im Film mit dem des Bären wechselseitig überblendete und der die Treppe hinaufschoß, um ihm die Eier abzubeißen – schau mal, Spooks, keine Schürze! – oder einem der drei Hafenarbeiter, die, von der Bar zurückgetreten, ein Standbild des Entsetzens oder böser Vorahnung abgaben, die Mandeln herauszureißen. Oder aber, so mit Möglichkeiten geschwängert war der Augenblick, er würde auf Sybil losgehen – wo war sie eigentlich? Jones spürte ihre Anwesenheit, aber sie war irgendwie seinem Blick entzogen. Jetzt hätte der Bär durch die Tür geschlendert kommen und beiläufig sagen müssen: Hi, wie geht's denn immer, Alter? Aber Moment mal, das war's doch: Plötzlich wußte er mit absoluter Sicherheit, daß diese Messergeschichte irgendwas mit dem Bären zu tun hatte, daß sie direkt mit ihm in Beziehung stand. Ha! Dumm nur, daß er jetzt grade keine Zeit hatte, sich zurechtzufummeln, wie und warum.

Vergíl stocherte immer noch mit dem Messer auf ihn ein. Der kleine Bastard wollte einfach nicht ablassen.

Johnny Coyle schlug mit dem Griff des Stupsnasenrevolvers auf die Theke. *»Comprende?«* sagte er mit äußerster Schärfe. *»Comprende*, Motherfucker?«

»Was für einen netten Job du hast«, sagte Sybil, als sie schließlich Arm in Arm die Avenue hinabschlenderten.

»He, ich hab den Ring zurückgekriegt, oder nicht?« Jones hielt den Ring ins nächste verfügbare Laternenlicht und bemerkte, daß der Stein während der Trennung von seiner Hand das eine oder andere zusätzliche Tröpfchen Rot angenommen hatte. Seine Hände hatten vor ungefähr fünf Minuten aufgehört zu zittern.

»Ja, und mit was für einem Aplomb du es bewerkstelligt hast. Du könntest glatt bei einer Plattenfirma arbeiten, ehrlich. Das wird besser bezahlt und ist auch nicht so gefährlich.«

Das war schon richtig. In der Zeit ihres ersten Kennenlernens, die gleichzeitig die der wiederholten Debüts des Bären war, hatte Jones sein Organisationstalent gezeigt und sich als durchaus fähig erwiesen, die Probleme von Publicity und allgemeiner Strategie zu bewältigen. Er hatte die geschäftlichen Verhandlungen mit der angeblich realen Welt geführt, sich zu einer Schnittstelle gemacht zwischen dieser und der leicht paranoiden, um es vorsichtig auszudrücken, Vorstellung des Bären von ihr und dabei alle benötigten Fertigkeiten bei sich vorgefunden – seine Motoren liefen auf Hochtouren und wie geschmiert –, solange er das Ganze für den Bären machte. Er hatte Eindruck auf ein paar wichtige Leute gemacht, aber sobald es darum ging, einen Vorteil für sich selbst ins Auge zu fassen, da war es, als würden wichtige Kabel durchtrennt und die Benzinzufuhr eingestellt werden. In den Nachwehen der Verhaftung des Bären war seine Unfähigkeit, mit dem Wildwuchs an grotesken Formalitäten umzugehen – zu gleichen Teilen bestehend aus Polizei, Gerichtsbeisitzern, Strafvollzugsbürokraten, Musikjournalisten und einer weit ausgebreiteten Decke von Dementis, denen zufolge überhaupt nichts los und niemandem das geringste geschehen sei –, nahezu vollkommen gewesen. Jones war sich wie der einzig überlebende Anhänger einer untergegangenen Sekte vorgekommen, alles Okkulten und Bärenförmigen beraubt, das ihm Nutzen und Sinn gesichert hatte. Er wußte, daß es diese sphärische Unbeholfenheit gewesen war, die Sybil verjagt hatte. Ihr war es wichtig gewesen, einen gewissen Fortschritt zu erkennen, doch unter den gegebenen Umständen war ihm das Zeug vollkommen ausgegangen. Konnte er jetzt noch irgendwas aus sich machen? Sybil ließ offensichtlich den sexgeladenen Köder baumeln, und er hatte alle möglichen guten Gründe, danach zu schnappen, mit weit aufgerissenem Maul und zitternden Kiemen. Warum sollte er nicht etwas aus seinem Leben machen, jetzt, wo er ganz allein war? Das war zwar eine berechtigte Frage, aber er spürte schon, wie all die alten Komplikationen in seinem Innern wieder aufgescheucht wurden, um die Antwort negativ ausfallen zu lassen. Eigentlich war es so, daß er sich noch immer an den Bären gebunden fühlte – in Bande geschlagen, die er zwar nicht sehen konnte, die aber seinen Begriff von Treue und Verpflichtung vollständig in sich aufgenommen hatten. Was für ein absurdes Gerät, dieses Ich, mit dem er geschlagen war! Es war natürlich sein eigenes Gebäude. Er hätte gern einen Weg nach draußen gewußt, aber es war schlicht vergessen worden, die Ausgänge zu markieren. Feuer, dachte er. Es war allerdings kein übermäßig vollbesetztes Theater.

Sie gingen in einem schickimicki, aber nicht allzu teuren Pastaladen essen. Jones bestellte Muscheln à la Stigmata und den gemischten Elch-und-Eichhörnchen-Teller, allerdings verstand Sybil den Witz nicht.

Als die Überreste ihrer Mahlzeit weggetragen worden waren und sie ihren Kaffee schlürften, breitete Sybil die Probeabzüge des geplanten Plattencovers aus. Es war nicht schlecht: ein blaugefiltertes Foto des Bären, das Gesicht von der Inbrunst seines Spiels verzerrt, das Saxophon blauschimmernd; schräggestellte, kunstvoll über seinem Kopf eingefügte weiße Blockbuchstaben als Titel – Jones war sich da nicht so sicher, ob das im reduzierten CD-Format auch richtig zur Geltung kommen würde. »Das haut schon hin«, sagte er zu Sybil. »Ich würde mir nur wünschen, daß das Album nicht so endet, wie es derzeit abgemischt ist.«

Nach der langen Ballade, wo der Saxophonton des Bären – erklärlicherweise inzwischen – immer bitterer wurde, war nur noch der kurze Blues, dann die Unterbrechung durch umstürzende Tische, der Anruf des Polizisten und zerbrechendes Glas. Man hatte sich dafür entschieden, erst nach dem Pistolenschuß auszublenden.

»Ich finde, es klingt ziemlich dramatisch, so wie es ist.« Sybil zuckte die Achseln und nahm einen Schluck.

»Das meinte ich nicht.«

»Möchtest du noch einen Kaffee bestellen oder lieber einen Spaziergang zu mir nach Hause machen und dort noch etwas besonders Feines schlürfen«, ihre Augen tauchten ab, »das du genauso gern magst, soviel ich weiß?«

»Du bist ganz schön frank und frei«, sagte Jones.

»Du bist auch ganz schön, aber seit wann heiß ich Frank und Frei?« parierte Sybil.

Und so saß er also, nach einem kurzen, sich an diese gekürzte

Espressokadenz anschließenden Spaziergang mit Sybil in deren Wohnzimmer. Sie rauchte einen Joint, um sich aufzulockern, er nahm aber nur hin und wieder einen Zug. Es war schön zu wissen, daß sie es tun würden, aber er fand es verletzend, daß sie die Auflockerung brauchte. Als sie sich endlich seinen Zärtlichkeiten fügte, hatte sie eine ziemlich bekiffte Lache drauf, wogegen Jones von Haus aus eigentlich eher ein ziemlich ernsthafter Liebhaber war. Dann endlich kniete er hungrig über Sybils gerundeter und einladender Gestalt im Bett, und er dachte: O Sybil, während er im Dämmerlicht zu ihr hinunterblickte – das warme Schiff, das unter mir segelt in der Nacht.

Aus ihren Augen strahlte ein frohes Leuchten, und ihre reifen Brüste wogten ihm entgegen. Dies sah nicht nach Strategie oder einem Trick aus, um ihn hintenrum dazu zu bewegen, im großen ökonomischen Plan mitzuspielen: Job in der Plattenfirma und dann vielleicht noch ein paar Kinder, obwohl das natürlich gar keine schlechte Idee war, eigentlich. Es schien, als würde sie tatsächlich auf ihn stehen. Es schien alles echt zu sein. Er mußte daran denken, wie es zuvor zwischen ihnen gewesen war. Es war richtig schön für sie beide gewesen. Im Moment war es aber auch nicht schlecht.

Er saugte an den großen, süßen Knospen ihrer Brüste, bis er gesättigt und sie ausreichend in Vorspielseligkeit versunken war, dann bugsierte er seinen Mund an die Nahtstelle zwischen ihren Beinen, aus der bereits der Saft lief, und leckte ihre Öffnung von oben nach unten. Sie war immer eine äußerst wohlschmeckende Frau gewesen. Jones erwartete, daß sie sich revanchieren und daß es dann zur abschließenden süßen Vereinigung kommen würde, dem Großen Hallo, dem Tier mit den zwei Rücken, das vor reinem Vergnügen über sein Tun mit dem Schwanz wedelt. Er schluckte etwas von der lachsigen, dicklichen Flüssigkeit, und indem er sich anschickte, den Kernpunkt der Angelegenheit ernsthaft in Angriff zu nehmen, stieß er ein tiefes spontanes Grunzen aus, lauter als es eigentlich hatte sein sollen und wirklich überraschend tief. So tief, daß es fast klang wie…

Als Antwort darauf hörte er ein leises ersticktes Lachen von weiter oben. Nicht in dem Ton, den er zu diesem Zeitpunkt erwartet hätte, wenn es denn schon ein Lachen sein sollte. Verdammtes

Gras. Kifferlachen. Er unterbrach kurz, bis sie wieder aufhörte, aber als er mit der Zunge tiefer in sie eindrang, kam das Lachen erneut und ließ ihren unwilligen Bauch erzittern, und schließlich drehte sie die Hüften von ihm weg und lag lachend auf der Seite.

»Was ist?« sagte er.

»Dein Bruder«, konnte sie gerade noch sagen, bevor sie in neuerliche Lachkrämpfe verfiel und sich mit angezogenen Knien krümmte, so daß er nur noch ihr Hinterteil sah.

Obwohl er wußte, daß die Frauen ihm immer ein Rätsel bleiben würden, war Jones ein geduldiger Mann. Er wartete, bis sie sich berappelt hatte, und fragte dann: »Was ist mit meinem Bruder?« Bruder? Er spürte, wie ihn in wütender Vorahnung eine Hitzewelle von Kopf bis Fuß durchfuhr.

Sybil kämpfte um ihre Fassung und unterlag. »Dein Bruder«, sagte sie.

»Was?«

»Dein Bruder ist eine haarige Mann. Und du bist eine glatte Mann.« Nachdem sie das herausgebracht hatte, brach sie wieder völlig zusammen.

Jones kannte diesen speziellen Spruch, es war eine Bibelverwurstung von einer hippen alten Komikplatte aus den Sechzigern, die Sybil und er einmal gemeinsam gehört hatten. Ernüchtert rollte er auf die Seite und wartete, den lernwilligen Kopf auf Ellbogen und Armbeuge gestützt, bis sie bereit war zur Unterhaltung. Er blickte ihr in die Augen, worauf sie mit der ganzen Feinsinnigkeit einer Torte-im-Gesicht-Komik, immer noch lauthals lachend, über die Bettkante rollte und schwer auf dem Fußboden landete. Jones sah ihren gerundeten Rücken und kurvigen Arsch mit einem etwas klugscheißerischen Verlustgefühl verschwinden. Er verharrte, bis es nur noch die verhältnismäßige Stille des Atemschöpfens war, die sich vom nicht einsehbaren Fußboden neben dem Bett erhob. Unterdessen betrachtete er die geschmackvoll abgeschatteten Lithografien an ihrer Schlafzimmerwand, bewunderte das satte Rot und Blau auf einem Kelim, der mit absichtsvoller Nachlässigkeit über einem Stuhlrücken hing. Sybil hatte ja so einen guten Geschmack.

»Süße«, erkundigte er sich schließlich, »was genau willst du sagen?«

Die unsichtbare Sybil gewann Herrschaft über ihre Atmung, und es lag so etwas wie eine gewisse Ausdruckslosigkeit in ihrer Stimme, als sie endlich antwortete: »Also, du hat es doch immer gewußt, oder?«

»Was gewußt?« sagte Jones, sah jedoch die zuvor noch ungeahnte Antwort bereits in deprimierender Detaildichte voraus. Was für ein Trottel ich war, daß ich das nicht gesehen hab.

»Kann ich wieder nach oben kommen?« fragte Sybil.

»Fühl dich ganz wie zu Hause«, sagte er konziliant.

Die Sybil, die auf das Plateau ihres Bettes zurückkletterte, war auf ihr geschäftliches Ich zurückgeschrumpft. Als sie bemerkte, daß er ihr auf die Brüste – so warm und kugelrund, wie aus dem verlorenen Paradies – starrte, zog sie ein blendend weißes Laken aus ihrem Bettzeug und schlang es um sich. Zum Zwecke der reizenden Verhüllung, wie sie unter Räuspern sagte.

Jetzt kommt's, dachte Jones.

»Du hast doch gewußt, daß es immer um ihn ging«, sagte sie.

»Nein, aber ich hätte es mir denken sollen.«

»Schon als ich mich das erste Mal neben ihn auf die Bank gesetzt hab – weißt du noch? –, da sind mir die Knie weich geworden. Lieber Gott, mir wär beinahe einer abgegangen. Aber die reale Vorstellung, Herr im Himmel, *es mit ihm zu treiben* – soll das ein Scherz sein? –, war einfach zu erschreckend, um sie ernsthaft ins Auge zu fassen.«

»Also hast du das Gefühl für ihn auf mich übertragen. Den Bevollmächtigten. Hast du in Wirklichkeit immer an ihn gedacht, wenn du es mit mir gemacht hast? Ja, oder? Ach Scheiße, ja, du hast es.«

»Jones«, sagte sie, und ihre reizenden grauen Augen weiteten sich um ein Winziges – er bemerkte, daß sie, die Anwältin, den Schauspielertrick beherrschte, bei einer bedeutsamen Rede nicht zu zwinkern –, »es mag am Anfang so gewesen sein, aber als sich die Dinge dann weiterentwickelt haben, als ich dich näher kennengelernt, als ich gesehen habe, wer du wirklich bist...«

»Das ist doch Kintopp«, sagte er. »Sprüche für Spione. Das kannst du dir schenken.« Einander widersprechende Wellen von Hitze und Energie jagten ihm durch den Körper, und seinem Verstand, der sein möglichstes tat, die Gewalt dieser Kabbelung nicht zur Kenntnis zu nehmen, gelang es, nicht allzu tief in die Wasser zu spähen. Aber eine Wirkung war erzielt worden, meiner Treu. Etwas war da jedoch noch, das er wissen wollte: »Und eben hast du auch an ihn gedacht«, sagte er, »oder? Und darum hast du auch...«

Die hinreißend gesprenkelte graue Iris ihrer Augen war wie vor Schreck weit aufgerissen, aber sie blinzelte immer noch nicht.

»Ich glaube, ich muß hier raus«, sagte er.

»Jones«, sagte sie unter einer Stimme, in der er trotz seines inneren Aufruhrs ein oder zwei Noten ehrlicher Musik entdecken konnte, wie aus wachsender Entfernung, und irgendwo in dem Bild gab es auch einen reizenden Arm, der nach ihm griff, aber Jones zog schon die Hosen an und sah in den Taschen nach, Jones suchte nach seinen Socken und dachte an sein Hemd, seine Schuhe und daran, wie er den Weg zur ihrer Wohnungstür bewältigen konnte, ohne eine zweite, diesmal vielleicht tödliche Wunde zu erleiden. Er bekam sein Hemd an, ohne sich zu verhaspeln, die Augen dabei fest auf den Teppich und die verschlungenen Figuren gerichtet, aus denen er zusammengesetzt war. Kurz gesagt, sein Abgang ging, danke der Nachfrage, unter den gegebenen Umständen recht anständig über die Bühne.

Er entkam dem Schlafzimmer, ohne ihr noch einmal in die Augen zu sehen, und passierte auch das Wohnzimmer ohne Zwischenfälle, riß im Vorbeigehen sein altes Samtjackett von der Stuhllehne, über die er es gehängt hatte, aber als er an den zweifellos etwas übertrieben zahlreichen Knäufen, Hebeln und Ketten herumfummelte, die ihre Eingangstür bewehrten, bemerkte er ein Rascheln, das ihm durch die Wohnung folgte, und erblickte, nachdem er sich umgedreht hatte, die grauäugige Sybil Bailey, die, wie Athene in ein weißes Laken gewickelt, mit einem Gesicht auf ihn zukam, das Mitteilungswillen und Sorge verriet.

»Ich hau nicht für immer ab«, sagte er zu ihr und dachte dabei: Feigling, Feigling, *Wurm*, »es ist nur so, daß mich das alles einfach auf dem falschen Fuß erwischt hat, so albern das klingen mag, und ich muß erst einmal ein bißchen Distanz kriegen. Okay? Ich melde mich.«

»Jones?« Der Arm streckte sich wieder nach ihm aus. »Geh nicht da raus. Setz dich aufs Sofa. Ich mach dir einen Drink. Ich werde dich in Ruhe lassen. Bleib so lange sitzen, wie du willst, danach können wir dann reden.«

»Ich kann nicht. Wirklich nicht. Du bist zu redegewandt, und du weißt, wie bescheuert ich mich beim Diskutieren anstelle. Vielleicht bin ich in einer halben Stunde wieder da. Halt mir die Heimatfront warm. Ich brauch ein bißchen frische Luft. Ich komm in einer halben Stunde wieder, oder ich ruf an und sag Bescheid, wenn ich es nicht packe. Okay? Wie kriegt man dieses Schloß auf, Scheiße noch mal?«

Sie mußte ihm helfen.

Während er die rechtwinklige Helix ihres Treppenhauses hinabstieg, spürte er das Gewicht der Angelegenheit auf ihn niederstürzen und warf es mit einem Achselzucken ab, er wollte jetzt lediglich für zehn Minuten durch die Nacht laufen und sich ein paar Straßenszenen zu Gemüte führen, bevor er sich dann detailliert damit befassen konnte. Zu dieser Stunde war die West Houston Street wie dafür geschaffen: drei Spuren blanker Asphalt in beide Richtungen, nichts als windgescheuchte Papierfetzen, das auffordernde Blinken der Fußgängerampeln, eine sich heißlaufende Autoalarmanlage ungefähr anderthalb Blocks entfernt. In Richtung Sixth Avenue blinkten Warnlichter um eine Baugrube der Elektrizitätswerke – »Zu Ihrem Nutzen« –, aus deren Tiefen sich ein weiß und orange gestreifter Schornstein erhob, der Dampf in die Luft abließ: eine weitere Bootsladung Seelen, die mit Charon im Stadtbezirk Lethe anlanden.

Jones bog nach Norden in die Macdougal ab, wo er nach einem stillen, von nüchternen Fassaden à la Begräbnisinstitut geprägten Stadthausblock, dem Mafia-Restaurant und Dylans altem Haus auf den trashigen Blick der Falafel- und Kinkerlitzchen-Läden traf, hinter denen das Empire State Building phallisch in die mondbeschienenen Kumuluswolken ragte. Aber das war nur ein Witz nebenbei und außerdem die falsche Begriffsbelegung. Denn was Jones im Moment zu schaffen machte, war nicht die Fata Morgana einer sexuellen Unzulänglichkeit, sondern leere Illusion im Kern jeden Ichs, das er je entworfen oder zu sein versucht hatte: Es gab überhaupt keine Person hier, es gab nur einen Mangel an Sein, einen Schmerz, da war gar nichts, oder jedenfalls nicht viel. Er würde in dieser Welt nie ein eigenes Ich ansammeln können, würde niemals eine Summe ergeben, die hinreichen würde, das Wort *Mensch* auszubuchstabieren. Obwohl es angesichts mickriger sechs Buchstaben eigentlich nicht so schwierig sein sollte. Der Kumpan des Bären bestenfalls, und also niemand in Wirklichkeit, und letztlich hatte er natürlich selbst hier versagt.

Herr im Himmel, hatte die Zurückweisung durch eine Frau wirklich eine solch umfassende Bedeutung? Das war doch wohl nicht möglich!

Er war einen weiteren Block vorgerückt, und die Aussicht hatte sich verändert.

He, guck sich einer New York City an. Große dunkle Ziegelmauern, hohe freie Fensterreihen, trüb silbrige Wolken, die seitwärts über die Schwärze ziehen; dahinten die beleuchtete und bedrohlich aufragende Gestalt des Empire, und hier unten der unendliche Selbsthaß, die unerschöpfliche Gelegenheit für nicht eingehaltene Versprechen und enttäuschtes Verlangen.

Was ist der Wert eines Menschenlebens: das war hier die Frage.

So betrachtet, schienen die Aussichten nicht gut zu stehen.

Jones hatte den Washington Square Park erreicht, dessen kahle Bäume im Wind beschwörend winkten. Ach, was soll's, sieht doch cool aus, sich um diese Zeit den Weg durch den Park zu bahnen. Als er die abgeteilten Flächen des Parks nach bedrohlichen Gestalten absuchte, keine fand und sich dann aufmachte, den Weg zwischen den Bäumen hindurch zu nehmen, auf deren Zweigen sich bereits erste schwarze Knospen bildeten, da verspürte er ganz neue Inhalte seines Innenlebens.

Wie konnte ich nur zeit meines Lebens ein solcher Fußabtreter sein! So ein blöder Schwachkopf! Es war der *Bär*, der mich meines Lebens beraubt hat, hörte er sich mit unerwarteter Promptheit und Heftigkeit denken. Der *Bär* hat alles übernommen, und für mich blieb nichts übrig. Er hat mir mein Geburtsrecht geraubt. Jones dachte an Sybil, wie sie in ihrem Bett vor ihm ausgestreckt lag, sich dann wegdrehte. Usurpator. Obwohl sein Herz in einen Aufruhr geriet, den er in dieser Bitterkeit nicht für möglich gehalten hätte, konnte er dennoch auch eine protestierende Stimme in sich vernehmen: Hilfe, ich will dies alles nicht denken. Aber der Haß auf den Bären überflutete ihn, und es war, als würden alle Zimmer, in denen sie im Laufe der Jahre gewohnt hatten, ihr Inneres nach außen wenden und ihre Bedeutung ins Gegenteil verkehren. Ich hätte jemand *sein* können, sagte sich Jones vor, aber dann übernahm der Bär, als wäre es die natürlichste Sache der Welt, und ich war dann nichts weiter als ein Anhängsel, und alles was ich hätte sein können, ist einfach vertrocknet und weggeweht wie Herbstlaub, wie Schale, wie diese Zeitungsfetzen da auf der verkümmerten städtischen Grünfläche. *Er* war was Besonderes. *Ich* war natürlich gar nichts. Ich habe mich berauben lassen! Wenn man die Sache genau betrachtet, dann hasse ich ihn, ich hasse Sybil, ich hasse jeden einzelnen Stein, aus dem diese Stadt, die mich all die Jahre zurückgewiesen hat, zusammengesetzt ist, und ich wandere unter den Sternen eines dunklen nutzlosen Scheißhimmels herum.

Was ist mit *mir*!

Hör auf damit, versuchte er sich zu ermahnen. Das ist ja übelst. Noch nie hab ich mich durch Gedanken so beschmutzt gefühlt. Das ist der Tiefpunkt, das Niedrigste alles Niedrigen.

Wie menschlich sein, Mensch zu sein, ich weiß nicht, wie es geht.

Was ist überhaupt ein Mensch?

Ist ja schlimm. Ich sollte vielleicht lieber aus dem Park hier verschwinden.

Er trat unter den Bäumen hervor und erreichte den Mittelpunkt, die Plaza, den breiten ausgetrockneten Brunnen in der Mitte und ganz oben der Triumphbogen, der erleuchtet vor der zurückweichenden Häuserkulisse der Fifth Avenue stand und sich ausnahm wie ein monumentales Paar Hosen. Jones beschloß, am Bogen nach Osten abzubiegen, um den Park zu verlassen und auf der 8th Street heimwärts zu gehen. Er zündete sich rasch, vom Wind abgeschirmt, eine Zigarette an, lauschte der Flamme des Feuerzeugs in seinen hohlen Händen und blies den Rauch aus, bevor er die Stimme hinter sich hörte und sah, wie drei Gestalten sich von dem gußeisernen Filigranmuster einer Bank lösten, die mit dem Rücken an einer Barriere stand.

»Hast was zu rauchen für mich?« fragte eine der Gestalten unter einem weißblonden Haarschopf hervor. Jones sah in das blasse, rohe Gesicht und dachte: Jetzt ist es also soweit.

»Klar«, sagte er und ging weiter. »Nehmt eine Lucky. Die sind geröstet.«

»Geröstet?«

»Steht auf der Packung. Nehmt es. Lest es. Bessert euch.« Er warf ihnen die Packung Luckies zu, zog die Schultern hoch, um sich abzupuffern und verschärfte seinen Schritt in Richtung Bogen und Sicherheit, aber die Gestalten setzten sich vor ihn. Ah, die Jugend, dachte er, und der Gang, den sie draufhat.

Die drei waren schlank und knochig, und was er von ihren Gesichtern sehen konnte, wirkte grob und vom Leben gezeichnet. »He, wir brauchen auch Feuer für die hier«, sagte einer von ihnen, der die Packung lässig hochwarf und wieder auffing.

»Richtig.« Jones wurde bewußt, daß es ein zu offensichtliches Zeichen von Schwäche gewesen war, ihnen die ganze Packung zu geben, und grub in seiner Jeans nach dem zuverlässigen Zippo. Das erstaunliche war, daß er jetzt schon so lange in New York lebte, ohne jemals überfallen und ausgeraubt worden zu sein. Und da stand er nun und mußte sich in seinem Alter noch an ganz neue Sachen gewöhnen. Sein Herz klopfte schnell und hart gegen des Augenblicks Brustknochentür. Hör dir das an. Poch poch poch. Was für eine Übertreibung.

»He, danke«, und einer von ihnen schloß seine Faust um das Feuerzeug und nahm es ihm ab. »Auch was Bares dabei?«

»Ah, ja, ich hab mich schon gefragt, wann ihr…«

»Ich sagte *Geld*«, und diesmal war die Stimme streng – ein typischer Jäger und Sammler vielleicht. Er sah die Köpfe sich dreifach im Kreise drehen, wie um den Park nach etwaigen Cops abzuchecken. Jones konnte auch keine sehen.

»Ein paar Eier«, sagte er zugestehenderweise. »Z-zwanzig, fünfundzwanzig.« Stottern auch noch. Er hatte es ja echt drauf.

»Laß mal sehen«, und zum zweiten Mal an diesem Abend, als ob ihm jemand etwas mitzuteilen versuchte, hatte er ein Messer vor sich. Diesmal war es ein Stiletto, die Klinge eine Spanne lang und verchromt. Diesmal hatte es für ihn überhaupt keine Bedeutung, von der offensichtlichen einmal abgesehen, aber er starrte es trotzdem an.

»He, alles paletti«, sagte er zu den Jugendlichen, und indem er mit dem Kinn auf das Messer deutete, brachte er ein kleines Lachen zustande. »Dann laßt mich mal eure Brieftasche rausholen. Meine Brieftasche, meinte ich.«

Sie kicherten boshaft. »Deine, meine, wo ist der Unterschied, du Arsch, gib schon her.«

Jones holte die Brieftasche heraus und hielt sie in der Hand.

Es sollte Jones nie ganz klarwerden, ob der Jugendliche sofort zugestochen hatte oder ob er selbst in die Klinge hineingelaufen war, aber er wußte gleich, was los war, als das Messer oberhalb seines Nabels in voller Länge eindrang. Er spürte einen mächtigen, vorschlaghammerartigen Aufprall, der sich in alle Richtungen in ihm wie ein blauer Fleck in einem Alptraum ausbreitete und dabei die Schärfe der Klinge verschwimmen ließ. Jones, dessen Mund im Schreck weit offen stand, nahm eine vorbereitende Anspannung im Arm des Messerstechers wahr und bettelte: »Bitte, schlitz mich nicht auf.«

Der gespannte Arm des Jugendlichen verkrampfte sich. Jones sah das scharfgeschnittene Gesicht und wußte genau, daß dessen Träger einen Kreis durch seine Eingeweide hatte schneiden wollen, um ihn zu töten, jetzt aber verunsichert war.

»Scheiß darauf«, sagte der Jugendliche, stieß das Messer mit Wucht weiter in Jones' Bauch hinein und drückte dann noch einmal, um Jones von der Klinge zu stoßen. Jones fiel gehorsam rückwärts mit dem Hintern auf die Pflastersteine, hielt sich die Körpermitte, neigte sich zur Seite, der Kopf sank hinab, prallte schließlich, na also, auf das kühle städtische Pflaster.

Als ihre Schritte nicht mehr zu hören waren, begann Jones zu kriechen, da er es für unklug oder auch schwerlich machbar hielt, sich zu erheben. Wenn er die Umgrenzung des Parks, wo man ihn eventuell auffinden konnte, nicht erreichen sollte, dann, das war ihm, ohne dabei in Panik zu geraten, klar, würde er sterben. Was in mancherlei Hinsicht vielleicht gar kein völlig abwegiger Gedanke war, aber die Geschehnisse heute nacht kamen geradezu in einem Moment, in dem eine ganze Reihe von Akkorden unaufgelöst in nicht näher bestimmbaren Tonarten herumhingen, und so schien es letzten Endes nicht der ideale Zeitpunkt für eine endgültige Geschäftsaufgabe. Die linke Hand an den durchstochenen Bauch pressend, zog er sich mit der Rechten vorwärts, bemerkte beim zweiten Ziehen, daß der angerichtete Schaden ihn in seinen Grundfesten erschütterte, aber es half nichts, und er heftete seine Augen auf die kleinen Glitzerstücke, die in den Beton eingearbeitet waren, über den er sich allzu langsam und unter Schmerzen fortbewegte. Er bemerkte, daß seine Konzentration auf die visuelle Textur des Pflasters merklich erhöht, seine Wahrnehmung unnatürlich differenziert war. Über sich, das wußte er, besaß er die irdisch vergänglichen Sympathien der nach dem unzulänglichen Mond ausgreifenden Äste. Lebenshunger, sieh ihn arbeiten, sieh ihn kriechen mit aller Kraft, trotz Schmerzen und Liebesverlust, er meint Blutverlust, nein, wahrscheinlich doch Liebe – wir kennen das, wir haben da überhaupt keine Probleme mit. Danke sehr. Keinen Applaus bitte. Nicht gerade ein vollbesetztes Theater. Eine Welle der Finsternis stieg auf, und wenn sie seinen Kopf erreichte, würde sie ihn bewußtlos machen, und das wäre dann das Ende.

Ich glaube nicht, daß ich es schaffe, dachte Jones. Es ist zu weit und zu wenig von mir übrig.

Just in diesem Moment hörte der Schmerz auf, ihn ernsthaft zu betreffen, und eine gänzlich unerwartete Form der Erleichterung breitete sich in ihm aus.

Merkwürdig, wie die in die Steinplatten imprägnierten Glitzerstückchen das Flimmerzeug oben im Himmel – Sterne nannte man das ja wohl – spiegelten. Diese Sterne kamen immer näher. Aber wirklich merkwürdig – ah, das tut weh! –, um wieviel klarer die Zeichen von hier aus zu lesen waren. Die Fußgängerampel, die Fifth, der Löwe, der Schütze und schließlich natürlich die Waage, in der er immer leichter und leichter wurde. Die mitfühlenden Arme der Bäume rührten ihn, und auch die freundlichen Gebäude hatten sich so arrangiert, daß sie eine bewegende formelle Huldigung an die seit jeher erhabene und gefühlvolle Veranlagung seines Herzens abgaben. Von hier oben, wo er angesichts der Leichtigkeit seiner Auffahrt die erleuchtete Leiter Manhattans zwischen seinen Flüssen nicht einmal zu erklettern brauchte, war der Text so deutlich zu lesen, daß er sich wunderte, wie er dessen Sinn hatte verkennen können in all den Jahren, da er dort unten im Labyrinth herumgelaufen war. Dann waren da natürlich noch die Konstellationen, innerhalb deren er schnell in die Sphäre der Zwillinge gezogen wurde – Jagott und Ehdusau, Lucky und Strick, Casdoof und Tolljux, Hammelfett und Polypius, aber nein, sagte er dazu, nein nein nein. Er hatte die Nase voll von Paaren und von

Dya... Dyadl... noch mal von vorn... Dadl... einmal noch... Dyadl-dalidalität – da! – aus dem einfachen Grund, daß er auf der Suche nach seinem *Freund* war. Danke, danke, danke, aber was ich eigentlich suche, ist ein Ursa, ist ein Ursa dings äh, ein Urtha dingsbums, ein Sturza quatsch, ist ein Eartha Kiss, nein nein nein, 'tschuldigung, meine Schuld, nein, nein, nichts davon.

»Sybil?« keuchte er vernehmlich auf das Pflaster ein. »Bär?«

Und indem er gegen die dualistischen Unzulänglichkeiten protestierte, die sich ihm inmitten der vielfältigen Lichter darboten, stieg er weiter auf – das irdische Leben unter ihm nur mehr ein flüchtiger Versprecher, eine schwache Regung des Willens, ein bloßes Verfallsprodukt des himmlischen Nummer..., nein, Meno äh Noumendings, also *das* war's, worüber der Bär sich immer ausgelassen hatte – durch den Himmel der Fixsterne, wo er im strahlenden Entwurf die astrologischen Zeichen vor sich sah, die er immer am meisten bewundert hatte: das Saxophon, die Bierflasche, das schäbige Apartment, die Zwangsräumung, das Guthaben, und ja, die Rückkehr und am Ende – Jones konnte sich an dem großen geometrischen Filigranmuster des Lichts orientieren, das der Bär immer als Eselsbrücke für sein ewiges, den Irrungen und Wirrungen der Zeit enthobenes Ich bezeichnet hatte – schien ihm auf seltsame Weise, daß er seinen Freund gefunden habe.

Da bist du ja! He, geil, Bär! Wir sind wieder zusammen, tot oder lebendig, auf dieser oder jener Seite des Jordans. Kann dir gar nicht sagen, wie sehr ich dich vermißt habe, Alter. Den albernen Scheiß, den ich da unten von mir gegeben hab, brauchst du gar nicht zu beachten. He, Baby, wir sind zu *Hause*. Stört mich kein bißchen. Wir haben's endlich geschafft! Guck dir das an! Ist doch wahnsinnig! Sieh nur den wunderschönen Lichtschwarm, der uns heimholen kommt! Sieh nur die Größe, sieh nur die unfaßbare Schönheit von dem Ding! Sieh nur die Liebe, die mir entgegenkommt. Ich bin übervoll von ihr. Ich bin bereit, ich bin reif. Oh, sieh nur der wunderbare, schau dir diesen wunderschönen ausgestreckten Arm an!

Jones begann zu schluchzen ob dieser Schönheit und des Willkommens, das diese ihm bereitete.

Er erblickte, oberhalb des schwelenden LSMFT der unteren Welten und dem ROGGBIV des Farbspektrums, den scheinwerferbeschienenen Torbogen des PRNDL, der die verfügbare Reichweite suprasensitiver Erleuchtung bezeichnete – wie jeder Eingeweihte wußte, standen die Buchstaben für Purpur, Rurpur, Nurpur, Durpur, Lurpur, Ersturpur und Zwurpur – aber warum, inmitten so vieler leuchtend einheitsschaffender Dinge, warum da so verdammt enumerativ, eh? Hm? Kannst du mir das mal sagen? Er sah jetzt grünes Licht, und er wollte auf die Tube drücken und ab- ab- abzischen. Das Bärmobil ist wieder unterwegs! Also warum hielt der Bär ihn zurück? Jones war immer der Langsame gewesen, jetzt war er völlig losgelöst. Wo also lag jetzt das Problem? Oder ist das mal wieder nicht mein Bier, Bär? Was, du möchtest jetzt gern ein Helles? Ausgerechnet hier? Du machst wohl Witze, Alter.

Nein, Bär, ich will nicht nach da unten in diesen Nachtclub gehen. Ist mir scheißegal, wer da spielt.

Was ich nämlich will, ist fliehen, ich meine fliegen, ich meine, guck dir an, wieviel Himmel wir zum Spielen haben, und ich muß mich nicht mehr in diese unbequeme verzerrte Identität zurückzwängen. Wer den Bär'n schuf, schuf auch mich! Und was noch viel verblüffender ist: Er freute da des Werkes sich! Du bist nicht besser oder größer als ich, also laß mich in Ruhe; was ich jetzt gerade bin, ist mein Zuhause. Die Türschwelle jedenfalls.

Indes die Sterne ihre Speere herabschleuderten, sah Jones eine Skizze seiner selbst als ein Maßwerk von Lichtern vor dem Gewölbe des Nachmitternachtsblaus. Er sah das Gesicht, das er vor seiner Geburt getragen, und es war von Tränen der Erleichterung überströmt.

Jones war erst überrascht, dann aber beruhigt, sich dort wiederzufinden, wo er immer gewesen – sollte er jemals fortgewesen sein, dann nur für einen Lidschlag –, eine Seele in einem grünen Wald, wo andere gleich ihm, unsichtbar für den Augenblick, dem gelösten Rätsel ihres Daseins im gefleckten Licht nachsannen, geleitet von einem Bächlein, das mitten durch den Garten rann. Schattensprengsel sorgten für kognitive Hilfestellung, eine bloße Andeutung von Lichtschutz und Umherschweifen. Dem Garten zurückgewonnen. Den ich nie verlassen habe. Dies also ist die andere Seite der Zeitmedaille und auf Ewigkeit dir zugedacht. Ja. Er sagte ja dazu.

Das Licht drang wie Honig in ihn ein, und hätte er Arme gehabt, er hätte sie in die Höhe gereckt und Aah gesagt.

Sieh nur die Größe dessen, das kommt, um mich nach Haus zu tragen und mir meine letzte Landung an den Gestaden des Lichts zu ermöglichen. Was für ein Fest! Nur meinetwegen? Nein, das ist, lassen Sie mich das sagen, einfach zu freundlich.

Aber was ich wirklich möchte, ist, wenn's bitte schön gestattet ist, meinen Kopf auf diesen tröstlichen Stein zu betten. Und da sagt man, der Menschensohn finde keinen Platz, sein Haupt zur Ruhe zu legen. Welch eine Idee. Welch ein Gedanke. Es ist doch für alles gesorgt. Soup Burg.

Was ich wirklich gern hätte, wäre, es schmeckt so süß, ein klein bißchen Schlaf.

Gebt mir fünf Minuten. Ein kleines Päuschen. Ich bin gleich wieder bei euch. Und he da, hört auf, so an meinem Arm zu zerren.

Jones legte den Kopf nieder und begann zu sterben.

Ein junges japanisches Paar fand ihn wenige Minuten nachdem er das hellerleuchtete Kopfsteinpflaster unter dem Bogen erreicht hatte. Touristen. Er stand über dem hingestreckten Körper, während sie nach einem Telefon lief. Beide hatten sie eine Kamera dabei, aber hoppla, und keiner von ihnen dachte daran, ein Foto zu machen.

Von dem fötal verkrümmten Körper. Von der nierenförmigen Blutlache, die sich fast schwarz auf den Steinen ausbreitete, einen Fetzen Zellophan aus seiner Ruhelage aufstörte, Stücke von städtischem Staub und Schmutz in sich aufnahm.

Von diesem hageren und angespannten und ausdrucksvollen Gesicht, das, auf der Seite liegend, in die Luft biß.

2

Das Zahnfleisch des Bären hatte wieder zu bluten angefangen. »Tim«, sagte er. »Komm schon, Mann, du mußt mir mal wieder ein bißchen Fisch besorgen. Von Hot dogs kann ich nicht leben, und auch nicht von Kartoffelpulver, geschnetzeltem Rindfleisch auf Toast, mexikanischem Eintopf und Dosenbohnen, die so labberig sind, daß sie nicht mal ’ne Schüssel Haferflocken vögeln könnten. »Guck dir das an.« Der Bär klemmte eine Klaue unter seine Oberlippe und hob sie hoch. »Guck mal.«

»Du blutest ein bißchen. Wie unangenehm.« Tim, ein schwerfälliger Bursche in zerzauster blauer Uniform, aber mit penibel gestutztem Bart, stimmte unter bedächtigem Nicken zu und sah den Bären durch die Gitterstäbe hindurch forschend an. Schlaffes Gesicht, freundliche Augen, vielleicht vierzig Jahre alt, aber noch kein graues Haar, sah eigentlich nicht aus wie ein Gefängniswärter. Müde Schultern und ein hängender Bauch. Redete gern im Hipsterjargon, wie ein Musiker oder gar Jones, aber seine Worte wurden von einer traurig absackenden Kadenz, einem gewissen Überdruß, einem Vertrautsein mit Verlust beschwert. Meinte, er sei Grieche, klang aber wie ein Amerikaner und sah auch so aus, fand der Bär. Auf Abzeichen und Schulterklappe stand *Besserungsanstalt*, was der Bär angesichts der Umstände für ziemlich lustig erachtete. Verbessern Sie mich, falls ich mich irre. Machen wir, o ja, machen wir.

»Tim, ich werde am Ende einen Zahn verlieren. Brauchst du ein Amulett für deine Frau, oder was? Möchtest gern ein Totem kaufen?«

»Nicht für diesen Preis, Bär.«

»Also?«

»Morgen.«

»Was morgen.«

»Morgen gibt’s Fisch.«

»Wenn möglich, einen ganzen Fisch, nicht nur ein Filet.«

»Klaro, Pierro«, sagte Tim mit seiner lauten, trägen Stimme.

»Nicht wegen der Menge, sondern weil ich ihn roh essen muß, und beim ganzen Fisch ist die Chance größer, daß er noch frisch und parasitenfrei ist.«

»Mensch, die Welt ist voller Parasiten.«

»Ich bin«, sagte der Bär müde, »kein Mensch. Bring mir einen Beutel Äpfel mit, für den Fall, daß ich den Fisch nicht essen kann. Äpfel sind billig. Ich geb dir das Geld zurück, wenn du mich hier rausläßt.« Er setzte ein verunglücktes Lächeln auf.

»Würd dich gern abhauen lassen, aber’s geht halt nicht«, sagte Tim achselzuckend. »So ist das Leben nun mal.«

»Nein, Tim. Es liegt hauptsächlich an dir und deinem fehlenden Schneid.«

»Ohne Leute wie mich würde diese Welt nicht funktionieren.«

»Ich weiß.«

»Du denkst wahrscheinlich, ich hab keine Ahnung von diesem ganzen coolen, kreativen, ach so seelenvollen Sensibelscheiß, aber du irrst dich. Ist nur so, daß ich die Malocherseite der Wirklichkeit auch kenne. Jeder von uns hat seine bestimmte Rolle zu spielen. Wenn keiner da ist, der den Kurs hält, dann sieht man vielleicht hübsche Rücklichter, aber ehe man sich's versieht, gerät das Ganze aus seiner Umlaufbahn, und was dann folgt, ist allgemeines Chaos und katastrophale Zustände.«

»Ich mach nichts weiter als Saxophon spielen, Tim. Tut tuut tut. Höllisch gefährlich. Weck das Murmeltier! Ich bin völlig deiner Meinung. Ich könnte gar nicht völliger deiner Meinung sein. Ich bin so sehr deiner Meinung, daß ich schlechterdings nicht völliger deiner Meinung sein könnte, als ich es bereits völlig bin. Ich hoffe, ich habe mich klar ausgedrückt.«

»Yeah, Musiker sind natürlich die idealen Gesetzgeber. Der kleine Durchschnittsmalocher ist aber besser ins große Ganze eingefügt, als du glaubst. Vertraut dem Alltäglichen. Gebet dem Kaiser. Wunder kommen ganz von selbst. Deswegen weiß ich auch, daß bei dir alles in Ordnung sein wird. Wunder kommen ganz von allein.«

Der Bär betrachtete Tims Versuch eines seligen Grinsens, ließ sich rückwärts fallen und landete schwer auf dem Eisenfeldbett. Die eh schon überlastete Federung kreischte aufbegehrend, bevor sie ein weiteres Stückchen dem endgültigen Zusammenbruch entgegensackte. Der Bär schloß die Augen. »Tim«, sagte er. »Wo du recht hast, hast du recht. Was bleibt mir da noch zu sagen. Du bist ein erleuchtetes Wesen.«

»Will dir mal 'ne Geschichte erzählen«, sagte Tim.

»Au fein«, sagte der Bär.

»Als ich angefangen hab, für die Stadt zu arbeiten, war ich zuerst bei der Gesundheit, bevor ich dann zur Besserung übergewechselt bin. Meine Aufgabe war im wesentlichen, daß ich den Wagen für das Brooklyner Leichenschauhaus gefahren hab. Ich hab sie nur abgeholt, Mann, hatte keine Ambulanzausrüstung im

Wagen, nur ein paar Tragbahren, einen Haufen Leichensäcke und den einen Mitarbeiter. Eines Tages also, nachdem ich den Job ein paar Jahre schon gemacht hab, krieg ich also die Meldung, daß ich eine verstorbene arme weibliche Person aus einer Holzhüttengegend unten in der Nähe am Wasser abholen soll, und als ich dort ankomme, ist jede Menge Scheiße am Laufen, eine ziemliche Menschenmenge steht rum, und der diensthabende Arzt, so ein junger, unerfahrener Typ, kommt total verlegen aus dem Haus. Anscheinend ist die Frau also ungefähr 'ne Stunde tot gewesen und dann wieder zum Leben erwacht. Ich geh am Doktor vorbei da rein, und da liegt auf dem Bett so eine kleine alte Lady mit noch jung aussehender Haut und schönen weißen Haaren, sie liegt auf dem Rücken und redet ununterbrochen übers Essen, Mann, über lauter verschiedene Nahrungsmittel, und alles mit dieser weggetretenen singenden Stimme: Ich werde ein paar Zuckermelonen und Wassermelonen kaufen, Zuckermelonen und Äpfel und Pflaumen, Zuckermelonen und Pfirsiche und Pflaumen und ein paar süße, süße Melonen und etwas Thunfisch und kühles klares Wasser... und Scheiße, was ist denn das hier? frage ich den Doktor. Ich könnte Ihnen ein Disziplinarverfahren an den Hals hängen, sage ich ihm, mich hier rauszurufen und nicht den Unterschied kennen zwischen einer lebenden Frau und einer toten, und wir streiten uns 'ne Weile, und er schwört hoch und heilig, daß sie mindestens eine Stunde lang mausetot gewesen ist, und er fragt, ob ich nicht zwischendurch mal Mittagspause machen will – er zahlt auch, okay? –, also machen wir das, und als mein Mitarbeiter und ich unsere Roastbeefsandwiches und Limonade verputzt haben und zurückkommen, da ist die Lady tot, und wir laden ihre Leiche in den Wagen und legen sie im Leichenschauhaus auf Eis, und dann sind wir fertig.«

Der Bär sah von seinem Platz aus zu Tim hinüber, in der Erwartung, daß noch etwas nachkam, aber es schien, als sei Tim fertig mit seiner Geschichte. »Tim, daran hab ich noch zu knacken«, sagte der Bär. »Laß mich raten. Das war deine Geschichte darüber, wie Wunder ganz von selbst kommen?«

»Yeah«, sagte Tim, als müßte das sehr viel offensichtlicher sein, als der Bär vorgab.

»Was für eine inspirierende Geschichte«, sagte der Bär. »Ich hab dich die ganze Zeit glatt unterschätzt. Du bist nicht einfach nur ein stinknormal erleuchtetes Wesen, du erleuchtest die Welt. Du bist das Licht meines Lebens. Ich bin hier praktisch am Verbrennen, weil dein Licht einfach meine bescheidene Aufnahmefähigkeit überfordert. Deine Gedanken sind nicht meine Gedanken. Deine Wege sind nicht meine Wege.«

»Ach was, mach mal halblang.«

»Die Waage ist in deiner Hand. Das Auge, mit dem du Gott siehst, ist das Auge, mit dem Gott dich sieht. Jetzt ist mir alles so wunderbar klar.« Der Bär schloß wieder die Augen.

»Bär?« hörte er Tims Stimme. »Alles in Ordnung mit dir?«

»Ich bin dufte prima klasse eins a kackesuper, was hast du denn gedacht? Bring mir einfach morgen den Fisch, und erspare mir alle saftlose Sorge.« Kein Zweifel, der Bär wurde ein wenig fies. Oder zumindest gereizt. Tja, früher hätte er sich schier überschlagen – gar keine leichte Übung für jemanden mit seiner Anatomie, und seines Wissens war auch keiner seiner Vorfahren je dahingehend gequält und traktiert worden, solches im Rampenlicht vorzuführen –, um nur nicht an die delikaten Empfindlichkeiten einer anderen, wer weiß, heiligen Subjektivität zu rühren; die Gefangenschaft jedoch hatte, auch wenn sie ihre Vorteile bot – Zurückgezogenheit etwa und Zeit zum Nachdenken –, in dieser Hinsicht durchaus eine vergröbernde Wirkung auf ihn gehabt. »Tim?«

»Bin noch da.«

»Tut mir leid.«

»Zur Kenntnis genommen.«

»Danke. Morgen einen Fisch und einen halben Laib?«

»Wenn's alles ist.«

»Was könnte ich mehr verlangen? Rhythmus hab ich seit eh und je.«

»Hör zu, ich muß gehen«, teilte ihm Tim mit einiger Wehmut in der Stimme mit. »Tut mir leid, aber ich muß weiter.«

»Bis morgen dann. Ich bin dir wirklich unendlich dankbar für jede nette Aufmerksamkeit, die du mir erweist. Du bist ein Engel. Ich bin einfach sehr, sehr müde.« So konnte man es auch ausdrücken.

»Okay. Bye.«

»Grrr«, sagte Tim und trat durch den Korridor hindurch den

Rückzug an, wobei er, nicht ganz einsichtig, in Brusthöhe an seiner Uniformjacke herumzerrte.

»Pah«, schnaubte der Bär ihm hinterher, »du bist mir vielleicht ein Hipster.« Er war froh, ihm wenigstens ein kleines Gepäck an moralischen Bauchschmerzen mitgegeben zu haben.

Nachdem Tim verschwunden war, saugte der Bär nachdenklich salzig-ätzendes Blut aus seinem Gaumen und schluckte es hinunter, wobei er versuchte, dessen gegenwärtigen Mineralgehalt abzuschätzen. Er stieß mit der schweren Zunge abwechselnd gegen alle Hauptzähne. Der rechte Schneidezahn, befand er, war der lockerste, aber die Wurzel sitzt ja tief, also bin ich wahrscheinlich noch eine Weile sicher. Schaudernd dachte er an den einen Freund von Jones, den er mal kennengelernt hatte und der einst nach einem schweren Besäufnis eingebuchtet worden war; der hatte nämlich fast alle Zähne durch heftiges Kauen an den Gitterstäben seiner Zelle zerstört. Furchtbar, sich vorzustellen, wie ich ohne meine aussehen würde. Eine Trauergestalt wäre ich, so völlig zahnlos, ein Objekt jedweder heuchlerischen Anteilnahme, das nur noch irgendwelche Breie schlürfen kann, während es sich geistesabwesend an seinen unterbeschäftigten testikulären Anhängseln kratzt. Da habt ihr ihn, den einzigartigen Bären. Keine Sorge, Leute, diese geistgeschaffenen Ketten sind aus geistgeschaffenem Flußstahl geschmiedet.

Er betrachtete die in der Zelle nebenan auf dem Tisch gestapelten Bücher. Viel gelesen hatte er nicht in der einbändigen Shakespeare-Gesamtausgabe des werten Doktors. Statt dessen hatte er sich eine gute, billige Prosaübersetzung der *Ilias* vorgenommen, aber selbst damit hatte er sich letzten Endes nicht viel beschäftigt.

Die Zelle des Bären lag am Ende eines Seitenflurs in irgendeinem verlassenen städtischen Gefängnis: ein Bezirksknast möglicherweise, oder ein abgelegener Cousin des Tombs oder des Raymond Street Jail. Der Bär wußte noch nicht einmal, in welchem Stadtbezirk er sich überhaupt befand. Die Einrichtung schien einer vergangenen Epoche anzugehören, fünfziger Jahre vielleicht, und das deutete worauf hin? Brooklyn? Queens? Die Bronx? Er konnte es nicht sagen, aber immerhin schien es hier zu ruhig zu sein, als daß es Manhattan hätte sein können. Irgendein Arsch der

Welt aus Ziegelstein und Stahl also. Die Eisenstäbe der Zelle waren weiß lackiert, blätterten aber hier und da schon wieder ab, um frühere vergilbte Anstriche freizulegen und, darunter noch, kleine schwarze Narben. Im Zelleninnern wurde dem Bären gebrochen weiß gestrichener und dann vergilbter Schlackenstein geboten, und alte, vergessene Kettenösen in der Rückwand reckten sich ihm inquisitorisch entgegen – wollen der Herr sich heut vielleicht aufhängen? –, aber das mit Scharnieren befestigte Streckbett war mitsamt seinen Ketten entfernt und ihm dafür ein schmales Feldbett mit Eisenrahmen untergeschoben worden, ein oder zwei Tage später gefolgt von einer plattgedrückten, blaustichigen Matratze, die gnädigerweise wenigstens frei von Läusen war. Nach Durchprobieren etlicher Standorte hatte er das Bett gegen das Gitter gestellt, das seine Zelle von der nächsten trennte. Die Laken waren inzwischen weitgehend das Opfer von Schweiß und Klauen geworden, und der Matratzendrillich gab langsam nach, so daß die Innereien sich zu verdünnisieren begannen, die beiden braunen Armeedecken waren jedoch noch ganz gut beieinander. Momentan lagen sie in wahlloser Haufenbildung unter ihm.

Gitterstäbe trennten ihn von der Nachbarzelle, doch dahinter verstellte Schlackenstein jeden weiteren Blick. Wenn er sich vornüber auf die linke Wand zu lehnte, möglichst ohne das Gleichgewicht über der deckellosen Toilette zu verlieren, konnte er eine gewisse Strecke des Flurs zur Rechten einsehen, allerdings gab es dort nicht viel zu sehen. Die großen, vergitterten Fenster hoch oben an der gegenüberliegenden, anstaltsgrünen Wand offenbarten nicht mehr als eine Ahnung von Himmel hinter dem verstärkten Glas, all dies über eine Strecke von, nach Schätzung des Bären, zwölf Zellen – sechs jeweils ummauerte Paare, wenn er von seinem eigenen Domizil auf die Gleichartigkeit der übrigen Anlage schließen durfte, was einer universellen subjektiven Konstante entsprach, doch stets ein gewisses Risiko in sich barg. Die Fenster – ihre Höhe ließ ein zweites Stockwerk mit ähnlichen Zellen vermuten, obwohl er niemals auch nur das geringste Geräusch von oben gehört hatte – ließen ein wenig beglückendes Tageslicht einfallen, das ihn jedoch kaum einmal direkt berührte. Aber im Fortgang der Jahreszeiten, wer weiß? Alles ist möglich, jedenfalls innerhalb vernünftiger Grenzen.

Die konkreten Details waren soweit ganz anständig ausgeführt, in seinen klareren Momenten aber durchschaute der Bär doch diesen ganzen billigen Humbug, mit dem er sich abgeben mußte, seit er sich in die Farce der Materie hineingeschrien und gewinselt hatte. Mein Gott, wie ihm das zum Hals heraushing. Soweit es ihn betraf, war jedwede tatsächliche Inhaftierung als pure Redundanz zu betrachten, als plumpe Expliziererei, war breitärschiges Herumreiten auf einem Standpunkt, der schon längst völlig klar war. Es war eine reine Geschmacksverirrung, daß er hier war.

Am unsichtbaren Ende des Flurs befand sich eine hörbar schwere Tür, die sich öffnete und schloß, um Tim oder die weniger sympathischen Wärter des Bären herein- oder herauszulassen, oder auch den rastlosen Doc Friedmann, wenn er in der Stimmung war, sich mit ihm zu beschäftigen; jenseits dieser Tür, so schien es dem Bären, war eine weitere, der Abwesenheit und Amnesie gewidmete Zone – um so besser für ihn, wenn er vergessen würde –, und dahinter wiederum tobte vielleicht das bürokratische Leben in voller Vitalität, dichtbevölkert und im Einheitsmarsch zur unechten Musik, die auf diesem Teil des Planeten gespielt wurde. Ein Leben ohne Synkopen und Soli, aber dafür gab es Trinkwasserspender und Leute, die danebenstanden und sich unterhielten. Schreibmaschinen. Kaffeemaschinen. Das Leben in all seinen Formen, egal, wie dünn beschaffen oder wie hart für ihn persönlich es war: Er würde es immer lieben. War das sein großer Fehler?

Ja, um ehrlich zu sein, er kam sich hier ein wenig isoliert vor.

Die Kabbalisten hatten recht: Wo das Wesen begrenzt ist, wird die Form klar und ausgeprägt, alles platte Ebene und schroffe Barrieren: keine Kurven, kein leerlaufendes Leben, sondern jede Menge Form. Wie in der U-Bahn, so auch hier – Qlipoth, das Land der Hüllen, und er war dort.

Beinahe wehmütig wandte er den Kopf auf seinem Kissen nach rechts, um seinen Blick über Doc Friedmanns in bescheidener Häuslichkeit angeordnete Habseligkeiten in der Zelle nebenan schweifen zu lassen. Friedmann war kein Mitgefangener, aber auch kein Wärter, nicht mehr. Er war, unter den einschränkenden Bedingungen dieses Ortes, so etwas wie ein Freund. Die Betriebsleitung hatte Friedmann erlaubt, einen kleinen Holztisch und einen Stuhl aufzustellen. Auf dem Tisch befanden sich ein Wecker, der mal wieder aufgezogen werden mußte, ein Aschenbecher, eine gelbe Packung mit Pfeifenreinigern und daneben ein paar teergebräunte, rudimentäre Pfeifenreinigertiere, die ungeachtet aller gestaltlichen Defizite zu wandeln und zu grasen versuchten.

Der gute *Herr* Friedmann hatte außerdem einen Haufen von sich einrollenden Zeitungsausschnitten aus der *New York Times* und einen schiefen Stapel Bücher zurückgelassen. Die Bibel, zuviel Thomas Mann für den Geschmack des Bären – wenn schon deutsch, dann darf es für mich gerne Kafka sein, obwohl dies nun wirklich nicht der Ort war, an dem man ihn lesen wollte –, winzige grüne Bände mit Tschechows Kurzgeschichten, in der gespreizten Übersetzung von Garnett, und sonst so allerlei überwiegend aus dem letzten Jahrhundert, Belletristisches und Biographisches, aber nichts eigentlich Historisches. Der Doc verlieh großzügig, natürlich, und brachte dem Bären auf Wunsch auch bestimmte Bücher mit. Als aber der Bär nach Shakespeare verlangte, hatte Friedmann doch tatsächlich gefragt, ob er die Schlegel-Ausgabe haben wolle oder lieber »die englische Version«. Zu seiner Ehre muß man allerdings sagen, daß Friedmann sich nach diesem Fauxpas sofort an die Stirn geschlagen und ein »Ach« in angemessen komischer Manier ausgerufen hatte. Der Bär drehte den Kopf nach links und verdrehte die Augen nach hinten, um nach seinem Alt zu sehen, das in der Ecke lehnte wie ein Tipgeber. Noch mehr Totgewicht. Undichte Klappen und ein erbärmliches Rico-Rohrblatt. »Full Moon and Empty Arms«. Soll ich ein bißchen spielen?

Nee. Schlummern heißt die Devise. Haben immer noch Winter, soweit man das nach dem vorrückenden Fensterlicht beurteilen kann, und das Pennen sollte mir doch im Blut liegen, obwohl ich eigentlich nie der große Winterschläfer gewesen bin. Erst ein Nickerchen und dann mal sehen. »Confirmatin«. »Now's the Time«. »Constellation«. »Good Night, Irene.«

Der Beginn seiner Gefangenschaft hatte den melodramatischen Erwartungen entsprochen, die der Bär in eine solche gesetzt hatte. Im Bud-Powell-Flügel des Lochs, in das sie ihn gesteckt hatten, wurde er mit Ammoniakwasser abgespritzt und bekam Elektrostöße verabreicht, nachdem er gegen das Gitter seiner Zelle angerannt war und geschrien hatte, daß sie das Licht nicht einkerkern könnten – eine denkwürdige Bezeichnung, die entstanden war aus einer eher benebelten Korrespondenz zwischen seiner Selbstwahrnehmung als kosmischer, sich nach der elementaren Sonne hochreckender Baum und der Erinnerung an die Glühlampen, die er in den U-Bahnen seiner Jugendzeit gesehen hatte, als Jones ihn nach unten in die Stationen und die Tunnel zu führen pflegte: Die mühsam ihr blasses Licht abschlagenden gelben Glühbirnen waren mit einer schwarzen, birnenförmigen Eisenmatrix umgittert. Als er noch klein genug war, mit der Bahn zu fahren, ohne die Leute verrückt zu machen, hielt Jones ihn immer, nicht ohne Mühe, im Arm, damit er durch das Frontfenster des ersten Wagens sehen konnte, wie die braunen Tunnelquadrate auf ihn zukamen, die darin angebrachten Glühlampen, die kleinen leitmotivischen Blaupunkte. Die beste Fahrt war natürlich die mit dem A-Train zwischen der 59th und 125th Street, die längste Strecke im ganzen Netz, ein unterirdischer Düsenflug, eine Vision der Zeitspannung, ein Vorgeschmack auf Kommendes. Am Ende einiger Stationen hatte es grünbeleuchtete Kontrollräume gegeben, in denen Männer und Frauen in graubraunen Uniformen an Schaltstellen mit roten und grünen Lichtern und silbernen Hebeln arbeiteten; in seiner jugendlichen Unschuld hatte der Bär geglaubt, daß sie die Bewegungen aller Menschen dort oben im Gewirr der Straßen regulierten.

Später war es eine Traumvorstellung von ihnen gewesen, ihre Nummer um der Erinnerung willen in der Bahn aufzuführen, aber nicht allein, daß das illegal war, sie hatten auch bereits festgestellt, daß die Leute den Bären im Freien annehmen konnten, in geschlossenen Räumen aber in Schockzustände verfielen. In der Zeit seiner Reife nahm der Bär also nur noch den Coltrane, und manchmal auch den East St.Louis Toodle-oo.

Eine Weile lang allerdings hatte es das Bärmobil gegeben, eins dieser ultimativen Spätfünfziger Schwanzflossenautos, ein dreifarbiger Chrysler New Yorker St. Regis – kohlengraues Dach, cremefarbenes Mittelstück und unterhalb der Chromleiste ein Ton von tiefem Bordeaux –, der eine Druckknopfschaltung hatte, Automatikgänge: P(ark) R(everse) N(eutral) D(rive) L(ow), und pro Gallone gut und gern ein paar hundert Meter weit kam. Aber schnurren tat das Teil! Schnurrte wie ein mit einer Kesselfabrik verkuppelter Dinosaurier. Und was für einen Spaß sie damit haben würden, aber hallo! Das war in der Zeit, als der Bär so halbwegs erwachsen wurde und als sie, Jones und er, entschlossen waren, die Welt so richtig zu verarschen. Laßt uns herniederfahren und ihre Sprache verwirren! Blabla Blabla Blabla, ihr Leute! Seht, das Unbedingte harret eurer! Es war auch in der Diskussion gewesen, ein Motorrad mit Seitenwagen zu kaufen und nachts in Comic-Kostümen durch die Stadt zu brausen, surrealistische Slogans durch die Gegend zu brüllen und dann und wann einen roten, mit Tinte gefüllten Ballon gegen ein bedeutendes Gebäude zu werfen. O ja, sie hatten die Absicht, ein paar Beulen in die hiesige Version von Realität zu schlagen. Einen ganzen neuen Seitenflügel ans Backsteinscheißhaus des Alltäglichen zu bauen. Werd damit fertig, Horatio! Wie auch immer, sie hatten jedenfalls ordentlich was zu lachen gehabt in jenen Tagen. Sie hatten sich auf dem Fußboden ihres Apartments gewälzt vor lauter Kreischen und sich die Rippen halten müssen – Jones hatte sich tatsächlich einmal was verrenkt, aber der Bär hatte das Wiedereinrenken gut hingekriegt –, wie besoffen von dem Gefühl, daß sie das ganze befreiende und berauschende Geheimnis der Welt im fratzenhaften Becher ihres Lebens hielten.

Nun ja, der Bär hatte es von jeher für ein Zeichen von Charakterschwäche gehalten, sich der Narrheiten und Exzesse seiner Jugend zu schämen. Laß es ruhen, laß es sein, was es gewesen ist, und Gott gehab es wohl.

Was daraus geworden war? Jones' Familienerbe ging zur Neige, und sie stellten fest, daß sie ihren Lebensunterhalt selbst verdienen mußten. Und so legten sie dann hurtig mit der Show los. Das Bärmobil? Nachdem ein letztes schweres schwarzes Husten unter der riesigen Motorhaube hervorgedrungen war, hatten sie die Nummernschilder entfernt und es in irgendeiner Seitenstraße stehenlassen.

Die erste Zeit seiner Gefangenschaft war von hellem Licht und Betäubungsmitteln und Elektroden geprägt, von einem Verlust jeglichen Zeitgefühls und von Gesichtern, die – paradiesische Zustände für einen Paranoiker – vor ihm in einer Wolke dahertrieben, sich jeweils einzeln aus dem Unklaren zu ihm herüberlehnten, verschwammen, verschwanden und dann zurückgedonnert kamen mit unentschlüsselbaren Forderungen. Es hatte eine schreckliche Phase gegeben, in der irgendeine Kombination dessen, was sie mit ihm anstellten, direkte Auswirkung auf sein Sprach- und Denkvermögen hatte, und er hatte gefühlt, wie diese Fähigkeiten in ihm wankten und torkelten und dann in der Mitte des Rings auf die Knie sackten, und seine schwere Zunge hatte verzweifelt um Freiheit und Sprache gekämpft.

Wwwwwwwwwwww, erinnerte er sich, wiederholt gesagt zu haben.

Erinnerte sich an den Versuch, eine Erinnerung in dem angestammten Zimmer im Hause seines Ichs aufzuspüren, und daran, daß dieses Zimmer sage und schreibe verschwunden war. Und es war beileibe nicht nur die Erinnerung. Das gleiche galt für bestimmte Komponenten seiner Selbstwahrnehmung und ihrer Inhalte: Worte, Musik, Liebe, Gedanken, freundliche Gesichter, Identität und der ganze Patron, pardon: Sermon. Manchmal klammerte er sich an das Bild von Iris wie an ein Gebet, aber meistens gelang ihm nicht einmal das.

Wwwwwwwwwwwww.

Da gingen sie also hin, die komplizierten Bemühungen und das Geheimnis vieler Generationen, die ihn zu einem solchen Grad von Individuation und Sprachvermögen getragen hatten. Jetzt ließ man ihn wieder ganz unten ankommen. Er konnte zusehen, wie ganze Trakte seines natürlichen Wesens sich entleerten. Er hatte ein paar belebende Intermezzi von Körperlosigkeit – Sterne und Lichter und Farben, und ein wenig zeitenthobene Entspannung im niedrigeren Garten –, aber der generelle Eindruck war der eines langsamen, aber stetigen Ausbreitens von leisem und umfassendem Horror. Während ihm seine kognitiven Fähigkeiten mehr und mehr entschwanden, wurde ihm das Schema von Stalins Gesicht in gewisser Weise zur Gedächtnisstütze für das, was mit ihm geschah. Er sah die zerfurchten Wangen, die gelben Augen, den großen Schnurrbart vor sich. In jedem Fall war es nur mehr ein einziges Bild, das ihm, wie auch immer sein Wert in Worten zu veranschlagen war, zur Verfügung stand, um dem, was mit ihm geschah, einen Namen zu geben.

Wwwwwwwwwwwww.

Gelegentlich war ihm der eine oder andere gute Witz gelungen. Tisch, Stuhl, Elektrode, Laborkittel, hübschen Schlips haben Sie da, von Hermès? Sehen Sie, ich kann die Dinge so schnell benennen wie Adam, ich hab gegengreifende Daumen, einen guten Blick für Seide – *natürlich* machen Sie sich vor Angst fast in die Hose! Könnten Sie meine Halsfessel ein bißchen lockern? Wie oben, so unten. Adamsapfel. Nylon. Derbe Schuhe. Knie. Hübscher Riß in der Hose da. Ich kann euch sagen, Jungs, Gott hat die Nase voll von euch, und er schickt bald Ersatz. O Scheiße, da geht's wieder los. Wwwwwwwww.

Wie heißt du? War eine der Hauptfragen gewesen.

Ich versuche nur, meinen Bericht an die Akademie abzuliefern.

Wie heißt du?

Einfach der Bär, sagte er schließlich.

Das reicht nicht. Wie heißt du wirklich?

Kukla.

Das wiesen sie zurück.

Würdet ihr mir King Pleasure glauben, meinte er, und dafür setzten sie ihn nicht einmal unter Strom.

Sackerson, sagte er einmal und registrierte auf einem alten, faltigen Gesicht im Halbkreis eine Reaktion, als sei die Anspielung verstanden worden, nämlich die auf den berühmten Bären, der zu Shakespeares Zeiten vor den Mauern des Globe Theater zur Strecke gebracht worden war. Tobend und blutüberstömt, bevor er schließlich zu Boden ging. Einst war dieser Name wie ein Talisman unter den Mitgliedern der Familie des Bären weitergereicht worden. Jetzt war diese letzte Erwähnung Sackersons für den Bären nicht mehr als ein Abschiedstriumph für das Genre des Insiderwitzes. Es handelte sich um kein sehr vollbesetztes Theater.

Denn alles, was er im allgemeinen zustande brachte, war Wwwwwwwwwwwww.

Er wußte nicht mehr, wann er den Disput in den Reihen seiner gespensterhaften Begutachter wahrgenommen hatte, aber er mußte bereits eine ganze Weile während seiner virtuellen Abwesenheit im Gange gewesen sein. In einem der ersten Zustände von Klarheit erkannte er ein Gesicht aus früheren Erscheinungen wieder, das Gesicht eines alten Mannes, so knorrig, verwittert, zerknittert und zerfurcht, wie ein altes Gesicht nur sein kann, ein häßliches Gesicht, das er, als er es zuerst erblickt hatte, für das eines Teufels gehalten hatte, das aber nun, da es sich ihm aus dem Nebel heraus zuneigte, von recht angenehmer Häßlichkeit zu sein schien. »Ich glaubä, ich habä sie dazu gebracht, für einä Weilä abzulassän«, hatte dieses Gesicht mit bemerkenswert tiefer Stimme und breitem deutschen Akzent zu ihm gesagt. »Wir wollän sehän, was wir tun könnän.«

Ich habe genug, hatte der Bär auf deutsch sagen wollen, aber heraus kam nur irgendeine Variation von Wwwwwwwwww.

»Ich weiß.« Der häßliche Mann klopfte dem Bären auf die Schulter und prüfte, ob dessen Handgelenke sich an den Fesseln wundgescheuert hatten. »Es gibt Hilfe.«

Friedmann.

Als die Maschinen sich zurückzogen und die Betäubungsmittel weitgehend verschwanden, wurde Friedmann deutlicher erkennbar und erwies sich als Freund, lehnte es jedoch ab, Jones zu verständigen. Das geht nicht, sagte er, immer noch zu gefährlich. Aber der Mann ließ ein Feldbett, einen Tisch und einen Stuhl in die benachbarte Zelle schaffen, in die er sich alsdann begab, um sich mit dem Bären durch die Gitterstäbe hindurch zu unterhalten. Es dauerte nicht lange, und der Bär empfand Friedmanns Akzent als schon nicht mehr so deutlich und sein schweres häßliches Gesicht als Landkarte der angenehmsten Gegend, in der zu leben er sich momentan leisten konnte. Seinem Alter Tribut zollend, pflegte der Doktor sich nach längeren Abschnitten ihrer Unterhaltung oder nach einem Mittagssandwich auf den Rücken zu legen, die Hände über dem stattlichen Bauch zu falten und ein röchelndes Nachmittagsschläfchen zu halten, das zu stören der Bär sich sorgsam hütete. Später verbrachte Friedmann auch ein oder zwei Nächte schlafend in der Nachbarzelle.

Passen Sie auf, sagte der Bär zu ihm, daß man Sie nicht eines Tages mit einsperrt.

Ich kenne diese Geschichte, grunzte der gute Doktor, indem er sich den Schädel durch das wirre weiße Haargestrüpp hindurch kratzte.

Sie hatten die Geschichte beide gelesen und verstrickten sich in lange Diskussionen über Tschechow, den sie natürlich beide liebten. Man sollte sich allerdings vorsehen, ihn nicht auf sentimentale Weise zu lieben, stimmten sie überein. Obwohl es den toten Autor nicht überraschen würde, wenn man es täte, so würde es ihm gewiß nicht gefallen.

Ja, ja, dachte der Bär, wie zivilisiert das doch ist. Dennoch war die Unterhaltung für ihn unendlich ermüdend.

Friedmann befand sich mehr oder weniger im Ruhe- und vollkommen im Witwerstand. Um wie viele Jahre er seine Frau schon überlebt hatte, wollte er gar nicht so genau wissen, und seine zwei größeren Herzinfarkte hatten nicht vermocht, sie wieder zusammenzuführen. Er beherrschte ein buntes Gemisch von medizinischen Fachrichtungen, hatte sich aber beruflich als Neurologe und psychologischer Beistand spezialisiert, ein Ausdruck, den er dem gebräuchlichen »Analytiker« und selbstverständlich auch dem unpassenden »Seelenklempner« vorzog.

Der Bär hatte eine Weile gebraucht, um den Verdacht abzuschütteln, daß Friedmann als Scherge der Gefängnisleitung neben ihm eingezogen und sein Name ein bloßer Köder sein könnte, eine Fälschung.

»Ich unterhalte mich gärn mit Ihnen. Ich mag Sie persönlich, und Sie rufen vielen Kindheitsträume und -erinnerungen wach.«

»Natürlich«, sagte der Bär.

»Die Tiere. Ich wollte immär ihr Freund sein.«

»Sicher.«

»Sie waren mir wie – entschuldigen Sie, aber ich habe immär noch etwas Schwierigkeiten mit Ihrer Sprache – wie Brieder.«

»Ja. Andererseits«, sagte der Bär, »und lassen wir mal alle subjektiven Sentimentalitäten beiseite, beschlossen die Ureinwohner von Hokkaido, die beobachtet hatten, daß Bären Winterschlaf halten, daß es cool wäre, einen Bären aus seiner Höhle zu schleifen und ihn zu opfern, damit der Frühling im betreffenden Jahr wiederkehre. Sie pflegten seine Gliedmaßen zu fesseln und ihm die Kehle mit einem geschliffenen Stein durchzuschneiden.«

»Sie möchtän damit etwas über Mythologie aussagän?«

»Ich möchte zu bedenken geben, daß wenn man irgend etwas tut, was auf dieser Welt auch nur ansatzweise aufregend oder ungewöhnlich ist, die Leute einen Weg finden werden, einen deswegen zu ergreifen und zu töten.«

»Ah«, sagte Friedmann und nahm die angedeutete Auszeit. »Es ist freundlich von Ihnän, daß ich mich hier aufhalten darf«, sagte er dann. »Ich habe sonst so wenig zu tun. Die meisten meiner Freunde und Kollegen sind tot, eigentlich alle. Meine Frau ist schon längä gestorbän. Es ist unmöglich, eine intelligente Unterhaltung mit meinen Nachbarn zu führen. Sehen Sie mir ins Gesicht. Wie werde ich sterben?«

Der Bär betrachtete Friedmanns Gesicht eingehend, die schroffen Falten, die Röte, die Masse. »Herzinfarkt«, sagte er. »Vielleicht auch Schlaganfall.«

»Es wird das Härz sein. Ich habe nicht den unbedingten Wunsch, bald zu sterben, aber wenn der nächste kommt, möchte ich, daß es ein großer Schlag ist und daß ich verlösche wie ein Licht.«

Sie schwiegen einen Augenblick, aus Respekt vor dem Tod und seiner Gegenwart in ihnen beiden.

»Apropos Tod«, sagte der Bär, »wie genau ist es denn nun hier um mich bestellt?«

»Was ich hoffä, ist, daß Sie in ein administratives Loch gefallen sind. Verlorengegangene Akten, ein vergeßlicher Computer. Ich kann dabei vielleicht ein wenig nachgeholfän haben. Die *Idioten* hier wußten wirklich nicht, was sie mit Ihnän machen solltän. Vielleicht werden ja irgendwo anders Daten verarbeität. Aber ich glaube, und wir wollen hoffen, daß Sie im großen und ganzän vergessen worden sind. So ist es am besten. Das hier ist im Moment die beste aller Wälten.«

»Yeah, aber haben Monaden Fenster?«

»Interessante Frage. Wollän wir diskutierän?«

»Nein«, sagte der Bär.

Es traf sich aber, daß Friedmann und der Bär das Erlebnis der Musik miteinander teilten, wenn dies auch nicht gleich bei der Unterhaltung zutage trat.

»Wissen Sie was, als ich Sie das erste Mal sah, fand ich, daß Sie aussahen wie der Teufel«, sagte der Bär, nachdem einige Zeit vergangen war, und gab damit unwissentlich das Stichwort.

»Ich weiß, was mein Gesicht für einäs ist«, sagte der Doktor.

»Inzwischen mag ich Ihr Gesicht«, versicherte ihm der Bär.

»Es ist eine richtigä Landkarte, und ein Teufelsgesicht, unbedingt. In meiner Jugend aber war es ziemlich bemerkenswert.«

»Dann waren Sie also damals teuflisch gutaussehend?« sagte der Bär.

»Gutaussehend nicht gerade, aber jedenfalls erfolgreich bei dän Damän. Obwohl, mein Debüt in einer tragenden Rolle an der Oper habe ich tatsächlich als Teufel gegeben. An der Wiener Staatsoper. *Nicht* Volksoper, wohlgemerkt. *Staats.*«

»Ich bin beeindruckt.«

»Die Titelrolle in Boïtos *Mefistofele.* Ich hatte den Monat vorher ein Brustleiden hinter mich gebracht – Pleuritis, eine schleichende Lungenentzündung –, aber mein Arzt hat versichert, daß ich sei gesund und könne singen. Also: ich schritt auf die Bühne in einem langen majestätischen Gewand, endlich in einer tragenden Baßrolle, und fing an, die erste Arie zu singän. Kennen Sie das *Ave Signor; Perdone se il me gergo si lascia un po' da tergo?*«

»Nein.«

»Als ich zum *Il dio piccin della piccina terra* kam«, seine tiefe Stimme schlug dröhnend die Noten an, *»ogar tragligna ed derra e, al pardi guido saltellante, a casa spange fa gli asti al naso,* der kleine Gott der kleinen Welt, verstehen Sie – er drückt seine Verachtung für die Menschheit aus – steckt seine Nase in die Sterne und die Blumen. An dieser Stelle erlitt ich eine starke arterielle Blutung, und das Blut spritzte aus meinäm Mund wie aus einäm Hydranten, genau so. Mitten auf der Bühne! Ein schönes Debüt! Nie zuvor dagewesän, wie ich glaube, und wohl auch nicht wieder erreicht! Von da habe ich nur noch im Chor gesungen. Ich war bereits Student der Medizin, und so entschied sich meine Berufswahl.« Er zuckte die Achseln. »Vielleicht war es besser so. *Poi con tenere fatuita superba fa il su trillo nell 'erba*«, sang er. *»Botioso pulve! Tracotato atóma!«*

»Vielleicht hätten Sie nicht als der Teufel debütieren sollen.«

»Das mag sein.«

»Weil es Ihrer Natur widersprach.«

»Wer kennt wirklich meine Natur, Sie?«

Ob als Arzt oder Teufel in Wien, Friedmann hatte den Sturm kommen sehen – »Jüdisch auf beiden Seiten der Familie, aber assimiliert, total assimiliert, so närrisch waren wir« –, hatte Eltern, Ehefrau, Sohn, Tochter und soviel Silber und Memorabilien, wie man tragen konnte, zusammengesammelt, hatte Schmuck in Mantelfutter eingenäht und den Ozean mit Kurs auf Amerika überquert, eine ganze Weile bevor Hitler und der Krieg über die Welt kamen. Berufsbezogene Unübersichtlichkeiten auf dieser Seite des Wassers und die Größe der zu versorgenden Familie waren für den manchmal etwas bunten Charakter seines Praktizierens verantwortlich. »Ich bin zwei, drei Spezialisten in einem. Eigentlich liegt mein Interesse, obwohl ich zu alt bin, die neuen Disziplinen und Techniken organisch zu integrieren, in der molekularen Neurologie, Gehirnchemie, vor allem im Hinblick auf Aspekte der Evolution. Eine gewisse Reputation besteht, aber zu spät, etwas Grundlegendes auf diesem Feld zu vollbringän.«

»Aha«, sagte der Bär, nunmehr aufgeklärt über die Hintergründe von Friedmanns Anwesenheit, anfangs und jetzt.

»Ja«, sagte der Doktor und neigte sich ihm gespannt zu. »*Also?* Sie sind etwas Besonderes. Haben Sie besondere Kenntnisse?«

»Was genau wollen Sie wissen?«

»Was Sie wissen.«

»Ich bin kein Medizinbär.«

»Dann erzählen Sie mir, was Sie wollän, solange es ehrlich ist. Sie haben gegengreifende Daumän, verlängerte Zehän und Fingerstruktur in den Vordertatzän.«

»Und einen veränderten Gaumen.«

»Ganz zu schweigen von Ihrem Gehirn.«

»Je weniger im Moment von meinem Gehirn die Rede ist, desto besser. Sehen Sie sich an, wohin es mich gebracht hat. Übrigens, wenn mir hier nichts zustößt, dürfte ich auch viel länger leben als die übliche Sorte Bär.«

»Eine menschliche Lebenserwartung?« sagte Friedmann staunend. »So lange?«

»Einige meiner Vorfahren«, sagte der Bär, der die Frage nicht direkt beantworten wollte, »lebten eine ganze Ecke länger, als Sie vielleicht glauben würden.«

Dies schien Friedmann in seltsamer Weise zu berühren. »Sind Sie prophetisch begabt? Wissen Sie etwas über die Zukunft?«

O Gott, dachte der Bär. Die Schwierigkeit der Verständigung zwischen den Disziplinen. »Haben *Sie* alle Geheimnisse *Ihrer* Bauweise geschnallt?« fragte er.

»Nein«, gestand Friedmann.

»Darf ich Ihnen etwas Musik vorspielen?«

»Ich mag keinen Jatz. In der Musik möchte ich Bäche, Berge, blauen Himmel, kein Stadtleben. Davon habe ich schon so zuviel.«

»Das kann ich verstehen. Aber darf ich erst ein bißchen spielen und dann mit Ihnen weiterreden? So als ob ich ein bißchen betrunken wäre. Als ob ich noch immer etwas fühlen würde. Könnte vielleicht was bei rüberkommen, wer weiß.«

Friedmann seufzte schwer.

»Sie könnten mir ja andersartige Fragen stellen«, schlug der Bär vor.

Friedmanns Augen waren plötzlich ganz aufmerksam. »Gibt es ein anderes Leben? Hinterher, meine ich.« Die Frage schien weniger wissenschaftlich als persönlich zu sein.

»Vorher, hinterher, während: ja.«

»Sind Sie da sicher?«

»Ja.«

Friedmann nahm seine Brille ab und wischte sich die Augen mit einem sauberen weißen Taschentuch. »Sie wissen das also aus persönlicher Erfahrung.«

»Was ich erstaunlich finde«, sagte der Bär, der sich entschloß, weniger Vorsicht bei diesem Thema walten zu lassen als sonst, »ist keineswegs die Tatsache, daß es ein überwölbendes transzendentes Reich gibt, sondern daß es bei der Größe und Großzügigkeit des Universums, wie es wirklich ist, eine solche Enge und Einschränkung geben kann wie hier.« Er deutete ringsum auf die Wände und Gitter und die Farbe im beschränkten Licht. »Und die Tatsache, daß ich genug Seelenpein aufgebaut habe, um darin völlig steckenzubleiben, wo es doch alles von oben bis unten Illusion ist – was soll ich sagen, ich bin beschämt. Es ist alles so geschmacklos.«

Friedmann seufzte tief, zuckte kurz die Achseln und ließ dann die Schultern hängen. »Ja, es ist alles sehr schwer«, sagte er.

Der Bär hatte gewußt, daß die Musik eine tote oder jedenfalls anders beseelte Angelegenheit in ihm war, damals, kurz vor der Razzia im Tin Palace, während er die lange Ballade spielte – ein seltsamer, zweischneidiger Augenblick, in dem seine Kreativität gleichzeitig vergrößert und eliminiert zu sein schien, und zwar in einem solchen Maße, daß die Razzia wie ein nachträglicher Einfall gewirkt hatte, wie die grobe Materialisierung eines früheren Ereignisses und nichts weiter. Jetzt, in seiner nur allzu materiellen Zelle und nachdem seine motorischen und geistigen Funktionen nach einer Periode purer Abnormität mehr oder weniger wieder hergestellt waren, jetzt wußte er nicht mehr, was die Musik ihm noch bedeutete. Sobald die Nebel und Spinngewebe aus seinem Bewußtsein weggeräumt waren – obwohl sich nebenher immer mal wieder ein Drogennebel, ein Schleier, einstellte: Sie mischten noch immer irgend etwas in sein unzureichendes Essen –, betätigte er die Klappen seines Saxophons und beugte sich, auf der Kante seines eisernen Bettgestells sitzend, über sein Instrument. Tonleitern, ein paar vorbereitende Manöver und einige Besorgnis wegen des knappen Vorrats an Rohrblättern und kleinerer Schäden am Instrument, und dann, aus einem Gefühl für das ironisch Passende heraus, das Hauptstück von Birds »Relaxin' at Camarillo«, Buds »Un Poco Loco« und schließlich, obwohl er sich nicht mehr an alle darin enthaltenen Brüche erinnern konnte, Mingus' frenetisches »Lock 'em Up«, auch bekannt als »Hellview of Bellvue«. In Wirklichkeit hatte er nicht viel Lust zum Spielen. In Wirklichkeit fühlte er sich wie ein Eindringling auf diesem Terrain oder wie ein Imitator seiner selbst, jemand, der die Bewegungen und Geräusche machte, die er vielleicht machen würde, wenn er noch lebendig wäre und verliebt in diesen Ort seiner Manifestation und die Musik, die hier aus ihrer Latenz zu locken wäre.

Anderes Repertoire: Lady Sings the Blues. Nutty. Justice. Evidence. Criss Cross. Moanin'. Fables of Faubus. Alabama. A Question of Sanity. I Thought I heard Buddy Bolden Say. Hellbound on My Trail. How Much Is That Doggie in the Window. Que Sera Sera. Kryptonite. Doxy. Lush Life. Glass Enclosure. So what.

Es wäre, selbst wenn er die richtige Lust dazu gehabt hätte, schwer gewesen, hier zu spielen. Es war feucht hier drinnen, sein einziges Rohrblatt war so ziemlich hinüber – die ausgefransten Ränder fühlten sich auf der Zunge furchtbar an –, er hatte kein Tuch, um das Instrument zu reinigen, einige der Klappen hatten keine Spannung mehr – wahrscheinlich waren die Federn am Rosten –, und einer der Hebel war verbogen worden, als sie ihm das Instrument in den Polizeiwagen hinterhergeschmissen hatten.

Während er sich in den Tagen, die zu zählen er sich nicht die Mühe machte, näher damit befaßte, in den Tagen, in denen sich ihm mitunter das Gefühl aufdrängen wollte, daß Friedmann und der langsam Konturen annehmende freundliche Wärter Tim unter Umständen destruktiver auf ihn wirkten als ein normaler Folterknecht – denn von einem toten Schaf vergewaltigt zu werden, oder auch zweien, das beraubt einen sogar der Würde einer anständigen wutschäumenden Reaktion –, und während er also dasjenige in sich zu finden begann, welches vor langer Zeit die Musik ergriffen und gelernt hatte, diese zu einem Instrument seines geheimen Ichs zu formen, da wollte ihm manchmal scheinen, als sei das, was an ihm monströs war in dieser Welt oder irgendeiner anderen, nicht seine beträchtliche Bärengestalt oder seine unratsame Sprachbefähigung, sondern dieses offenkundige musikalische Talent, dieses machtvolle Rüstzeug, das er stets höher geschätzt hatte als all sein anderes Vermögen. Diese schöne Zweckdienlichkeit, die nachvollziehbare Gestalten von Klang aus sich entließ und das noch nicht Verzeichnete im Meer der Zeit voraussah, die Formen bilden konnte, welche sich in die dunklen Unwägbarkeiten dieser Zukunft hinein entfalteten und sie somit erleuchteten – sie war ihm nunmehr ein Greuel. Monströs, um das rechte Wort zu gebrauchen. Der Stoßrichtung dieser Wahrnehmung folgend, kam er logischerweise zu dem Schluß, daß er eben doch in irgendeine Art von Gefängnis gehörte.

Der Bär kehrte sich nach innen, fiel wie ein Stein im Brunnen seiner selbst in die dunkle Tiefe: kein Geräusch zu hören – hatte das Wasser wohl noch nicht erreicht. Auch prallte er nicht zwischen den Wänden hin und her. Schnurgerade nach unten also, ins mutterhaft Dunkle, wie er hoffte, mit auf der Wasseroberfläche sich spiegelnden Sternen. All seine bisherigen Einsamkeiten waren Masken dieser jetzigen, viel tiefer gehenden gewesen. Entweder war dies eine schaurige, aber urtümliche Neudurchdringung seines Ichs, aus der schließlich eine Erneuerung erwachsen mochte, oder es war die banalste und sinnloseste Solonummer, die äußere Umstände und innere Fehlsicht ihm schlechterdings entringen konnten. Es war unmöglich zu entscheiden, aber er machte sich nichtsdestoweniger an den Abstieg, auf Deubel komm raus.

Wenn dies weiter nichts als Emotion ist, dachte der Bär, dann scheiß drauf. Depressionen bringen einen nicht weiter. Was ich mir wünsche, ist Beseitigung, Auslöschung, Tod.

Im weiteren Hinabsteigen entdeckte er seinen eigenen Geruch wieder, und er mochte ihn gar nicht, er fand ihn ekelig und unvertraut. Stürze also hinab, und zensiere nicht, was du im Trüben ausmachen kannst. Die Musikkiste: Ihm gefiel der versessene Ausdruck in ihren Augen nicht, und er spürte, wie die Gier in ihrem Herzen Wahn und Ehrgeiz produzierte. Sie verschloß die Augen vor allem, was ihr nicht diente – Jones, Iris, was immer und wer immer in dieser keuchenden Welt nicht ihren Magen stopfte, ohne Ausnahme. Die Musikbestie nährte sich, so schien es ihm, von einem kräftigen Eintopf aus Verleugnung und jeglichem örtlichen Grünzeug, das aus seiner Verwurzelung gerissen und im Ganzen verschlungen werden konnte. Sie schlug ihr Zelt auf einem einzigen kleinen Feld auf und betrachtete die ganze übrige Landschaft der großen weiten Welt als sinnlose Verschwendung. Dem groben Aussehen der Leinwand, den im Umkreis angebrachten Befestigungen und den um das Feuer Wache stehenden Gestalten nach zu urteilen, hatte sie das Zelt zu Kriegszwecken aufgeschlagen. Also: sein schönes Talent war im Kern ein häßlich Ding, und traf es auf urtümliche Schönheit auf seinem wilden Marsche, so befleckte es jede noch vorhandene Spur mit seiner eigenen Schmiere, trat die Musik in den Schmutz und marschierte weiter, so hungrig und zerstörerisch wie zuvor.

Des Bären Selbstekel wurde an diesem Punkt seiner Betrachtung so stark, daß er sich ermahnen mußte, den Musiker nicht zu töten, sondern ihn nur zurechtzustutzen, falls das noch irgend möglich war, und ihn durch Verfeinerung so weit dem Heiligen wieder anzunähern, wie es die Umstände erlaubten und es dem

Tag Genüge tat. Wenn möglich, etwas in ihm zu finden, das sich nicht in die Travestie eines Ichs hüllen würde, etwas, das man mit einem Namen belegen konnte.

Zuviel beschissener Pelz, sagte er sich.

Hab mich darin verloren. Ich bin es doch.

Verkerkert.

Er entflieht, von einem Bären verfolgt.

Nicht nur hatte er keine richtige Lust, Musik zu machen, ihm war auch nicht allzusehr danach, Musik zu *hören*. Ganz bestimmt keinen Jazz, ganz bestimmt nichts, was er durch seine Berührung verdorben hatte. Mozart vielleicht. Mit dem Engel Mozart anfangen und dann nach einer Weile sehen, was es noch gibt, das lebendig und unkorrumpiert scheint.

Friedmann natürlich liebte Mozart. »Ich könnte Ihnen einen Walkman mitbringen«, sagte er. »Und Kassetten.«

»Kopfhörer müssen praktisch kaputtgemacht werden, um auf meinen Kopf zu passen, und die meisten tun meinen Ohren weh, richten wahrscheinlich Schäden im Innenohr an. Hätten Sie aber vielleicht ein Radio?«

»Gute Idee, ich besorge eins.«

Es war ein schwarzes Plastikteil, das allerdings in Friedmanns Zelle bleiben mußte, wegen der Vorschriften, und meistens benutzte der Bär es nur, um die Nachrichten zu hören: Details über die Welt, denen er bislang nicht viel Aufmerksamkeit geschenkt hatte, in der Annahme, daß er, wenn er sie, die Welt, im allgemeinen kenne, sie schon ausreichend kenne. Gar nicht wahr.

Als er dann doch Lust bekam, ein bißchen auf dem Saxophon zu dudeln, ging es ihm vornehmlich darum, die Architektur bestimmter Akkordwechsel zu erforschen – sozusagen die Kapitäle und Kranzgewinde der Struktur zu begutachten –, und auch das überraschte ihn. Obwohl er sich in den Fluren der modernen Harmonie ganz gut auskannte, war der Bär immer ein im Grunde melodisch orientierter Musiker gewesen, der sein harmonisches Material gern so einfach hielt, daß er es sich bei Bedarf aus dem Weg schaffen konnte: Er schätzte die Aussicht auf ein freies Feld. Er hatte sich stets irgendwo in der Mitte zwischen Jackie McLean und Ornette Coleman gesehen: sein knallharter Ton näher bei Jackie –

obwohl er in seiner Intonation niemals Jackies Markenzeichen der bittersüßen, um eine Winzigkeit erniedrigten Noten übernommen hatte –, sein Sinn für Hingabe und freie Wahl eher bei Ornette. Manchmal ergriff ihn aber auch eine Wut auf alles, was nicht das Absolute war, und seine Musik schrie dann ihr Sehnen mit einer Hingabe heraus, die der von Coltrane ähneln mußte, die aber, wie er schließlich begriff, das einzige darstellte, was wirklich sein eigen war; und der Bär folgte dieser Hingabe oder Raserei in langen Phrasen durch die Aufschwünge und Windungen ihrer inneren Gesetze: Jede Note, die er spielte, setzte einen neuen Pflasterstein auf einen Weg, der immer neuen Theophanien zustrebte, dem Formen entstiegen wie gebetsvolle Annäherungen, welche das Absolute gnädig, wenn auch vorübergehend, zu bewohnen sich bereitfand, und dann hinwegstürzten als brennende Schalen vor aufeinanderfolgenden Offenbarungen und, abschließend, epistemologischem Feuer.

Alles dies schien ihm im Moment doch weit entfernt. Er war nicht in der Verfassung, die Welt oder ihre Säulen zu erschüttern oder auch nur die profanste ihrer Streichholzschachteln zu entzünden, geschweige denn irgendeine absolut elementare Flamme jenseits von Tod und Leben ephemerer Formen auszumachen. Und so klaubte er sich jetzt durch alte Akkordfolgen, wie durch einen Haufen Knochen, den er nach eßbaren Fleischresten absuchte. »Stablemates«. »Lotus Blossom«. »Blood Count«. Gab es eigentlich irgend etwas, das Billy Strayhorn noch nicht gesagt hatte? »All the Things You Ain't«. »Reincarnation of a Lovebird« sparte er sich für später auf. Und fast kam es ihm so vor, im Halbdämmer seiner Betrachtung, als würde der reguläre Durchlauf des harmonischen Zyklus jedes beliebigen Liedes – den er immer für einen ermüdenden Holzweg gehalten hatte, wo doch die freie gerade Strecke nur darauf wartete, beschritten zu werden – die Chance des Geistes darstellen, sich an weltliche Gegebenheiten anzupassen und von ihnen zu lernen. Eine demütigende Angelegenheit, sicherlich, aber vielleicht notwendig, wenn die Aufgabe, hier unten zu leben, zur Gänze erfüllt werden sollte. Jedenfalls würde man ihm jetzt kaum noch nachsagen können, er habe diese Welt und ihre Gegebenheiten gemieden.

Dies hier war ein Gefängnis, befand er, das er während des langen Zögerns vor seinem Eintritt ins öffentliche Musikleben Stein für Stein selbst gebaut hatte – o ja, und auch schon davor –, kurz gesagt, durch ein paar hundert Fehler der Wahrnehmung, der Beurteilung und des Geschmacks; die ewigen Bedenken, das ewige Verzagen – dies ist ein Gefängnis eigener Konstruktion, immer neu errichtet in den verborgenen Werkstätten einer Angst. Hab ich wirklich unter all den verfügbaren Bildern dieses ausgewählt? Was wäre die Alternative? Soll ich eine rote Gumminase und einen komischen Hut aufsetzen? Der Bär warf einen überdrüssigen Blick auf die Wände und Ecken seiner Zelle.

Was er immer am wenigsten an sich selbst gemocht hatte, das war die Angst im Rücken seines Daseins. Kein Zweifel, daß sie es war, und nur sie allein, die ihn in die Materialität des Knastes hinein fehlgeleitet hatte. Wo aber war der Tropfen Salböl, der ihn erretten könnte?

Es war ungefähr an diesem Punkt seines Wegs nach unten, daß der Bär seinem Eindruck nach einen guten, mönchischen, *via-negativa*-Gebrauch von der Zelle, in die die Umstände ihn gebannt hatten, zu machen begann und dieses Abbruchunternehmen von einem Winter in etwas wenigstens potentiell Erneuerndes verwandelte. Aber nur zu denken, daß ihm etwas gelänge, daß er irgend etwas zustande brächte, hieße, diesen Prozeß abzuwürgen, sofern von einem Prozeß überhaupt die Rede sein konnte. Auf Fortschritt auch nur zu hoffen, das ließ vor seinem Auge die monströse, ichversessene Gestalt seiner selbst sich erheben, die zu fliehen oder regelrecht zu morden jetzt nötiger denn je erschien, wenn er richtige Freiheit finden wollte.

Der Bär hatte nie etwas für Winterschlaf übrig gehabt, hatte ihn als überkommenen alten Hut – Prä-Bop gewissermaßen – abgetan, aber im Moment war es etwas ganz Ähnliches, nur sehr viel Innerlicheres und Gefährlicheres, das ihm den einzig verfügbaren kleinen Zufluchtsort in Aussicht stellte, und da die Wahlmöglichkeiten begrenzt waren, begab er sich weiter hinein, oder hinunter, wie auch immer.

Was ihm zudem noch hinsichtlich seines Abstiegs mißfiel, war die Tatsache, daß das Licht Iris' unmittelbar vorher auf ihn geschienen hatte, als wäre es der Vorbote gewesen und die Liebe das, was die Welt ihm – der natürlich eine Maske trug – am meisten vorenthielt; daß es in seiner gegenwärtigen Zelle die Kathedrale der Liebe war, die sich bedrohlich über dem Abgrund seines Exils erhob. Laß die Liebe wirklich werden, und schon sammeln sich die Gefängnisschatten, nehmen Gestalt an, und ich sitze hier, gefangen in einer Abwesenheit, die ich selbst provoziert habe.

Ist es also so bestellt?

Der Bär wußte es nicht, aber die Anzeichen mißfielen ihm sehr.

Und die Musik, einst sein ganzer Halt im Leben, mausetot und sichtbar verwesend auf dem Betonboden seiner Zelle.

Eines Tages dann geschah es oder geschah vielleicht: das, worauf er gewartet hatte, oder vielleicht das, worauf er gewartet hatte – das war im Dunkeln schwer zu entscheiden. Auf jeden Fall gab irgend etwas in ihm nach, und er begann zu sterben. Soll heißen, das Wesen, als das er sich in seinem Körper immer gefühlt hatte, diese Energie, diese Identität, sackte langsam, aber endgültig in ihm weg. Er konnte zwar praktisch hinfassen und es fühlen, aber er konnte es nicht zurück ans Tageslicht reißen oder auch nur an der Schulter rütteln. Es verschwand, es sickerte aus ihm heraus in die Erde. Oder vielleicht in die Erde, er wußte eigentlich nicht genau, wohin es wollte. Irgendwohin und weg.

So saß er also auf seiner Bettkante und fühlte das Leben aus sich herauslaufen, empfand aber keinen Schmerz. Zermürbend war es aber schon. Es war schon zweimal zuvor mit ihm geschehen, als er noch ein sanftmütiger, phantasievoller Jungbär war, von toleranterem Gemüt, und selbst da war es entnervend gewesen. Jetzt, in dieser Zelle und ohne Trost oder Unterstützung von außen, war es noch schlimmer, dieses Absterben dessen, was die Menschenwelt so gern als Lebensgeister bezeichnete. Man wußte nie, wieviel man verlor, oder was man, wenn überhaupt, dafür zurückbekam. Diesmal dauerte es drei Tage, und in dieser Zeit hatte der Bär wenig Lust, etwas zu tun oder gar etwas zu sagen. Zum Glück war Friedmann gerade nicht anwesend. Wenn der Doc dagewesen wäre, hätte der Bär ja wohl mit ihm reden müssen. Der Prozeß wäre trotzdem weitergelaufen, aber es war schon besser, nicht reden zu müssen.

Als das innere Dahinsterben des Bären am Nachmittag des dritten Tages seine letzte verklingende Kadenz spielte und der Bär wußte, daß es vorbei war, da lauschte er, da sandte er seine feinsten Sinnesemissäre aus, zu erkunden, welch neues Licht ihm leuchten mochte. Wenn die früheren Versionen dieses kleinen Todes mit ihm fertig gewesen waren, dann waren immer ungeahnte Fähigkeiten in ihm freigesetzt worden. Vorheriger Einengung und Ahnungslosigkeit entkommen, waren sie ermächtigt und vergrößert worden. Diese Gaben und deren anschließendes Zelebrieren waren letzten Endes sein ganzer Besitz gewesen; sie hatten seine Musik belebt und letztlich auch ihn. Ohne das – *niente.* Wobei letzteres anscheinend das war, was ihm nunmehr verblieb.

Der Bär lauschte. Der Bär spannte seine Sinne soweit in die belebte Welt hinaus, wie er konnte, und keine neue Resonanz kehrte zu ihm zurück; er witterte keine frische Luft, nahm kein neu geprägtes Licht wahr. Und wenn er in die Tiefen seiner selbst spähte, war dort noch immer alles dunkel und still.

Der Bär saß auf der Bettkante und dachte: Hm. Innerer Tod und keine Auferstehung. Die Welt war leer und öd, der Knast verlassen.

Der Abend brach heran.

Hm, dachte er, und saß noch immer da, regungslos, es sei denn, um sich an der Nase oder an den Eiern zu kratzen.

Und das ist also die Welt heute abend.

Aus, wenn auch noch nicht ganz vorbei.

Der Bär legte sich auf das Bett und dachte an Musik. Auch keine Hilfe.

Einen Auswege gab es. Der Bär, nicht dumm, nahm ihn. Und schlief.

»Ich glaube, Sie sind vielleicht zu streng mit sich«, sagte Friedmann, dem er ein paar Tage danach lediglich seine Zweifel bezüglich der Musik anvertraut hatte. Die weitergehenden metaphysischen Anfechtungen waren natürlich unaussprechbar, und der Name Iris würde an diesem Ort nicht über seine Lippen kommen, obwohl er sich durchaus fragte, ob er so selten an sie dachte, um nicht verrückt zu werden, oder weil er inzwischen so selbstversunken war, daß selbst sie nicht mehr richtig zählte. »Es schmeckt dies verdächtig nach introjizierter Quälerei.«

»Glauben Sie?« sagte der Bär, lehnte sich mit dem Rücken gegen die Gitterstäbe und lauschte der sinnlos dunklen Stimme des Doktors, dessen Akzent er kaum noch wahrnahm.

»Es ist bei Künstlern nur natürlich, daß es bei ihnen eine gewisse Tyrannei des Ichs gibt. Selbst Tschechow wollte seine Schwester nicht heiraten lassen. Sie sollte ihn von wegen der Tuberkulose pflegen. Tyrannen, Monstren alle miteinander, daher normal und entschuldbar.«

»Das sagen Sie nur, weil sie den Teufel gespielt und verloren haben.«

»Irrelevant«, sagte Friedmann. »Sie leiden an übertriebenem Perfektionismus und haben begonnen, sich aus Gründen, die völlig normal sind, als Monstrum zu betrachten.«

»Sehen Sie mich an, alter Mann. Was ist normal an mir? Was für Geschichten erfinden Sie denn da? Was für abgedroschenes Stroh wollen Sie mir in den Kopf stopfen? Ich hab langsam die Nase voll von unseren interessanten kleinen Unterhaltungen.«

»Normaler Widerstand.« Friedmann klopfte seine Pfeife an der Tischkante aus und griff nach seinem Beutel, ganz Analytiker jetzt. Es war ihm abträglich, fand der Bär.

»Helfen Sie mir, hier rauszukommen, oder gehen Sie.«

»Im Augenblick«, erklärte Friedmann, »Sind Sie ein Verwaltungsfehler, eine vergessene Angelegenheit, und ich finde, das ist nur zu Ihrem Besten. Wissen Sie, was Ihnen gewunken hatte? Falls Sie bei der Behandlung sterben würden? Ein namenloses Grab, wie bei Mozart. Falls Sie nur Schaden genommen hätten und man nicht beschlossen hätte, Sie zu töten, dann eben Leukotomie und ein Käfig im Zoo. All das ist immer noch möglich. Sie leben noch die beste Alternative.«

»Ich Glückspilz.«

»Denkän Sie drüber nach. Lassen Sie's ein bißchen sacken.«

»Ich bin schon genug abgesackt.«

War er das wirklich? Vielleicht hatte er den Tiefpunkt noch gar nicht erreicht. Wer wußte das schon? Überflüssig auf jeden Fall, jetzt den Mund darüber aufzureißen. Wo er so tief in Unvermögen und Stille gesunken war und sich darin eingerichtet hatte. Wwww. Erkannte er noch immer die Autorität dessen an, was ihn hierhergeschickt hatte, oder war er womöglich am Ende?

Noch nicht, sagte ihm eine innere Stimme.

Was verstehst du denn davon, erwiderte er.

Stille, dann noch mehr Dunkelheit. Er legte sich darin schlafen.

»Wie wär's mit 'nem Stück Dorsch, Schorsch?«

Holla, das war Tim, am anderen Morgen, und er hatte ein paar Plastikeinkaufstüten dabei, die nach Fisch rochen, welcher nicht gänzlich frisch war.

Der Bär wurde nur langsam wach. Von Jones geträumt letzte Nacht. Jones, *dio piccin della piccina terra,* hatte Federn getragen und mit den Armen geschlagen. Licht hatte geblinkt, und Jones hatte gesungen, und zwar, zur großen Überraschung des Bären, richtig gesungen. Es war also ein glücklicher Traum. Wie kam es aber, daß der Haupteindruck des Bären der gewesen war, daß Jones seine Hilfe brauchte, und zwar dringend? Wie kam es außerdem, daß es im Entschwinden des Traums Iris gewesen war, die ganz allein vor seinem Auge gestanden hatte, ruhig und selbstbewußt in ihrem eigenen zarten Licht? Denk nicht an sie. Es zerreißt dir sonst das Herz. Zuviel Schönheit. Zuviel Hoffnung und zuviel von dieser Hoffnung fragwürdig. »Gib mir noch eine Minute«, sagte er zu Tim.

»He, hier komm ich«, sagte der große, freundliche Wärter, »schwerbeladen mit Fisch und Obst, und du fängst gleich an rumzunölen.«

»Die betäuben mich noch immer«, erinnerte der Bär seinen Wärter. »Mein Kopf funktioniert nicht richtig. Eine Minute. 'ne Sekunde. Bin gleich da. Lauf nicht weg.«

»Wass?« grollte Friedmanns Stimme nebenan aus herzhaftem Schlaf herauf. Anscheinend war er wieder über Nacht geblieben. Jedenfalls schnaubte und schnaufte er sich wach, blies sich die Nase frei, fuhrwerkte wütend mit einem Finger in einem Ohr herum.

Der Bär dachte: Welt zu schwer, Gehirn kann sie nicht mehr stemmen. Er war schon einmal gegen Morgengrauen aufgewacht. Hatte den schrägen Einfall des Dämmerlichts registriert, war wieder eingeschlafen. Danach war es, daß er von Jones geträumt hatte, oder war's davor gewesen, in der Nacht? Bär wußt es nicht. Tims Fisch roch, aber wie roch er, gut? Schlecht? Es wurde irgendwie schwieriger, das zu entscheiden. Seine Augen vermerkten ein feines Auffrischen im verfügbaren Tageslicht. »Ist es Frühling da draußen?«

»Auf dem Papier schon seit ein paar Wochen«, sagte Tim, »aber erst jetzt, wo sich das Wetter verändert, kann man's auch fühlen.«

»Das Tageslicht sieht anders aus.«

»Ist einer von den klaren da draußen, yeah, und 'ne Art Milde in der Luft, jetzt wo du's sagst.«

»Mein Kopf«, war Friedmanns Stimme zu hören, die immer noch belegt klang.

Der Bär richtete sich auf der Bettkante auf und kratzte sich am Sack. »Der Fisch da, ich weiß ja nicht, Tim, ich würde lieber mit einem Apfel anfangen. Haste welche mitgebracht?«

»Scheißt der Papst in den Wald?«

Die Augen beim Gähnen fest zusammengekniffen, vernahm der Bär ein Rascheln von Plastiktüten. Dann flog ihm frischer, knackiger Obstgeruch entgegen. O Mann.

»Braeburn«, sagte Tim, »und nicht übel. Hab selbst schon ein paar gegessen.« Tim fing damit an, kleine Äpfel, einen nach dem anderen, durch die Gitterstäbe zu stecken. Sie landeten, plopp plopp plopp auf den Decken, die am Fußende des Betts lagen. »Hau rein.«

»Ich überschlag mich gleich.«

»Welchär Wochäntag?« Friedmann setzte sich auf, fuhr durch die vereinzelten weißen Drahthaare und tastete auf dem Tisch nach seiner Brille.

»Der gleiche wie immer«, sagte der Bär. Er nahm einen Apfel, drehte ihn in den Pfoten, bewunderte die Röte, auf der Seite , wo der Baum nach Süden gezeigt haben mußte, dachte an die Winde, die den Apfel gekühlt haben mußten, wiegte ihn und stopfte ihn dann in einem Stück in den Mund. Der Saft lief, er zerkaute den Apfel und schluckte ihn herunter. »O Mann, die sind gut.« Er streckte zwei weitere in den Mund und kaute, wobei er Saft und Schaum aus den Mundwinkeln tropfen ließ. Überfluß. Süßigkeit. Welt ohne Ende.

»Du ißt sie mit Gehäuse und allem?« Tim wiegte anerkennend seinen großen Kopf.

»Mach alle Erfahrungen im Leben, die du machen kannst, ist mein Motto«, teilte der Bär ihm mit. »Was sollte ich sonst in diesem gottverlassenen Knast tun? Den großen Kreis abschreiten. Das untere Reich pflügen. Selber zerpflügt werden. Immer schön bitte und danke sagen. Hast du noch mehr Äpfel in der Tasche da?«

»Was ist mit dem Fisch?«

»Riecht ein bißchen komisch. Nicht ganz schlecht, nur komisch, aber die Äpfel – ich fühle geradezu, wie die Vitamine mich durchströmen. Ist dir schon mal aufgefallen, Tim, wie schön Obst ist, das an der frischen Luft in den Zweigen hängt, wo man es sich nur zu nehmen braucht?«

»Menschen arbeiten, um es anzubauen, und für gewöhnlich kauf ich es im Geschäft, wo die Leute auch arbeiten müssen, aber ja klar, ich weiß, was du meinst.«

»Gönnen wir uns also den Rest. Mich dürstet plötzlich nach Obst. Morgen, Doc«, sagte der Bär zu Friedmann, während Tim die restlichen Äpfel durch die Gitterstäbe bugsierte. »Wenn Äpfel über den Regenbogen gehen«, fragte der Bär den Doktor, »warum kann ich es dann nicht? Können Sie mir das sagen? Art Pepper war der einzige, der je etwas aus diesen Akkordwechseln gemacht hat.«

»Sie sprechen in Rätseln«, sagte Friedmann.

»Das ist so meine Art.« Er nahm noch einen Apfel und machte ihn rasch zu Brei, dann ließ er ihn die Speiseröhre hinunterflutschen. »He, ihr beiden.«

»Was«, sagten sie mehr oder weniger unisono. An diesem Ensemblescheiß müssen wir wohl noch arbeiten, um es richtig hinzukriegen.

»Wie wär's, wenn ihr heute eure vier Eier zusammenwerft und den Schlüssel umdreht? Von da an übernehme ich, mit der Artillerie hinten im Flur werde ich allein fertig, oder die halt mit mir. Habt ihr den Wechsel der Jahreszeiten nicht bemerkt? Ich weiß, ich führ mich ein bißchen manisch auf, aber mein Blut ist in Wallung, die Säfte fließen. Wie fändet ihr das?«

»He, Mann«, sagte Tim, »das hatten wir doch schon.«

»He, mitfühlende Seele«, erwiderte der Bär, »worauf wartest du, auf den Engel Moroni, auf daß er herabsteige und mit dir persönlich rede?«

Tim griff in seine Uniformjacke und zog eine Taschenuhr hervor, die an einer Kette hing. »Ich warte darauf, daß diese silberne Uhr sich in eine goldene verwandelt. Ich habe eine Frau zu Hause, die wahrscheinlich noch eine zweite Nierenoperation braucht, und zwei Töchter, die aufs College gehen wollen.«

»Gib den Fisch her, du nutzloser Motherfucker.«

Tim sah sich flehentlich nach Friedmann um. »Können Sie's ihm bitte noch mal erklären? Wir können dich hier nicht rauslassen, selbst wenn wir deine einzigen Freunde sind.«

»Was ihr aber nicht seid«, sagte der Bär, um das richtigzustellen.

»Da ist noch ein Apfel, den Sie nicht gegessän haben.« Friedmann hielt seinen Blick auf ein Stück braune Armeedecke gerichtet. »Wenn Sie nichts dagegen haben, nur um mir den schlechten Geschmack im Mund zu vertreiben.«

»Selbstverständlich«, sagte der Bär und reichte ihm den Apfel. »Überdecken Sie unbedingt den unangenehmen Geruch innerer Fäule, Willensschwäche, verdächtiger Gesinnung. Tim, der Fisch. Hatte ich dich nicht gebeten, mir einen ganzen zu besorgen?«

Tim hielt das lange weiße Dorschfilet hoch. »Das ist alles, was ich kriegen konnte, okay?«

»Die Geschichte deines Lebens. Gib her.«

Tim reichte es geschmeidig durch die Gitterstäbe, wobei er eine Grimasse schnitt. »Was ist heute in dich gefahren?« fragte er.

»Ich bin heute in mich gefahren. Und nun wird dieses feine, wenn auch etwas fragwürdig riechende Stück Filet in mich fahren. Achtet auf das Ergebnis.« Er biß geräuschvoll vom dicken Ende des Filets ab, das seiner Schätzung nach insgesamt fünf bis sechs Pfund wog, zwar nicht verdorben war, aber doch auch nicht so frisch, wie er es gern gehabt hätte. Herrgott, dachte er und setzte zum nächsten großen Bissen an, vor ein paar Tagen noch war es ein nicht mehr als normal unschuldiges, die Tiefen durchstreifendes Geschöpf gewesen. Er schluckte den Bissen hinunter. *Du* hast auch andere gegessen. Wie es eben zugeht hier unten.

»Wie war er?« fragte Tim. »Gut?«

»Paß auf.« Der Bär erhob sich. Er stieß seine Schnauze durch die Gitterstäbe, fixierte Tim mit einem Blick zwischen die Augen, krampfte seinen Magen zusammen und begann sich zu übergeben.

»Jesses!« Tim sprang rückwärts, konnte aber nicht ganz vermeiden, getroffen zu werden.

»Wie ein Hydrant«, sagte der Bär und spürte, wie sich sein Leben in ihm herumdrehte: Das hier war nicht allein ein Aufstand seines Magens gegen gegebene Umstände oder heiklen Fisch, sondern eine Umkehrung – wie ein Regenschirm, der vom Wind von innen nach außen gekehrt wird – seiner früheren Selbstbilder, die allesamt Götzenbilder gewesen waren, unabhängig von ihrer jeweiligen Ästhetik und Geometrie. Er drehte sich zu Friedmann um, überlegte es sich dann aber anders, drehte sich zurück und entleerte den Rest in die deckellose Toilette. Als er den Kopf wieder hob, bemerkte er, daß Friedmann ihn so entsetzt ansah, als wäre er tatsächlich auf ihn losgegangen. Intelligenter Mann, dachte der Bär, einer, der das Buch der Dinge auch in der kurzen Version lesen kann. »Ich glaube, ich habe mich einwandfrei ausgedrückt«, sagte der Bär zu ihm.

Friedmann nickte, und Tim wirkte verständlicherweise empört, aber der Bär konnte erkennen, daß es noch eines weiteren Tropfens bedurfte, um das Faß seiner Gefangenschaft zum Überlaufen zu bringen. Es würde heute keine großen Neuigkeiten geben.

Friedmanns Gesicht hatte ein ungesundes Rot angenommen und begann wie ein gestörtes Videobild zu flackern.

»Moment mal«, sagte der Bär, »das wäre billig, mich jetzt mit Ihrem angekündigten Scheißherzinfarkt auszustechen«, und seine Wahrnehmung schien sich mit einemmal in drei Teile zu spalten. In der ersten Version griff Friedmann sich an die Brust und taumelte, von einem Herzanfall gebeutelt, auf sein Bett zu; es folgte ein recht sentimental gehaltenes Tableau vom Sterben des Doktors, in dem dieser die Pfote des Bären hielt, krampfartig keuchte und abwechselnd letzte Wünsche, Kindheitserinnerungen und Worte über seine Frau äußerte, während der Bär versprach, ihn durch die Schleier hindurch zu seiner geeignetsten, angemessensten Heimstatt zu geleiten. Im zweiten, schon etwas plausibleren Segment wahrnehmbarer Ereignisse ging das Leben nach dem Ausbruch des Bären großenteils so weiter wie seit Monaten schon: Tim wischte mit wenig Erfolg an seiner beschmutzten Kleidung herum und ließ sich über den durch Kakerlaken verseuchten Personalwaschraum und den stinkenden Haushaltsschwamm aus, der Doktor gab wenig überzeugende Trostgeräusche von sich, und der Bär fügte sich der ungerechten Gewalt seines fortgesetzten Gewahrsams. In der dritten Version aber – und der Bär war wirklich kaum imstande zu bestimmen, welche der drei tatsächlich statthatte – stürmte er nicht nur das Gitter, um Tim zu ergreifen und ihm die mörderische Pranke an dessen falsche Kehle zu legen, sondern im zweideutigen Tageslicht, das durch die Fenstergitter drang, konnte der Bär auch sämtliche Konsequenzen seiner versuchten Gewalttat beobachten: andere Wärter, die mit Artillerie ausgerüstet durch den Flur stürmten, der verderbliche Stich des Betäubungspfeils, der vernichtende Hieb des Schlagstocks und wieder einmal ein Abstürzen in die ausschweifende, falsche Art von Dunkelheit und am Ende vielleicht als Bestrafung der schiere Tod.

In dieser Überfülle der Bilder fiel dem Bären nicht viel mehr zu fragen ein als: Angesichts solch reichhaltiger Travestie, die in keiner Weise seine eigene noch irgendeine andere Realität ausdrückte, lohnte es sich da überhaupt, in irgendein Ich gekleidet aufzuwachen, wenn man es auf diese Weise angehen mußte, an einem schönen Frühlingsmorgen in dieser Welt oder einer beliebigen anderen? War ein solches Projekt den ganzen Aufstand wert? Und was war überhaupt, wenn es denn eins gab, das Anliegen?

3

»Roger, ich habe es dir doch schon einmal gesagt«, sprach Iris zu ihrem Supervisor, der vormals ein Kollege auf gleicher Ebene gewesen war. »Ich kann die Datenabgleichung nicht heute nachmittag machen, aber ich bin absolut bereit, heut abend lange aufzubleiben und die Arbeit zu Hause zu machen, damit ich sie morgen mitbringen kann.«

Roger räusperte sich und saß mit zunehmend männlich vereinnahmender Haltung auf ihrer Schreibtischkante. »Weil du einen kranken Freund besuchen mußt.«

»Richtig«, sagte Iris, »und ich kann die Arbeit morgen früh mitbringen oder, wenn dir das lieber ist, zur Database mailen, wenn ich heute abend fertig bin, damit du nach deinem morgendlichen Jogging gleich Zugriff darauf hast. Das wäre so um sieben Uhr, oder?«

Roger der Jogger nahm seine Brille ab, kniff sich in den Nasenrücken, um frustrierte Geduld zu demonstrieren und neigte sich ihr über den Schreibtisch zu. Mit dem leicht geröteten Gesicht und der herablassenden Glut in seinen Augen erinnerte er Iris an ihren Exmann Herb. Vielleicht übertrieb sie aber auch, brachte womöglich zwei auf völlig verschiedene Weise beutegierige Persönlichkeiten durcheinander. »Kann ich mich darauf verlassen?« sagte Roger, und sie war sich sicher, daß sie, wie durcheinander sie auch sein mochte, kein bißchen übertrieben hatte.

»Wie bitte?« Iris warf ihm einen Blick zu, der sanfte Gekränktheit ausdrücken sollte, doch schon fühlte sie, wie sie gegen ihren Willen rot wurde. In diesem Augenblick haßte sie die Beweglichkeit und Ausdrucksfähigkeit ihres Gesichts, das ihr nur allzuoft keine Möglichkeit bot, sich dahinter zu verstecken.

»Fein«, sagte Kumpel Roger, »sehr schön. Ich, äh, mach mir nur manchmal Sorgen um dich. Ich habe manchmal ein, sagen wir: fürsorgliches Gefühl.«

Iris wollte ihm sagen, daß er sich dabei nur nicht überanstrengen solle und daß er offenbar Fürsorglichkeit mit gewissen Vorgängen in seiner Hose verwechsle, aber sie brachte lediglich heraus: »Es gibt sicherlich schon genügend Leute, die deiner Fürsorge bedürfen«, eine verhüllte Anspielung auf seine Frau und Kinder; auf dieser Hülle flackerte außerdem ein höflich irreführender Kurzfilm über das Labor und die übrigen Mitglieder der Forschungsabteilung, die ebenfalls mehr oder weniger unter seiner Obhut standen. Iris baute, wie immer, auf milden Tonfall statt auf offene Attacke.

»In Ordnung«, sagte Roger, und sie sah, daß er langsam den Rückzug antrat.

»Ich kann noch mal nach der Mittagspause reinkommen, wenn du willst, aber danach muß ich dann wirklich gehen, sonst wird es nichts mit dem Besuch.«

Roger entfernte sich nach ein, zwei »Entschuldige« und weiterem leichten Scharmützel. Iris hielt ihre Hände im Schoß, um geschützt durch den Schatten des Schreibtisches nicht das preiszugeben, was sie als nur leichtes Zittern empfand. Ob aus Furcht oder aus Wut, hätte sie freilich nicht bestimmen wollen. Wut.

Nachdem Roger ihr mit Glaswänden umgebenes kleines Büro verlassen hatte, gestattete sie sich einen Augenblick des Beleidigtseins. Die Aufgabe, die sie für ihn erledigen sollte, war nicht viel mehr als qualifizierte Fleißarbeit: Es waren fünf Ströme von Forschungsdaten aufzunehmen und zu vergleichen, die mit Computermodellen von geplanten neuen medizinischen Verbindungen zu tun hatten und ihren möglichen Schnittstellen mit den bekannten Charakteristika von etwa zweihundert primären neuralen Rezeptoren im Gehirn und im zentralen Nervenstamm. Es war eine Arbeit, bei der sie noch vor wenigen, sagen wir: vier, fünf Jahre ein kreatives Händchen gehabt haben mochte, aber heute… na, lassen wir das. Zu spät: Die Tür hatte sich geöffnet, und ein kühler Wind fuhr in den gläsernen Kasten. Innerhalb von einer Minute hatte sich die Wut auf Roger nach innen gekehrt und auf sie selbst gerichtet, und so flüchtete sie, erschüttert von dem Gefühl ihrer eigenen Zerbrechlichkeit und dem Versagen ihrer geistig-seelischen Ausrüstung, auf die Frauentoilette, wo sie ausreichend Ruhe und Frieden zu finden hoffte, um ihre Kräfte neu zu formieren.

Sie fand sich dankenswerterweise allein in der wunderbaren Welt besänftigender blauer Kacheln, spritzte sich über dem Waschbecken kaltes Wasser ins Gesicht und entdeckte eine Maske offenkundigen Entsetzens, die ihr aus dem darüberhängenden Spiegelquadrat entgegenstarrte, obwohl es unter Umständen nur die entfärbende Wirkung der Neonbeleuchtung war, die sie derart knochendürr und starr wirken ließ. In ihrem Büro hatte sie Vollspektrum-Tageslichtleuchten anbringen lassen, aber dergleichen konnte man hier nicht verlangen. Dieses Licht, das jedem, der unter ihm entlangging, Nährstoffe entzog, übertrieb die Intensität ihrer Gesichtsröte und gab allem übrigen einen Stich ins Grüne. Das wär's dann also: ein havariertes Püppchen, dem Wasser von der zu grauen Haut perlte.

Reiß dich zusammen, bitte.

Iris Tremoureux – der Name beschrieb die wacklige, eigenartig suchende Stimme, die für alle männlichen Mitglieder ihrer Familie typisch war, wohingegen sie selbst aber von Haus aus eine angenehme, wenn nicht liebreizende Sprechstimme hatte, und ihre Diktion war tadellos. Die Bedeutung des Namens hatte sich in den letzten Jahren eher auf die beschämende Desorganisation ihrer Gliedmaßen verlagert, aber das war nicht genetisch bedingt, das waren Umwelteinflüsse, versicherte sie sich eilig, das bin nicht eigentlich ich. Iris' Leben war dieser Tage fortwährend begleitet von einer Hintergrundmusik der Angst, in der der Kollaps jeglichen Zusammenhangs eine ständig, wenn auch vage in Aussicht stehende Möglichkeit und mitunter eine konkrete Drohung war. Ihre Welt war eine gläserne oder vielleicht kristalline, die, wenn auch ihre Koordinaten sich als relativ stabil erwiesen, stets über die Maßen anfällig dafür schien, zerbrochen zu werden.

O Gott, du weißt, daß ich früher mehr vermochte.

Die Feinfühligkeit, die Kultiviertheit ihres Wesens, die jetzt nur noch die Geometrie ihrer Angst definierte, hatte sich einst auch auf ihre intellektuellen Kapazitäten erstreckt. Sie hatte es geschafft, ihre Welt in einer angemessenen Ordnung zu halten, und im Beruf war sie, auch wenn sie ihren Ehrgeiz nie bis zur letzten Konsequenz trieb – man denke nur an diese Rede in Schweden –, zu origineller und, das dürfte nicht zuviel gesagt sein, schwieriger und konzentrierter Arbeit fähig. Nach dem Ende der Ehe, die im Rückblick fast nichts darstellte, und dem Verlust ihrer zwei unersetzlichen Töchter an diesen Bastard Herb, ein Verlust, der im Rückblick die Strecke von Meer zu schimmernd' Meer ausfüllte, hatte man ihren kontinuierlichen Abstieg durch die Rangstufen ihrer Profession abhaken können wie mit Verweiszeichen auf einer mit Gradeinteilung versehenen Glasröhre. Stück für Stück hatte sie sich ihrer intellektuellen Autonomie begeben, Grad für Grad sich reinen Systemforderungen unterworfen und sich von der hellerleuchteten Landschaft unabhängiger Forschung verabschiedet.

Ihr grundlegender Fehler mochte noch nicht einmal die Ehe gewesen sein. Vielleicht ließ er sich in gewisser Weise an ihrer Liaison mit dem Bären dingfest machen und an dem aufregenden, aber gefährlichen Gefühl von Wunder und unbeschränkten Möglichkeiten, das sich einst damit verbunden hatte. Aber welcher Punkt im Kontinuum dieser Liaison war der entscheidende gewesen? Wenn sie den Mut gehabt hätte, in eine Welt von Abnormität und Wunder einzutreten, indem sie ihrem Herzen gefolgt und seine Geliebte geworden wäre, vielleicht wäre dann alles anders gekommen? Dann hätte es keinen Herb, keine Heirat gegeben. Aber es hätte auch keine Amy, keine Trace gegeben, und ohne diese beiden war ihr nicht nur ihr Leben, sondern auch sie selbst als Person unvorstellbar. Daraus folgte was? Wo war sie angelangt? Was hätte aus ihr werden können, außer ein bißchen abgestreifte Asche, nachdem die hungrige Flamme des Bären sie aufgezehrt hätte? Und was konnte jetzt noch aus ihr werden, außer immer weniger? Ich befürchte so sehr, daß es hier keine Hilfe gibt. Es ist unmöglich, mich in dieser Ecke zu erreichen, in die ich mich so sauber und schlüssig hineingemalt habe. Man beachte nur die Qualität des Pinselstrichs. Man muß zugeben, daß es sehr edel gemacht ist. Nemesis, ich vermerke beifällig deine Tüchtigkeit, obwohl ich dich hilflos, aber glühend hasse.

Was sie noch zusätzlich beschämte, während sie ihr Gesicht mit zwei Papiertüchern, die sie aus dem Spender gezogen hatte, abtrocknete, war die Tatsache, daß es ihr hübsches Aussehen war – Männer sagten Schönheit dazu, sie aber haßte es, im Moment jedenfalls, als püppchenhafte Karikatur der Person, die sie in Wirklichkeit hätte sein können … Wo war sie stehengeblieben … daß es ihre Hübschheit war und das, was man damit machen konnte, was sie vor Entlassung und Vergessen in der Welt, die ihr Beruf mit sich brachte, bewahrt hatte. Nein, nennen wir die Sache doch beim Namen: Nicht was *man* damit machen konnte, sondern was *sie* damit in der Männerwelt gemacht hatte, mit allen Varianten obszönen schutzsuchenden Flirtens, um das Fortbestehen ihrer Nische, in der sie leben und atmen konnte, sicherzustellen. Roger und seine sich ausbeulenden Unterhosen waren Gehaltszahlungen, die sie durch Akkumulation geringfügiger Sünden verdient hatte. Sie hatte keinen Grund, sich zu beschweren. Was das eigentliche Liebesleben anging, so lag es schon eine Weile zurück. O sicher, sie wünschte sich eins, hin und wieder, und sie hatte sich einst für Sex leicht und schnell erwärmen können, hatte ihn als natürlichen Bestandteil einer Welt normaler Begierden angesehen, aber sobald sie heutzutage den banalen und bornierten Hunger erblickte, den ihre eigene, leichte und einleitende Musik des Verlangens in den ein, zwei Männern erweckte, für die sie mal ein paar Takte gespielt hatte, war sie angewidert, nicht nur von den Männern, sondern von dem ganzen zwanghaften, heißlaufenden Mechanismus dieses Tanzes und von dem der ganzen Sache unausweichlich anhaftenden Geschmack von Erniedrigung.

Ihr Gesicht war immer noch da im Badezimmerspiegel, wieder trocken inzwischen, allzu deutlich und präzise, allzu ausdrucksvoll, für jeden lesbar, verräterisch. Ihre hochwertige französische Kleidung, die sie in einem Restelager gekauft hatte, stand ihr gut. Iris schaute auf ihre Armbanduhr. Ja, sie würde die nächsten zwei Stunden über einen beschäftigten Eindruck machen, dann zum Mittagessen gehen und, falls nötig, ins Labor zurückkommen und kurzfristig die Pflichtbewußte geben, bevor sie schleunigst nach Downtown zu ihrem anderen Leben aufbrach. Sie war immer noch Frau genug, das hinzukriegen.

Der Verkehr durch die Stadt war an diesem Tage heftig, und so begegnete ihr die City nur in Bruchstücken, die Details zu diffus und gleichzeitig aber zu deutlich dargeboten, als daß sie entspannt durch das Labyrinth hätte navigieren können: das schmerzliche Gesicht eines Bettlers, ein Gewühl von Lumpen und Leibern, der beutegierige Ausdruck in Männeraugen, und der Geruch legte sich über den Rücksitz des vom Schicksal zugeteilten Taxis.

Aber schließlich hatte sie das St. Vincent's Hospital erreicht, ein stabiler Bau an einer Ecke der Seventh Avenue, ein Stückchen nur entfernt vom Village Vanguard, wo sie einst hinzugehen pflegte, um Miles, Trane, Ornette, Mingus, Sonny, Shepp – praktisch jeden, der zählte – zu sehen. Im Kurzdurchgang rief sie sich für einen Moment all die Musiker ins Gedächtnis, die versucht hatten, sie abzuschleppen: wie sie sich über ihren Tisch gebeugt hatten, wie jeder ein anderes Lächeln draufhatte. Gute Güte, dachte sie mit einer Mischung aus Verlegenheit und Stolz, es waren im Laufe der Jahre mehr als nur ein paar gewesen. Ein Schlagzeuger war einmal, anscheinend von einem einzigen Blick auf sie dahingerafft, die halbe Eingangstreppe des Vanguard hinuntergefallen und zu ihren Füßen gelandet, was allgemeines Gelächter hervorgerufen hatte. He, sagte die Stimme eines Musikers zu seinem Kumpel irgendwo in den Fluren ihrer Erinnerung, guck mal, was ich hier gerade gefunden habe.

– O mein Amerika? Erinnerte sie sich, den Typen gefragt zu haben.

– Hä?

– O mein Amerika, o mein neugefund'nes Land. War's das, was Sie meinten?

Keine Frage, sie war mitunter recht dreist gewesen, und sie wußte genau, wie man Musiker wieder loswurde. Sie hatte es auch beim Bären mit großäugig vorgetragener Poesie versucht, aber dieser hatte sie nur angegrinst und mit einem köstlich obszönen Wortspiel gekontert.

Iris blickte zur schrägen Ziegelfront des neuesten Krankenhausflügels hinauf, gab dem Taxifahrer zuviel Trinkgeld, betrat den Bürgersteig vor dem Gebäude und spürte eine erwartungsvolle, bärbezogene und daher bedrohliche Regung in ihrem Herzen.

Wie lange war Jones jetzt aus der Intensivstation heraus? Zwei Tage? Drei? Es gab noch keine Nachricht, wann er entlassen werden sollte, aber es sah in jedem Fall so aus, als würde er überleben.

Schon drauf und dran, das Gebäude zu betreten, zog sie sich in einem Anfall von Panik wieder zurück und kaufte sich einen kleinen Aufschub in einem kleinen Patisserie-Café, das in die hinter dem Vanguard verlaufende Straße gequetscht war, wo sie sich eine Zigarette anzündete – sie hatte versucht aufzuhören, aber vergeblich, was sie eigenartig fand, da sie im allgemeinen durchaus fähig war, ohne viel Mühe Gewohnheiten aufzugeben –, zwei Becher guten schwarzen Kaffee wegtrank – einer zuviel für die Gesundheit ihrer Nerven, wie sie wohl wußte: Ihr rechtes Augenlid fing schon an zu zucken – und sich durch ein Aufgebot von vier Madeleines knabberte – es war nämlich ein literarisches Café –, die neben ihrem Kaffee auf einer kleinen weißen Untertasse angeordnet waren. Ihre Erinnerung bedurfte allerdings keiner zusätzlichen Stimulation; das Gefäß Iris war randvoll, und der Rand zitterte bereits ob der Oberflächenspannung. Ihr inneres Auge überflog zwei Bilder in mittlerer Tiefe: der Bär in ihrer alten Wohnung vor Jahren, an einem Tag, da die Sexfrage, die zwischen ihnen geschwebt hatte, ihren Kopf unübersehbar und alarmierend aus den unteren Regionen des Bären erhob – sie erinnerte sich an die heftige Verlegenheit in seinen Augen und an die eigene verwirrte Mischung aus Zurückschrecken und nicht ganz Verlangen; dann die zweite, weniger bedrohliche Erinnerung an den Bären in ihrem Wohnzimmer vor seiner Verhaftung im vergangenen Winter: Es war schön gewesen, ihn zu sehen. Und dann war er verschwunden. Wo vorher noch irgendeine Musik am Rande der Hörbarkeit zwischen ihnen geschwebt haben mochte, da war jetzt ein fühlbarer Mangel an Resonanz, schlimmer noch als Stille.

Bevor sie das Krankenhaus betrat, blickte Iris ausreichend lange in den Himmel, um die Leuchtkraft des Tages würdigen zu können und sich zu fragen, ob der Frühling nun wirklich gekommen sei. Gerade wenn man denkt, er sei da, brütet der Himmel einen letzten grauen Knoten der Zusammenballung aus und läßt einen Gemütssturm an Schnee auf einen los, daß es einem die Sprache verschlägt. Es war aber ein wunderbarer Tag, mochte er trügerisch sein und wer weiß was für ein Nachspiel haben, egal.

Jones sah, dachte Iris, ein bißchen aus wie …

»Aufgewärmter Tod?« soufflierte Jones aus seinem Kissen heraus.

»In der Mikrowelle«, sagte Iris, selbst überrascht von diesem Spruch, der vom Bären hätte kommen können. »Du siehst echt ausgezehrt aus, Jones, was angesichts der Umstände ja nicht verwunderlich ist, aber du hast auch so ein bißchen was von der Katze an dir, die den Kanarienvogel aufgefressen hat.«

»Ach ja?«

»Würd ich sagen.«

»Dann bist du eine scharfe Beobachterin. Ich hab nämlich wirklich einen Kanarienvogel gefressen. Einen großen.«

»Techtelmechtel mit einer Krankenschwester?« fragte Iris und zeigte ein Stirnrunzeln im Namen der Konvention.

»Falsch geraten«, sagte Jones, wobei er wie Iris fand, ganz schön selbstgefällig grinste. »Man könnte sagen, daß ich mehr als gewöhnlich froh bin, am Leben zu sein. Also, haste mir was mitgebracht? Schokolade? Eine Dreiviertelliterflasche VSOP, trotz meiner durchlöcherten Innereien?«

»Leider nein.«

Auf der anderen Seite der Stoffwand, die den Raum abteilte, hustete jemand schwächlich. Gegen das Tageslicht konnte Iris die

Umrisse eines Bettes erkennen und am oberen, schräggestellten Ende die Silhouette eines betagten männlichen Kopfes, dem der Mund offenstand. *»Rose«*, sagte er.

»Das ist der Name seiner verstorbenen Frau, glaube ich«, sagte Jones. »Schläft die meiste Zeit. Ziemlich kränkelnd.«

Iris sammelte sich ein bißchen, bevor sie die Frage stellte: »Wenn ich recht verstehe, bist du beinahe gestorben?«

»›Beinahe‹ erfaßt die Sache nicht ganz«, sagte Jones mit einem dünnen Lachen. »Ich war da draußen, Irish«, einst einer der Spitznamen des Bären für sie. Eigentlich waren fast alle ihre Vorfahren Franzosen, aber Iris hatte eindeutig Ähnlichkeit mit ihrer irischen Großmutter Kathleen.

»Wo draußen?«

»Da«, sagte Jones nicht sehr hilfreich, indem er ausholend mit dem Arm wedelte. »Unter anderem«, fuhr er fort, »habe ich den Bären gesehen.«

Iris spürte, wie sie puterrot wurde. »Wo gesehen?«

»Im Geiste, Kleines. Na ja, sozusagen gesehen. Ich weiß nicht, ob er lebt oder nicht, aber wir haben definitiv irgendeine Art von Kontakt gehabt. Alles klar bei dir, Kind?«

»Bestens.« Keineswegs. »Du siehst wirklich verändert aus.«

Jones zeigte sein linkes Profil, das auf dem Kissen hager und ein bißchen melodramatisch wirkte. »Alles hat sich verändert.«

»Deine Augen machen einen etwas wüsten Eindruck«, riskierte sie zu sagen.

»O yeah, schöne Frau«, sagte Jones und hievte sich inmitten seines Bettzeugs ein Stückchen in die Höhe. »Ich habe endlich einige von den Sachen gesehen, über die sich der Bär vor Jahren immer ausgelassen hat.«

»Verstehe.« Iris fühlte, wie die Konturen ihrer Welt zu schwanken begannen, hielt aber trotzdem an ihrer normalen Stimme fest.

Jones sah wieder weg, mit einem gewissen linkischen Ausdruck von Besonderheit, wie Iris schien. »Es war schon ein irrer Trip, wie wir in den guten alten Zeiten zu sagen pflegten.«

»Hat Sybil dich besucht?« Iris wollte gern das Thema wechseln, sann allerdings der Tatsache nach, daß sie in den guten alten Zeiten selbst den einen oder anderen irren Trip unternommen hatte. Woher auch, davon war sie überzeugt, letzten Endes ihr Zerbrechen rührte. Im Gefolge der Scheidung, als Herb ihr in der gnadenlosen Öffentlichkeit eines Gerichtshofs Tracy und Amy entrissen hatte, da hatte sie dagestanden, allein, ausgesetzt und entblößt in der brutalen Ungeheuerlichkeit Amerikas. Ohne den Bären zum Anlehnen – sie glaubte, da sie ihn verlassen hatte, nicht das Recht zu haben, es zu versuchen –, kehrte sie nach einer Weile zu den Psychedelika zurück, die ihr in Schulzeiten so viel bedeutet hatten und die, insofern sie ihr das Gefühl erweiterter Möglichkeiten bescherten, verbunden waren mit dem Kick, den Bären zu kennen. Und so war es eines Nachts, als sie sicherlich zuviel Acid eingeworfen hatte, daß sie, inmitten eines Dahinströmens, an dessen Gehalt sie sich nicht mehr erinnern konnte, ein kleines Klicken hörte, und in diesem Augenblick war bei ihr eine grundlegende Verbindung zwischen Körper und Seele zertrennt worden – so einfach: klick, für einen schließlich so unbedeutenden Körper, eine so schlichte Seele –, so daß sie also genauestens den Augenblick bestimmen konnte, in dem ihr persönliches Zerbrechen stattgefunden und, in dessen unausweichlicher Folge, ihr beruflicher Abstieg begonnen hatte. Dieses Klicken und seine Konsequenzen hatten ihr gehörige Angst vor transzendenten Erfahrungen jeglicher Art gemacht – bleib lieber auf dem Boden, hatte sie sich in ihrer Zweifelhaftigkeit geraten, und versuch deinen wackligen Stand zu bewahren, damit nicht noch Schlimmeres über dich kommt –, und als sie letzthin die fragmentarischen Zeitungsberichte über das Wirken des Bären in den Nachtclubs von New York gelesen hatte, da hatte sie ein Höchstmaß an Mut zusammenkratzen müssen, bevor sie mit dem Taxi zum Sweet Basil's fahren konnte, um ihm wieder dort an ihrem kleinen Tisch hallo zu sagen, während sie sich an einer Zigarette festhielt. Und jetzt saß sie also in einem Krankenzimmer bei Jones, dessen Weg zum Ruhm ihn hierhergeführt hatte, und auch sie. Es war ein kleiner Kreislauf, fand sie, vollkommen rund und ohne rechten Sinn.

»Sybil«, antwortete Jones inmitten von Iris' gegenwärtigen Wahrnehmungsscherben und lachte kurz, »Sybil ist mehr oder weniger von Schuldgefühlen zerfressen – das ist doch mal ein Rollenwechsel. Wir hatten, äh, ein kleines Liebeszerwürfnis, und das war auch der Grund, warum ich so spät draußen rumspaziert bin, um mich dann abstechen zu lassen, aber sie ist natürlich nicht dafür verantwortlich. Wenn du mich fragst, dann hatte es mit was ganz anderem zu tun.«

»Was glaubst du, wann sie dich nach Hause lassen?« Es lag etwas Eitles und Aggressives in Jones' Ton, und Iris wollte die Unterhaltung lieber auf naheliegende Dinge beschränken.

»Demnächst, glaube ich. Der Blutverlust hat mich fast ins Gras beißen lassen, aber was mich jetzt noch hier festhält, hat mit der Flickarbeit an meinen Innereien zu tun. Der äußere Einschnitt ist auch noch ziemlich wund, aber da lassen sie die Fäden noch eine Weile drin. Muß dann später noch mal in die Ambulanz, um sie ziehen zu lassen. Willste mal sehen?«

»Eigentlich nicht.«

»Ich meine, nur so aus beruflichen Gründen.«

»Meine Arbeit ist ganz anders beschaffen«, erinnerte Iris ihn.

Die Gestalt aus dem Nebenbett ächzte leise im Schlaf. *»Rose«,* drang es wieder herüber.

»He«, sagte Jones, »wollen wir in den Aufenthaltsraum gehen und eine rauchen? Du rauchst noch? Ehrlich? Eine der wenigen Getreuen. Hast du was da? Ich nämlich nicht. Die lassen mich hier drinnen nicht.« Jones ruckte sein Kinn in die Richtung der Silhouette. »Das geht schon, ich kann selber aufstehen. Du könntest aber den Tropfständer festhalten, damit ich nicht alles umwerfe.«

»Oh, sieh nur, was für eine schöne Rose du mir mitgebracht hast«, sagte die Stimme des Schlafenden, als sie den Raum verließen.

Der Flur war nach Iris' Dafürhalten ein typischer Krankenhausflur: Nach Tüchtigkeit aussehende Krankenschwestern mit hochgesteckten Haaren flitzten zwischen Türen, die Katastrophe und Zusammenbruch ausdünsteten, hin und her – Iris schaute hinein zu den auf Betten hingestreckten Körpern, den Verwandten auf Besuch, den an eisernen Gelenkarmen herabhängenden Fernsehern, aus denen Zerstreuung oder die Nachrichten flimmerten –, war es schon so spät am Tag?

»Guck mal«, sagte Jones, nach hinten auf die Worte KEIN AUSGANG deutend, die über einem Türbogen in der Mitte des Flurs prangten. »Das hab ich von meiner Bahre aus gesehen, als sie mich von der Intensivstation hierhergerollt haben, und ich fand es doch ziemlich beruhigend. Hallo, meine Damen«, sprach er in die Schwesternstation hinein. »Die sind in Ordnung«, sagte er zu Iris.

»Das ist schön«, sagte sie, las aber gleichzeitig mit noch immer halbprofessionellem Blick das Etikett auf den beiden Infusionsflaschen, die von dem zwischen ihnen mitrollenden Aluminiumbaum hingen, und kam zu dem Schluß, daß Jones' Zustand noch keineswegs so wunderbar stabil war, wie er anzunehmen schien, obwohl die Schwestern, wie sie erfreut feststellte, ihn nicht mit einem »Aber, aber, Mr. Jones« am Ellbogen ergriffen und in die Obhut seines Zimmers zurückführten.

»Die Raucherecke ist allerdings winzig und irgendwie versteckt«, teilte er ihr gerade mit, »bald wird es nichts mehr für unsereinen geben.«

Als sie die Raucherecke fanden, nach einer Abzweigung und noch einer, da erwies sich diese als ein kleiner Alkoven mit einem rudimentären kleinen Zweiersofa – lackiertes Kieferngestell und fleddrige Blümchenmusterkissen –, zwei Sesseln aus der gleichen Garnitur und einem runden Tisch mit Kiefernplatte, auf dem alte *New Yorker* mit einzelnen *Scientific Americans* und wurzellosen *Cosmopolitans* Geselligkeit pflegten. Ein übergewichtiger, unordentlich wirkender Typ schlief auf einer Seite des Zweiersofas, in seinem Mundwinkel hing eine abbrennende Zigarette. Sein Bauch wälzte sich vorwitzig über den Gürtel, und er schien halbwegs wachzuwerden, als Jones und Iris sich in den Sesseln niederließen.

»He, Mann«, sagte Jones und nickte.

»He, Bär«, sagte der Mann nickend zurück und kratzte sich ungezielt am Bart.

Jones und Iris stutzten und sahen sich an.

»Insiderwitz«, erklärte der Typ und tat so, als wollte er sich gerade hinsetzen.

»Kann man wohl sagen«, sagte Iris.

»Besuche meine Frau«, sagte der Mann. »Die untersuchen sie gerade, ob sie noch eine Nierenoperation braucht oder nicht.«

»Ich besuche ihn.« Iris zeigte, plötzlich gar nicht mehr förmlich, mit dem Daumen auf Jones und zog ihre Tabaksdose aus der Handtasche. »Sie haben doch nichts dagegen?«

»Sonst wär ich ja nicht hier«, sagte der Mann und nahm einen letzten Zug aus seiner runtergebrannten Zigarette. »Hab ich geschlafen?«

»Sah so aus«, teilte ihm Iris mit.

»Übler Job, üble Arbeitszeiten«, sagte er. »Ist ein echtes Gefängnis.«

»Kenn ich«, sagte Jones mitfühlend.

Jones und Iris nickten ihm noch einmal höflich zu, um sich alsdann wieder ausschließlich einander zuzuwenden.

»Du rauchst immer noch dieses Selbstgedrehten?« sagte Jones zu ihr. »Three Caftles?«

»Du weißt doch, daß in Zigaretten die Zusätze gesundheitsschädlicher sind als der Tabak selbst«, erinnerte sie ihn. »Manchmal rauche ich American Spirits, die kann man über den Versandhandel von bestimmten indianischen Völkern beziehen, und die sind auch frei von Zusätzen, aber meistens nehm ich...«

»Ist gut, ist gut, ist gut, ich nehm eine, wenn du mir sie rollst.«

Iris drehte zwei Zigaretten, die sie sich anschließend anzündeten, und ignorierten dabei den schwergewichtigen Mann auf dem Sofa, so gut es ging, damit sie sich unbefangen unterhalten konnten.

»Hast du schon gehört, daß Cummins das Album rausbringen will?« sagte Jones.

»Sybil hat mich angerufen«, sagte Iris mit einem Kopfnicken.

»Hast du denn irgend etwas von unserem gemeinsamen Freund gehört?« sagte Jones und griff damit auf das langgepflegte Verfahren der Geheimhaltung in Gegenwart Fremder zurück.

Iris schüttelte den Kopf und widerstand ihrer Neigung, bei diesem Thema feuchte Augen zu bekommen.

»Hast du noch ein bißchen rumgefragt?«

»Ich hab wirklich schon jeden in meinem beruflichen Umkreis gefragt, der etwas wissen könnte«, sagte sie beleidigt, »oder der jemanden kennen könnte, der etwas weiß.«

»Hm.«

Iris spürte mit Unbehagen die Aufmerksamkeit, die der massige Bartträger ihr zuwandte, aber als sie zu ihm hinsah, hatte er sich eine neue Zigarette angezündet und schien die Pseudomarmorfliesen auf dem Fußboden, die aus schwarzweißem PVC waren, einer eingehenden Betrachtung zu unterziehen. »Geht es Ihrer Frau gut?« fragte sie höflich.

»Muß sich bald herausstellen. Untersuchungen und immer wieder Untersuchungen. Danke der Nachfrage.«

»Nichts zu danken«, sagte Iris, aber irgend etwas an dem Mann störte sie. »Ich hoffe, es wendet sich alles zum Besten.«

»Yeah.« Er nickte mit einem müde wirkenden Stoizismus, aber trotzdem stimmte da was nicht. Sah er sie zu aufdringlich an? War er ein Freak? Iris konnte es nicht genau ausmachen. Wenn er ein bißchen abnehmen würde, würde er nicht so verbraucht, so geschlagen und fies wirken. Aber wie kam sie eigentlich darauf, daß er sich verbraucht, geschlagen und so weiter fühlte? Sie hatte dazu eigentlich kein Recht, aber guck dir nur mal an, wie diese mächtigen Schultern herunterhängen.

»Deine Arbeit okay?« hatte Jones sie gerade gefragt.

»Ich komm zurecht.«

»Also, ich steh ziemlich auf dem Schlauch«, sagte Jones. »Wenn ich hier rauskomme, werde ich noch nicht in der Lage sein zu arbeiten, und mal abgesehen davon, daß ich so pleite bin wie eh und je, kommen noch all die offenen Rechnungen auf mich zu. Hab natürlich keine Krankenversicherung. Gott bewahre!«

»Halt sie erst mal hin. Beruf dich auf Bedürftigkeit. Du wirst ein paar Drohbriefe bekommen, aber nach einer Weile werden sie dich abschreiben. Wie wär's, wenn du einen Teil des Vorschusses von Cummins zum Leben nimmst?«

»Soviel ist das nicht, und ich glaube andererseits auch nicht, daß ich ein Recht darauf habe. Es ist seins.«

»Wenn du nach deiner Entlassung noch nicht arbeiten kannst, dann solltest du dir von dem Vorschuß das nehmen, was du zum Leben brauchst. Ich bin sicher, daß er es so wollen würde.«

»Natürlich würde er das.«

»Ja und?«

»Ich schätze ... aber aus irgendeinem Grunde kann ich es nicht. Eine Sache von Treu und Glauben wohl.«

»Das ist doch albern.«

Für eine Weile rauchten sie schweigend vor sich hin, wobei Jones recht unglücklich und heftig an der Selbstgedrehten zog. »Man muß ja richtig arbeiten, um sie am Brennen zu halten.«

»Eigentlich nicht«, sagte Iris und paffte entspannt an ihrer. Als sie aufblickte, starrte der Schwergewichtler sie ohne irgendwelche Tarnungsversuche an.

»Verzeihung?« sagte Iris zu ihm.

»Ich versteh das nicht«, antwortete er. »Das hat doch keine Logik.«

»Geht es um Ihre Frau?« fragte Iris etwas besorgt, als sie bemerkte, daß seine Augen feucht zu werden schienen.

»Nein«, sagte der Mann, bei dem eine Träne auf der Wange ihren Abstieg begann, ohne daß dies von erzitterndem Schluchzen begleitet wurde. Er blinzelte nicht einmal. »Ich weiß nicht, wie ich darauf komme, so was zu sagen, aber ich glaube, wissen Sie, Ihre Schönheit bewegt mich sehr, ich glaube, es geht um...«

»He, was?« sagte Jones, aber der Mann winkte ab.

»Ich begreif das nicht«, sagte der Mann, »aber ich glaube, es hat mit...«

»He, Kumpel, alles klar?« sagte Jones mit Nachdruck, und diesmal wischte Iris ihn mit dem Handrücken beiseite wie ein irrelevantes Summen. Da fing Jones an zu begreifen, daß etwas Seltsames vorging: Der Mann saß tränenüberströmt auf dem Sofa, und irgendeine Art von Energie, man konnte es geradezu fühlen, vibrierte aus Iris heraus, deren Gesicht sich in fortwährenden Wellen rot überzog und deren Hände zu zittern begonnen hatten.

»Ich kapier das überhaupt nicht«, sagte der Mann jetzt wieder und fuhr sich verzweifelt durch das dichte dunkle Haar, »aber aus irgendeinem Grund glaub ich...«

Da erhob sich Iris mit aufgerissenen Augen und dieser aus ihr strömenden Energie. Die Arme hatte sie jetzt starr ausgestreckt und hielt sie nach unten und etwas vom Körper weg, die Finger gerade und vibrierend, und die Augen weiteten sich mehr. Es war, dachte Jones, beinahe ein Effekt wie bei Frankensteins Braut, kurz vor dem Schrei. In Wirklichkeit war ihre Stimme gar nicht laut, aber man hätte schwören mögen, daß sie schrie, so eindringlich war sie. »Sagen Sie's sagen Sie's sagen Sie's.«

Jetzt stand auch der Mann auf. Es war alles sehr bizarr. Jones versuchte sich zu erheben, aber er mußte sich vorsehen wegen der Nähte und der Einstichwunde, und außerdem fiel es ihm schwer, den Tropfständer richtig zu fassen zu kriegen. Das Ding wollte immer von ihm wegrollen, und er fiel wiederholt in den Sessel zurück.

»Ja, sagen Sie's ruhig«, sagte Iris, diesmal jedoch ruhiger, mit fast normaler Stimme, in einem Tonfall, der jetzt kein appellierender mehr war, sondern ein bestätigender.

Tim bekam die Sache jetzt endlich in den Griff, aber seine Schultern sackten zusammen, als würde er sich geschlagen geben müssen. »Ich glaube, es geht um einen Bären.«

In einer Mischung von Fugen und Unisonos und wie in einem Traumzustand, den sie alle drei irgendwie miteinander zu teilen begonnen hatten, schien es Iris und Jones und Tim, als würde Iris' hitzige, zitternde Energie sich ausdehnen, um ihrer aller Reaktionen in sich aufzunehmen: Iris war ergriffen und erschüttert von etwas, das im Grunde zu groß war, als daß sie es genau kennenlernen wollte; Jones, dessen letzter Restglaube an einen Unglücksfall hinweggefegt war, erkannte, wie weit er auf den Tod hatte zustürzen müssen, um den Bären wiederzufinden, und daß, welcher Zufall auch immer in den Prozeß eingegriffen oder ihn unterstützt haben mochte, es eine höhere Intentionalität gewesen war, die ihn dort hingetrieben und die nunmehr ihren Kreis geschlossen hatte; und Tim fühlte widerwillig die Grundfesten seines ausgefeilt umsichtigen Lebens zusammenkrachen wie ein mit Dynamit gesprengtes Wohnhaus und fand sich zwischen allerlei pulverisierten Scheißruinen wieder. Alter, und eine enervierende Wolke unerkennbaren Staubs stieg rings um ihn auf, um seine alte hippe, abgeklärt humoristische Sicht der Dinge zu verdunkeln. Die von Iris ausstrahlenden, recht spürbaren Wellen hatten zum Rand ihrer Einflußsphäre hin einige sonderbare optische Eigenschaften, ein seltsames Zittern von Grün und Violett, das zum Horizont hin zu wackeln und zu verschwimmen begann, so daß ein paar Tage später, als der Bär sich von seinem Eisenbett erhob, dabei leicht durch die Wirkung kürzlich erhöhter medikamentöser Beimischung in seinem Haferbrei schwankte und zusätzlich von den unerwarteten, vielfarbigen Vibrationen verwirrt war, die geheimnisvoll in der Luft zu schweben schienen, und plötzlich Lester Bowie an seiner Zellentür stehen sah, der scheinbar ungezwungen ein Stethoskop mit den Worten: »*Klaatu barada nikto*, Baby« schwenkte, worauf der Bär den Trompeter bitten mußte, ihm eine Minute Zeit zu geben, damit er die Dinge auf die Reihe kriegen könne. Er nahm Roscoe Mitchells gelangweilte, perfekte Imitation eines Sanitäters in sich auf und Malachi Favors' extravagante, sogar leicht überzogene Verkörperung eines Krankenpflegers, fand aber, daß Jones ein bißchen unwohl in seiner weißen Sanitätskluft aussah, und Iris' kleine, vollkommene Gesichtszüge nahmen sich ein ganz klein bißchen grotesk aus unter der zu groß geratenen dreieckigen Krankenschwesterhaube. Er war auch sehr überrascht zu sehen, daß Tim, dessen Augen in alle Richtungen schwirrten und dem der Schweiß auf der Stirn stand, mit dem Schlüsselbund in der Hand nach vorn trat, während Friedmann, der sich heute schwer auf einen Gehstock stützte und vor Aufregung oder Anstrengung ganz rot im Gesicht war, nervös nach hinten in den Flur spähte. Und wer war denn dieser offenbar knallharte, schnauzbärtige irische Vertreter in den Sicherheitsdienstklamotten? Die Optik des Gefängnisses, die wieder wie ein Videobild flackerte, und sein eigenes unbehagliches Gefühl, an zu vielen Orten oder in zu vielen Zeiten zugleich zu sein, machten ihn schwindlig, und er wünschte sich einen Moment der Ruhe und des Friedens, um alles zu durchdenken. Es schien ihm in diesem komplizierten Augenblick, als ließe sich seine Haftzeit am besten verstehen, wenn man sie in der Gestalt eines Auges betrachtete. Von links nach rechts gelesen, zeigte dieses Auge an seinem Anfang rosa Hautfalten und einen Tränenkanal, öffnete sich dann auf eine größere Ebene, in die sich ein reines, kontemplatives Weiß sowie eine wunderschöne blaugrau gesprenkelte Iris teilten, welche die Gewichtungen und Nuancen bestimmter Erkenntnisse und Ereignisse en détail verzeichnete; in seiner Mitte jedoch mündete dieser differenzierte Wirbel in einen paradoxerweise tiefschwarzen Ort unverstellter Sicht, in den er gefallen war, ohne das Gefühl zu haben, jemals wieder herauszukommen. Nach dieser Iris-und-Pupille-Combo verengte die Augenform sich symmetrisch zum anderen Ende hin, welches der Bär, soviel war ihm klar, endlich erreicht hatte. Es gab keinen Tränenkanal auf dieser Seite. Jetzt erst war er imstande, das Ebenmaß des Auges und die Schönheit seiner Linienführung zu würdigen, die Lieblichkeit der es umgebenden Wimpern, sein vielsagendes, anspielungsreiches, wissendes Schimmern. Wie zur Bestätigung sah er dieses Auge jetzt zunächst blinzeln, um sich dann wieder weit zu öffnen, und in der Klarheit der Sicht, die es ihm gewährte, brauchte das Gefängnis sich gar nicht mehr zu erniedrigen und zu dem primitiven Mittel sichtbaren Flackerns zu greifen, um sich als eine immaterielle Konstruktion zu offenbaren. Das Geklapper von Schloß und Schlüssel war bloßes Ritual, mit einem comichaften Einsprengsel verzögernder Fummelei von seiten Tims und Lesters, und als der Bär aus der Zelle trat – das Saxophon, das er vergessen hatte, sammelte Bowie kopfschüttelnd und mit dem Finger drohend ein –, in den Halbkreis bekannter, ihn begrüßender Gesichter, wie auf einer Geburtstagsparty, da war sein Hinsinken auf die Rollbahre ein weiteres Stück Ritual, das seine grundlegende Unfähigkeit andeutete, während Roscoe Mitchell mit unbewegtem Gesicht eine getürkte Infusionsnadel auf seinen Arm klebte und Iris die Flasche mit zitternden Händen hochhob. Am letzten Hindernis, einer schwierigen Situation, in der Papiere durcheinandergerieten und Iris eine läuternde, unwahrscheinliche, aber letzten Endes wirkungsvolle Ansprache an Uniformen und die ganze organisierte Gefängnisfarce richtete, schien es ihm, als wären sie bereits alle zusammen draußen im Zitronenlicht des beginnenden Frühlings, eine erfrischende Brise bliese ihnen ins Gesicht, und die ersten blaßgrünen Blätter des Jahres gäben ihnen eine Sondervorstellung auf einer ganzen Reihe von schlanken, langen Zweigen. Nach einer Weile würden sie dann in dem Transporter des Gesundheitsamtes, den Tim über alte Beziehungen zum Brooklyner Leichenschauhaus organisiert hatte, durch übernatürlich detailreiche, wirkliche Fluchtstraßen fahren, unter allerlei O-Mann-ich-kann-nicht-glauben-daß-wir-es-geschafft-haben-Seufzern der Erleichterung, aber vorerst, während dieser Unterbrechung, da kannten diese ersten Zweige draußen vor dem Gefängnis den Tanz und all die örtlichen Melodien, und die alte Ziegelsteinmauer, vor der die Blätter sich zur Schau stellten, war wunderschön, wie überhaupt alle Dinge, auf die das Licht sich so gnädig legte, und er hatte das Gefühl, daß er, Jones, Iris und der Rest der Truppe bereits gehen könnten, wohin sie wollten, an diesem oder jedem anderen Tag, in einer seit jeher freigebig ausgeteilten Welt mit viel, sehr viel Zeit.

Teil drei

Sterneneinfluß wirkt auf Menschen nicht,
Bevor er nicht die Luft durchstieß.
So Seele in Seele sich erst flicht,
Wenn sie im Leib sich niederließ…

Laß uns in unsre Körper gehn,
Daß Menschen Liebe sich beschreib:
Die Seele ihr Geheimnis hegt,
Doch offenbart's ihr Buch, der Leib.

– Donne

1

»Mmmmm«, sagte der Bär. Was, wie ihm auffiel, im Grunde das gleiche war wie Wwwww, nur umgedreht.

»Verschwinde aus meiner Küche«, befahl Iris und hob den Spatel hoch. Sie war dabei, junge, flache Spinatblätter, *pousses d'épinard* nannte sie sie, in einer glänzenden Stahlpfanne zu dünsten, aber mit letzterer Geste schien sie vorübergehend die Gestalt einer Göttin anzunehmen, die das wunderbare, noch ungekochte Stück Lachs beschützte, das neben dem Herd auf der Arbeitsplatte lag.

»Du willst doch nicht das ganze Stück kochen, oder? Du läßt mir ein bißchen Rohes übrig, ja?«

Iris ließ den Spatel sinken und legte einen geduldigen, an Kummer gewöhnten Tonfall auf. »Ich brate die beiden Stücke, die ich vom großen Ende abgeschnitten habe. Die da, ja? Der Rest ist für dich, wenn du denn wirklich so viel essen kannst.«

»Ich bin ganz schön groß.«

»Du bist ganz schön teuer.«

»Du hast ja gar keine Ahnung«, sagte der Bär. Er lehnte sich seitlich gegen den Türrahmen und fing an, ohne sich dessen recht bewußt zu sein, die Eingangstakte von »What's That Smell Like Fish, Mama« zu summen.

Iris, die schon immer ein gutes Ohr hatte, bekam es gleich mit und warf ihm einen finsteren Blick zu. »Du bist unmöglich.«

»Unwahrscheinlich«, korrigierte der Bär. »Erstaunlich vielleicht. Nicht leicht zu ertragen in geschlossenen Räumen. Aber unmöglich, nein, das bin ich überhaupt nicht. Wie Abraham in entscheidenden Situationen zu Gott zu sagen pflegte: Hier bin ich.«

»Könntest du bitte draußen warten, während ich am Kochen bin? Gibt es da nichts, womit du dich ein paar Minuten lang beschäftigen könntest?«

»Ich mag es, dir zuzugucken.«

»Du kannst mir zugucken, wenn wir essen.«

»Ich hab dich noch nie mit Schürze gesehen.«

»Aber jetzt«, sagte Iris, »warte bitte bitte *bitte* im Wohnzimmer. Auf dem Eßtisch steht eine offene Flasche Wein und atmet.«

»Klingt ja wie ein Horrorfilm.«

»Dies hier *ist* ein Horrorfilm. Geh ins Wohnzimmer und trink ein Glas Wein.«

»Du versuchst mir Manieren beizubringen, was? Das kenn ich doch alles schon.«

»Nein, tust du nicht. Blödmann. Und was ist mit Jones, kommt er zum Essen oder erst hinterher?«

»Hinterher, glaube ich. Wer weiß? Heb ihm für alle Fälle ein Stück Lachs auf.«

»Egal, wann er kommt, denk bitte daran, ihn zu fragen, ob er nicht glaubt, daß du soweit außer Gefahr bist, daß du wieder zu ihm in die Wohnung ziehen kannst.«

»Wa?« sagte der Bär und klang dabei, selbst in seinen Ohren, wie ein Vollidiot.

»Du erwartest doch wohl nicht, daß du hier auf ewig bleiben kannst, oder?«

»Eigentlich«, sagte der Bär und faßte sich mit Unbehagen an den Bauch. »Genaugenommen…«

Genaugenommen passierte irgendwas da unten in seinen Innereien. Genaugenommen hatte eine gewisse Instabilität einen Dringlichkeitsantrag auf Manifestation gestellt. Genaugenommen wurde ein Riß in sein Fundament gerissen.

»Genaugenommen«, sagte der Bär, »muß ich mal kurz weg.« Und er hüpfte hastig aus der Küche, stieß die Badezimmertür auf, ließ die Hosen herunter und schaffte es auf den Sitz, bevor Richter Gelegenheit hatte, auch nur das zarteste Arpeggio auf seiner berühmten Skala zu registrieren.

Nun ja, das war zu erwarten gewesen, dachte er.

Die ersten vier oder fünf Tage nach dem Ausbruch aus dem Gefängnis hatte er zwischen Schlaf und Halbschlaf verbracht und

Iris' Gästezimmer nur verlassen, um zur Toilette zu gehen oder das zu essen, was er am bequemsten in die Pfote kriegen konnte – seit dem zweiten Tag, als die Testergebnisse über sein Blut, das Iris ihm mit einer großen Spritze abgenommen hatte, aus dem Labor eingetroffen waren, stand stets ein kräftiger Ochsenschwanzeintopf auf dem Herd für ihn bereit, daneben die Antibiotika und eine kleine Flasche mit Mineralpräparaten nach der anderen –, bevor er wieder in den Schlaf zurücksank oder jedenfalls in einen Zustand, in dem Wacherleben und Traum auf unüberschaubarere Weise verschmolzen waren als üblich. Er unterhielt sich mit seinen Wärtern, er machte den Doc und Iris miteinander bekannt und ließ sich auf lange philosophische Disputationen mit einem ungewöhnlich eloquenten Abschnitt der großen Steinmauer ein. Iris schlich sich immer mal wieder in diese Traumzustände hinein und wieder hinaus; er wußte, daß sie sich um ihn kümmerte, während er schlief, und er fand seine Schwäche in ihrer Gegenwart sowohl peinlich als auch köstlich, sah darin einen seltsamen Luxus, den sie oder die Welt ihm vorübergehend zugestand, eine geheime, vergrabene Psychokiste, die ihm Verderben, aber auch Vergnügen war. Er mißtraute diesem allzu weitschweifigen Gefühl, gab sich ihm aber dennoch hin, und zwar nicht nur, weil er durch die Medikamente schwach und benebelt war. Es war auch eine gewisse – sozusagen körperlose – Sinnlichkeit, die ihn da hineinzog, und er ließ sich von den Wellen und Strömungen ihres unbestimmten Wachens und Schlafens treiben, trieb, wo immer sie ihn hindirigierten, sei es hinunter auf tiefere Ebenen, in ursprünglichere Fluten, sei es hoch hinauf in ursprüngliches Licht. Mitunter träumte er von seiner Mutter, von der er in jungen Jahren getrennt worden war.

Was Jones betraf, dachte der Bär, während er darauf wartete, daß Iris mit dem Essen fertig wurde, und auf einem Toilettensitz herumrutschte, der, wie die meisten Dinge dieser Welt, zu schmal war für seine Bedürfnisse, so würde es heute abend das erste Mal seit dem Ausbruch sein, daß sie sich wiedersahen, und das war seinerzeit ja eher ein ziemlich verschwommener Tag gewesen. Sie hatten kaum Gelegenheit gehabt, miteinander zu reden, in der ganzen Hektik und der Furcht, daß jeden Moment das Verhängnis über sie hereinbrechen würde, wenn sie nicht noch einen Zahn zulegten. Es würde schön sein, den Mann wiederzusehen, obwohl der Bär sogar auch ein oder zwei Hühnchen mit seinem Kumpel zu rupfen hatte. Eine Wutblase stieg in seinem Bauch wegen einiger Sachen auf, die Jones getan oder zugelassen hatte, während er, der Bär, eingebuchtet gewesen war. Der Titel der Platte zum Beispiel. Wie hatte er das durchgehen lassen können?

Der Bär fühlte andere Strömungen sich in seinem Innern verschieben. Wir nehmen Kurs auf die Erde. Wir ziehen weiter.

Als er fertig war, zog er die übergroßen Khakihosen hoch, die er auf Iris' Verlangen in der Wohnung trug und überprüfte sein Gesicht im Badezimmerspiegel, bevor er sich wieder in die Öffentlichkeit zurückbegab. Er machte seine Pfoten naß und furchte sich den Ansatz eines Scheitels in den Kopfpelz, kämmte sich anschließend mit bloßgelegten Krallen und spülte sich schließlich die Schnauze mit einem ziemlich bitteren blauen Mundwasser aus, das Iris dort stehen hatte. Ich habe es schon immer für wichtig gehalten, einen guten Eindruck zu machen. Er zog die Badezimmertür auf und blieb auf der Schwelle stehen. »Lieb-ling«, rief er so melodiös, wie es ihm nur möglich war. »Ich bin wieder da-ha.«

»Das Essen ist fertig«, antwortete Iris' prosaischere Stimme unter allerlei Klappern von feuerfestem Geschirr.

Sollte ich ein Jackett tragen? fragte er sich. Sie hatte letztens eine alte braune Tweedabscheulichkeit bei Jones aufgelesen. Der Bär strich sich den Brustpelz glatt, blickte auf seine Füße hinunter, wackelte mit den Zehenkrallen und ließ sie aufs Parkett trommeln. Tick tack tick. Raumzeitkontinuum. Ursina Commedia.

Wie präsentabel bin ich je gewesen? Er entschied, daß das Dinner heute abend keine Förmlichkeit verlangte, wünschte sich aber, er könnte einen Spritzer Parfüm auflegen. Muß Jones dazu kriegen, daß er meine Flasche Tuscany vorbeibringt. Verträgt sich so gut mit meinem natürlichen Moschus. Ach los, geh schon rein.

»Hallöchen auch«, sagte er, während er auf Iris und den Eßtisch zuschritt.

»Selber hallöchen«, sagte sie, blickte auf und schenkte ihm ein Lächeln.

Iris war gerade dabei, die muschelförmigen weißen Teller auf dem ovalen Nußbaumtisch zu arrangieren, der unter einem Beleuchtungskörper aus Messing und Pergament stand, dessen drei kleine Glühbirnen sie auf halbe Leuchtkraft gedimmt hatte. Auf dem Tisch brannten zwei Kerzen in silbernen Haltern mit Schnörkelverzierung, und eine offene Flasche Bordeaux steckte in einem geflochtenen Strohbehälter seitlich zwischen den Gedecken.

»Star Eyes«, sagte der Bär. Er liebte die Art, wie Bird den Song dieses Namens gespielt hatte, und es war seit jeher einer seiner Spitznamen für Iris gewesen, der zudem gerade heute auf ihre großen und hellen Augen paßte. Dem Bären war schmerzlich bewußt, daß seit dem Ende der Pubertät, ungeachtet aller, wenn auch gescheiterten, edlen Substanz in ihm, seine Augen klein, schweinsartig und stumpf waren und blieben.

Iris wandte ihm ein strahlend verlegenes Lächeln zu, ganz rot geworden, armes Kind, und lud ihn ein, sich zu setzen. Die Schürze war abgelegt, und sie trug ein einfaches schwarzes Kleid, dessen Halsausschnitt so beschaffen war, daß ihre liebreizenden Schlüsselbeine gerade eben freilagen. Ihr Anblick war eine Wohltat für seine Augen. Wenn man diesen Augen trauen konnte, dann trug sie keinen BH unter dem Kleid.

Nichtsdestotrotz wandte er seine Aufmerksamkeit wieder ihrem Gesicht zu. Es schien ihm, als würde das Interesse, mit dem er sie betrachtete, immer noch wachsen, mit jedem Jahr, jedem Jahrzehnt, ach, sehen wir der Sache doch ins Auge: auf immer und ewig! So bin ich also. Das hier ist von allem, was ich auf der Welt kenne, das beste. Ist es aber auch wirklich alles, was ich kennen muß?

Sie befand sich, soviel begriff der Bär, nicht in der ersten Blüte ihrer Schönheit. Die gerundeten Wangenknochen hatten sich zuletzt ein wenig vorgeschoben, die Augen hatten sich leicht geweitet und schienen über ihre eigene Helligkeit zu staunen, die Stirn hatte Charakter und manche Falte erworben – aber lieber Gott, für jeden, der ein Auge für die Intensität der vergehenden Zeit hat, ist sie ausdrucksvoller denn je, und ihre Musik kann um so tiefer empfunden werden.

»Alles soweit bereit«, sagte sie.

»Du machst alles so gut.«

»Wir werden sehen.«

»Das werden wir wohl.«

Der Bär setzte sich.

Der Bär war immer davon ausgegangen, daß die Besitzer von Schönheit die Bedeutung des Schatzes verstünden, dessen unwahrscheinlichen Reichtum sie verkörperten und über den sie wachten. Seit er sich in die menschliche Gestalt verliebt hatte, war seine Erwartung immer die gewesen, daß schöne Frauen keine dummen Schnepfen seien, wie es die Legende wollte, sondern daß sie im Gegenteil über größere Weisheit verfügten als alle anderen. Er wußte wohl, daß dies Ausfluß seines persönlichen Mangels an Erfahrung und daher reine Romantik war, doch in Iris' Fall war er sich sicher, daß es gleichwohl zutraf: Ihr Aussehen war Ausdruck der anders nicht ausdrückbaren Feinheit ihrer innersten Seele, das reinste Zeichen dafür, wer sie war und was sie, in der großen und geordneten Fülle der Welt, am Ende repräsentieren mochte. Ihr leicht alterndes Äußeres war nur ein Fenster auf dauerhaftere glückliche Gaben und Ausblicke.

Ich hab mich kein bißchen verändert, dachte der Bär. Gefängnis, spirituelle Vernichtung, beinahe Tod: Scheiß drauf, ich werde es aushalten, und mein Leierkastenherz quält sich dieselben alten Melodien ab. Wieso eigentlich? Und was ist, wenn ich die Musik über kriege? Kannst du mir was Besseres zeigen? Trotzdem: Warum kam ihm die Identitätsscharade, auch wenn sie durch neues Verlangen wieder frisch angeregt worden war, heute abend so ermüdend vor? Vielleicht glaubte er ja gar nicht mehr an dieses selbe alte Lied, das er sich da abpreßte. Oder vielleicht war es weniger das Lied als das Instrument, dem er nicht mehr traute.

»Du siehst bezaubernd aus«, sagte er und hielt sich damit dennoch an die Spielregeln.

»Der Schein trügt«, sagte sie. »Essen wir.« Ein Ablenkmanöver.

»Soll ich den Wein einschenken?«

»Ja bitte.«

Es war ein St. Emilion, ein weicher Merlot als Gegengewicht gegen jegliche Schärfe, die im Fisch enthalten sein könnte. Gute Wahl. Obwohl ...

... Obwohl die spürbarste Anwesenheit am Tisch – wie Christus in Emmaus, nur greller – immer noch die sexuelle Spannung zwischen ihnen war. Der Bär meinte, der Tisch müßte sich leicht verrücken oder vielleicht zitternd in die Luft erheben wie bei einer spiritistischen Séance, emporgehoben von Wellen unterdrückter Energie und sinnlicher Erregung. Aber alles, was sich erhob, war Iris' Rotweinkelch, den sie ihm lächelnd entgegenhielt. Der Bär erhob auch seinerseits das Glas.

»Auf die Freiheit«, sagte der Bär.

»Gesundheit.«

»Schönheit.«

»Dich.«

Gut möglich, daß die Sexgeschichte nichts weiter als eine einseitige Halluzination war, und Iris' Beteiligung daran ausschließlich ein Produkt seiner Einbildung.

»Riecht gut«, beurteilte der Bär den Wein, »aber das Glas paßt einfach nicht richtig an meine Schnauze. Hast du nicht eins von den breiteren?«

»Ach, hab ich die Bordeauxgläser rausgestellt?« sagte Iris mit offenkundiger Unschuld. »Entschuldige. Ich hol dir sofort eins von ›den breiteren‹. Das sind übrigens Burgundergläser.«

Der Bär saß für die Dauer ihrer Besorgung allein am Tisch und fühlte sich auf obskure Weise erniedrigt. Sie ist so glatt. Nein, ist sie nicht. Doch. Ich werd nicht schlau aus ihr. Ich weiß es nicht.

»Da.«

»Danke.« Er goß um. Er probierte. »Leckerer Wein.«

»Essen wir.«

»Was für eine gute Idee.«

Die gebratenen Lachsfilets lagen auf einem Bett von Blattspinat, bestreut mit gedünstetem Tomatenfleisch und Schalotten, oder waren es rote Zwiebeln? Der Bär fand diese schlichte Zusammenstellung ganz exquisit, und die Teetassenkuppel von leicht gewürztem Basmatireis paßte auch sehr gut dazu. Gedämpfte Spargelstangen lagen in halbwegs paralleler Reihe auf dem Teller, bedeckt mit gehobelten Mandeln und einem Schimmer Olivenöl; eine für später vorgesehene Schüssel Salat zeigte schon mal ihre Farben vor, und er wußte, daß Iris die Espressokanne schon gefüllt sowie Cognacflasche und -gläser bereitgestellt hatte. Das war ein anderes Leben als chez Jones. Letzteres war allerdings leichter zu durchschauen gewesen. Ah, süßes Geheimnis der Liebe, endlich hab ich dich aufgespürt. Subtilitäten ohne Ende. Schleier ohne Ende. Das weibliche Prinzip. Puh.

»Mein Glas ist leer«, teilte Iris ihm mit.

»Ist das meine Aufgabe?«

Ein schlichtes Nicken genügte.

Binnen kurzem hatte der Bär seinen Lachs aufgegessen, und Iris brachte den ungekochten Rest auf einem eichenen Schneidebrett herein. Der Bär, der nicht recht wußte, welches Vorgehen hier als schicklich durchgehen würde, schnitt das Stück in fünf Zentimeter breite Scheiben, nahm die erste in die Krallen und steckte sie in den Mund.

»Laß etwas für Jones übrig, für alle Fälle«, erinnerte Iris ihn.

»Rf«, sagte der Bär beipflichtend.

Iris verzog fast das Gesicht, als er das zweite rohe Stück Fisch verschlang. »Denk dran, ihn wegen der Wohnung zu fragen«, sagte sie.

Die Wiederholung dieser Aufforderung war ein solcher Tiefschlag für den Bären, daß er alles geben mußte, um nicht in klassischer Weise die Kinnlade fallen zu lassen. »Ja, Schatz«, sagte er.

Iris ignorierte die Ironie. »Um welche Zeit erwartest du ihn hier?«

»Kommt drauf an, wie oft er meint, das Taxi wechseln zu müssen. Der Mann muß so vielen Phantomen entkommen.«

»Ich dachte, daß sei deine Aufgabe. Glaubt er, daß noch irgend jemand nach dir sucht?«

»Ich hoffe doch, daß das vorbei ist.«

»Aber trotzdem gehst du noch nicht nach draußen.«

»Wozu?« fragte der Bär.

»Frische Luft.«

»In New York?«

»Der Fluß ist nicht weit weg.«

»Vielleicht guck ich ihn mir heute nacht mal an. Seh nach, ob Godzilla schon auf ist, frag ihn, ob er noch in Sachen Stadtsanierung engagiert ist oder ob er eine andere Aufgabe gefunden hat.«

Der Rest der Mahlzeit verlief schweigend, die Atmosphäre behutsam eingefroren in sich verzweigenden Kristallmustern angespannter Stille, und Iris blieb nach ihrem zweiten, höchstens halbvollen Glas Wein standhaft; der Bär machte die Flasche nieder, und als er damit fertig war, gähnte er, wobei er einen ganzen Mundvoll elfenbeinernen und purpurnen Schrecken freilegte, von dem Iris ihren Blick nicht losreißen konnte.

Da die eigene Schnauze ihm die Sicht versperrte, bemerkte der Bär nicht, wie ihre Augen sich weiteten, und falls seine Ohren ihr Schnappen nach Luft hörten, so wurde dies von seinem Gehirn nicht registriert.

Damit er mich besser fressen kann, hätte Iris fast laut gesagt und ihr schauderte.

Nachdem der Bär den ganzen Lachs verputzt hatte, abgesehen von dem Reservestück für den in Aussicht stehenden Jones, saßen sie still am Tisch, bis der Bär, in Reaktion auf die Leichtigkeit des Weins, etwas reichlich laut an seinen Zähnen saugte.

Dann kam die Rettung durch die Türklingel, oder vielmehr den aufdringlich plärrenden Summer – Iris' Wortwechsel mit der Gegensprechanlage bestätigte, daß sein alter Kumpel dort unten stand und Einlaß begehrte.

Er hatte das Gefühl, er müsse Jones' hageres Gesicht berühren, als dieser eintrat. »Hast du überhaupt schon wieder Fleisch angesetzt, Alter? Du bist immer noch so blaß.«

Jones warf sein glatt herabhängendes Haar zurück und legte im Rahmen eines breiten Lächeln seine schiefen Zähne frei, und damit auch ein bißchen helles Blut, das fächerförmig an einem seiner Vorderzähne hinunterrann. »Ich schaff es schon«, sagte er zu dem Bären.

»Du wirst langsam grau.« Der Bär deutete auf die neuen Strähnen an Jones' Schläfen.

»Dieser ganze physische Traumascheiß hat mich ziemlich mitgenommen, aber es verleiht mir etwas Charaktervolles, findet ihr nicht?« Jones zupfte an seinem weißen Hemd. »Willst du meine Narbe mal sehen?«

»Möchtet ihr gleich einen Kaffee?« fragte Iris. »Oder, Jones, vielleicht möchtest du erst mal was essen?«

»Nee, ich hab schon. Danke. Kaffee wär klasse. Meinst du, ich könnte mich da aufs Sofa packen?«

»Natürlich. Möchtest denn du deine Aktentasche hier stehenlassen?«

»Nö. Hab einiges Zeugs mit, das ich der Kreatur zeigen will. Ich nehm ihn schwarz, ohne Zucker.«

»Ich hab auch Cognac.«

»Das wäre der Himmel auf Erden.«

Iris machte sich auf in die Küche, und sie blickten ihr beide nach.

»He, Jones.«

»He, Bär.«

Eine Umarmung.

Jones schritt durch die Eßecke ins Wohnzimmer und ließ sich auf das lange, beigedurchwirkte Sofa sacken. Der Bär wählte einen Sessel, der nahe dem Kopfende schräg zum Sofa stand. Sie musterten einander, suchten nach dem richtigen Rhythmus, fanden keinen, nickten trotzdem und lachten.

»Ja prima, da wären wir nun also.«

»Und wie.«

»Hast dich gut hier eingerichtet?« Jones lüpfte neugierig die Augenbrauen.

»Eingerichtet?« sagte der Bär verwundert.

»Du weißt schon.« Jones warf ein Auge seitwärts in Richtung Küche. »Eingerichtet.«

»Du meinst eingerichtet im Sinne von zwinker-zwinker flüster-flüster?«

»Nun ja.«

»Ich empfinde diese Frage als beleidigend.«

»Du meinst, da läuft nichts?« sagte Jones und lehnte sich ihm entgegen. »Ohne Scheiß. Erstaunt mich.«

»Du warst schon immer leicht zum Staunen zu bringen.«

»Was ist los?«

»Wir verhalten uns wie zwei menschliche Wesen. Na ja, ein menschliches Wesen und ein sprechender Bär, genaugenommen. Ich will gar nicht mit dir darüber reden.«

»Wie du willst.« Jones reckte das Kinn vor. »Die Hosen sind echt klasse. Trägst du die jetzt immer?«

»Pah«, erwiderte der Bär und dachte an all die bissigen Bemerkungen, die er über die erniedrigenden Erfahrungen loslassen könnte, die Jones zeit seines Lebens mit den Frauen hatte machen müssen. Aber er kam nicht in Versuchung, sie auszusprechen. Trotzdem, guck dir an, was Jones da für eine irgendwie dürre Arroganz an den Tag legt auf seinem Sofa. Was war los mit ihm? Jones hatte sich irgendwie verändert. Der Bär fragte sich – und vermerkte gerade noch am Rande, daß er anscheinend schon ganz blöd geworden war vor Verlangen –, ob er sich nicht vielleicht die ganze Kiste mit der zarten Schönheit abschminken und seine Aufmerksamkeit Sybil Bailey zuwenden sollte, einer Frau, die mehr nach seinem eigenen Zuschnitt geschaffen war als die zerbrechliche und auserlesene Iris und eher geeignet, seine gewaltigen Energien aufzufangen. Ich würde sie verzehren. Sie würde zerbrechen. Ich brauch eine Frau mit ein bißchen mehr Gewicht. Möchte wissen, ob Sybil auf mich steht. Sind das wirklich meine Gedanken? Die innere Zensur ist auch nicht mehr das, was sie mal war. Liegt vielleicht am Vino. Andererseits liegt es vielleicht auch an der Veritas.

»Ich hab mir ein bißchen Gedanken gemacht«, sagte Jones.

»Hört, hört«, sagte der Bär.

»Na ja, eigentlich mehr so die Frage gestellt, wie gut du dich hier wohl eingerichtet hast.« Er schaute sich nach beiden Seiten um, als müßte er eine besonders unübersichtliche Straße überqueren. »Weil nämlich, falls es so wäre, hab ich daran gedacht, zu Sybil zu ziehen und die alte Wohnung aufzugeben.«

»Du hast *was?*«

»Nicht, daß Sybil und ich die Sache schon völlig geklärt hätten, aber ich mein, es wäre um soviel sicherer so. Das alte Apartment hat sich erledigt, meinst du nicht? Das ist kein sicheres Haus mehr. Die Bücher und so Sachen könnte ich irgendwo lagern.«

»Jones, ich bin entsetzt. Ich fühle mich, als würde mir der Boden unter den Füßen weggezogen.«

»Tja, gewöhn dich lieber dran. Scheint Landesrecht zu sein in dieser Gegend.«

»Was ist los mit dir?«

»Du meinst echt, du kannst sie nicht nageln?« fragte Jones mit nach Ansicht des Bären noch nie dagewesener Vulgarität.

»Scheiße, Jones, was ist in dich gefahren?«

Jones griff grinsend nach seiner Aktentasche. »Ich werd dir mal zeigen, was passiert ist. Da gibt's 'ne Menge, was du nicht weißt.«

»Offensichtlich.«

»Es ist garantiert ganz nach deinem Geschmack.«

»Ich werd es aufschlabbern und grinsen.«

»Komm schon, Bär. Klink dich ein. Die Dinge stehen glänzend.«

Iris kam mit einem Tablett herein, auf dem dampfende Espressotassen, Brandygläser und eine Flasche Napoléon standen. Sie bewegte sich äußerst graziös, wie auf hydraulisch gefederten Gelenken, und nichts klirrte oder wackelte.

Jones strahlte sie an. »Sieht sie nicht toll aus, Bär?« sagte er.

Iris stellte das Tablett auf dem Couchtisch ab und setzte sich neben Jones auf das Sofa. »Also, wer will was?«

»Jeder will das Offensichtliche«, sagte der Bär.

»Kaffee und Cognac für alle also«, sagte Iris.

Jones wuchtete einen Packen Papiere aus seiner Aktentasche auf den Couchtisch. »Okay. Nun rate mal.«

»Man hat den Richter Crater gefunden«, sagte der Bär. »Scheiße schwimmt, der Papst ist Pole, Materialisation ist ein Schwindel, und wir sind in Wirklichkeit alle eins, Alter.«

»Das auch«, sagte Jones, »aber was kurzfristig bedeutender erscheint, ist, daß die ganze erste Pressung der Tin-Palace-Platte praktisch in zwei Tagen ausverkauft war und Megaton International sie arschklar kaufen will; die zahlen dir mal eben zwanzig Riesen, gehen mit einer Auflage von 100000 weltweit an den Start und holen dich ins Studio, um so schnell wie möglich was Neues aufzunehmen.« Jones grinste von seinem privilegierten Sitz aus zu ihm herüber. »Ich hab mich ein bißchen reingehängt.«

Iris setzte sich aufrecht und klatschte die Hände zusammen wie ein Kind. »O Mann«, sagte sie.

»Was, zum Teufel, ist passiert?« sagte der Bär, dessen erster unzensierter Gedanke war: Das ist eine Katastrophe.

»Kurz und knapp«, sagte Jones und nahm einen großen theatralischen Schluck vom Cognac, »die Guten haben gewonnen.«

»Wie haben sie das gemacht?«

»Hauptsächlich, weil du so ein toller Musiker bist, aber auch, weil es da einen kleinen Beitrag in der *Voice* über die Schüsse am Ende des Albums gab, der dann von *Down Beat* aufgegriffen wurde, und die Leute wollten wissen, ob du ein Schwindel bist oder nicht, und Wynton Marsalis hat dazu verlauten lassen, daß du auf jeden Fall das Image des Jazzmusikers herabsetzt...«

»Wynton Marsalis, der Jungtrompeter, dessen Klappe so groß ist wie sein IQ?«

»Ist 'ne Menge passiert, während du eingesperrt warst, B. Heutzutage ist er das Gesetz in diesem Teil des Waldes, kann bestimmen, was Jazz ist und was nicht. Wie auch immer, du bist für ihn Zumutung genug, daß er darüber in der Zeitung reden muß, und das hat Cummins' kleiner Pressung geholfen, im Handumdrehen aus den Läden zu verschwinden, an beiden Küsten und auch in Chicago.«

»Mir gefällt das, was ich von Wynton gehört hab. Wär nett, mit ihm zu spielen. Aber ich bin herabsetzend, was?«

»Bedank dich bei ihm, wenn du ihn siehst, denn er hat dir die beste Publicity verschafft, die du je hattest. Irgendwas über das notorisch falsche Bild des edlen Wilden.«

»Tja«, sagte der Bär, »sehr wild bin ich ja nicht, und ich kann auch nicht erkennen, daß ich sehr viel Edles in mir hätte...«

»Du hast ein gewisses...«, sagte Jones beteuernd und wedelte mit einer Hand in der Luft.

»Nee«, sagte der Bär, »ich dachte immer, ich hätte was mit dem Exil der Seele auf der Erde zu tun und dergleichen minderen gnostischen Häresien. Das ist alles dummes Zeug, das mich ehrlich gesagt schon seit ein paar Jahrzehnten anödet, aber es ist von größerer Bedeutung als irgendwelche Varianten über den edlen Wilden. Falls du Wynton mal siehst, tu mir den Gefallen und klär ihn auf.«

»Nichts Edles also?« Jones tat so, als mache er sich Notizen.

»Vor Urzeiten«, sagte der Bär, »aber das war nur mangelnde Erfahrung. Was ist es denn, das Wynton juckt? Ich kann spielen. Ich kenne meine Musik. Ich bin kein halbfertiger Holzkopf. Ich bin keine Verarsche.« Der Bär wischte sich mit der rechten Pfote über die Augen. »Gott, es ist abscheulich, so reden zu müssen.«

»Keine Angst«, sagte Jones. »Ich schreite ein, bevor du wieder Blut vergießt.«

Der Bär machte seinen Cognac mit einem einzigen brennenden Schluck nieder, Jones zog sofort mit. Iris füllte ihre Schwenker wieder auf, nippte zurückhaltend an ihrem und legte ansonsten eine aufmerksame Miene auf.

»Ich mußte eigentlich kaum etwas tun«, fuhr Jones fort. »Cummins kriegte plötzlich lauter Anrufe. Columbia, Blue Note, Megaton. Ich übernahm die Rückrufe, und Megaton hat das beste Angebot gemacht. Sie sind die einzigen, die die alte Platte aufkaufen und neu vertreiben wollen, und sie wollen eine neue machen bei BFD, mit erstklassiger Tontechnik und weltweitem Vertrieb.«

»Ich hätte so gern eine Platte bei Blue Note herausgebracht«, sagte der Bär. »Schade, daß Lee Morgan tot ist, ich würde sie mit ihm machen.«

»Na, dieser Typ hat noch weniger Glück in den Clubs gehabt als du«, sagte Jones. »Die Kugel, die seinen Namen trug, ist nicht daneben gegangen.«

»Klar«, sagte der Bär. »Seine Freundin hat sie abgeschossen, nicht irgendein kleiner Bulle.« Er schaute nicht in Iris' Richtung, fühlte aber, daß sie ihn ansah. »Wenn du willst, daß die Sache klappt«, sagte er, »dann muß sie mit Liebe angegangen werden.«

»Nun«, sagte Jones und griff den Faden auf, »Blue Note bietet nur zehn gegenüber den zwanzig von Megaton. Mit Megaton bringst du die erste Platte im großen Stil unter die Leute. Bei allen anderen dauert es Monate, bis irgendwas Neues rauskommt. Ich sage: Laß uns deinen Namen im Gespräch halten. Ich sage: Laß uns durchstarten. Ich sage: Laß uns ganz groß absahnen.«

»Egal, bei wem«, sagte der Bär, »was das alte Album angeht, da muß derjenige den Titel ändern.«

»Sollte man nicht machen«, sagte Jones. »Es hat ja schon unter dem einen Namen eingeschlagen. Wenn man ihn ändert, verwirrt das die Käufer.«

»Erstens«, sagte der Bär, »bin ich nicht sicher, ob ich dieses Album überhaupt noch mal veröffentlicht haben will ...

»Was?«

»Vielleicht, wenn die Bullen mich noch einen weiteren Set hätten machen lassen, aber so ...«

»Was?«

»Und ich weiß wirklich nicht, wie du zulassen konntest, daß die mit diesem Titel rausgekommen sind. Du weißt doch, wie ich die Platte nennen wollte.«

»Es waren sich alle einig, daß *If There's a Bleecker Street Than This One I Don't Know Its Name* nicht aufs Cover passen würde, und außer dir fand auch keiner den Titel gut. Ist doch ein echter Abtörner.«

»Jones, kann es sein, daß du nicht begriffen hast, daß das ein Witz war?«

»Kein besonders guter, B.«

»Aber *Blues in Ursa Minor*, Jones? Hast du jeden Rest von Verstand und Geschmack verloren?«

»Was ist denn so schlimm daran?«

»Pff.«

»Jesus nein, ich komm hier mit all diesen guten Nachrichten an, und du strahlst Vibrationen aus wie ein kaputter Reaktor. Was, zum Teufel, ist los mit dir?«

»Du hast mir alles versaut«, sagte der Bär ohne Umschweife.

»Ich hab mich krummgelegt, um dich zu finden, das hab ich gemacht«, sagte Jones beharrlich. »Hab mich *abstechen* lassen für dich. Ich bin blutend durch den Washington Square Park gekrochen für dich.«

»Du bist abgestochen worden, weil du nicht weißt, wo man nachts langgeht, wenn ich nicht dabei bin.« Der Bär hörte ein heftiges Atemholen aus Iris' Richtung und sah, wie ihre Augen sich weiteten, ihr Gesicht rot wurde und sie kerzengerade auf dem Sofa saß. Nein, dachte er. Ich habe recht. Das mußte mal gesagt werden.

»Ich bin abgestochen worden, weil ich monatelang nach dir gesucht hab und es die einzige Möglichkeit war, die Welt rausfinden zu lassen, wie es geht.«

»Ach ja?«

»Du mußtest einfach da sein«, sagte Jones. »Und in einem gewissen Sinne warst du's auch. Eigentlich wollte ich genau darüber mit dir reden, aber wenn du dich hier so unvernünftig aufführst, hat es ja wohl keinen Sinn.«

»Wann war ich je vernünftig?« sagte der Bär einigermaßen laut. »Ich war nie vernünftig. Was ich jetzt gerade bin, ist monströs.«

»In der Tat.«

»Dennoch finde ich dies ganze ›Ich bin für dich abgestochen worden‹ ziemlich happig. Du weißt hoffentlich, wo *ich* war?«

»Bär«, sagte Iris. »Wenn Jones nicht im Krankenhaus gewesen wäre und ich ihn dort nicht besucht hätte, wenn ich es geschafft hätte, das Rauchen aufzugeben, und wenn Tim nicht in der Raucherecke gesessen hätte…«

»Dann wär meine Oma eine Straßenbahn«, sagte der Bär, »statt tot in einem Zirkuskäfig mit siebenundzwanzig.«

»Hört auf«, bat Iris inständig. »Ihr sollt beide aufhören, oder ihr könnt beide gehen. Was hat es nur immer auf sich mit euch Männern?«

»Ich bin kein…«, setzte der Bär an, ließ es dann aber dabei bewenden.

»Hör halt einfach auf.«

»Sie hat recht«, sagte Jones.

»Natürlich hat sie recht«, sagte der Bär. Er erhob sich und begann im Zimmer auf und ab zu gehen.

»Paß auf den Teppich auf«, ermahnte ihn Iris.

»Laß einem alten Bären sein Aufundabgehen, ja?«

»Mußt du deine Klauen unbedingt so eingraben?« sagte sie. »Guck doch, was du mit dem Gewebe anrichtest.«

»Ich weiß«, sagte der Bär. »Ich gehe durch die Welt und richte Schaden an. Das ist meine Aufgabe.« Er schritt vorsichtiger aus, ließ seine Pfoten sanft von der Hacke zu den Zehen abrollen. »So besser?«

»Ich muß mal pinkeln«, ließ Jones Iris wissen. »Wo geht's hier zum Dings?«

Iris zeigte ihm die Richtung. »Bär«, sagte sie, nachdem Jones verschwunden war.

»Du hast recht«, sagte der Bär. »Du hast absolut recht. Laß es mich durch Laufen abarbeiten. Es ist dein Haus. Es ist mein Fehler. Ach.«

»Wenn du glaubst, daß ich dir widersprechen würde, hast du dich getäuscht.«

»War ich so schlimm?«

»Du warst furchtbar. Wie kannst du denn so was nur mit ihm machen?«

»Er hat sie den Namen meines Albums ändern lassen. Ich finde das ist ein Bereich, in dem ich legitimerweise erwarten darf, eine gewisse Kontrolle ausüben zu können.«

»Er hat dir dein Spielzeug weggenommen«, sagte Iris, »also ist es klar, daß du ihn umbringen mußt.«

»Gute Idee.« Der Bär schritt heftiger aus.

»Der Teppich«, erinnerte Iris ihn.

»Die Eierschale«, sagte der Bär.

Im Zuge seines Aufundablaufens, während er gleichzeitig versuchte, die Situation realistisch einzuschätzen und den Teppich nicht zu zerfetzen, fragte der Bär sich: Was stimmt nicht mit dir? Siehst du nicht, daß wir alle im gleichen undichten Boot sitzen?

»Was?« fragte Iris ihn. »Was meintest du, irgendwas mit einem Boot?«

»Du hörst mich wieder denken. Ich hab nur grad versucht, mir einzureden, daß wir alle im selben undichten Boot sitzen.«

»Dann bist du ein größerer Optimist als ich«, sagte Iris.

»Wie meinst du das?«

»Du glaubst immerhin noch, daß es ein Boot gibt.«

»Natürlich gibt es ein Boot«, sagte er, mied aber ihren Blick. »Selbstverständlich.«

»Wenn du dich auf diese Weise benimmst«, sagte Iris, »bin ich fast überzeugt, daß es keins gibt. Wie kannst du nur? Glaubst du, daß er dein Hund ist?«

»Du hast dir wohl etwas von mir erhofft«, sagte der Bär.

»Ich habe mir eine Menge erhofft.«

»Hast du? Wirklich? Immer noch?«

»Natürlich. Was glaubst du, worum es hier geht?«

»Ich hab keinen blassen Schimmer«, antwortete der Bär ihr wahrheitsgemäß.

Jones, der aus dem Badezimmer zurückkehrte, strich seine Hemdbrust glatt und überprüfte noch einmal seinen Hosenverschluß.

»Du und ich, wir wollen eines Blutes sein«, sagte der Bär müde.

»Okay, Friede. Hast du dir die Tin-Palace-Platte angehört?«

»Ich hab Angst davor«, gestand der Bär.

»Brauchst du nicht. Sie ist besser, als du glaubst.«

»Ich fand sie sehr gut«, sagte Iris.

»Verrat auf allen Seiten. Wann hast denn du sie gehört?« fragte sie der Bär.

»Kopfhörer«, sagte Iris. »Du solltest mal reinhören. Sie ist gut.«

»Zum Glück waren wir eine eingespielte Band. Trotzdem hätten wir noch einen Set gebraucht, um richtig reinzukommen, obwohl wir immerhin zu der Zeit, als der Gig stattfand, nie ganz kalt anfangen mußten. Und Billy war recht gut.«

»Hör es dir an«, sagte Iris.

»Du wirst überrascht sein«, fügte Jones hinzu.

»Vielleicht morgen«, sagte der Bär und meinte: Vielleicht in einer Woche oder so, oder nie.

»Also«, sagte Jones und wechselte den Tonfall, »was ist mit dem Angebot von Megaton und BFD? Ein Wort von dir, und du kannst innerhalb eines Monats im Studio sein.«

Der Bär machte eine unbewußte Gesichtwaschbewegung mit der rechten Pfote. »Ich glaube, ich kann das nicht.«

»Was? Herrr-gott. Geht's schon wieder los?«

»Ich mach das nicht einfach nur so, um schwierig zu sein, ja?«

»Ach so, es ist als Bonus gedacht?«

»Jones, ich finde die Musik derzeit wirklich nicht in mir. Ich hab hier in der Wohnung geübt, und sie ist einfach nicht da, oder jedenfalls nicht dort, wo ich beim Suchen hinkomme. Ich bin kein brennender Busch. Ich kann mich verzehren. Ich werde von der Wurzel abgeschnitten. Ich brenne aus.«

»Du bist, was du bist. Wir wissen, daß du spielen kannst. Im Moment wär's halt gut für dich, und du könntest doch wahrscheinlich auch die Kohle gut gebrauchen. Wie willst du sonst Tim das Geld für den ganzen Fisch wiedergeben?«

»Yeah, wie geht's Tim eigentlich?«

»Kann nicht fassen, daß er nicht eingebuchtet und nicht mal gefeuert worden ist. Er meint, er sitzt zu Hause in seinem Sessel und wartet darauf, daß die Decke einstürzt, und dann, nach einer Weile, wenn sie immer noch nicht runtergekommen ist, dann fängt er an zu grinsen. Und seine Frau muß auch nicht operiert werden.«

»Und so lebten sie glücklich und zufrieden«, sagte der Bär. »Friedmann scheint's ja auch ganz gut zu gehen.«

»Also, was ist nun mit der Platte, B? Du solltest es echt tun, weißt du.«

»Ich weiß, aber ich habe so ein Gefühl, als hätte ich den Faden verloren. Wofür steht BFD eigentlich?« sagte der Bär. »Big Fucking Deal?«

»Irgendwas Dänisches, glaube ich. Es ist ein guter Deal, Bär. Krieger sagt, du kannst für die Session praktisch jeden haben, den du willst.«

»Sigbjørn Krieger? Mr. BFD? Hast du mit dem gesprochen?«

»Dem berühmten dänischen Kontrollfreak höchstpersönlich. Und es war kein schlechtes Gespräch.«

»Mir gefällt es, wie seine Platten klingen. Was meint er mit praktisch jeden?«

»Als Schlagzeuger hat er Jack DeJohnette vorgeschlagen.«

»Ä-äh«, sagte der Bär zusammenzuckend. »Vor dem Typen habe ich Schiß. Hast du schon mal bemerkt, daß er immer besser klingt als alle, mit denen er spielt? Das kann ich mir nicht leisten im momentanen Stadium meiner«, er prustete ein bißchen, »Karriere. Außerdem läuft es sehr gut zwischen mir und Billy. Steht Billy zur Verfügung?«

Jones nickte. »Klavier?«

»Monk ist tot«, sagte der Bär, »da müßte ich also nachdenken. Mingus weilt auch nicht mehr unter uns. Da geht der Baß dahin.«

»Krieger hat Charlie Haden vorgeschlagen.«

»Du machst Witze. Ich könnte mit Charlie Haden spielen? Ich würde alles tun, um mit Charlie Haden zu spielen.«

»Sogar eine Platte machen?« sagte Jones mit aufgewecktem Gesichtsausdruck und hielt einige Papiere in die Höhe.

»Wenn's sein muß. Muß ich irgendwas unterschreiben wegen dem Verkauf der alten Platte?«

»He, falls deine Schreibhand noch zittrig ist, reicht auch ein Fingerabdruck. Der Bär, sein Stempel. Den Blutkontrakt machen wir später.«

»Weißt du, was ich allerdings wirklich machen will?« sagte der Bär. »Ein bißchen Pressearbeit. Ich glaube, das ist die einzige Möglichkeit weiterzumachen, ohne wieder hopsgenommen zu werden. Ich bin zu der Ansicht gelangt, daß ich letzten Endes nur dadurch, daß ich immer so auf meinen Schutz bedacht war, überhaupt je zu Schaden gekommen bin.«

»Hab ich das nicht immer gesagt? Hab ich dir das nicht schon vor Jahren gesagt?«

»Hast du das?« Der Bär erinnerte sich dunkel an irgend etwas in dieser Richtung, aber es blieb unklar und durch minderwertige Umstände kompromittiert, und überhaupt, es bewies nicht gerade Stil, daß Jones gerade jetzt damit ankommen mußte.

»Aber klar«, sagte Jones fest. »Ich hab dir immer gesagt, du sollst dich offen zeigen, aber nein, du mußtest es auf deine Art machen, du mußtest immer schwer geheimnisvoll tun, weil das ja subversiver war. Ich war dagegen immer der Meinung, daß man gerade dadurch die Gefahren heraufbeschwört, die du gefürchtet hast.«

»An was ich mich hauptsächlich noch erinnere von dem, was du gesagt hast, ist, wieviel Kohle wir machen könnten, wenn wir auf Breitwand gehen würden. Das weiß ich noch und auch, daß das Risiko ganz bei mir gelegen hätte.«

»Ach was, mach halblang. Du denkst immer, daß alles bei dir liegt.«

»Danke, daß du mir das anvertraust. Jedenfalls glaube ich, es wäre jetzt ratsam, an die Öffentlichkeit zu gehen. Vollstes Vertrauen und offenes Visier, so geht's nach vorn.«

Jones versuchte, beeindruckt zu wirken. »Na, das ist ja das Allerneueste«, beschied er dem Bären.

»Das ist wirklich neu«, bestätigte Iris.

Der Bär sah, daß sie beide ihre Augenbrauen angehoben hatten, das machte alles in allem vier gehobene Augenbrauen.

»Damit jetzt kein Mißverständnis entsteht«, sagte der Bär. »Ihr meint, das sei etwas Neues, ja?«

»Wenn du wirklich groß rangehen willst an die Sache«, sagte Jones, »könnte ich dich wahrscheinlich innerhalb von einer Woche bei Letterman unterbringen.«

»He, hoppla, immer langsam. Wir möchten es doch lieber im Jazzrahmen halten, ja? Also praktisch unsichtbar, ›klein‹ heißt hier, glaub ich, das Schlüsselwort.«

»Was willst du dann? *Village Voice*, *Down Beat*? Wenn du ans Tageslicht willst, solltest du vielleicht die *Times* in Erwägung ziehen.«

»Ich könnte ein paar Interviews geben«, sagte der Bär. Er fühlte, wie ihm der Schweiß unter dem Pelz ausbrach. Es hört wohl nie auf. Ich bin echt ein Spitzengerät. »Die *Times* käme durchaus in Frage.«

»Na cool, Daddy-o. Und dieses Teil hier müßtest du dann unterschreiben.« Jones hielt ihm ein einzelnes Blatt entgegen. »Erteilt mir die Vollmacht, aber keine Angst, ich werd ohne dich nichts Großes anstellen.«

»Können wir den Titel des Albums zurückändern?«

»Ist unter Umständen verhandelbar. Gefallen wird's denen aber nicht.«

»Was ist das für eine Klausel da ganz unten im Vertrag?« fragte der Bär, um zu zeigen, daß er wieder gut Freund sein wollte.

Jones ging lächelnd darauf ein. »Das ist nur für den Fall, daß du nicht mehr zurechnungsfähig bist. Die sogenannte ›Sanity Clause‹.«

»Ha, mir kannst du nichts vormachen«, sagte der Bär, und Jones bedeutete ihm mit einem Nicken, daß er den Spruch selbst zu Ende bringen sollte. »In Wirklichkeit gibt's gar keinen Sanity Claus.«

Iris sah den Bären an, dann Jones, dann wieder den Bären, und murmelte etwas weitgehend Unhörbares über »alberne Jungs«.

»Wann kannst du mir sagen, ob du bereit bist, eine neue Platte für BFD zu machen?« sagte Jones. »Denk dran, daß sie ohne das vielleicht den Deal mit der alten nicht werden machen wollen.«

»Wäre das so schlimm?«

Jones zuckte die Achseln. »Wenn Vertrauen der Weg nach vorn ist...«

»Trotz der Nichtexistenz der Sanity Clause werde ich wirklich ehrlich darüber nachdenken«, versprach der Bär. »Ich tu mein möglichstes.« Weiß ja keiner, wieviel das ist, dachte er.

»Wie konntest du nur so gemein zu ihm sein?« fragte Iris, als Jones wieder weg war.

»Ich dachte, damit wären wir durch. Haben wir immer noch Bärenfolterwoche?«

»Du warst schrecklich.«

»Ursus horribilis. Ich geb's ja zu. Können wir das jetzt ruhen lassen?«

»Solange du einsiehst, wie übel du warst.«

»Okay, okay. Ich gestehe. Hör mal, willst du meine Darstellung einer Bärenfellbrücke sehen?« Der Bär sprang aus seinem Sessel und warf sich bäuchlings auf den Wohnzimmerteppich. Er streckte alle Glieder von sich, stieß die Luft aus der Lunge und riß die Kiefer auseinander. »Wie issen das?« fragte er, ließ die Zunge herausrollen und verdrehte die Augen.

Iris gab sich Mühe, nicht zu lachen. »Und der einzige Grund, warum du wütend auf *mich* bist«, sagte sie, »ist der, daß ich kein braves Mädchen bin und mit dir ins Bett gehe.«

»Wow, jetzt ist es raus«, sagte er aus seiner schwierigen Position heraus.

»War es immer«, sagte Iris.

»Na ja, es wäre eine nette Geste, oder?« Der Bär drehte sich auf die Seite, stützte den Kopf auf eine Pfote und warf seinen Blick vage in ihre Richtung.

»Da wird nichts draus«, sagte Iris entschieden. »Und du hast Jones nicht gefragt, ob du wieder zurück in die Wohnung ziehen kannst.«

»Wir sind abgelenkt worden. Ich hab's vergessen.«

»Ruf ihn morgen an und frag.«

Der Bär erhob sich vom Fußboden und klopfte sich den Pelz ab. »Du bist eine Prinzessin hoch oben auf einem steilen gläsernen Berg, ja?« sagte er. »Ich muß irgendeine passende Heldentat vollbringen. Hab ich's getroffen?«

Iris versuchte, nicht zu lächeln. »Du bist so unerfahren«, sagte sie.

»Versuch doch, mich als einen in die Jahre gekommenen Heranwachsenden zu sehen.«

»Tja, nimm Vernunft an.«

»Wie?«

»Ich geh zu Bett. Vielleicht könntest du ausnahmsweise mal abwaschen. Nimm Stahlwolle für die Bratpfanne und die Bürste mit dem langen Griff für die Teller und Gläser. Solltest du in mein Zimmer kommen, erschieße ich dich. Gute Nacht.« Sie drehte sich abrupt um und verschwand.

Der Bär stand im Wohnzimmer und dachte: Wa? Hä? Das ging aber ein bißchen plötzlich, und wieviel hab ich dabei eigentlich unterm Strich verloren?

Später jedoch, als er allein auf seinem schmalen Bett lag, das ungelesene Buch aufgeschlagen auf dem Bauch, da schien wieder alles anders zu sein. Er erinnerte sich, wie leicht ihm der Gedanke gefallen war, sich die Sache mit der zarten Schönheit abzuschminken und zu schauen, ob nicht vielleicht Sybil Bailey zum Vögeln verfügbar wäre, und im Rückblick ließ ihn das in seinen eigenen Augen als vollkommen monströs erscheinen. Sein Herz war schwarz, ein tragbares, schlagendes Gefängnis.

Nach einer Weile fingen seine Gedanken an zu schweifen, und er erlaubte ihnen, Iris schlafend vor sein inneres Auge zu rücken. Sie schlief vermutlich inzwischen. Ein- oder zweimal war sie in der letzten Woche nach dem Abendessen auf ihrem Wohnzimmersofa eingeschlafen, auf dem Rücken liegend, den Kopf auf die Armlehne gestützt, und der Bär hatte sich auf die Kante des Couchtisches gesetzt, um ihr beim Atmen und Träumen zuzusehen, während sich die Augen hinter ihren Lidern hin und her bewegten. Der Bär hatte nur einige wenige andere Menschen beim Schlafen beobachtet – Jones, der aussah, als hätte er eins über den Schädel gezogen gekriegt, und ein paar Frauen, mit denen er geschlafen hatte und die hinterher eingenickt waren, einen Rest von schiffbrüchigem Körper zurücklassend –, aber so etwas wie Iris hatte er noch nie gesehen. Wenn sie schlief, fiel alle Anspannung von ihr ab, ihr Gesicht wurde weich und wirkte unverstellter, und alles an ihr, besonders die ungeschützte Kehle und das Gesicht, zwang den Blick, sich aufwärts zu richten: Es war nicht schwer zu erkennen, welchen Weg ihre Seele geflogen war, nämlich ganz aus ihr heraus, und zurückgelassen hatte sie auf ihrem Gesicht einen Ausdruck von Erlösung und unbedingtem Vertrauen. Nie war sie auf reinere Weise schön als im Schlaf. Nein, das stimmt auch nicht: Sie ist leuchtender und komplexer, wenn sie wach ist, aber dadurch, daß er ihr beim Schlafen zusah, verstand der Bär, warum verliebte Menschen den unwiderstehlichen Drang verspüren zu sagen: Ich werde dich auf ewig lieben, und ich habe dich schon immer geliebt, selbst wenn sie wissen oder ahnen, daß sie dieser Aufgabe in einer Welt, die ein Zeitkapitel an das andere setzt, gar nicht gewachsen sind. Ein Augenblick unverfälschter Liebe, mag man ihn später noch so sehr versauen, öffnet ein heiliges Fenster auf etwas, das außerhalb der keuchenden Zeit liegt und das nimmermehr ganz verleugnet werden kann, gleichgültig, was für Unsittlichkeiten ihm folgen mögen. Aber weil man diesen wahren Augenblick, wenn er denn kommt, nicht als solchen erkennen kann, sagt man in hinzufügender Sprache etwas über immer und ewig. Als ob ein hinzufügendes Ewiges irgend etwas damit zu tun hätte. Worum es geht, das ist die Wahrnehmung von Ewigkeit trotz allem Alltagsticken einer sterblichen Hülle. Hierzu gibt es keinen privilegierteren Zugang, so schien ihm, als die Liebe.

Auf diese Weise hatte der Bär einige Male über ihrem Schlaf gesessen und sich dabei gefühlt wie ein großer dunkler, um die Zartheit ihres Lichtes kreisender Planet, durch die elliptischen Umlaufbahnen des Verlangens wirbelnd und hinab durch die schwindelerregende Kluft zwischen ihrer beider Spezies starrend. Er meinte fast zerbrechen zu müssen ob des Abgrunds zwischen seiner ungeschickten Sehnsucht und der Eleganz ihrer vollkommenen gestaltlichen Hervorbringung. Und dennoch, ob hörig oder wachsam, ob seinem Herzen gehorchend oder den Gesetzen einer anderen subtilen Physik, hatte er sich weit und groß gefühlt, hingebungsvoll und geduldig und bedächtig.

Wenn das keine Liebe ist, dann ist es jedenfalls das Beste, was ein armer dummer Bär vermag.

Er betrachtete bei solcher Gelegenheit das komplex gefügte, durch das Zurückbiegen des Kopfes enthüllte Kabelwerk, das den klassischen Zug von Kinn und Kiefer unterstrich, bewunderte die Verflochtenheit von Sehne und Atem – sieh nur den Puls dort schlagen –, und in Verehrung dieses träumenden Gesichts und des Geistes, den es augenblicksweise aus seiner Umgrenzung befreit hatte, gab er sich der Schönheit der Konstruktion hin und dem, was sie hinsichtlich des Ungeschaffenen, des mehr als nur Gebauten, implizieren mochte. Er wollte, wenn nötig, in Ewigkeit wachen über diese flüchtige und kostbare Seele, über das atmende Haus, in dem sie wohnte, auf daß nichts Schroffes und Schädliches eindringe und ihr Dasein beeinträchtige. Ich werde sie beschützen, insbesondere, falls nötig, vor mir. Vielleicht war er nicht mehr als eine beliebige Kreatur auf Wachgang, benommen von der höheren Musik, die sie in ihm freigesetzt hatte. Vielleicht war das schon die ganze Bedeutung der Sache. Und vielleicht war das auch genug.

Sie hatte recht: Nimm Vernunft an.

Ich wünschte, ich wäre dieser Musik besser gewachsen.

Seine schwere bärenförmige Gestalt war ihm nie grotesker erschienen als jetzt. Es gab nichts, was man an dieser Situation ändern konnte. Nichts, was er im entferntesten erkennen konnte.

Iris lag im Bett und spürte eine besonders befriedigende Wärme, die sich von ihrem flachen kleinen Bauch bis in die Extremitäten ausdehnte. Es war so schön, den Bären hier in der Wohnung zu haben, und zwar so weit gezähmt, daß sie das Tempo der Entwicklung kontrollieren konnte. Es fühlte sich fast so an, als sei sie ein Stück ins Meer spaziert – Iris konnte nicht schwimmen – und hätte ihre Hand auf die Mähne einer sich aufbäumenden Welle gelegt und deren meereswälzende Potenz kurzzeitig unter ihrem Befehl ruhiggestellt. Falls er in diesem Moment in ihr Zimmer käme, wäre sie mit an Sicherheit grenzender Wahrscheinlichkeit unfähig, ihm zu widerstehen. Sie würde sich jedem Untergang hingeben, sich der Erfahrung, welcher Art sie immer sein mochte, darbieten, auf daß sie von ihr aufgezehrt würde, selbst wenn sie, was wahrscheinlich war, *auch* schmutzig und unangemessen sein sollte und sie beide später dafür würden bezahlen müssen. Aber das Wissen darum, daß er tatsächlich heute nicht zu ihr kommen würde, machte sie stark. Es war, als beherrschte sie einen großen Teil der unermeßlichen Gewalt der Natur genau hier in der geradlinigen Zurückgezogenheit ihres Heims. Es war, als könnte sie ihre Hand auf die schäumende Mähne dieser Welle legen und deren Kraft ihren eigenen Zwecken dienstbar machen. Sie ließ die Wärme dieser Kraft die allzu dünnen Muskeln ihrer Gliedmaßen aufpumpen. Es fühlte sich gut an. Vielleicht würde es sie noch stärker machen. Was würde passieren, wenn sie in *sein* Zimmer ginge?

Auf gar keinen Fall. Auf keinen Fall heute.

In diesem Zustand war es möglich, sich in den Schlaf heben zu lassen, wie von einer Welle, während sie für gewöhnlich mitgenommen und schutzsuchend in ihn hinabstürzte. O ja, dachte sie, es war eine wunderbare Nacht.

2

Es war beinahe Mittag, der Bär blickte durch Iris' Wohnzimmerfenster nach draußen und wartete auf die Ankunft des Lieferwagens. Von seinem Sitzplatz aus konnte er einen Teil der inneren Straßenführung der Wohnsiedlung einsehen. Eine Menge umtriebiger Eichhörnchen waren dort unten zugange, und ein paar Menschen führten ihre Hunde aus. Der Bär hatte den Eindruck, daß die Hunde weitaus interessierter, neugieriger und intelligenter in die Welt blickten als die Leute, die sie an der Leine herumführten, aber er mochte in dieser Hinsicht etwas voreingenommen sein.

Der Bär mußte aufstoßen. Er hatte eine Salatschüssel voll Kaffee und acht Bagels zum Frühstück verputzt, und sein Magen schien ein bißchen übersäuert zu sein. Könnte nachher ein Problem werden. Im Studio die Scheißerei zu kriegen. Er hoffte es nicht, aber es war möglich.

Er hatte nie genau kapiert, ob dies jetzt Stuyvesant Town oder Peter Cooper Village war, aber das kam letztlich aufs selbe raus: eine für die Nachkriegsmittelschicht gebaute Wohnsiedlung, längs von East River in die East Twenties gepackt, mit hohen roten Ziegelsteinhäusern, die in gemessener Entfernung voneinander standen, mal längs, mal quer, dazwischen dreieckige, von Gehwegen eingefaßte sowie durch Bäume und Gebüsch aufgelockerte Rasenstücke. Die vermutlich fettesten und ungefährdetsten Eichhörnchen der Stadt flitzten über diese geometrischen Grasflächen hinweg und machten sich furchtbar wichtig, wedelten mit ihren plüschig übereifrigen Schwänzen und schnatterten einander zu, wie's halt ihre Art ist. Jede Menge kreischendes Getratsche unter den neuen Blättern im zitronendunstigen Licht. Yeah, Stadt. Yeah, dein Leben auf Erden. Der Bär sank unter die Oberfläche der Wörter hinab und dachte, gelegentlich von einem Seufzer untermalt, zehn Minuten lang an gar nichts.

Iris war am Abend zuvor glücklich mit einem Trällern auf den Lippen nach Hause gekommen. La la la, tra *la*. Nachdem sie ihren Mantel in den Schrank im Flur gehängt hatte, war sie, die Arme in die Höhe gereckt, tanzend in seine Arme hinein- und, bevor er sie umarmen konnte, gleich wieder herausgeglitten und hatte ihn dann für den Rest des Abends vorsichtig auf Distanz gehalten. »Ich hab heute keine Lust zu kochen, Schatz, hättest du was dagegen, wenn ich beim Hunan-Chinesen anrufe?« Sie hatte ihn beiläufig Schatz genannt, dann sich wieder ihrem Tralala tra *la* zugewandt. Sie glühte geradezu und trug ein derart strahlendes Lächeln herum, daß er dachte, sie würde ihn auslachen. Entweder das, oder sie wurde da draußen, von einem Kollegen womöglich, gevögelt. »Darf ich nicht auch mal froh sein zur Abwechslung?« hatte sie ihn gefragt, als sie seinen unleidigen Blick bemerkte. »Ist das ein Problem für dich, und wenn ja, darf ich als Frau fragen, warum?« Er war sich so plump und unbeholfen vorgekommen neben Iris, die strahlend durch ihr Wohnzimmer vibrierte wie eine Kompaßnadel, die immer in die richtige Richtung zeigt, während er nur düster, verschlossen und besitzergreifend war.

Was ihn schließlich aus diesen trüben Gedanken aufstörte, war ein ärgerliches Geschnatter ganz aus der Nähe.

Er hob den Kopf, und sein Blick fiel auf ein Eichhörnchen, das ihn, auf seine Hinterbeine aufgerichtet, von einem Baum aus beobachtete. He, so weit hast du es nach oben geschafft, dachte der Bär. Ein Hoch auf deinen Unternehmungsgeist. Der Bär winkte einen Gruß, worauf das Eichhörnchen erneut auf ihn einteufelte, wütend seinen Schwanz schüttelte und sich auf einem Ast auf ihn zubewegte, dessen Borke von einem frühmorgendlichen Schauer noch ganz schwarz war. Das Eichhörnchen fletschte die Zähne und erhob sich in einer erneuten Drohgebärde auf die Hinterbeine. Wow, dachte der Bär der territoriale Imperativ bei der Arbeit. Schau ihn dir an.

Der Bär wollte den Kleinen nicht demütigen, aber er konnte nicht anders als lachen. »Ist ja gut, ich gebe mich geschlagen», sagte er schließlich zu dem Eichhörnchen, hob zum Zeichen der Aufgabe scherzhaft die Pfoten, stand von seinem Stuhl auf und zog sich vom Fenster zurück.

Das Eichhörnchen keifte zur Sicherheit noch ein bißchen weiter, dann kroch es auf dem Ast zurück, wobei es rhythmisch mit dem Schwanz fuchtelte und dem Bären verächtlich sein winziges Arschloch zeigte.

Der Bär mußte wieder lachen. Was für eine Art und Weise, Welt zu basteln.

Wo er nun schon stand, beschloß er, einen Rundgang durch Iris' Wohnung zu machen. Er warf einen Seitenblick auf den Saxophonkasten, der hochkant neben dem Sessel stand. Nein, sein Instrument war in Ordnung, und die benötigten Notenblätter waren auch alle im Koffer verstaut. Er war bereit. Er war bereit, obwohl eigentlich der Wunsch, vor allem wegzulaufen, sich in seinem Innern breitmachte. Das Problem mit dem Vor-allem-Weglaufen war natürlich, daß das ›alles‹ per definitionem nicht zuließ, daß man vor ihm weglief. Es war allerdings nicht allein der Druck der bevorstehenden Aufnahmesession, der ihm zu schaffen machte. Es war das Gewühl der laufenden Ereignisse, einschließlich seiner Liebe für Iris oder seines körperlichen Verlangens nach ihr, und all die Nebenumstände, die ihn auf raffinierte und hinterhältige Weise dazu verleiteten, wieder ein einzelnes Leben aus einer Welt unendlicher Möglichkeiten auszuwählen. Es war der Zwangscharakter der manifesten Ordnung, der ihn verstörte: wenn du dies bist, kannst du nicht das sein. Es war, wie üblich, die Tatsache, daß er überhaupt hier sein mußte, und dazu der ganze Packen von Regeln, der damit verbunden war. Er wußte, warum er hier war. Er war hier der Liebe wegen, aber die Konsequenz daraus hieß Schmerz und Leid.

Er trat seine Wanderung durch die Zimmer an.

In der Küche war nicht allzuviel los, auch der Kaffeeduft hatte sich ziemlich verflüchtigt. Sollte er ein paar Reste wegspachteln? Nein. Im Badezimmer herrschte weitgehend Sauberkeit, ausnahmsweise schien es ihm gelungen zu sein, seine Fellhaare nach dem Duschen zu beseitigen, obwohl auch dies die Zeit erst weisen würde.

Seine eigene kleine quadratische Bettkammer begutachtend, nickte er befriedigt angesichts des Zustands von beinahe Ordnung, den er hinterlassen hatte – die Tagesdecke war glattgestrichen. Als Zeichen von Leben und Wissensdurst ragten einige Lesezeichen aus dem Stapel der Bücher hervor.

Er hatte Iris' Zimmer gemieden, aber schließlich ging er hinein.

Ihr Zimmer war von ihrem feinen sauberen Geruch erfüllt. Sie hatte ihr Bett nicht gemacht, die Decken waren diagonal zurückgeworfen. Er sog Iris ein paarmal durch seine bebende Nase ein, stieß jedoch nicht seine Schnauze in ihr Bettzeug. Eine leichte Einkerbung war im Kissen zu sehen, dort wo ihr Kopf gelegen hatte. Einige kleine, schwarze Kleidungsartikel aus durchsichtiger Spitze lagen verstreut auf dem Boden, knapp jenseits der Schiebetüren ihres begehbaren Schrankes, aber er kam nicht in Versuchung.

Ach ja, warum es dann überhaupt erwähnen?

An seinen Fensterplatz zurückgekehrt, hielt er nach König Eichhörnchen Ausschau, und setzte sich, da er ihn nirgends fand, wieder in seinen Sessel. Nach etwa einer Minute sah er, wie sich der Lieferwagen durch den kleinen Ausschnitt des Straßensystems bewegte, der seinem Blick zugänglich war. Der Wagen kam zum Stehen, und die Scheinwerfer blendeten kurz auf, wie in einem Spionagefilm. Hinter den Baumspiegelungen auf der Windschutzscheibe konnte er so gerade eben Jones in Bordjacke und Strickmütze erkennen. Der Bär erhob sich und winkte, worauf Jones noch einmal aufblendete. Zeit, aufzubrechen.

Der Bär zog seinen Trenchcoat an und schlug den Kragen hoch, dann stopfte er sich den großen braunen Filzhut auf den Kopf. Es würde der erste Ausflug bei Tageslicht seit dem Ausbruch aus dem Gefängnis sein, an welchen er sich nicht besonders gut erinnern konnte. Er war ein paarmal gegen vier Uhr morgens unten am Fluß gewesen, um zu sehen, ob irgendeiner seiner Monsterbrüder noch auf war und Lust auf einen kleinen Schwatz hatte, doch da draußen war nichts gewesen außer Wasser sowie ausgreifend dunkle und kräuselnde Fetzen farbigen Lichts. Es war Frühling in New York City, aber die Nächte waren noch kühl. Zu kalt jedenfalls, um sich einigermaßen vernünftig auf dem Saxophon zu betätigen. Wär's ein bißchen wärmer gewesen, dann hätte er vielleicht einen auf Sonny Rollins gemacht, und aus Mangel an Brücken wäre er auf irgendeinen Steg rausgegangen und hätte den Fischen was vorgespielt.

Der Bär öffnete den Saxophonkasten, nur um sicherzugehen, daß das Instrument auch tatsächlich drin war. Sieh an, es war da, und es sah gut aus. Jones hatte es zu Maury gebracht, der drei Tage daran gearbeitet, Klappen und einige zersprungene Perlmuttscheiben ersetzt, verbogene Ventile und Hebel repariert, Federn erneuert und die alten Sehnen und Knochen geschmiert hatte. Alsdann hatte Maury das, was vom alten Schliff des Instruments geblieben war, handpoliert, hatte einige Packungen von den extraschweren Rohrblättern, die der Bär bevorzugte, hinzugelegt und ihm auf Verdacht ein paar neue französische Mundstücke zum Ausprobieren mitgegeben. So wie es dort in seinem Nest von abgenutztem roten Plüsch ausgestellt war, sah das Saxophon fast wie neu aus. Maury hatte ihm am Telefon geraten, sich einen neuen Kasten aus Polyäthylen zu besorgen, aber der Bär wollte davon nichts wissen; er liebte sein altes zerschundenes, schwarzes und rechteckiges Gepäckstück. Daraufhin hatte Maury doch tatsächlich – man sollte meinen, so etwas sei unter seiner Würde – eines der Scharniere repariert und eine sich in Auflösung befindliche Ecke mit einem Stück Stahlplatte befestigt. Der Koffer war top. Maury war ein Künstler. Der Bär bewunderte die bronzene Komplexität seines Instruments – wirklich ein rechtschaffenes Stück Klempnerei –, überprüfte seinen Vorrat an Rohrblättern und wühlte noch einmal kurz durch die Noten, dann machte er den Kasten zu und schloß ihn ab.

Jetzt gab's keine Ausreden mehr. Es war wirklich Zeit, zu gehen.

Bei seinem letzten Gig war er verhaftet worden, er hoffte jedoch, daß es diesmal besser laufen würde. Das Bild von Friedmann, wie er mitten in seiner Arie sein Blut verspritzte, schoß ihm unwiderstehlich durch den Kopf, wenn sich der Bär auch beim besten Willen nicht vorstellen konnte, wie Friedmanns Gesicht mit gut zwanzig Jahren ausgesehen haben mochte.

Und dann war da natürlich noch der Fall des Lee Morgan, der bei einem Auftritt im Slug's Saloon erschossen worden war. Morgans Tod hat das Ende vom Slug's bedeutet, und der Bär hatte erst vor ein paar Tagen, im Zuge eines Telefonats mit Lester Bowie, erfahren, daß in der Folge der gegen ihn gelaufenen Polizeiaktion auch das Tin Palace hatte dichtmachen müssen. Der Laden war tot, teilte Bowie ihm mit, nichts als ein zugenagelter Kasten auf der Bowery. Soviel die Welt im allgemeinen wußte, hatte es das Tin Palace nie gegeben.

Jetzt aber ran, Bär. Vorhang hoch, Lichter an, Platte aufnehmen. Blieb nur die Frage, wie man es anstellen sollte, wenn man, wie momentan er, nur Scheiße zusammenspielte. Er hatte genug geübt, um zu wissen, daß er in jeder grundlegenden Hinsicht musikalisch am Arsch war. Er hatte eine paar Strategien ausgearbeitet, um dieses kleine Problem zu überdecken, aber er fragte sich, und bezweifelte sogar, ob diese Strategien funktionieren würden.

Warum ist das Leben so provisorisch, kann mir das jemand sagen? Warum ist man nie vernünftig ausgerüstet?

Nach Verlassen der Wohnung überzeugte er sich davon, daß die Tür auch wirklich zu war. Mehrmals drehte er den Türknopf, sie blieb geschossen. Es gab keinen Weg zurück.

»Eins noch«, sagte Jones, während sie mit dem Lieferwagen in Richtung Uptown fuhren. »Wenn wir in der Power Station sind, wollen wir keine Wiederholung dessen haben, was bei der Probe gelaufen ist.«

»Was war denn daran so verkehrt?« fragte der Bär.

Jones warf ihm vom Fahrersitz einen Seitenblick zu, bevor er seine Aufmerksamkeit wieder dem Verkehr zuwandte, der sich auf der Sixth nach Norden schob – jede Menge Taxis waren unterwegs, hellgelbe Rückenschilde, die miteinander um einen guten Platz im Schwarm wetteiferten, begleitet von einem Hupkonzert höchsten Grades. Quinten und Terzen stießen aneinander, ohne freilich irgendwelche Durchführungen von größerem Interesse zu produzieren, und ein einheitliches Stimmsystem gab es auch nicht. Ives hätte vielleicht etwas daraus machen können, dachte der Bär, aber der gegebene Tag konnte es nicht.

»Was an der Probe verkehrt war?« sagte Jones ungläubig. »Du meinst, abgesehen davon, daß der dritte Weltkrieg knapp verhindert wurde und kein Blut auf der Erde schwamm, als du rausgingst?«

Nun, selbst der Bär mußte zugeben, wenn auch natürlich nicht laut, daß die Probe ein wenig seltsam gewesen war. Sigbjørn Krieger hatte zwei aufeinanderfolgende Abende im S.I.R. in den West Forties gebucht, und der Bär war einverstanden gewesen, unter der Bedingung, daß Krieger sich nicht sehen ließe. Natürlich war Krieger, der für sein Streben nach totaler künstlerischer Kontrolle des Aufnahmeprozesses bekannt war, doch aufgekreuzt, und natürlich hatte es Jones, der sich immer noch um den Vertrag mit der Mutterfirma Megaton International bemühte, an den zwei Oliven gefehlt, die es brauchte, um Krieger aus dem Übungsraum rauszuhalten. Der Bär hatte sich noch kaum mit der Band bekannt gemacht, hatte kaum Gelegenheit gehabt, Billy Hart wieder zu begrüßen – viel Wärme war da aber zu spüren – und Charlie Haden kennenzulernen, einen rosawangigen Clark-Kent-Verschnitt, den der Bär für den besten lebenden Bassisten auf diesem Planeten erachtete. Und auch den jungen Pianisten hatte er kaum begutachten können, den Billy für diesen Gig geangelt hatte, trotz des Einspruchs Kriegers und der Bedenken des Bären: Rahim Bobby Hatwell, diesen irgendwie über zwanzigjährigen Jungen, von dem

Billy sagte, der Bär müsse ihn hören, um es zu glauben. Na ja, der Bär hatte das Gefühl, er würde Billy eine Menge schulden, und hatte daher nachgegeben. Und Steve Kuhn war, wie sich herausstellte, in der betreffenden Woche gar nicht in der Stadt. Der Bär hätte viel darum gegeben, mit Steve Kuhn spielen zu können.

Krieger tauchte auf, als der Bär gerade Hatwell grüßend anblickte und der kleine, athletisch wirkende Pianist sich fragte, ob man einem Bären die Hand zu schütteln hatte oder was, und wenn ja, wie. »Hallo, alle miteinander«, hatte Krieger vom Eingang des Probestudios her gerufen, während er einem Bediensteten seinen mächtigen Schaffellmantel in die Arme wuchtete, und der Bär hatte Jones einen wütenden Blick zugeworfen, worauf dieser nur die Achseln gezuckt und etwas dahingehend gemurmelt hatte, daß dem Typen schließlich die verdammte Firma gehöre.

Im aktuellen Geschehen war Jones gerade heftig am Bremsen und konnte knapp verhindern, daß sie ins Hinterteil eines Chevys voller Chassiden krachten. Der Bär sah ihre Schläfenlocken schaukeln. Es herrschte dichter Verkehr. Es war New York am Tag. Es war die Welt, wie sie war. »Nee«, sagte er, »so schlimm war es eigentlich nicht.«

»In dem Sinne, daß Krieger dir nicht auf der Stelle den Vertrag gekündigt hat, da muß ich dir recht geben«, erwiderte Jones. »Ansonsten: Willst du mich verarschen?«

»Ich fand, es lief ganz gut«, sagte der Bär, »musikalisch gesehen.«

»Du hast kaum gespielt.«

»Es war ausreichend«, sagte der Bär.

»Du spinnst«, war Jones Meinung.

»Bäh, bäh«, sagte der Bär.

Während sie schweigend einige schwer verkehrsbelastete Straßenblocks aussaßen, überlegte der Bär, ob er sich denn bei der Probe wirklich richtig verhalten hatte. Seine Taktik hatte auf der intuitiven Erkenntnis gegründet, daß seine Musik mausetot war und er nur dann eine vernünftige Platte zustande kriegen würde, wenn er es so schnell über die Bühne brächte, daß es kaum zu merken war. Und anstatt in die verschlungene harmonische Architektur einzusteigen, die seine wahre Aufmerksamkeit in letzter Zeit beansprucht hatte, würde er sich selbst imitieren, würde den

Eindruck erwecken müssen, daß er im Grunde derselbe Musiker war wie vor seiner Gefangennahme: mit eher schlichter Leidenschaft, ergriffen von naiver und unechter Sehnsucht nach Freiheit und Erlösung. Er würde vergessen müssen, was Erfahrung ihn gelehrt hatte, nämlich wie komplex und unbefriedigend selbst ein kleiner Grad von Freiheit, einmal errungen, sein konnte. Würde das quälende Bewußtsein von der Zweideutigkeit aller Erfahrung unterdrücken und wieder lodernde Einzigkeit reklamieren müssen. Appetit mochte er dieser Tage schon aufbringen, aber Leidenschaft, nein, die eigentlich nicht. Er lebte immer noch unter dem Aspekt der Auslöschung, in dem Raum zwischen den Atomen. Die Welt, wie sie war, schmeckte hauptsächlich nach Asche. Iris? Das war eine andere Geschichte, eine noch nicht zu Ende erzählte.

Um diese Aufnahme über die Runden zu bringen, mußte er seinem Ego ausweichen oder sich irgendwie betäuben, damit er nicht mitkriegte, wie die Musik entstand, mußte seine rechte Pfote vor der linken verstecken, so daß die eine nicht wußte, was die andere tat.

Er war in den Proberaum im S.I.R. marschiert, den Kopf voll von all diesen Problemen, hatte Billy Hart begrüßt, Haden kennengelernt und sich den kleinen Hatwell-Burschen angeguckt. Er hatte vier der fünf Stücke, die er bei den Aufnahmen spielen wollte, ausgeteilt, hatte alle durch die Head Arrangements gejagt, ein paar Probechorusse geblasen, hatte Hatwell ein paar Licks einwerfen lassen – Billy hatte recht, der Junge würde es bringen –, hatte gehört, wie die Musik sich aufbaute, und dann, in der klaren Überzeugung, daß in ihm, wenn er sie sich weiter aufbauen ließe, nichts mehr für die Aufnahmesession übrig sein würde, hatte er seine Pfote in die Luft gehalten und Feierabend verkündet. Alle meinten: Hä?, und das war der Punkt, an dem Sigbjørn Krieger, der zu sehen erwartete, wie die Musik köchelte und gelierte und sich auf die perfekte Platte zubewegte, die er machen wollte, Einspruch erhob. Der Bär ließ – durch Jones – wissen, daß er Krieger nicht im Raum haben wolle. Krieger seinerseits ließ – durch seinen eigenen Zuträger – wissen, daß er bei allen Platten, die er produzierte, sich in jeder Phase ihrer Entstehung persönlich engagiere, und die einzige Konzession, die er dem Bären und dessen Forderung nach Ungestörtheit machte, bestand darin, daß er eine halbe Stunde zu spät zur Probe kam.

Sie wären vielleicht auf der Stelle heftig aneinandergeraten, aber dann hatte Haden sich irgendwie zwischen sie geschoben und angefangen, Krieger davon zu erzählen, daß er schon wieder sein Hotelzimmer wechseln müsse – von Feuchtigkeit oder Zug war die Rede – und er sich wünsche, daß er, der Produzent, mal mit der Geschäftsleitung spreche. Dadurch wurde es dem Bären möglich, sich in Hut und Mantel zu werfen und sein Alt einzupacken, bevor der Kriegsmann Siegbär wußte, was los war. Als dieser schließlich registrierte, daß sein Altsaxophonist tatsächlich im Begriff war zu verschwinden, inszenierte er einen intellektuell anspruchslosen, aber kaltblütigen Wutanfall und bedeutete dem Bären, er möge jetzt proben, anderenfalls...

»Wollen Sie die Sache abblasen?« fragte der Bär, vertat sich aber taktisch ein wenig, indem er die Zähne mehr bleckte als strenggenommen nötig und sein Nackenfell aufplusterte. »Sehr gut.«

Krieger starrte ihn an, und der Bär legte dem Mann eine sanfte, aber dennoch bärenhafte Pfote auf die Schulter. »Sehr gut?« sagte Krieger mit bedenklich zitternder Stimme.

»Yeah«, antwortete der Bär. »In gewisser grundlegender Hinsicht muß ich diese Platte nicht machen, wenn Sie also wollen, daß ich gehe, dann mach ich das, kein Problem.« Dann ließ er seine Stimme in eine vernünftigere Richtung modulieren – es war, als sänge er eine Arie. »Aber diese spezielle Platte möchte ich schon gerne machen, und ich werde sie auf die einzige Art und Weise machen, die mir möglich ist. Zugegeben, ich bin etwas ungewöhnlich. Exzentrisch sogar. Ein Bär, der Rätsel aufgibt, manchmal sogar sich selbst. Im Moment hätte ich nichts dagegen, wenn die Rhythmusgruppe sich ein bißchen freispielen und mit dem Material vertraut machen möchte, das ich für sie geschrieben habe, aber ausschließlich im Interesse meiner Fähigkeit, diese Platte zu machen, muß ich für mich sagen: Habe die Ehre. Alles klar?«

Der Bär fand, das sei eine achtbare Rede gewesen, und er hoffte, sie habe Krieger verwirrt. Mehr hatte er auf jeden Fall nicht zu bieten. Als er mit donnernden Schritten und wehendem Mantel aus dem Studio fegte, ganz ungebändigte Naturgewalt – diesen Eindruck jedenfalls hoffte er zu erzeugen –, blieb Jones zurück, um den Produzenten zu beschwichtigen, und Charlie Haden folgte ihm hinaus auf den Flur, wobei er ein schelmisches Grinsen auf seinem jungenhaften Gesicht mittleren Alters trug.

»O Mann«, sagte Haden in jenem zitternden Tenor, der, wie der Bär erfahren hatte, die Folge einer in der Kindheit erlittenen Rachenpolio war, »ich weiß nicht, ob es in dieser Woche überhaupt einen Aufnahmetermin geben wird. Aber wie du mit Sigbjørn geredet hast, das war unbezahlbar, Mensch.« Haden krümmte sich vor Lachen.

»Schön, daß es dir gefallen hat.«

»Ich fand's *spitzenmäßig.* Sicher, daß du für die Aufnahme klar bist, angenommen, sie findet tatsächlich statt?«

»Charlie, glaubst du, daß ich einen Fehler gemacht habe?«

»Könnte sein. Sicher, daß du heute nichts mehr spielen willst?«

»Ich spar es mir auf.«

»Tja, du mußt wissen, was du tun mußt.«

»So seh ich das auch«, sagte der Bär.

»Bist du dir aber auch sicher?« fragte ihn Haden.

»Nein. Unglücklicherweise nicht.«

»Ist dir schon mal der Gedanke gekommen«, fragte Jones den Bären, während er zum zweiten Mal unten beim Power-Station-Studio auf den Klingelknopf drückte, ohne daß sich jemand meldete, »daß du es bei Krieger dermaßen verschissen haben könntest, daß er die Aufnahme abgeblasen hat?«

»Dann hätte jemand angerufen. Also«, sagte der Bär, »sie hätten diese Gegend einfach nicht umbenennen dürfen.«

Jones drückte erneut auf den Knopf der Gegensprechanlage. »Siehst du?« sagte er. »Keiner geht ran. Es ist alles vorbei. Scheiße.«

»Ich mein, Hell's Kitchen war so ein cooler Name«, fuhr der Bär fort. »Aber irgendwelche Immobilienmakler mußten sich dazwischenstecken, und die Stadt hat den Schwanz eingezogen.« Der Bär schnupperte, vom Wasser her schwebte noch ein bißchen Tanggeruch in der Luft. »Ich würde ganz New York City in Hell's Kitchen umbenennen, wenn ich könnte.«

»Immer noch keine Reaktion«, sagte Jones und rang tatsächlich die Hände. »Wenn du Scheiße baust, dann aber richtig.«

»Hell's Brick Shithouse«, überlegte der Bär. »Ach nee, das finde sogar ich ein bißchen heftig.«.

»Was machen wir jetzt?« fragte Jones die Luft.

»Hell's Pay Toilet.«

»Ach Bär, bit-te.« Jones drückte noch einmal den Kopf und wischte sich trotz der windigen Kühle den Schweiß von der Stirn.

»Wußtest du, daß hier früher tatsächlich ein Kraftwerk war?« Der Bär blieb unerbittlich. Es war so leicht, Jones zu ärgern. »Ein Relais im einstigen Stromnetz der Stadt. Schön zu wissen, daß es nicht einer von diesen Größenwahn-des-Musikbusineß-Namen ist wie die Hit Factory. Hab ein bißchen Vertrauen, Jones. Da wird schon jemand zu Hause sein.«

»Ich glaub's nicht. Manchmal kann ich dich irgendwie nicht ausstehen.«

»Ich weiß«, sagte der Bär.

»Kwer ies da?« schnarrte eine elektrische Stimme aus dem kleinen quadratischen, in den Betontürrahmen eingesetzten Lautsprechergitter.

»Animal Crackers«, sagte der Bär, indem er sich in die Mikrophonöffnung lehnte.

»Na, wenigstens ist *irgend* jemand da«, sagte Jones, als der Summer die Tür entriegelte und er sie aufstieß. »Falls wir keine Platte machen, können wir eventuell wenigstens eine Runde Poker spielen. Vielleicht hab ich ja mal Glück und verliere dich an einen Techniker.«

»Das ist sehr lustig«, sagte der Bär und lachte. »Das war ja richtig komisch, Jones.«

»Er hat etwas Nettes zu mir gesagt!« verkündete Jones dem schwergewichtigen Typen in schwarzem T-Shirt, alten Jeans und einer Monster-Cable-Mütze, der an einem Tisch saß und Isolierdrahtstücke mit goldener Spitze sortierte. »Sie sind Zeuge. Er hat was Nettes gesagt.«

»Wir sind der Bär«, sagte der Bär zu dem Mann mit der Mütze.

»Hab ich mir gedacht. Studio A, dahinten durch.« Er deutete den Kiefernholzflur hinunter, vorbei an Gerätekisten und dem Pausenraum. »Tür rechts ist der Regieraum, links das Studio selbst.«

»Danke«, sagte der Bär. »Schöne Kabel haben Sie da. Teuer, das Zeug?«

»Du bist also wirklich ein Bär«, sagte der Mann, indem er, die Kabel in seinen Händen gebündelt, zu ihm aufsah. »Ich dachte, es wär vielleicht ein Spitzname, ist es aber nicht, hm?«

»Als ich eines Morgens«, begann der Bär zu erzählen und stellte, die Unterhaltung zu erleichtern, seinen Saxophonkasten auf dem Tisch ab, »aus unruhigen Träumen erwachte, fand ich mich in meinem Bett zu einem ungeheuren…«

»He, Gregor!« rief Jones vom Eingang des Regieraums her. »Wir haben hier ein paar Musiker! Sieht so aus, als würden wir tatsächlich eine Platte machen!«

»Ich wußte, daß das ein Scheißtag wird«, sagte der Bär.

»Kann man nichts machen.«

»Bis später.«

»Bis später.«

Als der Bär sich durch die Regieraumtür schob, besichtigte er die Szenerie, als müßte er den Ort auf Gefahren hin absuchen. Es waren keine zu sehen. Ein dünner, aufgeweckt wirkender Bursche in kariertem Hemd und mit ordentlichem Haarschnitt und Bart schob einen Regler auf einem Kontrollbord, das aussah, als könnte man damit die *Enterprise* navigieren, und der Sound von Charlie Hadens Baß drang durch die mächtigen Lautsprecher, die oberhalb des Panoramafensters, durch das man die Musiker sehen konnte, in die Wand eingelassen waren. Der Bär bückte sich, um durchs Fenster zu blicken – es lag ein paar Stufen tiefer als das Kontrollbord –, und sah auf der anderen Seite Charlie Hadens Rücken, der sich über sein Instrument beugte – ein französischer Baß aus dem späten achtzehnten Jahrhundert, hatte der Bär gehört. Er sah Billys Schlagzeug in einem Anbau auf der anderen Seite des großen, asymmetrisch achteckigen Raums mit den kiefernholzartigen Wänden – da war so viel Rohholz im Spiel, daß der Bär ziemlich genau riechen konnte, daß es nicht alles Kiefer war: Er machte wenigstens zwei weitere deutlich erkennbare Säfte aus, konnte sie aber nicht benennen bei all dem Polyurethan, das ihm im Wege war, und außerdem war er schließlich ein Stadtbär und kannte nicht so furchtbar viele Bäume. Er hielt nach Billy Ausschau, aber der Drummer war da draußen nirgends zu sehen.

»Ich bin James«, sagte der Tontechniker, indem er vom Kontrollbord aufsah. »Ich bin gerade beim Einpegeln.«

»Hi«, sagte der Bär. »Genau wie ich.« Er fühlte sich jetzt ausreichend akklimatisiert, um zu hören, was Haden da machte. Der Bassist kreiselte sich durch eine ganze Serie von Dreiergriffen nach unten, wobei der Grundton stets perfekt saß und die höheren Noten um eine Winzigkeit nach oben glitten, um den Akkorden einen suchenden Ton zu verleihen. Als Haden den untersten Punkt seines Zirkels erreicht hatte, ließ er einen seiner Töne-aus-dem-Kern-der-Erde vom Grund des Basses los und bog ihn mit kraftvollem Fingereinsatz zurecht, so daß er sich zu purer Schönheit aufschwang und mehr oder weniger das inzwischen völlig aufmerksame Herz des Bären verwüstete. Der Bär konnte nicht recht fassen, daß er mit diesem Burschen zusammen spielen sollte.

»He, Alter«, drang Hadens Stimme aus den Lautsprechern zu ihm. Der Bär öffnete die Augen und sah, daß Haden ihm hinter dem Fensterglas zulächelte. »Heut schon jemanden gekillt?«

»Ist ja noch früh«, sagte der Bär.

»Was?«

»Einen Moment, ich mach dir ein Mikro auf«, sagte James von seiner Schaltstation herunter.

»Ach was«, sagte der Bär, zog die schwere Tür des Regieraums auf und schlenderte ins eigentliche Studio. Haden legte gerade seinen Baß sanft auf die Seite, wobei er ein rechteckiges Stück Teppich als Polster nutzte. Der Bassist sah auf und lächelte.

Der Bär hatte im Laufe der Jahre eine Menge Leute auf sich zukommen sehen, aber keiner von ihnen hatte es so hingekriegt wie Charlie Haden. Normalerweise hatten sie immer, vor allem bei den ersten Versuchen, etwas Panisches an sich, mochte es auch mit Ironie oder Forschheit überspielt sein, aber Haden ging, wie auch schon letztens bei der Probe, einfach auf ihn zu, ungezwungener als je sonst ein Mensch, ein geselliges Lächeln auf dem entspannten Gesicht und ein Ausdruck von Interesse in den Augen. Haden streckte die Hand aus, und der Bär nahm sie fest in seine Pfote.

»Wirklich schön, dich zu sehen, Mensch«, sagte Haden mit seiner schwankenden Tenorstimme.

»Ich bin kein ...«, setzte der Bär zu seinem Standardspruch an, ließ ihn dann aber in der Luft hängen. »Tut gut, gesehen zu werden. Ich mein, es ist auch schön, dich zu sehen. Oder beides. Wie auch immer.« Haden war einer der wenigen Leute aus seinem Bekanntenkreis, die die Macht hatten, ihn mehr oder weniger vollständig zu entwaffnen.

Nachdem die Förmlichkeiten somit abgehakt waren, gestattete Haden sich ein diabolisches Lächeln. »Ich hab ja schon mit echt tierischen Leuten zusammengespielt, aber das hier ist doch eine Premiere.«

Der Bär stimmte ohne weiteres Überlegen ins Gelächter ein. Unser erstes Duett.

Plötzlich zeigte sich Haden ein wenig besorgt. »Das sollte keine Beleidigung sein.«

»Nein, schon gut«, versicherte ihm der Bär. »Ist angekommen. Ich weiß, wie du's gemeint hast.«

»Ich hatte nur Sorge, daß man das, was ich gesagt hab, als eine, hm, humanistische Äußerung auffassen könnte.«

Der Bär mußte kichern. »Das ist das erste Mal, daß ich jemanden das Wort in dieser Bedeutung habe benutzen hören«, sagte er.

»Tja, sollte nicht das letzte sein.« Haden nickte mit einer gewissen meditativen Ernsthaftigkeit.

»Pfoten hoch«, sagte eine Stimme im Rücken des Bären, und irgend etwas wie ein Pistolenlauf bohrte sich in denselben.

»Billy«, sagte der Bär, »wenn ich deine Stimme nicht erkannt hätte, wär ich unter Umständen herumgewirbelt und hätte dir den Kopf abgehauen. Ihr müßt im Moment vorsichtig mit mir sein. Ich hab keine Lust auf eine neue Verhaftung. Was hab ich da im Rücken, die Spitze von einem Trommelstock?«

»Yeah«, sagte Billy, der jetzt zur Begrüßung vor den Bären trat. »Hab nicht nachgedacht. 'tschuldige, Bär. Wie geht's denn heute so?«

»Es gibt Tage, da frißt du den Bären«, sagte der Bär »und dann gibt es Tage, da frißt der Bär dich.«

Billy schüttelte den Kopf. »Darüber könnt ich die ganze Woche nachdenken und wüßte immer noch nicht, was du damit sagen willst.«

»Ich bin ein bißchen überdreht. Wo ist Bobby Hatwell?«

»Hier.«

Der Bär mußte beim Anblick des Pianisten blinzeln. Eben noch war er nicht dagewesen, jetzt stand er da. Wo kam er plötzlich her? »Erst ist da kein Hatwell, dann aber doch«, sagte er. »Netter Trick. Wie geht's?«

»Ich bin ein bißchen überdreht«, sagte der Pianist wie ein verzögertes Echo. Rahim Bobby Hatwell war ein kleiner, mittelbrauner Bursche Mitte Zwanzig mit kugelrundem Kopf, kleinen, unmittelbar an den Schläfen befestigten Ohren, einem feinen Mund, einer ausgeprägten äthiopischen Nase mit gewölbten Löchern und darüber dunklen persischen Mandelaugen, die so unverblümt auf den Bären gerichtet waren, wie es bei den meisten Leuten eben nicht der Fall war. Er war ziemlich muskulös, aus den hochgeschobenen Ärmeln seines kohlengrauen Baumwollpullis wuchsen extrem ausgeprägte Unterarme. Am Ende dieser Unterarme, eben jenseits eines Paares von zarten Handgelenken, hingen zwei riesige Hände, die mit einer außerordentlichen Liebe zum Detail geädert und geformt waren. »Du guckst auf meine Hände«, sagte Hatwell.

»Äh, ja.«

»Mir wär's lieber, wenn du's lassen würdest. Ich weiß, ich tanz körperlich aus der Reihe, aber mir wär's lieber, du würdest nicht hinstarren.«

»Ich glaube, das kann ich nachfühlen. Ich dachte, es würde dich ein bißchen nervös machen, mit mir zu spielen, weil ich, na ja, ein Bär bin.«

Hatwell holte Luft, bevor er losredete. »Eigentlich finde ich die Vorstellung ziemlich geil, und das hier ist auch nicht der schrägste Gig, den ich je gespielt habe, wenn du's genau wissen willst. Einmal hab ich eine Amerikatournee mit Tiny Tim, John Carradine, Pinky Lee und Zippy dem Schimpansen gemacht. Wir sind durch, was weiß ich, Wichsstedten New Jersey, Fuckaduck P.A., Assawatchie OH, East Potato und St. Bums gekommen – einmal die große Runde halt. Die Tournee war gebucht worden von so einem Halbmafioso, was wir also gespielt haben, war dann natürlich eine transkontinentale Serie von Polizeibällen. Mr. Tim sollte der Star sein, aber John Carradine hat diese hinreißenden Versionen von ›The Raven‹, ›Now is the winter of my discotheque‹ und ›To be or not to be‹ gebracht. Und dann hat er, mit seiner fiesesten Schmierenkomödienstimme, die ›Reizende Karina und ihren jungen Schützling‹ angekündigt. Karina kam dann zur Musik von ›Sabre Dance‹ in einem glitzernden roten Kostüm auf die Bühne, wobei sie Zippy am Ende eines Lassos, das der Affe zwischen die Zähne geklemmt hatte, durch die Luft wirbelte. Es war nämlich eine Wildwestshow. Wenn Zippy mit seiner Nummer fertig war, war Pinky Lee dran und sang ›Hi ho, hi he, my name is Pinky Lee‹ in kariertem Anzug und Melone, und dann hatte Mr. Tim seinen Auftritt, zeigte all seine seltsamen Zähne und klimperte auf seiner Ukulele, die ungefähr auf ris-Moll gestimmt war, zu uns sagte er aber: ›In der Tonart G, meine Herren.‹ Und der Ablauf war eigentlich immer der gleiche: Die Frau von irgendeinem Cop kam durch den Saal gestürmt, um Tim mal kurz abzuknutschen, und wir mußten dann den werten Gatten daran hindern, seine Kanone rauszuholen und sich seine Sorgen gleich an Ort und Stelle vom Hals zu schaffen. Danach sind wir immer zum Chinesen gegangen, wo Zippy auf den Tisch gestiegen ist und zur Gaudi des ganzen Hauses blankgezogen hat, bevor er dann einen ganzen gebratenen Fisch und ein paar Nudelgerichte wegspachteln mußte. Am Ende der Tournee haben sie den Mafioso im Kofferraum von seinem Buick Riviera gefunden, mit einer .22er-Kugel im Schädel. Ich hab auch bei einer Folge von *Traumschiff* mitgemacht, auf einem Schiff vor der Küste von Italien im Mittelmeer, und hinterher ist mein ganzes Honorar draufgegangen beim Pokern mit, du wirst es nicht glauben, Polly Bergen. Diese Frau ist eine tödliche Waffe, sobald sie ein Kartenspiel in die Finger kriegt, nur falls du ihr mal über den Weg laufen solltest. Letzte Woche hatte ich fünf Gigs in zwei Tagen und hab noch draufgezahlt. Ich bin ein Vollprofi, Bär. Du kannst mir nichts zeigen, was ich nicht kenne.«

Der Bär dreht sich zu Billy um. »Du hast mir nichts davon gesagt, daß er auch Vocals macht.«

»Na ja, hm.«

»Wie findest du das Klavier?« fragte der Bär den Pianisten.

»Dies Steinway-Teil, das Krieger per Albatros aus Hamburg hat einfliegen lassen, machst du Witze, das ist 'ne ganz andere Nummer als unser Scheiß aus New York. Guck dir an, wie das Schwarz glänzt. Hör dir den Klang an. Wenn wir mit der Platte fertig sind, möchte ich darin begraben sein. Eins noch«, sagte Hatwell. »Mir wär's lieber, wenn du mich Rahim nennen würdest statt Bobby, wenn es dir nichts ausmacht.«

»Rahim«, sagte der Bär. »Der Mitfühlende. Bist du ein besonders mitfühlender Mensch?«

»Manchmal bekommt man einen Namen verliehen, weil man die Qualität schon besitzt«, erzählte Hatwell, »und manchmal auch, weil man sie braucht. Du kannst Arabisch?«

»Nur ein paar von den göttlichen Namen, mehr nicht.« Hatwell blickte nach beiden Seiten zu Billy Hart und Charlie Haden. »Er ist ungewöhnlich«, sagte er.

»Für einen Bären«, sagte Billy Hart zubilligend.

»Was habt ihr Jungs denn noch gemacht, nachdem ich neulich von der Probe abgehauen bin?« fragte der Bär seine Rhythmusgruppe, um das Thema zu wechseln.

»Wir haben viel mit Sigbjørn geredet«, sagte Charlie Haden.

»Wir haben Fieber gemessen«, sagte Billy. »Haben versucht, ihn ein bißchen abkühlen zu lassen.«

»Dann haben wir alle drei noch ein paar Stunden gespielt«, sagte Hatwell. »Wir haben dein Zeug echt durchgearbeitet, du. Uns voll reingeschafft. Wir schätzen, daß wir, wenn Krieger hergeht und dich rausschmeißt, daß wir drei dann imstande sind, ein Album mit dem Titel *Ha Ha Ha Plays Bear* aufzunehmen.«

»Ha Ha Ha?« sagte der Bär.

»Haden, Hart und Hatwell.«

Der Bär schlug sich möglichst theatralisch gegen die Stirn. »Und da komm ich erst jetzt drauf. Übrigens danke, daß ihr das Material durchgegangen seid.«

Ein weiterer Anwesender machte sich durch Räuspern bemerkbar. Es war James, der Tontechniker, der höflich am Rande ihres Kreises verharrte, neben ihm Jones, der sich von den Freuden des Lebens offenbar schmerzlich ausgeschlossen fand und verstohlene Blicke auf die Band warf. Der Bär mußte zugeben, daß es immer noch ziemlich cool war, Musiker zu sein.

»Jones«, sagte Charlie Haden. »Schön, dich wiederzusehen, Mann.« Haden wandte Jones die gleiche interessierte Aufmerksamkeit zu, die er dem Bären geschenkt hatte, und Jones reagierte wie eine Kletterpflanze, die die Sonne spürt.

»Was ist denn?« fragte der Bär den Techniker.

»Ich wollte euch nur eben einweisen«, sagte der Mann. »Wir lassen Rahim und Charlie auf gegenüberliegenden Seiten hier im Hauptraum spielen. Bei Billys Schlagzeug in der Nische da machen wir die Tür zu, und dich stellen wir in den Raum hier vorn.« Er zeigte auf eine von Glas umgebene Kammer am anderen Ende des Studios.

»Ich spiel in 'ner Wohnung?« fragte der Bär nach. »Ich soll durch ein Fenster auf die Band rausgucken?«

»Sigbjørn kriegt seinen Sound dadurch, daß er die Instrumente voneinander isoliert«, sagte James. »Das machen alle. Das ist Standard.«

»Da stellt sich ein Problem«, sagte der Bär.

»Das wäre aber problematisch«, sagte James. »Worum geht's?«

»James, ich habe keine Ahnung, wie man in so einer Situation spielt. Ich bin daran gewöhnt, mit der Band zusammenzusein. Ich muß richtigen persönlichen Kontakt haben. Wenn ich so isoliert werde«, er zeigte auf die mit Wänden umgebenen Instrumente, »wie soll ich da spielen? Ich weiß, es wird immerzu so gemacht, aber... Außerdem würde ich Kopfhörer aufsetzen müssen, um die Band hören zu können. Und die passen erstens nicht auf meinen Kopf...«

»Wir könnten einen für dich herrichten.«

»... und zweitens schädigen sie mein Innenohr.«

»Dir ist doch klar, daß ich hier nicht produziere«, sagte James, »sondern nur für den Ton zuständig bin. Wenn es nur darum ginge, die Instrumente nicht trennen zu wollen, hättest du keine Chance, aber mit dem Kopfhörerproblem sieht es vielleicht ein bißchen anders aus. Du schwindelst mich doch nicht an, oder?«

»Nur ein bißchen«, sagte der Bär.

»Ich würde vorschlagen, daß du dich an Sigbjørn wendest, sobald er da ist, und wenn er dann ausrastet, schalte ich mich ein und mache einen Vorschlag, wie man die Band hier in dem Hauptraum aufnehmen könnte. Inzwischen richte ich meine Geräte ein, damit ich dann die Umstellung machen kann. In Ordnung?«

»Danke dir«, sagte der Bär. »Ich habe zwar immer noch ein ungutes Gefühl, aber so könnte das voll in Ordnung gehen.«

Sigbjørn Krieger kam ungefähr eine Viertelstunde später hereingerauscht, gefolgt von seinem Adjutanten. Er trug einen dunklen Mantel wie einen Umhang über den Schultern und warf sich gleich, wie der Bär durch das Regieraumfenster beobachtete, auf das vor diesem plazierte Sofa, wo er dann das Gesicht schwer in seine Hände stützte. Der Bär hatte, über die dänische Nationalität des Mannes aufgeklärt, ein blondes oder wenigstens honighaariges Individuum erwartet, aber der Kriegsmann Siegbär – des Bären noch nicht verifizierte Übersetzung seines Namens – war dunkel und blaßgelb und hohlwangig und entsprach mehr dem Bild des leidenden Künstlers als alle Künstler, die der Bär je erlebt hatte. Er sah zu, wie Jones sich beflissen über den melancholischen Dänen beugte, und nach einer Weile nickte Krieger, streifte den Mantel ab und erhob sich, nicht ohne die Müdigkeit eines arg pflichtgeplagten Mannes zur Schau zu stellen. Einen hübschen dunklen Rollkragenpullover registrierte der Bär, erlesene Cordhosen von gedämpfter, fast unbestimmbarer Farbe. Künstlerklamotten eben. So würde ich mich auch kleiden, wenn ich diesen Effekt hinkriegen könnte. Krieger zeigte durch ein müdes Heben der Hand, daß er die Anwesenheit des Bären jenseits des Fensters zur Kenntnis genommen hatte, dann ging er auf die Regieraumtür zu, ah ja. Der Bär war unnachgiebig und wartete während er das Saxophon vom Hals baumeln ließ, daß der Produzent sich zu ihm hin bemühte.

»Ich höre, wir hätten da ein Problem, großer Bär«, sprach Krieger ihn an, dann blickte er zu Boden. »Soll was mit Kopfhörern zu tun haben.«

»Meine Ohren sind im Vergleich zu Menschenohren irgendwie komisch angebracht. Sehen Sie? Sie sitzen oben drauf auf dem Kopf.«

»Wir könnten den Sitz der Muscheln anpassen«, sagte Krieger, sah aber recht gequält drein ob dieser Aussicht.

»Na ja«, sagte der Bär, »aber sie sind auch nicht gut für meine Ohren. Es tut weh, und Schäden sind unausweichlich. Ich kann in meinem fortgeschrittenen Alter nicht einen auf Beethoven machen. Haben Sie schon mal einen tauben Bären gesehen? Ein Bild des Jammers.«

Der Bär glaubte fest, daß Krieger kurz davor stand, die ganze

Session abzublasen. »Ich weiß nicht, ob wir die Zeit haben, das Studio für Sie umzubauen«, sagte er.

Das war das Stichwort für James' Auftritt. »Ich glaube, ich wüßte da eine Lösung«, sagte er.

»Nämlich?« fragte Krieger ihn.

Der Bär hörte zu, wie James Krieger die Sache schmackhaft zu machen suchte: »Ich kann Klavier, Baß und Saxophon durch Stellwände im Hauptraum isolieren; Billy bring ich nach vorn und dämpfe ihn rechts und links ab. Wir hängen drei Raummikros nach ganz oben, um die Ober- und Untertöne einzufangen. Ich versprech dir, Sigbjørn, wir bekommen etwas zustande, was dir gefallen wird.«

Krieger kniff sein Nasenbein zusammen, und der Bär fragte sich, ob es für ihn wirklich eine Rolle spielte, ob die Aufnahme stattfand oder nicht. Bei näherer Überlegung mußte die Antwort »ja« lauten.

Nachdem Krieger billigend genickt und sich entfernt hatte, brauchten James und der Bursche, der die Kabel sortiert hatte, ungefähr fünfundzwanzig Minuten, um die Wände aufzustellen und den Wust der Mikrophone für alle beteiligten Musiker neu anzuordnen. Jones lief während des gesamten Vorgangs im Studio herum, gab sich einen vage aufsichtsführenden Anschein und stand größtenteils im Weg.

Der Bär schlich sich zu ihm. »Wie stehen meine Aktien da drinnen?« fragte er, indem er seine Schnauze in Richtung Regieraum stieß, wo Krieger grübelnd auf dem Sofa saß.

»Du kommst so gerade eben damit durch«, sagte Jones. »Aus einer Unterhaltung mit Kriegers Assistenten würde ich schließen, daß der einzige Grund, warum du nicht wegen ungebührlichen Benehmens an die Luft gesetzt wirst, keineswegs in deinem unbeschreiblichen Charisma liegt, sondern in der Tatsache, daß Megaton Druck auf Krieger ausübt. BFD hat zuletzt nicht mehr so viele Platten verkauft wie früher, und von dir erwartet man, daß du den Umsatz steigerst und dazu beiträgst, den Vertriebsdeal aufrechtzuerhalten.

»Du meinst, ich sitz am längeren Hebel?«

»Forder es nicht heraus, B.«

Letzte Vorbereitungen erforderten noch einmal fünfzehn Minuten, indem der in den Regieraum zurückgekehrte James jedes Mitglied des Quartetts bat, ihm ein paar Takte vorzuspielen. Dann gab die Band ein paar zwanglose Chorusse von »Au Privave«, und James' Stimme sagte durch die Lautsprecher: »Ich glaube, wir wären dann bereit für einen Take.«

Auf geht's den Bach runter, dachte der Bär nicht zum ersten Mal in seinem Leben. »Okay, Jungs«, sagte er. »Ich finde, wir sollten mit dem Uptempo-Blues anfangen.«

Er hieß eigentlich »Vehicle«, sollte allerdings südstaatenmäßig Veehicle ausgesprochen werden, aber jetzt überlegte er, ob er ihn nicht lieber »Ha Ha Ha« nennen sollte. Das Komponieren hatte ihm Spaß gemacht, und er war der Ansicht, er hätte da eine recht originelle Idee gehabt. Das Thema war nichts Besonderes, ein eher fragmentarischer Fetzen über die üblichen zwölf Takte, aber der erst Chorus war in Dur, der zweite eine Variation im entsprechenden Moll. Wayne Shorter hatte einmal das gleiche mit einem Shuffle von Art Blakey gemacht, aber »Vehicle« war schnell und scheinbar flüchtig in seiner Bauart, und der Bär hatte eine gewisse Vorstellung, wie man es spielen könnte.

»Worum es mir hier geht«, sagte er zur Band, »ist das Gefühl, daß der Dur-Moll-Wechsel zwar da ist, aber nicht unbedingt als Zwang. Vielleicht fang ich mein Solo mit einem Chorus vom einen und dann einem Chorus vom anderen an, aber wenn ich danach Lust habe, drei Mollchorusse hintereinander zu spielen, dann wäre das die Art Freiheit, für die dieses Stück geschrieben ist. Ihr sollt natürlich die gleiche Freiheit haben. Wir müssen also einander zuhören, um zu sehen, welchen Weg es gehen will. Und wenn uns danach ist, die Changes für eine Weile fallenzulassen, dann ist auch das okay. Charlie, ich weiß, daß du mit solchen Dingen vertraut bist. Alle soweit glücklich?«

Haden blies sich in die Hände und sagte: »M-hm.«

Hatwell ließ sich vernehmen: »Du meinst also, wenn uns danach ist, können wir ein bißchen Free Jazz spielen.«

»Ich meinte, ihr sollt dem Affen Zucker geben.«

»Eins noch«, sagte Hatwell.

»Was.«

»Du kannst mich Bobby nennen, wenn du willst.«

»Das ist es«, sagte der Bär, »wir können soviel Gnade und Mitgefühl brauchen, wie zu haben ist.«

Auf James' Nicken hin zählte der Bär grunzend ein energisches, aber zumutbares Uptempo ein, und die Band setzte so professionell ein, wie es Profis eben tun. Wie erhebend, dachte er, während er sich ins Thema warf. Also, diese Typen fangen an, als wären sie schon in der Mitte von dem Ding, kein huhu-vorsichtiges Tasten danach, worum es bei dem Stück gehen könnte. Sofortige Ankunft. Die fangen auf einem Level an, den andere auch nach wochenlangem Umgang mit dem Material nicht erreichen würden. Was für eine Finesse. Hoffentlich bin ich dem gewachsen.

Billy legte einige asymmetrische Betonungen in die Lücken des Themas und deutete auf ein paar Facetten der hier waltenden Architektur hin, die gebaut zu haben der Bär sich gar nicht bewußt war. Als der Bär den Ausgangspunkt seines Solos über die Bridge mit einem Beckenschwellen von Hart und einer Akkordaufschichtung von Hatwell ansteuerte, hoffte er erneut, der Sache gewachsen zu sein, und da ihm bewußt wurde, daß er es ja doch nicht war, griff er auf eine frühere Strategie zurück. Weil ihm klar war, daß er zum gegenwärtigen Zeitpunkt nicht spielen konnte und sich selbst würde imitieren müssen, hatte er zum ersten Mal in seiner wechselvollen Karriere etwas im voraus ausgearbeitet. Er wollte seine ersten Chorusse eher fragmentarisch angehen und eine in seltsamer Weise zwischen den Takten plazierte thematische Variation spielen, sich dann kurzzeitig zurückziehen und die Rhythmusgruppe diese ausfüllen lassen. Dies würde die strategischen Möglichkeiten der niedergeschriebenen Komposition ausdehnen und, wer weiß, bei den Nichteingeweihten als Musik durchgehen. Danach wollte er für eine Weile weitere Stücke und Fragmente einstreuen und versuchen, sie mit einigen langen Melodielinien und Läufen für das Finale zusammenzuzurren, damit es so aussah, als hätte er mit seinem Solo tatsächlich etwas vorgebracht. Es war eine unechte »Verbinde-die-Punkte«-Art zu musizieren, aber es schien immerhin etwas zu sein, mit dem man sich fürs erste ins Getümmel werfen konnte. Er könnte so gerade eben damit durchkommen. Es könnte gerade eben so klingen, als wäre wirklich etwas abgegangen.

Dementsprechend gab der Bär sein erstes Stück Phrasierung

zum besten und lehnte sich dann zurück, um den anderen zuzuhören. Die Band griff seinen Bluff mit temperamentvollen Erwiderungen aus drei Richtungen auf, mit größerem Erfindungsreichtum, als er vorgegeben hatte. Dann ließen sie es wieder ruhiger angehen, um zu hören, was er als nächstes zu sagen hatte. O Scheiße, sagte sich der Bär, du kannst diesen Motherfuckern nichts vormachen. Aber ich muß dieses Zeug weiter durchprobieren, bis sich etwas Besseres ergibt.

Seine ersten vier Chorusse hielten sich an das Dur-Moll-Wechselschema, das in den Notenblättern vorgegeben war. Billy produzierte einen rund anschwellenden, wellenartigen Rhythmus auf Trommeln und Becken, Meereswogen, die über die Taktstriche fluteten und dennoch nicht versäumten, ihm den Beat einzubleuen – genau die Art von Schlagzeugspiel, das der Bär am liebsten hatte, nur daß er sich momentan nicht unbedingt imstande fühlte, dem etwas entgegenzuhalten. Haden grub sich systematisch in den Rhythmus hinein, während er gleichzeitig auf zusehends freiem harmonischen Feld eine ganze Welt von Implikationen eröffnete, in der der Dur- und der Moll-Blues begannen, einander zu durchdringen, fast so, daß sie sich gegenseitig aufhoben. Um die Sache noch schlimmer zu machen, breitete der kleine Hatwell all diese großflächigen architektonischen Akkorde aus, die jedesmal den dramatischen Einsatz erhöhten, wenn der Bär eine neue kleine Phrasierung oder einen bescheidenen Gedanken ins Spiel brachte. Im wesentlichen war es so, daß sie seine beiden vorbereiteten Trümpfe gesehen hatten und ihn nun höher reizten, als es seine Brieftasche hergab. Er mußte jetzt entweder sein Blatt hinschmeißen und die ganze Sache vergessen oder sich irgendwie der Situation gewachsen zeigen. Okay, dachte er, tun wir halt so, als könnte ich spielen. Tun wir so, als fühlte ich mich ganz wie zu Hause. Wäre ich's, könnte ich's – Geist des Jackie Mac, komme über mich –, ich könnte vielleicht etwas zuwege bringen, äh, ich könnte vielleicht folgendes zuwege bringen.

Der Bär hangelte sich erfolgreich in den nächsten Chorus, was bei dem Tempo gar nicht so leicht war, und dachte, nicht schlecht, aber da war immer noch eine Menge Cannonball dabei. Er wußte nicht, ob sein Gebot durchgeschlagen hatte, aber alle antworteten so, als wäre er für die Summe gut, und von diesem Augenblick an verlor er weitgehend den Überblick über das Geschehen. Oh, er wußte wohl, daß Billy gepflegt auf den Putz haute und daß Haden das strikte Takthalten drangegeben hatte, um explosiv gesetzte Doppelgriffe aus dem Bauch seines Instrumentes zu reißen, wobei die Saiten klagend gegen das Griffbrett knallten – und einmal setzte Haden diese brummende, aufsteigende Pedaltonsache, wie ein ganzer Chor von Bässen, gegen das, was der Bär auf dem Saxophon machte, und der faßte das als Kompliment auf, denn dieses Zeug brachte Haden normalerweise nur für Ornette. Es gefiel ihm ungemein, wie Hatwell seinen Senf einarbeitete – kein anderer spielte das Klavier auf diese Weise, zwischendurch ganz zurückgenommen, um dann die Musik mit seinen kräftigen beidhändigen, harmonisch intensivierten Schichtungen aufzupeitschen, anschließend ihm die üblichen verbindenden Akkorde vorzulegen, bevor er in einen Wiederholungszyklus einstieg, der das aufnahm, was der Bär spielte, und von ihm verlangte, daß er noch ein bißchen mehr darüber nachdenke – doch was sich ihm vorwiegend aufdrängte, das war das Gefühl, daß er entweder schwimmen oder untergehen müßte und daß er ein bißchen von beidem tat. Er hätte sich gewünscht, daß Billy ihm ein bißchen mehr Platz zum Atmen lassen würde – der hieb ziemlich heftig auf seine Tomtoms ein –, und dann endlich begann er, obwohl er wußte, daß er so nicht mehr spielen konnte, sich in das einzuwühlen, was die Band ihm vorlegte, wenn auch zunächst widerwillig und nur darum, weil er keine Alternative hatte und es wahrscheinlich besser war, als das Saxophon einzupacken und nach Hause zu gehen, und so ließ er mißmutig den Lichtstrahl der ihm dargebotenen Musik auf sich fallen, stürmte los und lief und gab sich generell den Anschein, als könnte er immer noch alles einreißen. Er klaute sich ein oder zwei Licks von Coltranes langem Solo aus »Impressions«. Ah, na gut, wenn du klaust, klau nur von den Besten. Die Musik war entweder tot oder lebendig oder ein bißchen von beidem, hatte er das Gefühl, und die ganze Zeit über war da eine Art eingehegter Aufruhr in ihm, zusammengesetzt aus dem, was von seinem Talent übrig war, und der Frustration über dessen Unzulänglichkeit und Grenzen; es war, als würde all diese zweifelhafte Musik von einem Drama hervorgebracht, das hinter verschlossenen Türen aufgeführt wurde, in einem Raum, der irgendwo in den

Tiefen des Hauses seiner Natur gelegen war, wo er physisch nicht hinreichen konnte, allenfalls das Schimmern eines Lichts hinter einer Flurwindung war zu ahnen, das eine oder andere Wort des dramatischen Konflikts gelegentlich deutlich zu hören; doch alles, was er hier und jetzt tun konnte, inmitten der abgedeckten Möbel und der allgemeinen Düsternis, war, das zu benutzen, was er über die Musik und das Saxophon wußte, um etwas Sinn und Energie aus solchem Echo realer Vorgänge zu schlagen, soweit es ihn erreichte. Mitunter bekam er etwas Wirkliches zu fassen, doch stets entglitt es ihm wieder und ließ ihn allein mit dem, was zwischen Atem und Zunge und Pfote bereitlag. Er wußte nicht, wie lange sein Solo dauerte, obwohl er die Dur-Moll-Wechsel bewußt abhakte, als ihm danach war, und aufmerkte, als die Bluesstruktur völlig wegfiel, aber als er fertig war, wußte er, daß ziemlich viel Zeit vergangen und er schweißgebadet war, und anscheinend war er in einem Dialog mit Haden in freiem Tempo gelandet, Hatwell setzte aus, und Billy warf nur ein paar Beckentriller und Miniklopfer vom Rande her ein. Der Bassist spielte wunderbar, ließ bärenmäßige Töne erklingen, die der Bär selbst angespielt hätte, wenn er denn noch so tief hätte mitschwingen können. Es war eine Art Call, und der Bär antwortete darauf mit einem Response in seiner derzeitigen Stück-für-Stück-Manier und war teilweise, dank der von Haden geschaffenen Schönheit, in der Lage zu vergessen, wie vollkommen unerreichbar die Musik für ihn war, ja, das Problem des Ichs löste sich sogar auf, zwar nur vorläufig, für den Augenblick, aber doch so weit, daß etwas Lebendiges durch den Stacheldraht und die Begrenzungszäune um das Gefängnis drang. Warum war das alles hier nur ein solches Schlachtfeld? Wie nur war es dazu gekommen? Wie konnte ich mir das antun? Das alles sollte doch eigentlich ganz scheißeinfach sein!

Es gab einen langen Abschnitt, in dem des Bären und Hadens Linien sich bei abnehmender Lautstärke ineinander verschlangen. Dem Bären gefiel's, solang es dauerte, und er sagte Adieu mit einem sachten Ersterben, einem gehauchten Triller, trat zwei Schritte vom Mikrophon zurück und verhedderte sich in einem Gewirr von Kabeln.

An diesem Punkt nahm Hatwell den Faden auf, verweilte etwas mit Haden in der Bewegungslosigkeit, nur ein wenig in den niederen Geschossen des Klaviers umherrumpelnd, klimperte sich dann Herbie-mäßig ins Tempo zurück und brachte das Stück wieder auf Touren. Baß und Schlagzeug strichen sich zurecht und jagten ihm nach, immer knapp über dem Boden, in geschmeidigem und stetigem Lauf. Der kleine Hatwell hat schon ein paar Ideen, dachte der Bär, während er dem kleinen Scheißer dabei zuhörte, wie er ihn an die Wand spielte. Der Pianist baute sein Solo aus langen, flinken Melodielinien, deren Krümmung generell nach oben wies, die sich aber in sich zusammenkräuselten, bevor sie ihre dramatische Ladung abfeuerten. Bevor Hatwell seinen Zielort endgültig ansteuern konnte, waren noch einige Stopps und Starts zu durchlaufen, große zweihändige Akkordschichtungen, die sich manchmal mit ein bißchen Humor verabschiedeten – der Bär hörte eine polytonale Demolierung von »Stars and Stripes Forever« als krachendes Niederreißen des vorher Aufgetürmten heraus sowie ein Stück »All You Need Is Love«, das völlig zerfetzt aus einer anderen Klimax herausstolperte – und im Grund war Hatwells Solo ausschweifend und unberechenbar und erging sich auf dem ganzen Instrument, als wäre die Tastatur noch ein unerforschtes Gebiet, auf dem jeder Freiheitsliebende mit entsprechender Leidenschaft und Ausdauer ad infinitum umhertollen müßte. Niemand, der nicht zur ausgesprochenen Avantgarde zählte, attackierte das Piano mit einer derartigen Hemmungslosigkeit, und der Bär hatte gute Lust, allen die Hände zu schütteln, sein Saxophon einzupacken und das Album mit besten Wünschen dem Pianisten zu übergeben. Das Solo klang in freiem Tempo aus, während Haden wiederholt einen leicht verminderten Dreiergriff gegen das Holz stimmte, und der Bär hatte noch genug Durchblick, Billy per Handzeichen zurückzuhalten; ihm hatten Hadens Soli schon immer dann am besten gefallen, wenn sie unbegleitet waren und er den Freiraum hatte zu gehen, wohin er wollte, ob im festen Tempo oder nicht. Aus Hadens anfänglichen Suchbewegungen wurden, sobald Billy sich zu bloßem Beckenflüstern zurückgenommen hatte, einige Stürze in die tiefen Register seines Instruments. Der Bär schloß die Augen, wiegte sich und lauschte, wie eine Reihe von potentiell lyrischen Melodien aufstieg, jede Note durch winzige Variationen von Tonlage und Plazierung aufgestört, als hätte man ein unter Belagerung stehendes moralisches Schlachtfeld betreten. Hadens Ringen, worum auch immer, gab dem Bären das Gefühl, nicht mehr so allein zu sein. Der Bassist schien seinen Tönen ein Höchstmaß an Aufmerksamkeit zuzuwenden und sie so eindringlich zu befragen, als könnten sie jeden Moment ihre Masken fallen lassen, ihr Schweigen brechen und ihm das Geheimnis seines Lebens entdecken. Auf diesem Niveau des Nachforschens waren Hadens Geheimnisse, was sie auch sein mochten, identisch mit denen des Bären, aller Menschen. Die ganze Band neigte sich ihm lauschend zu, eine mit Händen zu greifende Stille legte sich über den Raum, darauf gefaßt, daß alles Scheinhafte sich verflüchtige und die Welt unermeßlicher *Sinn*haftigkeit, aus der die Musik kommt und in die sie stets zurückweist, willens sein sich zu eröffnen wider alle Wahrscheinlichkeit, den Vorhang niederzureißen und die Bühne zu präsentieren bar aller Illusionen, voll der Wahrheit. Es war nahe dran. Am Ende seines Solos war Haden fast unmerklich zu dem schnellen Tempo des Stücks zurückgekehrt, Billy spielte leise weiter und blickte den Bären über seine Schallwand hinweg an, die Augenbrauen erhoben. Wollte der Bär noch einmal spielen, oder sollte Billy übernehmen?

Der Bär fand, daß ein Schlagzeugsolo gerade jetzt gut kommen würde, und um Billy diesen Gedanken mitzuteilen, setzte er das Saxophon an die Schnauze und begann eine Art Vorspiel für ihn. Eins kam zum anderen, und ohne es eigentlich zu wollen, steckte er plötzlich in seinem zweiten Solo. Es war ganz unerwartet gekommen. Hatwell hielt sich zurück, er hatte jede Menge Freiraum, und da Baß und Schlagzeug gedämpft agierten, lag kein Druck auf ihm. Der Bär war der Ansicht, er mache lediglich ein bißchen Pausenmusik zwischen zwei Hauptattraktionen und widmete dem Geschehen daher nur zerstreute Aufmerksamkeit. Seine Gedanken ergriffen die Gelegenheit, zogen den Kopf aus der Schlinge und gingen ein wenig auf Wanderschaft. Hör die diese Typen an, dachte er, Hadens und Billys Begleitungen und Einflüsterungen lauschend, der Biegsamkeit des Beats, der angebotenen harmonischen Abschweifung, der Drohung oder dem Versprechen von fernem Donner, schließlich Regen. Wo sonst könnte man solche Musik finden? Wo sonst solche Disziplin und gleichzeitig solche Ungezwungenheit erleben? Es war eine reiche, vielgestaltige Welt für sich, und wenn man sich außerhalb ihrer sichtbaren Parameter bewegte, konnte man alles mögliche von dort auflesen und mit hineinbringen, ohne sich in Ehrerbietung vor fremden Göttern verneigen zu müssen. Nur eins war nötig: spielen zu können. Zu wissen, wie man es zusammenbrachte. Zu begreifen, daß es potentiell bereits zusammen war, klar und vollständig, und gleichzeitig sich rückhaltlos in den Malstrom des unbekannten Prozesses zu stürzen. Alles was man kennen mußte, war das kleine Geheimnis, das es zum Swingen brachte. Es war keine große Sache. Es war halt das Leben, nicht mehr, nicht weniger.

Sie spielten immer noch, Billy lehnte sich etwas zurück, und Haden fing an, den Bären zu verunsichern – wo dieser vielleicht erwartet hätte, daß der Baß neben ihm einherschreiten oder -rennen würde, da lief jetzt dieses bup-bup-bup-bup-Triolending, reine Komödie, und der Bär dachte: Was zum Teufel ist das denn? Hatwell meldete sich mit ein paar abgedrehten Reserveoktaven zurück. Tonika, Dominante, nichts Besonderes, verhältnismäßig hingemollt, und siehe da, die Musik begann, das zu tun, was sie Gerüchten oder der Sage nach tut, nämlich ihn an der wuchernden Katastrophe seiner selbst vorbei zu Erlösung und größerer Erkenntnis zu tragen. Wegen seines fortdauernden Gefangenseins konnte er dies nicht mit der ganzen Spannweite seines Wesens auskosten, aber er konnte dort am Springbrunnen sitzen und den Druck regulieren, der sein Saxophon nach Gesetzen nährte, die jedem in ähnlicher Lage, der seine Zwetschgen halbwegs beisammen hatte, einleuchten und dem Zuhörer ein Wohlgefallen sein mußten. Tatsächlich war dies doch genau das, wonach er gesucht hatte, der feinsinnig richtige Eintritt oder Austritt, die Möglichkeit zu wissen und nicht zu wissen, was vorging. Rechte Pfote, linke Pfote, ein Ton nach dem anderen, wer weiß, zusammen mochten sie Musik ergeben. Wie auch immer, zum ersten Mal seit Menschengedenken befand er sich im Zentrum von etwas, das wirklicher war als er selbst, fühlte zwar immer noch nichts, war aber wach genug, die nötigen Bewegungen und Bedeutungen in Gang zu setzen und grundsätzlich alles laufen zu lassen.

Haden gab Vocals zum besten, stieß eins seiner wohlbekannten Whoos aus. Yeah, aber was weiß er schon? Mit toten Augen, aber einem auf kleiner Flamme köchelnden Herzen – zu weit im Innern, um zu wärmen – spielte der Bär, was er von dieser zweideutigen

Position aus konnte, rollte seine Phrasen aus, rieb sich an den Gesetzen des Rhythmus, um sich dann wieder seiner Autorität zu beugen, zerrte an den Tauen und Trossen der Harmonik, bekam die Segel hoch, reffte einige wieder und segelte weiter in den Leib des Tages hinein. Wenn er, im Interesse größerer Schnelligkeit, das ganze Gewicht seiner Emotionen in die Wirbel und Strömungen der Musik hätte heben wollen, wäre er auf das Problem gestoßen, daß er trotz aller Intensität des Augenblicks eigentlich keine Gefühle hatte. Es war dies noch immer eine Art Intermezzo zwischen dem Überdruß-Ich, mit dem er lebte, und der Welt, die er erreichen wollte, so daß es in sich und für sich wahrlich nichts war, und gleichzeitig wußte er, daß es doch haargenau das Beste war, was er sich vom Augenblick und dessen Pfotenvoll Material erhoffen konnte. Du darfst nur nicht glauben, du tätest etwas Endgültiges oder Bedeutendes, dann kannst du vielleicht noch eine Weile so weitermachen.

Als der Bär fertig war, begann Billy ein Solo, das sich über sein ganzes Schlagzeug hinwegwühlte und inmitten der Becken explodierte, und dann spielte die ganze Band noch einmal das Thema, schwankend und fast ohne Tempo, einem unausgesprochenen gemeinsamen Ratschluß folgend. Am Ende gab es noch ein paar letzte Schläge vom Gipfel des einen ins Tal des anderen Instruments, und dann waren sie durch. Nach einer viersekündigen Pause zum Ausklingen des Nachhalls blickten sie einander wieder an. Haden lachte als erster. Billy und Hatwell stimmten ein. Der Bär nicht. Er befand sich in einem anderen, leeren, kurz angebundenen Zustand und hatte das Gefühl, er könne vielleicht noch eine Weile spielen und das sei es, worum es jetzt gehe, und in ihm war nicht viel übrig für Gelächter oder Plauderei oder Kameradschaftlichkeit oder was auch immer.

James' Stimme kam durch den Lautsprecher: »Wollt ihr das noch mal hören?«

»Nein«, sagte der Bär mit so lauter Stimme, daß es ihn selbst überraschte, aber dann sah es so aus, als müßte man es durchaus noch einmal durchhören, und der Bär entschuldigte sich solange. Während alle anderen sich im Regieraum das Stück anhörten, schlenderte er aus dem Studio, einen Flur entlang, und stieß auf einen riesigen Aufnahmesaal, den sie zweifellos für große Orchester und Heavy-Metal-Bands benutzten; Platz für ein ganzes Fußballfeld, ein großes Schwimmbecken, irgendwas Höhlenartiges und Sportliches jedenfalls. Der Bär spazierte hindurch, blickte hinauf zu den dunklen Behängen, die man hinunterlassen konnte, um den Sound zu dämpfen. Er klatschte ein paarmal in die Pfoten, um den Widerhall zu testen. Das Licht war trübe, der Raum lag verlassen da. Das Chrom von Mikrophonständern schimmerte unter abgedimmten Lichtern. Interessant. Ob sie dahinten wohl schon durch sind mit Hören? Gib ihnen noch fünf Minuten. Sicher ist sicher. Ich will es definitiv nicht hören.

Bei seiner Rückkehr sah es so aus, daß die Musiker alle sehr zufrieden waren, das Stück aber siebzehn Minuten lang war – im Ernst? – und es gewisse Tonüberlappungen gab, denen James fürs nächste mit Schallwänden, Galgen und anderen Mikros zu Leibe rückte. Krieger wollte einen zweiten, nicht so überlangen Take unter verbesserten akustischen Bedingungen machen.

»Nein«, sagte der Bär. Ihm war im Moment alles egal, er wollte nur weitermachen. Er war in diesem Punkt recht starrsinnig, aber auch das zählte letzten Endes nicht, so kalt und leer fühlte er sich.

»Und der Schlagzeuger hat beim Spielen gesungen«, beschwerte Krieger sich.

»Weil er Spaß hatte«, sagte der Bär. »Das Wort Spaß ist doch bekannt? Gut. Jetzt müssen wir das nächste Stück spielen.« Seine Stimme war so gleichförmig, daß er den Eindruck hatte, er klänge hypnotisiert.

Die Kontroverse, die jetzt folgte, berührte ihn nicht, und obwohl er die eine oder andere Äußerung zur Diskussion beisteuerte, war sie für ihn weit weg, in einer sinnlos kontingenten Nichtzeit, und als die Vorgänge wieder real wurden, war man soweit, sich an das nächste Stück zu machen. Welches sollte es sein?

»›Book the Hook‹«, sagte der Bär, »und wir können es kurz halten.« Es war ein eher temperamentvolles Stück, zusammengebaut aus einem sich wiederholenden Riff, das wiederum von einer Breakfigur bestimmt war, acht Takte $A\flat^{7}$, acht $B^{7\sharp 11}$, ein achttaktiges $A^{7\flat 9\sharp 5}$, und dann noch mal acht Takte $B\flat^{7}$ zum Abschluß. »Wenn es zu lange dauert, fangen die Changes an, wie eine Falle zu klingen. Unter sieben Minuten könnte es hinhauen. Also.«

Der Bär zählte ein langsamer ein als bei »Vehicle«, aber immer noch flott.

Sie spielten es, und es war keine Überraschung, daß Haden einige Variationen fand, die er in die das Stück grundierenden wiederholten rhythmischen Figuren einbaute, und daß Billy die quadratschädelige Struktur dehnte und kippte und schaukelte, bis ihr schwindlig wurde. Der Bär und Hatwell übernahmen ihre Chorusse, dann fanden Charlie und Billy einen Weg, sich zweizuteilen, und schließlich kamen sie in zünftigem Unisono zum Schluß.

»Cool«, sagte Hatwell. »Das ist praktisch schon eine halbe Platte.«

»Charlie?« sagte der Bär. »Ob wir vielleicht noch ein Duett über etwas Langsames spielen könnten, und danach machen wir dann alle eine kleine Pause?«

»Ist ja lustig«, antwortete Haden. »Nach unserer Beinaheprobe letztens hab ich in meinem Hotelzimmer eine Ballade für dich geschrieben. Willst du mal sehen?«

Sie spielten sie gemeinsam nach drei Fehlstarts, bei denen der Bär keinen rechten Ansatz fand, wie die von Haden niedergeschriebenen Noten am besten zu phrasieren wären. Sobald er es sich zurechtgezurrt hatte, ließ der Bär sich von Hadens lyrisch klimperndem Understatement in tiefere Gewässer locken, als er sie normalerweise ansteuerte. Jedesmal, wenn der Bär eine Phrase spielte, hatte Haden auf dem Baß noch etwas Schwergewichtigeres dazu zu sagen, und der Bär mußte sich dessen Autorität fügen. Haden umfing ihn wie ein ganzes Orchester von Bässen, entlockte ihm ungekannte Musik aus Kopf und Bauch und zwang ihn, ja zu sagen zu einer Schönheit, die den engen Horizont seiner gegenwärtigen Probleme überstieg. Spielte der Bär gut? Schon möglich. Hielt er sich an die Akkordwechsel? Er war durchaus dieser Ansicht. Als der Bär einhielt, begann Haden ein Solo und streichelte einen melodischen Reichtum aus den Saiten, der der Schönheit des Basses und seiner eigenen menschlichen Tiefe den fälligen Tribut zollte. Entsprechend spielte der Bär, als Hadens Solo beendet war, dessen notiertes Thema mit ungewohnter Buchstabentreue und Bescheidenheit, und dann war es vollbracht.

»O Mann«, sagte Haden nach angemessener Pause.

»Wirklich?« sagte der Bär. »Hat es was getaugt?«

Alle waren sich einig, daß es in jedem Fall Zeit war für eine Pause. Offenbar hatte jemand was Chinesisches zu essen bestellt, und Charlie wollte sicherstellen, daß genug Gemüse dabei war. Ob der Bär irgendwas essen wolle?

»Nein.«

Diverse Personen machten sich zur Toilette oder zum Kaffeeautomaten auf. Der Bär hatte weder mit dem einen noch mit dem anderen etwas am Hut. Er stellte fest, daß er keinerlei körperliche Bedürfnisse verspürte: keinen Hunger, obwohl er außer den Bagels am Morgen noch nichts gegessen hatte, keinen Bedarf für einen Toilettenbesuch, trotz der Unmengen von starkem schwarzem Kaffee zum Frühstück und obwohl es vorher einige Male böse im Bauch gegluckert hatte. Er schien überhaupt keine Bedürfnisse zu haben. Noch irgendwelche erkennbaren Gefühle. Zweifellos würde er, wenn er nicht ins Saxophon zu blasen hätte, auch nicht atmen.

Jones sagte etwas zu ihm, aber er konnte wenig Sinn in den Worten erkennen.

»Interview«, wiederholte Jones.

»Was?«

»Du hast gesagt, du wolltest eins geben.«

»O yeah. Natürlich.«

Der Bär und der Interviewer nahmen im Vorraum in zwei sich gegenüberstehenden Sesseln Platz. Da war auch noch eine große dünne Frau mit krausen schwarzen Haaren, der allerlei Kameras von der Schulter hingen. Sie ging im Kreis herum und schoß Fotos, aber nachdem der Bär ihr einen besonders düsteren Blick zugeworfen hatte und mit ihrem Transportmotor hörbar etwas nicht in Ordnung war – war ich das? –, entfernte sie sich für eine Weile. Der Interviewer, der, obwohl Jude, große Ähnlichkeit mit Shakespeare hatte – irgendwo zwischen dem Chandos-Porträt und dem Droeshout-Stich –, vermittelte noch schärfer als selbst Jones den Eindruck, er sei nur ein Außenstehender, der nach drinnen zu schauen versuchte. Außerdem sah er irgendwie aus wie Anne Frank mit Bart. »Ich bin eigentlich kein Kritiker«, erklärte er dem Mikrophon, nachdem er den Kassettenrecorder aufgebaut hatte.

»... eigentlich kein Kritiker«, wiederholte das Gerät für ihn, und sobald der Bursche sich die Unterlagen in seinem Schoß wieder zurechtgefummelt hatte, konnten sie anfangen.

Der Bär arrangierte die Pfoten auf seinen Knien und hatte keine Ahnung, was er zu erwarten hatte.

Er fand den Interviewvorgang ziemlich seltsam.

»Ich wurde in einem Güterwagen auf einem Abstellgleis am Rande von Chicago geboren«, setzte der Bär in Beantwortung der ersten Frage an, doch da unterbrach ihn der Interviewer und erzählte ihm von seiner eigenen Kindheit, und daß er schon immer mit Tieren hatte kommunizieren wollen, vor allem mit Vögeln. Er hatte die Vögel davon überzeugen wollen, daß er ihnen niemals etwas zuleide tun würde und sie daher Freunde sein sollten, aber sie waren trotzdem immer weggeflogen. Er hatte recht eigentlich alle Tiere geliebt, und obwohl die sozialen Gegebenheiten ihn daran gehindert hätten, auf Bären zu treffen, damals, als er im Alter von fünf Jahren im Sommerlager in New Hampshire war... War der Bär schon mal in New Hampshire gewesen?

»Noch nie nördlich der Adirondacks«, sagte der Bär, »wo ich hauptsächlich auf der Jagd nach Bärinnen war. Übrigens find ich es beleidigend, daß die Menschenwelt sie als Säue bezeichnet...«

Auch der Interviewer fand dies höchst beleidigend, wie er versicherte.

»Sehen Sie«, sagte der Bär, »auf Grund einer ganzen Reihe von unberechenbaren behördlichen Streitereien im Zusammenhang mit der Flucht des Großen Witschinskij wurde ich nicht sofort von meiner Mutter getrennt. Wir waren sogar lange genug zusammen, daß ich...«

Der Interviewer konnte, gerade vor dem Hintergrund seiner eigenen Kindheitsprobleme, gut und ausführlich mit dem Bären mitfühlen, währenddessen dieser sich an den Chicagoer Horizont erinnerte, die blinkenden roten Lichter, die die Erzählungen seiner Mutter begleiteten, wenn sie ihm die Familiengeschichte enthüllte, soweit sie ihr selbst bekannt war. Er dachte an den Geschmack ihrer Milch zurück, an ihre warme, sorgende umhüllende Liebe. Zu schnell vorbei, und in der Folge eine zu kalte menschliche Welt.

»Mein Vater war Amerikaner«, sagte er, als der Interviewer mit seiner Geschichte fertig war. »Hat sich eines Nachts eingeschlichen, um ein bißchen Abwechslung in den Genpool des Zirkus zu bringen. Meine Mutter fand ihn primitiv, aber rührend. Ihre Neigung zu ihm faßte sie, glaube ich, hauptsächlich aus Mitgefühl. Es lag eine gewisse Alte-Welt-Herablassung in ihrem Gefühl für ihn. Zwar war er, wie mir berichtet wurde, ein schwungvoller Liebhaber, zeigte aber wenig Neigung zur anschließenden Konversation, und so ergreifend er auch in seiner Direktheit war, so war man doch der Ansicht, daß es ihm an Perspektive und Nuancierung fehlte... Na ja, ich selbst habe mich eigentlich nie an dem *snobisme* beteiligt, dem man im mütterlichen Zweig meiner Familie frönte.«

Der Interviewer nahm sich viel Zeit, um dem Bären zu erklären, welchen Eindruck diese Geschichte bei ihm hinterlassen habe, insbesondere im Hinblick auf die Art und Weise, wie die beiden Seiten seiner eigenen Familie sich gebissen hätten, was übrigens durchaus nicht nur im rein bildlichen Sinne zu verstehen sei, und als der Bär das nächste Mal wieder Gelegenheit bekam, den Mund aufzumachen, ging es um Bird, Ornette und Jackie McLean, aber selbst zu diesem Thema kam er nicht wesentlich zu Wort.

Eine Sache, die ihm am Herzen lag, wurde er dann doch los. »Ich glaube, die einzige Bedeutung all dieser Umtriebigkeit – die Musiker, die Industrie und die ganze damit verbundene Hysterie – liegt darin, daß wir, trotz allem, was wir getan haben, um die Welt mit unserem Hiersein zu verderben, und ich schließe mich hier selbst ein, denn ich bin lange genug dabeigewesen, um zu wissen, daß das, was ich hinterlassen werde, weniger eine Spur als ein Fleck ist, daß wir also, wenn man es genau betrachtet, in die Schönheit verliebt sind. Man käme nicht drauf, daß es das ist, womit alle in Wirklichkeit beschäftigt sind, aber ich wüßte nicht, welche andere Bedeutung dieser ganze Scheißlärm haben sollte, Sie vielleicht? Und ich meine, die Zivilisation, so wie sie zur Zeit verstanden wird, sollte verdammt noch mal die Schnauze halten und sich eingehender die Frage stellen, was diese Sorge um die Schönheit wohl bedeuten könnte. Möglichst noch, bevor es zu spät ist, wenn Sie verstehen, was ich meine.«

»Sie sind Platoniker!« Der Interviewer schien höchst erfreut über diese Entdeckung.

»Selbstverständlich«, sagte der Bär. »Und ich glaube, die ideale

Gesellschaft wäre eine, die von Saxophon spielenden Bärenkönigen regiert würde. Außerdem …«

An diesem Punkt drangen andere Stimmen zu ihnen hinein. Offenbar wurde es Zeit, daß er wieder ein bißchen Musik spielte, was immer das sein mochte.

»Tut mir leid«, sagte der Bär. »Wir hatten zu wenig Zeit, um wirklich …«

»Es war vollkommen in Ordnung«, sagte der Interviewer und drückte, anstatt ihm die Hand zu geben, einen Bogen Papier in die Pfote des Bären. »Das ist das, was ich eigentlich mache. «

»Danke.« Der Bär sah mit einem Blick, daß es sich offenbar um Gedichte handelte.

»*Ich* habe zu danken«, versicherte ihm der Mann mit einer leichten Verbeugung.

»Hey hey hey hey *hey*«, sagte jemand, der gerade hereinkam.

Der Bär blickte auf und konnte nicht umhin zu grinsen. Es war Lester Bowie, die Arme weit ausgebreitet, um ihn zu umarmen, gefolgt vom alten Doc Friedmann, der sich auf einen Gehstock stützte und ein vor Anstrengung gerötetes Gesicht hatte. »Die beiden Doktoren!« sagte der Bär und stopfte den Zettel des Interviewers in seine Manteltasche. »Schön, euch zu sehen.«

»Yeah, sind gerade hereingeschneit.« Bowie wickelte sich ein Stück Schal vom Hals. »Was liegt an? Was machen wir hier?«

»Er bestand darauf, mich abzuholen«, sagte Friedmann. »Haben Sie je erlebt, wie dieser Mann Auto fährt?«

»Nein«, sagte der Bär.

Bowie schüttelte dem Interviewer die Hand und fragte, he, wie es denn gehe. Der Interviewer schien verwirrt, und Bowie begann, indem er sich über den Sessel beugte, aus dem jener sich ohne großen Erfolg zu erheben suchte, den Mann formvollendet, wenngleich eine Spur parodistisch, zu hofieren.

»Tut mir leid, wenn die Fahrt hierher etwas ungemütlich war«, sagte der Bär zu Friedmann, der etwas Mühe hatte, an dem Bowie-Interviewer-Gespann vorbeizukommen. Schließlich aber bekam der Bär doch Gelegenheit, ihn zu umarmen. »Wie geht's denn, alter Mann?«

»Ein paarmal Schmerzen in der Brust, aber noch kein Glück gehabt«, antwortete der Doktor keuchend.

»Ich muß doch bitten«, sagte der Bär.

»Ich bin zur Ansicht gekommen, daß die letzte Sache, die ich in diesem Leben zu tun habe, die ist, Ihnen einen kleinen Dienst zu erweisen.«

»Sie wollen auf meiner Platte *Ich habe genug* singen?«

»Mir ist nicht danach zu singen, Bär«, sagte der Doktor. »Mir ist mehr nach einer schönen langen Ruhe.«

»Man sagt, es sei schöner, noch ein paar Jahre dranzuhängen, wenn man fertig ist.«

»Ach. Ich will nicht einmal wissen, was für ein Sadistenpack es war, das so etwas gesagt haben könnte. Aber schön, daß Sie so gut aussehen.«

»Tu ich das? Ich fühl mich heute eigentlich ein bißchen kaputt.«

»Ihr Fell hat einen schönen Glanz. Und Sie riechen gut.«

»He, Bär, nun sag mal, was wollen wir machen?« Das war Bowie, der neben der Schulter des Doktors auftauchte, den einen Zipfel seines Spitzbarts zauselte und schon mal spekulativ ein bißchen den Leib schaukeln ließ.

»Kommt drauf an«, sagte der Bär. »Willst du gleich mitspielen oder erst mal zuhören, was wir machen?«

»Ist mir egal«, sagte Bowie. »Wie läuft's denn bisher?«

Der Bär deutete über die Schulter nach hinten. »Die Jungs sind im Regieraum. Frag sie.«

»Yeah, freu mich, Billy zu sehen. Was hältst du von the Hat?«

»Hatwell? Er ist klasse.«

»Yeah, greif ihn dir, solange es geht. Bis gleich.«

Bowie ging an ihm vorbei, eine Tür öffnete sich, und Jubel, Trubel, Heiterkeit brandeten gegen seinen Rücken. Bei aller verbissenen, ja existentiellen Konzentration mußte der Bär doch lächeln. Doktor Bowie war da.

Sie beschlossen, »Tengri« zu spielen, bevor sie Bowie zu seinem Kurzauftritt dazuholen würden, aber der Bär vergurkte es gründlich. Er hatte das Stück aus einem Interesse für dessen asiatisches Feeling und für die laufmaschigen Terzen und Quarten seiner Melodie geschrieben und es nach dem mongolischen Wort für Himmel benannt, wobei er freilich als Alternativtitel noch »Shaman You« in Reserve hielt. Unter allen Akkordwechseln, die das Stück hergab, hatte er sich als Arbeitsgrundlage die komplexesten ausgesucht, und als er damit in sein Solo hineinging, dachte er mit einemmal daran, daß dies ja die Art von Musik war, für die er sich dieser Tage am meisten interessierte, daß er aber bislang nicht in der Lage gewesen war, sie auch umzusetzen. Und so quasselte er sich durch zwei Takes hindurch in den Grenzen der harmonischen Struktur fest, verzählte sich im zwanzigsten A-Teil und in der dreizehnten Überleitung und kam sich, mehr oder weniger vor wie ein Bahnhofsvorsteher, der mit seiner Taschenuhr auf dem Bahnsteig steht, aufs Beste hofft, persönlich aber nicht für die Pünktlichkeit der Züge sorgen kann. »He, Jungs«, meinte er, als er der Band zum zweitenmal das Zeichen zum Einhalten gab.

»Yeah?«

»Ich habe etwas vergessen.«

»Hat man gemerkt.«

»Ich will diese Changes nicht spielen«, verkündete er, worauf die Mitglieder der Band ein paar Blicke tauschten. »He«, forderte er sie heraus, »wollt ihr ein paar Chorusse von ›Cherokee‹ oder ›Giant Steps‹ oder so was spielen? Kann ich mit dienen. Die freß ich auf. Ich habe nur keine Lust, gerade diese Changes gerade jetzt zu spielen, okay? Es steht nicht im Einklang mit dem, was ich im Moment erreichen will. Also. Eine andere Sichtweise des Stückes wäre, daß der A-Teil dorisch ist mit einigen Erhöhungen und Erniedrigungen, wenn's beliebt, und der B-Teil phrygisch mit einem g-Moll-Etikett in den letzten fünf Takten. Also, was meint ihr, wir spielen es so für ein Take und sehen, ob es funktioniert.«

»Yeah, falls du wirklich bis fünf zählen kannst«, ließ sich Hatwell vernehmen. »Denn dann könnten wir den Schluß der Überleitung alle zusammen hinkriegen.«

»Gut beobachtet, Bob. Danke dir. Wollen wir's versuchen?«

Krieger wirkte etwas zufriedener, bemerkte der Bär, als sie drei Takes von dem überarbeiteten Stück aufnahmen. Beim ersten suchten sie noch, der zweite war akzeptabel, der dritte ein merklicher Abfall, mit eindeutigen Zeichen von abnehmendem Interesse.

»Lester!« rief der Bär.

»Komm mal rein hier«, tönte die Stimme des Trompeters über die Gegensprechanlage. »Wir müssen was diskutieren.«

»Du kannst auf keinen Fall ›When a Man Loves a Woman‹ spielen«, teilte Bowie ihm mit.

»Warum nicht, zum Teufel«, fragte der Bär.

»Weil Michael Bolton eine Version davon aufgenommen hat, während du eingesessen…«

»Wer zum Arsch ist Michael Bolton?«

»Der macht, was man früher ›blue-eyed-soul‹ genannt hat«, sagte Bowie. »Egal, er hat es aufgenommen und so gut wie vernichtet.«

»Es war überall zu hören«, warf Billy ein. »Man konnte ihm nicht entkommen. Auf jedem Sender. Auf der Straße. Es war wie Madonna.«

»Keine gute Idee, Bär«, sagte Krieger.

»Nun bin ich aber ein sprechender Bär«, sagte der Bär, »und im allgemeinen Geiste des Verstoßens gegen Naturgesetze sage ich: Tun wir's trotzdem.« Er grinste Krieger an und plusterte seine Fellhaare auf, und dann sah er zu, wie der Mann sich gar nicht halten konnte vor Zittern. Es war ein illegaler Einsatz von Pelz, wie er wohl wußte, und eine fragwürdige Invokation roher und wilder Natur, aber scheiß doch rein, es war nur eine Platte, nur eine Art, durchs Leben zu kommen. Eine Art und Weise, kurz gesagt, über Musik zu denken, von der er gehofft hatte, daß er sie sich niemals zu eigen machen würde. Aber jetzt war es das, was von ihm gefordert war, und da konnte man nichts machen.

Nach ein bißchen Gefummel mit dem Thema nahmen sie's in einem Take auf. Der Bär und Bowie spielten den A-Teil in ungefährem Unisono, dann übernahm Bowie die Überleitung allein, stattete sie mit seinem besten parodistischen Heulen und Gewinsel aus, schaukelte aber sehr schön wieder zurück in das Polster des Beats. Billy ließ seine Beckentriolen sich ein bißchen biegen und spielte den Snaredrum-Backbeat richtig fett. Haden beschränkte sich auf ein Minimum von klaren, unverstellten Noten, und Hatwell trug das Ganze in die Kirche. Es war genau das, was der Bär gewollt hatte, und als er seine zwei Chorusse anging, da spielte er genau das, was er sich seit etwa einer Woche in seinem Kopf hatte spielen hören. Rudimentäre, komödiantisch Rollinssche Verknüpfungen der harmonischen Grundlagen des Songs wechselten sich ab mit einer wiederholten und aufsteigenden punktierten Achtelfigur, die er in der Überleitung zum zweiten Chorus zu einer recht Bird-mäßigen melodischen Durchführung sich entfalten ließ, und dann, beim Rausgehen, schmiß er etwas Cannonball in seine letzten paar Takte: ein gemessenes Solo: Situationsimprovisation: dieses Mal immerhin. Lester Bowie machte aus seinen Chorussen das Beste – sein Ton hatte einen wundervollen Glanz angenommen, ein schönes Schimmern wie von Messing, und er setzte ihn in hübschem lyrischen Kontrast zu seinen gewohnten Abschweifungen von tonaler Orthodoxie, jenem Gähnen und Heulen und Nuscheln aus dem Mundwinkel. Der Bär hatte auch den Eindruck, daß Bowies Phrasierung ein bißchen entwicklungshafter war als früher. Dem Bären gefiel das – so gut Bowie auch ist, er hat sich weiter mit dem Aufbau beschäftigt, und sein Ton ist edler und gefühlsbetonter als je zuvor. Bowies Solo war ein bewegendes Stück Musik, das durch relative Zurückgenommenheit noch an Wirkung gewann. Für seinen einzigen Chorus griff Hatwell Bowies Beherrschtheit auf, blieb weitgehend im akkordnahen Bereich und gab der Sache eine gemessene Feierlichkeit. Man konnte hören, wie seine Jugend von innen gegen dieses Dekorum aufbegehrte, es war wie eine Welle, die aufzusteigen und ein paar Häuser an der Küste zu zerschmettern droht, und doch ist eigentlich keine Spur von Gischt auf der Oberfläche zu sehen. Als Trompete und Altsaxophon wieder einsetzten, um die Originalmelodie des Songs zu spielen, taten sie es gleichsam mit gebeugten Köpfen. Der Bär hatte die Überleitung im Schlußchorus, und er entschloß sich, sie mit etwas traditioneller Blues- und Gospeldeklamation zu verschärfen, bevor er sich still und brav ins Unisono der letzten acht Takte schickte. Bowie war hier wieder ganz herrlich, sein Ton behielt seinen Glanz auch im Pianissimo, und das Stück endete mit einem Flüstern des Saxophons und dem Flattern von Bowies Atmen durch die Trompete.

Der Bär hatte sich dies Stück für Iris gewünscht, und es war etwas Vernünftiges draus geworden.

In der Kommandozentrale gab es halblaute Gratulationen in Halbsätzen, während »When a Man Loves a Woman« noch einmal durchlief. Es war der erste Take überhaupt, den der Bär sich anhörte, und – wer hätte das gedacht – es war halb so schlimm und tat gar nicht weh. Es klang sogar wie eine richtige Platte. Seltsam.

»Yeah, als ich das Stück davor gehört hab, Bär, hab ich mich gefragt...«, sagte Bowie gerade.

»Ob sie mir im Knast entscheidende Teile meines Gehirns rausoperiert hätten? Spiel ihm hiernach mal jemand ›Vehicle‹, vor.«

»Soll das heißen, daß du noch ein Playback lang still sitzen bleiben willst?« fragte Jones.

»Könnte sein«, sagte der Bär. Er neigte sich Friedmann zu. »Was halten Sie davon?«

»Es ist nicht meine Art von Musik. Ich bin mit diesem Verrückten im Auto mitgefahren, um mich nach Ihrer Gesundheit zu erkundigen. Lassen Sie sich einmal ansähen.« Friedmann beugte sich auf dem gelbbraunen Ledersofa zu dem Bären hin. »Zeigen Sie mir Zähne und Zahnfleisch. Apropos, was ist das für ein guter Geruch? Ich habe ihn schon vorher bemerkt. Ist das ihr natürlicher Geruch bei guter Gesundheit oder ist es etwas anderes?«

»Um Gottes willen, Friedmann, es ist nur Parfüm.«

»Ist er schon den ganzen Monat, seit er aus dem Gefängnis heraus ist, so empfindlich?« fragte Friedmann Jones.

»Nein«, sagte der Bär.

»Ungefähr so ist er die ganze Zeit gewesen«, informierte Jones den Doktor.

»Quatsch«, sagte der Bär. »Ich bin überhaupt nicht so gewesen. Ich bin auch jetzt nicht so.«

»Also«, sagte Friedmann, »Zähne und Zahnfleisch, bitte.«

Der Bär tat ihm kurz den Gefallen, ließ dann die Lippen wieder zuklappen.

»Ihre Augen bittä, beugen Sie sich her.« Der Bär lehnte sich ihm entgegen, worauf der Doktor ihm ein Augenlid nach unten zog. Während Friedmann ihm ins Auge spähte, bemerkte der Bär, wie unwohl der alte Mann aussah. Wenn man im Knast sitzt, sieht alles schlecht aus, aber hier draußen... Friedmann wirkte erschöpft. Seine angenehm häßlichen Gesichtszüge waren noch weiter eingefallen, und der Bär fragte sich, ob dergleichen gemeint war, wenn Leute von jemandem sagten, sie könnten den Tod in seinem Gesicht sehen. Friedmanns forschendes Auge sah trübe aus. »Gut«, sagte Friedmann.

»Ich bin also gesund«, sagte der Bär. »Jetzt erzählen Sie mir mal, wie Sie die groovigen Sounds von meiner Combo finden.«

Friedmann mochte die Absicht gehabt haben, seinen rauhen Basso als Flüstern zu entlassen, aber es klang eher wie ein Güterzug. »Musik, Schmusik«, dröhnte Friedmann. »Verlieren Sie das Mädchen nicht.«

Der Bär blickte nach hinten zum Regiepult, wo die meisten Augen an den Knöpfen und Reglern hingen. Bowie betrachtete die Deckenfliesen und sah extrem unschuldig aus.

»Versäumen Sie nicht, nächste Woche wieder zuzuschalten«, sprach der Bär in die Runde. »Wir sehen dann ein Special.«

»Ja«, sagte Friedmann recht träumerisch, »ich habe mich am Tag Ihrer Befreiung ein wenig mit Iris unterhalten. Offensichtlich ist sie wunderbar.«

»Und Sie sind nicht schockiert bei der Vorstellung unserer ...?«

Friedmann verzog das Gesicht. »Ich nehme an, daß ihre Gene inkompatibel sind und daß Sie kein Monstrum miteinander zeugen werden.«

»Genau.«

»Sie ist sehr intelligent, und doch erzählt sie mir, daß sie nicht denken kann. Ich glaube das nicht, aber sicherlich müssen Sie besonders gut auf sie achtgeben.«

»Sie ist außerordentlich intelligent, aber in meinen Augen ist sie vor allem sensibel.«

»Auch ganz wesentlich. Ich wünschte, ich wäre in ihrem Alter und in ihrem Berufsfeld tätig. Was ich da alles machen könnte!«

»Sie glaubt, sie sei alt.«

»Selbstverständlich«, sagte Friedmann. »Wenn sie nur wüßte.«

»Aber was uns betrifft. Was halten Sie wirklich davon?«

»Ich würde nicht zuschauen wollen. Ansonsten perfekt. Und sollten Sie ein Arrangement finden, möchte ich Sie bitten, mich in keiner Weise zu konsultieren, weder als Arzt noch als väterlichen Freund. Ein ethisches Problem gibt es nicht, aber Sie werden hoffentlich verzeihen, wenn ich keine Einzelheiten wissen möchte. Ich bin ein Mann der altän Welt und habe einige Erfahrungen gesammelt, aber es gibt Grenzen.« Friedmann neigte sich auf dem Sofa leicht vom Bären weg. »Sie haben natürlich gemärkt, daß das ein Schärz war.«

»Nein«, sagte der Bär.

»Sie sind eine seltsame Persönlichkeit«, sagte der alte Mann zu ihm.

Der Bär sah Jones wie einen neuen Planeten in seinen Gesichtskreis schwimmen. Auf dem Band war er gerade im zweiten Chorus von »When a Man Loves a Woman«. »Weißt du, Jones, was ich bei diesem Track wirklich gern machen würde?« zischte er ihm aus dem Mundwinkel zu. »Eine Gesangsspur aufnehmen.«

Jones wirkte rechtschaffen bestürzt. »Hat dir dieser Mann nicht gerade etwas von Grenzen erzählt? Wirf mal einen Blick auf Krieger.«

Der Bär warf mal einen Blick auf Krieger.

»Du bist heute schon mit Mord und Totschlag davongekommen. An deiner Stelle würde ich mich zurückhalten.«

»Yeah, aber ich wollte einen Vocalpart dazutun, damit ich es Iris vorspielen kann.«

»He, du großer Dussel.« Jones rammte dem Bären den Ellbogen in die Rippen und grinste. »Du bist verliebt.«

Der Bär unterdrückte den Ansatz eines Brummens.

Auf dem Band beendete er gerade sein Solo mit einem großen glücklichen, untröstlichen Bluesschrei, und Lester setzte auf einem lang anhaltenden, schimmernden Ton nach. Der Bär wandte den Kopf zu Bowie hin, der sich neben dem Regiepult stehend zum Beat wiegte. Bowie machte eine grüßende Handbewegung und schloß die Augen. Er legte den Kopf nach hinten.

»Der Zeitpunkt jetzt ist vielleicht so gut wie jeder andere«, sagte Jones.

»Wofür?«

Jones zwängte sich neben den Bären aufs Sofa, während Friedmann ein wenig rückte, um ihm Platz zu machen. »Es sieht so aus, als würde ich, würden wir, aus der Wohnung zwangsgeräumt«, sagte Jones.

»Das soll wohl ein Witz sein. Ist es meinetwegen?«

»Wer weiß. Vielleicht als Zugabe. Das Gebäude, die Wohnungen sollen umgewandelt werden.«

»Diese Bruchbude?«

»Während du gesessen hast, haben sich noch mehr Kunstgalerien vom Osten her breitgemacht, und die Cops haben mehrmals morgens die Straße abgesperrt und die Dealer aus den Eingängen gefischt. Man hört schon den Klang des Geldes, das darauf wartet, verdient zu werden.«

»Yeah, aber man kann uns nicht rausdrängen«, sagte der Bär. »Wir fallen unter die Mietpreisbindung. Wir sind alteingesessene Mieter. Wir haben Rechte. Wenn man uns aus dem Haus raushaben will, sollte man uns auszahlen müssen.«

»Tja, also, obwohl ich ja ein ganz normaler, ruhiger Typ bin, der seine Miete pünktlich zahlt, mit anderen Worten: voll dem Profil des Killers mit der Axt entspreche, hat der Vermieter irgend so was gesagt von wegen, er wüßte, daß ich ein Tier in der Wohnung gehalten hätte.«

»Das hat er gesagt? Er hat mich als Tier bezeichnet?«

»Pluster dich nicht auf. Er ist nur ein Vermieter.«

»Yeah, Jones, aber wo soll ich jetzt hin? Da entschwindet er wieder, der verdammte Boden unter meinen Füßen. Und ich brauch dich nur anzugucken, um zu wissen, wie gut das in deine Pläne paßt, bei Sybil Bailey einzuziehen. Du willst mich verladen.«

»Was ist mit dir und Iris?« fragte Jones

»Sie will, daß ich gehe, und wenn wir dein lüstern anzügliches Interesse mal kurz beiseite lassen können, dann kommt es in der Tat nicht in Frage, dort zu wohnen. Ich bin nur ein- oder zweimal rausgekommen, morgens um vier, und ich muß aufpassen, mich möglichst nicht am Fenster sehen zu lassen. Meistens ziehen wir die Vorhänge zu. Was soll ich sagen? Es ist eine Mittelschichtssiedlung. Ich kann da nicht wohnen. Das steht mal fest, egal, was sonst zwischen Iris und mir läuft.«

Auf dem Band rollte Hatwell gerade durch den Mittelteil seines Chorusses. Geiles zweihändiges Tremolo, das da.

»Suchst du nach einer Bleibe?« sagte Lester Bowie, der sich aus Regiepulthöhe herabbeugte. »Falls ja, wüßt ich vielleicht was, sofern du gewillt wärst, die Stadt zu verlassen.«

»Wie denn nicht«, sagte der Bär.

»Julius zieht aus Woodstock weg in die Stadt zurück«, sagte Bowie, »und das Haus steht dann leer.«

»Was ist mit Stanlynn?« fragte der Bär.

»Sie geht zurück nach West, um Lamas zu züchten oder irgend so ein Kack, aber sie hat mir gesagt, was, zum Teufel, hat sie noch gesagt? He, hört euch das an.« Es war der Schluß von Hatwells Chorus, ein wirbelndes Aufschwellen, das wieder in sich zusammensank, kurz bevor die Bläser einsetzten. »Der kleine Scheißer hat nicht nur Riesenhände, er ist auch gewitzt. Stanlynn meinte irgendwie, sie wollten die Bude für den Sommer halbmöbliert zur Miete herrichten, weil die Weiterverkaufspreise zur Zeit saumäßig sind.«

»Es ist noch nicht Sommer«, sagte der Bär.

»Yeah, aber sie zieht *jetzt* aus. Du solltest mit ihr reden und sehen, ob da was für dich drin ist. Ist schön da. Könnte dir in den Kram passen, mal für eine Weile aus New York rauszukommen, stimmt's?«

»Nunc dimittis«, konzedierte der Bär. »Ich werd sie anrufen. Was ist mit Julius?«

Bowie zupfte seinen Hemdkragen zurecht. »Tschaa, er meinte, er würde da draußen zu weit weg von der Szene sitzen, und deshalb wollte er in die Stadt zurück. Aber Tatsache ist, daß er gerade im Krankenhaus liegt, Sie mußten ihm ein Bein amputieren, vom Knie abwärts.«

»Verdammte Scheiße«, sagte der Bär.

»Yeah, Diabetes und die entsprechenden Komplikationen. Er mag immer noch hin und wieder gern einen trinken.«

»Das Bein«, sagte der Bär. »Er verliert sein Bein.«

»Er verliert sein Bein.« Bowie schnitt eine Grimasse, und der Bär schnitt zurück. »Ich werd ihn im Krankenhaus besuchen.«

»Richte ihm die besten Wünsche von mir aus. Mann, o Mann.«

»Yeah«, sagte Bowie.

»Ich liebe Julius«, sagte der Bär.

»Wir *alle* lieben Julius«, sagte Bowie.

Der Bär drehte sich wieder nach vorn und saß da, die Pfoten in den Schoß gelegt. Keine Schuhe, und da ist jetzt ein Mann, der keine Füße hat. Das ist wirklich ein harter Blues, Julius. Gott segne dich, wo immer du sein magst. Der Bär dachte an Julius und sein Bein, bis »When a Man Loves a Woman« zu Ende war. Der Schluß war nicht eingetrübt gewesen, aber sie hatten einfach ein Standardanhängsel gebastelt, mit dem erwähnten flatternden Flüstern von Bowie, und es funktionierte tadellos.

»Wie bitte?« sagte er zu Krieger.

»Ich sagte, wir brauchen noch eins«, sagte der Produzent.

»Wirklich? Ich dachte, wir sind fertig«, sagte der Bär.

»Im allgemeinen ist die Session gut gelaufen«, sagte Krieger, »obwohl seit dem ersten Stück nichts an das Niveau von ›Vehicle‹ herangereicht hat.«

»Aha«, sagte der Bär, der zugeben mußte, daß der Produzent nur das aussprach, was er selbst dachte.

»›When a Man Loves a Woman‹ ist in seiner Art vielleicht perfekt«, fuhr Krieger fort, indem er sich von seinem Stuhl erhob und die Arme streckte, »aber ich glaube, selbst du wirst zugeben, daß es trotzdem immer noch eine Novelty-Nummer ist, und wir haben keinen Take von ›Tengri‹, der von vorn bis hinten stark ist. somit bleiben uns zwei schnelle Stücke, eins davon sehr lang, ein Duett mit dir und Charlie und ein gut gespieltes Novelty-Teil in langsamen Triolen. Das ist noch kein Album.«

Der Bär quälte sich aus dem Sofa und kratzte sich den Kopf. »Oh«, sagte er. »Yeah.«

»Korrigier mich, wenn ich mich täusche. Du würdest diese Platte am liebsten mit durchweg ersten Takes an einem Tag machen und dann gleich wieder verschwinden«, spekulierte der Produzent drauflos. »Und ich bin gewillt, dich dabei nach besten Kräften zu unterstützen, aber wenn du heute fertig sein willst, wirst du schon noch ein bißchen dafür arbeiten müssen.«

Der Bär nickte.

»Es ist immer noch machbar, Bär. Dennoch möchte ich dir vorschlagen zu erwägen, eventuell einen zweiten Tag dranzuhängen.«

»Wir könnten morgen noch was machen«, sagte der Bär widerwillig.

»Angesichts deiner derzeitigen Verfassung würde ich übermorgen für besser halten. Nachdem du Gelegenheit gehabt hast, deinen Kopf freizubekommen. Versteh mich nicht falsch. Tu mir den Gefallen, dann werde ich vielleicht in der Lage sein, mich zu revanchieren. Es könnte sein, daß ich dich besser verstehe, als du meinst.«

»Könnte sein, daß wir einiges gemeinsam haben«, sagte der Bär. »Ich meine, in mir steckt da ein Perfektionismus, der mich umbringen könnte, wenn ich ihn loslasse, weißt du, was ich meine?«

»Ja.«

»Ich würde gern heute zu Ende kommen, wenn es irgend geht«, sagte der Bär. »Was brauchen wir deiner Meinung nach noch?«

Krieger schien erfreut, daß er konsultiert wurde. Er kniff seinen Nasenrücken zusammen, schloß die Augen und dachte nach. »Eine Ballade«, sagte der.

»Obwohl wir schon das Duett mit Charlie haben?«

»Ich find, ja.«

Der Bär betrat die Regiepultebene, sah auf die Regler hinunter und las die Abdeckungsetiketten für die verschiedenen Spuren: kick, snare, ride, crash, l tom, r tom, f tom, sock – anscheinend waren fast alle Mikros fürs Schlagzeug da. Wo war seine Spur? Ah, da. Nur eine. Bär. Hatwell hatte drei, Haden zwei. Schien nicht gerade gerecht. »Kennst du ›Billy Heart‹ in der Liverversion?« sagte er. »Ich bin endlich dazu gekommen, dafür einen B-Teil zu schreiben. Den es auch schon immer gebraucht hat. Wäre das akzeptabel? Ich mein, wir können auch jederzeit ›Everything Happens to Me‹ oder ›Chelsea Bridge‹ oder was auch immer machen.«

»›Chelsea Bridge‹ wäre in Ordnung«, sagte Krieger. »Aber ich finde ein Original ist vorzuziehen.«

»Solange es dir nichts ausmacht, daß es teilweise eine Wiederholung ist. Also, ich würd's gern machen.«

»In Ordnung«, sagte Krieger. »Versuch es.«

»Cool«, sagte der Bär. Es war eine erfrischende Abwechslung, eine Unterhaltung mit dem Produzenten zu führen, die weder Streit noch Wettkampf war. »Alle anderen auch einverstanden?«

»Hast du Noten dafür?« fragte Hatwell. »Ich hab das Stück noch nie gesehen.«

»Noten hab ich«, sagte der Bär, bückte sich nach seinem Saxophonkasten und stöberte in seinen Zetteln.

»Da sind ein paar verdammt harte Changes dabei«, meinte der Pianist nach einem ersten Blick auf den Bogen, den der Bär ihm gegeben hatte.

»Yeah, aber sie sind logisch, und sie kommen schön langsam auf dich zu«, sagte der Bär.

»Hat irgendwie 'ne Art Mingus-Struktur«, bemerkte Hatwell.

»Ganz recht.«

Charlie Haden spähte über Hatwells Schulter hinweg auf das Notenpapier. Er räusperte sich, bevor er sich äußerte. »Das ist echt gut, Mann, aber ich glaube nicht, daß wir es kalt spielen sollten. Können Bob und ich kurz nach draußen gehen und ein bißchen daran arbeiten, bevor wir den Take machen?«

Während Haden und Hatwell sich draußen in das Stück einarbeiteten, fragte Krieger den Bären, ob er daran gedacht habe, auf Tournee zu gehen, wenn die Platte erschienen sei.

»Eigentlich schon«, sagte der Bär, »obwohl sich natürlich nach wie vor die Frage der Sicherheit stellt. Was hättest du denn für einen Vorschlag?«

»In Europa wäre es vielleicht sicherer für dich«, schlug Krieger vor.

»Du meinst, Bären werden da drüben nicht so diskriminiert wie hier?« Der Bär lachte. »Ich wollte schon immer mal Paris sehen. Weißt schon, Baskenmütze und Sonnenbrille tragen, im Café rumsitzen und sich mit der vorbeiflanierenden Welt unterhalten, aber es ist problematisch. Du müßtest mich in einem Privatflugzeug rüberfliegen und durch den Zoll schmuggeln, denn ich hab keine Lust, als Frachtgut in einer Kiste mitzufliegen und mich nach meiner Ankunft dort den Quarantänebestimmungen zu unterwerfen. Hast du schon mal versucht, Landesgrenzen mit einem Bären zu überqueren? Sig, so schön der Gedanke ist, ich fürchte, es werden nur die guten alten USA sein können, und auch nur, wenn meinen Sicherheitsinteressen Genüge getan werden kann. Billy, könntest du diesen Sommer mit mir losziehen?«

»Eigentlich«, sagte Billy, »bin ich bis zum Herbst ausgebucht. Die europäischen Festivals, danach Japan; muß den Lebensunterhalt der Familie für dieses Jahr abdecken.«

»Hm«, sagte der Bär. »Ob ich wohl McCall kriegen könnte?«

Bowie und Billy sahen ihn komisch an.

»Was ist?« sagte der Bär.

»Du weißt es also nicht«, sagte Lester.

»O Scheiße«, sagte der Bär.

»Steve ist gestorben«, teilte ihm Bowie mit. »In Chicago, Herzinfarkt. Hat dir keiner davon erzählt?«

»Scheiße, was geht hier vor?« fragte der Bär. »Ein Bär geht ein paar Monate in den Bau, und wenn er wieder rauskommt, ist die Avantgarde von Wynton Marsalis geächtet worden, Julius bekommt ein Bein abgehackt, und irgendein Typ namens Michael Dolton…«

»Bolton«, korrigierte Bowie.

»Irgendein Typ namens Michael Bolton hat ›When a Man Loves a Woman‹ für die übrige Welt versaut, und Steve McCall, der wie alt war, vierzig irgendwas?«

»So ungefähr«, sagte Lester.

»Fällt mit Herzinfarkt tot um? Was geht hier vor?«

»Scheint mir halt ein weiteres Stück von dem berühmten alten Lied zu sein«, sagte Bowie. »Und eine Art Rip-Van-Bär-Effekt.«

»Willkommen in der Wachwelt.«

Eine Weile lang sagte niemand etwas.

»Übrigens«, tastete Billy sich wieder vor, »wenn du nach Leuten suchst, mit denen du arbeiten könntest: Bobby Hatwell hat ein paar Freunde, die du kennenlernen solltest.«

»Sind die so gut wie er?«

»Ungefähr.«

»Hm«, sagte der Bär. »Steve McCall. Diesen Burschen werde ich echt vermissen.«

Der Bär gab Hatwell Instruktionen darüber, wie er sich den Sound für »Billy Heart« vorstellte – nicht zu üppig, zurückhaltender Umgang mit dem Pedal, die Dissonanzen so herausstellen, daß die Bitterkeit spürbar ist, denk an guten starken Kaffee mit Cognac, aber ekel mich nicht mit Clustern raus, dann gingen sie einzelne Abschnitte zweimal durch und waren schließlich bereit für einen Take. Billy, wenn du an irgendeiner Stelle die Stöcke einsetzen willst, soll's mir recht sein, und den Schlußchorus können wir durchheizen, wenn es sich so richtig anfühlt, falls aber nicht, dann bitte nicht.

Die Fotografin, immer noch das lange dünne Mädchen mit dem Kraushaar, war mitten unter ihnen. Sie war schon den ganzen Tag am Rande herumgeflirrt, aber er hatte sie aus seinem Bewußtsein ausgeschaltet und anscheinend die Motorik eines ihrer Apparate verhext. Vielleicht sollte er sie jetzt mal dafür entschädigen. Er ging auf sie zu und beobachtete, wie sie sich bemühte, nicht zurückzuweichen.

»Hi«, brachte sie heraus.

»Kleiden Sie mich in chinesische Farben«, sagte der Bär, auf ihre baumelnden Nikons deutend, »denn ich glaube, das Glas ist böse.«

»Sie mögen es nicht, fotografiert zu werden«, sagte sie.

»Genau. Aber ich habe einen genialen Plan.«

»Aha.«

»Sie wissen, daß es Teil meiner Abmachung mit Krieger ist, daß kein Porträt von mir aufs Album kommt.«

Die Fotografin nickte. »Ich hab die Fotos für mich aufgenommen.«

»Schön, solange Ihnen klar ist, daß Sie getötet und gefressen werden, falls Sie sie ohne Genehmigung verbreiten«, sagte der Bär. »War nur'n Scherz«, fügte er hinzu, als er sah, wie blaß sie geworden war.

»Was für einen wunderbaren Sinn für Humor Sie haben«, sagte sie.

»Ein bißchen schwärzlich vielleicht, aber meiner«, erwiderte er. »Ich habe aber tatsächlich eine Idee für das Albumcover.«

»Noch mehr tolle Neuigkeiten«, sagte sie. Er beobachtete mit Genugtuung, daß sie langsam wieder an Farbe gewann.

»Können wir noch mal von vorn anfangen? Wie ist Ihr Name?«

»Deborah.«

»Yeah, ich hab Ihre Arbeit in den Musikzeitschriften gesehen, und sie gefällt mir. Sie arbeiten doch mit Kolorierungen, oder? Wie wär's, wenn Sie ein Schwarzweißfoto von meinen Füßen machen, hier auf dem Boden zwischen irgendwelchen Kabeln, im Ausschnitt etwa bis zum Saum meines Regenmantels oder bis zu den Knien, und das Ganze dann realistisch, aber irgendwie pastellen einfärben?«

»Haben Sie einen Abschluß in Design oder was?« fragte Debbie und stellte mit ironischer Selbstgewißheit ihre Hüfte schräg.

»Es ist mir in einer Vision erschienen. Das ist also das Cover, und der Titel des Albums ist *Sensible Shoes*. Ich bin ein sehr graphisch orientierter Bär.«

»Glaub ich jederzeit.« Debbie stellte ihn sich zurecht und schoß, mit surrender Kamera ihn ständig umkreisend, eine schnelle Serie von Fotos seiner Füße in verschiedenartigen Arrangements mit den Audiokabeln. »Ich möchte noch eine zweite Serie machen«, sagte sie, während sie ein neues Objektiv auf eine ihrer anderen Kameras schraubte.

»Ich muß spielen«, sagte der Bär. »Jetzt sofort.«

Debbie schoß, während sie sich entfernte, noch rasch eine Serie von Porträts. »Die kriegt der *Playboy*«, sagte sie. Der Bär riß den Regenmantel weit auf.

Er hörte diverses Räuspern hinter seinem Rücken und eine gewisse Unruhe am Schlagzeug.

»›Billy Heart‹.« Sehr wohl.

Der Bär war froh, sich an der bittersüßen Komposition ein zweites Mal versuchen zu können, zumal diesmal wahrscheinlich niemand auf ihn schießen würde und der B-Teil das Ganze wirklich abrundete. Das Thema lief in einer akzeptablen Mischung aus Leidenschaft und Klarheit durch. Als sein Solo dran war, nahm der Bär es zuversichtlich in Angriff und ließ sich durch Hadens wogende Saitenarbeit bereitwillig zu einigen Extralyrizismen verleiten. Dabei traf er sich mit Billy in einem Auf- und Niederschäumen der Becken, einem bewegten Schweigen der Trommeln. Etwas kehrte sich aus ihm heraus, und er gewährte ihm Auslauf in Form von vielnotiger Musik voller Kleiner Sexten und Nonen und Quarten und polytonaler Vorschläge. Das war das zweite Mal, daß dieses Stück etwas Kompliziertes aus ihm herausgetrieben hatte, und er war gewillt, es zuzulassen. Echt groß von mir, nich? dachte er und kleckste einen Lauf mit einem tiefen Hupen in E♯ zu, bevor er weiterzog. Zwei Chorusse, dann war Hatwell dran. Schau mal an, dachte der Bär. Endlich komm ich dazu, eine schwierige Akkordfolge zu spielen, und es funktioniert. Na ja, es ist ja auch ein Stück, das ich schon vorher draufhatte.

Hatwell sah ihn am Ende des einen Chorus an, und der Bär nickte ihm zu, den nächsten anzugehen, unter Umständen würde er sich auch entschließen, bei der Überleitung wieder reinzukommen. Charlie? Der Bär sah zu ihm hinüber, aber der Bassist schüttelte den Kopf, nein, er legte keinen Wert auf einen eigenen Ausflug. Etwas ereignete sich durch dieses Stück hindurch, und alle leisteten ihm Gehorsam. Ich bin so groß. Halt's Maul und spiel das Thema, und dann raus.

Als es an die Schlußkadenz ging, war der Bär recht überrascht zu hören, wie die Band von ihm abfiel, und erst da fiel ihm wieder ein, daß er ja hier eine Leerstelle für noch eine Kadenz in das Stück hineingeschrieben hatte. Okay, dachte er, und begab sich ohne großes Gefühl hinein. Mehr oder weniger spielte er den gegenwärtigen Inhalt seines Herzens heraus, faßte die Aufnahmesession für sich zusammen, wie er sich an ihrem Beginn gefühlt hatte und was seitdem geschehen war. Er entdeckte bedeutsame Unterschiede zwischen der Bitterkeit des Stücks in der Tin-Palace-Version und dem komplexeren, doch immer noch die Seele zusammenziehenden Bukett des heute kredenzten zweifelhaften Weines, und für eine Weile erforschte er die Implikationen der hier sich auftuenden Kluft. Er verzeichnete die Siege und die Einschränkungen, stattete beiläufig seinen Dank ab für die zweideutigen Reichtümer, die der Augenblick gewährte, warf einige letzte chromatische Pfiffe ins Kielwasser des Tages und beobachtete, wie die letzten Wellen sich zurückzogen. Gerechtigkeit, dachte der Bär. Verausgabte Zeit, unvollkommen und notgedrungen, aber alles in allem nicht ganz schlecht. Während er seinen letzten hohen Ton hielt und die Band einlud, den Schlußakkord niederzulegen, wußte er, daß sie etwas gespielt hatten, das ungefähr das gleiche Niveau erreichte wie »Vehicle«, und das war schön und gleichzeitig, in der ozeanischen, geordneten Weite des Universums, keine große Sache. Er sagte Okay zu der Erfahrung dieses Tages und zu einer Welt, die ihn dahin geführt hatte, anerkannte das noch immer durchdringende Gefühl lähmenden Eingeschlossenseins und richtete per Kopfnicken ein letztes Dankeschön an die unbekannte Gnadeninstanz, die ein ja irgendwie nicht schlechtes Stück Musik zugelassen hatte. Seine makelbehaftete Münze war akzeptiert worden, und er hatte eine gewisse Menge Gold dafür erhalten. Gut, dachte er, und holte das Stück mit einer letzten Verbeugung des Saxophons von der Bühne.

»Weißt du«, sagte der Bär im Vorraum zu Jones, während Krieger die Arbeit des Tages durchhörte, um festzustellen, ob sie für ein Album reichte, »es war schon ein bißchen verrückt.«

»Was wäre das nicht?« sagte Jones.

Sie fläzten sich in Sesseln, während die Band umherspazierte und darauf wartete, was Krieger zu sagen hatte, ob sie morgen noch mal herkommen müßten.

»Was ich damit meine«, sagte der Bär, »ist, daß mir erst jetzt aufgeht, daß ich wahrscheinlich die ganze Zeit in Trance gewesen bin. Weißt du, ich muß immer noch nicht aufs Klo. Das ist verrückt, Jones.«

»Verstehe«, sagte Jones. »Du mußt nicht pinkeln, und daraus folgt, daß du in Trance bist. Schweb doch mal über dem Boden, dann glaub ich dir.«

»Nein, hör zu. Ich fühl nicht das geringste. Ich bin anästhesiert. Alles ist irgendwie zweidimensional, flach. Emotional herrscht Leere, mein Körper ist so gut wie nicht da, und trotzdem war ich in der Lage, die Gefühlswelt zu steuern, während ich gespielt habe, weil ich wußte, daß Gefühle im Spiel sein mußten, aber es geschah wie aus weiter Ferne. Ich will gar keine große Sache daraus machen. Ich finde es nur halt irgendwie interessant, als Erfahrung.«

Die Regieraumtür ging auf, und Krieger ging mit düsterem Ausdruck an Jones und dem Bären vorbei, aber als er bei der herumlungernden Band angekommen war, griff er in seine Mappe und verteilte pfefferminzgrüne Schecks, die mit anerkennendem Lächeln entgegengenommen wurden. Dann wandte die Band kollektiv den Blick an Krieger vorbei und sandte ein strahlendes Lächeln bärenwärts.

Krieger trat an den Bären heran. »Du hast es an einem Tag geschafft, und es ist in Ordnung«, sprach der Produzent, »aber ich glaube nicht, daß ich persönlich noch einmal mit dir zusammenarbeiten werde. Falls du eine weitere Platte mit meiner Firma machst, wird James sie produzieren.«

Krieger mochte beabsichtigt haben, es wie eine Bestrafung klingen zu lassen, aber: »Gut«, sagte der Bär dazu.

»Ferner wird das Studio übermorgen für dich geöffnet sein. Ich werde am Morgen mit dir telefonieren, und wir werden uns darüber einigen, ob wir noch einmal reingehen oder nicht.«

»*Eh bien, mon prince*. Ich werde die Frage vorurteilsfrei bedenken.«

Krieger warf ihm einen blinzelnden Blick zu, sagte aber nichts und ging.

Es gab weiteres menschliches Gewusel um ihn herum, die Jungs aus der Band setzten sich in Bewegung, Billy wuchtete schwarze Schlagzeugkisten durch den Eingang, Haden kam mit einer großen weichen Baßtasche vorbei, aber der Bär registrierte nichts von alledem im einzelnen. »Im Moment«, sagte er zu Jones, »bin ich einfach müde und vom Spielen ausgelaugt, aber ich glaube, während der ganzen Aufnahmesession war ich im medizinischen Sinne geisteskrank.«

»Bär«, sagte Jones, indem er eine Hand auf dessen Vorderpfote legte, »ich glaube, keiner, der das hier miterlebt hat, wird dem widersprechen.«

»Ehrlich?« sagte der Bär. »Und ich dachte die ganze Zeit, ich sei so cool.«

»Du warst so cool, wie die Antarktis cool ist«, meinte Jones. »Wir waren hier von Pinguinen umzingelt. Aber du hast eine ziemlich gute Platte gemacht, und das ist es, was zählt. Was fühlt man in einem solchen Moment? Sprechen Sie einfach in die Blume hier in meinem Revers.«

Der Bär mußte einen Augenblick nachdenken. »Eigentlich habe ich das Gefühl, daß ich mit der Musik Schluß machen sollte.«

Infolge eines anhaltenden Herabhängens der Kinnlade sah Jones sich außerstande, das intendierte Wort *Wa?* zu artikulieren. Was er sagte, war: »Ww.«

»Mein voller Ernst«, sagte der Bär. »Die Musik, die herausgekommen ist, war in Ordnung, aber wenn ich es immer so machen müßte, wäre ich in null Komma nichts am Arsch. Ich bin kein brennender Busch – ich werde aufgezehrt durch das, was ich offenbare. Ich bin mir da völlig sicher. Wenn es weiter so schwer bleibt abzuschalten, dann müßte ich trinken oder Drogen nehmen, um die Spannung auszuhalten. Das will ich nicht. Lieber spiele ich nicht mehr.«

»Sprichst du jetzt von Lampenfieber?«

»Ach, es ist immer derselbe alte Kack, Angst vor dem Urteil anderer, das Nach-außen-Kehren des Innern und wie unheimlich das ist. Aber die Kur, die sich heute ergeben hat, ist in gewisser Hinsicht schlimmer als die Krankheit. Zuviel Selbstabspaltung. Ich glaube nicht, daß ich mich dir verständlich machen kann, aber ich war so lebendig und gleichzeitig so tot, so voller Gefühl und gleichzeitig aber emotional leer; an einem bestimmten Punkt guck ich in die Runde, und irgendwie macht das alles keinen Unterschied, und ich seh Bobby Hatwell, und mir wird plötzlich klar, wie leicht ich ihm mit einem Hieb den Schädel aufspalten könnte, so daß das Gehirn rausfällt. Ich könnte ihn töten oder das Stück weiterspielen oder zu gähnen anfangen. Das lag alles so ziemlich auf der gleichen Ebene. Es ist schwer zu erklären.«

»Kann man wohl so sagen.«

»Es war eigentlich keine Mordlust, was ich gefühlt hab, und auch kein Wille zur Gewalt in dem Sinne. Es war nur, daß alles so null und nichtig schien wie alles andere auch. Ich konnte Hatwells Schädel spalten oder auch nicht. Zeit war nichts, Fleisch war Gras. Ich wußte, daß ich nichts Seltsames tun würde, aber trotzdem war es eine Art kontrollierte Psychose, irgendeine abgefackte Mischung von Dissoziation und Kontrolle, und das alles ziemlich kalt. Es gab interessante Zustände und Wellen unterwegs, aber es war keine angenehme Daseinsform. Ich würde da nicht leben wollen. Es wäre unerträglich. Ich müßte Schluß machen oder mich zuschütten. Wenn ich keinen anderen Weg finde, Musik zu machen, mach ich Schluß damit.«

»Du meinst es offenbar ernst.«

»Ich meine es völlig ernst. Wenn ich so leben müßte, würde ich sofort austreten. Es ist nicht die Intensität, es ist das Maß an Selbstzerteilung. Wenn ich nicht mehr wie aus einem Geist, aus einer Seele, spielen kann, gebe ich es eben auf. Ich habe die Musik nicht gesucht, um eine ganz neue Methode zu finden, wie man sich kaputt macht. Ich finde nicht, daß man sich im Namen der Schönheit verkrüppeln sollte. Das macht jede Schönheit, die man vielleicht erzielt, schon mal irgendwie suspekt, meinst du nicht? Sie ist zu dunkel, schleppt falsche Zungenschläge mit sich, und ich wette mit dir, daß nicht gerade wenige Leute diesen Weg gegangen sind, von denen man nie wieder gehört hat. Zwang der Umstände, unzulängliche Mittel und hoppla, schon bist du ein Marsmensch. Die nächste Plattenaufnahme, der nächste Gig am Abend, die offensichtlichen Forderungen der sogenannten Kunst – davon möchte ich mich nicht beherrschen lassen. Yeah, auf jeden Fall, wenn es so bleibt, hör ich auf, dann geh ich in die Wälder, fresse Gras und Raupen und Würmer. Alles lieber als das da.«

Es dauerte eine Weile, bis Jones ihm antwortete. »Weißt du, Bär, du bist eine komplizierte Natur«, sagte er schließlich.

»Findest du?«

»Mit ein paar tiefen inneren Widersprüchen.«

»Wer, ich?« sagte der Bär, die reine Unschuld, aber Hatwell hatte die Unterhaltung aufgeschnappt und schaute aus diskreter Entfernung zu ihnen hin, beziehungsweise starrte praktisch. Hatte er alles mitgehört? Hatte er des Bären Vorstellung von Percussion und Schädelspaltung mitbekommen? O Gott, er hatte nichts davon persönlich gemeint. Der Bär winkte Hatwell zu, locker und jovial, wie er hoffte, nahm ein vorsichtiges Nicken dafür entgegen und wandte seine Aufmerksamkeit wieder Jones zu. »Who, me?« sagte er, mit einer beiläufigen Anspielung auf die Coasters.

»Yeah, you.«

»Aber ich bin doch nur ein schlichtes, schmusiges Geschöpf des Waldes.«

»Ach ja«, sagte Jones. »Richtig. Hatte ich ganz vergessen.«

3

Der Bär blieb hinten im Lieferwagen bei den Bücher- und Plattenkisten sitzen, bis sie die zweite Mautstelle auf der Schnellstraße nach Norden passiert hatten. Dann kämpfte er sich nach vorn und nahm auf dem Beifahrersitz Platz. »Dafür, daß du so ein reizendes junges Ding bist, wirst du ja gut fertig mit diesem großen alten Transporter«, sagte er.

»Spinn nicht rum«, sagte Iris und riß das Lenkrad kurz zur Seite, so daß der Bär nach der Armlehne greifen mußte, um sich festzuhalten. Ihre Stimme war sanft wie immer – das Schönste an den Frau'n fürwahr –, aber meine Güte, am Steuer konnte sie knallhart sein.

»Schau mal«, sagte der Bär, um das Thema zu wechseln, und streckte die offene Pfote aus. »Bäume. Natur. Grünscheiß.«

»Ich hätte gern noch einen Schluck vom Evian-Wasser«, sagte Iris, »falls du die Flasche irgendwo findest.«

Er fand sie und drehte den Plastikverschluß auf. »Wie Sibelius schon sagte«, meinte der Bär, während er ihr die Flasche reichte, »andere Musiker mischen alle möglichen schicken Cocktails zusammen, ich aber biete klares Quellwasser.«

»Danke.« Iris reichte die Flasche zurück. Obwohl ihr Ton nicht von der üblichen melodiösen Höflichkeit abwich, entschloß sich der Bär, den possenhaften Charmeursquatsch mal für ein paar Takte zu vergessen.

»Hast du nicht vor einer Weile gespürt, wie die Stadt losließ?« fragte er sie. »Der letzte Ring ihres Gravitationsfeldes. Der Ereignishorizont.«

»Offenkundig«, sagte Iris, »muß ich zugeben, daß es eine Erleichterung ist, mal rauszukommen.«

»Bei Licht betrachtet, hat die globale Erwärmung auch ihre gute Seite. Etwas, das New York unter Wasser setzt, kann nicht ganz schlecht sein. In zehn Jahren oder so werden Fische durch die Bürogebäude schwimmen und in alten Zeitungen und Personalakten lesen. Es wird dann ein sehr viel meditativerer Ort sein, und viele Leute werden die Stadt verlassen. Du und ich, wir gehen dem Gedränge aus dem Weg.«

»Ich wohne noch da«, sagte Iris. »Ich werde heute abend zurückfahren und den Transporter morgen früh vor zehn Uhr wieder abgeben.«

»Na, ist ja noch Zeit. Die Badesaison dort hat noch nicht angefangen.«

»Ich kann nicht schwimmen.«

»Ach ja, hatte ich vergessen.« Dem Bären fiel die Geschichte wieder ein, wie einige ihrer Cousins sie in einem Teich mehrmals untergetaucht, sie rausgezogen, wiederbelebt und dann wieder untergetaucht hatten, damals, in ihrer Kindheit, als sie für ein paar Jahre zu ihrer Tante aufs Land gegeben worden war, nachdem ihre Mutter einen Nervenzusammenbruch erlitten hatte. Sie hatten ihr die Arme und Beine festgebunden, damit sie nicht um sich schlagen konnte, ein Ende des Seils aber freigelassen, um sie daran aus dem Teich ziehen zu können. Einmal war ihnen das Seilende aus den Händen geglitten, und da war's wirklich ernst geworden. »Lern es doch von mir«, bot er an. »Ich bring dir das Schwimmen bei.«

»Also, lieber nicht«, sagte Iris.

»Ein andermal vielleicht. Es ist nie zu spät.«

Keine Antwort. War vielleicht ein Fehler gewesen, es überhaupt zur Sprache zu bringen.

»Hat Jones beim Umzug irgendwelche schweren Sachen gehoben?« fragte der Bär jetzt, auch um das Thema zu wechseln.

»Er hatte ein paar Leute, die ihm geholfen haben, angemietete Kräfte und außerdem Johnny Coyle. Aber Jones ist mittlerweile auch völlig geheilt. Du brauchst dir keine Sorgen um ihn zu machen.«

»Er war nie der Kräftigste.«

Jones war mit seinem Umzug beschäftigt, daher hatte Iris sich bereit erklärt, den Bären mit dem gemieteten Transporter in die Catskills zu bringen. Jones hatte ihm die Stereoanlage eingepackt, dazu noch ein paar Kisten Bücher und Platten, um die der Bär gebeten hatte, und Iris hatte sie eingesammelt, bevor sie den Bären kurz nach Mittag abholte. Aus Sicherheitsgründen – es wäre ja widersinnig gewesen, sich beim Verlassen der Stadt noch den Schwanz in der Tür einzuklemmen – hatte er besonders gut auf Mantelkragen, Hut und Schal achtgegeben, war die Hintertreppe hinuntergegangen und hatte das Gebäude durch die Waschraumtür verlassen.

Im großen und ganzen hatte er recht gemischte Gefühle dabei.

Einerseits war es offensichtlich eine gute Sache. Andererseits schnitt es ihn weitgehend von dem Leben ab, das er kannte. Was wiederum vielleicht auch keine schlechte Sache war. Trotzdem... es fehlte die heimische Komponente. Er würde dort oben auf sich gestellt sein, obwohl es da anscheinend noch einen Hin-und-wieder-Mieter im Souterrain gab, der seine Verbindung mit dem Rest der Welt erleichtern konnte, und sowohl Jones als auch Iris versprochen hatte, ihn möglichst oft zu besuchen. Ah, Versprechungen: Geplapper und heiße Luft. Aber immerhin war da noch der Wald. Es war schon eine ganze Weile her, seit er seinen letzten anständigen Streifzug durch die Wälder gemacht hatte.

Iris war auf die Straße konzentriert. Die westliche Sonne malte ihr Profil mit einer einzigen Linie weißgoldenen Lichts. Er beobachtete eine leichte Bewegung ihrer Kehle und wartete darauf, daß sie anfing zu sprechen. Erst kürzlich war ihm aufgefallen, daß sie zu den Leuten gehörte, deren Nase sich beim Sprechen bewegte; die zierliche Spitze tauchte nach unten, während ihre Lippen und Kiefer arbeiteten. Aber was gab es im Augenblick schon groß zu sagen?

»Schönes Wetter haben wir«, sagte er.

»Wirklich.«

Haste gesehen? Selbst bei dem einen, halbironischen Wort – ein Abtauchen am Ende. Der Bär schaute in die Gegend: auf seiner Seite eine von den Straßenbauern aus der Landschaft geschürfte Felswand, hinter Iris' Fenster im Westen eine Baumgruppe, dann eine unübersehbare Grasfläche, in mittlerer Entfernung von ein paar Handelsposten durchsetzt. Bald würden sie den Kamm des Rondout erblicken, dann würde eine waldige, zunehmend hügelige Strecke folgen und noch eine Weile vergehen, bis sich die Berge zeigten, sich in der Ferne blau abzeichneten. Den ersten Blick auf die Berge fand er immer besonders schön.

Bis dahin waren die einschmeichelnden Aussichten des Klatsches zu genießen. »Hattest du den Eindruck«, fragte er Iris, »daß Jones in Sybils Wohnung und Leben wirklich willkommen ist?«

»Ich glaube, er ist deswegen ein bißchen nervös, und sie ist... Aber ich kenne sie ja kaum.«

»Ich glaube, er schleicht sich unter dem Deckmantel der Notlage bei ihr ein, und sie läßt es zu, was für Gründe dafür sie im Moment auch haben mag. Aber ich habe keine Vorstellung davon, wie gesichert seine Position ist. Ich vermute, daß er bestenfalls unter Bewährung läuft.«

»Glaubst du?«

»Armer Teufel«, sagte der Bär und rutschte ausladend auf seinem Sitz herum. »Ich hoffe, er kommt da unten ohne mich zurecht.«

»Das ist ja wirklich rührend«, sage Iris, »vor allem, wenn man bedenkt, wie du ihn in letzter Zeit behandelt hast.«

»Yeah, aber er hat so... Er hat so...«

»Du bist so daran gewöhnt, ihn als Anhängsel um dich zu haben«, verklickerte ihm Iris in ihrem üblichen Tonfall, »daß du gleich beleidigt bist, wenn er auch nur einen Hauch von Unabhängigkeit zeigt.«

»Schon gut, schon gut«, sagte der Bär.

»Du fühlst dich deiner natürlichen Rechte beraubt. Es ist alles ein egoistischer Blödsinn.«

»Vielleicht vermisse ich einfach nur meinen Kumpel.«

»Vielleicht«, gestand Iris ihm zu.

Die felsige Front hinter dem Fenster auf der Seite des Bären zog sich zurück, verschwand dann ganz, und er hatte Muße, eine versprengte Haus-und-Scheunen-Kombination zu betrachten, zwei gescheckte Pferde, die verwirrt auf einer Weide standen, und, gerade ins Blickfeld kommend, eine flache, langgezogene Fabrik, fein säuberlich auf ein Feld gepflanzt. Die Straße rückt euch auf den Pelz. Müßt es mögen oder euch verziehen. Der Fortschritt läßt sich nicht aufhalten. Peng peng, ihr seid tot. »Musik?« sagte der Bär.

Iris probierte es, aber das Radio gab in dieser Gegend nichts her.

Der Bär beugte sich vor und schob die Kassette in den Schlitz.

»Müssen wir uns schon wieder ›When a Man Loves a Woman‹ anhören?« fragte Iris.

»Aber es ist doch so cool geworden. Ich wünschte, sie würden mich noch eine Gesangsspur aufnehmen lassen.«

Iris sagte erst einmal nichts. Dann: »Ich finde, ›Vehicle‹ ist das Beste, was du gemacht hast. Das und die neue Version von ›Billy Heart‹.«

»Nun ja, sicher. Aber ich habe eine spezielle Vorliebe … Und außerdem ist Lester da mit drauf.«

»Lester ist wunderbar, Bär«, sagte Iris. »Und die Botschaft ist bei mir auch schon angekommen.«

»Aber war ich nicht funky?« fragte der Bär.

»Du warst funky.« Iris wandte sich ihm zu, hielt aber noch ein halbes Auge auf die Straße. »Willst du jetzt etwa anfangen, mich zu fragen: War ich wunderbar? Bin ich nicht talentiert? War das nicht ein tolles Solo? Diese Aufgabe möchte ich nicht übernehmen, Bär. Das ist mir zu anstrengend. Ist es das, was du von mir erwartest?«

»Natürlich nicht. Guck auf die Straße.«

»Danke für den Hinweis.«

War wohl nicht gerade sein Tag heute. Der Umzug aufs Land war wahrscheinlich auch ein Fehler. Alles was er tat, ging irgend jemandem auf den Sack.

Der Bär haute die Kassette wieder raus und drehte am Radio herum. Zwei Rocksender stiegen aus dem Rauschen hervor, geplagt von bronchialen Störungen, die hin und wieder abebbten, um vollfrequenzige, industrietaugliche Ohrensüßspeise freizugeben, die über einem Berg von Powerakkorden sich dergestalt zu artikulieren trachtete, daß irgendwie, Baby, wir es schaffen und siegreich sein werden; wir kommen heil durch die Nacht und dann geht's weiter, wir klettern auf diesen Berg, können echt den Himmel sehen. Auf diesem Abschnitt des amerikanischen Äthers gab es nichts, was nicht auf Sieg und Triumph hinauslief. Die großen Gitarrensoli waren zwei Takte lang ganz interessant, aber nach der befreienden Anfangsexplosion hatten sie nicht mehr viel zu sagen. Iris und der Bär sahen sich kurz an, dann schaltete er das Radio aus.

Da lag auf einmal der Rondout im Westen vor ihnen, ein Gebirgskamm, der sich ohne sichtbaren Grund und mit wenig Sinn für die ästhetischen Konsequenzen aus der Landschaft erhob. Hinter New Paltz – stimmte was nicht mit dem alten Paltz? – schob sich eine Reihe von Spannungstürmen über die ansteigenden Hügel hinweg, verbunden durch in Reihen gespannten Leitungsdraht. Der Bär mußte an einen Ehemann aus einer Sitcom denken, dessen Hände in Strängen von Wolle gefangen sind, während seine Frau immer noch mehr davon um sie herumwickelt, ohne daß die Atropinschere schon in Sicht wäre.

Dem Bär war es schon klargewesen, daß die Berge irgendwann kommen würden, doch offenbar nicht ganz so bald, wie er es sich gewünscht hätte.

Dann waren sie aber doch da, erstreckten sich entlang des Horizonts im Norden und Westen, bewaldet vom Fuß bis zur Spitze, die Flanken von Dunst und Entfernung purpurn gefärbt, die Gipfel von Alter oder Bescheidenheit gerundet. Der Bär liebte den Anstrich, den sie der Landschaft verliehen, den Maßstab, den sie vorgaben. Er hatte Berge seit jeher als große Wahrnehmungshilfe empfunden. Berge schufen Platz für Weise. Chinesische Tintenlandschaften: ragende Felsspitzen, winzige Figuren. Er war froh, die Berge wiederzusehen.

»Das ist die Abzweigung«, sagte er, indem er auf den Kingston-Wegweiser zeigte. Es folgte ein kleineres Schild, das auf Woodstock hinwies, wie ein hippiesker Nachklapp auf das Hauptschild für die, denen es etwas bedeutete, oder einfach für Touristen.

Der Bär krabbelte ins Hintere des Lieferwagens, als sie in langem Bogen von der Schnellstraße herunterschwenkten und sich dem Mauthäuschen näherten. »Am Kreisel mußt du der 28 West nach Pine Hill folgen«, wies er Iris an und zog sich für alle Fälle eine Decke über den Kopf. Man mußte hier immer mit Streifenpolizisten rechnen.

Sobald sie glücklich auf der direkten Straße nach Westen waren, ließ er sich wieder auf dem Vordersitz nieder. Als sie an der Reihe der Autohändler und dazwischengestreuten unbedeutenderen Geschäften vorbeifuhren, erblickte der Bär das Schild, das sie im Catskill Forest Park begrüßte. Kurzzeitig wurde die Straße von einem Berg verdunkelt, vor dem ein grauweißer Wolkenfetzen herabschwebte. Der Bär imitierte die Stimme eines gelangweilten Taxifahrers. »Das ist Illyrien, meine Dame«, sagte er, bekam aber nicht die geringste Antwort.

Na ja, dachte er.

»Die Abzweigung nach Woodstock kommt auf der rechten Seite«, sagte er. »Bei der Tankstelle.«

Dort angelangt, steuerte Iris den Transporter auf die kleinere Straße, und als sie in den Windschatten des Overlook Mountain eintraten, hatte der Bär das vertraute Gefühl, von der Landschaft begrüßt und aufgenommen zu werden, spürte eine weibliche, mütterliche Präsenz, die schon einen dramatischen Wechsel darstellte, wenn man aus der Stadt kam, wenn man es auch vielleicht bei längerem Aufenthalt nicht bemerken würde. Vergeßlichkeit oder Verblassen einer Illusion? Wie auch immer, im Moment wirkte es kräftigend und untrügerisch.

In den Bergen herrschte noch Frühlingsanfang, und der Bär fragte sich, ob schon ein paar andere seiner ungefähren Art von den Höhen ein Stück weiter nordwärts heruntergewandert kämen. Die zweifüßige Bevölkerung Woodstocks würde die Gegend erst in ein paar Monaten in vollem Maße verstopfen, das Land war lieblich, man konnte die Hügel durchstreifen und würde was zum Kauen finden. Sie waren Schwarzbären, kleiner als er; die Niederungen würden sie meiden, außer um gelegentlich in den Bächen nach Beute zu suchen. Nach der Erfahrung des Bären waren die meisten von ihnen noch nicht so tief gesunken, sich vollständig von Abfällen zu ernähren, obwohl man natürlich gern überall zugriff, wo sich etwas bot. Es wäre nett, mal wieder den einen oder anderen Bären zu sehen, solange er sich nicht auf end- und hirnlose Revierkämpfe einlassen mußte, während er doch nichts weiter wollte, als ein bißchen geselligen Umgang zu pflegen und ganz entspannt ein paar Geschichten auszutauschen. Er war ein geselligeres Wesen als seine Vettern vom Lande, die ihn auch nicht immer verstanden. Er war hübscher als sie, unabhängig von ihrer jeweiligen Färbungsphase, und er fragte sich, ob sie ihn um seinen breiteren, würdevolleren Kopf beneideten, seine ausgeprägte, ausdrucksvolle Stirn, die besseren Schultern und diesen charakteristischen Muskelhöcker im oberen Rückenbereich – alles in allem um seine angenehmere Gestalt, die klarer gezeichneten Gliedmaßen, das insgesamt differenziertere Äußere mit dem farblich aufgelockerteren Fell, das zudem von angenehmerer Textur war, und außerdem bewegte er sich auch noch besser als sie, zockelte nicht so stark. Die Männchen würden ihn verfluchen, und der Wahn ihrer »nationalistischen« Anschauungen würde ihre Köpfe zum Rauchen bringen, während er doch nur den Wunsch hatte, seine Solidarität, seine Bewunderung und seine brüderliche Liebe zum Ausdruck zu bringen. Was für eine Methode, einen Planeten zu betreiben! Der Wald war genauso verrückt und von miteinander konkurrierenden Wahnvorstellungen geschlagen wie die Stadt, die Iris und er gerade hinter sich gelassen hatten. So viel Platz gab es, doch so wenig Raum, sich zu *bewegen*.

Und dann waren da noch die Bärinnen.

Das war noch mal eine völlig andere Kiste. Am Anfang sehr spaßig, aber nach einer gewissen Zeit wurde das Paarungsritual doch langweilig: Der Bär hatte zwar keine Probleme, mit einer Dame in irgendeinem Teich herumzuplanschen und etwas unbeholfen »Backe, backe Kuchen« zu spielen – für eine Stunde oder so, aber wie konnte man so was eine *Woche* lang treiben, ohne das Interesse zu verlieren? Es war in einer etwas dummen Weise rührend und atavistisch und herzerwärmend, aber der Bär konnte nach einer Weile nie umhin, es irgendwie primitiv zu finden, und sein sexuelles Interesse tendierte dann nach der fünfzehnten Wiederholung von Mensch bist du süß und Mensch bist du groß immer dazu, ein wenig abzuflachen. Und dann, wenn sie es doch packten und wenn sie schon wunderbar am Machen waren, wenn du dann versuchtest, die eingefahrenen Gleise zu verlassen, und sie fragtest, ob sie mal probieren wolle, es von Angesicht zu Angesicht zu machen, weil, das geht nämlich, weißt du, ich kann's dir zeigen – au weia! dann dachte sie, du wolltest nur Zugang zu ihrem Bauch und ihrer Kehle haben, um sie aufschlitzen zu können, und ihr Gesicht? warum, fragte sie dich, warum in aller Welt willst du mir ins Gesicht sehen? und um ihr den Schrecken über deine unnatürlichen Wünsche wieder auszutreiben, tja, da hieß es dann: zurück in den Teich und wieder einen Tag lang plansch-plansch machen, bis sie bereit war, dich wieder ranzulassen. Hinterher ging's dann los mit Danke, danke, das war schön, aber wer, zum Teufel, bist du eigentlich, und du wolltest doch nur das eine von mir und hast es gekriegt, wenn du mir also unter die Augen kommst, nachdem die Jungen geboren sind, dann töte ich dich, bevor du ihnen ein Haar krümmen kannst. Als ob der Bär ihre Babys würde fressen wollen! Wie konnte sie so etwas denken? Wie konnte man mit so jemandem reden? Der Bär, hatte er ihr erklärt, hatte er einer ganzen Reihe von ihresgleichen ohne jede Wirkung erklärt, war willens, der liebevollste, vernarrteste Vater zu sein, den die Bärenheit auf dieser grünen Erde je erlebt hatte, aber die einzige Reaktion, die von der überfließenden Wärme seines ehelich gestimmten Herzens bei den Bärinnen, mit denen er Junge in die Welt gesetzt hatte, je provoziert worden war, bestand in besinnungsloser Wut, gefletschten Zähnen, Augen, in denen der Wahnsinn stand, und ein fellsträubendes Aufstellungnehmen am Eingang der Höhle. Andererseits mußte er solch überwältigende mutterbärliche Hingabe auch bewundern und sich angesichts ihrer eingestehen, daß sie, die Bärin, in ihrer ganzen entpersönlichten Zweckverfallenheit besser war, als er je sein könnte. Seine zitternden Söhne und Töchter wollten ihn ja auch nicht sehen. Die Zeit ist knapp! – hatte er ihnen sagen wollen –, und der Lebensraum schrumpft! Menschen kommen! Lernt! Entwickelt euch! Die armen, süßen kleinen Dinger hatten keinen Schimmer, was er von ihnen wollte, und da wurde ihm klar, warum die ganze Familienweisheit, so wie sie bis hin zu ihm überliefert war, seit jeher immer den matrilinearen Weg genommen hatte. Die Gesetze der Biologie ließen nur begrenzten Spielraum zum Verhandeln. Wo waren wir denn hier überhaupt? Wer hatte auf diesem finsteren Planeten eigentlich das Sagen? Es mußte doch auch auf diesem Kontinent irgendwelche aufgeklärten Bären geben, auch wenn ihm noch keine begegnet waren. Nur ein Schutzengelbär auf der höheren

Astralebene, ein großer, nach Kodiak aussehender Bursche von bald zweieinhalb Metern, der ihn gelassen beobachtet hatte, voll Weisheit und mitfühlender Stärke, was ja ein leicht zu bewerkstelligender Trick ist, fand der Bär, wenn man sich nicht mit Raum und Zeit herumschlagen muß; aber hier unten in Schlammhausen hatte er bislang nicht eine einzige verwandte Seele gefunden, mit der er friedlich hatte Zwiesprache halten können. Oh, was gäb ich um einen Freund, der Zeichen kennt!

Na ja, es hatte Jones gegeben.

Und jetzt war er wohl in Iris verliebt, die da am Steuer saß.

Der Transporter kam ruckartig zum Stehen, der Bär stieß beinahe mit seinem schweren Kopf gegen die Windschutzscheibe. Eine ganze Schlange von Autos aus der Gegenrichtung hatte ebenfalls angehalten. »Was ist?« sagte er verwundert.

»Sieh nur.« Iris zeigte auf die Straße.

»Das soll wohl ein Witz sein«, sagte der Bär. Es war ein bißchen reichlich cartoonmäßig: zwei Reihen von Autos waren zum Stehen gekommen, damit eine fette braune Raupe ganz langsam die Straße überqueren konnte. »Weißt du, wie man diese Raupenart nennt?« fragte der Bär. Er beobachtete, wie ihr brauner Pelz sich Zentimeter um Zentimeter über den Asphalt kräuselte.

»Nein«, sagte sie.

»Das ist eine Bärenraupe«, erklärte er.

»Omen für irgendwas?«

»Oder mal wieder eine allzu aufdringliche Aussage, für meinen Geschmack. Deine Spur ist frei«, sagte er. »Du kannst fahren.«

Als sie weiträumig um die Raupe herumsteuerte, sah der Bär, daß der Fahrer in dem alten Volvo, der an der Spitze des Gegenverkehrs stand, ihn bemerkt hatte, und sie blickten sich in die Augen, der Bär und dieser ältere Typ mit dem wuchernden grauen Bart, langen grauen Haaren, Omabrille und etwas um den Hals, das aussah wie Liebesperlen. Der Bär beobachtete, wie der Mann die Frau, die neben ihm saß, anstieß, eine kultivierte, wenn auch etwas merkwürdig aussehende Dame mittleren Alters mit blonden, ergrauenden Haaren, die in einen lustigen Blumentopfhut gestopft waren. Sie sahen jetzt beide zu ihm hin. Der Bär sah, wie der Mann ein Breitwandgrinsen auflegte und ihm zuwinkte. Die Frau wirkte eher erschrocken, wandte sich aber nicht ab. Der Mann erhob zwei Finger zum Siegeszeichen, als der Transporter den Volvo passierte. Der Bär winkte und zeigte sein mildestes, sozialverträglichstes Lächeln; nur ein kleines Stück Zunge ließ er als Gag an der Seite heraushängen.

Heimat, dachte der Bär, für eine Weile jedenfalls. Ich kann nicht ewig mit dieser Sorte Leute zusammenleben. Es ist amüsant, aber man verliert dabei leicht die Übersicht.

»Ich finde, wir sollten einen Umweg um die Stadt herum nehmen«, sagte der Bär zu Iris, als sie den Raupenstau hinter sich gelassen hatten.

»Wie mach ich das am besten?«

»Ich sag Bescheid, wenn wir die Brücke erreichen.«

»Wie weit?«

»Nicht so.«

Anscheinend haben sie neue Wohneinheiten unter die Kiefern gestellt, seit ich das letzte Mal hier war, vermerkte der Bär. Irgendein Eigentumswohnungskack wahrscheinlich, die Apotheose des Motels. Sieht verkehrt aus. Möchte wetten, daß die Leute ein Vermögen dafür zahlen.

Das breite gemauerte Schulhaus zeigte sich zur Linken, der Golfplatz erstreckte sich zur Rechten. »Bieg vor der Brücke scharf nach links«, sagte der Bär. »Wir umgehen Woodstock und treffen kurz vor Shady wieder auf die Hauptstraße. Das Haus ist in Shady. Da ist es, nein, *vor* der Brücke, da.«

Iris ging zu schnell und ohne zu bremsen in die Kurve. Nachdem der Transporter sein Gleichgewicht wiedererlangt hatte, fuhren sie an einem Mühlenbach entlang, der sich rechter Hand verbreiterte. Der Bär sah zu, wie die Strömung durch eine Folge von Schieferfelsenriffs abwärts fächerte, schwarzes Wasser, von der letzten Schneeschmelze angeschwollen, mit weißen Kräuseln, aber weitgehend unbeeindruckt die flachen Fälle bewältigend. Eine Brücke, die zur Stadt führte, ließen sie links liegen und folgten einem leichten Anstieg vom Wasser weg, vorbei an verwohnten Holzhäusern, die rechts und links des Weges zwischen die Bäume gesetzt waren.

»Bald kommt rechts eine Abzweigung, die wir nehmen«, sagte der Bär, und Iris steuerte den Transporter sanft durch die Kurve, als es soweit war.

Zunächst sah es wie eine schlichte Umgehungsstraße aus, doch nach einer Weile begann die Straße sich aufwärts zu schlängeln, vorbei an Häusern, die sichtbar waren, und an solchen, die sich am Ende langer Zufahrten versteckten. Meistens waren es einfache quadratische Holzbauten, eins aber prunkte mit Antebellum-Säulen zu beiden Seiten seiner würdevoll weißen Tür, und ein Stück weiter stand in Nachbarschaft zu einer klassischen Blockhütte die verwinkelte Glas-und-Paneelen-Wichserei irgendeines Architekten. Der dichter werdende Wald war gerade am Ausschlagen; die Nachmittagssonne ließ Licht herniedertröpfeln, das hier und da auf dem Boden flimmerte. Ein sanfter Wind schickte Botschaften durch die Baumwipfel, und eine Vielzahl von Blättern reicherte deren Diskurs mit flirrender Betonung an.

»Ist Stanlynns Haus so wie irgendeins von denen hier?« fragte Iris.

»Nicht ganz. Das besondere an dieser Gegend ist, daß sie als öffentliche Wald- und Parklandschaft ausgewiesen ist, der Straßenbau also Beschränkungen unterliegt und die Häuser dicht an der Straße liegen müssen. Nur aus diesem Grund ist die Region bisher mehr oder weniger intakt geblieben. Von dem wilden Zickzackkurs hier sind wir bald wieder runter.«

»Damit werd ich schon fertig«, sagte Iris. Bald ging es hügelabwärts auf geraderer, zweispuriger Asphaltdecke. Noch einmal überquerten sie das Gewässer – das hier breit und träge über flache Stufen aus schmalen grauen Steinen plätscherte –, diesmal auf einer Aluminiumbrücke mit robusten Holzplanken, und einen halben Kilometer später gelangten sie, einen Spielplatz und die Abzugsdämpfe eines ziemlich wäldlerisch anmutenden Waschsalons hinter sich lassend, wieder auf die Hauptverkehrsader der Region, die Route 212. Auf dieser wandten sie sich nach links, nachdem sie einen Konvoi von Saabs und Cherokees hatten vorbeirauschen lassen.

»Es ist nicht mehr weit«, sagte der Bär und mußte feststellen, daß sein Herz heftiger klopfte, als er erwartet hätte. Nun, warum auch nicht? Für eine Weile sollte dies sein Zuhause sein. Besser, als an ein Feuerrad gekettet zu sein, das meine Augen mit heißen Tränen nähren. Größtenteils auch besser, als in der höllischen Stadt die nächste grobe Drehung des Gesetzesrads zu erwarten. Aber ich werde hier allein sein. Iris scheint mich möglichst schnell loswerden zu wollen, und wer kann es ihr verdenken. Hoffentlich kommt Jones mich wenigstens ab und an besuchen. Versprochen hat er's ja, aber er hat zur Zeit natürlich seine eigene zerbrechliche Tagesordnung und eventuell Wichtigeres zu tun.

Was den Bären aber in erster Linie aufscheuchte, war das deutliche Gefühl, daß eine Seite umgeblättert, daß ein ganz neues Kapitel im Buch seines Lebens aufgeschlagen wurde. Wer kann sagen, wo es mich hinträgt? Zumal wenn man die nachweisliche Unberechenbarkeit seines Autors bedenkt. Der Junge dürfte einige Probleme haben. Bedenke, nur ein toter Bär ist ein glücklicher Bär. Geile Veranstaltung. Bin ich froh, daß ich diese Abmachung getroffen habe.

»Fahr scharf rechts, da hinauf«, sagte er etwas hektisch. Fast hätte er die Abzweigung verpaßt.

Iris schaltete herunter, als der Transporter die Steigung in Angriff nahm. »Hast du gesehen, wie die Restaurants da hinten hießen?« Sie deutete rückwärts zur Straße, von der sie gekommen waren.

Der Bär hatte eine Ansammlung von rotbraunen Gebäuden mit grauweißen Schindeldächern registriert. Außerdem hatte es da noch einen Parkplatz gegeben und ein paar Schilder. »Namen von Restaurants? Nicht daß ich wüßte.«

»Eins hieß Bear Café, das andere Little Bear.«

»Du willst mich aufziehen.«

»Also, ich finde, das Logo vom Little Bear war ein bißchen entwürdigend.«

»Iris. Sag, daß es nicht wahr ist.«

»Der kleine Bär auf dem Schild stand aufrecht, hielt eine Schüssel in den Pfoten und sah meines Erachtens ein bißchen betrunken aus. Die Art, wie seine Zungenspitze aus dem Maul hing, schien das jedenfalls anzudeuten.«

»Bitte nicht.«

»Das war's, was ich gesehen hab.«

»Lieber Gott, wo bin ich gelandet? Frischer Hohn. Neuerliche Farce. Eine weitere Drehung des Plastikmessers. Hört es denn nie auf?«

»Weiß ich nicht«, sagte Iris, »aber da vorn mündet die Straße. Was mach ich jetzt?«

Der Bär hielt seinen Kopf in den Pfoten, er probierte die Maske der Tragik und mußte feststellen, daß sie immer noch nicht paßte. Er kriegte sowieso gerade Kopfschmerzen. Das war doch was. »Das Haus ist gleich da vorn«, sagte er zerstreut, ohne hinzusehen.

»Wo?«

Der Bär hob den Kopf und deutete auf die halbkreisförmige Zufahrt jenseits der Einmündung. Sie führte zu einem Haus. »Seht, jenes Schloß da gehört meim Vadder«, sagte er.

Der Bär sah das Haus hinter seiner dreifachen Absperrung aus gleichmäßig angeordneten, dickstämmigen Immergrünbäumen. Von da, wo der Transporter an der Mündung hielt, konnte der Bär frisches Wachstum ausmachen, das die Spitzen der Zweige mit drei bis fünf Zentimetern leuchtendem, etwas hellerem Grün verzierte. Der Boden darunter war mit einem Jahresteppich aus abgefallenen Nadeln und zerbrochenen Zapfen bedeckt. Stanlynns Haus – seltsam hochragend, mit einer Fassade aus dunkelbraunen Schindeln, mit weißen Fensterrahmen verziert und mit einem gebrochen weißen Zirkumflex von Dach überzogen, auf dem sich braune Kiefernnadeln niedergelassen hatten – sah etwas unbeholfen aus, zumal ihm hinten aus der linken Seite noch ein kurzer Flügel wuchs, aber es mußte den Zwecken des Bären halt genügen. Stanlynns kleiner goldfarbener Allrad-Subaru parkte auf der Auffahrt vor dem Haus, angekoppelt an einen weiß-orangefarbenen Anhänger. Sie reist ab. Scheiße noch mal, es ist wahr. Eine dunkelgraue Wolke, schwer und ausgebeult vom drohenden Regen, erhob sich wie eine besorgte Augenbraue über dem hinter dem Haus aufragenden Berg, der übrige Himmel aber war klar, und die Sonne hielt durchaus noch die Stellung, übertrieb vielleicht sogar ein wenig in ihrem Eifer, ihren postäquinoktialen Reichtum an Ideen darzubieten.

Iris haute den ersten Gang rein, überquerte die zweispurige Asphaltdecke des Glasco Turnpike und fädelte in den linksgerichteten Zweig der Kiesauffahrt ein. Der Bär konnte die veränderte Reifenhaftung fühlen, als der Transporter sich den Kies vornahm, hörte die Reifen knirschen und greifen und spürte die plötzliche Stille des Kiefernschattens.

»Kurz mal hupen?« sagte der Bär, aber Stanlynn war bereits

oben auf der großen Holztreppe erschienen, im Eingang der mit Fensterglas eingefaßten Vorderveranda. Sie hielt die Gittertür mit einer Hand auf und winkte grüßend mit der anderen. Ihr großer Hund Buster schob sich neben sie und blieb dort brav stehen, die Ohren wachsam erhoben und den Schwanz hochgereckt. Hi, Bus, dachte der Bär und winkte durch die Windschutzscheibe zurück, wobei er sich herunterbeugen mußte, als der Wagen die Auffahrt hinauffuhr und Stanlynn und Buster aus seinem rechteckig begrenzten Blickfeld entschwanden. Hi, Stanny. Stanlynn zeigte bei ihrem Begrüßungslächeln schöne weiße Zähne. »Du hast sie nie kennengelernt, oder?« fragte der Bär Iris mit einem Seitenblick.

»Nie«, sagte sie, steuerte den Transporter neben den Subaru und seinen Anhänger und hielt an. Sie drehte den Motor noch einmal hoch – eine schlechte Angewohnheit, wie der Bär fand –, bevor sie ihn abstellte.

Der Bär horchte nach Wind in den Tannen oder Fichten oder was auch immer – er war ein Stadtbär und kannte so wenige Baumnamen –, aber alles, was er hören konnte, war die Abwesenheit des Motorengeräusches und der allgemeine Windzug der Welt. Dann roch er die gewachsenen Kiefern, darunter die Nadeln, und die fruchtbare braune Erde. Hiermit kann ich leben, dachte er.

Sie stiegen aus dem Transporter, und Buster stürmte die steilen Holzstufen herunter, den buschigen Schwanz hoch aufgereckt, um seinen großen alten Bärkumpel zu begrüßen. Bus war ein ziemlich arktisch wirkender Bursche mit blaugrauen Augen und langem verfilztem Fell, grau schattiert mit weißen Strähnen. Das einzige, was der Bär gegen Stanlynn einzuwenden hatte, war die Tatsache, daß sie Buster hatte kastrieren lassen. Natürlich hatte Buster in seiner Jugend Probleme gemacht, und es war in der Zeit gewesen, bevor sie den Bären kannte und solche Dinge mit ihm hätte besprechen können, und eigentlich schien es Buster auch nicht so viel auszumachen, aber trotzdem ... Dem Bären lief es beim bloßen Gedanken daran kalt über den Rücken. »He Bus he Bus he Bus«, sagte er, als der Hund wild wedelnd auf ihn zugestürzt kam.

»He Bär he Bär he Bär«, antwortete Buster, auch wenn Stanny

und Iris seine Rede nicht im genauen Wortlaut verfolgen konnten. Na ja, Iris vielleicht doch. »He Bär he Bär, wir ziehen aus aus aus«, teilte Buster ihm mit.

»He, Bus, ich komm hierher, ich ziehe ein ein ein«, sagte der Bär und klopfte sich auf die Brust, um die genaue Art der Begrüßung anzuzeigen, die er sich vom bisherigen Tierbewohner des Hauses wünschte. Buster erhob sich und pflanzte seine Vorderpfoten auf die großen Brustmuskeln des Bären; dieser neigte den Kopf, berührte Busters Nase mit seiner und ließ sich von dem Hund ein paarmal übers Gesicht lecken.

»Redest du auch noch mit *mir*?« fragte Stanlynn von oben. »Oder bist du nur hier, um meinen Hund zu sehen?«

»He, Großes Strammes Mädchen«, rief der Bär zu ihr hinauf, denn er meinte, das müßte ihr indianischer Name sein, falls sie Indianerin gewesen wäre. Immerhin kannte sie eine ganze Menge von denen, war im Westen unter Indianern aufgewachsen und hatte ihn immer mit Häuptling Oren Lyons, der irgendwo in der Nähe wohnte, bekannt machen wollen. Eines Tages vielleicht, hatte der Bär zu ihr gesagt und es dabei belassen. Stanlynn kannte außerdem noch einen Indianer namens Jazzy Wee-Wah, aber der war ein Cheyenne und lebte drüben im Westen. Der Bär fand, daß Jazzy Wee-Wah der coolste Name war, den er je gehört hatte, abgesehen von Vakhtang Gourgastan. Er deutete auf den Wagen in der Auffahrt. »Wie ich sehe, bist du reisefertig.«

»Sobald ich dich untergebracht habe«, sagte sie und begann, die Verandastufen hinabzusteigen. »Das ist Iris, nehme ich an?«

»Hallo«, sagte Iris. Sie hatte sich neben ihn gestellt.

»O ja, tut mir leid«, sagte der Bär und nahm auf dem Wege blitzschnellen Hin-und-her-Schauens eine Studie weiblicher Kontraste in sich auf, indem nämlich Iris ganz kristalline Zartheit und Eleganz war, während Stanlynn etwas großvolumig Bodenständiges mit lockigem Haar und den von gesunder, frischer Luft zeugenden Apfelbäckchen ausstrahlte. »Ich hätte euch längst vorstellen sollen... Macht es dir was aus, mal kurz runterzugehen, Bus?«

»'türlich nicht«, sagte der Hund und ließ sich auf alle viere fallen, was die Dielen am Fuß der Treppe dröhnen ließ.

Stanlynn trug ein Westernhemd und Jeans, und der Bär umarmte sie, als sie bei ihm angelangt war und Buster mit einem Knie zur

Seite gestupst hatte. »Tja, willkommen zu Hause, Bär«, sagte sie, sobald sie Gelegenheit hatte, sich zu befreien.

»Meinst du?« sagte er.

»Für eine Weile jedenfalls. Iris?« Stanlynn wandte sich ihr zu. »Wo hat er *Sie* denn bislang versteckt?«

»Jedenfalls nicht unter einer Decke«, grummelte der Bär. »Das kann ich dir flüstern.«

»Was für ein Pech.« Stanlynn grinste ihm zu.

»Vielleicht habe ich mich selbst versteckt«, sagte Iris. »Dazu könnte ich durchaus in der Lage sein.«

»Nun, ich wäre ansonsten soweit«, sagte Stanlynn, und der Bär bemerkte heute zum ersten Mal ihren von irgendeiner westlichen Herkunft zeugenden Akzent, »dann will ich dir mal zeigen, wo was ist.«

»Einfach so?« sagte der Bär. »So schnell?«

»Einfach so. Komm mit nach oben.«

»Komm mit nach oben«, gab der Bär die Botschaft an Iris weiter.

»O danke«, sagte Iris.

Es war ein seltsames Haus, sehr eigenwillig aufgeteilt. Das Wohnzimmer, das sie von der Veranda aus – »die Fenster kannst du rausnehmen, wenn es wärmer wird, und die Gitter einsetzen«, erklärte Stanlynn – als erstes betraten, wurde gabelförmig von einem wuchtigen grauen Steinkamin mit eingesetztem Holzofen aus schwarzem Eisen geteilt, der mitten im Raum aus dem Boden ragte. Praktisch gab es dadurch ein abgeschnittenes Wohnzimmer auf der einen Seite des Kamins und ein Eßzimmer dahinter. Keins von beiden sehr groß. »Ich hab's ein bißchen besser als halbmöbliert gelassen«, sagte Stanlynn. »Eigentlich wollte ich es für die doppelte Miete auf den Sommermarkt geben, aber jetzt kannst du's dir hier einrichten.«

»Du hast das Klavier dagelassen«, sagte der Bär etwas erstaunt. Ein gar nicht mal schlechtes Mason & Hamlin stand an einer der Wohnzimmerwände. Julius hatte mehrere alte Farbschichten abgeschmirgelt und das originale Fruchtholz, das eine schöne Maserung hatte, eingeölt.

»Vorerst jedenfalls. Du kannst darauf spielen, solange du die Tasten nicht zerkratzt. Könnte sein, daß Julius es demnächst in der

Stadt haben will, unter Umständen möchte ich es auch in Oregon haben, aber erst mal kannst du es benutzen.«

»Paradiesisch«, sagte der Bär.

»Wart's ab«, sagte Stanlynn. »Betten sind genug da, und Sitzgelegenheiten gibt es auch. Es ist noch ein Viertel Klafter Feuerholz übrig – Eiche, manchmal bekomme ich aber auch Eschenholzabfälle von der Baseballschlägerfabrik, das kommt sehr viel billiger. Du mußt vielleicht noch was nachkaufen, bevor der Sommer richtig anfängt und die Nächte warm genug sind, es gibt aber draußen auch noch abgestorbenes Holz, daß du dir schlagen kannst, und dann muß ich dir noch zeigen, was mit den Gastanks und Wasserleitungen zu beachten ist. Es ist nicht perfekt«, sagte sie zusammenfassend zu Iris, »aber Sie könnten sich vielleicht damit anfreunden.«

»Ich wohne in der Stadt«, sagte Iris. »Ich fahre heute abend zurück.«

»Oh.«

Die sich anschließende Pause bot Platz für sie alle drei – beziehungsweise vier: Buster war hereingekommen und schaute zum Bären hoch, um zu sehen, ob irgendwas Spaßiges und Interessantes anstand – und hätte wohl noch ein weiteres halbes Dutzend in sich aufnehmen können.

»Lamas?« sagte der Bär schließlich und wandte sich an Stanlynn.

»Na ja, ich habe drei Zuchtpaare gekauft, das Haus liegt in den Ausläufern von ein paar Bergen, die höher sind als die hiesigen, ich kann dort zehn Stück unterbringen, sobald ich den Stall fertig hab, und ich habe ein paar Trekkingrouten für nächstes Jahr ausgearbeitet.«

»Ist also nichts mehr mit dem Jazzleben.«

»Kann man so sagen, Bär. Kann ich Ihnen irgend etwas anbieten?« fragte sie Iris, die, so feinsinnig ausstrahlend wie immer, Blicke in alle verfügbaren Richtungen warf.

»Den Weg zur Toilette«, bat Iris. »Sozusagen.«

»Wo hast du *sie* denn gefunden?« fragte Stanlynn den Bären, sobald Iris in der angegebenen Richtung verschwunden war.

»Vor Jahren«, sagte er, »und ich bin nicht sicher, wer wen gefunden hat, geschweige denn, warum.«

»Wie gefällt dir das Haus?«

»Gut«, sagte er, ohne hinzusehen. »Weißt du, wenn Julius nicht gewesen wäre, würde ich vielleicht gar nicht spielen. Er hat mir nicht nur eine Menge Sachen auf dem Saxophon gezeigt, er war mir auch... ein Beispiel? Ein Freund auf jeden Fall. Ich weiß, ihr beiden habt euch getrennt, aber hast du ihn seit der Beinoperation gesehen? Ich habe mit ihm telefoniert, und er klang eigentlich ganz gut, gemessen an den Umständen.«

Stanlynn nickte. »Daß er sein Bein verloren hat, hat ihm vielleicht doch zu denken gegeben. Vielleicht behandelt er seine Diabetes jetzt mit mehr Respekt. Vielleicht hat er sich entschieden, weiterleben zu wollen.«

»Kann man nur hoffen«, sagte der Bär.

»Na, egal, ich verschwinde«, sagte sie entschieden. »Also, das macht tausendfünfhundert im Monat für die Bude. Kannst du zwei Monatsmieten im voraus zahlen?«

»Ja«, japste der Bär.

»Du kriegst es billig«, erklärte Stanlynn, »zumal wenn man bedenkt, daß es weitgehend möbliert ist. Ich kann im Sommer drei oder sogar vier Tausender pro Monat bekommen, wenn ich will. Du hast es jetzt für sechs Monate zu diesem Preis, danach können wir klären, ob du bleiben willst oder ob ich es zum Verkauf auf den Markt geben möchte. Tausendfünfhundert sind billig, oder glaubst du mir nicht?«

»Natürlich glaube ich dir.« Er und Jones hatten zweihundertsechzig für ihr Loch in der Stadt gezahlt. Er fühlte, wie die fürstlichen zwanzig Riesen, die er für die Plattenaufnahme bekommen hatte, ihm zwischen den Pfoten zerrannen. Was mache ich hier? Was für eine Welt das ist. Wie sie auf dich wartet, egal, was du in letzter Zeit erreicht hast. Die Schärfe ihrer Absichten. Das Fleisch, das sie dir aus dem Körper reißt. Pfundweise, immer wieder.

Prasselnder Regen beehrte das Dach, oder bedrohte es vielmehr. »Das Wetter in den Bergen.« Stanlynn schaute nach oben.

»Es war eine dunkle und stürmische Nacht«, teilte der Bär ihr mit.

»Noch nicht.«

»Hör mal«, sagte der Bär, »du mußt mir was über die Namen von den Restaurants da unten am Fuß des Berges erzählen.«

Iris war wieder da. »War das Regen, was ich da gehört habe?« fragte sie.

»Ich hatte keine Ahnung«, sagte der Bär, »obwohl ich ein dutzendmal hier war.«

»Das ist doch nicht möglich«, sagte Iris.

»Du kapierst nicht. Sie haben es vor mir geheimgehalten. Julius, Stanlynn, Jones.«

Tatsache war, wie Stanlynn vor ihrer Abreise enthüllt hatte, daß es da unten nicht nur zwei Restaurants gab, die Bear Café und Little Bear hießen, sondern daß die Straßeneinmündung, an deren Knick sie gelegen waren, einen Ort darstellte, der den Namen Bearsville trug.

»Ich hasse das«, sagte der Bär. »Sie haben es von mir ferngehalten, und nun wohne ich nur ein Stück weiter aufwärts. Das schlimmste dabei: Es ist wahrscheinlich noch nicht der letzte Tropfen im Faß. Nein, da kommen noch mehr. Literweise wahrscheinlich. Die Posse folgt mir, wo immer ich hingehe. Wie Scheiße am Schuh.«

»Weißt du, was eine sich selbst erfüllende Prophezeiung ist?« fragte ihn Iris.

»Natürlich. Wie alles andere im Leben ist es ein Trick mit Spiegeln. Es ist Bearsville.«

Der Regen fiel jetzt in Strömen durch die Bäume und trommelte aufs Dach, und Iris und der Bär aßen das seltsame, aber anständige chinesische Essen, das man im Little Bear zubereitete. Iris hatte es mit dem Transporter abgeholt, und die weißen Schachteln standen jetzt aufgefaltet auf dem Tisch verstreut. Iris operierte mit Eßstäbchen, während der Bär mit einer Gabel in seinem Gemüse wühlte.

Draußen wurde es dunkler, und vor dem rechteckigen Fenster, das über dem langen Eßtisch aus Kirschbaumholz eingesetzt war, sammelte ein Schiefersims Dämmerung ein und hortete sie zwischen dem Blättermehl unter sich, Farne beugten sich der nachhaltigen Autorität des Regens und Baumstämme wurden ganz schwarz. »Bearsville«, sagte der Bär. »Und ich wußte von nichts.«

»Vielleicht ist es ein gutes Omen«, sagte Iris.

»Papperlapapp«, bemerkte der Bär.

Stanlynn hatte ihren Subaru samt Anhänger aus der Ausfahrt gesteuert – Richtung Westen, wie die Sonne –, und anschließend hatte der Bär im Nieselregen den Transporter entladen, während Iris durch das Obergeschoß des Hauses schlenderte, Schränke und Schubladen öffnete und Bilderrahmen graderichtete. Tja, dann sollte ich wohl mal los, hatte Iris gesagt, als er mit den schweren Sachen fertig war. Der Bär erwiderte: He, ich dachte, wir könnten uns einen Kazbeck anzünden, es uns gemütlich machen und ein paar Vladek-Sheybal-Filme angucken. Er hatte voller Hoffnung auf den schwarzen Sony-Fernseher nebst Videorecorder gezeigt, den Stanlynn netterweise dagelassen hatte, aber das war anscheinend nicht der Bringer.

»Eigentlich hätte ich noch ein bißchen was zu essen nötig, bevor ich losfahre«, hatte Iris gesagt.

Und obwohl ihn der Name störte, hatte der Bär gesagt, es könne ja sein, daß das Little Bear Essen ausliefere.

»Was hältst du vom Essen?« fragte er jetzt.

»Ungewöhnlich. Glaubst du, daß es aufhört zu regnen?«

»Hat es bisher immer«, sagte der Bär. »Vielleicht solltest du über Nacht bleiben.«

»Eher nicht.«

»Das größere Schlafzimmer oben sah ganz nett aus.«

»In deinen Augen vielleicht. Benutze es ruhig.«

»Noch was Naturreis?«

»Bitte.«

Das Licht eines Blitzes fiel auf sie, als er ihr servierte. Dann rollte ein Donnerschlag quer über den Himmelsboden. »Ein eindeutiger Elvin-Jones-Einfluß«, stellte der Bär fest. »Der Himmel hat Coltrane-Platten gehört.«

»Wenn ich noch ein Bier aufmache, würdest du es mit mir teilen?« fragte Iris.

Erst war es nur ein Hauch in der Luft. Jetzt ergriff der Geruch nach Regen und Wald das ganze Haus.

»Glaubst du, daß es dir hier gefallen wird?« sagte Iris.

»Immerhin hab ich hier Ruhe. Wir werden sehen. Die Einrichtung ist etwas komisch.«

»Aber praktisch.«

»Meinst du? Ich brauche ja nicht mal ein Haus. Ich könnte da draußen leben. Warum eigentlich nicht?«

Iris lachte höflich. »Ganz bestimmt«, sagte sie.

»Ich mein, was soll ich hier? Wozu brauch ich das?«

Die Höhe der Miete machte ihm noch immer zu schaffen – er hatte mir nichts, dir nichts dreitausend Dollar, in bar, weggegeben –, und dann gab es da noch diesen Fotografen, der sich im Keller zu schaffen machte und der die Einkäufe und dergleichen besorgen sollte, aber den er bisher noch nicht zu Gesicht bekommen hatte. Das alles schien doch reichlich teuer und übereilt. Es machte so ziemlich den Eindruck, als sollte er abgeschoben werden. Von Jones. Von Iris. Praktisch von allen.

»Ich wünschte, ich hätte den Fotografen schon kennengelernt.«

»Aber er mußte halt kurzfristig weg zu einem – wie hat Stanlynn das genannt? – Architekturshooting.«

»Geld lacht, und ich kann morgen früh aufwachen und mich fragen, ob wir Kaffee im Haus haben.«

»Ach je.«

Der Regen fiel mit verdoppelter Heftigkeit.

»Es war eine dunkle und stürmische Nacht«, sagte der Bär wieder.

»O bitte.« Iris erhob sich vom Tisch. Sie schritt um den lärmenden Kamin herum und zur Wohnzimmertür hinaus. Der Bär hörte ihre Schritte auf der Veranda, dann das Quietschen der sich öffnenden Gittertür. Er blieb am Eßtisch sitzen und tat sich an einer weiteren Portion knoblauchgesättigter Auberginen gütlich. Gar nicht mal übel. Noch Tofu gefällig? War da nicht noch ein Stück Shrimp in jener Schachtel dort?

Rückkehr der Iris. Er sah drei Regentropfen ihre Stirn schmükken und Diamanten aus gleichem Stoff in ihrem Haar. »Der Regen ist gewaltig«, sagte sie.

»Biblisch«, stimmte der Bär zu.

»Vielleicht sollte ich doch über Nacht bleiben und erst morgen in aller Frühe losfahren.«

»Na also«, sagte der Bär. »Das hört sich doch schon viel besser an.«

Er lag in dem angesichts der Umstände grotesken Messingbett im großen Schlafzimmer, das sich als eine zwei Treppenstufen tiefer liegende Ausbuchtung des Wohnzimmers darstellte. Er hatte ihren Vorbereitungen zur Nachtruhe im ersten Stock gelauscht, dem Auftreten ihrer Füße auf den Dielenbrettern, dem gelegentlichen Übergang auf Teppichboden, dem Rascheln von Bettzeug, dem Wasserlaufen, der Toilettenspülung. Iris hatte einen schwereren Schritt als gedacht. Der Regen hatte aufgehört, aber das ganze Haus war umhüllt von Feuchtigkeit. Jetzt hatte er schon zehn Minuten oder vielleicht eine halbe Stunde lang nichts mehr von ihr gehört. Ein- oder zweimal hatte sie sich im Bett umgedreht, falls man der Aussage der Bettfederung über diese Entfernung trauen konnte. Sein ganzes Leben schien hier mit ihm gebündelt auf einem Haufen zu liegen und hier im speziellen Indigoblau der Nacht abzuwarten. Soll ich hochgehen? Soll ich da hochgehen? Läuft alles darauf hinaus?

Sein Schlafzimmer gefiel ihm. Es war groß und im Dunkeln ziemlich gestaltlos, wenn er auch in mittlerer Entfernung den Rand einer Tiffany-Lampe und ein Stück Spiegel über der Anrichte ausmachen konnte.

Vielleicht bedeutete sie ihm auf lange Sicht ja gar nichts – ein potentieller Schauer in den Lenden, ein fehlgeleitetes Verlangen, das die Matrix seines genetischen Codes erschütterte, und weiter nichts. Vielleicht war es weise, das Hirngespinst zu verscheuchen, so charmant und verlockend es auch durch die Räume seiner Vorstellung tänzeln mochte. Kann Liebe ein Leben wirklich resümieren, wie sie uns immer glauben machen will? Können ihre Bewegungen durch Licht und Schatten sich wirklich zu einem Alphabet verdichten, das unsere elementaren Hoffnungen ausbuchstabieren oder die Handvoll Sätze aussprechen kann, die unser Leben am Ende wirklich machen? Den Bären dünkte es nicht wahrscheinlich. Ist andererseits nicht die Liebe die letzte heilige Heimstatt in einer sich zersplitternden Welt, oder ist auch ihr Geltungsbereich geschrumpft? Und ist nicht Sex die zügelloseste, gierigste und rücksichtsloseste unserer Fähigkeiten?

Wie konnte er dort hinaufgehen, mit keiner anderen Rechtfertigung als seinem immensen Verlangen, das vielleicht nur ein vorübergehender Hunger war? Das Gesetz selbst würde hier wirken müssen. Er hatte mit anderen Frauen geschlafen, aber die waren für eine Nacht gekauft gewesen. Eine mit der Penetration des Körpers einhergehende Durchdringung von Geist und Seele hatte da nie zur Debatte gestanden.

Das Haus, das er für diese extraorbitante Summe gemietet hatte, schien ihm sowohl größer als auch kleiner zu sein als Iris' Wohnung – natürlich war es erheblich größer. In jedem Fall war es eine ganz andere Art von Raum, nicht ihrer, aber auch noch nicht seiner, umgeben von Wächterbäumen, deren Stimmen, nachdem sie in der windlosen Feuchtigkeit und dem Nebel vorübergehend verstummt waren, Worte sprachen, die er weder kannte noch verstand. Wie spät war es? Was konnte in einem Raum wie diesem geschehen? Und was nicht? Die Welt hatte sich zu einer unbekannten Musik arrangiert. Da draußen war nicht die Stadt. Es war Wald und Lichtung und ein sich hinter dem Haus langsam erhebender Berg. Er konnte die süße und bittere Erde riechen, dumpf und lehmig nach dem Regen, die duftende Luft von freundlichen Ionen verstärkt. Komplex, befriedigend, sachlich, mysteriös. Ich bin ein Ignorant. Will ich bis zum frühen Morgen wach daliegen? Soll ich jetzt hinaufgehen? Noch eine halbe Stunde warten? Den Augenblick vorübergehen lassen und nichts tun?

Er hatte sie, bei all dem Nachdenken und Herumträumen, nicht die Treppe herunterkommen hören, aber anscheinend stand sie im Eingang zu seinem Schlafzimmer, umrissen vom weichen Licht im Zimmer dahinter, und hatte sich allem Anschein nach ein Laken um den Körper geschlungen, das bis zu den Knöcheln reichte, oben von ihren Armen gehalten wurde und ihre dadurch rechtwinkligen Schultern freiließ. »Ich konnte nicht einschlafen«, sagte sie von ihrem Standort aus.

»O Baby«, brachte er hervor, und dann kam sie mit kleinen schnellen Schritten durchs Zimmer und um das Fußende des Bettes herum, um schließlich zu seiner Linken stehenzubleiben, beinahe geisterhaft in der verhältnismäßigen Dunkelheit.

»Mach eine von den kleinen Lampen an«, sagte er, und sie fand irgendwo eine, eine kleine Lampe mit bleigefaßtem, fünfseitigem, jadegrünem Glasschirm und ein darüberdrapiertes Stück gemusterter orangefarbener Seide. Er konnte sie im seidenweichen Licht deutlich sehen.

Er erhob sich nicht, als sie, durch das Tuch zu einer gewissen bescheidenen Haltung genötigt, wieder neben seinem Bett stand und zu ihm hinuntersah. Er bewegte sich überhaupt nicht. Nie zuvor hatte er sein Herz so heftig pochen gefühlt, pochen um die Erlaubnis, seinen Körper oder die Welt der Zeit im ganzen zu verlassen.

»Kannst du mir da ein bißchen Platz machen?« fragte sie.

»Ich werde mein Bestes tun«, sagte er, rutschte auf die rechte Betthälfte und hob einladend eine Ecke des Deckbetts. Sie glitt geschmeidig hinein, hielt aber die Windungen ihres Lakens weiter eng an den Körper gepreßt. »Bist du dir sicher?« fragte er.

Ihre Augen blickten ihn an, ohne zu blinzeln, und ihre bloße, bei aller Feinheit ihres Körperbaus eckige Schulter deutete ein leises Zucken an. Dann nickte sie, oder jedenfalls beinahe.

Du bist am Zug.

Als er sich zu ihr hinüberbeugte, fühlte er, wie sich die Zeit und die Kategorien des Daseins wie das Bettzeug zwischen ihnen falteten und zerknitterten, oder wie Luftwellen, die das Zerbrechen des Tons erwarten, oder irgendeine andere Barriere: es wurde etwas aufgebaut, ein Höhenkamm der Spannung überquert, und als er ihn in der Tat überquerte, registrierte der Bär voller Überraschung, daß er keine klare Vorstellung davon hatte, was ihn auf der anderen Seite wirklich erwartete.

Sie lag da und schaute zu ihm hoch, seltsam regungslos, bis sie schließlich die Arme hob, ihn darin zu empfangen, sich halb auf die Seite drehte, so daß ein Zipfel des Lakens, in das sie gewickelt war, sich löste, sie aber weiterhin bedeckt blieb. Als sie jedoch den Zipfel fallen sah, nahm sie ihn in die Hand und dann, nach einem dezenten Senken und Heben der Augenlider, hob sie den Körper an, um das Laken in einer schnellen Bewegung abzustreifen, und da war sie nun.

Der Bär hielt in seiner Bewegung inne und rang angesichts ihrer Schönheit nach Luft. Es schien ihm, als hätte er noch nie jemanden derart nackt gesehen oder so auserlesen beschaffen oder so enthüllt. Schockiert erkannte er, wie dürr sein Leben so lange Zeit gewesen war. »Es gibt ein paar Dinge, die vorher geklärt sein wollen«, sagte er nicht ohne Umständlichkeit.

»Wie könnte das denn sein?« fragte Iris unverwandten Blicks.

»Na ja, aus Gründen der Sicherheit. Wenn du falsche Sachen machst, kannst du dich an mir verletzen. Du hast es hier nicht nur mit erektilem Gewebe zu tun, es gibt da tatsächlich einen Knochen, der gleitet, der in diesem Augenblick gerade an seinen Platz gleitet, und solange du nicht meine Länge und deine Tiefe genau kennst, läufst du Gefahr, dir deinen Gebärmutterhals aufzureißen. Laß mich dich also führen, bis du dir sicher bist, wie die Dinge liegen.«

»Oh«, sagte sie, und das Gesagte rang ihr ein langes, langsames Blinzeln ab. Ihr Körper schien etwas zurückzuweichen, wenngleich er nicht sagen konnte, ob von ihm weg oder nur in sich hinein. Aber schau sie dir an, dachte er. Wie kann es so viele Schätze an einer Stelle geben, und die Welt ist immer noch da? »Vielleicht hättest du mir vorher eine Gebrauchsanweisung zu lesen geben sollen«, sagte sie.

»Es gibt keine. Also, ich wußte ja nicht, daß dies geschehen würde.«

»Aber natürlich«, sagte sie.

»Nein«, beharrte er.

»Du bist doch nicht erst gestern auf die Welt gekommen, Bär.«

»Iris, wenn ich dich so sehe, fühl ich mich voller... Ich habe das Gefühl, als wäre ich noch gar nicht geboren, stünde aber vielleicht kurz davor.«

Er sagte das spontan und unbeholfen, aber es hatte eine Wirkung auf sie, die keine Berechnung hätte erzielen können – ihre körperliche Steifheit, die er jetzt im nachhinein für Furcht hielt, schien dahinzuschmelzen, und er sah, wie ihr die Röte erst ins Gesicht stieg und dann den Oberkörper bedeckte. Im nächsten Moment lagen sie sich in den Armen, der Bär war mit seinen Klauen achtsam, und Iris versuchte herauszufinden, wie ihr erster richtiger Kuß zu geben und zu empfangen war. Der Bär mußte es ihr zeigen. »Du mußt mit meinem ganzen Mund fertig werden.« Und er zog die Kiefer auseinander und legte den Kopf schräg, um ihr zu demonstrieren, wie es ging.

»O mein Gott«, sagte Iris, nicht gerade ekstatisch, als sie in seinen weißen und purpurroten Rachen blickte. Der Bär spürte, wie ihr Rückgrat erzitterte und die Wirkung in die Gliedmaßen überging, aber sie ließ zu, daß sein Kopf sich auf sie senkte.

»Sei vorsichtig mit meiner Zunge«, sagte er, indem er im letzten Moment in seiner Bewegung innehielt. »Sie ist rauh genug, dich zu verletzen, wenn du nicht aufpaßt. Du erinnerst dich an die alte Geschichte aus der Türkei. Die hab ich dir doch erzählt, oder?«

Sie gab keine Antwort, außer daß sie ihren Körper nach oben bog und ihn zu sich herunterzog, und dann war er auf ihr, sie waren zusammen, und er verlor jedes Gefühl dafür, wo er und wo sie... Es geschah sehr viel schneller als er erwartet hatte: Sie griff zwischen seine Beine und fand seinen Schwanz in Bereitschaft, sie nahm ihn in die Hand, spürte, wie er darin zuckte, und führte ihn dahin, wo ihre Beine sich spreizten, und der Bär konnte sehen, konnte riechen, köstlich, daß sie bereits ganz naß für ihn war, und bevor er sich's versah, war er zum ersten Mal in ihr drin.

Iris' Keuchlaut, als er in sie eindrang, war ein zitterndes Atemeinziehen, als hätte sie vielleicht angefangen zu sterben, während der seine schlichte Verwunderung ausdrückte. Das Ausatmen war bei beiden ein Seufzer der Erleichterung? der Erlösung? des Empfangens? und dann, gerade, als er sich in ihr erstmals zu bewegen begann, erlebte der Bär die große Überraschung, die die Nacht für ihn bereitgehalten hatte.

Was?

Er fand sich plötzlich irgendwo ganz anders wieder, und es war keine Spur von als ob dabei. Statt in Shady mit Iris in einem Bett zu liegen, saß er aufrecht, in der Bühnenmitte einer annähernd kreisförmigen kosmologischen Anordnung, im Halblotussitz, den er im Leben noch nicht eingenommen hatte, weder für Sex- noch für Meditationszwecke, und den einzunehmen er zweifellos physisch gar nicht in der Lag war. Iris' Beine waren um seinen Schoß gespreizt, Oberkörper und Brüste an ihn gepreßt, ihr Gesicht zur Seite gewandt und die Zunge in einem ritualisierten Ausdruck ekstatischer Hingabe herausgestreckt. Er steckte in ihr, und sie befanden sich außerhalb aller Zeiten und Räume, von denen er je gehört hatte. Mit wachsender Überraschung bemerkte er, daß er, neben einer windmühlenartigen Vielzahl von Armen, zehn oder auch ein paar Dutzend Köpfe besaß, die, in Reihen aufgesetzt und angeordnet, in alle denkbaren Richtungen gewandt waren und eine tendenzielle Unendlichkeit von Ausdrücken trugen, von Lust und Zorn über Mitgefühl bis zu Seligkeit und jeder denkbaren Gefühlsreaktion, die eine durchschnittliche Feld-Wald-und-Wiesen-Gottheit den Universen entgegenbringen mag, die sich in einem Ring um sie herum manifestieren. Während er und Iris sich in dieser seltsamen Konfiguration liebten – *das ist keineswegs eine Einbildung von mir*, sagte er sich, wenngleich er sich jetzt leicht vorstellen konnte, was es mit all diesen tibetanischen Tankas auf sich hatte –, schien ihre Vereinigung die Universen zu erzeugen – wie bitte? –, die er um sie beide herum in geordneten Sphären aufgereiht sah.

Geschieht das alles wirklich? Ist es das, was immer geschieht, nur daß wir jetzt ein Bestandteil davon sind? Nun, ungewöhnlich ist es auf jeden Fall, dachte der Bär.

Obwohl er den Augenblick mit merkwürdiger Objektivität und Ruhe erlebte, hätte es wenig Sinn zu bestreiten, daß er gleichzeitig außerordentlich verwirrt war. Er hörte ein scharfes Einatmen von Iris, das Bild schwankte, und als er wieder zu ihr hinuntersah, da war nur mehr ein einziger Kopf damit befaßt, und sie schliefen miteinander in Julius' und Stanlynns altem Haus in Shady, New York, und sie war schöner, als er es für möglich gehalten hätte. Er war ein irdisches, idiotisch bärförmiges Wesen, und er liebte sie mit einem Feuer, das jeden denkbaren Unterschied zwischen ihnen auffraß.

Sie hatte allerdings den irritierenden Tick, ihr Gesicht in seine Achselhöhle zu wühlen, und als er sie zum zweiten Mal da herauszog, sah er ihren Kopf zurückfallen und ihre Augen sich schließen, und er wußte, daß sie sich von ihm entfernte, daß sie aus ihrem Körper glitt, wie er es sie schon im Schlaf hatte tun sehen. »Nein nein nein«, sagte er, »bitte bitte, bleib hier bei mir.« Daraufhin klappten ihre Augen auf und sahen ihn aus unergründlichen Gefilden der Entrücktheit erschrocken an. Dann wurden sie wieder klar, dann war sie wieder bei ihm, und in den nächsten exakt zehn Sekunden verschlangen sie einander mehr oder weniger. Dies war weit mehr als Verliebtheit. Was immer das hieß.

Es war jedoch nicht alles eitel Freude im Schlammhausen dieser Welt. Wenn auch die tantrische Erfahrung, falls es eine solche war, demonstriert hatte, daß ihr Liebesakt ein sich auf objektiv unendliche Ausblicke öffnendes Fenster war, so waren hier in den Catskill Mountains noch immer Körper in Stellung, Seelen in Einklang zu bringen, Rhythmen zu koordinieren, und so entdeckten sie, nachdem sie dem auflösenden Nebel der Ekstase entstiegen und in ihr Selbst zurückgesetzt waren, eine gegenseitige Unbeholfenheit, die sie vorher nicht gestört hatte. Es war nicht leicht für sie, seinen Hüften Platz zu schaffen, er wußte nicht recht, wo er seinen Körper aufstützen sollte, ohne sie zu zerquetschen, obwohl er – und das war immerhin hilfreich – den im Gefängnis erlittenen Gewichtsverlust noch nicht wieder ausgeglichen hatte. Was denn, er wog wahrscheinlich nicht mehr als drei Zentner, allerhöchstens, und das machte die Angelegenheit in jedem Fall sicherer. Die Frau unter ihm war so zart gebaut, so nackt, so klein.

Im Anschluß an diese körperlich schwierige Phase schienen sie den subtileren Kontakt miteinander zu verlieren, und wo sie am Anfang mitunter noch verblüffend eins gewesen waren, da zogen und schoben sie jetzt herum, suchten besseren Unterschlupf, festeren Halt, schnellere Erfüllung, oder streckten die Hände aus nach irgendeiner besonders üppigen Frucht, die auf dem Silbertablett dieses speziellen Augenblicks nicht zu haben war, dafür aber auf dem nächsten funkeln mochte, wenn sie wahrscheinlich schon wieder nach etwas anderem trachteten. Ha, was für eine Art, eine Welt zu betreiben, dachte der Bär nicht zum ersten Mal an diesem Tag. Was für eine schlechte Koordination, wenn man bedenkt, was zwischen uns schon abgegangen ist. Dann fiel ihm eine gute Frage ein: Was *ist* eigentlich zwischen uns abgegangen?

Ihre Blicke trafen sich, verloren sich vorübergehend in der Fast-Beschämung über ihren derzeitigen Wirrwarr. Sorge und Enttäuschung schickten sich eben an, ganz in den Vordergrund zu treten, als Iris und der Bär einen Teil ihrer vorherigen Intimität wiederentdeckten und sich von ihr, so weit sie reichte, ihrem Ziel entgegentragen ließen. Eine gewisse Unsicherheit begleitete sie, ihnen die Reise zu verleiden, aber als ihr jeweiliger Höhepunkt erreicht war, im Abstand von etwa dreißig Sekunden – ihrer zuerst, dann seiner sich in dessen Nachwirkungen ergießend, bevor sich eine allzu große Kluft zwischen ihnen auftun konnte –, da waren die Probleme als solche aus ihrer Verbindung verschwunden, nur Spuren ihrer Anwesenheit schränkten das gute Ende etwas ein. Dennoch brandeten sie aneinander mit Schreien, in denen eine Note des gemeinsamen Protests gegen die Begrenzungen des Fleisches und seiner Wahrnehmungen mitgeschwungen haben mochte, aber die Nacht war in ihrem Umkreis sowieso aufgehoben, und das war's dann für den Augenblick.

Sie wollten in der Pause danach Liebesschwüre austauschen, aber dann befanden beide unabhängig voneinander, daß es nicht der geeignete Moment dafür war – weil es, erstens, nicht ausgesprochen zu werden brauchte, und zweitens, wenn es jetzt ausgesprochen würde, könnte der Verdacht entstehen, daß es ein Hirngespinst der Leidenschaft sei, die sehnsuchtsvolle, womöglich korrupte Verkörperung eines fragwürdigen Traums.

»Moment mal«, sagte der Bär schließlich, obwohl er eigentlich gar nichts sagen wollte. »Der Knochen da, von dem ich dir erzählt habe, beginnt sich wieder in mich hinein hochzuziehen, und deshalb muß ich jetzt aus dir raus.«

»Ach, *das* ist das. Ich habe eine Bewegung gespürt und...«

»Ich möchte dich nicht verlassen, aber...«

»Ich versteh schon«, sagte Iris, und der Bär zog sich aus ihr zurück, bevor die Möglichkeit entstand, daß sie durch eine unwillkürliche Retraktion seines heterotopischen Bakulums zu Schaden kam.

Er war entschlossen, die Intimität, die sie hatten herstellen können, nicht abreißen zu lassen, und so nahm er sie wieder in die Arme und sah ihr in die Augen. »Alles in Ordnung bei dir?« lautete seine bei näherer Überlegung wahrhaft bescheuerte Frage.

»Machst du Witze? Mir geht's großartig«, sagte sie.

»Du bist...«, wollte er sagen, aber sie legte ihm einen Finger vorn auf die Schnauze und machte sanft Pst. Der Bär sank wie eine Welle zusammen, die sich vom Ufer der Rede zurückzieht, und betrachtete sie in der Stille, die die Nacht mit sich brachte. Sie hatte die Augen geschlossen und den Kopf aufs Kissen gelegt.

Erneut bewunderte er die Schönheit ihres Halses und die liebliche Ausrichtung ihres Unterkiefers – ein vorläufig zureichendes Emblem für die grundsätzlich überwältigende Schönheit aller manifesten Existenz –, beobachtete die Bewegung ihrer Augen hinter den geschlossenen Lidern und ihren via den Tunnel ihres Atems die Zeit markierenden Pulsschlag. Du bist ein Seevogel, der auf meinem Gestade gelandet ist, erklärte er ihr stumm mit einer Gefühlsseligkeit, die sogar ihm unangenehm war, müde und geschlagen von deiner langen Reise. Du bist sicher, ich schwöre es. Als sie die Augen aufschlug und ihn ansah, begriff er, daß sie noch wach war. Gar nicht mal so dumm, der Mann.

»Übrigens«, sagte er, obwohl sie die Augen schon wieder geschlossen hatte, »ich hab kein Kondom benutzt, aber du scheinst dir auch keine Sorgen gemacht zu haben, daß du dir eine Krankheit bei mir holst, einen Tripper oder womöglich Aids.«

Sie öffnete die Augen und blinzelte einmal ganz langsam.

»Du gerissenes Biest.« Er grinste, als ihn die Ahnung beschlich. »Die Blutprobe, die du mir, als ich aus dem Gefängnis raus war, abgenommen hast, um sie auf Spuren von Medikamenten zu untersuchen.«

Sie sagte nichts, wandte aber auch nicht den Blick ab.

»Du hast es im Labor überprüft! Du hast mich ausgecheckt!«

»Ich habe eine vollständige Blutuntersuchung durchgeführt«, bestätigte Iris, »die in der Tat einen routinemäßigen Aidstest beinhaltet hat. Als Bär solltest du immun gegen das HIV sein, auch wenn ich bei deiner anomalen Genstruktur da nicht völlig sicher sein konnte – du hättest dich zum Beispiel als Überträger des Virus erweisen können. Insofern ja, ich habe dich getestet. Ich habe die Drogen in deinem Körper aufgelistet. Ich habe festgestellt, daß du auf besorgniserregende Weise anämisch warst und diverse Infektionen hattest. Ich habe eine Reihe von Medikamenten für dich mitgenommen, was natürlich illegal war, und habe die Bücher frisiert, damit es nicht rauskommt. Möchtest du eine Beschwerde deswegen einreichen?«

»Du raffiniertes Biest!« sagte der Bär wieder und lachte immer noch. »Du hattest es von Anfang an geplant.«

»Nicht so ausgefeilt«, sagte Iris, »wenn ich auch sicherlich daran gedacht habe, als eine Möglichkeit, eine Option. Tu nicht so überrascht, Bär. Ich war dabei auch um dein Wohl besorgt. Und was hast *du* denn die letzten Wochen über gemacht? Womit hast du dich die ganze Zeit über beschäftigt? Mit dem Vergleich rhythmischer Strukturen bei Shakespeare und Charlie Parker? Hast du eine Monographie über die Zeitlosigkeit wahrer Identität bei Proust geschrieben? Du bist kein kleines Kind mehr, hör also auf, dich so zu benehmen. Das steht dir nicht.«

Es war auch diesmal unbeholfen und ungeplant, aber er sagte

es trotzdem: »Ich fühle mich, als wäre ich erst vor kurzer Zeit geboren worden, hier im Bett, bei dir.« Und es hatte so ziemlich den gleichen Dahinschmelzeffekt wie seine ganz ähnliche Bemerkung eine Weile vorher – ihm ging auf, daß Iris mitunter recht einfältig sein konnte; ach ja, Bär, und was ist mit dir? –, und fast ehe er sich's versah, waren sie wieder zugange.

Diesmal ergriff Iris die Initiative, und der Bär sah amüsiert zu, wie sie ihre kleinen Hände auf seine großen Schultern legte und ihn aufs Bett drückte. Okay, lachte er, ließ sich drücken und fand großes Vergnügen darin zu beobachten, wie ihre kleine rosige Gestalt ihn bestieg und auf vielgestalte Weise seinen doch eher riesigen Körper erforschte. Sie stieß tastend mit den Händen zu, grub ihr Gesicht in seinen Brustpelz, wo er am weichsten war, und bog die Haare gegen den Strich, umarmte ihn mal auf dieser, mal auf jener Seite, griff nach ihm mit Armen, Beinen, Gesicht, Mund, Lippen, was immer sie zur Verfügung hatte. Nachdem sie ein paar Minuten so fortgefahren war, küßte Iris seinen Hals, als könnte sie ihn verzehren, saß keuchend rittlings auf seinem Bauch und schaute ihm in die Augen. Sie sah ziemlich wild aus.

»O mein Amerika?« fragte er sie und lachte.

Aus irgendeinem Grund mußte daraufhin auch sie lachen. »Mein neugefund'nes Land«, stimmte sie zu und wühlte ihr Gesicht, immer noch lachend, in seine Brust.

Und nahm ihre Forschungen wieder auf. Der Bär hatte während dieser Expeditionen die Möglichkeit, in den speziellen Reizen ihrer Gestalt zu schwelgen, na, sagen wir: sich darin zu aalen; was ihn aber am tiefsten berührte, das war die unschuldige Hemmungslosigkeit, mit der sie sich auf ihm bewegte. Der Bär war schon anderen Frauen Lustobjekt gewesen, doch noch nie war er, wie ihm schien, aktiv geliebt worden. Nie zuvor war er mit einer so vollständig zum Ausdruck gebrachten Sexualität geküßt oder gestreichelt worden, und doch war in Iris' unverstelltem Verlangen nichts, selbst als sie seine Eier in den Mund nahm – eins nach dem anderen natürlich – und sie für einen Moment festhielt, das er als lüstern bezeichnet hätte, das durch Abtrennung von ihrem eigentlichen, ganzheitlichen Ich erniedrigt gewesen wäre. Es hatte Frauen gegeben, die wild nach ihm waren, aber keine einzige, die ihn so schlicht angenommen hatte.

Sie ließ für eine kurze Weile von ihm ab und lag keuchend auf seinem Bauch. Arme kleine Lunge, dachte er, die in einem so zarten Brustkorb arbeitet. Was aber war sie in ihrer beider Tantra-Episode gewesen? Nichts weniger als der allerheiligste Urstoff, mit Sicherheit der schönste, den er je gesehen hatte. Wie kannst du es wagen, sie in irgendeiner Hinsicht von oben herab zu behandeln! Jedenfalls befand der Bär, daß er jetzt an der Reihe war. Er küßte sie auf den Mund, drückte seine Schnauze in die nackte Zartheit von Hals und Schultern und schritt fort zu einer Würdigung ihrer Brüste, die nicht sehr groß waren, aber auch nicht sehr klein – wie alles an ihr schienen sie ein detailgenauer Ausdruck von wunderschönen, komplex angelegten Inschriften und Konstruktionen zu sein. Jedes einzelne Detail war ebenso edel ausgeführt wie die vertrauten Formen ihres Gesichts, war Nutznießer einer unfehlbaren und leidenschaftlichen Zuwendung geworden. Er liebte die rosa Aureolen ihrer Brüste und ihre aufmerksamen Nippel mit den abgeflachten Spitzen, in denen seine Zunge weitere, vermutlich unsichtbare Konfigurationen der Schrift aufspüren konnte, die sie geschrieben hatte. Kalligraphie? Aber hallo! Iris schien Freude an den brandneuen Textentdeckungen zu haben, die er ihr auf kleinstem Raum entlockte. Jedenfalls gab sie entsprechende Laute von sich, antwortete mit stoßweiser Atmung und *cante jondo* auf jede neue Feinheit seiner Lektüre, wenngleich er auch hier wieder aufpassen mußte, sie mit seiner rauhen Zunge nicht zu verletzen, etwas, was er ihr niemals im Leben anzutun hoffte. Während er an ihren Brustwarzen küßte und zutzelte und saugte und dabei ihre singenden Reaktionen mit den Ohren und der erkenntnisfähigen Ganzheit seines Mundes aufnahm, wurde sein Vergnügen auch nicht im geringsten getrübt durch die feinen Streifen, die seine Augen am oberen Ende ihrer Brüste entdeckten, Spuren vom Stillen zweier Töchter; ebensowenig war er schockiert durch den Anblick dreier Wirbel von der Größe einer kleinen Münze auf der Außenwölbung ihrer rechten Brust, wo offensichtlich vor einiger Zeit ein paar Zysten operativ entfernt worden waren.

Er liebte diese Brüste, diese entschiedene Weichheit, die ihm das Vorzeichen einer unermeßlichen Zärtlichkeit zu sein schien, die hinter der Welt versteckt war, hier aber vollständig zum Ausdruck kam. Waren sie lediglich ein evolutionäres Etwas oder reine Improvisation von seiten der Schönheit, zu Ehren der Liebe? Sollten alle Tiere mit ihnen geschmückt sein, oder würden sie in der Wildnis ein Problem darstellen? Der Bär konnte es nicht mit Bestimmtheit sagen, wußte jedoch genau, wo seine Sympathien lagen, und er leckte und lallte.

Nachdem er sich an diesen Brüsten gelabt hatte – gern hätte er die Welt von ihrer Einzigartigkeit überzeugt –, wandte der Bär sich tiefer liegenden Gefilden zu, fuhr mit der Schnauze über die Zwillingsharfen ihrer Rippen, über die von deren Bogen abwärts fließende süße Konkavität ihres Bauches, und dann, als er sich noch weiter nach unten bewegte und ihre Beine öffnete, mußte er sie noch einmal auf die Rauheit seiner Zunge aufmerksam machen und sie ermahnen, sich nicht dagegen zu drücken, wenn er sie gleich nehme. Als er sich den Weg durch ein unerhebliches Büschel Fell gebahnt hatte und sie schmeckte – rosa wie die Innenseite einer Abalonenschale, aber von ihren Säften gewärmt, die nur entfernt nach Meer schmeckten –, war es das Köstlichste und Gefälligste, was er sich vorstellen konnte. Er setzte seine Zunge der ganzen Länge nach ein, um ihren Geschmack vollständig aufnehmen zu können, und schmeichelte sich, als sie lustvoll aufschrie, bei ihr sämtliche Mauern zum Einsturz gebracht zu haben. Sie griff nach unten, um seinen breiten Kopf zu streicheln, in angenehm spiralförmigen Synkopierungen. Der Bär blieb über zwei bis drei Höhepunkte hinweg am Ball, und als sie sich von seinem Kopf abstieß und zum Kopfende des Bettes krabbelte, kehrte er nach oben zurück, um ihr Gesicht zu küssen, dessen veränderte Züge in eine Röte getaucht waren, wie er sie weder dort noch auf sonst einem Gesicht je gesehen hatte. Auch hatte weder sie noch sonst jemand ihn jemals mit einer solchen Hemmungslosigkeit geküßt, ihren eigenen Geschmack ihm so wild von der Zunge saugend, daß man meinen mochte, sie erhielte sich damit am Leben. Wenn auch, das mußte selbst der Bär zugeben, diese Interpretation fast mit Sicherheit einer der Illusionen der Eitelkeit zu verdanken war.

Aber dann bewegte sich Iris an seinem Körper herunter: Brust, dann Bauch, dann zum Kernpunkt seines Unterleibs – und als sie sich zu dem herabbeugte, was seine Leidenschaft im letzten

Grunde mitzuteilen hatte, blieb bei allem schockierenden Rosa seiner Darbietung die Unbefangenheit ihrer Hingabe bestehen. Als ihr Kopf sich seinem Schwanz zuneigte, da war es wie um bei Sonnenaufgang den Tau aus einem Blatt zu trinken oder den Nektar aus einer Blüte; oder aber sie glich jener Nymphe auf den »White Rock«-Brauseflaschen, die sich hinabbeugt, um von ihrem eigenen Spiegelbild im Fluß des Seins zu trinken. Endlich nahm sie seine, ähem, zuckende Bärlichkeit in den Mund auf, und ihr Mund fühlte sich wundervoll an, die geöffneten Lippen streichelten ihn, während die leicht perlige Rauhheit ihrer Zunge, indem sie an seinem Schaft auf- und abfuhr, ihm ein bislang unvorstellbares Vergnügen mit großer Schlichtheit enthüllte. Alles, was sie machte, war schön. Alles, was sie machte, war ein weiteres Beispiel für die in ihrer endlichen Gestalt enthaltenen unendlichen Schätze. Alles, was sie machte, schien ihm, obwohl er ganz von den Socken war über die Unverblümtheit des sexuellen Ausdrucks, auf verblüffende Weise, wie soll man sagen: rein.

Er zog sich zurück, als er sich allzu nahe an den Höhepunkt getrieben wähnte, und als er, nach kurzer Pause, ihren kleinen Körper an sich zog, diesen mit ihrer Hilfe auf den Rücken drehte, sich vorsichtig über ihr in Stellung brachte und zu dem etwas weniger lustvollen, aber unendlich viel innigeren regulären Geschlechtsakt schritt – ihr brechendes Keuchen, als er wieder eindrang, ein Ausdruck, so schien ihm, von erstaunter Überwältigung –, waren sie diesmal schon geübter und besser koordiniert, wenn auch hier und da noch immer etwas ungeschickt, und obgleich sich keine mystische Offenbarung einstellte, war das Erlebnis von fast ununterbrochener Schönheit, das ihr Liebesakt nun darstellte, völlig ausreichend. Es war von langer, süßer Dauer, und jeder einzelne Moment bot sein eigenes Glück. Der Bär schwankte – oder pendelte träumerisch hin und her – zwischen beinahe mystischen Zuständen von Selbstauflösung und gieriger pornografischer Verzückung.

Er empfand Verblüffung über jedes Detail ihrer Schönheit, und wenn auch, wie die tantrische Episode gezeigt hatte, ihre Gestalt, genau wie seine, nur ein Schleier war, der höhere Wirklichkeiten verbarg, auf die sie sich, wie flüchtig auch immer, ebenfalls projizieren lassen konnten, war er für den gegenwärtigen Moment zufrieden mit den verfügbaren Parametern der Darstellung. O ja, er war hellauf begeistert.

Als sie fertig waren und das Bett auch unter ihren abschließenden Konvulsionen nicht zusammengebrochen war, herrschte wieder Stille im Zimmer, und sie lagen eine Weile einfach da, recht verschwenderisch, ja, sogar prahlerisch die Aura gestillten Verlangens verströmend. Nach einiger Zeit stand Iris auf und verließ das Zimmer, um wenig später mit ein paar Handtüchern zurückzukehren.

»Ziemlicher Schweinkram, hm?« sagte der Bär.

»Einigermaßen.«

Er sah zu, wie sie sich übers Bett beugte, um darauf herumzuwischen, und war nicht schlecht überrascht, als sie sich anschließend zu ihm herüberlehnte und mit einem sauberen Handtuch, das sie angefeuchtet hatte, das wieder eingefahrene Geschlechtsteil, die Gegend um seinen Schamknochen und zwischen den Schenkeln trockenrieb, alles ganz schlicht und selbstverständlich. Gründlich auch noch, dachte er. Ja, das machte sie wirklich sehr gut.

Iris warf die Handtücher irgendwo auf den Fußboden, legte sich wieder hin und schmiegte sich an ihn, wobei sie ein Bein zwischen seine legte und eine Brust auf seine drückte, eine Geste, die recht eingeübt aussah.

Sie wußte es, dachte der Bär. Sie hat es die ganze Zeit gewollt. Ich hätte mich von Anfang an ranhalten sollen. Ich war so ein Tolpatsch. Wir hätten nicht so lange warten müssen.

»Weißt du, warum das hier passiert ist?« fragte ihre Stimme aus dem Dunkel des Zimmers, in dessen hinterem Teil noch immer eine Lampe unter einem Fetzen Seide schimmerte. War das jetzt wieder Hellhörerei? Der Bär vermochte es nicht zu sagen.

»Weil wir es so wollten.« Er sprach mit etwas schwerer Zunge, aber deutlich.

»Weil du mir Freiraum gelassen hast«, sagte sie. »Weil du nicht versucht hast, dich mir aufzudrängen, sondern warten konntest, bis der rechte Augenblick von selbst kam.«

»Hm«, sagte der korrigierte Bär.

»Ich werde wahrscheinlich in der Stadt ein bis zwei Wochen brauchen, bis ich Urlaub im Labor bekomme und einen Untermieter für die Wohnung gefunden hab.«

»Hm?« sagte der Bär erneut.

»Was sollen die ganzen Hms?« fragte Iris, indem sie sich ein Stück zurückzog und ihren Handballen gegen seine Schulter stemmte. »Heißt das, du willst nicht, daß ich hier rauskomme und bei dir wohne?«

»Soll das ein Witz sein? Natürlich will ich das. Ich bin nur ein bißchen fassungslos.«

»Tu nicht so. Es steht dir immer noch nicht.«

»Du weißt doch, was für ein Idiot ich bin. Wenn ich sage, ich bin fassungslos, dann bin ich fassungslos.«

»Das brauchst du nicht.« Und selbst sie mußte hier eine etwas verlegene Pause machen, wie der Bär dankbar registrierte, und einen Moment zur Seite blicken, bevor sie ihn wieder ansah und fortfuhr: »Du warst immer derjenige welcher, Bär.«

»Hm?«

»Hör auf damit. Du klingst völlig bescheuert. Und ich muß mich fragen, ob ich nicht einen furchtbaren Fehler gemacht habe.«

»Ich bin einfach nur ein bißchen langsam von Begriff, Eye.« Wie er sie auch zu nennen pflegte. »Ich war immer derjenige welcher? Bist du dir da sicher?«

»Ich wußte nur nicht, ob du mir entgegenkommen würdest.«

»Ob ich dir entgegenkomme? Ich war doch immer da. Ich war da und hab gewartet.«

»Das glaubst du.«

Der Bär fuhr sich verwirrt mit der Pfote über die Augen, rieb dann das rechte etwas ausführlicher. »Wir reden anscheinend über zwei verschiedene Dinge.«

»Du kapierst es wirklich nicht, wie?« Iris zog ihm die Pfote vom Auge und kratzte ihn dann vertraulich hinter den Ohren. Ihm gefiel das außerordentlich. »Nun denn, mach dir keine Gedanken, Schatz. Wir sind da gelandet, wo wir hingehören.«

»Du meinst, ich bin den Glasberg hinaufgeklettert und hab all den albernen Scheiß getan, den ich tun mußte, um deine Hand zu gewinnen?«

»Wenn du es unbedingt auf diese Weise betrachten willst«, sagte Iris mit ein bißchen Überdruß, »ja.«

»Wenn es das war, was ich getan habe, dann hab ich's mit geschlossenen Augen und Hintern voran gemacht, wie üblich.«

»Und es war absolut reizend.«

»Das will ich hoffen. Weil ich – ich bin nämlich sehr glücklich darüber, aber genaugenommen hab ich keine Ahnung, wie es gekommen ist.«

»Männer, Mensch«, war alles, was sie sagte. Als Zugabe schnaubte sie noch zwei Säulen Luft aus der Nase.

»Ich bin kein...«, setzte der Bär zu seinem Standardspruch an, besann sich aber eines besseren. »Ich weiß«, sagte er. »Es ist, als... als gehörten wir zwei ganz verschiedenen Arten an, oder?«

Dies entlockte ihr ein kleines hippes Lächeln und das Lüpfen einer Augenbraue. »In diesem Fall, vermutlich ja«, sagte Iris gutwillig, hielt das Lächeln aber in ironischen Schranken.

»Das heißt, du hättest es bemerkt?« trug der Bär ziemlich dick auf. »Ich hatte gehofft... äh... öh.«

»Was hattest du gehofft?«

Der Bär kratzte sich mit teilweise entblößter Klaue seitlich am Kinn. »Ich hatte irgendwie gehofft, daß du es vielleicht nicht merken würdest. Ich hatte gehofft, daß ich damit durchkomme.«

Iris schüttelte den Kopf. »Tut mir leid«, sagte sie. »Das Fell. Hat dich verraten.«

Der Bär strich mit der Pfote über ihre Seite, bis zur aufsteigenden Kurve ihrer Hüfte, wo sie vom Laken bedeckt war. »Wow«, sagte er leise. »Alles das, und dann noch das komikhafte Timing.«

»Gute Nacht«, antwortete Iris, küßte ihn abweisend auf die Schnauze und legte ihren Kopf auf das Kissen.

Für eine Weile waren sie still. Der Bär hätte gern noch weitergeredet, spürte aber, daß Iris mehr und mehr in Richtung Schlaf abtrieb. Was hatte er noch alles in letzter Zeit gelernt? War er anfällig für Schönheit? Selbstverständlich war er anfällig für Schönheit. Hieß das nicht, daß er ein arg oberflächlicher Bär war? Aber sie ist doch so schön! Und Schönheit ist doch nur die Kurzschrift für einen unabsehbaren Haufen von anderen Dingen.

Weißt du, obwohl ihre Haare nicht mehr rot sind, sieht sie immer noch ziemlich irisch aus. Vielleicht sollte er sich wieder mit keltischer Musik befassen, nur eben ernsthafter als beim letzten Mal. Und übrigens, fragte er sich in einem Nebengedanken, etwas, was ihn schon immer gestört hatte: Was eigentlich fand Audrey Hepburn an Mel Ferrer?

Der Bär sah, wie sich Iris' Gesicht entspannte, offenbar ließen die feinen Muskeln jetzt los. Ihr Körper zuckte ein paarmal in seinen Armen, erst die Arme und der Rumpf, dann die Beine. Die Fesseln, die sie hielten, lockerten sich, und dann, vermutete er, war der Schlaf da.

Iris wußte, daß der Bär glaubte, sie schliefe, und vielleicht tat sie das ja auch, jedenfalls war es ein seltsamer Zustand, in dem sie sich befand, der irgendwo in der Mitte zwischen Wachen und Schlafen flackerte. Eine Zeitlang war sie graziös wie eine Robbe in die Untiefen des Schlafes geglitten und wieder heraus, hatte sich in seinen Wassern abgekühlt, um gleich darauf die Frische der Luft zu schmecken, in der neu erworbenen Gewißheit, daß ihre schlichte Seele einen sicheren Hafen an der felsigen Küste dieser Welt gefunden hatte. Eine süße Freude bewegte sich mit ihr. Das merkwürdigste war, daß ihre äußere Gestalt sich zu verändern schien. Plötzlich war sie unzweifelhaft eine helle, wenn auch nicht ganz leuchtende Sphäre, gesprenkelt und von Äderchen durchzogen wie die, wie die wiehießdasnochgleich eines Auges, etwa einen halben Meter über dem Bett schwebend, und obwohl dies eine Weile lang auch ganz angenehm gewesen war, hatte das Gefühl von radikaler Verrückung ihr, sobald ihr Verstand es verzeichnet hatte, doch angst gemacht, und sie war einigermaßen krachend in das vertraute Tohuwabohu ihres unsicheren, normalen Körpers zurückgekehrt. Sie öffnete die Augen zu einem winzigen Schlitz, sah, daß der Bär sie beobachtete, und schloß sie schnell wieder.

Iris war in dieser Nacht zum Zimmer des Bären aufgebrochen wie zu einem Opfergang, gleichzeitig aber mit dem Gefühl, ihr ungeschütztes Ich dem letzten wahren Freund anzuvertrauen, den sie auf dieser Welt noch hatte. Sie erinnerte sich, wie sie sich im oberen Schlafzimmer in einem ovalen, über der provinziellen Frisierkommode hängenden Spiegel betrachtet hatte, als hieße es jetzt Abschied nehmen. Die Eitelkeit hatte sich noch ein letztes Mal aufgebäumt, was zur Folge hatte, daß sie ihre Haare zu etwas mehr Fülle aufschüttelte und konstatierte, daß, wenn auch ihr Gesicht im Laufe der Jahre ein wenig eingebüßt hatte, ihre Schultern noch in Ordnung waren, ihr Hals seine Eleganz bewahrt hatte und der Busen, wie sie bei einer abschließenden prüfenden Drehung zur Seite feststellte, in durchaus befriedigender Weise das Laken bauschte und die Nippel sich mit anerkennenswerter Behauptungskraft gegen den Druck des Stoffes stemmten. Abgesehen von den letzten Resten ihrer natürlicher Schamhaftigkeit hatte sie sich nicht zuletzt deswegen in das Laken gehüllt, weil es ihr einen Vorwand gab, ihre Arme an sich zu pressen und jegliches Zittern an ihnen zu verbergen. Auf dem Weg treppabwärts – ihre Beine waren so eingeschnürt, daß sie sehr aufpassen mußte, nicht zu stolpern und zu fallen – schien ihr die Mischung aus Vorfreude und angstvoller Erwartung des drohend Unbekannten sogar noch bedrängender als bei ihrer ersten sexuellen Erfahrung, damals in jener Nacht, da sie sich auf dem rauhen elterlichen Sofa dieser einschneidenden Verwirrung überlassen hatte, dem Sofa, aus dem sie hinterher den furchtbaren, nicht zu leugnenden Fleck nicht mehr entfernen konnte, der wiederum ihre Mutter, das Whiskeyglas in der Hand und ein nachlässiges Lächeln im Mundwinkel, nicht großartig gekümmert hatte. Iris zuckte beim Gedanken an die dumme und schmerzhafte Ungeschicktheit ihrer Pubertätsjahre noch nachträglich zusammen. Sobald sie als Erwachsene mit den einschlägigen Tricks vertraut war, hatte sie sich verhältnismäßig glatt durch die Welt des Sexes bewegt, in einer, wie ihr heute schien, recht oberflächlichen Weise; an der Schwelle vom Schlafzimmer des Bären jedoch war der Gedanke an den bevorstehenden Tabubruch und den irreversiblen Einschnitt in ihr Leben fast unerträglich geworden. Sie hatte ihr Leichentuch mit den Armen fest an den Körper gepreßt, aber das Zittern war nicht verschwunden. Der Weg die Treppe hinunter war ihr vorgekommen wie der Abstieg in andere, nie gekannte Tiefen.

Aber sie war trotzdem hineingegangen, oder etwa nicht?

Also. Das ist es, was du wirklich bist.

Und als die Furcht erst überwunden war, wurde auch alles gut.

Als der Bär sie in die Arme genommen hatte und dann in sie eingedrungen war, hatte sie eine Kraft gespürt, die sich von ihrer Mitte in die nun zulässigerweise zitternden Glieder ausgebreitet hatte, und es war wie die Rückkehr des Wassers in ein ausgetrocknetes Flußbett gewesen. Mehr als köstlich war es gewesen zu fühlen, wie das neu entsprungene Wasser seinen Einfluß über alle ihre ausgedörrten, verarmten Landstriche ausdehnte, die der Berührung durch tieferes Leben so entwöhnt waren, daß das Aufkeimen von Samen und die Aussicht auf Blüte etwas völlig Unvertrautes schien – die Erinnerung mußte sich jedenfalls sehr anstrengen. Als jene letzte, tiefste Berührung kam, da war es ein betäubendes Etwas, dessen Namen sie vergessen hatte und das sie folglich nicht mehr anrufen konnte. Und in diesem wiederum hatte sich noch etwas anderes gefunden, das sie nicht ganz einordnen konnte. Vielleicht die Zeit, die buchstäblich anhielt oder sich in sich selbst zurückwand? Mit Sicherheit ein grundlegendes Gefühl von Wiederverknüpfung, aber wessen eigentlich? Sie hätte gern geglaubt, daß sie ein deutliches Klicken gehört hätte, eines, das eine angemessene Riposte auf jenes andere Klicken gewesen wäre, das erste, verstümmelnde, vor Jahren. Sie vermochte es sich jedoch beim besten Willen nicht einzureden. Aber es hatte weiß Gott einen Moment gegeben, wo sie beinahe hätte schwören mögen… was? Es fehlten ihr ein oder zwei Millimeter. Ihre Hände waren irgendwie nicht dazu gemacht, es zu ergreifen. Es war ganz knapp, es war eine unerträglich verlockende Winzigkeit oberhalb ihres Bewußtseinsrandes. Sofern es überhaupt irgendwo war.

Was war wirklich mit ihr geschehen?

Sie war an- und aufgenommen worden von alldem, was stets gedroht hatte, sie zu vernichten, und es trug nicht nur den vermuteten Namen, sondern auch den riesigen Pelzmantel der Liebe. Sie hatte nachgegeben und die Freude ihre Furcht wegblasen lassen, sie hatte das, was von der Furcht übriggeblieben war, sich als raffinierte Würze nutzbar gemacht, als zusätzliche Verfeinerung dieses womöglich tödlichen Vergnügens. Einmal hatte sie, mit geschlossenen Augen, den Kopf zurückgeworfen und Tausende von glitzernden Sternen gesehen, und sie waren ihr wie gute Bekannte erschienen. Es war ihr vorgekommen, als würden diese sie und ihren Namen kennen und als wären deren Formen und Lichter ihr auf obskure Weise verwandt. Als ihr konventioneller Höhepunkt kam, da wurde sie schon von größeren Erfahrungen überschwemmt, und obwohl der Orgasmus aller Ehren wert war, war er ihr als vergleichsweise kleines, an ihrer Peripherie angesiedeltes Ereignis erschienen, etwas zwischen Irrelevanz und einem Niesen. Na, so gering dann vielleicht doch nicht. Aber ihre Glieder waren auch ohne ihn schon am Zittern gewesen, und noch bevor er sie gepackt hatte, war sie fast völlig weggetreten gewesen. Sie hatte sich gewünscht, ganz weg zu sein, alle fleischliche Hülle und Welt, die sie je bewohnt hatte, zurückzulassen, und für einen Moment war sie bereit, dafür notfalls auch zu sterben, aber das erwies sich als nicht möglich – obwohl es sich tatsächlich so anfühlte, als wäre das Nervensystem in ihrem Körper unter Strom gesetzt und die Hauptknotenpunkte, die alle Kristallisationen von Erinnerung und Identität und vorheriger Selbstwahrnehmung speicherten, würden unter gleißendem Funkensprühen ausbrennen.

Als es vorbei war, stellte sie jedoch fest, daß sie noch immer sie selbst war.

In mancher Hinsicht hatte sich der Bär als ungeschickter Liebhaber erwiesen. Vielleicht konnte man ihn sich mit der Zeit abrichten.

Als würde es darum gehen. Was sie, von der Betrachtung seiner fast unerträglichen Kraft mal abgesehen, überrascht hatte, war, wie empfindsam und sogar zart er sein konnte.

Das zweite Mal war nach konventionellen Kriterien besser gewesen, wahrscheinlich das beste, was sie an- oder ausgezogen in den letzten Jahren erlebt hatte, aber gleichzeitig auch auf unerklärliche Weise weniger tiefschürfend. Und wie fühlte sie sich jetzt? Sicherlich war da mehr als nur das gewöhnliche postorgasmische Glühen, obwohl inzwischen genug Zeit verstrichen war, daß auch der alte Dämon Zweifel sich wieder erheben und an ihr zerren konnte. War dem Bären zu trauen? Überhaupt irgend jemandem? Ihr selbst? Konnte man etwas so Flüchtigem und Überrumpelndem wie dem Sex zutrauen, die Grundlage für irgendeine Form des Zusammenlebens abzugeben? Vielleicht war es zum Teil das, was ihr zu schaffen machte: die erniedrigende Ahnung, daß Sex die einzige, sicherlich die entscheidende Münze war, die sie dem Bären anzubieten hatte. Wenn sie es zuließ, konnte sie die Scham bei dem Gedanken aufsteigen fühlen, daß ihre Gabe darauf beschränkt sein sollte, sich hinzulegen, die Beine breit zu machen und sich vögeln zu lassen, ihr Körper also die einzige Karte wäre, die sie am Pokertisch dieser Welt zu spielen hatte, einer Welt, welche bei Licht und vorurteilslos betrachtet ein mörderisch brutaler

Saloon war. Falls dem so war, dann war auch das angebliche Liebesspiel mit dem Bären nur eine scheußliche Transaktion, nur eine neue Methode, mal wieder unter das Rad zu geraten und die Seele wie Saft aus dem Leib gepreßt zu bekommen. Dann war auch dies nur mehr vom Immerselben, nur das Routinebrechen eines weiteren menschlichen Herzens, keine große Sache in diesen Breiten. Wo aber lag dann der Sinn des Ganzen?

Sie konnte, sie durfte sich nicht all diesen Ängsten hingeben. Nährte sie denn keinerlei Hoffnung, war sie denn nicht, trotz allem, noch immer echter Liebe fähig? Es konnte doch nicht nur ihr so gehen. Es mußte noch immer irgendeine Übereinstimmung irgendwo da draußen geben, oder? Irgendein Rückruf? Woher hätte sonst ihr eigener Ruf kommen sollen?

Nun ja, sie hatte natürlich einen sprechenden Bären gefickt.

Sie zweifelte nicht daran, daß der Bär in sie verliebt war. Aber er betrachtete die Sache so romantisch, und romantische Liebe, das wußte sie, ist etwas, was nicht ewig dauert. Die entscheidende Frage war, ob er sie von einem Loch in der Wand beziehungsweise dem Loch zwischen ihren Beinen unterscheiden konnte. Der Frage war, ob er sie wenigstens ansatzweise verstand. An der Kluft zwischen seiner zweifelsfreien Liebe und seinem zweifelhaften Wissen bemaß sich das Risiko, dem sie ihr Leben aussetzte. Nun da die Leidenschaft, mit all ihrer blinden, gebieterischen Macht, sie beide ergriffen hatte, konnte sie keine klare Vorstellung davon haben, wie stabil oder gar existent die Seilbrücke war, auf der sie sie überquerte, die Kluft... den Canyon? die Schlucht? das hübsche kleine Tal, in dem man sich niederlassen konnte? den gähnenden Abgrund?

Was genau passiert eigentlich mit einem, nachdem man einen sprechenden Bären gevögelt hat? Man wird schwerlich damit rechnen können, eine Selbsthilfegruppe zu finden, selbst in dieser Ecke des Waldes. Sehen Sie: Sprechende Bären und die Frauen, die solche lieben. Gleich nach der Werbung. Siehst du. Wenn Verstand und Charakter erst hinüber sind, dann hast du eine Zukunft im Nachmittagsfernsehen. Vielleicht läßt sich sogar ein Vertrag für ein Buch rausschlagen. Es ist für alle Eventualitäten Sorge getragen.

Sie sprach sich ihren Namen vor: Iris Tremoureux. Er war vertraut, doch was war mit der fernen Person geschehen, die ihn trug? Was hatte sie getan, um ausgerechnet hier zu landen, in diesem Bett, und dem schweren, gesättigten Atem eines schlafenden Bären zu lauschen? Der Drang, einfach wegzulaufen, war mächtig, aber das würde ja auch zu nichts führen.

Das Leben hatte sie dort abgeladen, wo sie niemals erwartet hätte hinzukommen. Und ihre Empfindlichkeit, ihr ständiges Flehen im Angesicht der allgemeinen Umstände schien ihr sowieso verdächtig. Ihr hatte es niemals ernsthaft an Nahrung oder Unterkunft gefehlt. Keine feindlichen Armeen waren je in ihr Haus gedrungen, wie es in anderen Teilen der Welt tagtäglich geschah, und hatten von ihr Unterbringung, Essen, ihre Töchter, ihren Körper verlangt, ihr dann den Kopf zurückgerissen und das Messer an die nackte Kehle gesetzt. Welche Legitimation besaß sie eigentlich, so furchtsam und verzweifelt zu sein? Welches Recht zu glauben, daß diese Welt der Ort ist, an dem sie dich fangen und töten, wenn sie herausfinden, wer du wirklich bist? Sie hatte es leicht gehabt. Aber sie war schwach und leicht zu täuschen, Punktum!

Und jetzt, dachte sie, während sie den unwillkürlichen Wiederholungen des schweren Bärenatems lauschte, hatte sie sich, arme Närrin, mit der grundlegenden Ungeheuerlichkeit der Welt eingelassen und hoffte etwas aus dieser Begegnung zu gewinnen. Worin bestanden da, realistisch gesehen, die Aussichten?

Sie erinnerte sich, wie sie ihr Gesicht ekstatisch in sein Fell gewühlt, wie dessen intensiver Geruch sie ganz erfüllt hatte.

Es war 'ne alte Dame, die verschluckte 'nen Floh, jetzt wird sie nicht mehr froh.

Es war 'ne alte Dame, die verschluckte 'nen Stier, aus ist es mit ihr.

Tja, das war's, und das ist alles, was ich weiß.

Nachdem er Iris eine Weile beim Schlafen zugesehen hatte, schlüpfte der Bär unendlich rücksichtsvoll aus dem Bett und machte sich auf in Richtung Klo, sobald seine Füße jedoch die Bodendielen berührten, verdrängte der Ruf der Wildnis den Ruf der Natur, und so fand er sich an der Türschelle seiner Veranda stehen und die Aussicht genießen wie ein Mann von Besitz, der seine bedeutenden Ländereien betrachtet. Das einzige, was ihm fehlte, waren die Taschen, in die er seine Eigentümerpfoten hineinstecken konnte.

Der Wind rauschte und bauschte durch die höheren Schichten der aufgereihten Wächterkiefern.

Der Nebel hatte sich gelichtet, und weiter hinten, über den Bergen, waren anscheinend die Wolken aufgerissen – durch die Baumstämme hindurch sah er das silberne Licht des Mondes auf der Wiese jenseits der Straße. Im edelmetallenen Schimmer konnte er sogar einen Bestand junger Birken am anderen Ende der Weide ausmachen. Es wehte auch ein Wind dort, die jungen Birkenblätter flatterten auf unüberschaubar vielfältige Weise, wenngleich der allgemeine Tenor ihres Ausdruckswillens unzweifelhaft auf Lobpreisung hinauslief. Was für eine Nacht. So still, und wie feinsinnig der Sänger!

Was spielte sich wirklich in ihm ab?

Abgesehen von seiner absurden Imitation des Landadels und dem ganz und gar befriedigenden Gefühl sexueller Befriedigung – natürlich fühlte er sich jetzt mehr in seinem Körper zu Hause, sah in ihm, erstmals seit Ewigkeiten wieder, ein brauchbares, vielleicht sogar vorteilhaftes Objekt, darin sein Leben zu verbringen – spürte er ... was eigentlich?

Irgendwo im Hauptschiff seines Brustkorbs, im Querschiff seiner Arme oder in den Türmen seines Sehvermögens hatte sich etwas Unerreichbares ereignet, zu klein oder zu fein, um es zu fassen, zu wichtig aber, es nicht doch zu versuchen. Nur die Echos desselben erreichten ihn inmitten der Säulen, über dem Altar, neben dem Taufstein. In dieser plötzlichen Weite seines Innern war es unmöglich, diese Echos bis zu ihrer Quelle zurückzuverfolgen. Es war das ungreifbare Senfkorn des Beginns von etwas, da er es jedoch nicht erreichen konnte, konnte er auch nicht sicher sein, daß es überhaupt da war.

Sowieso besser, es nicht durch Berührungsversuche zu entweihen. Richtig?

Der Bär stand in der Tür seines neuen Hauses und gestattete sich, die Erweiterung und Vertiefung seiner Welt durch die Wiederkehr des Sexes in ihr zu genießen. Oder war Liebe das richtige Wort?

Ist es wirklich noch möglich? Gibt es etwas da draußen, was

noch auf deinen drängenden Ruf antworten kann? Kann eine solche Frucht durch alle ihre Entwicklungsstufen hindurch reifen und dir zu gegebener Zeit in den Schoß fallen?

Das war vielleicht 'ne Art, eine Welt zu betreiben!

Für lange Zeit schien das Begehren nur existiert zu haben, um enttäuscht zu werden. Hatte sich die Geschäftsgrundlage jetzt wirklich verändert?

Und was war das jetzt hier, der Ruf der Wildnis oder das Geräusch des Windes? Oder nur die Einflüsterungen seines neuen Besitzerstolzes.

Der Bär polterte die Treppe hinunter und schritt über den rutschigen Kiefernnadelteppich in die Baumgruppe hinein. Nachdem er in beiden Richtungen Ausschau gehalten hatte, erleichterte er sich gegen einen Baumstamm. Sein Urin schien ungewöhnlich kräftig zu riechen; die Flüssigkeit sickert durch das Nadelgeflecht in den Boden, während der Dampf nach oben stieg und der Duft von getrocknetem Sex in seine bebenden Nasenlöcher drang. Das sollte reichen, um die hiesigen Waschbären für eine Weile nervös zu machen.

Als er fertig war, schüttelte er sich die letzten Tropfen vom Glied, legte den großen Kopf in den Nacken und blickte in den schwarzen Vorhang der Baumäste – eine unergründliche Dunkelheit, in der die Stimme Gottes besänftigend summte.

Meine Bäume. Ha.

Wie hatte Stanlynn sie genannt?

Blaufichte? Hemlockfichte? Douglastanne?

Nun, Dinge zu benennen, das war jetzt wirklich nicht mehr das, worum es ging.

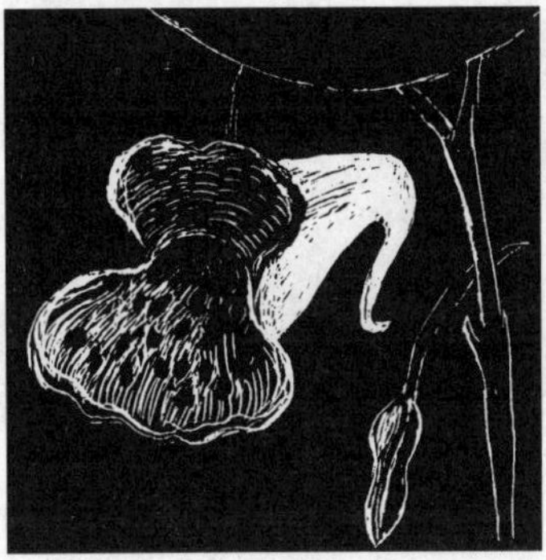

Teil vier

Ist auch die Realität zu stachelig für mein
weitausholendes Wesen,
so fand ich mich doch bei Madame
in Gestalt eines großen, grau-blauen Vogels der
sich bis zum Muschelfries der Decke hochdrückte –
ein Flügel schlappte in die Schatten des Abends.

Am Fußende des Himmelbettes, wo sie hingebreitet lag:
ihre begehrten Preziosen,
das ganze Prachtstück ihres Körpers,
wurde ich zu einem aufdringlichen Bären mit
violettem Mundfleisch und kummerfahlem Fell –
die Augen stierend auf das Kristall- und Silberzeugs
auf den Konsolen.

Dunkelheit kam auf – wild pochendes Aquarium.

– Rimbaud

2

1

Der Bär stieß seine Nase in die Glockenblumen – na, also es waren jedenfalls so winzige blaue und zarte weiße Dinger, irgendeine winzigzüngige Blume mit etwas schwärmerischer modulierenden Schattierungen von Purpur und weiter hinten, im tieferen Schatten und zauberhaft in einer brusthohen Hecke von staubig dunkelgrünen Blättern verteilt, da hingen kleine orangefarbene Minifüllhörner an Stengeln herunter, die in ihrer Mitte befestigt waren, und der Bär aß ein paar davon – irgendwelche Wildblumen also jedenfalls – und trabte dann hügelaufwärts über die Wiese. Kurz bevor er den Wald betrat, biß er sich noch schnell einen Mundvoll vom jungen grünen Gras ab, kaute es sorgfältig durch und ließ die Säfte aus den Mundwinkeln sabbern wie ein junger Wilder, bevor er seinen schweren Kopf aufwärts in den Schatten der Bäume schwang. Boah. Es war eine köstliche Erfahrung, ihm wurde ganz schwummrig dabei.

Nachdem er durch gute fünf Meter Unterholz gekracht war, was ein mächtiges Gezeter unter der Vogelwelt in den Baumspitzen hervorrief, die flügelschlagend aufbrach, um nach neuen Orten des Friedens zu suchen, gönnte er sich den Luxus einer schönen langen Rückenkratzorgie an einem wunderbar rauhen alten Baum, die damit endete, daß er lauter Borke im Pelz hatte und ein dichter brauner Nebel aus Holzstaub im Flimmern von Licht und Schatten um ihn herum tanzte.

Ach ja, das war ein Leben, so ging's doch auch.

Eifrig leckte er das Fell auf seinem Unterarm, einfach nur aus Lust daran, etwas Atavistisches zu tun, und um die Sache auf die Spitze zu treiben, schnüffelte er ausgiebig an seinem ledrigen Pfotenteller, als wäre in dem dortigen Duftgemisch etwas total Interessantes oder Aufschlußreiches zu finden. Scheiß rein, dachte er, macht halt Spaß. Woraus man ersehen kann, daß Mutation nicht alles ist. Ganz und gar nicht, aber wo. Jemandes Wurzeln können auch ziemlich cool sein.

Er hielt die Nase in den Wind und schnupperte gründlich. Seine bebenden Nasenlöcher schleusten frische Luft und süße Fäule in Richtung Lunge – Moos und modernde Erde, ein fortwährender Unterton von Insektenvorkommen, der grüne Unterschied zwischen dem Geruch von Baumblättern und dem der Farne, die vernünftig genug waren, sich im Medaillonlicht zu lümmeln, das durch die Eichen und Ahorne hindurch nach unten tröpfelte. Er roch Waschbär und auch, da lief ihm plötzlich das Wasser im Mund zusammen, eine Rehgeiß, die hier vorbeigekommen war und ein wenig verweilt, Farne gekaut und gepinkelt hatte, gestern erst. O Mann, könnte ich das? Sollte ich das? Der Bär glaubte nicht, daß er in der Lage wäre, wieder rohes Fleisch zu essen, geschweige denn blutende Stücke aus einem Kadaver zu reißen, den er gerade erlegt hatte... andererseits, wenn er sich wirklich eins holen würde, dann könnte er es nach Hause in die Küche schleppen und es so zurechtschneiden, daß es halbwegs zivilisiert aussah. Er bezweifelte, daß Iris damit einverstanden wäre, es zuzubereiten, selbst wenn er das Zerlegen übernähme, aber sie kam ja erst nächste Woche wieder, und bis dahin konnte er sich an Wildfleisch gütlich tun. *Wild!*

Der Speichel kam jetzt richtig ins Fließen, doch da legte sich auf einmal ein Schatten über seine Gedanken: Eine der Formen, in denen er Iris geliebt hatte – da er nämlich, seine Pfoten über ihre Flanken streichend und das Erzittern ihrer Muskeln unter seiner Berührung spürend, viele weitere Schönheiten dieser Welt in ihr enthalten gesehen hatte –, war die einer Rehgeiß gewesen, ihr Rücken von Sonnenlicht gesprenkelt in Wäldern, die dem nicht unähnlich waren, in dem er sich jetzt gerade befand. Da ist es wohl keine gute Idee, jetzt mit dem Töten von Wild anfangen zu wollen. Er dachte an das Blut, das durch die Schlagader des langen, mit dünnem Fell bedeckten Halses pulsierte, dann aber unterdrückte er dieses Bild im Interesse des Friedens zwischen den Arten, der ihm plötzlich ein dringendes Anliegen geworden war.

Er wandte sich wieder dem Baum mit der rauhen Borke zu, der den mörderischen Juckreiz an seinem Rücken so schön gelindert hatte, legte die Krallen bloß und riß probehalber ein Stück Borke von der Größe eines Nummernschildes heraus, und auf dem helleren Holz darunter war schwer was los: Guck dir das Insektenzeug an, wie es rennt! Eine große schwarze Ameisen und irgendwelche blaßweißen Krabbeldinger flitzten los und suchten nach Deckung, wollten unter der nächsten Borkenkante verschwinden. Maden. Also, das war etwas, was für ihn überhaupt nicht mehr in Frage kam. Sein Leben in der Menschenwelt war nicht völlig umsonst gewesen. *On s'apprend le bon goût* schließlich. Lauren Hutton hatte zwar einmal in Afrika sehr demonstrativ Termiten gegessen, aber alles hat schließlich Grenzen.

Der Bär zog hügelwärts, freute sich darüber, wie sein Körper funktionierte, wie energisch seine Vorderpfoten ausgriffen und wie sie beim Kontakt mit dem Boden die Welle der Bewegung reibungslos über seine Wirbelsäule bis zu den Hinterpfoten weiterleiteten, auf daß diese sich ihrerseits kraftvoll austoben konnten. Einfach so aus Spaß legte er einen kurzen Sprint ein und fühlte sich dabei so ziemlich wie der König der Welt. Mal ehrlich, wer konnte da mithalten? Nenn mir jemanden. Na los.

Natürlich war dem Bären klar, daß er, wenn er keine Frau im Schlepptau hätte, überhaupt gar kein Haus brauchen würde. Dann müßte er auch nicht die fünfzehnhundert pro Monat für die Miete berappen, ganz zu schweigen von den laufenden Kosten. Am Morgen bevor Iris in die Stadt zurückgefahren war, hatte sie zudem verlauten lassen, daß sie beide sich wohl ein Auto kaufen müßten, wenn sie hier wirklich leben wollten, und er hatte gesagt: Wie wär's, wenn du es bezahlst, worauf sie gemeint hatte: Vielleicht sollten wir es uns teilen. Siehste, ohne das alles könnte er sich hier mit seinem Saxophon und einer Handvoll Büchern irgendwo im Wald einrichten, und der Vorschuß von der Plattenfirma würde praktisch für ewig reichen. Also, das wäre doch das wahre Leben.

Oder etwa nicht?

Der Bär blieb kurz im löchrigen Blätterschatten stehen und betrachtete Iris unter dem Aspekt einer »Frau im Schlepptau«. Heikle Formulierung, alles was recht ist. Was für einen hochentwickelten Verstand du hast, Großmutter. Damit ich dich besser für selbstverständlich nehmen kann, mein Kind.

Klingt wie ein Horrorfilm.

Es *ist* ein Horrorfilm.

Wenn du dieser Frau weh tust, dann wirst du dir das nie verzeihen können, das weißt du genau. Alle Geister deines Gewissens werden sich zusammentun und dir mit ihren berechtigten Anschuldigungen erscheinen, immerzu, bis zum Ersterben des letzten Tons der letzten Kadenz der unbekannten Komposition, die dich darstellt – würde mich echt interessieren, auf welchem Akkord du dich auflöst, unter welchem Himmel –, und damit wär's noch längst nicht vorbei. Krümm ihr kein Haar, behindere keinen einzigen ihrer Atemzüge, oder komme auch nur dem geringsten, bescheidensten ihrer Wünsche in die Quere. Tu's nicht, oder du wirst unsagbar und ewig dafür büßen müssen.

Ich weiß ja. Ich bin vielleicht blöde, aber ich bin nicht dumm. Einen solchen Schatz wie sie wirst du nirgendwo anders finden, und ausgerechnet dir hat ihn die Welt im Augenblick anvertraut. Versuche, dich einem solchen heiligen Vertrauen wenigstens einmal als würdig zu erweisen.

Der Bär schüttelte den Kopf. Es verblüffte ihn, wie das Leben einen doch immer wieder in die Klauen bekam, egal, in welche Richtung man sich wandte. Lebe solo, hause zusammen mit Jones, halt dich vom Showbiz fern, oder laß dich darauf ein und stell dich auf der Bühne zur Schau; oder nimm schließlich ein echtes Exemplar der lebendigen Schönheit der Welt in die Arme, und liebe es so ganz und gar, daß du deinen Schwanz, deine Zunge und die brechende Flut deiner wallfahrenden Seele darein versenkst... und da wärst du dann wieder mal, ist doch so, einmal mehr für eine volle Dienstzeit bei der Identitätsfarce unter Vertrag, und das nicht Wißbare prasselt von allen Seiten auf dich ein. Es hört nie auf, was?

Wie auch immer, es war lange her, seit er zuletzt mal so richtig ausgiebig durch die Wälder gezogen war. Es war auch so, um beim Thema zu bleiben, verdammt lange her, seit er zuletzt einen anständigen Lauf auf allen vieren hingelegt hatte. Es wäre doch bescheuert, die einfachen Freuden dieses Tages dadurch zu verderben, daß man zuviel darüber nachdenkt.

Aber da – ewiger Selbstwiderspruch – wurde er schon wieder von einer Welle der Liebe oder des Verlangens nach Iris überschüttet, für deren Wohl er im Handumdrehen den Rest seines Lebens eingetauscht und das noch für einen unerhört vorteilhaften Handel angesehen hätte.

So eine Witzfigur bist du halt. Lerne, damit zu leben.

Der Bär sog noch einmal ordentlich Luft ein und marschierte wieder los, den Berg hinauf.

Oben angelangt, sah er einen weiteren Hügel, den er vielleicht erkunden könnte, und spähte hinunter in die drei für eine Durchquerung in Betracht kommenden Täler, Baumwipfel überall und von ganz unten der Geruch von frischem Wasser, und erst da bemerkte er, daß diese Gegend ihm gar nicht mal so bekannt vorkam. Er fragte sich kurz, ob er überhaupt wußte, wo er war. Nach gerade mal der Hälfte seines Tagesausflugs konnte man die Wälder schwerlich schon als dunkel bezeichnen, wenn auch der Abend natürlich irgendwann anbrechen würde.

Pah. Er war ein Bär, schon vergessen? Konnte das Nahen des Abends, konnte das tiefste, schwärzeste Schwarz der Nacht ihn auch nur im geringsten kratzen? Wie sollte es, um alles in der Welt?

Locker, aber doch einem gewissen Gefühl der Unsicherheit Tribut zollend, das er eigentlich nicht hätte beachten sollen, schlenderte der Bär hügelabwärts in Richtung der nächstgelegenen Sache, die gewiß war – ein Bach neben einer Straße muß ja irgendwo hinführen, er würde ihm halt nach unten bis zur Route 212 folgen und dann nach Hause –, und als er am Grund des Tals anlangte, da war es überhaupt keine gewisse Sache, nur ein trockener, ungenutzter Abzugskanal zwischen Hügeln, und ein Weg war auch nicht in Sicht. Wo war der Wassergeruch hergekommen? Irgendein Gartensprinkler? Auf der nächsten Erhöhung gewann er die Überzeugung, daß diese Berge alle ziemlich gleich aussahen, und da er von seinem Standort aus den Leuchtturm auf dem Gipfel des Overlook nicht sehen konnte, *waren* sie in der Tat alle gleich. Er hatte sich, schlicht gesagt, verirrt.

Aber denk nach. Er hatte alle Zeit der Welt. Es kam kaum darauf an, wo er war, na, also jedenfalls für die nächsten ein oder zwei Tage.

Obwohl er sich am späten Nachmittag, als das goldene Sonnenlicht sich langsam zurückzog und er sich ein bißchen mit dem Gedanken angefreundet hatte, in Erinnerung rufen mußte, daß man doch immerhin vorsichtig sein mußte, wenn man draußen übernachten wollte.

Es war in dieser Gegend gerade nicht Bärenjagd, Gott sei's gedankt und auch der Wildkommission – obwohl, wer weiß schon, wozu ein einzelner Jagdsportsfreund mit einem Ständer und einer .30-06 sich spontan hinreißen lassen würde? –, aber auch während der allgemeinen Jagdsaison mußte man sich arschklar aus dem Wald heraushalten. Alles, was braun war und sich bewegte, und sei es ein wandernder Jazzmusiker, war zum Abschuß freigegeben. Selbst in den günstigsten Umständen konnte es also Probleme geben. Sein Hinterteil kam bei diesem Gedanken ins Vibrieren.

Einmal, als er noch ein junger, gerade eben ausgewachsener Bär gewesen war, hatte er bei einem Streifzug in diesen Wäldern hier plötzlich einen Stich im Hintern gespürt, hatte die Geräusche und den Geruch von Menschen wahrgenommen, sich umgedreht und den Pfeil, respektive den Fächer heller synthetischer Federn an dessen Ende, in seiner Rückseite zittern sehen. Innerhalb von zwei Minuten war er bewußtlos, und als er wieder aufwachte, da hatte er ein großes orangefarbenes Funkhalsband um den Hals und einen Kater, wie ihn die Welt noch nicht gesehen hatte und im Zuge dessen ihm eine endlose Reihe von schwersten Lastwagen durch Kopf und Leib donnerte. Was das Halsband betraf, so bekam er das, auch als er geistig und körperlich soweit wieder halbwegs beieinander war, nicht wieder ab. Es war irgendwie verschraubt, verschweißt oder weiß der Geier. Er verschwand jedenfalls erst einmal, für den Fall, daß sie ihn per Lastwagen oder Hubschrauber holen kämen – kodiakähnliche Braunbären, auch wenn er ein eher kleinwüchsiger von dieser Sorte war, durften in diesen Wäldern gar nicht vorkommen, nur amerikanische Schwarzbären in allen Schattierungen. Die Leute hätten glatt auf die Idee kommen können, ihn zu verpacken und nach Manitoba zu fliegen, wie Jones und er später spekulierten. Wo er weiß Gott klaftertief in der Scheiße gesessen hätte, ein Stadtbär in rauher Wildnis und ohne Kleingeld zum Telefonieren. Möglich war auch, daß dem Förster oder Forscher, der ihm das Halsband verpaßt hatte, die anomale Struktur seiner Vorderpfote aufgefallen war und er nun die Absicht hatte, ihn zur näheren Untersuchung nach Elektrodenhausen zu schaffen.

Er hatte also Glück gehabt, aufgewacht zu sein, bevor irgendwer zurückgekommen war. Er kehrte zu der unbefestigten Straße zurück, wo Jones sich im Bärmobil das Warten auf ihn damit vertrieb, eine Lucky zu rauchen und Raymond Chandler zu lesen. Nachdem Jones seinen Lachanfall darüber, wie der Bär mit Funkhalsband aussah, überwunden hatte – er ließ sich furchtbar viel Zeit dabei –, bekamen sie die gottverfluchte, hundsgemeine Apparatur mit Hilfe einiger einfacher Werkzeuge aus dem Kofferraum von seinem Hals herunter. Der Bär wollte das Ding einfach liegen lassen, aber Jones hatte die beste Idee seines Lebens, und die Fortsetzung der Geschichte vom funküberwachten Bären wurde sein kleines Meisterstück.

Anstatt also das Halsband im Wald liegen zu lassen, meinte Jones, ob es nicht irgendwie geil wäre, wenn derjenige, der die Signale verfolgte – über Satellit, wie sie hofften, aber eine Bodenfunkstation würde es auch tun –, feststellen würde, daß sie sich südwärts auf der Schnellstraße in Richtung Stadt bewegten, und zwar durchgängig mit hundert Stundenkilometern, inklusive einem Aufenthalt zum Tanken und ein paarmal Anhalten an den Mautstellen. Da hältst du den Atem an, was, du Scheißer? lachten sie den mutmaßlichen Wissenschaftler aus – dieser Bär muß gelernt haben, Auto zu fahren! Jones und der Bär fuhren nach Süden; Jones kicherte, als er das Transistorradio anstellte, und der Bär verkroch sich unter der Decke, wann immer sie an eine Mautstelle kamen.

In der Stadt angelangt, wollte der Bär das Halsband in irgendeinem Müllcontainer abladen, aber hier übertraf Jones sich selbst, übertraf in einer absoluten Sternstunde wahrscheinlich alles: Während der Bär die Teller fürs Abendessen aufdeckte und es sich dann mit einem Bier gemütlich machte, hielt Jones ein Taxi auf der First Avenue an und ließ sich zur 34th Street fahren. Unter dem Schutz des üblichen Stadtlärms und des Qualms seiner eigenen Zigarette gelang es ihm, das Kissen des Rücksitzes hochzuziehen und das Funkhalsband darunterzustopfen; er quetschte es irgendwie zwischen die Federung und drückte das Kissen wieder an seinen Platz, ohne daß der Fahrer etwas merkte.

Man stelle sich vor! Sie saßen an diesem Abend in ihrer Wohnung und wollten sich krumm und dumm lachen, als Hintergrundmusik dienten Monk und Mingus, später noch etwas Ornette Coleman. Irgendein Nimrod in einer Satellitenfunkstation beobachtet, wie ein Bär durch Midtown-Manhattan gondelt – die Second hinunter und die Third wieder rauf, wie es auch Jones' bevorzugte Strecke während seiner Kutscherzeit gewesen war, die Leute am Kino auflesen, an einem Restaurant wieder ausladen und sie dann nach Hause kutschieren, wo sie sich vermutlich die Seele aus dem Leib vögelten, während er, Jones, solo durch die Gegend gurkte, bis vier Uhr morgens –, dieser unzurechnungsfähige Bär ist bis in die Morgenstunden ständig unterwegs und haut sich dann in einer Brooklyner Garage – Jones hatte sich die Adresse des Taxiunternehmens auf der Wagentür gemerkt – bis ungefähr zum Sonnenuntergang des nächsten Tages zum Schlafen hin!

Was in Dreiarschesnamen würden die Beobachter wohl *daraus* machen?

Juchzen und Gackern. Jugendträume. Das waren noch Zeiten.

Forellen.

Es ging auf Sonnenuntergang zu, als er sie sah, etwa einen halben Meter tief in einem Bach, der irgendwo weiter unten in den Beaver Creek oder den Esopus mündete und somit ein sicherer Wegweiser nach Hause war; zwei junge Forellen, bewegungslos im fließenden Wasser, im Schutz eines großen runden Steins, auf ihren Moment wartend, die Nasen in die Strömung gehalten. Um die Wahrheit zu sagen, der Bär wurde langsam ein bißchen hungrig, aber er hielt einen Augenblick inne, um sie einfach nur zu beobachten. Sie schwankten ohne Energieaufwand unter dem Wirbel des versunkenen Dinosauriers von einem Stein, der trotz der verhältnismäßig schnellen Strömung und der eisigen Kälte des Wassers – der Bär überprüfte es etwas stromabwärts von den Forellen, um sie nicht zu verschrecken –, eine algengrüne Färbung angenommen hatte, die für eine unterirdische Quelle nicht allzuweit stromaufwärts sprach. Unglaublich kalt. Guck dir die Fische an. So macht man es also, wenn man ein Fisch ist: Sucht sich ein Plätzchen, das geschützt ist vor dem ewigen, mühevollen Strom, der sich von den Gipfeln ergießt oder frisch aus dem granitenen Bauch der Erde, und sobald die dringendsten Geschäfte erledigt sind, hält man seine Nase in das, was von der Kraft der Strömung übrig ist, schlägt den Schwanz gemessen nach rechts und links, um nicht abzutreiben, hält sich mit zahllosen hochqualifizierten Bewegungen seiner Seitenflossen aufrecht, pumpt das Wasser durch seine Kiemen und gleitet wahrscheinlich langsam in einen Alphazustand, wo man das Tao meditiert, je nach eigenem Vermögen und der Natur des speziellen Flusses, in dem man am bewußten Tag aufwacht.

Diese beiden Fische da vor ihm waren gerade mal zwanzig Zentimeter lang, also noch nicht ausgewachsen, und trotz des hartnäckigen Hungers, der den Bären plagte und der sich gerade in diesem Moment zu einem drängenden Stich in den Innereien verschärfte, schien es doch zu schade und auch ein bißchen unsportlich … er versuchte es trotzdem.

So daß es, als der Bär seine rechte Vorderpfote mit den grausam entblößten Klauen ins Wasser tauchte, die Vorbehalte des Gewissens waren, die ihn wahrscheinlich danebengreifen ließen, zu viel Nachdenken und das Mitgefühl für alle Lebewesen, das sich notwendig daraus ergab, und außerdem ein grundsätzlicher Sinn für Fairneß: Schließlich waren sie ja noch klein – und die Fische schossen also in rasch improvisierter Panik davon, schnellten über ein schräges Schieferriff hinweg, spritzten stromaufwärts durch ein paar Steine hindurch, mit denen sie anscheinend nicht gerechnet hatten, und fanden wieder in einem tieferen Becken zusammen, auf dessen weiter, runder Oberfläche nur ein paar kleine Wellen kräuselnd aufmuckten und wo sie sich in engen Kreisen drehten, um über ihre Beinahetodeserfahrung zu reden und sich allmählich einzurichten. Ihr Becken war hinsichtlich des Gefahrentrinnens lediglich ein Wolkenkuckucksheim, aber der Bär verfolgte sie nicht weiter. Scheiß drauf, dachte er. Ich kann ja wohl für eine Nacht den Magen zusammenkneifen und im Wald schlafen, ohne gleich zu verhungern. Er hatte schon unter anderen Umständen Hunger aushalten oder sogar daraus Gewinn schlagen können.

Und dann sah er, weiter aufwärts, einen großen grauen Felsbrocken, der sich der Strömung entgegenstellte, und einen Meter darunter noch einen von der gleichen Sorte, der sich zwischen weißen Schaumlippen hervorwölbte und sich von ihnen küssen und liebkosen ließ. Zwischen diesen beiden Steinen floß das Wasser, da sich sein Durchgang verengte, schneller und ergoß sich nun triangulierend durch die Lücke, schäumte in sich selbst, in seine zurückschlagenden Wellen hinein, schoß in den eigenen Schoß, und der Bär ließ sich genau an dieser Stelle nieder – jähes Atemanhalten, als die Kälte ihn voll erwischte –, die Arme über die Rücken der beiden großen Steine gelegt, als stellten diese einen natürlichen Sessel dar, und ließ das Wasser in seinen Nacken klatschen und sich an seinen Schultern brechen. Kalt. Verdammt, war das arschkalt. Ja, dieses Zeug kam definitiv von irgendwo unter der Erde angerauscht.

Er stellte sich vor – oder die latente Eiskälte der Strömung kommunizierte das Bild Stück für Stück in sein Knochenmark hinein –, er stellte sich also vor, daß das Wasser sich vorwärtsflocht durch Urgestein, durch viele Kilometer unterirdischer Dunkelheit, strahlend kalt, nach Befreiung drängend, voller Verlangen nach seinem Schicksal oder wenigstens ausdrucksstärkerer Selbstdarstellung im Tageslicht.

Wasser, ich bin auf deiner Seite, dachte der Bär.

Obwohl ich solch unbeirrbarer Leidenschaft selbst nicht mehr fähig bin, Wasser, find ich es klasse.

Das wahre Leben, dachte er. Alles paßt haargenau. Scheiß auf die Plattenstudios. Weg mit dem Saxophon – na ja, mal sehen – und dann auch mit allen Anpassungsimpulsen, denen ich je nachgegeben habe. Das Leben, schlicht und einfach. Wasser, fließe.

Aber meine Fresse, bist du kalt. Was treibt dich an? Wer versorgt deine Motoren und Ersatzteillager? Wie schaffst du es, einfach immer am Ball zu bleiben? Wie kommt es, daß du so unverwüstlich bist? Was mich angeht, ich muß mich erst mal ausruhen.

Er wurde ganz benebelt von der unglaublichen, erdgeborenen Kälte. Ihm schwindelte, und er ließ es geschehen. Es war ganz unvermeidlich, nahm er an, daß er in dieser fast mineralischen Unterwerfung unter die Gewalt naturhafter Vorgänge anfing, an Iris zu denken – wann würde sie zurück sein? –, und doppelt unvermeidlich, wo er schon einmal so weit war, daß er an ihr beider Liebesspiel zurückdachte, jedes süße Bild wieder heraufbeschwor, dessen er habhaft werden konnte, jedes handfeste Vorkommnis im

Kontinuum ihrer Schönheit, das jähe Aufblitzen ihrer nüchternen Seele hinter der zitternden Trunkenheit des Augenblicks; und obwohl er, unter Wasser in seinem granitenen Sessel sitzend, keine volle Erektion bekam, ergoß sich nach einer Weile eine klare, zähe, präejakulative Flüssigkeit aus ihm heraus in das Wasser, dem sie durchaus verwandt zu sein schien, als superkonzentrierte oder archetypische Form desselben. Großer Gott, dachte er, nie hatte er dergleichen auch nur annähernd erlebt. Es mußte etwas Erniedrigtes darin sein, er fühlte sich so sinnlich und seltsam. Er fühlte sich in einer grundlegenden geschlechtlichen Gemeinschaft nicht nur mit dem Gewässer, sondern auch mit den Bäumen, die sich bedrohlich darüber neigten, da das überhängende Ufer um ihre Wurzeln herum erodierte, mit dem sich dahinter erstreckenden Wald, und schließlich auch mit dem blauen Himmel über allem, mit der lockeren Ballung von Gedanken, die sich ungescheut in seiner Unermeßlichkeit entwickeln durften.

Ihm wurde wirklich ganz erstaunlich schwindlig in dieser anbrandenden unglaublichen Kälte, und er stieg schließlich aus dem Wasser, als er so benebelt war, daß er in träumerische Zustände zu gleiten begann, in denen Iris mit allen denkbaren naturhaften Formen verschmolz und aufwärts in die Sonne oder die anderen himmlischen Lichter flimmerte... Was ihn aber in Wirklichkeit in Bewegung setzte, war der bekiffte und unmögliche Gedanke, daß er einfach den Kopf sinken lassen und ertrinken könnte, es nicht bemerken und dann in einer anderen Welt aufwachen würde, das Lebenswerk unvollendet, der Lebenstrieb unbefriedigt. Es war kein Tag für unterbrochenes Fließen. Nachdem er sich aus der hypnotischen Verstrickung herausgerissen und auf dem Uferstreifen trockengeschüttelt hatte, mußte er sich erst mal auf einen großen Stein setzen und mindestens zehn Minuten warten, bis sich sein Gehirn zu entwirren begann, und danach konnte er nichts weiter tun als sich zwischen kleineren Steinen auf den Rücken zu legen und gänzlich ungeschützt vor der Welt einzuschlafen.

Unbestimmte Zeit später erwachte er und fühlte sich... tja, wie? Nicht erfrischt oder wie erneuert oder was sonst auf der Hand gelegen hätte, sondern irgendwie so ähnlich, aber er bekam es nicht zu fassen. Gute Güte, er war immer noch stoned, und das von einem so hammerharten Stoff wie reinem kalten Wasser.

Nach ein paar Minuten wandte er sich stromaufwärts, entlang den das Ufer säumenden Taubeneiersteinen, bog dann landein- und hügelaufwärts in den Wald hinein. Er war immer noch hungrig, aber das spielte längst keine Rolle mehr.

Nacht begann sich herabzusenken, falls es das ist, was die Nacht tut. Er fand einen Hain, der ihm gefiel, und spürte, wie die Luft nach dem Untergehen der Sonne abkühlte. Sein Geruchssinn schärfte sich.

Morgen früh würde er nichts weiter tun müssen, als dem Flüßchen zu folgen, bis es in größeres Gewässer mündete, oder nach einer einigermaßen in Schuß gehaltenen unbefestigten Straße zu suchen – ein Hauch von Benzin schwebte tatsächlich in der Luft –, die ihn auf Schotter und dann zwangsläufig nach Hause führte. Aber, dachte er, warum sich mit dem Morgen belasten? Warum nicht, du ziemlich verbürgerlichtes Pelzknäuel, einfach die Nacht hier draußen verbringen und das Erlebnis in vollen Zügen genießen? Das Morgen wird auch ohne dich zurechtkommen und seine Toten selbst begraben können.

Während es dunkelte, der Himmel nacheinander fast ununterscheidbare Schattierungen von Magenta, Purpurrot und Seidenblau annahm, hatte der Bär großen Gefallen daran, wie die Bäume um ihn herum gen Himmel ragten. Ein solch konstantes Aufwärtsstreben hatte er selbst nie zustande gebracht. Er hatte daher unter geringeren Lichtern wandeln müssen, nur hier und da nach irgendwelchen Spuren eines Leuchtens Ausschau haltend.

Er legte sich mit dem Rücken gegen ein stabiles Mitglied der dickborkigen Gemeinde und befand, bei jäh abkühlender Luft, daß dies besser sei, als in irgendeiner Höhle zu hausen, und außerdem, aber das nur ganz nebenbei, sehr viel männlicher.

Süßes Gefühl der Ruhe, während die Nacht sich ausbreitete. Ihm fiel eine Metapher irgendeines Sufi-Dichters ein – Rumi wahrscheinlich, denn das war der einzige Sufi-Dichter, den er näher kannte –, und er dachte: So schön diese sich verdunkelnde Szenerie auch sein mag, ja doch, wirklich reizend, verhält es sich doch so, daß man, wenn man seine Aufmerksamkeit den Phänomenen und ihrem Tanz zuwendet, gleichsam nicht einmal in die Wellen des Meeres greift, sondern lediglich in Schaum und Blasen, während tief darunter das Leben sich hinauf- und hinabsiebt, durch verschiedene Lichtebenen und eine unendliche Zahl von Konfigurationen hindurch, greifbar weder durch Verstand noch Phantasie – selbst das Begehren hat da bessere Karten. Was er wollte, war, die Beschränkung der Offenbarung durch ihre je besondere Gestalt aufzuheben. Der einzige Weg dazu, den er kannte, war Versenkung in die Schönheit, so rein, wie er sie nur ertragen konnte. Aber sein Verstand führte ihn unbarmherzig zurück zur Form, gegenwärtig zu der Form, die er am meisten liebte und die er, ungerecht und seinen Bedürfnissen nachgebend, unter allen anderen erwählt hatte: Iris.

War solche Liebe wahrer Ausdruck oder nur wieder Gefangensein?

Trotzdem, dachte er, den rauhen Baum im Rücken fühlend und das Dunkeln des Himmels beobachtend, wäre es albern, den Blick zu verengen und alle Unterscheidungen zu vermeiden. Dies sagen, aber nicht jenes, jenes, aber nicht dieses. So spielt die Musik nicht.

Während die Gedanken sich zu Bildern verwischten und die ersten Wellen des Schlafes darüberspülten, sah er eine Menschenmenge Schulter an Schulter in einem Raum stehen, die Augen fest zugekniffen, die Hüte bis über die Ohren heruntergezogen.

So dumm. Was für eine bescheuerte Art, die Sache anzugehen.

Die Nacht war überraschend frostig geworden, aber er trug natürlich einen Pelz.

Sein Kopf sackte herab. Er schlief.

Und wachte einmal kurz auf, sachte, kaum ein Zittern zwischen Wachen und Schlafen, und beschloß, sein Lager an einem anderen Baum, drüben am Rande der Lichtung, aufzuschlagen. Dort angelangt, blickte er auf und sah wieder die Sterne am tiefblauen Himmel funkeln.

Jahrzehnte das Gehäuse dieses Körpers, dieser Welt abgeschritten, sie sind gewaltig.

Im Dunkeln finde ich meinen Hut, hoch oben und sternenvoll.

Ich gehe in meinen Namen hinein wie ins offene Meer.

Na ja, sozusagen. Noch nicht.

Er schlief und erwachte mehrfach, um in je verschiedenen Stadien seinen Ausschnitt des zentralen Himmelsdramas zu sehen, das da handelte vom sichelförmigen Mond, der drei helle Planeten an einer Leine von Osten nach Westen über das Firmament zog.

Und wieder schlief er ein, kaum, daß ein Kräuseln sein Versinken angezeigt hatte.

Nur wenige Male noch erwachte er, dachte an Iris – schlicht, klar, unbeleckt von Verlangen – und sagte ja zu wem auch immer, der fragen oder zuhören mochte.

Im Wartezimmer von Megaton Records, oben im 24. Stock, genoß Jones die klassische Aussicht auf Midtown-Manhattan, die scharf umrissenen Bürohochhäuser im hellen Sonnenlicht vor einem klaren blauen Himmel. Da Megaton ein bißchen westlich vom Zentrum versetzt gelegen war, befand sich die in Reih und Glied stehende kommerzielle Kraftmeierei Manhattans in annehmbarer Entfernung und bot sich dem Blick als Ganzes dar, so daß Jones ohne große Schwierigkeiten eine alte Jugendphantasie wieder aufleben und die aufgereihten Häuserscheiben, von Büros durchzogen wie Blauschimmelkäse von Schimmel, unter dem Gewicht ihrer eigenen Unwirklichkeit zusammenbrechen, wie Dominosteine ineinanderpurzeln ließ, und das ganze Konstrukt wirbelte bei seinem Niedergang eine wunderbare Staubwolke auf – der Moloch trägt seine Rückwandlung in Urstoff mit Fassung. Jones war aber kein Unhold, war's nie gewesen: Niemand kam in dieser Katastrophe zu Tode, im Gegenteil, es herrschte allgemeine Erleichterung. In den Straßen wurde gefeiert.

Dann erinnerte sich Jones, daß er just diese alte Phantasie kürzlich im Fernsehen verwurstet gesehen hatte, in einem Werbespot zugunsten einer Investmentfirma, die in dem einzigen, computergenerierten Gebäude saß, das nicht nur nicht zusammenbrach, sondern sogar, nach anfänglichem leichten Schwanken, die anderen stützte.

Na ja, war schon besser so. Jones wollte niemandem Böses. War nie seine Art gewesen. Jedenfalls nicht soviel, daß es zählte. Und jetzt, wo er selbst Einlaß in die Welt des Geldes begehrte, sollte er dieser Phantasie vielleicht ein bißchen Ruhe gönnen.

Elegante, unbesorgt dreinblickende Menschen gingen an ihm vorbei, große Frauen mit gestrafften Schultern, hohen Brüsten, schmalen Taillen, Powerfrisuren und vor Selbstgewißheit blitzenden Augen. Die Männer – alle wirkten so jung und groß – hatten richtige Haarschnitte und trugen ihre teure Kleidung lässig, oder es waren billige, saubere Sachen, die an ihnen teuer aussahen. Kleidungsstücke schienen an dem Ständer namens Jones nie besonders gut hängen zu wollen. Hier saß er also unbehaglich auf einer Couch, sah jede Menge hippes Leinen und schwarze feine Wollstoffe an sich vorbeirauschen und war tatsächlich der einzige Mann weit und breit, der in Jackett und Krawatte gezwängt war, neue Sachen von Paul Stuart, die Sybil ihm auf Verdacht gekauft hatte – nur mal eben kurz das Plastik gezückt, und schon gehörten sie ihm. Die Jungs und Mädels hier hatten durchweg einen forschen Gang, redeten unbekümmert drauflos und sahen aus, als wären sie Stammgast im Fitneßstudio oder würden wenigstens regelmäßig joggen.

Jones zog in Wahrheit das Künstlerleben vor. War doch beinahe ein Jammer, daß der Bär nicht mehr auf der Straße tanzte.

Sich dünner fühlend, als die Mode vorgab, sank Jones in die Sofakissen zurück, aber die waren hart und gaben kaum nach. Wäre er im Namen des Bären hier gewesen, er hätte mit diesen antiquierten Gefühlen von Minderwertigkeit und Entfremdung tadellos umgehen können, aber heute ging es um ihn selbst, um einen Job, und schon fühlte er sich schwach und schuldig und fehl am Platz. Wie in den guten alten Zeiten. Vielleicht würden ja auch bald wieder Bigbands angesagt sein.

Gegenüber von ihm hob jetzt die in ihre Arbeit vertiefte Empfangsdame den Kopf und sah ihn an; sie hatte blondgesträhntes Haar, das zweckmäßigerweise zurückgebunden war, ohne allerdings an Üppigkeit in Farbe und Fülle einzubüßen. Jones nickte ihr lächelnd zu, um anzudeuten, daß bei ihm alles in Ordnung sei, danke sehr, und es ihm nichts ausmache, ein wenig zu warten. Als ihr Blick sich wieder auf den Schreibtisch senkte, wurde Jones klar, daß es ein gedankenverlorenes Aufschauen gewesen war, nur zufällig oder nur scheinbar in seine Richtung – sie hatte ihn gar nicht angesehen. Es war nicht nötig, ihn anzusehen.

Wann immer Jones, noch als Junge von Anfang Zwanzig, normalen Jobs hinterhergetrottet war – den endlosen Anzeigen in der Zeitung folgend, wie ein pflichtgetreuer, in die Knochenmühle gespannter, kurzsichtiger Esel –, war er fast nie bis zu dem eigentlichen Bewerbungsgespräch vorgedrungen. Nachdem er die etwaige Firma mit dem Ergebnis seines IQ-Tests, einem verlogenen Lebenslauf und ein bißchen intelligentem Dahergerede beeindruckt hatte, wurde er in aller Regel plötzlich von wildem gegenkulturellen Sentiment ergriffen – ganze schwerbewaffnete Gefühlsbataillone marschierten in ihm auf, um gegen die Wirtschaft zu wüten, die die Erde verzehrte, um Milliarden von glitzernden Gegenständen zu produzieren, die niemand brauchte etc. pp. –, und so machte er meistens einen Abgang, bevor er überhaupt den Chef zu sehen kriegte. Wieder zu sich kam er dann für gewöhnlich im Ninth Circle in der 10th Street, bei einem Hamburger mit einem Stück Bermudazwiebel auf russischem Pumpernickel, einem Krug Dunkelbier und einem Korb voll Erdnüssen, die er aus einem Faß am Ende der Bar geschöpft hatte, und seine Füße tanzten schlurfend inmitten von Erdnußschalen zum Beat der Horace-Silver-Scheibe aus der Jukebox: »Filthy McNasty« oder manchmal auch »Señor Blues«.

Es entspricht der menschlichen Natur, daß man die Gestalt, in die man hineingepeinigt wurde, dann auch noch glorifiziert oder jedenfalls verteidigt. Es gab da fast keinen Ausweg.

Wie dem auch sei, das Ninth Circle hatte sich erst in eine Schwulenbar verwandelt und war dann ganz verschwunden, und die Firmen veranstalteten keine Intelligenztests mehr. Alle Welt hatte das College besucht und war schlau, aus der Gegenkultur war mehr oder weniger die Mitmachkultur geworden, und was vorher als Ausverkauf galt, hieß jetzt Sicheinkaufen. Selbst er hatte heutzutage eine Art Reputation, war halb verantwortlich gewesen für Verträge und ein paar Platten mit dem Bären. Jedem unbefangenen Beobachter mußte er wie jemand erscheinen, der etwas darstellte, und nicht wie das sich teilweise enthüllende Trugbild, als das er sich noch immer fühlte. Wenn Sybil nicht wäre, säße er gar nicht hier, um trotz der aggressiven Klimaanlage langsam die Couch vollzuschwitzen, Sybil hatte aber darauf bestanden, und er hatte sich schließlich dazu bereit erklärt. Er hatte ihr, zum Abschluß eines viergängigen, selbstgekochten Menüs, versprechen müssen, daß er sich ehrlich und echt reinhängen würde. Hinterher war's dann noch richtig gemütlich geworden.

Eine Dreiergruppe spazierte in lockeren weißen Hemden und mit gleichartigem Lächeln an ihm vorbei, ein schickes japanisches Mädchen zwischen zwei breitschultrigen Amerikanern, und wieso waren sie eigentlich alle, das fernöstliche Mädel eingeschlossen, so verdammt *groß*? Jones selbst war von durchschnittlicher Länge. Oder etwa nicht? Mit einem Meter fünfundsiebzig, meinte er, müßte er doch New Yorker Durchschnitt sein, aber vielleicht hatte sich die Lage ja verändert, als er gerade anderweitig beschäftigt war.

Waren das die Leute, die zwei Tausender im Monat für ein Studioapartment hinblätterten oder eine halbe Million für eine Einzimmereigentumswohnung? Und dann noch ein paar Tausender pro Monat für sogenannte Nebenkosten – er hatte Sybils Abrechnung gesehen, und trotz aller Erklärungen ihrerseits hatte er keinen großen Unterschied zu einer normalen Miete erkennen können. Das richtige Auto kostete ja auch noch seine dreißig bis fünfzig Riesen. War es daher möglich, wenn man Steuern und andere Scherze noch berücksichtigte, daß diese Typen hier genau solche Würstchen waren wie er, mit dem einzigen Unterschied, daß sie sich selbst ganz furchtbar toll fanden, jedenfalls bis zum dem Tag, da Megaton im Zuge notwendiger Marktanpassungen personelle Überhänge abbauen würde und sie urplötzlich ohne Rhythmusspur dastünden?

Alles, was Jones brauchte, waren ein Hemd, ein Dach überm Kopf, ein paar Charlie-Parker-Platten, ein Gespann Pferde, eine Chaise und einen Graben um die Burg. Scheiß doch auf all diesen überflüssigen amerikanischen Kack.

Das Schreckliche war allerdings, daß er, sobald er sich das Geschirr hatte anlegen lassen, wahrscheinlich einen ziemlich guten Firmenesel abgeben würde.

Die Empfangsdame rief seinen Namen. Als er zu ihr hinübersah, bettete sie gerade den Telefonhörer zurück auf seine Konsole. »Es tut ihm leid, daß Sie warten müssen, aber in ein paar Minuten wird jemand kommen und Sie abholen«, sagte sie.

Jones spürte, wie er auf sein kleinstmögliches Selbst zurückschrumpfte, auf schmerzerfüllte Spätpubertät, ausgestattet mit einer Verhaltenssoftware, die ausreichend zu updaten er in den Jahrzehnten versäumt hatte, in denen er an einen sprechenden Bären angeschlossen gewesen war. Diese Leute waren genauso ausgebufft wie sie aussahen, und er kroch hier auf allen vieren herum.

Sybil lebte auch in der Geschäftswelt, aber sie wirkte harmonischer, fraulicher, wärmer. Eigentlich sah sie aus wie jemand, der beziehungsweise die ein oder zwei Kinder geboren und aufgezogen hat, während sie in Wirklichkeit in ihrer früheren Ehe nur eine Fehlgeburt erlitten hatte. Sie hoffte immer noch, ihre »mehr als nur biologische Bestimmung« zu erfüllen, aber ihre Uhr war natürlich am Ticken, und es mochte so aussehen, als hätte sie Jones dafür vorgesehen. Nun, es war lang genug her, daß irgend jemand so freundlich gewesen war, Jones für irgendwas vorzusehen, und Sybil sah so gut aus, wenn sie befriedigt war. In dieser Hinsicht kamen sie gut zurecht. Ihre Aufmerksamkeiten hätten seiner Selbstachtung ordentlich aufhelfen können, wenn er denn eine besessen hätte.

Eigentlich jedoch mußte er nicht lange nachdenken, sondern ihr nur am Eßtisch – Kerzen, Blumen, Wein – gegenübersitzen, um sich klarzumachen, daß sie das Kind von ihm bekommen und ihn dann, falls er sich ansonsten nicht bewährte, vor die Tür setzen und ihren Junior allein aufziehen könnte. Die Welt hatte ihn nie im Zweifel darüber gelassen, daß er verzichtbar war. Warum erwartete er weiterhin Gnade von den Frauen, obwohl er nie etwas anderes von ihnen bekommen hatte als das Recht?

Sybil war gut genug situiert, um als alleinerziehende Mutter längere Zeit nicht außer Haus arbeiten zu müssen, und sie würde, das mußte er ihr lassen, jeden Sohn oder jede Tochter ohne Fehl und Tadel großkriegen. Und überhaupt, die Aussicht auf Vaterschaft hatte Jones Verantwortungsgefühl seit jeher überfordert.

Die große Frage war nicht, ob sie einen Plan A oder Plan B in der Hinterhand hatte, sondern ob es zu A oder zu B gehören würde, Jones zusammen mit der Nachgeburt den Laufpaß zu geben. War die Option, ihn bei sich zu behalten, die ihr liebere oder nicht? War es überhaupt denkbar, daß sie so kaltblütig war?

Jedenfalls saß er jetzt hier auf der Firmencouch und strich seine hippe italienische Krawatte zurecht. Er strengte einen Individuationsprozeß an.

Das Ich, das du gesehen hast, im Garten außerhalb von Raum und Zeit: hatte das irgend etwas mit dem hier zu tun?

Die Distanz zwischen hier und dort verursachte ihm Schwindelgefühle.

Wie kommt es, daß ich noch immer von allem ausgeschlossen bin, von dem ich ein Teil sein möchte? Irgendwas geschieht hier, *but you don't know what it is, do you, Mr....*

»Mr. Jones?« fragte eine Stimme von oben.

»Sie haben einen Takt zu spät eingesetzt«, sagte Jones. Er zupfte seine brandneue kreuzschraffierte Baumwoll-Leinen-Hose beim Aufstehen so zurecht, daß sie einen Anschein von Realitätstüchtigkeit herstellte, aber der hochgewachsene junge Bursche mit der modischen Tolle, dem kantigen Kinn und dem unrasierten Look beschämte ihn dennoch. Weißes Hemd, schwarze Hose, die an den Schenkeln weit war, sich unter dem Knie jedoch verjüngte. Jones strich sein seidig glänzendes neues Jackett glatt, zog die Manschetten heraus, prüfte den Krawattenknoten. Nimm dies, du Yuppie: Bären reden mit mir, nicht mit dir.

»Mr. Badiyi erwartet Sie jetzt.«

»Führen Sie mich«, sagte Jones, im stillen aber nannte er ihn ein Arschloch. Jämmerlich.

Der Typ machte eine Kehrtwendung, und Jones folgte ihm einen Flur hinunter, dann an einem Labyrinth von Schreibtischen vorbei, die durch weiße Stellwände voneinander abgegrenzt waren; es gab auch richtige Büros für die hohen Tiere und ein oder zwei steife, spartanisch eingerichtete Konferenzräume, aber als er, nach einer letzten Biegung, in die Räumlichkeiten der Badiyi Central geführt wurde, da kapierte er augenblicklich die simple Direktheit der Selbstdarstellung von Macht: die schmale Tür des privaten Aufzugs in der Ecke hinten links, die dunklere Tönung der Fensterfront, die einen überdurchschnittlichen Ausschnitt des städtischen Panoramas freigab, die ungewöhnlichen Palmenarten in den Töpfen, der kompakte Teakschreibtisch mit elfenbeinernen Intarsien, die seine Konturen spiegelten und, wie Jones vermerkte, die Abwesenheit persischer Teppiche auf der nicht unerheblichen Fußbodenfläche, die er zu überqueren hatte, um zu dem eleganten Mann zu gelangen, der etwa sechzig war und nur entfernt an den letzten Schah erinnerte.

Badiyi erhob sich, um ihn zu begrüßen, den Arm in einer nicht klassifizierbaren Geste ausgestreckt, die Jones eine blitzschnelle Deutung abverlangte, ob es sich um eine Einladung zum Händedruck handelte oder nicht. Jones lehnte sich unbeholfen über den breiten Schreibtisch, um die manikürte Extremität zu schütteln. Seine Hand wurde akzeptiert, aber Jones mußte sich weiter fragen, ob er nicht einen Fehler gemacht hatte.

Er betrachtete die sich ihm wieder entziehende Hand: goldener Siegelring mit eingearbeitetem Diamanten, aber keine Armbanduhr.

»Bitte setzen Sie sich.«

»Danke sehr.«

»So.«

»So, so.«

Das komische war, daß Jones feststellte, daß er ihn irgendwie mochte, diesen distinguierten Music-Biz-Potentaten mit dem hübsch modellierten Gesicht, den wissenden Augen, der vorspringenden Nase, dem energischen Haaransatz, von dem aus graue und schwarze Wellen in Richtung Hinterkopf schlugen, dem Anzug aus leichtem grauen Stoff, der den Körper des Mannes umhüllte wie eine Art flüssigen Metalls: Quecksilber: Kommunikation: natürlich. Jones gefiel das fachmännische Lächeln und der abschätzende Blick, und er fragte sich, was es war, worauf er ansprach. Eine Modulation der Machtschwingungen? Die Parodie einer Vaterfigur? Der cartoonhafte Aspekt der Szenerie?

Klar, Badiyi Aga war stinkreich, aber er war letzten Endes ein bezahlter Angestellter, auch wenn er wohl mit einem Haufen Aktien bezahlt wurde. Er hatte sich im Laufe der Jahrzehnte sicherlich seine Meriten in diesem Geschäft erworben, jedoch nie eine so weitgehende Kontrolle über die Firma erlangt wie die Erteguns bei Warner – und das sind bloß Türken; muß ihm mächtig stinken. Trotzdem war der Mann ein großes Tier, ein wahres Monster. Jones wußte nicht recht, warum Badiyi ihn hatte sehen wollen.

»Sind Sie Raucher?« fragte er Jones und hielt ihm die Schachtel hin, wobei er den eingelassenen Deckel mit dem Zeigefinger hochhob. Eine Retro-Geste, dachte Jones, sehr 30er-Jahremäßig.

»O ja.«

Jones betrachtete die Zigarette, die er sich genommen hatte; sie war dicker als üblich, das Papier beinahe durchsichtig und der darin eingekräuselte Tabak sehr hell. Badiyi, der sich auch selbst eine anzündete, gab ihm Feuer. Es war eine gute Zigarette, auch wenn Jones Mischungen, die etwas mehr, ähem, türkischen Tabak enthalten, eigentlich vorzog. Jetzt nahm er auch den diskret tickenden schwarzen Negativ-Ionisator ganz links auf dem Schreibtisch wahr. Lauter schicke Sachen. Haben wir vielleicht auch einen Testarossa neben dem S-Klasse-Mercedes in Sneden's Landing oder wo auch immer stehen?

»Tja«, sagte Badiyi, was Jones als sein Stichwort verstand, und also begann er zu reden. Diese Rede, die sicherlich zu früh kam, obwohl sie ihm leicht und flüssig von der Zunge ging, hörte sich, je weiter sie fortschritt, immer mehr an wie eine Art Beschwörung, als wollte er einen Bann errichten. Er begann mit dem Bekenntnis, daß er ein paar gute Ideen habe, zum Beispiel habe Abdullah Ibrahim, einstmals Dollar Brand, seit ungefähr sechs Jahren keine Platte rausgebracht, habe zur Zeit gar keinen Vertrag, und man sollte ihn ins Studio holen, und zwar mit einem großen Ensemble, falls man es sich leisten könnte, und falls nicht, dann mit einer kleinen Besetzung zwischen vier und sieben, jedenfalls sollte Carlos Ward dabei sein. Und wie wär's überhaupt mit einer Carlos-Ward-Platte mit Geri Allen, Charlie Haden und Elvin Jones? Ein Balladenalbum von Archie Shepp, wenn möglich mit Haden und Cameo-Auftritten von Lester Bowie und Tony Bennett. Jackie McLean habe gegenwärtig keinen längerfristigen Vertrag, warum ihn also nicht wieder mit Jack DeJohnette zusammenbringen plus irgendwelcher jungen schnellen Begleitung? Außerdem würde er es persönlich auf sich nehmen, Tacheles mit Ornette Coleman zu reden und zu versuchen, ihn mit einer Gruppe mit unverstärkten Instrumenten ins Studio zu zerren. Und, ach ja, hatte ich erwähnt, daß Steve Kuhns derzeitige Situation die ist, daß er wunderbare Platten für kleine Labels macht, die aber keiner hört? Wir sollten ihn nicht länger links liegenlassen. Und es gäbe da noch eine Menge jüngerer Burschen von der Post-Marsalis-Sorte, die von den anderen Majors noch nicht geschnappt worden seien, und Jones stecke so in der Szene drin, daß er sie frühzeitig aufspüre, und jetzt begann Jones, sich Namen auszudenken: Ivan Taylor, Anthony Tierney, Jackie Heywood, Wahid McDee, Royal Wheeler, Aaron Chisholme…

»Junge Musiker sind sexier als die etablierten«, sagte Badiyi entschieden, indem er Rauch ausblies. »Ich meine natürlich hinsichtlicher der Vermarktbarkeit.«

Tja, sicher. Übrigens, hatte Badiyi schon mal Florent Schmitts Streichquartett gehört, eine der bedeutenden Kompositionen des 20. Jahrhunderts und noch nicht auf Platte erschienen, außer dem einen Mal in einer nichtkommerziellen Aufnahme der Florent Schmitt Society auf einer Maxi-EP – Sie haben doch eine klassische Abteilung, nicht wahr? –, und dann sei da auch noch Thomas DeHartmanns klassisches Œuvre – der Typ, Sie wissen doch, der mit Gurdjieff gearbeitet hat? – ebenfalls nicht auf Platte und ziemlich wichtig, das kann ich Ihnen versichern. Aber um zum Jazz zurückzukommen.

»Bitte.«

Nun, es spielt sich einfach unendlich viel ab, nicht wahr? Also, nicht daß es wie in den alten Zeiten wäre, wo man ausging und sich fragte: Soll ich Ornette hören oder Mingus oder Sonny oder Trane, aber es gibt weiß Gott eine Menge Leute, die spielen können, und es ist auch nicht alles nur Stillstand, so im Stil von: Halten wir das Niveau, bis ein neues Genie auftaucht. Der junge Hatwell zum Beispiel, haben Sie den auf der Platte des Bären gehört?

»Ich habe sie mir angehört«, sagte Badiyi und lächelte gemessen.

Na ja, sagte Jones, er habe einige von Hatwells Kumpeln in Brooklyn gehört und gefunden, daß sie eigentlich ziemlich unglaublich seien. Sie würden wahrscheinlich im Sommer mit dem Bären auf Tournee gehen, und Hatwell kenne noch jede Menge anderer Jungs, die es noch nicht bis New York geschafft hätten, und mit diesen Kids könne man die anderen großen Plattenfirmen ausstechen und im Jazzbereich mal ein bißchen aufschließen. Denn im Moment sind Sie da doch, wenn ich das sagen darf, einigermaßen im Hintertreffen. Also, ich bin mit Art Blakey and the Jazz Messengers aufgewachsen, und das scheint mir immer noch das funktionsfähigste Modell zu sein, unabhängig von allen harmonischen Erweiterungen seitens Miles und Coltrane, aber die Musik ist dabei, Kraft zu sammeln, und wenn auch keiner weiß, wann oder ob sie ihre Muskeln für einen Sprung in die nächste Dimension in Schuß kriegt, ist die Zeit dennoch günstig für... Jones wurde sich unangenehm bewußt, daß er langsam klang wie ein alternder Hippie im harten kalten Licht einer veränderten Zeit.

»Alles zweifellos sehr stichhaltige Gedanken, aber der entscheidende Punkt«, fiel Badiyi in Jones' verlegene Pause ein, während er seine Zigarettenspitze untersuchte... Doch hier verendete seine Rede.

Nach einer Weile fügte Jones ein »Ja?« ein, und das schien zu funktionieren.

»Der entscheidende Punkt«, setzte Badiyi erneut an, wobei er sich ein Lächeln abrang, versank dann aber wieder in die Betrachtung seiner Zigarettenasche.

Jones fand nach langer Zeit einmal wieder seinen Sinn für Komik angesprochen. Er hatte gute Lust, Badiyi auf den Rücken zu schlagen und gemeinsam mit ihm über die Umständlichkeit seiner Nummer zu lachen. Nein, mal im Ernst, würde Jones sagen, ich mag Sie, ich versteh's, lassen Sie's, entspannen wir uns doch. Eine frohe Erkenntnis durchzuckte Jones: Wer so theatralisch agiert, kann nicht allzu knallhart sein. Eins muß ich zugeben. Immer wieder kann man vom Bären was zum Thema Travestie lernen. Das hier ist auch nur eine Nummer aus der abgegriffenen Witzesammlung der Welt. Nur ein luftiges Nichts, das einen auf dem Tablett serviert wird.

Stimmt's?

Jones blickte durch die Fensterfront auf das, was die Midtown darzubieten hatte. Falls irgend etwas unter dem Gewicht von dessen Irrealität zusammenbrechen sollte, dann doch wahrscheinlich eher ich als New York. Aber wir schaffen es, für eine Weile zu koexistieren, oder? Es könnte funktionieren. Ich handle ja nicht aus freien Stücken. Es sind fundamentale Anforderungen an meine Person gestellt worden. Ich muß diesen Job haben. Hinterher winkt als Kompensation erstens Sex mit Sybil und zweitens, wer weiß und wir wollen ja nicht übertreiben: ein Leben.

»Normalerweise«, sprach Badiyi zu ihm, »werden Vorstellungsgespräche wie dieses nicht von mir geführt. In Ihrem Fall habe ich eine Ausnahme gemacht.«

»Danke«, sagte Jones und fühlte eine angenehme Wärme durch seinen Körper fluten. Tja, warum nicht?

»Für gewöhnlich befasse ich mich heutzutage nicht mehr mit dem Jazzgeschäft. Es ist nicht gerade eine Goldgrube und auch nicht das, wofür ich engagiert worden bin, und mein Geschmack auf diesem Gebiet entspricht eher dem einer älteren Generation. Was Sie da an Ideen formulieren, klingt alles sehr intelligent, aber ich bin wohl nicht der richtige Mann, darüber zu diskutieren ...«

Irgendeine Modulation in Badiyis Tonfall, eine sich ballende Ernsthaftigkeit, ließ Jones die Ohren spitzen. Steht er im Begriff, etwas Reales zu sagen? Ich glaube, ja. Wird es mir gefallen? Schweine könnten fliegen. Bären könnten sprechen, sogar Altsaxophon spielen – nicht schlechter als sonst jemand seit Charlie Parker, sag ihm bloß keiner, daß ich das gesagt habe.

»... und obwohl ich nicht genau weiß, wieviel Platz die jungen Männer, die für unsere Jazzveröffentlichungen verantwortlich sind, Ihnen einräumen werden, würde ich vorschlagen, daß Sie sie kennenlernen und es miteinander versuchen sollten.«

Nun, das klang gut, aber Jones begann – es war vorerst unmöglich, Sorge von Intuition zu unterscheiden – die vertrauten Umrisse eines Luftschlosses am Ereignishorizont auszumachen, die mit hohlen Phrasen gefüllte Schweinsblase, die da in die Luft stieg ...

»Das Wichtigste natürlich, das Sie für uns, für *mich,* tun können«, und hier schien Badiyi geradezu ehrerbietig zu nicken, »ist, Ihren Freund, den Bären, bei der Stange zu halten. Er ist ein Musiker von offenbar einzigartigem Potential, und es wäre eine Schande, wenn wir ihn verlieren würden. Im Widerspruch zu den Gesetzen des Jazz könnte er der Firma sogar etwas Geld einbringen.«

Jawoll, da war sie, die vertraute Melodie, das vor den Augen zerstiebende Schloß, die platzende Blase. Es geht um den Bären, wie üblich, und für mich ist gar nichts drin. Ist das auf ewig alles, was die Welt mir mitzuteilen hat?

Jones' Mut sank ins Bodenlose, oder so.

Hätte es voraussehen müssen. Sollte langsam mal klüger sein.

»Halten Sie den Bären bei der Stange, und die Firma wird Ihnen dankbar sein.« Badiyi drückte seine Zigarette in einem Onyx-Aschenbecher aus, wobei er dem Stummel noch eine letzte Extradrehung mit auf den Weg gab, um jeglichen Rauch zu tilgen. »Ich bin sicher, daß Sie sich auch anderweitig Ihre Brötchen verdienen werden. Es wird kein Problem für Sie sein, Presseinformationen zu schreiben und mit Multiplikatoren aller Art umzugehen.« Badiyi warf einen unsichtbaren Gegenstand in die Luft. »Presse, Manager, Künstler. Was auch immer.«

Der übrige Teil des Vorstellungsgesprächs verschwamm ein wenig in Jones' Wahrnehmung.

»Was den Bären betrifft, sollte ich noch deutlich machen, daß Sie, wenn Sie bei *uns* angestellt sind, nicht gleichzeitig für *ihn* arbeiten können... Das werden Sie sicherlich verstehen.«

Ah, dachte Jones, ein Stückchen Verrat wird mir also auch angeboten. Wäre es nicht bequemer, mir einfach die Eier zwischen zwei Steinen zu zerquetschen? Weniger subtil in der Ausführung vielleicht, aber eins a scheißeffektiv und auch weniger zweideutig.

Badiyi erwähnte, daß Megaton kürzlich eine Filmabteilung aufgemacht habe – wer könne voraussagen, was für Möglichkeiten der Bär auf diesem Gebiet eröffne? –, und dann sah Jones eine Zahl an sich vorbeischweben: siebenunddreißig-fünf plus die üblichen Vergütungen – das war das Anfangsgehalt. Noch einmal wurden die Informationen für die Presse erwähnt, wohl um ihm zu versichern, daß er wirklich eine Aufgabe habe, und um der Klinge einen glatten Weg zu bahnen.

Ja, schließlich habe ich schon ein paar Kolumnen für die *East Village Other* geschrieben, hörte er sich idiotischerweise beteuern, bevor er ging.

In der Fahrstuhlkabine auf dem Weg nach unten hatte Jones einiges zu erwägen.

Gnade! Mitleid! Friede! Hatte das alles irgendeinen Platz auf der Welt? Und er? Seine Ansprüche auf dem Gebiet der Menschenwürde waren ja eigentlich gar nicht mal so groß. Er wäre auch mit schlichtem Maustum zufrieden, solange ihn jemand fütterte... Was war mit dem zeitlosen Ich im Garten? Ich muß doch irgendwo einen Platz haben, irgendwo hier unten.

Jones betrat die Straße, zu hell, zu viele Abgase, Autos, Lastwagen, Busse, Menschen, zu viel Lärm und Schmerz. So viel Sonne, so wenig Licht.

Spiegelte New York wirklich den derzeitigen Zustand der Zivilisation? New York ist keine Stadt, es ist ein Menschenkaufhaus.

Das ist die Denkweise von Menschen, die keine Macht haben, wurde ihm bewußt. Meine Denkweise.

Siebenunddreißig-fünf. Das schien eine ganze Menge zu sein und würde vielleicht Gnade vor Madame finden.

Jones setzte die Sonnenbrille auf, und gleich wurde der Anblick der Straße erträglicher, Lichter und Schatten nahmen eine weniger tödliche Grellheit an. Trotzdem, es war ein unglaublich brutaler Ort für eine florierende Stadt in Friedenszeiten. Ein teurer und häßlicher Mißgriff.

Yeah, yeah, yeah, sing die alten Lieder. Mach mit beim Geistertanz. Die Büffel kommen zurück. Die Kugeln können dir nichts anhaben. Schreibe, wenn du Arbeit findest.

Wonach suche ich? Beifall? Wenn ja, von wem?

Er würde die Bahn nach Downtown nehmen, ungefähr eine halbe Stunde vor Sybil in der Wohnung sein, das Jackett ausziehen, die Krawatte lockern, ein paar beruhigende Whiskys mit Eis süffeln – das war auch was Neues, dieser Wechsel von Hopfen zu Malz, lief parallel mit dem Kostümwechsel – und das Megaton-Angebot mit ihr besprechen, wenn sie nach Hause kam. Nach einer Weile würde sie dann seine Eier durch die kühle Baumwoll-Leinen-Mischung hindurch zart mit ihrer Hand umschließen und ein winziges Stück einer rosa Zungenspitze durch ihre Lippen schieben. Daraufhin würden sie sich die Kleider vom Leib reißen, sich auf irgend etwas Weiches fallen lassen und besinnungslos die Säfte fließen lassen, etwa eine Stunde lang, Ruhepausen eingerechnet. Ein Menschenleben, endlich.

Und hallo, dachte er, indem er noch einmal die Uhrzeit prüfte, ich erwische die Bahn noch vor der Stoßzeit. Er erinnerte sich, daß es ihm schon mal schlechter gegangen war. Und so war es teilweise eine Geste der Solidarität unter Seelenverwandten – aber er tat es auch sowieso immer –, daß Jones sein Kleingeld aus der Tasche holte, als der auf dem Bürgersteig einen Block südlich von Megaton sitzende Bettler in seinen schmierigen alten Klamotten seine Hand ausstreckte; er sah dem Typen in die Augen und fragte: »Wie geht's, Mann?«

Der Typ, der kaum Zähne im halb offenhängenden Mund hatte, schob sich die eins fuffzig plus ein bißchen Kleinscheiß in die Hosentasche, bevor er den Kopf zum Sprechen hob. »Wie es mir *geht*? Was, zum Teufel, *glaubst* du wohl, wie es mir geht?« Es war zu laut, dachte Jones. Gaga. Stand überhaupt nicht im Verhältnis. »Du mußt vielleicht ein *Arschloch* sein, mich zu fragen, wie es mir *geht.* He!« rief er den Passanten zu, und einige drehten sich auch zu ihm um. »Dieses Arschloch will wissen, wie es mir *geht*!«

»Man sieht sich, Mann«, sagte Jones und schickte sich an, in Richtung Downtown zu gleiten.

»Du siehst mich jetzt!« O nein, der Typ rappelte sich auf, schäumte geradezu auf die Füße. »Du siehst mich jetzt, *Mann.*« Er schleuderte einen Arm heraus, fünf schmutzige Finger zeigten in zitternder Anklage auf Jones. Der Hosenlatz des Mannes stand offen, aber wenigstens hing nichts heraus.

Jones verzog sich im Laufschritt, zog die Blicke der Leute auf sich, während der Typ ihm Obszönitäten und Beleidigungen hinterherrief. Und dann lief der Typ ihm natürlich nach – es war, als würde er von einem Tintenklecks verfolgt, den er selbst ausgestoßen hatte wie ein Kalmar in Panik. Jones befürchtete schon, daß der Mann sich für immer an ihn klammern würde, aber er wurde ihn dann doch los, indem er zwei Straßen weit durch die Menge flüchtete, und um die Ecke in eine eher leere Seitenstraße bog. Er hatte das Sonnenlicht und die U-Bahn-Linie, die er nehmen wollte, hinter sich gelassen, aber er schien frei zu sein.

Jones zog sein Taschentuch aus der Hose, wischte sich übers Gesicht und schöpfte Atem, bevor er sich wieder bewegen konnte; seine Klamotten schienen ihm weniger denn je zu passen – hier hochgezogen, da runtergerutscht, im Schritt verheddert. Hoffentlich war das hier die richtige Richtung, durch herabfallende Asche hindurch, in einer Stadt, deren Straßen vor und hinter ihm unter dem Ansturm des Feierabends ächzten, während die Schatten immer länger wurden.

Iris fuhr jedesmal zusammen, wenn das Telefon klingelte, und wußte nicht, ob sie ihren Anrufbeantworter anspringen lassen oder lieber selbst rangehen sollte. Sie hatte bereits drei Nachmieterkandidaten, aber die Anfragen ließen nicht nach. Die letzte

Anruferin hatte gleich aufgelegt, als der Anrufbeantworter sich meldete. Konnte man ihr nicht verdenken. Iris gefiel der Klang ihrer Stimme auch nicht. Melodiös, höflich, aber völlig unaufrichtig. Ich bin im Moment nicht zu Hause. Da würde ich auch auflegen.

Sie saß im Sessel neben dem Gerät, drehte sich eine Zigarette und zündete sie an, während die sinkende Sonne ihre Strahlen schräg durch die Jalousie schickte und Sprossen auf ihre Wohnzimmerwand malte. Es war keine schlechte Wohnung. Sie unterzuvermieten, war illegal und konnte sie ihren Mietvertrag kosten. Warum also nicht einfach bleiben?

Sie hatte gehofft, einen Untermieter zu finden, ohne eine Annonce in die Zeitung setzen zu müssen, aber ihr Antrag auf Urlaub und ein paar beiläufige Bemerkungen im Laborumfeld hatten nichts anderes bewirkt, als daß Roger eines Abends vor ihrer Wohnungstür stand, um einen letzten Angriff zu starten, bevor sie wer weiß wohin verschwand. Ins Gefecht führte er ein breites, wenig vertrauenswürdiges Lächeln und sein unfehlbares Gespür fürs erotische Klischee: einen Haufen in grünes Papier geschlagene Blumen und offenbar eine unter festlichem Einwickelpapier lauernde fröhliche Flasche Schampus.

Sie nahm ihm die Flasche ab und schickte ihn mit den Blumen nach Hause zu seiner Frau.

Das mit Roger hatte sie bemerkenswert gut hingekriegt, mußte sie sich eingestehen, während sie an ihrer zweiten Flöte des entwendeten Veuve Clicqot nippte. Sie wußte, daß sie bei leichter Bedrohung sehr schlagfertig sein konnte – das war geradezu ihre Spezialität –, wurde der Grad der Bedrohung jedoch erhöht, verfiel sie eher in einen Zustand der Lähmung. Die Leichtigkeit, mit der sie Roger abgefertigt hatte, verdankte sie ein bißchen dem Einfluß – oder wie sollte man sagen –, dem Input des Bären. Input war gut. Vielleicht würde er sich am Ende doch als gut für sie erweisen. Und was sie zu ihm gesagt hatte! Roger, wenn du wüßtest, wen ich wirklich ficke, dann würdest du vor Schreck tot umfallen. Nein, das hatte sie nicht gesagt, oder? Doch, hatte sie. Was war los mit ihr? Sie veränderte sich. Was war wirklich zwischen ihr und dem Bären abgegangen?

Jedenfalls, als klar wurde, daß weder die Leute im Labor noch irgendwelche Freunde oder Freunde von Freunden bei ihr auf der Matte standen, inserierte sie im *Observer* und in der *Times,* bekam daraufhin aber nur ein paar wenige Anrufe. Sie fügte sich ins Unvermeidliche, schaltete eine Annonce in der *Voice* und richtete sich auf einen Ansturm von ausgeflippten Anrufern ein. Es war dann nicht so schlimm, wie sie befürchtet hatte. Es gab einen Haufen von Leuten, die sie unbesehen abwimmeln konnte: aggressive Stimmen, Stimmen aus der amerikanischen Wildnis, von Chaos und Wahnsinn durchtobt; Männer, die klangen, als wären sie auf der Pirsch, andere, die zu abgedreht schienen, als daß man ihnen hätte trauen können. Es hatte jedoch auch andere Stimmen gegeben, und sie hatte sechs Leute zur Besichtigung in die Wohnung kommen lassen. Drei von denen kamen in Frage: eine selbstsichere schwarze Frau Ende zwanzig, die als Bürokraft arbeitete und zur Abendschule ging, um ihren Betriebswirt zu machen; ein vermutlich schwuler Typ aus dem Mittelwesten, der Sozialarbeit in Alphabet City machte; und eine lebhafte junge Kellnerin mit einer Vielzahl von Kontakten zur Weltmusik-Szene – Mauretanien, Tuma, Joujouka –, die zudem, wie sich bei einer beiläufigen Bemerkung von Iris herausstellte, auch vom Bären gehört hatte und die Tin-Palace-Platte sehr mochte. Von den dreien gefiel Iris die Kellnerin am besten, doch hielt sie sie auch für finanziell am wenigsten verläßlich. An den anderen beiden gab es eigentlich nichts auszusetzen.

Warum also saß sie hier rum, die Nerven angespannt wie Klaviersaiten? Es war, als würde die Haut ihrer Welt so weit gedehnt, daß sie dünn wurde und aufzureißen drohte, um dann Gott weiß was für Chaos und Verderben hineinzulassen.

Lag es vielleicht daran, daß sie, nun ja, drauf und dran war, aufs Land beziehungsweise in den Wald zu ziehen, um in größtmöglicher Vertrautheit mit einem, wir wollen doch nichts beschönigen, sprechenden Bären zu leben? Konnte das ihrer Ansicht nach etwas damit zu tun haben?

Komisch war auch, daß sie beim Zusammenpacken einiger ihrer Sachen auf die alte Nummer des *Rolling Stone* gestoßen war, aus der sie dem Bären am Abend vor seiner Verhaftung so großspurig vorgelesen hatte, das Zitat aus den gnostischen Evangelien. Wenn du hervorbringst, was in dir ist, so wird, was du hervorbringst, dich erretten; und wenn nicht, tja, Pech gehabt, pffft...

Was allerdings interessant war: Was immer ihre erklärten Werte sein mochten, sie handelte im allgemeinen, jedenfalls seit ihrem kürzlichen Sprung oder Sturz in sexuelle Beziehungen mit dem Bären, als ob das Gegenteil wahr wäre. Zum Beispiel war es stets ihre begründete Überzeugung gewesen, daß sie, wenn sie an ihrem Job festhielt und psychisch beieinander und fest auf dem Boden blieb, einigermaßen heil durch ihr Leben käme und am Ende sterben würde, ohne völlig in Stücke gerissen zu sein. Sie hatte bereits den Verlust ihrer Töchter mehr oder weniger überlebt, und obwohl die Welt jederzeit mit noch Schlimmerem aufwarten konnte, wenn man gerade dachte, sie hätte ihre Erfindungskraft oder ihre Ressourcen erschöpft, würde sie, Iris, wenn sie sich zusammenriß und gegen keine wichtigen Gesetze verstieß, vielleicht irgendwie durchkommen – nicht mehr in einem Stück, dafür war es zu spät, aber ohne daß der eigentliche Kern ihrer Qual entdeckt, ihr aus dem Leib gerissen und vor der ganzen Welt ausgestellt würde.

BIOLOGIN IN LIEBESNEST MIT SPRECHENDEM BÄREN ÜBERRASCHT. Ja, das würde es bringen. Sie wußte es: Es war ihr beschieden, auf einem Wühltisch im Supermarkt zu landen.

Der Bär würde sicherlich einiges von dem, was in ihr war, hervorbringen, hatte es sogar schon getan, und diese Erfahrung mochte sie durchtränkt und beseligt haben, hatte ihr aber auch eine Scheißangst eingejagt und ihre Nerven bis unmittelbar vor dem Zerreißen gespannt. Garrotten wurden aus Klavierdrahtsaiten gemacht, kam ihr in den Sinn.

Ein Leben mit dem Bären.

Suck on this, und ich werde dich erretten. Soweit ganz normal.

Iris berührte ihren Hals mit den Fingerspitzen der rechten Hand. Da ist etwas Räuberisches in der Art, wie er meine Kehle betrachtet, wenn er glaubt, daß ich schlafe.

Andererseits, wenn sie bei dem Gedanken an ein Leben mit dem Bären gerade einmal nicht vor Angst verging, fühlte es sich beinahe perfekt an, so warm, wie die einzige Aussicht auf Geborgenheit und vielleicht sogar Verwandlung in jemanden, der mehr Mut, Ganzheit und Kraft ins Feld führen kann. Auch fühlte es sich unausweichlich an, nach Schicksal. Noch etwas Seltsames fiel ihr ein: Damals während der gerichtlichen Auseinandersetzung mit Herb wegen der Kinder, als ihr noch nicht klar war, daß sie sie verlieren würde, ging sie eines Abends in der viel zu kleinen Wohnung, die sie sich zu der Zeit nur leisten konnte, zu Bett – Aim und Trace schliefen aneinandergekuschelt auf ihrem Futon –, und als sie den Kopf aufs Kissen gelegt und die Augen geschlossen hatte, da erschienen statt der Dunkelheit plötzlich Bäume und Berge, und inmitten der Erscheinung stand ein Bär. Zuerst hatte sie sich gefragt, ob er das sei, erkannte dann aber rasch, daß dem nicht so war.

Sie hatte die Augen wieder geöffnet, Tracy und Amy schliefen unter ihrem Federbett, und das Nachtlicht war an. Sie machte die Augen wieder zu.

Iris blickte hügelaufwärts und sah, aufrecht stehend zwischen hohen Kiefern auf einer Art Bergsattel, hinter dem sich die Berge weiß und zerklüftet bis jenseits der Schneegrenze erhoben, den größten Bären, den sie je gesehen hatte, gebaut möglicherweise nach dem Modell *des* Bären, doch unvergleichlich majestätischer, wie sie zugeben mußte. Sein Archetyp? überlegte sie, entschied aber schnell: Nein, ist es nicht.

Dann schlug sie erneut die Augen auf: Tracy und Amy atmeten ruhig, friedlich und unwissend wie zuvor.

Augen zu, und da war er wieder. Na gut, dachte sie, ich schau ihn mir an und laß mich von ihm anschauen.

Der Bär hatte sie dann untersucht. Iris fühlte seinen Blick von Kopf bis Fuß wie eine feine Substanz durch sich hindurchgleiten, und sie wußte, daß dieser Bär ihre Tauglichkeit erforschte, Mutter für Tracy und Amy zu sein und diese in dieser Welt zu beschützen. Sie konnte nicht sagen, zu welchem Ergebnis der Bär gekommen war. Wie sich dann herausstellte, sollte sie sie verlieren, und Iris hatte das Gefühl, daß er das gewußt haben mußte. Wonach hatte er also wirklich gesucht? Hatte er geprüft, ob sie vor *dem* Bären bestehen konnte? Vor Gott, der Gerechtigkeit, der natürlichen Ordnung, der Forstkommission oder was?

Als sie dann tatsächlich vor Gericht ihre Töchter an Herbs bessere Fachkenntnisse und mächtigere Beziehungen verlor, dachte sie in der Folgezeit ernsthafter darüber nach, ob der Bär ihr diesen großen Prüfer – sie wollte Beschützer sagen, aber ihr war ja kein

Schutz zuteil geworden – als eine Art immateriellen Abgesandten geschickt hatte, und sie hatte erwogen, den Bären anzurufen. Was sie vielleicht wirklich hätte tun sollen. Wer weiß, er hätte ihr damals vielleicht helfen können, da alle weltliche und herkömmliche Hilfe von Freunden und Rechtsanwälten ihr nicht den geringsten Nutzen gebracht hatten. Die Psychedelika richteten auch nichts aus. Das Problem damals war, daß sie glaubte, nicht das Recht zu haben, nachdem sie dem Bären in gewisser Weise das Herz gebrochen hatte, ihn um Aufmunterungsdienste, um Trost und Rat und eine unschuldige, beschützende Umarmung zu bitten.

Aim und Trace, Ziel und Spur.

Iris hatte nicht vorausgesehen, daß die Spitznamen ihrer Töchter ihr einmal in so furchtbarer Weise hohnsprechen würden, aber so war es: Sie hatte das Ziel verfehlt und fast keine Spuren in ihrem Leben hinterlassen. Ich habe sie aus meinem Körper in die Welt gesetzt und sie verloren. Kann es eine größere Schuld geben? Sie waren auf sich selbst gestellt, und meine Gedanken waren bei mir. Ich habe es verdient zu leiden. Hör auf. Hör sofort damit auf, du weißt, wo das hinführt.

Iris veränderte ihre Haltung, drückte den verkrampft gebeugten Rücken durch. Sie ordnete ihre Beine neu und atmete tiefer.

Wo war ich? Woran hatte ich gedacht?

Ich drücke diese Zigarette aus, hab kaum was davon geraucht.

Würde der Bär ihr jetzt helfen?

Ihre Cousins hatten die Leine losgelassen, und sie war untergegangen – eine überraschend beruhigende Erfahrung mit einem fürchterlichen, würgenden Nachspiel. Wäre es jetzt anders? Da war eine Stimme ganz weit hinten in ihrem Kopf, die ihr mit zunehmend hysterischem Nachdruck zuschrie: Geh nicht geh nicht geh nicht.

Der Leiterschatten auf der Wand wanderte und verblaßte Stück um Stück mit dem Sichneigen des Tages. Die Zeit wurde knapp, ihre Nervenstränge zurrten sich immer fester, quietschten schon klagend, und natürlich wählte das Teufelsinstrument auf dem Beistelltisch gerade diesen Augenblick, um erneut zu klingeln, so daß das Zimmer erbebte und ihre Nerven noch ein Stück weiter strapaziert wurden.

Diesmal nehme ich ab. Vielleicht ist es der perfekte Mieter. Vielleicht ist es die Lösung für all meine Probleme. Vielleicht ist es Gott, der mir sagen will, daß ich in der Stadt bleiben soll.

Iris nahm den Hörer ab und meldete sich.

»He, süßes Kind«, sprach der Bär in ihr Ohr, »wann werde ich dich endlich wiedersehen?«

Er hatte die Gegend inzwischen um einiges besser im Griff. Was beim erstenmal schiefgelaufen war, war nichts weiter gewesen, als daß er einen Berg weiter nach Norden auf Neuland geraten war, ohne es zu merken, und selbst als er dem Abstieg zu einer Ansammlung von Dächern folgte, traf er auf unbefestigte Straßen, die ihn ins Unbekannte führten. Es hatte ihn eine zweite Nacht in der Wildnis gekostet, und als er den Weg nach Shady endlich doch gefunden hatte, bildete sein Pelz ein Biotop für nahrungssuchendes Getier und Gewürm aller Art, Borkenstücke, Nadel- und Blätterfragmente.

In eben diesem Zustand kehrte er ins Haus zurück und traf auf den Fotografen. Der Mann nahm die Umstände ihres Kennenlernens ziemlich cool auf, hatte keine Probleme damit, den Bären draußen mit dem Schlauch abzuspritzen und dessen Fell unter Zuhilfenahme eines steifborstigen Handbesens und einer halben Flasche Geschirrspülmittel von allen Seiten abzuschrubben. Mann, war das gut! Dann fuhr der Typ, vom Bären mit ein paar Geldscheinen ausgestattet, nach Woodstock und kam mit einer Tonne Lebensmitteln und Bier zurück, verpackt in Grand-Union-Tüten. Der Mann war in Ordnung, fand der Bär, ein großer schlanker, sehr amerikanisch aussehender Zeitgenosse mit schmutzigblondem Bürstenschnitt und einer entspannten, leicht arroganten Art; jedenfalls war er unbefangener im Umgang mit sprechenden Bären als die meisten anderen Leute. »Allerdings hab ich ein bißchen Schwierigkeiten, dich C. J. zu nennen«, sagte der Bär zu ihm, als sie hinter dem Haus ein paar kalte Biere wegtranken. Der Bär saß auf einem Baumstumpf und der Fotograf auf einem Klappstrandstuhl, der entschieden den Eindruck vermittelte, er werde jeden Moment zusammenbrechen. Das war ein Maßstab für die Coolheit des Fotografen, dachte der Bär, daß er sich nicht die Bohne um den Zustand des Stuhls scherte.

»Der Grund ist der«, sagte der Fotograf, wobei er leicht das Gesicht verzog und sich die kalte Flasche über den Nacken strich. »Ich heiße Charles Manson. Genau wie der berühmte Killer.«

»Verstehe«, sagte der Bär.

»Mittelinitial J. also C. J.«

»Wir haben alle unser Kreuz zu tragen.«

»Was weißt denn du schon davon?« fragte der andere und lachte dann, um deutlich zu machen, daß es als Witz gemeint war. Der Bär befand, daß der Mann, doch, doch, einen gewissen Sinn für Humor besaß, wenn auch ein paar Grad von dem seinen abweichend. Größtenteils eine Sache von Timing und Gewichtung, ansonsten nichts Entscheidendes.

»Was hältst du davon, wenn ich dich *Siege* nenne?«

»Siege?«

»Ja, eine Zusammenziehung von C. J. – Ceej – und auch, weil es dem nahe kommt, was mein Leben hier oben darstellt, eine Belagerung, und du bist wie so ein Bote, der ein- und ausgehen kann.«

»Aha, ich kapiere. Okay. Soll mir recht sein.« Dann teilte Siege dem Bären mit, daß er im allgemeinen nach seinem eigenen Rhythmus kommen und gehen werde, aber in Notfällen oder um einkaufen zu fahren auch jederzeit erreichbar sei. »Ich werde ab und an hier sein, um unten meine Filme zu entwickeln oder Studioaufnahmen zu machen. Kann auch mal vorkommen, daß ich, wenn du nichts dagegen hast, mit einer Dame oder auch zweien über Nacht bleibe, obwohl, in neun von zehn Fällen bin ich abends wieder in der Stadt bei meiner Frau. Barb und ich, wir haben da so ein Übereinkommen.«

»Hört sich so an.« Barb. Siege. Abwehr. Angriff.

Als Siege weg war, aß der Bär Brot mit Aufschnitt und Kartoffelsalat, sah fern, gönnte sich ein paar Zugabebiere und kam zu dem Schluß, daß allein zu Haus auf dem Lande zu sitzen auch nicht so toll war. Er trat nach draußen, nahm nicht viel von den Bäumen, den Bergen oder der frischen, duftenden Luft wahr und konstatierte, ja, ihm war langweilig. Inzwischen war es aber zu spät, um Iris anzurufen und zu fragen, wie sie vorankam. Tja, na ja.

Er saß auf der Vordertreppe und lauschte dem Wind im Kiefergeäst. Nach ungefähr einer Viertelstunde fiel ihm ein, daß er sich hier ja in einem Einzelhaus befand, wo man sich nicht um irgendwelche Nachbarn sorgen mußte. Er ging wieder hinein, packte sein Saxophon aus und machte sich ein oder zwei Stunden lang ans Üben. In Ermangelung irgendwelcher wesentlicher Sachen, die er spielen konnte, und ohne das Gefühl einer näheren Beziehung zu der Musik zu haben, erlebte er, wie seine technischen Fähigkeiten sich wie von selbst unter seinen Pfoten vervielfachten. Er vernahm wie seine Phrasen ihre Struktur komplizierter gestalteten, rhythmische Umkehrungen vorlegten, in kleine Filigrane mündeten, hörte seinen Atem Wege in neue Konfigurationen erforschen. Neue Details falteten sich auf, und sie waren konzeptionell interessant, nahm er zumindest an, aber er spürte wenig Leben oder Schönheit in ihnen und empfand keine Leidenschaft, während er sie erzeugte. Er hatte immer eine narrative Spielweise angestrebt, bei der die Ideen sich natürlich oder gar gemächlich entwickelten, bevor sie sich zu größerer Wahrheit, größerem Gefühl oder thematischer Umwandlung getrieben sahen, wo verschärfte Technik gefragt war, um die sich sammelnden Energien des Augenblicks zu leiten; aber hier schien sich jetzt eine überreizte Notenschwelgerei einzuschleichen, die jede Ritze einfach zukleistern mußte und jede narrative Entwicklung unwahrscheinlich, wenn nicht unmöglich machte. Es hörte sich obsessiv und angstgetrieben an, auf den ersten Blick jedenfalls. Es war, als wollte die Form versuchen, einen Mangel an aufregendem Inhalt zu kompensieren. Was sollte daran schön sein?

Schönheit, dachte er, und versank kurzzeitig in einen Tagtraum über Iris, ihre durch ihren Leib verkörperte Seele, ihren durch ihren Seele vergeistigten Leib, die Wölbung ihres Brustkorbs unter ihm, ihre süßen Brüste, das Strahlen ihrer Augen.

Baby, komm heim.

Würde sie's tun? Er war bisher nicht auf die Idee gekommen, daß sie es nicht tun könnte, jetzt aber kam er ins Grübeln. Die Welt ohne eine Rose. Land ohne Wasser, Raum ohne Luft. Ein Herz ohne Herz. Ein Bär ohne ausreichenden Grund, irgend etwas zu tun. Ich weiß, daß die bloße Frage, ob eine Liebe wie die unsere in dieser Welt überdauern kann, eine Einladung an das Gelächter ist, in Böen durch unser Zimmer zu wehen. Es bläst vielleicht nicht gleich die Kerze aus, aber es stellt mit Sicherheit die Flamme in Frage. Dennoch: Bitte, Herr, beraube mich nicht dieser Gnade.

Der Bär ging nach drinnen, packte sein Instrument ein und begann auf und ab zu gehen, *kak medved,* wie ein Bär, immer quer durchs Wohnzimmer.

2

»Ach, komm schon«, sagte der Bär.

»Nein«, sagte Iris.

»Reite auf meinem Rücken. Ich verspreche, daß ich auf überhängende Äste aufpassen werde. Laß uns ein bißchen im Wald rumtoben. Du wirst begeistert sein, ich schwör's.«

»Nicht mit mir.«

»Das wird total irre. Du wirst sehen. Laß es uns probieren.«

»Ich leg keinen gesteigerten Wert auf Irres«, erwiderte Iris mit leicht gerötetem Gesicht. »Danke.«

»Du verpaßt etwas ganz Tolles.«

»Ich fühl mich zur Zeit nicht genug drin in meinem Körper, um auf deinem Rücken zu reiten.«

»Kann ich irgendwas tun, um diesem Zustand abzuhelfen?« Der Bär zwinkerte anzüglich.

»Im Moment nicht, danke sehr. Kannst du nicht einfach warten, bis ich mich ein wenig eingewöhnt habe?«

Nun ja, dachte der Bär, so ist sie halt. »Okay, Süße«, sagte er. »Ich Bär, du Iris, alles klar, entspann dich.«

Tatsache war, daß er vor Freude fast darüber ausrastete, daß sie wieder da war. Sie war jetzt schon vier Tage daheim – daheim! –, hatte die Fußböden gewischt, jede Oberfläche und jeden kleinen Gegenstand in der Küche geputzt, einige der Gemälde und Zierglasstücke ausgelagert, die Möbel umgestellt und den Laden generell aufgemöbelt. Er mußte zugeben, daß sie einen großartigen Geschmack hatte: All diese kleinen Korrekturen veränderten die innere Ausrichtung des Hauses, verdeutlichten seine Materialien und Dimensionen und schienen sogar die Qualität des durch die Fenster einfallenden Tageslichts zu verbessern. Das einzige, wogegen er protestierte, war ihr Beharren darauf, die Verandafenster bereits jetzt gegen die Fliegengitter auszuwechseln.

Es ist abends immer noch ziemlich kühl, hielt er ihr vor.

Dafür ist es am Tag schön, hielt sie dagegen, und ich hätte gern einen Platz zum Sitzen.

Wir können draußen sitzen, Schatz.

Und *gesehen* werden?

Der Bär beschloß, um die unangenehmere Schlußfolgerung tunlichst zu vermeiden, das so zu verstehen, daß sie an *sein* Wohl dachte und Angst hatte, daß *er* gesehen würde, und nicht, daß *sie* mit *ihm* gesehen würde... Büchse voller fieser Würmer, dachte er, laß sie geschlossen, und zwar luftdicht.

Okay, Süße, sagte er zu ihr, hängen wir also die staubigen alten Gitter rein.

Wir müssen sie erst reinigen, sagte sie.

Zusammenzuleben, im vollen Sinne des Wortes, war etwas ganz anderes als in ihrer Wohnung mit untergebracht zu sein. Der Raum zwischen ihnen, ja der ganze Raum im Haus, war mit neuer Spannung aufgeladen – fast rechnete er damit, kleine Blitze mitten in der Küche oder Funken in der Ecke des Wohnzimmers zu sehen –, und die Fragen wechselseitiger Gebietsansprüche waren merklich komplexer geworden.

Positiv, auf ihre Art sogar rührend, war die Tatsache, daß sie weder gleich nach ihrer Ankunft noch später am ersten Abend ins Bett gesprungen waren, sabbernd und geifernd den Qualen gegenseitiger Lust unterworfen. In der ersten Nacht gingen sie beim schwachen Licht der Taschenlampe zusammen ins Bett, beide nackt, und kamen unvermerkt ins Reden, sprachen leise über einfache, unbedeutende Dinge, genossen die Banalität ihrer Unterhaltung und ihre feinfühlige und taktvolle Dynamik, und die ganze Sache endete damit, daß sie einander in den Armen hielten, bis Iris entdeckte, daß der Bär ihr noch eine Weile beim Atmen zuhörte, bevor er seine Pfote unter ihr herauszog und sich seinerseits zum Schlafen ausstreckte.

Ja, es war, als wären sie, der Welt zum Trotz, zwei Lebewesen, die einander wirklich etwas bedeuteten, und eben nicht nur auf die Weise, die sich durch Keuchen und Zittern ausdrückt. Besser noch, als sie dann doch wieder ans Werk gingen, in der dritten Nacht nach ihrer Rückkehr – seltsam, der Bär wußte nicht mehr, was sie am zweiten Abend abgehalten hatte; war Iris ins Bett gegangen, ohne daß er es bemerkt hatte, und schon eingeschlafen, als er kam? –, da war es wieder von vorn bis hinten unglaublich. Man konnte ohne Übertreibung behaupten, daß der Bär nie zuvor etwas dem Liebesspiel mit Iris Gleichendes erlebt hatte. Ihre geschmeidige, kühle Schönheit, ihr kleiner Körper – lachhaft, daß er ihn einst für zu zart gehalten hatte, seiner Kraft standzuhalten –, ihre Feinheit und Sanftheit, die entsprechende Dimensionen auch in ihm freilegten, so daß komplexe Rosenknospen der Wahrnehmung, neue Erfahrungen, eine Sphäre nach der anderen, eine Schönheit nach der anderen sich ihm willig öffneten, nachdem ein so großer Teil seines Lebens von Exil und Ausschluß geprägt gewesen war; Genüsse sonder Zahl, Erlebnisse von Sinn: ganz neue, ungekannte Weisen des Daseins, in einem Körper und auf Erden; angesichts der Feinheit von Iris' Liebesspiel freilich schien sich die Unterscheidung von inner- und außerkörperlicher Erfahrung zu verwischen. Die Dinge tendierten dazu, ihre Farben zu verfeinern und aufwärts ins Licht zu schweben.

Was die Tage anging, so vergingen sie hierzulande recht gemächlich. Der Bär weigerte sich, die Entwicklung seines Kontostandes zur Kenntnis zu nehmen, und ließ die Zeit ganz nach den Vorschlägen des fortschreitenden Frühlings vergehen, ohne die ihm dabei entstehenden Kosten mehr als oberflächlich zu würdigen. Am späteren Vormittag fuhr Iris gern mit dem acht Jahre alten hellorangefarbenen Volvo, dessen Kaufpreis sie sich schließlich doch geteilt hatten, in die Stadt, um durch die Läden zu schlendern und mit einem Arm voller Bücher sowie den Zutaten für ein weiteres bemerkenswertes Abendessen zurückzukehren. (Siege, der nun, da sie das Auto hatten, nicht mehr einkaufen mußte, war seitdem nur einmal dagewesen, eines frühen Abends, mit zwei jungen Mädchen unter zwanzig, die so aussahen, als würden sie von einer Model-Karriere träumen. Blitzlichter hatten eine Weile lang hinter den Jalousien da unten aufgeleuchtet, und daran hatte sich eine längere Periode mit sehr wenig Licht angeschlossen. Der Bär hielt die Sache für moralisch fragwürdig und wußte, daß es Ärger geben konnte – empörte Eltern, Anzeigen wegen Geschlechtsverkehr mit Minderjährigen, Polizei. Er hatte nicht die Absicht, da reinzuplatzen, aber er nahm sich im stillen vor, mal ein ernstes Wort mit dem Mann zu wechseln, wenn er ihn das nächste Mal allein antreffen würde.)

In jedem Falle hatte er jede Menge Zeit für seine Musik und einen gelegentlichen Ausflug in den Wald, obwohl er sich jetzt ein bißchen eingeschränkt fühlte – wann würde Iris aus der Stadt zurückkommen? Würde sie ihn vermissen, wenn er nicht zu Hause war? Würde sie wieder ausgehen, wenn er nicht da war? Es machte ihm natürlich großen Spaß, im Wald zu sein, aber der Gedanke an Iris trübte seine Wahrnehmung, ließ die Details von Baumborken und Windgerüchen sowie die Feinheiten der Vogelrufe verschwimmen... Moment mal, ist dieser Verlust freier Wahrnehmung nicht recht bedenklich? ... Ja, vielleicht... aber wird es nicht doch irgendwie langsam Zeit, wieder zurückzugehen?

»Iris«, sprach er sie eines Abends an, inmitten einer vormals unvorstellbaren Szene häuslicher Zweisamkeit – wenn er ihr verraten würde, wieviel Vergnügen ihm die Schlichtheit solcher Abende bereitete, nach dem Essen, wenn Iris die Beine auf dem Sofa untergeschlagen hatte und in drei Büchern gleichzeitig blätterte, um zu entscheiden, welches sie als nächstes lesen wollte, während er im Sessel saß, das Saxophon auf dem Koffer abgelegt, und ein Violinkonzert von Mozart auf der Stereoanlage laufen ließ... wenn er ihr verraten würde, was für eine wahnsinnige, unterdrückte Verzückung angesichts dieser schlichten Freuden in seinem Herzen aufflammte, dann hielte sie ihn mit Sicherheit für einen Idioten –, »möchtest du nicht morgen mit mir einen Streifzug machen?«

Iris blickte von ihrem Buch auf, und schon das allein begeisterte ihn, selbst wenn sie jetzt nein sagte, würde das nichts ausmachen. »Nein«, sagte sie. Es machte nichts. Er prüfte noch mal kurz nach, um sicherzugehen, und in der Tat, es machte nichts.

»Laß mich mal erzählen, was draußen los war. Es war ein sehr, äh, ein sehr *jazziger* Tag.«

»Ja, Schatz«, sagte sie, legte ein Lesezeichen in ihren Roman und schlug das Buch zu. »Erzähl.«

Er hatte es sich aufgespart. »Ich bin nach Westen raus, Richtung Willow.« Was für eine ländliche Ausdrucksweise, die Gegend färbte auf ihn ab. »Ich gehe also diesen einen Hügel rauf, und da hör ich Musik. Ich hab nämlich ein Ohr für Musik.«

»Was du nicht sagst.«

»Jawoll. Ich hör jemanden ein paar verdammt komplexe und verwickelte Akkorde auf dem Klavier raushämmern und steig den Hügel wieder runter, indem ich dem Geräusch folge. Da steht so ein großes, modernes, eckiges Haus, Schiefer, helles Holz, hohe dreieckige Fenster. Ich umkreise es. Die Musik kommt aus dem Keller. Jemand schafft sich durch eine Serie von wirklich dichten Zehn-Finger-Akkorden – ein Akkord, noch einer, dann ein dritter, ist nicht zufrieden, versucht es auf andere Weise, und noch mal anders, wieder zurück, bum bum bum, gibt der Musik richtig Saures. Hat 'ne Weile gedauert, bis ich den Stil erkannt und gemerkt hab, daß es Carla Bley war.«

»Hast du sie gesehen?« fragte Iris und der Bär hörte mit einigem Vergnügen so etwas wie Neid aus ihrer Stimme heraus.

»Heute nicht, aber ich habe sie mal kennengelernt, als ich noch ein Jungbär war und Jones mich an der Leine mit ins Birdland genommen hat. Sie hat da damals Zigaretten verkauft. Ich weiß nicht, ob sie sich aus der Zeit noch an mich erinnert, aber kürzlich hab ich über Jones erfahren, daß sie mich gern in ihrer Band hätte. Ich mußte natürlich ablehnen.«

»Warum bist du nicht hingegangen und hast dich vorgestellt?«

»Heute? Nö. Ich hab nur zugehört, wie sie diese Akkorde herausgeprügelt hat, und mir gedacht, he, wenn das so viel Arbeit für sie ist, dann ist es vielleicht auch okay, wenn es mir manchmal so schwerfällt. Das ist doch ganz schön schlau von mir, oder?«

»In einer rührend primitiven Weise, ja«, sagte Iris.

»Und was mich schließlich überzeugt hat, daß es Carla Bleys Haus war: Überall im Garten waren da so lange Büschel aus krausen blonden Haaren am Maschendraht befestigt.«

»Das ist ja seltsam.«

»Ich glaube, das soll das Wild davon abhalten, ihr Gemüse aufzufressen. Bei Bären funktioniert es nicht, es sei denn, sie haben einen Sinn für Ehre. Ich hab nichts genommen, aber Achtung, jetzt kommt's.« Er verschmolz die Ereignisse zweier Streifzüge an zwei verschiedenen Tagen, aber was soll's. »Ich habe Jack DeJohnette getroffen.«

»Den Schlagzeuger, vor dem du Angst hast.«

»Ich sitze gerade an einem Waldweg, der bergauf führt, und kaue auf ein paar Blumen herum, da höre ich, daß ein Motorrad von unten kommt, also kauere ich mich ins Gebüsch, um es vorbeizulassen, aber als die Maschine in Sicht kommt, sehe ich, daß es DeJohnette ist, der draufsitzt. Er trug keinen Helm oder so. Es war definitiv Jack DeJohnette. Der Typ schüchtert mich ein, aber ich dachte, das beste, was ich tun kann, ist aufzustehen und mich vorzustellen. Was in Ordnung war, nur hab ich die Wirkung nicht richtig geeicht.«

»Du kennst deine eigene Kraft nicht, richtig?«

»Lachst du über mich oder mit mir?«

»Ich lache ganz unparteiisch. Hat er sich verletzt?«

»Ich bin also aufgestanden, hab mich geräuspert und eine Vorderpfote ausgestreckt, quasi zum Winken. DeJohnette verliert mit den Füßen den Halt auf der Maschine, und er macht den Mund so weit auf wie Joe E. Brown – ich hatte keine Ahnung, daß sein Gesicht so elastisch ist. Er stößt einen Schrei aus, und irgendwie brülle ich dann auch, und, um kein Mißfallen zu erregen, ziehe ich mich ein Stück zurück. Er schleudert mit seinem Motorrad und fällt hin, und das war also die Szene, wir beiden brüllen wie die Bekloppten, wedeln mit den Armen und versuchen voneinander wegzukommen. Schließlich hab ich versucht ihm zu sagen, daß mir das Ganze leid tut, aber er fängt nur an, noch lauter zu brüllen und noch mehr mit den Armen zu wedeln. Es war keine normale Begegnung zwischen Musikern. Was sollte ich machen? Ich hab so getan, als würde ich mich verscheuchen lassen. Ach, komm, *so* lustig ist das auch wieder nicht, Irish.«

»O doch«, sagte Iris.

»Na ja, siehst du? Wenn du mit mir mitkommen würdest, hättest du jede Menge Spaß. Hochwertige Unterhaltung, die dein Geld wert ist.«

»Nächste Woche vielleicht. Aber, was nun, hat er sich verletzt oder nicht?«

»Schienbein aufgeschürft, höchstens.«

»Der Wald steckt also voller Jazzmusiker.«

»Und Maler«, sagte der Bär, aber als Iris ihn fragend ansah, ließ er sich nicht weiter darüber aus.

Natürlich hatte der Bär nicht die Absicht, ihr von der dritten bedeutsamen Begegnung in der Wildnis zu erzählen. Letzte Woche hatte er träumerisch auf einer hochgelegenen Wiese rumgefläzt, an den Veilchen gerochen und zu den hohen Gräsern aufgesehen, die ihre Samen vor dem Himmel schwenkten, als er plötzlich eine Frauenstimme hörte, die sich auf ihn zubewegte – eine Whiskey-Frauenstimme und Schritte, die durch das hohe Gras auf ihn zukamen, und sie redete, wie es schien, mit den örtlichen Giftsumachgeistern oder was. Also, ich weiß, daß es hier Giftsumach gibt, sagte sie, und ich erkenne euer Daseinsrecht an, aber ich laufe barfuß und bitte euch um den Gefallen, mich nicht zu infizieren, okay? Der Bär wünschte ihr Glück und glaubte, sie könne es auch brauchen, das Problem war nur, daß sie geradewegs auf die Stelle zusteuerte, wo er im Gras verborgen lag, und es würde sich nicht vermeiden lassen, daß er ihr einen gehörigen Schrecken einjagte. Er dachte, es wäre wohl das beste, sich aufzurichten, solange sie noch zehn Schritte von ihm entfernt war, und möglichst friedlich dreinzuschauen.

O mein Gott, sagte sie, als sie ihn erblickte, aber eines mußte man ihr lassen, sie hielt die Stellung. Schön war sie zufällig auch, ein großäugiges, dunkelhaariges Irenmädel, ungefähr eins siebzig hoch in einem knappen kurzen Oberteil, abgeschnittenen Jeans und einem weiten, offen getragenen Seidenhemd, und sobald sie wieder Atem geschöpft hatte, redete sie auch zu ihm: Also, ich weiß, daß du ein Bär bist, aber du brauchst mich nicht anzugreifen, ich will dir gar nichts tun, ich erkenne an, daß du das absolute Recht hast, hier zu sein, und ehrlich gesagt finde ich dich sogar wunderschön. Japs.

Ich bin ein Schutzgeist dieser Gegend, erklärte ihr der Bär, keine Sorge, immer mit der Ruhe.

Das rief ein neues »O mein Gott« hervor sowie eine allgemeine Mitteilung an den Himmel und die ganze Umgebung, daß Er mit ihr *gesprochen* habe! Aber dann beruhigte sie sich doch und innerhalb von fünf Minuten saß sie zwei Armlängen entfernt von ihm im Gras, wobei sie die bloßen Knie mit den Armen umklammerte. Man kam ins Gespräch, und ihre Gesichtsfarbe normalisierte sich allmählich.

Er erfuhr, daß sie kürzlich ihren langjährigen Freund verlassen hatte, einen mittelschweren Kokain-Dealer – alle ihre Freunde hätten sie für verrückt erklärt, eine so tolle Beziehung aufzugeben, aber sie habe einfach aus dieser Szene rausgemußt, und da es seit ungefähr einem Dutzend Jahren das erstemal sei, daß sie mit Drogen aufgehört habe, sei es auch ganz schön hart, aber es seien seitdem erstaunliche Dinge passiert, wenn auch nicht ganz so Erstaunliches wie das jetzt hier, wie mit *dir* zu reden. Bist du wirklich ein Schutzgeist? fragte sie ihn. Du wirkst so körperlich. Und es klang auch so, als würdest du mich auf den Arm nehmen.

Hab ich auch ein bißchen, gab er zu. Du hast mit den Giftsumachgeistern gesprochen, und da schien es das Beste, was ich sagen konnte. In Wirklichkeit bin ich neu hier in der Gegend. Und was ich wirklich bin...

Und es schien so leicht zu sein: Sie lagen im langen Gras, von der Sonne beschienen, sie hatte ihr Oberhemd ausgezogen und einen Grashalm spielerisch zwischen die weißen, regelmäßigen Zähne gesteckt, ihre großen Augen leuchteten so hell wie der frische junge Tag, und es wäre so einfach gewesen, den Arm auszustrecken und sie schlicht einzusammeln, und er wußte auch, daß sie bereit sein mochte, diese erstaunliche neue Sache mit sich geschehen zu lassen... Und doch rührte der Bär sich nicht, er war der Ansicht, er würde unziemlichen Nutzen aus der besonderen Situation schlagen, und obwohl das Zusammenleben mit Iris ihm Appetit auf Frauen und überhaupt alle Gestalten der Natur gemacht hatte, war er außerdem immer noch ein treuer Bär.

Und tatsächlich sah Colleen, denn das war ihr Name, ein bißchen erleichtert aus, als sie erkannte, daß sie nichts miteinander machen würden. Eine Zeitlang flirtete sie auf Teufel komm raus, klimperte mit den Wimpern und reckte ihre Glieder, aber der Bär vermutete, daß sie das nur tat, weil sie sich sicher wußte.

Du kannst mich doch mal in meinem Haus besuchen kommen, sagte sie. Ich würde gern dein Porträt malen.

Mach ich vielleicht mal, sagte er.

Alles in allem hatte er sich eigentlich ganz anständig benommen, trotzdem hatte er nicht die Absicht, Iris davon zu erzählen, niemals, und gelernt hatte er, daß man sich als sprechender Bär in diesen Breiten ganz gut aus einer Klemme befreien konnte.

Während ihre gemeinsamen Wochen weiter fortschritten, brannte das heimische Feuer recht wacker vor sich hin, vielleicht sogar ein wenig zu hell und prasselnd. War so etwas möglich? Der Bär wußte es nicht genau.

Als sie nach dem eher zögerlichen Beginn im Anschluß an Iris' Rückkehr dann doch zunehmend Gefallen an der Sache fanden und sich regelmäßig im Bett trafen, entdeckten sie neue und bequemere Arten der Paarung und stießen auf einige ungeahnte Möglichkeiten: Eine, die dem Bären äußerst zusagte, war, es Auge in Auge in der Senkrechten zu treiben, der Bär auf dem Bett kniend und Iris auf ihm reitend – ganz behutsam, damit sie sich die Nippel nicht beim Aufwärtsschwung an seinem Fell wundscheuerte. Die besondere Würze, der Extrakick bei dieser Stellung lag darin, daß sie, obwohl er tief in ihr drin war und ihr G-Punkt optimal bedient wurde, im Grunde eine Stellung zum miteinander Reden war. Woraus folgte – und das machte das Ganze ja noch kühner und überschreitungsträchtiger –, daß dieses verblüffend intime Bild von ihnen beiden, wie sie es auf diese Weise trieben, später, wenn sie einander bekleidet zugewandt waren, über dem Tisch oder wo auch immer, sein Recht geltend machte, um die gewöhnliche Alltäglichkeit mit etwas niederzuschmettern, was einer völlig anderen Sphäre angehörte...

Ein weiteres neues Kunststück, das er ebenfalls auf Knien vollführte, ging so, daß er sie hochhob, sie mit dem Rücken auf seinen Armen ruhen ließ, ihren Kopf in seine Pfoten bettete und ihren Schoß zu seinem Mund führte, wobei sie ihre Beine um seinen Kopf wickelte und später auf seinen Rücken fallen ließ; seine Armkraft nutzend, um sie in der Luft zu halten, schleckte er sie durch eine Reihe von Höhepunkten, wobei er jedesmal eine kleine Pause einlegte, so daß sie die Wiederaufnahme gerade ertragen konnte, dann legte er sie auf der Matratze ab, prüfte sein heterotopisches Bakulum auf korrekten Neigungswinkel und drang auf die herkömmliche Art in sie ein. Manchmal war sie fast zu schwach, um sich noch zu bewegen. Und obwohl ihr Liebesspiel eines zwischen Gleichgestellten war, wußte er, daß Iris auf diese Demonstration seiner Kraft abfuhr – er übrigens auch –, und immer, wenn sie es auf diese Weise machten, lag sie hinterher wie tot da. Er dagegen sang gern in einer Art tiefem süßen Grummeln vor sich hin und fragte sich erst nach einer ganzen Weile, ob diese Nummer nicht etwas leicht Gruseliges und Atavistisches hatte.

Aber die Tatsache, daß der Sex für ihn, und wahrscheinlich für sie beide, so sehr in den Mittelpunkt gerückt war, zeigte ihm etwas, mit dem er überhaupt nicht gerechnet hatte. Der Zugang zu Iris hatte Zugang zu Welten ungeahnter Sensibilität und Schönheit bedeuten sollen, und ihre wechselseitige Durchdringung hatte parallel dazu alle möglichen spirituellen Verschmelzungen verheißen. Aber wie die Dinge sich jetzt entwickelten, wurde ihre Beziehung in dem Maße zu einer rein physischen, wie ihre Finesse aneinander wuchs, oder etwa nicht? und er mußte zugeben, daß sich eine gewisse Gier in den Vorgang einschlich, von beiden Seiten, da war er sich sicher: wie sie sich aufeinander stürzten, hungrig, immer gewiefter, immer genauer wissen, wie dieses oder jenes Vergnügen zu erzielen war, ob für einen selber oder den anderen oder beide. Es war schön, es war wunderbar, es war meistens der reine Wahnsinn, aber schlich sich da nicht auch ein gewisser Egoismus, Zynismus sogar, ein?

Er war sich sicher, daß sie es auch spürte. Er erkannte es an der Art, wie sie ihre Lust entgegennahm. Was ihn betraf, so war er durchaus auch Nutznießer, obwohl ein Großteil seiner Aufmerksamkeit ihrer fortgesetzten Befriedigung gewidmet war – es herrschte eine weniger mystische Gegenseitigkeit, die Grenzen zwischen ihnen waren weniger verschwommen als vorher. Die Häufigkeit ihrer sexuellen Betätigung nahm zu. Anstatt darauf zu warten, daß sich irgendeine gemeinsame innere Woge erhob oder irgendeine Stimme sich zu einer zarten Kadenz senkte, und sich zu enthalten, wenn beides nicht eintrat, hatten sie sich angewöhnt, jede Nacht mindestens einmal zu Werke zu gehen, pünktlich und verläßlich. Keiner von beiden äußerte den Verdacht, daß der Sex allmählich allen Verkehr zwischen ihnen aufzehren könnte, selbst versteckte Hinweise blieben aus, und doch befiel ihn die Sorge, daß sie sich so heftig an ihr Sexualleben klammerten, weil es zum Wichtigsten wurde, was sie hatten.

Wenigstens war ihm die Musik nicht mehr so langweilig – war nicht auch dies zum Teil Folge ihrer sexuellen Aktivitäten? –, und er konnte mitunter ein weniger verschmiertes und müdes Interesse dafür aufbringen, als ihm seit Ewigkeiten gegeben war. Jawohl, hatte nicht das Zusammensein mit Iris, bei allen Defiziten, eine belebende Wirkung auf seine Musik? Ganz so weit war's noch nicht, aber auf dem richtigen Weg. Ihr Leben bot eine Vielzahl hintergründiger Ebben und Fluten, die er gar nicht alle erfassen konnte. Eine Welle stieg auf, die andere stürzte herab, und es war unmöglich, ihre Bewegung zusammenzufassen oder zu sagen, wohin sie führte. Das Gewebe seines Lebens veränderte sich ununterbrochen, ganz anders als zu jener Zeit, da er allein oder mit Jones zusammen gewesen war. Seinerzeit war es nicht schwergefallen, das Leben in eine einzige Version, in eine Beständigkeit und Stabilität zu bannen und ein Ich zurechtzuzimmern, das sich darin bewegen konnte. Jetzt wurde es immer verlockender loszulassen, in den Rhythmus und in das Auf und Ab zu verfallen und zu versuchen, solange nicht irgendeine Einzelheit ihn beunruhigte, die tiefgründigste Musik dieser Bewegung auszufabulieren.

Der dissonanteste Akkord dieser Musik stellte folgende Frage: Wie konnten sie so intim miteinander sein und er dennoch das Gefühl haben, daß sie ihm aus den Händen glitt, daß sein Sinn dafür, wer sie war und wie ihr Leben beschaffen war, zunehmend ungenauer wurde? Andererseits war vielleicht auch alles total klasse und prima und im Einklang mit der Natur, und sein einziges Problem bestand lediglich darin, daß er nicht mit Uneindeutigkeiten umgehen konnte. Wer konnte das wissen? Er jedenfalls nicht, er wußte praktisch gar nichts.

Jedenfalls, das Plattenhören machte ihm soviel Spaß wie lange nicht, und wenn er zunächst auch ein größeres Spektrum durchhörte als gewohnt, so konzentrierte er sich über kurz oder lang doch auf die üblichen Verdächtigen, die sein Pantheon bevölkerten: Bird, Bach, Ornette, Trane, den ersten Satz von Mahlers Neunten, dirigiert von Tennstedt, um des *Weltschmerzes* willen, und jede Menge Schostakowitsch. Der Bär hatte den Russen schon lange geliebt, bevor es angesagt war, das zu tun – es geht doch nichts über ein postum erschienenes Buch mit antikommunistischen Bekenntnissen, wenn man seinen Ruf im Westen aufmöbeln will; vielleicht sollte der Bär es auch einmal in der Richtung ausprobieren: mein russischer Hintergrund, meine Hingabe an die amerikanische Konsumideologie –, und jetzt lauschte er seinen Lieblingsstücken, der Sechsten und Zehnten Sinfonie, dem siebten Streichquartett, den Michelangelo-Sonetten in der Orchesterbearbeitung mit dem Gesang von Fischer-Dieskau und vor allem den zwei Violinkonzerten. Er suchte vor allem Trost in der Musik, spürte einem Bruder im Geiste nach, der harte Zeiten durchgemacht hatte und heil geblieben war, aber sein Interesse war zu Teilen auch ein technisches: Was seine Aufmerksamkeit erregt hatte, war die Art, wie Schostakowitsch zu modulieren in der Lage war – oft in schrulligen Halbtonerhöhungen, manchmal aber auch unerwartet auf Schritt und Tritt –, ohne die Verbindung zu einer Vertrautheit spendenden modalen Wurzel zu verlieren, der seelenvoll einheitsstiftenden Schwerkraft eines tiefen Murmelns. Der Bär wollte etwas daraus mitnehmen, um es sich künftig nutzbar zu machen, und so hörte er mit zielgerichteter Aufmerksamkeit das erste Crescendo in der Zehnten, die Passacaglia des ersten Violinkonzerts – die Oistrach-Aufnahme: Wunderbar, wie er diesen vollen Bratschenklang aus seinem Instrument holen konnte, wenn die Musik nach dieser Abtönung verlangte. Er lauschte den stufenweisen Akkordwechseln in der Vertonung von »Babi Yar« und der gewaltigen orchestralen Passacaglia aus *Lady Macbeth von Mzensk,* in der das tonale Zentrum von Tonart zu Tonart wanderte, ohne daß aber die vereinigende modale Energie sich auflöste oder verlorenging. Man konnte so etwas tun, dachte der Bär, und es kam dabei weniger auf das Modulieren von Tonart zu Tonart an – das konnte jeder – als darauf, Melodien zu finden, die solche Modulationen zusammenspannten und ihre Manöver durch kleine melodische Abirrungen tarnten, ohne den Kontakt zu Tonalität und Mutter Erde zu verlieren. Er würde sich vielleicht Bücher zum Thema enharmonische Modulationen reinschaffen müssen, um seine Kenntnisse über alternative Skalenbögen über einem bestimmten Orgelpunkt zu erweitern, aber andererseits nützte ihm das gar nichts, solange es ihm nicht derart zur zweiten Natur wurde, daß er es jederzeit spontan aus dem Handgelenk schleudern und dreimal hüpfen lassen konnte, bevor es unterging. Es gab einen Weg – Ornette hatte seine unnachahmliche Version, und Trane hatte schon in »Naima« aus dem Jahre 1959 Orgelpunkt und Wechsel zur Auswahl gestellt –, harmonische Mehrfarbigkeit zu entwickeln, stärkere Chromatik einzuführen bis hin zur Atonalität, ohne die Verbindung zum Herzen abzuschneiden.

Sofern er noch ein Herz hatte.

Nach wie vor gab es keinen Mucks, wenn er spielte, trotz all seiner Offenheit und Entäußerung im Konzert mit Iris.

Er spielte den ersten Satz von Schostakowitschs Violinkonzert auf dem Saxophon, ein Unisono mit Oistrach, zerlegte dann den Violinenpart auf dem Klavier, um sich mit der Machart auseinanderzusetzen, von links nach rechts auf den Tasten, immer darauf bedacht, sie nicht mit seinen Klauen zu zerkratzen. Siehste? Man kann es machen. Wenn er Melodien improvisieren konnte, die diese Arbeit erledigten, dann könnte er vielleicht der harmonischen Zwickmühle entkommen, in der selbst Coltrane an manchen Abenden steckenblieb, wenn selbst die alternativen Skalen, die dieser alle kannte, ihn nicht weiterbrachten... Genau, Bär. Überbiete Trane. Gute Idee. Ambitionen sind wie Arschlöcher, dem Besitzer riechen sie aber wie Blumen. Du bist wohl größenwahnsinnig. Laß ab.

Als sich seine Wege von denen des Freundes Dmitri trennten und er sein Saxophon wieder den spezifischen Qualen des Jazz aussetzte, war der mittlerweile vertraute Horror immer noch da: Aus Mangel an Verbindung zu einem wirklich erhaltenden Prinzip pflanzte sich seine Technik wie von selbst fort, die Töne vermehrten sich infusorienartig. Was durchaus erklärbar war: Wenn dir auf der primären Ebene nichts einfällt, dann verlegt sich deine Energie auf Sekundäres und Tertiäres, wo die Einfälle leichter zu haben, aber auch eine ganze Ecke unbedeutender sind – Herrschaft der Quantität: Töne wuchern, treiben Metastasen, summieren sich zu Tod oder einer Kette von Nullen.

Sein derzeitiges Spiel war ein eher scheußliches Erlebnis, aber der Bär beschloß, daraus größtmöglichen Nutzen zu ziehen, seine technischen Fähigkeiten expandieren zu lassen, und wenn er jemals wieder richtig zum Leben erwachte, dann könnte sein zukünftiges glückliches Ich das Material nutzen, das er jetzt zutage förderte. Technik ist ein guter Diener, aber ein schlechter Meister. Wenn endlich eine wirkliche IDEE auftaucht, falls sie je auftaucht, dann benötigt sie alle Technik, die du entwickelt hast, um sich ihren Weg durch die Tücken deines Instruments zu bahnen und durch dich selbst, aber dies alles wußte er auf eine rein analytische, aufzählende Weise, was nicht bedeutete, daß er seine theoretische Erkenntnis in Praxis umsetzen konnte. Er lebte noch immer unter der Perspektive der Auslöschung, in den Zwischenräumen der Atome. Es machte ihm keinen Spaß.

Aber war nicht auch Trane zunehmend theoretisch geworden? Yeah, aber das lag nicht daran, daß er blind durch die Gegend gestolpert wäre, bis oben hin in Fell und Blödheit steckend. Trane war auf dem Wege bewußter, leidenschaftlicher Suche dorthin gelangt, all jene skalaren Phrasen reckten sich bereits dem hohen Ziel seiner künftigen *Love Supreme* entgegen. Trane war vorangeschritten. Trane war seinen Weg gegangen. Der Bär hatte überhaupt keine Orientierung mehr.

Nur um die *Sensible-Shoes*-Platte zustande zu bringen, war es ihm gelungen, die Gewissensqualen auszuschalten, die er schon bei dem geringsten falschen Ton empfand, den er spielte. Dafür, daß er nicht mehr als eine getarnte Selbstimitation hingelegt hatte, war das Album eigentlich gar nicht schlecht. Und da er womöglich in seinem Leben keine wahre Note mehr spielen würde, wo doch die Welt so ein verworfener Ort war und alles, mochte *Shoes* sich sogar als das Beste erweisen, was er je vorlegen würde.

Es war einfach zu bitter. Er schaltete den Kopf aus, legte sein Saxophon weg und wandte sich wieder den Platten zu. Die Sechste von Sibelius, apropos wundersam verwandelte Kirchentonarten, danach Bach und Bird. Also, ich hör zwar zu gern, wie Coltrane auf den Putz haut, aber Charlie Parker ist *die* Inkarnation musikalischen Genies schlechthin. Keiner seit Bach kommt ihm auch nur nahe. Sicher, wenn ich Trane höre, gibt es nichts anderes daneben. Genie, per definitionem unvergleichlich. Wäre weiß Gott auch gern ein Genie. Das würde die Sache mit der Musik so erleichtern.

Er machte Pause, um eine Kanne Kaffee in der Küche zu trinken.

Wenig später kam Iris mit dem Volvo die Auffahrt hochgefahren. »Du machst den Eindruck, als wärst du mit dir zufrieden«, sagte sie, nachdem sie Atem geschöpft und die neuen Bücher abgelegt hatte und die Röte aus ihrem Gesicht gewichen war.

»Ach ja? Das kommt nur davon, daß du wieder da bist. Ich hab den ganzen Nachmittag versucht, Musik zu machen, und es war wie Gräben ausheben. Hast du Lust auf eine Spritztour in den Wald?«

Iris schüttelte den Kopf.

»Baby, du hast ja keine Ahnung, wie es ist, auf dem Rücken eines Bären durch den Wald zu reiten.«

»Es gibt viele Dinge, von denen ich keine Ahnung habe«, erwiderte Iris.

»Okay, wie wär's mit einer Spritztour ins Bett?«

»Wenn ich geduscht hab, vielleicht.« Sie warf ihm ein Lächeln zu und hob eine Augenbraue, während sie beschwingt aus dem Zimmer tänzelte.

Tja, sagte sich der Bär, in dieser Welt muß man nehmen, was man kriegen kann. Er packte sein Saxophon ein, verweilte für ein Weilchen und ging dann ins Bad, um Iris unter der Dusche Gesellschaft zu leisten. Wie der sanfte Regen vom Himmel. Man konnte sich als Bär an dieses Leben gewöhnen.

Eines Nachts, während er den Abwasch machte – beziehungsweise das Geschirr kurz vorspülte, bevor es in die Maschine kam –, hörte der Bär einen flatterigen Aufruhr am rechteckigen Fenster über der Spüle. Er blickte auf. Ein blaßgrüner, schwalbenschwänziger Nachtfalter mit einer Flügelspanne von ungefähr zehn Zentimetern hatte sich in einem Spinnennetz verfangen und schlug gegen das Fensterglas. Der Schmetterling hatte das Netz weniger in Stücke gerissen als es vielmehr zu einem dicken Knäuel gewickelt, das ihm nun am rechten Flügel hing, das Furchtbare aber war, daß die Spinne, ein großes schwarzes Gruselteil, das ohne weiteres in der Lage schien, einen Nachtfalter durch einen Stich in Todesstarre zu versetzen, sich in finsterer Absicht auf dem Spinnenfaden zu der Stelle hinbewegte, wo der Nachtfalter zappelte und wirbelte wie ein Inbild, so empfand es der Bär, der gesamten gefährdeten Schönheit der Welt.

Der Bär war von Haus aus Platoniker. Er ergriff sofort Partei und hämmerte gegen das Fenster, das sich nicht öffnen ließ, bis die Spinne sich auf ihrem Faden wieder zurückzog. Der Bär rannte aus der Küche ins Eßzimmer und durch die Seitentür nach draußen, in der Hoffnung, daß der Falter bei seinem Eintreffen noch am Leben sei. Sein Vordringen durch Büsche und Geäst gestaltete sich äußerst mühsam, aber als er die Außenseite des Fensters erreichte, drehte sich der Falter immer noch am Netzgeflecht und die Spinne saß immer noch eingeschüchtert in ihrer Ecke des Fensterrahmens.

Der Bär beugte sich hinunter, faßte den Falter so zart wie er konnte und wurde doppelt überrascht: einmal von der Festigkeit der Flügel, die gegen seine Pfoten schlugen, und zum zweiten von der Panik, die den Falter ergriff, sobald er ihn berührte, und die weit größer war als die, die die Spinne verursacht hatte. Immer noch am Netzgeflecht hängend, befreite er sich aus der übervorsichtigen Pfote des Bären und stürzte kreisend zu Boden, nach wie vor an das sich drehende Netz befestigt. Dort lag er regungslos, wie tot. Der Bär atmete durch, befürchtete, den Schmetterling verletzt zu haben, aber als er ihn wieder in seine Pfoten bettete, fing dieser wieder an zu schlagen, kraftvoll und panikerfüllt. »Nein, nein, nein«, sagte der Bär, bändigte ihn in seiner linken Pfote, sorgsam darauf bedacht, weder die Flügel noch die beiden weißen Kopffedern zu beschädigen, und zog an dem verknäulten Netz, das am rechten Flügel, gleich unter dem falschen Auge, hing. Die Spinnweben hielten noch einen Moment fest, dann lösten sie sich, ohne den Flügel oder den blaßgrünen Farbstaub zu beeinträchtigen.

Der Bär umschloß den Nachtfalter noch für einen Augenblick mit den Pfoten, überrascht davon, wie sich der dicke weiße, insektenartige Leib anfühlte, dann ließ er ihn frei. Er flog wie ein Paar junger Blätter, das es zurück in die Bäume zieht. Die Nacht brach zwar gerade herein, aber der Himmel schickte noch immer etwas Licht durch die Blätter und das Geäst. Der Bär beobachtete, wie der Falter aus dem Fensterlicht verschwand, und hatte das Gefühl, daß sein Einsatz für die Schönheit eine zwar kleine, aber bewegende Sache sei, eine Bestätigung dafür, daß in seinem innersten Wesenskern, wenn auch unvollständig belebt, so doch noch echte Substanz verborgen lag.

Er blickte auf und sah die Spinne am Fensterrahmen im Käfig ihrer Beine kauern. »Nichts für ungut«, sagte er, ohne recht Überzeugung.

Später im Bett, während er Iris umarmte und in sie eindrang, fiel es schwer, nicht den Vergleich zu ziehen und Iris' kleine helle Gestalt als den Nachtfalter und seine gierige Massigkeit als etwas Finsteres zu sehen, das herankroch, um die Schönheit zu verzehren, die in der tödlichen, von ihm ausgesponnenen geometrischen Anordnung zitterte, durch seinen injizierenden Biß zur Bewegungslosigkeit unter der Linse seines Begehrens verdammt, so daß er alle Zeit der Welt hatte, sich an ihr zu delektieren.

Ich bin der Tod, der Vernichter der Welten. Haltet mich auf, bevor ich wieder küsse.

Diese Selbstkritik war jedoch ein flüchtig' Ding, das rasch durch die Nacht seiner Gedanken schwirrte und in den Bäumen verschwand. Sobald es weg war, gab er sich den außerordentlichen Freuden mit Iris hin, liebkoste ihren Torso von oben bis unten, die Wölbung ihres Rückens, die Zwillingschöre ihrer Rippen, die sich unter den Notenblättern ihrer Haut hoben und senkten. Immer noch schien ihm Iris wie eine Vision von höchster Schönheit, die zu erforschen ihm unerklärlicherweise gestattet war, aber der zunehmend säkulare Beigeschmack dieses Vorgangs ließ sich nicht leugnen. Noch war es nicht soweit, daß sie sich die Lust an ihren Körpern einfach gegenseitig, per Knopfdruck gleichsam, abriefen, aber es war just die mittlerweile erworbene Geschicklichkeit, die ihre abendlichen Begegnungen zu einer recht weltlichen Angelegenheit werden ließ. Was aber störte ihn an dieser Lust, die doch wie geschmiert lief? War er etwa, in irgendeinem Winkel seines Herzens oder seines Gehirns – prüde? Ging es ungemischt menschlichen Paaren auch so? Der Bär wußte niemanden, mit dem er Iris und sich vergleichen konnte, war sich aber auch gar nicht sicher, ob ihm das weitergeholfen hätte.

Immerhin war er wahrer Wunder purer Zärtlichkeit fähig!

Er beugte sich über ihre Brust, um an deren aufragender Knospe zu saugen, hielt dann ihren Hals sanft zwischen seinen Zähnen, während er erneut in sie hineinstieß. Er hörte ihre Atemzüge tiefer werden, spürte, wie ihre Wirbelsäule erzitterte. Er war begeistert. Das war einfach wundervoll. Er sah, wie sich ihr Gesicht im Versuch verzerrte, sein Ausdrucksvermögen zu überschreiten, und ihr Atem ging schwer, während sie die unsichtbare Leiter hochkletterte. Der Anblick setzte seinen eigenen Höhepunkt irgendwo unterhalb der Fersen in Gang – er hielt ihn zurück, bis Iris soweit war –, und als er das Fleisch gefunden hatte, erklomm er seinen Körper bis zum Gipfel und schwenkte eine helle Flagge im Wind.

Was den tantrischen Augenblick – welterzeugend, außerhalb

der Zeit – betraf, falls es ein solcher gewesen war, wo war er jetzt? Der Bär war überzeugt davon, daß dieser Augenblick ihrer beider Leben verändert hatte. Was aber machten sie aus dieser Gelegenheit?

Der Bär empfand eine tiefe Melancholie, nicht zu verwechseln mit seiner generellen Seinsmüdigkeit. Sein Glaube an die Liebe war immer rein gewesen, und ihn reute jede Zweideutigkeit, die den Blick trübte. Er war kein Realist. Er war ein sprechender Bär.

»Ich gäb sonstwas, wenn du mir deine Gedanken verrätst«, sagte Iris. Sie lag auf dem Rücken, während er sich auf die Seite gedreht hatte und sie von schräg oben ansah. Sie hatte sich nicht die Mühe gemacht, die Decke hochzuziehen. Ihr Körper erstrahlte in frischem Glanz, ein leichter Schweißfilm bedeckte die Haut und ein paar entsprungene Fellhaare lagen um ihren Bauchnabel verteilt.

Der Bär strich sie mit sanfter Pfote weg. »Soviel wären meine Gedanken nun auch nicht wert«, sagte er.

»Das nehme ich dir nicht ab.«

»Kennst du den Satz von Rilke: Das Schöne ist nichts als des Schrecklichen Anfang, den wir gerade noch ertragen können, oder so ungefähr?«

»Und das beziehst du auf dich? Nicht schlecht.«

»Nein, ich glaube, Rilke hatte unrecht. Ich glaube, Rilke war ein Anfänger. Ich glaube, der Schrecken ist der Anfang einer anderen, größeren Schönheit, die wir noch schwerer ertragen können, weil sie so groß ist, daß sie unser Verderben bedeutet. Denn im Angesicht solcher Schönheit ist Selbstauslöschung die einzige ehrliche oder angemessene Reaktion.«

»Der Gedanke scheint ja doch ganz beträchtlich was wert zu sein.«

»Ja, aber ich habe ihn ja eben eigentlich nicht selbst gedacht. Er ist gewissermaßen importiert.« Der Bär hatte seinen Blick ins Halbdunkel des Zimmers gewandt, jetzt aber senkte er den Kopf, um wieder Iris anzusehen. »Ich glaube, daß ich die Anfänge solcher Schönheit mit dir erlebe und daß ich deinetwegen anfange, sie überall zu sehen.« Versuchte er, einen vergangenen, besseren Moment wieder herbeizubeschwören? War dies eine Art Anrufung, ein Gebet, oder lediglich eine Lüge? Er fuhr dennoch fort.

»Du hast mir die Bäume, die Bäche, den Himmel zurückgegeben. Du hast mir die Berge, den Geruch von Gras wiedergeschenkt. Ich verdanke dir die Süße der Welt, und es rührt mich zu Tränen.«

Es war allerdings Iris, die zu weinen schien, und zwar nicht, weil seine gefühlvollen Worte sie etwa gerührt hätten. Ihr Gesicht war ungetrübt, doch rann eine Träne aus dem rechten Auge und auch im linken stand das Wasser. »Das ist schön für dich«, sagte sie.

»Iris«, sagte er. »Was ist los?«

»Sieh dich an, *du* bist glücklich, *du* bis am Gewinnen, *du* bekommst die Süße der Welt zurück. Aber ich hab die Nase voll davon, so schwach zu sein. Ich will ein Ich haben.«

»Aber du bist perfekt.«

Sie schüttelte den Kopf. »Ich habe keinen Schutz.«

»Ich beschütze dich.«

»Ich habe keinen *Schutz*«, beharrte Iris. »Ich brauche ein eigenes Ich. Ich brauche ein Ich, das groß genug ist, daß ich damit an der Welt teilnehmen kann.«

»Nun«, sagte der Bär, »ich versuche, mein Ich loszuwerden. Wenn du weißt, wie man den Tausch bewerkstelligen kann, kannst du meins haben.«

»Ist das dein Ernst?« sagte Iris. Es war eine seltsame Frage, wenn sie denn ernst gemeint war, und sie schaute ihn mit einer Inbrunst an, die irgendwie fehl am Platze schien.

»Natürlich«, sagte er trotzdem. »Ich würde dir mein Leben geben, wenn ich könnte.«

»Dein Leben will ich nicht. Du würdest mir dein *Ich* geben?« Sie packte ihn am Oberarm, und da sie ihre Hand nicht herumbekam, griff sie einen Strang Fell und drückte den. »Das würdest du?«

»Jawoll«, sagte der Bär, glaubte aber, daß die Frage nicht so wörtlich aufgefaßt sein konnte, wie Iris' fast hysterische Nachdrücklichkeit nahezulegen schien. Er wollte nicht, daß seine Freundin verrückt war. Er sorgte sich. »Natürlich würde ich das«, sagte er dennoch und meinte es auch so. »Mit allem Drum und Dran.«

»Wenn wir uns lieben«, sagte Iris, »fühle ich, daß mir etwas hinzugefügt wird, aber es ist nie genug, und es hält nicht an.«

»Komisch, nachdem wir uns geliebt haben, fühle ich mich leer, fühl mich ausgelaugt.«

»Von so einer halben Portion wie mir?« Ihr Humor kehrte also zurück.

»Von so einer halben Portion wie dir.«

»Ich fühle mich angefüllt.« Sie schien ihn beinahe mit neuen Augen zu betrachten.

»Tja, das ist es ja auch, was recht eigentlich passiert, was? Ich werde leer, du wirst voll.« Der Bär beobachtete, wie Iris die Augen niederschlug, dann wieder den Blick hob. »Ich will damit nicht sagen, daß ich mich hinterher schlecht fühle. Ich fühle mich großartig, aber nach einer Weile dann eben doch erschöpft. Meine Knochen sind wie hohl, und manchmal scheint sich mein Gehirn entleert zu haben.«

»Armes Gehirn.« Sie streckte den Arm aus, um ihn oben am Kopf zu kratzen. Sie hatte sich offensichtlich erholt.

»Nur kurzfristig. Aufs Ganze gesehen, was meine Gefühle, meine Wahrnehmung, mein Leben betrifft, kann ich dir gar nicht sagen, wie bereichert ich mir vorkomme.«

»Ich schenke dir Berge und Bäume.« Sie ließ ihre Finger hinter sein rechtes Ohr gleiten und kratzte dort.

»Wuff. Das ist gut. Ja, genau. Berge, Bäume, die ganze Chose. Wuff. Herrje, tut das gut. Kratz fester. Wuff. Und lach nicht über meine Urlüste.«

»Du siehst im Hundemodus aber auch wirklich zu komisch aus«, beschied Iris ihn.

»Ich wäre ein schlechtes Haustier. Wuff. Weiter unten. Wuff, da ist's gut. Willst du nicht mit mir zu diesen Bergen und Bäumen gehen. Glaubst du, ich wollte, daß du nackt auf meinem Rücken reitest oder so? Wuff. Fester.«

»Natürlich nicht. Du bist manchmal schon seltsam. Du traust mir so merkwürdige Sachen zu.«

»Ich hatte nämlich niemals etwas derart Atavistisches im Auge. Ich würde nur einfach gern mit dir in die Wildnis gehen und dich ein bißchen herumführen, dir ein paar Sachen zeigen, die ich entdeckt habe. Du brauchst auch nicht auf mir zu reiten. Also, wir könnten einfach spazierengehen, Hand in Hand, ich meine Pfote, wenn du möchtest.«

»Ach ja?«

»Klar«, sagte der Bär und wunderte sich, warum das so entscheidend sein sollte. Das heißt, was macht das schon aus?

»Dann komme ich natürlich mit.«

»Was?«

»Ich dachte schon, du würdest niemals fragen.«

3

Der Sommer hätte längst da sein sollen, aber der Frühling wollte das Jahr einfach nicht loslassen, die Nächte waren noch immer kühl, und da an diesem Wochenende das Haus voller Leute sein würde – niemand geringeres als seine neue Band kam nämlich zu Besuch –, war der Bär also dabei, Holzscheite zu zerkleinern und zusätzliches Feuerholz aus abgefallenen Ästen, die er vom Hang hinterm Haus heruntergeschleift hatte, zurechtzuschneiden. Von seinem Sägebock aus konnte er durch das Nachtfalterfenster hindurch Iris in der Küche sehen, die mit gerötetem und angespanntem, aber auch glücklichem Gesicht mitten in den Vorbereitungen für ein Festmahl zu Ehren der anrückenden Horde steckte. Der Bär winkte ihr zu, sie lächelte zurück und wischte sich den Schweiß von der Stirn. Ihr ein abschließendes Grinsen zuwerfend, nahm der Bär seine Arbeit wieder auf. Mit einer Schweifsäge schnitt er Halbmeterstücke von einem langen Eschenast ab, schob und zog das Eisenband der Klinge durch das weiße Fleisch des Holzes, wobei er versuchte, die Zähne und nicht etwa seinen Arm, die Arbeit machen zu lassen – so wie Siege es ihm letzte Woche gezeigt hatte. Er hatte bisher zehn Stücke zurechtgeschnitten, und ein nicht unangenehmer Schweiß, der Schweiß von ehrlicher Arbeit nämlich, war unter seinem Pelz ausgebrochen. Es war ein schöner Tag und ihn kam die Lust an, bei der Arbeit zu pfeifen. Er brauchte einen Moment, bis er sich mit sich auf eine Melodie geeinigt hatte: »Well, You Needn't.«

Auf gewisse Weise war das Pfeifen eine größere technische Herausforderung für ihn als das Saxophonspielen – da war nicht viel Lippe zum Schürzen vorn am Mund –, aber inzwischen hatte er sie bewältigt, und »Well, You Needn't«, das er sowieso sehr mochte, gehörte zu der Handvoll Songs, die er korrekt pfeifen konnte. Sollte die Band diese Nummer vielleicht in ihr Repertoire aufnehmen? Na, mal sehen.

Ein Scheit frisch geschnittenes Holz fiel am rechten Ende des Sägebocks zu Boden, er schob den Ast von links nach und machte sich pfeifend wieder ans Sägen. Dies würde das erste Mal sein, daß jemand das Haus betrat, von Siege abgesehen, und er freute sich darauf, war komischerweise sogar richtig glücklich darüber. Es machte ihn traurig, daß sie nicht wollte, daß andere Leute sahen, wie sie beide zusammenlebten. Ihm war klar, daß es problematisch war, er wußte, daß einige Leute sie beide als unnatürlich und sie, Iris, als pervers betrachten würden. Er wußte das, und doch tat ihm ihr Gehabe weh. Warum war sie immer noch so empfindlich?

»Heimlichkeit nährt das Laster«, hatte er ihr zu bedenken gegeben.

»Tja«, hatte Iris gesagt, war knallrot geworden und hatte die Hände in die vorderen Taschen ihrer Jeans gestoßen – ah, was für hinreißende kleine Hüften! –, »das trifft sicherlich auf uns zu.«

Was? dachte der Bär, gerade mal, daß ihm die Kinnlade nicht herunterfiel. So betrachtet sie die Sache? Als Laster? Er sah ihre leidenschaftlichen Vereinigungen für nichts weniger an als absolute, mit schwindelerregender, unfaßbarer Schönheit zum Ausdruck gebrachte Liebe, selbst wenn man die quälende Befürchtung eingestand, daß ihre transzendentesten Werke dabei waren, an den Rändern auszufransen. Er war sich sicher – er hoffte, sicher sein zu dürfen –, daß sie trotz allem verständlichen und unvermeidlichen Sicheinrichtens im profanen Alltagsleben immer noch imstande waren, etwas Alchimistisches, Umwandelndes aus der Vereinigung ihrer absurd verschiedenen Körper und Seelen zu schlagen. Sie hält es für ein *Laster*?

Iris war im Bett ohne Hemmungen, aber sie konnte manchmal so ein seltsames kleines Mädchen sein. Wenigstens kommt sie inzwischen mit in die Berge, obwohl, ihr geht ziemlich schnell die Luft aus, sie gerät überhaupt nicht gern ins Schwitzen, und alles, was wir dann machen, ist, ein bißchen auf einer Lichtung herumzulümmeln, bevor es gleich wieder nach Hause geht. Sex in freier Wildbahn will sie nicht, obwohl es das doch wirklich bringen würde, aber wir wollen ehrlich sein, du bist auch ein ziemlich seltsamer Liebhaber, und innerhalb der vier Wände gibt sie sich immerhin mit dir ab. Lieber Gott, das tut sie wahrlich.

Ein weiteres Scheit, dessen Schnittfläche fast weiß war, fiel zu Boden. Seine Arme fühlten sich gut an, die Muskeln pumpten, das Blut floß warm und kräftig durch die Adern. Er checkte noch einmal das Nachtfalterfenster, aber ihr Gesicht war verschwunden. Putzt wahrscheinlich das Gemüse über der Spüle. Er hatte ihr gesagt, daß es doch am einfachsten wäre, eine Lammkeule zu braten oder einen großen Vogel und Kartoffeln dazu zu kochen, aber sie hatte auf einem großen, arbeitsintensiven Topf Huhn-mit-sieben-Sorten-Gemüse-Couscous bestanden und dafür drei Biohühner sowie jede Menge Biogemüse und Kräuter eingekauft. Sie selbst hatte gar nichts davon: Seit sie aus der Stadt raus und dem Streß des Berufslebens entkommen war, wollte sie offenbar ausschließlich von Karottensaft, Alfalfasprossen und, wenn sie ganz gierig war, ein paar Salatblättern mit Olivenöl und Zitronensaft leben. Ab und an fand sie sich immerhin bereit, ein bißchen Dinner mit ihm mitzuessen, nur so aus Gefälligkeit, was er aber außerordentlich zu schätzen wußte.

Er hatte auch versucht, sie wieder zum Malen zu veranlassen, damit sie etwas hatte, womit sie sich tagsüber beschäftigen konnte, wenn er übte oder seine Streifzüge unternahm, und obwohl sie ihre Utensilien aus Gotham mitgebracht und sogar ihre Staffelei in einem Zimmer im ersten Stock aufgebaut hatte, das nach Süden raus lag, nahm sie den Pinsel nicht in die Hand. Ihre Nachmittage verbrachte sie damit, mit dem Volvo in die Stadt zu fahren, ein paar Zeitungen zu kaufen und sich in irgendeine Restauration zu setzen, um »einen Kaffee zu trinken«. Auf diese Weise lernte sie Leute kennen, einen Haufen Typen hauptsächlich, die sie mit Hingabe vollquatschten; immerhin hatte sie so zum Beispiel erfahren, welche der örtlichen Kaufleute ihr Leben und Einkommen mit ein wenig Kokainhandel aufpeppten und welche Pornofilme machten und ein paar Nutten aus der Bungalowkolonie bei Shandaken laufen hatten. Diese Art von Information bot ihr eine gewisse Unterhaltung, und der Bär konnte merken, daß dies eine ideale Nische für sie war: in der Stadt zu sein, aber nicht dazuzugehören, als unaufgeregte, milde Beobachterin des städtischen Lebens und Verbrechens. Sie hatte das gewisse Etwas, das die Männer zum Reden bringt und nichts zurückhalten läßt. »Woran, glaubst du, liegt das?« hatte er sie mal gefragt.

»Vielleicht haben sie den Eindruck, daß ich keine Urteile fälle und alles gleichermaßen freundlich belächle«, sagte Iris.

»Aha. Und was tust du in Wirklichkeit?«

Iris stieß blauen Rauch aus, sah ihn an und schien die Achseln zu zucken. »Wer weiß? Das jedenfalls nicht.«

Auch gesprächswillige Frauen setzten sich zu ihr. Töpferinnen, Performance-Künstlerinnen, wilde Damen, die mit vierzig endlich ihre große Liebe gefunden hatten, andere, die in frischer Blüte und höchster Erregung standen. Kinder fühlten sich zu ihr hingezogen: Zweijährige krabbelten zu ihrem Tisch hin und sahen zu ihr hoch, erwarteten dabei offensichtlich irgend etwas Wundersames oder hatten einfach nur den Wunsch zu brabbeln. Der Bär befragte sie eingehend zu dieser ihrer allgemeinen Anziehungskraft, aber Iris behauptete, nichts davon zu wissen, daß sie eine von allen möglichen Leuten wahrgenommene Leuchtkraft besäße, von der jedermann angezogen würde. Wenn der Bär sich näher über diese Eigenschaft ausließ, verdrehte sie die Augen und bat ihn, damit aufzuhören.

Was denn?

Irgend jemand da oben auf dem Hügel pfiff zurück, die letzten beiden *nee*-dn't-Töne aus dem A-Teil des Monk-Stückes. Da, schon wieder: *nee*-dn't. Der Bär drehte den Kopf nach links, nach rechts, es war keine Menschenseele zu sehen. Hauptsächlich Stille: eine leichte Brise in den Zweigen: ein Blatt löste sich, purzelte nach unten, stieß mehrmals irgendwo an und drehte sich, bevor es den Erdboden fand und sich leicht schaukelnd zur Ruhe bettete. Merkwürdige Aktion für diese Jahreszeit? Ein Omen?

Nee-dn't. Da war es wieder.

Guck höher. Scheißt doch der Hund ins Telefon: da.

Eine graue Spottdrossel beobachtete ihn von einem Ast in ungefähr zehn Metern Entfernung hügelaufwärts. Sie schlug zweimal mit dem Schwanz, hob den Kopf, sang dann wieder: *nee*-dn't. Ein kompakt gebauter, handschuhgrauer Vogel mit weißen Zeichnungen am Hals und braunem Muster auf den Schwanzfedern. Er sang erneut – *nee*-dn't – und sah, offenbar mit bestimmter Absicht, direkt zu ihm hin.

Guck dir das an! Er wollte Iris rufen, damit sie es mit eigenen Augen sehe und eigenen Ohren höre, aber er befürchtete, daß der Vogel wegfliegen würde, wenn er seine Stimme erhöbe, und außerdem war Iris sowieso aus dem Nachtfalterfenster verschwunden. Der Bär hatte es seit einiger Zeit mit dem örtlichen Vogelwesen – er hatte eine Schwalbenfamilie adoptiert, die unter dem Dachgesims nistete, süße Vögel mit kohlengrauen Cutaways, fuchsfarbenen Jabots und einem ganzen Nest voller lebhafter, quietschender Jungen mit offenen Schnäbeln, die er, wenn Mama und Papa in großen Höhen kreisten, um Fliegen und Steckmücken zu fressen, vor einem hier ansässigen Paar marodierender Blauhäher beschützte, kannibalistisches Pack: Der Bär stand dann auf den Stufen unter dem Nest und wedelte mit den Armen gegen die Räuber, warf auch gelegentlich mit Steinen nach ihnen – »wie ich sehe, hast du endlich eine Familie gefunden«, war Iris' Kommentar zu den Schwalben –, und außerdem hofierte er ein Paar süßer, aber ziemlich blöder Trauertauben, die immer ewig brauchten, bis sie sich endlich an seine aus Naturreis mit Hirsekörnern bestehende milde Gabe rantrauten –, aber dieser sich an Monk versuchende Vogel war etwas ganz Neues. Er hatte schon einmal eine Spottdrossel, just diese hier wahrscheinlich, in der Nachbarschaft gehört, wie sie kreischte, andere Vogelrufe und sogar das elektronische Singen des Telefons imitierte, aber jetzt kriegte er sie zum ersten Mal zu sehen und hörte zum ersten Mal ein geflügeltes Wesen diesseits der Engelschaft sich an einer Komposition von Thelonius Monk versuchen.

Denn das tat der Vogel eindeutig: er wippte zweimal mit dem Schwanz, ließ ein weiteres *nee*-dn't vernehmen, richtete den Kopf dann bärenwärts und blies ihm eine konfuse Spottdrosselversion der zweitaktigen Phrase vor, die zu den zwei Tönen hinführte, welche er bereits draufhatte. Der Bär kapierte: Der Vogel wollte, daß er ihm die Melodie beibrachte. Jetzt geht's aber los!

Der Bär legte die Säge beiseite und pfiff:

Der Vogel saß noch immer nach vorn geneigt, also fügte er die zwei Töne *nee*-dn't hinzu:

Der Vogel legte den Kopf zur Seite und stellte ihn dann wieder gerade, offensichtlich die Bitte um eine Wiederholung. Der Bär gewährte sie. Was für ein Trip, dachte er.

Die Spottdrossel wurstelte sich durch die Anfangstakte, mischte die fragmenthafte Imitation eines Kardinals mit in den Mittelteil, endete aber auf einem triumphalen Fortissimo: *Nee*-dn't!

»Nicht ganz«, sagte der Bär, »aber ich weiß, daß du es kannst. Ehrlich.« Er pfiff die Melodie noch einmal.

Die Spottdrossel kam diesmal näher an die Töne heran und schien erste Ansätze eines Verständnisses für die Bauweise des Stückes zu entwickeln, dafür verpfuschte sie das *needn't* und wurde darob so sauer, daß sie erst einmal ihren Schnabel von beiden Seiten an dem Ast, auf dem sie saß, wetzen mußte. Es folgten verächtliche Schimpflaute in alle Himmelsrichtungen.

»Du schaffst es«, versicherte der Bär dem Vogel. »Mir ist es am Anfang genauso ergangen.« Er pfiff wieder die ersten beiden Takte, wobei er das *needn't* im Vertrauen darauf wegließ, daß der Vogel begreifen würde, daß es jetzt um Kleinarbeit an den Details ging und daß der Teil, den er schon kannte, immer noch dasein würde, wenn er das gelernt hatte, was davor kam.

Die Spottdrossel sang die Eröffnung zweimal, lag zweimal daneben, starrte den Bären wütend an, rieb erneut den Schnabel am Ast, pfiff ihren Ärger hinaus in die Welt und flog durch die Bäume davon.

»Dilettant«, rief der Bär ihr nach, dann nahm er die Säge wieder zur Hand. Wunderbar, der Geruch des frisch geschnittenen

Holzes. Tut mir leid, daß ich dich im Ofen verbrennen muß. Es muß doch ein Gebet geben, das man aufsagt, um den Übergang zu erleichtern, aber ich kenne keins. Der Bär lachte beim Gedanken an die Spottdrossel. Das hätte Iris sehen sollen. Weißt du, sprach er bei sich zu dem Vogel, es wäre cool, wenn du das Stück lernst, dann wieder losfliegst und es dem Rest deines Stammes beibringst: ganze Scharen von Spottdrosseln in den Bäumen, die an ihren Monk-Lektionen arbeiten – der Wald hallt wider von kleinen Sexten –, und dann an die Feinheiten gehen. Heh. Alles was es braucht, Vogel, ist ein gewisser Aufwand an Fleiß. Mit Liebe fängt man an, aber wie lange dauerte das? Man muß dann gegen die eigene Natur anarbeiten. Man muß sich der Strömung entgegenstellen, spekulieren, ein Risiko eingehen. *Nee*-dn't. Tja. Wer sagt's denn.

Der Bär wandte sich wieder dem Holz zu, schnitt weitere Stücke ofengerecht zu, schaute auf den Haufen Eiche und Zeder, die er vorher mit der Axt gespalten hatte und empfand Befriedigung über sein Tagwerk. Schlag Holz, und du weißt, was du geschafft hast. Tja, dachte er, das ist wahr. Während er noch so vor sich hin sann, meldeten sich zwei vertraute Noten aus einem Baum.

»*Nee*-dn't«, sang der Vogel.

Na also! dachte der Bär. Da bist du ja wieder! Du bist willig! An die Arbeit also!

Es kostete ihn ungefähr zwanzig Minuten, dann hatte er die Spottdrossel einmal durch den A-Teil gebracht, eingeschlossen – na, fast jedenfalls – die drei leichteren Variationen der Hauptphrase. Der kontrastierende Schwanz, der den A-Teil abschloß, blieb der Spottdrossel allerdings ein Rätsel. Worauf es ankam, war aber, daß der Vogel sich durchgebissen hatte. Der Vogel hatte nicht aufgegeben.

»Bra*vo*!« sagte der Bär beifallklatschend. »Wir haben's geschafft! Allerdings, ich sag's ja nur ungern, aber das Stück hat auch noch eine Überleitung.«

Der Bär hatte keine Gelegenheit mehr, die Reaktion des Vogels auf diese Mitteilung zu beobachten, da Iris die Schiebetür an der Seite des Hauses aufzog, um ihm zuzurufen: »Ich glaube, sie sind da«, was die Spottdrossel zum Anlaß nahm, durch Blatt und Zweig und Sprenkellicht hindurch zu verschwinden.

»Das hättest du sehen sollen, Schatz«, sagte er zu Iris. »Ich hab dich rufen wollen, aber du warst nicht da... Da war ein Vogel, und der wollte...«

»Ich glaube, sie sind *da*«, sagte sie eindringlich. »Ich glaube aber auch, daß sie nicht weiterwissen.«

Der Bär sah Iris, wie sie da auf einem Fuß stand, sich aus dem Haus lehnte, mit leichtem Griff am Türrahmen die Balance hielt, diesen kleinen, unermeßlichen Glanz von einer Frau. Gott, dachte er, erhalte es, bitte. Laß es uns nicht verlieren. Ist das zuviel verlangt? Wahrscheinlich, aber steh uns trotzdem bei, ja? »Ich komme«, sagte er, legte die Säge beiseite und fragte: »Sie wissen nicht weiter? Aber wenn sie sich verirrt hätten, würden sie anrufen. Was soll ich tun?«

Iris nahm ihn bei der Pfote und führte ihn zur Vorderseite des Hauses. Sie stellten sich nebeneinander auf die Veranda und spähten durch die sich ausbeulenden alten Fliegengitter und die Baumstämme hindurch nach unten auf die Straße. Der Bär legte einen Arm um ihre Schulter, aber sie trat einen Schritt aus seiner Reichweite heraus.

»Ich seh nichts«, sagte er.

»Ich glaube, die kommen bald wieder vorbei.« Nachdem sie sich zuerst seiner Umarmung entzogen hatte, ergriff Iris nun wieder seine Pfote.

Können wir nicht so in die Ewigkeit spazieren? dachte der Bär. Können wir nicht zusammen alt werden und beim letzten Zusammentrieb so Hand in Pfote auftreten? Ist nicht dies schon die Ewigkeit? Ja, ich fühle, daß sie's ist.

»Da«, sagte Iris, und er sah den Wagen von links nach rechts vorbeifahren, einen großen, goldbraunen Kombi mit einem Riesenhaufen von Zeugs auf dem Dachgepäckträger, das von einer armeegrünen Plane bedeckt wurde. Ein gespanntes braunes Gesicht schaute aus dem Beifahrerfenster. »Das müssen sie sein.«

»Ich glaube, du hast recht«, sagte der Bär, aber inzwischen war der Wagen schon wieder vorbeigefahren. »Was machen wir jetzt, ein Signalfeuer anzünden?«

»Sie werden wieder vorbeikommen«, sagte Iris. »Du könntest dich ja auf der Treppe zeigen und winken.«

»Gute Idee«, sagte der Bär und wertete dies als einen Erfolg, nachdem sie ihn wochenlang gebeten hatte, sich nach vorn heraus nicht sehen zu lassen. Er machte die Gittertür auf und offenbarte sich der Welt.

»HATWELL!« bellte er, als der Kombi wieder auftauchte, diesmal von rechts kommend, und die Maßnahme war von Erfolg gekrönt: der Wagen kam ratternd zum Stehen, wackelte auf seiner Federung vor und zurück und gab hupend Antwort, eine D-Dur-Terz.

Mit weit ausholenden Gesten – mehr Bühnen- als Filmschauspielerei – suchte der Bär auf die Mündung der Zufahrt aufmerksam zu machen, und der Wagen bedurfte einer Reihe von langsamen, saurierartigen Korrekturen, bevor er sich auf der Höhe der Situation zeigte und den Anstieg auf dem Schotter in Angriff nehmen konnte.

»Die Band«, sagte der Bär mit einer Art von Stolz zu Iris und hielt ihr eine Pfote hin, stellte aber zu seinem Mißvergnügen fest, daß sie sich durch die Gittertür auf die Veranda zurückzog. »He«, sagte er.

Iris wedelte mit beiden Händen vor dem Gesicht herum, eine Geste der Selbstauslöschung, und war verschwunden.

»Scheiße«, sagte der Bär und schaute wieder nach unten. Eine Menge blauer Rauch kam hinten aus dem Kombi, während dieser über den Kies knirschte. Der verbrauchte das Öl wohl gerade so. Drei Leute saßen vorn und waren durch die reflektierende Windschutzscheibe eben mal zu erkennen. Mit singenden Bremsen hielt das Auto.

Der Bär hörte, wie der Motor abgestellt wurde, und sah den Wagen abnippeln: zwei Huster, drei Wackler, ein Rülpsen und ein letzter blaugrauer Furz von hinten, dann erstarb alle Bewegung. Die Fahrertür öffnete sich knarrend auf einem kaputten Eisengelenk, und heraus auf den Kies trat und streckte sich Rahim Bobby Hatwell. »He«, sagte er und strich seine Jeans glatt.

»Geiles Gefährt«, sagte der Bär von der Treppe herab.

»The Lead Sled – der Bleischlitten«, stellte Hatwell vor. »Das Heißeste, was Detroit seit Motown und Elvin Jones hervorgebracht hat. Wir können mit diesem Auto durch das ganze Land touren, die Jungs und die Instrumente transportieren, zehnmal kreuz und quer durch Amerika. Das ist das unkaputtbare Auto.«

»Die Plattenfirma besorgt uns einen Bus«, teilte ihm der Bär mit.

»Du willst mich verscheißern«, sagte Hatwell, der seinen Blick aber schon oben in den Bäumen hatte und mit extravaganten Atemzügen die Landluft in sich aufnahm. »Tourneeunterstützung. Ich hab davon gehört, hätte aber nicht gedacht, es auch einmal erleben zu dürfen. Herr, sei gepriesen.«

»Tja«, sagte der Bär, »du hättest schon vor Jahren anfangen sollen, für Tiernummern zu spielen.«

»Vergiß nicht meine ruhmreichen Zeiten mit Zippy dem Schimpansen.«

»Warum kommen die anderen Jungs nicht raus?«

»Wahrscheinlich, weil sie nicht wissen, wie sie mit dir umgehen und gleichzeitig cool aussehen sollen. Das Problem von diesen Jungs ist natürlich, daß sie von Anfang an nicht cool aussehen, also brauchten sie sich eigentlich nicht so zu haben.« Hatwell knickte in der Hüfte ein und rief höhnend in den Wagen hinein, wo die zwei Gestalten saßen, verschleiert durch spiegelnde Bäume, Wolken, Himmel. »He, ihr albernen Musikergestalten mit Schiß in der Hose, kommt da mal raus und laßt euch sehen. Sagt dem Saxophonisten guten Tag, seht dem großen Boß ins Gesicht. Come and meet the Man.«

»Ich bin«, sagte der Bär müde, »kein Mensch.«

»Das ist ja deren Problem«, kicherte Hatwell, aber währenddessen öffnete sich auch schon die rechte Autotür, und zwei Personen stiegen heraus, zuerst ein dünner Bursche von etwa eins neunzig, sehr schwarz, mit einem runden, eleganten Kopf und lockeren, graziösen Bewegungen; er trug ein rotes T-Shirt in Übergröße, ausladende schwarze Hosen und weiße Segeltuchschuhe. Ihm folgte, etwas gemächlicher, ein mittelbrauner Typ mit breiten, eckigen Schultern, einem streng quadratischen, gebleichten Haarschnitt und einem Gebaren, das gemessen an seinem soliden Körperbau bescheiden und bußfertig anmutete: Er plazierte seine Hände vor dem Bauchnabel und neigte respektvoll den Kopf; die Stirn war hoch und sorgenfrei, das Gesicht in Höhe der Wangenknochen breit und das Kinn langgezogen; er trug ein weißes Hemd und eine irgendwie afrikanische Weste über ausgeblichenen Jeans und Birkenstocksandalen. Beide waren, wie Hatwell, etwa Mitte Zwanzig. Der eckige Typ war vielleicht nur vier, fünf Zentimeter kleiner als der hagere, aber Bobby Hatwell, der höchstens eins siebzig maß, wirkte trotzdem nicht klein zwischen ihnen – was wohl an seiner ausgeprägten Präsenz lag. Der Bär hatte, was diese Jungs anbelangte, sich auf Hatwells Empfehlung verlassen, und wer sie auch immer sonst sein mochten, auf der anstehenden Sommertournee waren sie seine Rhythmusgruppe und mußten funktionieren. Wenn nicht, wären achttausend Meilen Autofahrt mit Aufenthalten in ein Dutzend Städten fürn Arsch.

»Hi, Jungs«, sagte der Bär hoffnungsvoll.

Er bekam einige winkende Handbewegungen und ein paar unverbindliche »He« zurück, der große schwarze Typ schien sogar zu einem breiten, freundlichen Grinsen ansetzen zu wollen, das er aber gleich wieder zurücknahm.

»Rahim«, sagte der Bär, »was hast du ihnen über mich erzählt?«

»Daß du kleine Kinder frißt, aber in den Sommermonaten versuchst, dich zurückzuhalten.«

»Danke«, sagte der Bär. Er wandte sich an seine Rhythmusgruppe: »Wenn ihr hier raufkommen wollt, ich glaube, Iris hat eine Kiste Bier fürs Wochenende besorgt, und ich könnte euch wohl ein paar Flaschen billig überlassen.«

»Okay.«

»Okay.«

Der Bär konnte nichts ausgesprochen Rhythmisches in ihren Äußerungen hören. »Namen?« fragte er. »Also, willst du uns nicht bekannt machen?«

»Das hier ist Linton Bostic«, Hatwell zeigte auf den langen Schlaks, »am Schlagzeug, und gleich daneben haben wir die große graue Hoffnung des modernen Basses, Garrett Church.«

»Ich bin der Bär«, sagte der Bär.

»Haben wir uns schon gedacht«, sagte Bostic und riskierte diesmal schon ein bißchen mehr Grinsen.

»Und das hier ist der Urwald«, erklärte Hatwell, indem er auf einen Baum zeigte.

»Hm«, sagte Garrett Church und steckte die Hände in die Hosentaschen.

»Das ist sein Standardriff«, sagte Hatwell zum Bären. »Die alte Bassistennummer – geheimnisvoll im Hintergrund stehen und nichts sagen.«

»Wie lange macht er das schon?« wollte der Bär wissen.

»Seit wir ihn kennen, fünf oder sechs Jahre.«

»Aber wir arbeiten an ihm«, sagte Bostic. »Den kriegen wir schon hin.«

»Hm.«

»Also«, Hatwell räusperte sich, um seinen Worten Gewicht zu geben, »hilfst du uns, die Instrumente diese Treppe hier hochzutragen, oder was?«

»Kommt doch erst mal auf ein Bier hoch«, schlug der Bär vor. »Um nach der langen Fahrt ein bißchen abzukühlen.«

Hatwell blickte in beide Richtungen. »Instrumente im Auto lassen?« sagte er.

»Richtig«, sagte der Bär. »Wir haben ein paar ganz schlimme Waschbären und Kaninchen hier, die nur darauf warten, ein Fender Rhodes in die Finger zu kriegen.«

»Alles, was ich mithab, ist ein DX-7. Und diese Waschbären, äh, *waschen* die, sag ich mal, das Keyboard, bevor sie es fressen?«

»Eigentlich würde ich meinen Baß nicht gern im heißen Auto lassen«, sagte Garrett. »Ach so, es parkt im Schatten. Dann ist es wahrscheinlich okay. Weiß jemand, wieviel Grad wir heute haben? Wahrscheinlich macht es nichts. Vielleicht hol ich ihn rein. Lin, ich müßte dann deine Klamottenkisten ausladen. Na ja, vielleicht geht es auch so. Vergiß es. Schönes Häuschen hast du hier.«

Niemand hörte ihm zu.

»Kommt jetzt hoch, verdammt, bevor wir an Altersschwäche sterben«, sagte der Bär schließlich.

»Was für ein Bier hast du da?« Bostic zeigte Unternehmungsgeist und setzte einen Fuß auf die unterste Treppenstufe.

»Einen gemischten Kasten. Weiß nicht genau«, sagte der Bär. »Iris hat ihn besorgt.«

»Iris?« fragte Bostic. »Wer ist eigentlich Iris?«

»Die Frau, die im Suchbild versteckt ist. Kommt rauf, und wir sehen, ob wir sie finden können.«

Als dann alle oben und über die Veranda ins enge, aber doch gemütliche Wohnzimmer gelangt waren, hatte sich auch Iris eingefunden, die abwechselnd errötete und erbleichte; der Bär war sich nicht sicher, ob die Männer es bemerken würden, aber ihm zeigte sich ihre Nervosität ganz deutlich. »Ich glaube, die Jungs könnten ein Bier vertragen«, sagte er, nachdem er sie vorgestellt hatte, »nach der Hitze und dem ganzen Straßenstaub.«

»Eigentlich funktioniert die Klimaanlage im Schlitten tadellos«, sagte Hatwell, »und anscheinend hat man die Schnellstraße befestigt, seit du sie zuletzt gesehen hast, aber«, er verbeugte sich fast unmerklich, »ein Bier würde sicher guttun, wenn's nicht zu viele Umstände macht.«

»Überhaupt nicht«, sagte Iris und war schon in Richtung Küche unterwegs. Dem Bären bot sich das ausgedehnte Schauspiel der zwischen ihm und Iris hin und her schießenden Blicke seiner Rhythmusgruppe und der fast hörbar zwischen ihnen in der Luft hängenden einzigen Frage: Vögelt er sie? Ich wußte von Anfang an, dachte er Bär, daß uns ein kompliziertes Wochenende bevorsteht.

Er zeigte aufs Sofa und die Sessel. »Tut euch keinen Zwang an. Nehmt eine sitzende Position ein. Jemand an einem Toilettenbesuch interessiert? Wir hätten zwei Fazilitäten anzubieten. Irgendwas zu essen zu den Bieren? Wir versuchen hier im Wald von Arden perfekte Gastgeber zu sein.«

Der Bär hatte auf zwei lange Sessions mit der Band am Samstag und am Sonntag gezählt und außerdem gedacht, na ja, vielleicht, wenn sich alle soweit eingerichtet haben, können wir heute schon aufbauen und ein klein bißchen spielen, vor dem großen Couscous-Essen, aber die Jungs wollten unbedingt gleich loslegen, und so wurden unter wesentlicher Bärenbeteiligung Bostics Schlagzeug sowie Hatwells DX-7 und etwas, das wie ein großer Gitarrenverstärker aussah, aus dem Auto ins Haus gehievt – »Danke, aber ich glaube nicht, daß ich genug Lautstärke aus deinem Klavier bekomme«, lehnte er das Angebot des Bären ab –, und erst als die anderen Instrumente aufgestellt und die Möbel beiseite geräumt waren, trug Garrett Church seinen holländischen Baß aus dem 19. Jahrhundert die Treppe hoch und in eine ruhige Ecke des Wohnzimmers.

»Linton«, sagte der Bär. »Ich glaube, du wirst angesichts des Zimmers hier die Beckenlautstärke niedrig halten müssen.«

Bostic lachte nur.

»Das Zimmer hat eine helle Akustik«, beharrte der Bär.

Bostic zog einen Beckenständer ganz aus und drehte eine Flügelmutter auf. »Das Scheusal, das den Westen heimsuchte«, sagte er dunkel.

Hatwell schloß sein Keyboard an und brachte den Verstärker auf sechzig hörbare Schwingungen pro Sekunde, dann demonstrierte er einige der fürchterlichen Synthesizer-Sounds des DX-7, bevor er diesen auf größtmögliche Klavierannäherung feinabstimmte. »Ich krieg noch ein gutes Sampling-Keyboard vor der Tour, aber im Moment müssen wir mit diesem alten Teil vorliebnehmen. Es gibt doch schon vorab Geld, oder?«

Garrett Church stimmte seinen Baß langsam, in sich versunken, zog lange, reine Töne mit großen kräftigen Fingern aus ihm heraus, die Linke um den Instrumentenhals gebogen, Sehnen und Knochen durch die Kraft seines Griffs klar hervorgehoben. Dem Bären gefiel Garretts Klang und die Tatsache, daß er nicht zu den Bassisten gehörte, die bei höherem Tempo nachlässig werden und auf Kosten von Tiefe, Ausdruck und Kontrolle in jede Note hineinrutschen. Er hatte sofort das Gefühl, daß Garrett Church der richtige Mann für ihn war. Und das Schlagzeug? Bostic war immer noch am Aufbauen, schraubte Becken an ihren Ort, checkte die Höhe seiner Toms, wischte mit dem Handballen einen unsichtbaren Fussel von seinem Ride-Becken. Seine Becken waren eher klein und hatten einen starken hellen Glanz. Der Bär bevorzugte dunklere Timbres, aber man würde sehen.

Bobby Hatwell blickte stirnrunzelnd an die Decke, auf eines der Fenster, den Fußboden, schüttelte eine Zigarette aus seiner Schachtel und zündete sie an.

Der Bär ließ seine Klappen klappern, stimmte sein Saxophon nach dem Keyboard und blickte auf. »›Straight No Chaser‹?« sagte er.

»Moment«, sagte Bostic von seinem Hocker aus, korrigierte den Neigungswinkel seiner Becken noch um eine letzte Winzigkeit und drehte an seinen Snare-Drum-Schrauben, bis der Klang richtig war.

Der Bär zählte vor, und sie fingen an zu spielen.

Die Rhythmusgruppe würde funktionieren, dachte er auf der Stelle, noch während des Themas. Sie hatten nicht das Gewicht von Ha Ha Ha, aber sie besaßen eine gewisse hippe Beweglichkeit, und obwohl es ein paar Chorusse brauchen würde, bevor sie alle vier zusammenfanden, konnte man einiges schon früh erkennen.

Wie alle guten Drummer, die der Bär je erlebt hatte, verarbeitete Bostic seine Physis zu einem Stil: gelenkig und exzentrisch, mit großer Unabhängigkeit von Armen und Beinen. Sein Beckenschlag tänzelte leichtfüßig über den Takt hinweg, und er ließ hier und da ungewöhnliche Akzente in ebenso ungewöhnlicher Lautstärke dazwischenplatzen – wundersam verwandelter Philly Joe Jones in dieser Beziehung –, und wenn er Polyrhythmen aufbaute, begann er seine Phrasierung auf einem Tom-Tom oder sonstwo an der Peripherie des Instruments, poff, legte dann einen gegenläufigen Kommentar auf die Snare, trat dem Takt auf der Baßtrommel in den Hintern, und erst allmählich oder auch im Rückblick bemerkte man, daß er einem Gedanken folgte, aus scheinbar zufälligen Anfängen zwingende Komplexitäten entwickelte. Hippes Zeug, dachte der Bär, aber wenn ich ihn noch dazu kriegen könnte, die guten Einfälle noch ein bißchen tiefer auszuarbeiten... Na gut, gib ihm etwas Zeit, und er wächst wahrscheinlich.

Garrett Church pflegte einen soliden, beschwingten Umgang mit dem Takt und hatte einen Weg gefunden, wie er seinen *walking bass* davor bewahren konnte, zu langweiligen Serien von Viertelnoten zu verkommen: Er tendierte dazu, die Spur eines Shuffle in den Walk einzuführen, vor dem Beat zu schlagen, dann danach, nicht um den Vorwärtsdrang zu schwächen, sondern um ihm einen kräftigeren Kick zu verleihen, ein besseres Gleichgewicht und mehr Reichweite. Im Zuge ihres Spielens verbesserte sich seine Notenwahl zunehmend, von Chorus zu Chorus trat er näher an das heran, was der Bär auf seinem Saxophon spielte, und fügte Sympathie, Nuancierung, Ironie, Antrieb hinzu: Der Bär gewann den Eindruck, es hier mit einem scharfen Ohr und einem feinen Witz zu tun zu haben. Als der Zeitpunkt für ein Baßsolo kam, hörte der Bär wiederum mit Erleichterung, daß Garrett die Kontrolle über seinen Ton behielt: Garrett konnte schnell spielen, ohne die Saiten zu beschummeln, und die daraus resultierende Festigkeit von Sound und Intonation war entscheidend für die Kraft seines Solos. Was dem Bären auch noch gefiel und was man nicht allzuoft hörte: Hin und wieder spielte Garrett wie Mingus – nicht allein der Anschlag, sondern auch die kompositorische, bläserähnliche Linienführung – und der Bär hielt das für ein gutes Zeichen bei einem so jungen Musiker.

Hatwell wiederum war Hatwell, Gottes eigenes *enfant terrible* trotz der unnatürlichen Klänge, die aus seinem DX-7 drangen. Der Bär arbeitete wirklich gern mit ihm, aber er wollte ihn später doch bitten, für die Balladen auf das Hauspiano zurückzugreifen.

Der Bär selbst spielte nicht unbedingt auf der Höhe seiner Möglichkeiten, aber das war momentan auch nicht so wichtig. Was er im Augenblick zu tun hatte, war zuzuhören, und so waren seine Ohren gespitzt, sein Gehirn lief auf Hochtouren, und sein inneres Auge rief ausgewählte Kurzfilme aus der möglichen Zukunft ab. Wenn es überhaupt ein Problem geben könnte, dann mit Bostic, der zwar hochtalentiert war, dem aber unter Umständen doch das entscheidende Quentchen, wie sollte man es nennen: Zielgerichtetheit? fehlte. Er war allerdings ein verdammt guter Drummer, und er versuchte nicht, die anderen unter seinem Lärm zu begraben. Wie auch immer, als sie mit »Straight No Chaser« durch waren – der Bär rutschte noch durch ein letztes Solo vor dem Thema –, sagte der Bär: »Ihr Jungs werdet die Sache gut über die Bühne bringen. Danke, daß du sie mitgebracht hast, Bob.«

Bostic lachte hinter seinem Schlagzeug und drehte etwas an seinem Tom-Tom fest. »Vertraue dem Hat«, sagte er, und dann noch mal lauter: »VERTRAUE DEM HAT.«

»Was ist das für ein unglaublicher Geruch aus der Küche?« fragte der Hat, indem er seine empfindliche Nase in die Luft hielt.

»Hühnercouscous«, sagte der Bär.

»KLASSE«, sagte Hatwell, doch anstatt in Richtung Küchentür abzudriften, stürzten sie sich alle wieder auf die Musik, spielten einen Haufen von Stücken, eines nach dem anderen, so daß es praktisch ein Set war, Balladen inklusive. Lerche, hast du mir irgendwas zu sagen? Du weißt nicht, was Liebe ist, bis du nicht die Bedeutung des Blues kennst. Sie spielten »Giant Steps« und »Confirmation« und »Stablemates« und »Impressions«, und als sie fertig waren, hatten sie praktisch das Reden verlernt.

»Wir können essen, wann immer ihr möchtet«, sagte Iris, die ein Tablett mit vier weiteren kalten Bieren aus der Küche hereintrug.

»Häh?« antworteten der Bär und seine Band in fast perfektem

Unisono. Sie hatten beinahe vergessen, was »essen« bedeutet, wer diese Frau war und was sie mit »wann immer« meinte.

»Das Essen kann serviert werden, sobald ihr bereit seid«, erklärte sie hilfsbereit.

Sie brauchten noch ein Weilchen. Sie blickten sich im Zimmer um, sahen, daß das Licht außerhalb der Fenster von Korallenrot in Richtung Magentarot verblaßte, und dann nickte schließlich einer von ihnen, vermutlich war es Garrett, bald schlossen sich die anderen an, und man war sich einig, ja, Essen wäre nicht schlecht, und nicht viel später merkten sie, daß sie alle unglaublich hungrig waren, wahrscheinlich schon seit Stunden Hunger hatten, es beim Spielen nur nicht gemerkt hatten.

»Oh«, sagte der Bär schließlich. »Essen. *Genau.*«

Eine halbe Stunde später, nachdem sie sich mit kaltem Wasser bespritzt hatten und das Essen tatsächlich auf dem Tisch stand, die Kerzen angezündet waren und die Weingläser von den Reflektionen der Flammen glänzten, da aßen sie wie wahre Musiker, soll heißen, wie vier Lebewesen, die seit frühester Jugend nichts mehr zu essen gesehen hatten und wild entschlossen waren, alles Versäumte nachzuholen.

»Das ist phantastisch«, Bobby Hatwell hielt ein roh zugeschnittenes Viertel von etwas Weißem und Soßigem auf seiner Gabel hoch, »aber was ist es, irgendeine Art Kartoffel?«

»Das ist eine Steckrübe«, sagte Iris von ihrem Tischende her. Der Bär saß am anderen Ende, die Rhythmusgruppe war zwischen ihnen aufgereiht wie eine Perlenkette.

Hatwell starrte auf sein Stück Steckrübe. »Steckrüben können unmöglich so gut schmecken.«

»Es ist eine sehr gute Steckrübe«, sagte Iris. »Aus biologischem Anbau. Sie hat die anderen Geschmacksaromen beim Kochen aufgenommen.«

»Es ist eine *wunderbare* Steckrübe«, verkündete Hatwell mit unnatürlich dröhnender Stimme dem ganzen Tisch. »Dies ist die großartigste Steckrübe aller Zeiten.« Er erhob sich von seinem Stuhl und reckte das Stück Steckrübe in die Luft. »Dies ist einer der besten Abende meines Lebens«, er starrte hinaus ins Unbestimmte, »und dabei bin ich noch nicht mal vernascht worden.«

»Doktor Jekyll und Captain Schwachkopf«, erklärte Bostic.

»Verdammt richtig«, sagte Hatwell. »Kannste laut sagen.«

Der Bär hatte bereits gemerkt, daß Hatwell sich zusätzlich zu dem guten Rotwein, den sie alle tranken, an einer Flasche Cutty Sark und einer blauen Schüssel voll Eiswürfeln gütlich tat. Hatte Iris den Scotch im Ort gekauft, oder hatte Hatwell ihn aus New York mitgebracht? Der Bär blickte auf Bostic und Garrett, um einen Hinweis zu erhalten, aber die hielten beide den Blick fest auf ihre Teller gesenkt. Iris guckte, wie üblich, freundlich interessiert.

Hatwell ließ sich wieder auf seinen Sitz plumpsen und aß ein Stück von der großartigsten Steckrübe aller Zeiten. Der Bär registrierte, daß Garrett und Linton mit scheinbar geübten Blicken Hatwell musterten. Er ahnte auch, daß Hatwell nicht gänzlich die Kontrolle eingebüßt haben mochte: ein Hauch von Theater: vielleicht wurde er selbst ein wenig auf die Probe gestellt: wurde bei ihm Maß genommen: wurde er taxiert.

Nach einer Weile ließ sich Bostic vernehmen, dessen Gesichtsrundungen so dunkel waren, daß sie nur ein gedämpftes Bronze vom Kerzenlicht zurückwarfen; ganz leicht öffnete sich jetzt sein Mund zu einem Grinsen über dem fein geformten, energischen Kinn. »Yeah, das hier ist sogar besser als das Couscous, das ich in Frankreich gegessen hab«, teilte er Iris mit.

»Sie hat erst daran gedacht, gedünsteten Lachs zu machen«, sagte der Bär, »aber dann wollte sie mir doch keinen Lachs vorlegen, wenn Leute dabei sind.«

»Du schmeißt dich damit auf die Steine«, sagte Hatwell, »und fauchst die anderen Speisenden an. Du greifst die Jungen an. Ich hab dich mal in einem Naturfilm gesehen. Du warst echt schlimm.«

»Ich regrediere«, nickte der Bär.

»Du bist ein wildes Tier.« Hatwell schenkte sich noch einen Whisky ein, den er mit einem einzelnen Eiswürfel verlängerte. »Du bist – ich komm gleich drauf – ein Bär. Na was, Scheiße, es ist wieder mal 'ne Wildwestshow. Ich sollte Zippy schreiben. Ich sollte John Carradine schreiben. Ich sollte meinen Namen an die Scheißhauswand schreiben. Ich sollte Polly Bergen in den Arsch treten. Ich bin reingelegt worden. Das hier ist nicht mein richtiges Leben. Keiner rührt sich.«

»Und da ich der größte Couscous-Fan der Welt bin«, blieb Linton, indem er sich Iris zuneigte, am Ball, »und es in den besten Restaurants gegessen habe, weiß ich, daß das hier großartig ist.«

»Danke«, sagte Iris.

»Keine Ursache.«

»Du hast einige Zeit in Frankreich verbracht?« soufflierte Iris.

»Fast ein Jahr.« Bostics Arme tanzten kurz durch die Luft, anscheinend um den Charakter des Jahres irgendwie zu illustrieren. »Bin mit so einer Version des David Murray Octet rübergegangen. Ist dort das gleiche passiert wie vorher auch hier, Fans strömen zu Tausenden herbei, klatschen und schreien jedesmal, wenn wir zwei Töne richtig treffen, und die Jungs in der Band gucken sich nur an und denken, he, spinn ich denn? Weil nämlich, die Musik war nichts Tolles, und wir fanden alle, daß David als Solist fast die ganze Zeit voll daneben war.«

»War's so schlimm?« fragte ihn der Bär.

»Ach, nee. War'n Ordnung«, sagte Bostic und nahm noch einen Schluck vom Wein. »Egal, war jedenfalls das erste Mal, daß ich in Europa war, und das Leben da hat mir ganz gut gefallen, also bin ich, als die Tour dann vorbei war, nicht gleich wieder zurück nach Hause. Hab in Paris rumgejammt, mal mit diesem, mal mit jenem, das warn Musiker, okay, hier würden sie's vielleicht nicht schaffen, aber die konnten spielen. Hab dann 'ne kleine Besprechung von so einem Typen in der *Trib* gekriegt, hab 'n nettes französisches Mädchen gefunden, mit dem ich zusammengelebt hab, und hab mich dann dieser Bluesband angeschlossen, die ihre meisten Gigs irgendwie für die Kommunistische Partei in Frankreich gespielt hat – eine Nacht im Juri-Gagarin-Kulturzentrum, dann im Stalingrad Memorial Blues Shack irgendwo in der Normandie oder so. Wißt ihr«, er setzte sein Glas ab, um die Sache besser erklären zu können, »wenn in einer Stadt ein kommunistischer Bürgermeister gewählt wird, ändert der alle Namen, solange er kann, also gibt's dann die Rue Lénine, den Breschnew-Boulevard ... Ist mir recht. Die Franzmänner waren ziemlich irre, studentenmäßige Typen meistens, wollten zwischen den Sets immer mit dir über *leh nwars* reden. Dann war ich 'ne Weile bei 'ner afrikanischen Band, mit der bin ich in Deutschland, der Schweiz, Italien gewesen, was mir sehr gut gefallen hat, die Landschaft, die Renaissancestädte, die Mauern, die Türme, die Olivenbäume…«

»Erzähl ihm von deiner Karriere als Terrorist«, brummte Hatwell und schenkt sich Whisky nach.

Dies gab Bostic Gelegenheit, eine kleine Pause zu machen. »Yeah, okay, das stimmt«, sagte er dann. Er senkte reuevoll den Kopf, hatte ihn aber bald wieder oben. »Ich hab mir ein bißchen freigenommen, bin durch Spanien getrampt, und einmal wurde ich von ein paar nett aussehenden jungen Leuten in einem großen weißen Transporter mitgenommen. Wir kommen ins Gespräch, und es stellt sich heraus, daß sie baskische Terroristen sind. Müssen mir getraut haben, jedenfalls ziehen sie ein paar Bodenbretter weg und darunter liegen Dynamitstangen, Zeitzünder, automatische Waffen, Gasmasken, Granaten, alles mögliche Zeug. Coole Leute waren sie, haben mir erzählt, sie wären eigentlich gegen Gewalt, nur, du weißt schon, die Umstände. Wir haben in diesen kleinen roten Lehmstädten in den Bergen angehalten, und alle möglichen Leute tauchen aus dem Nichts auf und versorgen uns mit Brot und Wein und Oliven und absolut phantastischen Würsten, und diese unglaublich gutaussehenden Bräute, so dunkle spanische Bräute, nur daß sie halt baskisch waren, ja? setzen sich zu uns und wollen mit uns schlafen, für die Sache oder vielleicht auch nur so, und ich denke, Mann, o Mann, das könnte das wahre Leben sein.«

»Erzähl's ihnen«, sagte Hatwell bedeutsam, und packte sein Scotchglas fester.

»Yeah«, sagte Bostic. »Mich hatte es erwischt. Ich war voll dabei, ich war bereit, Amerika und mein ganzes restliches Leben zu kündigen und einfach eine Weile mitzumachen, klar? Meine Kündigung sah so aus, daß ich den Hat angerufen hab, um mich zu verabschieden.«

»Er hat mich morgens früh um fünf aus Biarritz angerufen«, sagte Hatwell, »und mir von diesen unglaublichen Leuten erzählt, die er kennengelernt hatte, und von ihrer Sache und den schönen baskischen Frauen und den kleinen Städtchen in den Bergen, das müßte man einfach gesehen haben…«

»O Mann«, erinnerte sich Bostic.

»Und was hab ich zu dir gesagt?« bohrte Hatwell.

»Er sagte«, erklärte Bostic dem Bären, »er sagte: ›Linton‹, sagte er, ›werd kein Terrorist.‹«

»Und was war dann?« sagte Hatwell.

»Er sagte, Linton, werd kein Terrorist, und ich bin aufgewacht. Es war verrückt. Ich bin in einer Telefonzelle aufgewacht und hab mich gefragt, was passiert war. Ich hab mich verabschiedet und bin mit dem Zug zurück nach Paris gefahren. Ich schulde Rahim Bobby Hatwell wahrscheinlich mein Leben.«

»Und eines Tages«, sagte Hatwell, »werde ich die Schulden eintreiben. Dann werde ich Gegenleistung von dir verlangen.«

»Wie wär's, wenn ich für diese Tournee allen Schlagzeugsolos abschwöre?«

»Das reicht nicht. Weißt du«, erklärte Hatwell dem Bären, »Schlagzeuger werden gefährlich, wenn sie sich zu weit von ihrem Comicheften entfernen. Sie können nicht unterscheiden. Es zieht sie dahin, wo der Rhythmus ist. Und Schluß.« Er nahm einen Schluck Whisky. »Nun ist es ja so, daß Linton ein relativ gutmütiger Bursche ist für jemanden, dessen Grundinstinkt darauf ausgerichtet ist, mit Stöcken auf Sachen einzuschlagen und dafür zu sorgen, daß alle andern nichts mehr hören. Aber man muß auf ihn aufpassen, und ab und an muß man ihm sagen: Linton, benimm dich, oder: Linton, werd kein Terrorist.«

Linton streckte die Hände vor wie ein Schlafwandler. »Ja, Meister«, sagte er.

»Und alle Leute denken immer, daß *ich* schwierig bin«, sagte Hatwell.

Der Bär blickte quer über den Tisch zu Iris. Sie hatte ihren Spaß, so wie sie im allgemeinen Spaß am Spektakel des Lebens zu haben schien, sofern sie eine Nische finden konnte, von der aus man Spaß haben konnte.

Zwei Dinge geschahen fast gleichzeitig. Der Bär nahm endlich die Weinflaschen auf dem Tisch richtig wahr, und Iris erhob sich mit den Worten: »Ich glaube, ich sollte vielleicht noch mehr *Semoule* rausbringen.«

Der Bär folgte ihr in die Küche, wo sie dabei war, Berge von Couscous in die rote Tonschüssel zu füllen. »Ich habe gerade den Wein auf dem Tisch gesehen«, sagte er.

»Magst du ihn nicht?« fragte Iris völlig unschuldig.

»Drei Flaschen Château La Lagune von 1990? Ich liebe das Bukett, ich habe den Körper bewundert und mich in dem Geschmack gesuhlt, aber wieviel hast du eigentlich für die Ausstattung dieses kleinen Wochenendes bezahlt?«

»Ein paar hundert«, sagte Iris, während sie den Grießberg in der Schüssel glattstrich. »Drei vielleicht.«

»Gaah«, bemerkte der Bär und dachte daran, wie schnell sein Vorschuß von BFD den Bach hinunterging. Hier und da eine üppige Mahlzeit, Bücher für sie beide, ein gebrauchter orangefarbener Volvo plus Wartung, Versicherung, Benzin. Die Gespräche mit ihren Kindern in Santa Fe hatten verheerende Auswirkungen auf die Telefonrechnungen. Die Tin-Palace-Platte verkauft sich, wie man hörte, ganz gut, aber bislang hatte er noch keinen Scheck zu sehen gekriegt. Wieviel sollte er auf der Tour einnehmen? Er hatte es vergessen. »Drei Flaschen La Lagune an einem Abend? Wieviel ist das, einhundert?« Der Bär fuhr mit der Pfote über seinen Kopfpelz. »Könntest du nicht ein bißchen realistischer sein?«

»Verstehe«, sagte Iris. »Du willst, daß ich mit *dir* zusammenleben *und* realistisch bin. Sehr interessant.« Sie trug die Couscousschüssel auf zwei Händen mehr oder weniger zeremoniell am Bären vorbei in Richtung Eßzimmer, wo diverse Kelche mit La Lagune 1990 benetzt wurden und ein paar Flaschen Châteauneuf-du-Pape Hand bei Fuß standen und darauf warteten, sich gegebenenfalls als Verstärkung ins Gefecht zu werfen. Der Bär folgte seiner Liebsten und setzte sich wieder, wobei er sich vorkam wie eine von feindlichen Truppen überrannte Stadt. Linton Bostic, der sich als trefflicher Mundschenk zeigte, neigte die Flasche und füllte das Weinglas des Bären auf.

»Schöner Wein«, erklärte Bostic.

»Ich weiß«, sagte der Bär. Er brauchte eine Weile, bis er der Unterhaltung wieder folgen konnte; es war Iris, die ihn wieder hineinzog.

»Es geht um das Gemälde in deinem Schlafzimmer«, hatte sie zu ihm gesagt, im Zusammenhang mit irgendeiner Sache, die sie der Band erzählte.

»Was?« sagte er und nahm dunkel war, daß die Unterhaltung sich seit kurzem offenbar um spanische Kunst drehte. »Wie meinst du, mein Schlafzimmer? Unser Schlafzimmer, meinst du.«

»Nein«, sagte Iris. »*Dein* Schlafzimmer.«

Der Bär kapierte nicht. »Unser Schlafzimmer. Ich habe kein Schlafzimmer. Was redest du da?«

Iris stand auf.

»Was?« fragte der Bär. »Hab ich was Falsches gesagt?«

»Ich muß mal für kleine Mädchen«, sagte Iris milde, wandte sich aber auf eine Weise ab, die der aufmerksame Beobachter als Wut ausgemacht hätte.

Rahim Bobby Hatwell klopfte heftig mit seinem Whiskyglas auf den Eichentisch, als sie fort war. »Hart rannehmen, die Schlampen, bis sie anfangen zu heulen«, verkündete er.

»Was?« sagte der Bär zu ihm.

»Ich sagte: *Hart rannehmen, die Schlampen, bis sie heulen!*« Der Bär sah, daß Hatwell schwitzte und seine Augen ganz weit waren.

Bostic erhob sich von seinem Stuhl, beugte sich zu Hatwell und faßte ihn sanft am Ellbogen. »Manchmal muß man ihm sagen: Hat, sei kein Terrorist«, erläuterte der Schlagzeuger. »Manchmal wird er ein bißchen komisch, wenn er zuviel von irgendwas gehabt hat.«

Hatwell hievte sich hoch und ließ sich auf die Veranda und dann hinaus in die Nacht führen.

Der Bär inspizierte den Tisch. Tja, ist sowieso praktisch alles aufgegessen.

Der Bär und Garrett saßen allein da.

Der Bassist griff ein Hühnerbein von seinem Teller und verputzte es, dann goß er sich noch ein paar Tropfen vom La Lagune ein. »Wunderbares Essen«, sagte er, »und ich würde mir keine Gedanken wegen Bobby machen, wenn ich du wäre.«

»Wenn du ich wärst. Interessanter Gedanke.«

Der Bassist dachte einen Moment darüber nach.

»Willst du für einen oder zwei Monate mit mir tauschen?« fragte ihn der Bär.

»Ich glaube nicht.«

»Na ja, trotzdem, mir gefällt es, wie du spielst.«

»Danke«, sagte der Bassist. »Es ist schon verrückt, mit einem Bären zu spielen. Nicht gerade das, was ich zu diesem Zeitpunkt meines Lebens erwartet hätte. Kannst du mir bitte mal die Schüssel mit der scharfen Soße reichen? Ich glaube, ich nehme noch eine Portion Gemüse. Das ist eins der besten Essen, die ich je hatte. Die anderen Jungs kommen bald wieder. Würde es dir was ausmachen, eine von den Flaschen da drüben aufzumachen?«

Eine halbe Stunde nach dem Dinner, zu dessen ausgedehnter Coda Iris nur geisterhaft zurückgekehrt war, hier und da in der Manier einer perfekten Gastgeberin herumwuselnd, sich dann aber anderswohin zurückziehend, fand der Bär sich in der willkommenen Kühle der Nacht mit Bostic und Garrett auf der Vordertreppe sitzend wieder.

»Der Hat hat seine Phasen, wo es bei ihm total aussetzt, aber ich hab noch nie erlebt, daß er jemanden verletzt hätte«, sagte Bostic.

»Packt er seine Gigs?« fragte der Bär.

»Er ist auf jeden Fall immer da. Obwohl ich sagen muß, wenn man ihn an einem seiner völlig abgedrehten Abende erwischt, kann es schon mal ziemliche Überraschungen am Klavier geben.«

Garrett, der zwei Stufen weiter oben saß, mischte sich ein: »Bobby Hatwell ist der feinste Mensch, den ich kenne.«

»Ich liebe den Mann schon jetzt, okay?« stellte der Bär klar. »Aber ich habe eine Band, und ich bin verantwortlich dafür, was auf der Tournee passiert. Ich frag ja nur.«

Die Gittertür ging knarrend auf, und Hatwell, der angeblich oben eingeschlafen war, stand leicht schwankend am oberen Treppenende. »Ich liebe den Effekt, den es hat, wenn hinter meinem Rücken geredet wird«, sagte er. »Eine Brise zwischen den Schulterblättern, da, wo früher die Flügel waren. Kann man in dieser Gegend irgendeine Muschi auftreiben?«

Der Bär drehte sich zu ihm um. »Ich glaube, in einigen der benachbarten Ferienhäuser gibt es welche, bunte und getigerte.«

»Will jemand mit mir in die Stadt fahren?« fragte Hatwell.

»Nein«, entgegneten Baß und Schlagzeug. Bostic klopfte auf seine Tasche und flüsterte dem Bären zu, daß er die Schlüssel für den Schlitten eingesteckt habe.

»Fickst du Iris?« fragte Hatwell den Bären.

»Ich glaube nicht, daß dich das irgendwas angeht, Bob«, sagte der Bär ruhig.

»Ich hab's euch doch gesagt, daß er sie fickt«, gab Hatwell seinen unter ihm sitzenden Rhythmuskumpeln bekannt und stieß dabei Garrett mit dem Fuß leicht gegen die Schulter.

»Sieh zu, daß…«, sagte der Bär.

»Wann?« fragte ihn Hatwell. »Kann ich dabei Fotos machen?«

Der Bär erhob sich mit am ganzen Körper gesträubtem Fell und einem unwillkürlichen, vom Bauch ausgehenden Knurren.

Bostic stieg zu Hatwell hoch. Er legte seinen Arm um die Schulter des Pianisten. »Der Hat weiß nicht, was Furcht ist«, erklärte er dem Bären. »Eigentlich gibt es sogar eine ganze Menge Kram, von dem er keine Ahnung hat. Los, komm, Bobby, es ist Zeit für ein kaltes Bad und ein paar Stunden in der Gummizelle. Komm schon«, sagte Bostic in einer absteigenden Kadenz und führte den brillanten Pianisten nach drinnen.

Der Bär fragte sich, wo die Spottdrossel inzwischen sein mochte. Schlief wahrscheinlich auf irgendeinem Baum oder kam nicht zur Ruhe vor lauter Rätseln über Monks Bauweise. Der Bär setzte sich zu Garrett Church. Es war ein herrlicher Abend.

»Ich hab gehört, daß man im Sommer hier das Nordlicht sehen kann«, sagte der Bär.

»Ich finde das interessant, deine Situation als Bär«, erwiderte Garrett Church. »Du mußt ein interessantes Leben gehabt haben.«

»Hab ich immer noch.«

»Bobby Hatwell ist ein Genie«, sagte Garrett. »Musikalisch gesehen auf jeden Fall. Einer der größten. Wenn er nicht von der Rolle geht.«

»Wozu er durchaus eine Neigung hat.«

»Manchmal schreckt er vor nichts zurück. Aber auf dem Niveau, wo er sich bewegt, wer kann da sagen, was von der Rolle gehen und was Grenzen sprengen ist?«

»Du meinst, er ist ein *pianiste maudit*? Stehst du auf diesen romantischen Scheiß?«

»Eigentlich nicht. Ich schätze, ein großer Teil seines Verhaltens ist abgetragene Scheiße, die er hinter sich herschleppt, Teile von ihm, die noch nicht auf dem neusten Stand sind. Er ist noch jung genug, um damit durchzukommen, aber ab dreißig wird er vielleicht die Rechnung vorgelegt kriegen.«

Garrett verriet seine Jugend – dreißig konnte er kaum meinen. »Er ist halb verrückt«, sagte der Bär.

»Das Problem ist, er glaubt, das sei die gute Hälfte. Er macht sich da was vor, aber er ist ein Genie und ich nicht.« Garrett hielt kurz inne. »Er ist besser als ich. Manchmal denke ich, er ist meine andere Hälfte.«

Der Bär sah Garrett abschätzend an.

»Was mich beeindruckt, ist Wahrnehmungsvermögen«, sagte Garrett, »und Bobby Hatwell hat davon mehr als alle, die ich kenne. Intelligenz per se ist nicht so entscheidend.«

»Glaubst du, daß man es so trennen kann?«

»Als ich achtzehn war, war ich für eine Weile bei Mensa, ich wollte aufsteigen im Leben oder vielleicht einfach nur angeben. Mein IQ war mittelmäßig für deren Verhältnisse, solide hundertsiebzig irgendwas. Ich hab Leute erlebt, die ein bißchen klüger waren als ich, aber viel hat das auch nicht gebracht. Es gab ein paar richtige Hirnis da, die über zweihundert lagen, aber so wie die drauf waren, das fand ich nicht erstrebenswert. Intelligenz beeindruckt mich nicht, aber ich brauche mehr davon, noch eine zusätzliche Oktave, um das zu schaffen, was ich schaffen möchte. Oder eben die Art von Genie, die Bobby besitzt, was ich vorziehen würde, aber das liegt nicht drin.«

»Du komponierst«, sagte der Bär, der es endlich schnallte.

Der Bassist räusperte sich. »Ich hab einige Stücke dabei. Wäre es irgendwie möglich, daß wir ein paar davon spielen?«

»Wenn sie funktionieren, warum nicht? Ich hatte vor, morgen meine eigenen durchzugehen. Wir können auch ein paar von deinen probieren. Du hast aber Ambitionen, längere Sachen zu schreiben, oder?«

»Stimmt«, sagte Garrett nickend. »Aber ich bin noch nicht soweit. Eins kann ich zu meinen Gunsten sagen, ich weiß, wie jung ich bin. Ich setz mich nicht unter Druck, jemand zu sein, der ich noch nicht sein kann. Ja, ich hab einen ganz annehmbaren Verstand, na und?«

»Gefallen dir Wyntons neuere lange Sachen?«

»Einiges davon ist sehr eindrucksvoll«, sagte der Bassist, »wenn auch mehr in den Details als im Ausdruck. Es gibt da aber erstaunliche Momente.«

»Du bist aber mehr in Richtung Mingus orientiert.«

Der Bassist legt den Kopf schräg und sah den Bären an. »Das

hast du gehört, hm? Du hörst tatsächlich dem Baß zu? Was für eine nette Abwechslung.«

»Dem schönsten Instrument in der Band? Darauf kannst du Gift nehmen, daß ich dem zuhöre.«

»So sehr magst du den Baß?«

»Unbedingt. Konkurrenzlos. Ich würde ihn selber spielen, wenn ich könnte. Es war leicht, Mingus in dir zu hören. Da war auch ein bißchen Paul Chambers drin, wie du bei ›Straight No Chaser‹ deine erniedrigten Noten gegen den Walk gesetzt hast.«

»Du hast Ohren.«

Der Bär ließ sie demonstrativ wackeln.

»Ich glaube nicht, daß man alles, was Mingus gemacht hat, übernehmen kann«, sagte Garrett, »und natürlich wäre es sinnlos, ihn kopieren zu wollen, aber als Komponist würde ich schon gern diese Tonfarben und Emotionen mit reinkriegen, wenn es was richtig Großes werden soll. Hast du in letzter Zeit mal *Black Saint and the Sinner Lady* gehört?«

»Jau.«

»Nun ja, da hast du's. Ich hab mir letzte Woche eine von Wyntons langen Sachen angehört, eine von diesen Dance-Company-Geschichten. Es war wunderschön ausgearbeitet, aber nach einer Weile klang es doch wie eine Reihe von Variationen auf ›Toot Toot Tootsie Goodbye‹, all diese Dur-Akkorde einmal um den Quintenzirkel rum, aber dann bastelt er einem so ein verlangsamtes Intermezzo hin – Singstimmen? implizite Polyphonie? Phantastische Sachen, es verschlägt einem den Atem. Er ist sehr gut ausgebildet, und er wird immer besser.«

»Also«, sagte der Bär, »dein Name enthält die beiden traditionellen Zufluchtsorte des Künstlers. Garrett, die Mansarde, und Church, die Kirche.«

»Hab ich schon bemerkt«, sagte Garrett. »Nach dieser Logik müßtest du Forrest Zoo heißen.«

»Das Leben«, sagte der Bär mit einschlägiger Stimme, »ist wie eine Kiste voller Kisten. Wir werden als Ted Beastley Quartett auf Tour gehen.«

»Das ist nicht übel.«

»Wenn wir eine Rockband wären, würde ich's die ›Return of the Repressed‹-Tour nennen, Rückkehr der Unterdrückten.«

»Das ist noch besser.«

»Man hätte damit ein wenig Deckung. Wie hab ich heute geklungen? Ich habe nämlich nicht alles rausgelassen.«

»Ich hab eine Kassette von der Platte gehört, die du mit Bobby und den anderen gemacht hast. Du hast keinen Grund, dir Gedanken zu machen.«

Der Bär schnaubte und räusperte sich dann. »Auch ich habe das Gefühl, daß ich ein bißchen intellektuelle Aufladung gebrauchen könnte. Die Sachen, die ich jetzt spielen möchte, konzeptionell gesehen, da stecke ich irgendwie fest. Ich komm mir da vor wie ein Bär von sehr geringem Verstand.«

»Wir haben ungefähr die gleiche Intelligenz, du und ich. Man kann es schwer sagen. Du bist ja nicht wie ein normaler Mensch. Du bist ein Bär.«

»Ach.«

»Du bist schwer zu durchschauen, aber soweit ich erkennen kann, bist du musikalisch auf einem guten Weg. Die Sachen, die du machen willst? Du hast sie. Sie sind in dir. Du hältst sie in Händen. Äh, Pfoten. Du hast das, was es braucht, sie zu entwickeln.«

»Das ist ein kühnes Statement von so einem bartlosen Jüngling.«

»Ich hab's mir nur so ausgedacht«, sagte der Bassist.

Einiges später, als er allein auf der Treppe saß, nachdem Garrett zu Bett gegangen war, hörte der Bär von drinnen das Rauschen von Wasser und das Klappern von Geschirr. Er ging in die Küche, um zu sehen, ob Iris Hilfe beim Abwaschen gebrauchen konnte.

»Wenn du möchtest«, sagte sie.

Er stellte die Sachen, die sie vorgespült hatte, in die vorgesehenen Fächer des Geschirrspülers. »Die anderen alle im Bett?« fragte er.

Iris reichte ihm die Salatschüssel und antwortete nicht.

Der Bär fand einen Platz in der Maschine dafür. »Bist du aus irgendeinem Grund sauer auf mich?« fragte er. »Dein Benehmen ist nämlich etwas kühl.«

»Du weißt, warum«, entgegnete Iris, und er konnte sich nicht erinnern, daß sie jemals so kalt geklungen hatte.

»Nein.«

»Doch.«

»Tu so, als wüßte ich's nicht, und sag's mir.«

Iris machte jetzt eine richtige Zeremonie daraus, legte die Spülbürste aus der Hand, stellte das Wasser ab, band ihre Schürze los und legte sie auf die Arbeitsplatte. »So dumm kannst du nicht sein«, sagte sie.

»Natürlich kann ich das«, sagte der Bär. »Sogar du unterschätzt mich noch.«

»Als ich von *deinem* Schlafzimmer gesprochen hab, hast du gesagt: *unser* Schlafzimmer. Du hast drauf bestanden.«

»Warum nicht, zum Teufel?«

»Glaubst du, ich wollte sie wissen lassen, daß ich mit dir schlafe?«

»Das wissen sie doch.«

»Woher? Ich hab's ihnen nicht erzählt. Du etwa?«

»Natürlich nicht. Sei nicht albern. Sie wissen's einfach.«

»Sie wissen's nicht einfach. Woher sollten sie? Daß du *unser* Schlafzimmer gesagt hast, war Absicht und gemein. Es war eins der gemeinsten Dinge, die ich je erlebt habe.«

»Ach was. Ich hab nur nicht kapiert, was du sagen wolltest. Es schien mir absurd, und so hab ich einfach die Wahrheit gesagt.«

»Du lügst. Ich hab dich noch nie lügen gesehen.«

»Ich lüge nicht.«

»Natürlich.«

»Wo schlafen die anderen überhaupt?«

»Linton und Rahim sind unten in Sieges Zimmern. Garrett ist in einem der oberen Zimmer und ich in dem anderen.«

»Oh.«

»Mach du das Geschirr fertig. Ich geh jetzt. Will heißen, ich geh zu Bett. Du kannst von Glück sagen, daß ich nicht zurück in die Stadt gehe.«

»Was? Und he, Jones kommt doch morgen. Wo sollen er und Sybil denn schlafen?«

»Sie können hier essen, wenn sie mögen, aber sie haben ein Zimmer im Duchesse Anne in Mount Tremper reserviert. Gute Nacht.«

Wow.

Der Bär nahm die Spülbürste zur Hand und sah Iris nach. Er

hatte ehrlich keine Ahnung gehabt. Er schrubbte das restliche Geschirr einigermaßen sauber, packte es in die Maschine und stellte diese so ein, daß sie in einer Stunde loslegen würde. Er hatte keinen blassen Schimmer. Hatte er wirklich etwas unglaublich Dummes gesagt, oder war das hier in Wirklichkeit ihr Problem?

Er schaltete die Lichter aus, horchte nach Schnarchgeräuschen oder anderen Zeichen friedlichen Schlummers, erschnüffelte eine halb geleerte Flasche Châteauneuf-du-Pape, zog den Korken raus und trat dann nach draußen, auf eine letzte Zigarette quasi, wenn er denn Raucher gewesen wäre. Schöne Nacht, das. Morgen wollten sie an ein paar neuen Stücken arbeiten, nicht alle davon von ihm. »Reincarnation of a Lovebird« vor allem, vielleicht noch was anderes von Mingus. »Ecclusiastics«? Das hatte er schon immer geliebt. Sie würden ein Head Arrangement ausarbeiten, die Anordnung der drei Rhythmen des Stückes planen und herausfinden müssen, was sie im Improvisationsfall damit machen wollten. Garretts Stücke noch angucken, bevor wir anfangen. Das Couscous war überragend gewesen, aber Iris blieb ihm ein Rätsel. Wie konnte sie im Bett so ungehemmt sein und sich dann außerhalb so anstellen? War sie in Wirklichkeit zwei Personen? Drei?

Er schlurfte zu Bett, stöberte durch die Romane auf seinem Nachttisch, entschied sich aber für die Ausgabe von *Geschichte der Pariser Commune,* die Iris aus dem Ort mitgebracht hatte. Er fand seit neuestem etwas Grundsätzliches an der Belletristik auszusetzen, diesen insistierenden, persönlichen Ton, der ihm wie ein Flehen vorkam, wie ein eitler Versuch, ein unwirkliches Ich auf eine größere Welt zu projizieren. Ging es ihm mit der Musik vielleicht auch so? Er wußte es nicht genau, war aber froh, daß er heute nur mit halber Kraft hatte spielen müssen. Morgen wollte er ein bißchen mehr hineinlegen, dann würde er sehen, ob es genauso ungenießbar war wie die Belletristik. Allerdings war er so oder so auf die Tournee festgelegt, oder dazu verdammt, und daher spielte es letzten Endes keine Rolle, was er jetzt fühlte. Es war schwer zu glauben, daß nach den mehr oder weniger kosmischen Abenteuern vor allem des letzten Jahres sein Leben auf einmal geprägt sein sollte von Erwägungen hinsichtlich Miete, Autoersatzteilen, Iris' Bedenkenlosigkeit im Weinladen und auf dem Markt und der Frage, wieviel vom Geld der Plattenfirma noch übrig war. Es war ein häuslicheres Leben als er gewöhnt war. Er und Iris hatten sogar alberne Auseinandersetzungen, wenn auch bisher noch nicht um Geld. *Sensible Shoes* würde erst im Hochsommer erscheinen, wenn das Quartett auf Tour ging. Würde das Geld bis dahin reichen? Und wenn nicht, was sollte er dann tun? Wie viele Platten würden sie wohl verkaufen müssen, um erst den Vorschuß abzudecken und dann neues Geld reinzubringen? Die Tin-Palace-Platte zischte angeblich aus den Läden wie fliegende Untertassen, und er würde ein ernstes Wort mit Megaton über die Tantiemen reden müssen, von denen bisher noch nichts zu sehen war. Als erstes wollte er morgen Jones zu diesem Thema vernehmen.

Ihm tat der Kopf weh davon. Ihm juckten die Ohren. War das gesetzlich vorgeschrieben, daß die Liebe einen immer in so einem außerirdischen Morast steckenbleiben ließ? War's das, wovon hier die Komödie handelte? Der Bär hatte keine Ahnung.

Er las eine Weile – über die Pariser zivile Miliz, die die Stadtmauern bemannte, um die Deutschen fernzuhalten, sich zur Mittagszeit besoff und mit einer Reihe Nutten in den Seitenwegen verschwand; später sollten sie ihre Pariser Mitbürger zu Tausenden umbringen und Rimbauds Herz brechen, so daß die ganze Flut seines Genies sich ergießen konnte – mit anderen Worten: Alles wie gehabt –, dann legte er das Buch beiseite und hoffte, einschlafen zu können, aber mit Iris' Abgang nach oben war ihm spürbar etwas aus dem Leib geschnitten worden. Er lag auf der linken Seite, und Brust und Bauch, wo sie sonst angelehnt lag, schmerzten von der Leere. So verging die Zeit, bis er die Geschirrspülmaschine in der Küche anspringen hörte, Maschinenklappern, Wasserrauschen, und dann hörte es sich so an, als ob ein loses Stück Besteck gegen ein Glas klirrte. Iris würde es ihn am Morgen schon wissen lassen, wenn etwas kaputtgegangen war, dachte er, dann lächelte er breit. Das Geräusch des verläßlich arbeitenden Küchengerätes hatte nur teilweise den Tritt ihres kleinen, rundgewölbten Fußes auf der Treppe getarnt. Er lauschte genauer: Ja, sie kam nach unten.

Er konnte sie kaum sehen. Sie schlüpfte neben ihn ins Bett. »Ich kann ohne dich nicht schlafen«, sagte sie. »Laß uns schlafen. Einfach schlafen. Halt mich.«

»Ich liebe dich, Iris. Ich…«

»Halt mich einfach. Keinen Ton bitte. Ich möchte es so haben, wie es ist.«

»Ich habe hier gelegen«, sagte der Bär, »und deine Abwesenheit tat einfach nur weh.«

»Ich weiß«, sagte Iris. »Erst hab ich ein Kissen umarmt, dann habe ich anderes zwischen meine Beine gelegt, dann hab ich mir gesagt, das ist doch lächerlich und bin nach unten gekommen.«

»Du hast aber auf den Geschirrspüler gewartet.«

»Der war nützlich, aber ich wäre auf jeden Fall gekommen.«

Er betrachtete die glatte, geschmeidige Gestalt, die sich muschelrosa in seine Arme rollte, nahm ihren Aufbau, die Akkorde, die Harmonien, ihr Fließen in sich auf. Ihre Nippel, deren Rosa nur um weniges dunkler war als der Rest von ihr, richteten sich auf, und so frisch rochen ihre wunderbaren Brüste, die er angeblich, so glaubte sie, zu klein fand, eine absurde Zwangsvorstellung, die er ihr ums Verrecken nicht ausreden konnte. Was Schöneres gab es nicht, als sie so in seine Arme gewickelt zu halten, als hätte es die Natur so vorgesehen. Sie schmiegte sich dichter an ihn, sie kuschelte und wuschelte, sie klammerte, sie schwamm. »Venus im Pelz«, sagte er.

Sie öffnete die Augen und verdrehte sie himmelwärts. »Du meine Güte.«

»Du bist so unglaublich schön, Iris.«

»Übertreib's nicht, Bär. Das ist nur oberflächlich.«

»O nein«, murmelte er. »Obwohl sie allein schon verehrenswert ist, diese Oberfläche…«

»Nichts als Haut.«

»… geht es doch viel tiefer.« Schon war er im Begriff zu sagen, daß er ganz ohne Hintergedanken gewesen sei, als er vor der Band von *unserem* Schlafzimmer gesprochen hatte, besann sich jedoch noch gerade rechtzeitig eines Besseren. Siehst du? Schon die ersten Zeichen von Intelligenz. Es geht voran. Sie drehte sich auf die Seite, um sich gegen seine Schatztruhe von Brust zu drücken. Er hielt sie mit seinem Atem fest, er vergrößerte sein Herz für sie, er strich mit sanfter Pfote über ihren Rücken, spielte eine schöne Melodie auf der zarten Tastatur ihrer Wirbelsäule, wobei er taktvoll die tiefen Register auf der Höhe ihres süßen handlichen Hinterns aussparte. Dennoch fuhr ein Pochen des Begehrens durch seinen Leib. Er unterdrückte es.

Nach ein paar Minuten schaltete Iris' Nervensystem auf Ruhebetrieb, ihr Atem ging langsamer. Er sah zu, wie ihr Gesicht die kritische Tagesanspannung fahren ließ. Sie schlief, so schien es, mit kindlichem Vertrauen auf die Güte der Welt, oder vielleicht auch auf die seine. Er hielt noch eine Weile Wache über sie, dann legte er seinen Kopf auf das Kissen und schloß die Augen.

Der Bär war noch nie vor ihr eingeschlafen. Kein einziges Mal.

4

»Es ist für den eigenen Maßstab zu groß. Das Haus sieht seltsam aus.« Sybil Bailey spähte durch die Windschutzscheibe des gemieteten Chevy Lumina, als sie an der Einmündung anhielten.

»Bedenke, wer drin wohnt«, sagte Jones.

»Auch wieder wahr«, mußte Sybil zugeben.

Jones steuerte den Lumina über die Straße und auf die graue Kiesauffahrt unter den Fichten hindurch. Es kam niemand an die Tür, um sie zu begrüßen, was vielleicht gar nicht so verkehrt war. Jones hatte eine Reihe von Gründen, diesem kleinen Besuch mit mulmigen Gefühlen entgegenzusehen.

Der erste saß natürlich neben ihm. Sybil war überaus nett zu ihm, seit er den Job bei Megaton ergattert hatte, aber es war ja bekannt, daß sie eine ganze spezielle Einstellung zu dem Bären hegte. Nicht, daß sie in Iris' Gegenwart Gelegenheit haben würde, einschlägige Initiativen zu ergreifen; außerdem schien der Bär, wenn man Telefongesprächen in dieser Hinsicht trauen konnte, ganz übermäßig glücklich über sein Leben mit der kleinen Dame zu sein. Dennoch empfand Jones den lästigen Gedanken an die bloße Möglichkeit schon als leicht destabilisierend, und die Tatsache, daß ihn das nervös machte, betonte nur die generelle Schwäche seiner taktischen Position. Was ihn wiederum noch nervöser machte und ergo noch taktisch schwächer... Meine Damen und Herren, endlich erfunden – das Perpetuum mobile!

Ferner war da die Art, wie der Bär ihn in letzter Zeit behandelt hatte. Verächtlich geradezu, und das, wo sie einander doch mal so nahegestanden hatten. Jones hatte sich zweierlei zurechtgelegt: zum einen hatten diese unfairen Reibereien ihren Ursprung in Jones' jüngst entwickeltem Anspruch auf ungefähre Gleichwertigkeit mit dem Bären; der wiederum war ausgegangen von der im Vortodesstadium erlebten Vision seiner zeitlosen Individualität im Garten, eine per definitionem allen anderen zeitlosen Individualitäten gleichwertige und damit unbedingt wert, respektiert zu werden; zum anderen war er nicht länger gewillt, sich diese Scheiße von dem Bären bieten zu lassen. Nein, die Beziehung mußte begradigt, auf neue und festere Füße gestellt, auf Fairneß verpflichtet werden. Ich bin nicht länger nur der zweite Mann.

Wenn er nur nicht kompromittiert wäre durch seine Komplizenschaft mit Badiyi und das Gehalt, das er von Megaton bezog, wenngleich mit gewaltigen Abzügen – Jones hatte ja keine Ahnung gehabt, daß es eine derart piratenhafte Besteuerung in dieser Welt gab, und so hatte er seine politischen Anschauungen bereits ein wenig nach rechts angepaßt. Steuerlich gesehen, war der Bär keine gesetzliche Person, also hatte Jones ihm geholfen, sich als »Ursine Enterprise« eintragen zu lassen. Sein Verlag hieß »Improbable Tunes«. Badiyis Stimme: Denken Sie dran, daß Sie jetzt für *mich* arbeiten, nicht für ihn. Der vornehme Iraner schien unwahrscheinliches Vergnügen an diesem Satz gehabt zu haben. Als ob meine Loyalität so billig zu erwerben sei – Sybil hatte den Vertrag des Bären zweifach überprüft und festgestellt, daß keine Tricksereien darin enthalten waren –, doch in der objektiven, beobachtbaren Welt hatte Jones nur genickt und Badiyi die Silbe des Gehorsams hingemurmelt. Danach hatte eine große hübsche Angestellte in aufgeblähter Bluse und engem Lederrock ihm den Weg zu seinem neuen Schreibtisch gezeigt und ihm erklärt, wie man die Apparatur bediente, die sie als Voice-Mail-System bezeichnete, von der er aber hätte schwören mögen, daß es sich um ein Telefon handelte.

Wenigstens würden Sybil und er nicht im Bärenhaus übernachten. Sie hatten ein Zimmer in einem Gasthaus in der Nähe, und Sybil hatte ihm bereits mitgeteilt, daß dessen Ente à l'orange und Steak au poivre nahezu berühmt seien, so daß sie möglicherweise nicht mal mit dem Bären und Iris und der Band zu Abend essen würden. War vielleicht auch besser so.

Jones brachte den Lumina vor der Vorderstoßstange des Volvo

zum Stehen und warf einen kurzen Blick auf den riesigen goldbraunen Kombi, der dahinter parkte. Er stellte den Motor ab und zog die Handbremse fest an, weil er nicht riskieren wollte, daß der Wagen die Auffahrt wieder runterrollte. Seiner Ansicht nach waren sie hier in der Wildnis, wo praktisch alles passieren konnte.

Oben hinter der Gittertür tauchte Iris auf und winkte ihnen zu; sie trug eine Küchenschürze um die Hüfte und ein Grinsen im Gesicht. Was für ein bloßgelegtes Gesicht, dachte Jones. So nackt der Geist, so sichtbar seine Hoffnung auf Glück. Jones empfand einen Stich des Mitgefühls, und er hoffte, daß der Bär sie anständig behandelte.

Als Jones und Sybil die Stufen erklommen hatten, begrüßte Iris sie mit eiligen Umarmungen, um sich aber sofort mit dem Hinweis auf dringende Verpflichtungen in der Küche zurückzuziehen, so daß die Neuankömmlinge an beiseite geräumten Möbeln und Linton Bostics Crash-Becken vorbei ihren Weg ins Wohnzimmer finden mußten. »He«, rief Jones dem Bären zu, der in der Mitte des Zimmers stand, wie Gott ihn geschaffen hatte, nur daß ihm ein Saxophon an einem Riemen vom Hals hing. Es brannten keine Lichter in dem Zimmer, und um diese Stunde fiel auch wenig Sonnenlicht hinein.

»He«, sagte der Bär und wandte seine Aufmerksamkeit wieder der Band zu.

Soweit Jones erkennen konnte, trieb der Bär sie durch die Akkordwechsel irgendeines Stückes – es kam ihm bekannt vor –, und die Sache war nicht so leicht, weil es ungewöhnliche, an ungewöhnlichen Stellen gewechselte Akkorde waren, die sich zudem auch nicht zu einer normalen Chorusstruktur von zweiunddreißig Takten oder was auch immer summierten. Immer wieder ließ der Bär sie loslegen, dann unterbrach er wieder. Was aber nach Jones' Ansicht echt lähmend war, war die Tatsache, daß der Bär, obwohl die Probleme in den Soloabschnitten auftauchten, die Band jedesmal, wenn etwas schieflief, wieder an den Anfang zurückschleifte und sie das ganze verdammte Stück noch mal spielen ließ. Jones war unmittelbar davor, es wiederzuerkennen.

»Und mir wäre es lieb«, sagte der Bär zu dem Bassisten Garrett Church, den Jones schon in der Stadt kennengelernt und der ihm gut gefallen hatte, »wenn du die Septime da, kurz vor dem

Turnaround, nicht spielen würdest, weil, sie lenkt von der Melodielinie ab.«

Church nickte und machte sich mit Bleistift eine Notiz auf seinem Notenblatt.

»Und Linton«, brummte der Bär weiter, »fühl dich nicht verpflichtet, den ganzen Raum auszufüllen. Im Gegenteil, versuch mal, ihn überhaupt nicht zu füllen, und hör dir an, wie das klingt.«

Bostic nickte hinter seinem hippen kleinen Holzmaserungs-Schlagzeug-Set und fächelte sich mit seinem Besen Luft zu. »Yeah, es ist so eine schöne Melodie«, sagte er. »Ich wußte gar nicht, daß Mingus so *zart* sein konnte.«

Hatwell schnaubte hinter seinem Klavier hervor. »Lesen Sie selbst!« sagte er. Ganz in der Nähe auf einem Tisch stand ein schickes schwarzes elektrisches Keyboard-Dingsbums, dem er jedoch den Rücken zukehrte. Der obere Klavierdeckel stand offen, und die vordere Verkleidung war abgenommen worden, um seine Rippen und goldenen Adern freizulegen.

»Entschuldigt«, sagte Sybil und schlängelte sich in Richtung Eßzimmer und Küche. Jones beobachtete, wie die ganze Rhythmusgruppe und der Bär die Köpfe wandten und ihr nachsahen, bis sie verschwunden war.

»Also gut«, sagte der Bär, »fangen wir noch mal an, nicht von ganz vorn, aber vom Halbtempoabschnitt in der Überleitung. Linton, kannst du dir irgendwas Hohes und Kleines suchen, wo du auf Zwei und Vier draufschlägst, bis wir wieder beim Haupttempo angelangt sind?«

»Wie wär's mit Besengriff auf Becken? Hast du die Platte? Was hat Dannie Richmond da benutzt?«

»Fingerzimbeln. Eins«, sagte der Bär langsam, dann: »Zwei«, und jetzt erkannte Jones das Stück: »Reincarnation of a Lovebird«, ein schönes, geschmeidiges, zurückhaltendes Stück, das sich durch verschiedene Abstufungen von Hell und Dunkel und unerwartete Akkorde seiner Lösung näherte, und Bostic hatte recht, für jemanden, der vor allem für sein breitblechiges Wüten bekannt war, konnte Mingus wirklich unglaublich zart sein. Das einzige war, daß der Bär schon wieder andauernd die Band anhielt.

»Hört mal, Jungs«, ging es wieder los, »ihr swingt einfach nicht.

Könntet ihr nicht genauso zurückgenommen spielen und trotzdem swingen?«

Nein nein nein, dachte Jones. Du treibst es zu weit. Das ist zu viel Gerede, definitiv *contra naturam.* Die intuitive Verbindung wird gekappt. Aber wider alle Erwartung nickte die Band ernsthaft, bedachte das Gesagte, blieb unverzagt, willens, es weiter zu versuchen.

Noch mal von vorn.

Tja, das hier war genau das, wofür Jones seit jeher das Verständnis gefehlt hatte, der ganze Schweiß, die endlosen Wiederholungen, ganze Nachmittage, an denen die Sache mühselig Atom für Atom durchgearbeitet werden muß, bevor so etwas wie Schönheit entstehen kann. Guck sie dir an. So wie sie wollte ich auch sein, aber ich konnte mich nie richtig mit der Knochenarbeit anfreunden. Er dachte an die Klarinette – schwieriger als das Saxophon, weil die Oktaven nicht identisch zu greifen waren; andererseits hatte er auch auf dem Alt des Bären geübt, und letzten Endes lief es auf dasselbe hinaus – und den alten Wunsch, in allen zwölf Tonarten flüssig spielen zu können, na ja, die fingerverheddernden technischen Transpositionen reichten allein schon, um das Gehirn vor lauter Verwirrung fast lahmzulegen. Bei allem, was man musikalisch machen wollte, war immer derartig viel Fingerei im Spiel. War sein Problem nun, daß er sich die Arbeit nicht machen wollte, oder fehlte ihm einfach auch die Substanz?

Jetzt, wo er älter war, könnte er vielleicht die Geduld aufbringen, lange genug stillzusitzen und sich etwas zu erarbeiten. Allerdings hatte er jetzt Verpflichtungen, Sybil, einen richtigen Job … Nie paßt irgendwas zusammen.

Jones zuckte zusammen. Guck dir diese Typen an. Mit der Schauspielerei war es das gleiche gewesen. Es gab diesen Punkt, an dem man nicht mehr weiterkam. Irgendwas in einem spielte verrückt und machte einen blind. Liebe zur Sache reichte nicht. Die Liebe mußte ihren Weg durchs Labyrinth der Form finden, und Jones besaß weder die Zähigkeit noch den richtigen Wegweiser. Ja gut, die Hälfte der Musiker auf der Welt besaßen sie auch nicht oder hatten sie unterwegs verloren, und der Bär hatte doch immer gesagt, das Publikum sei der Mitschöpfer der Musik und er, Jones, sei ein tadelloser Zuhörer.

Na ja, he. Kalter Kaffee.

O nein. Unterbrach der Bär schon wieder? Jones hatte das Gefühl, daß die Band die Sache gerade in den Griff kriegte.

»Jetzt, wo wir so weit gekommen sind«, sagte der Bär zu seiner Rhythmusgruppe, »würde ich gern Mingus' Konzept der erweiterten Form ausprobieren, das heißt, wir können während der Soloteile jeden beliebigen Akkord so lange halten wie wir wollen, so daß wir es also nicht nur mit einem 44-Takte-Chorus zu tun haben, sondern mit etwas Größerem, Flexibleren. Der Solist kann es festlegen, aber es kann auch von jemandem kommen, der gerade nicht dran ist, warum nicht?«

Die Band nickte und wirkte sehr ernsthaft, und Jones hatte das öde Gefühl, daß sie schon seit Stunden an diesem Stück saßen und vielleicht noch ein paar weitere Stunden dabei bleiben würden. Er wollte eigentlich nur ein bißchen *Musik* hören, er dachte an erweiterte Form und fragte sich, was daran eigentlich so wichtig sein sollte. Aber sie hatten wohl nicht die Absicht, davon abzulassen, wie? Hatten sie nicht.

»Und dann«, sagte der Bär, »wenn wir dieses Zeug draufhaben, möchte ich das Intro ausarbeiten, all diese Charlie-Parker-Fragmente, vielleicht nicht unbedingt die, die Mingus benutzt hat, aber wir werden ein paar Unisonos im freien Tempo spielen müssen.«

Wieder nickte die Band. Es war unglaublich. Sie folgten ihm noch immer.

»Danach«, sagte der Bär, »könnten wir, dachte ich, vielleicht ein ausgefallenes Stück machen. ›Tumblin' Along with the Tumblin' Tumbleweeds‹.«

»Etwas, das Sonny bei *Way Out West* ausgelassen hat?« fragte Bostic.

»Sozusagen«, sagte der Bär.

»Hat das nicht einige komische Mollwechsel im Chorus?« fragte Hatwell vom Klavier her.

»Ich dachte, wir machen es mit einem Two-Beat-Touch und ja, du hast wirklich ein gutes Gedächtnis. Es gibt da diese seltsamen Verschiebungen nach Moll.«

Hatwell zeigte auf seinen Kopf. »Ich hab alles gehört, was es gibt«, sagte er. »Können wir wieder zu Mingus zurückgehen? So ein geiles Stück. Ich kann gar nicht genug davon kriegen. An die Arbeit.«

Schicksal, dachte Jones.

Als sie fertig waren, trugen sie das Schlagzeug und den Keyboardverstärker auf die Veranda, damit alle genug Platz hatten, sich auszubreiten und vor dem Essen noch zu klönen. Im Wohnzimmer brannte noch immer kein elektrisches Licht, und draußen vor den Fenstern zog ein hellpastellenes Zwielicht – diffus wie durch Nebel, was einen unglaublich französischen Effekt ergab – durch die Luft und die wippenden Ränge der Kiefern und anderen Bäume. Das Haus schien im Begriff zu sein, zu schweben oder vielleicht im Licht zu zerschmelzen. Der Bär öffnete die Seitentür, und ein Luftzug blies durch die Zimmer. In der Nähe ertönte ein zweinotiger Vogelruf, der am Gewinde der Erinnerung zerrte, munter, klagend, gemahnend an... Was war es jetzt?

Der Bär kehrte zu seinem Stuhl am Eßtisch zurück, wo Hatwell bereits saß.

»Nicht schlecht, nicht schlecht«, resümierte Hatwell. »Meinst du, wir müssen morgen noch mal ran?«

»Wenn uns danach ist«, sagte der Bandleader. »Ich finde, wir haben gut was geleistet. Ich schätze, wir sind weitgehend durch.«

»Yeah«, sagte Hatwell, »aber dir ist klar, daß das mit der erweiterten Form nicht funktioniert hat, oder?«

»Yeah. Das lassen wir wieder fallen. Willst du noch ein Bier? Eins mit mir teilen?«

»Wie du willst.«

»Geh du und hol's«, schlug der Bär vor und streckte die Arme weit aus. Der schwere Holzstuhl, auf dem er saß, fing gefährlich an zu knacken, als er sich gegen die halbrunde Rückenlehne lehnte. »Ich sitz hier einfach ein bißchen und ruiniere das Mobilar.«

Als Hatwell in der Küche verschwunden war – der Bär schloß kurz die Augen, öffnete sie wieder, und da war er auch schon –, nahm Jones auf dem Stuhl gegenüber Platz. »He, alter Kumpel«, sagte der Bär und legte eine Pfote gewichtig auf den Tisch. »Also, was hältst du von der Band?«

»Yeah, sie sind toll«, sagte Jones abwesend. »Hör mal, da sind ein paar Dinge, die ich...« Für Jones' Gefühl hing die Atmosphäre der ganzen detailversessenen musikalischen Schufterei noch immer schwer in der Luft, und sie beeinträchtigte ihn so weit, daß er den geplanten Satz unvollständig ließ.

»Ich hab ganz vergessen zu fragen«, sagte der Bär. »Wie läuft's in deiner Firma?«

»Ich lerne Leute kennen, ein junger Haufen, ziemlich hip. Die sind in Ordnung, und es bleibt viel Zeit zum Rumhängen.«

»Um den Trinkautomaten herum, hm? Hast du irgendeinen Input, kreativ gesehen?«

»Wird sich zeigen«, sagte Jones und versuchte, weltgewandt auszusehen.

»Äh, öh«, sagte Hatwell, »ich hab jetzt nur zwei von denen hier mitgebracht«, und hielt die schwitzenden Flaschen Corona an den Hälsen hoch.

»Behalt die eine und gib ihm die andere«, sagte der Bär. »Ich nehme mir später eine.«

Hatwell reichte Jones eine Flasche und hockte sich auf die Tischkante. »Also, wenn wir morgen spielen«, sagte er, »finde ich, solltest du von der Bremse gehen und dir für die Jungs ein bißchen die Seele aus dem Leib spielen.«

»Weil sie sonst denken, daß die Platte ein Zufallstreffer war?« fragte der Bär nach.

Hatwell zuckte die Achseln, meinte aber wohl, ja.

»Okay«, sagte der Bär. »Hab ich kein Problem mit.«

»Hast du dir die Kassette mit der endgültigen Abmischung von *Sensible Shoes* angehört, die ich dir geschickt habe?« fragte Jones den Bären.

»Hab ich in der Tat.«

»Kein Scheiß. Was hältst du davon?«

Sybil Bailey kam aus der Küche und stellte sich hinter Jones' Stuhl. Nach kurzem Zögern legte sie ihm die Hände auf die Schultern, neigte sich über ihn und küßte ihn flüchtig auf den Kopf, dort wo die Haare sich ausdünnten. Als sie damit fertig war, grinste der Bär ihr zu, und sie grinste zurück.

»Was für eine komplizierte Gruppendynamik«, murmelte Bobby Hatwell und verzog sich, um zu seinen Rhythmuskumpanen auf der anderen Seite des Schornsteins zu gehen, wo er mit einigem Hallo begrüßt wurde. Ra-*hiehm*.

»Ich finde«, sagte der Bär, »daß es eine recht gute Platte ist, wenn man bedenkt, daß mein Spiel ein Schwindel war. Yeah, als Beispiel einer reinen Selbstimitation könnte es sogar eine Art Klassiker werden.«

»Du spinnst.«

»Oh, spinnen ist gar kein Ausdruck. Erzähl mir was Neues.«

Jetzt kam auch Iris aus der Küche, ein Glas Weißwein in der Hand haltend, an dessen Wänden das Kondenswasser stand; sie selbst war mit einigen Perlen ehrlichen Schweißes verziert. Der Bär beobachtete, wie sie die personelle Konstellation taxierte und dann an Jones und Sybil vorbeiging, um sich hinter seinen Stuhl zu stellen und die Hand auf seine breiten Schultern zu legen. Der Bär sah, daß Sybil ihre Hände von Jones' schmalerer und haarloser Version nahm. Es war ein außergewöhnliches bescheuertes Schachspiel, vielleicht auch ein Alpha-Wellen-Wettbewerb oder was. Er verspürte den üblichen Drang, den ganzen Aufbau in die Luft zu sprengen und neu anzufangen, aber im Interesse des Weltfriedens hielt er sich zurück.

»Nun, wie wär's mit einem Film«, sagte Jones verschlagen.

»Ganz mein Fall«, sagte der Bär. »Gehen wir aus, oder leihen wir uns einen?«

»Zufällig hat Megaton eine eigene Filmabteilung, aber durch kürzlich geknüpfte Beziehungen«, und hier versuchte sich Jones an einem erzkonspirativen Blick, »ist es mir gelungen, mit einigen von Spielbergs Leuten Kontakt aufzunehmen, und sie sind durchaus interessiert.«

»Woran?« fragte der Bär. »An den Gefahren des Improvisierens ohne Netz?«

»Sie sind an einem Film über dich interessiert.«

Der Bär bemühte sich, das nicht ernst zu nehmen, und hatte teilweise Erfolg. »Sehr interessant.« Jetzt hätte er gern ein Bier gehabt. »Hast du nicht noch größere Schwindeleien auf Lager?«

»Also, selbst wenn du nicht selber darin mitwirken würdest...«

»Betrachte das als feststehende Tatsache«, sagte der Bär. »Ich werde mich nicht selbst spielen. Das heißt, tu ich das je?«

»... können die wahre Wunder per Animatronics bewirken.«

»Mach Sachen.«

»He«, sagte Bobby Hatwell, der, flankiert von der potentiell komischen Gestalt Linton Bostics, um den Schornstein herumkam. »Entschuldige – wir haben das eben mitgehört –, wen möchtest du denn für deine Stimme haben?«

»Lee Marvin.«

»Bedaure, dir das mitteilen zu müssen, Bär«, sagte Hatwell. »Mr. Marvin ist tot.«

»Okay«, sagte der Bär. »Dann eben Michelle Pfeiffer.« Er wartete auf den Lacher und bekam ihn. »Lee Morgan. Lee Marvin. All die guten Lees sind weg. Schwer zu glauben.«

»Lee Marvin war in *Der Wilde* besser als Brando«, sagte Hatwell.

»Yeah, aber Brando hatte dieses Geheimnisvolle«, gab Bostic zu bedenken.

»Scheiß aufs Geheimnisvolle«, sagte Hatwell. »Geheimnisvoll, alles Scheiße!«

Man hörte Garrett im Wohnzimmer gähnen.

Bobby Hatwell fing an, »I Was Born Under a Wandrin' Star« mit Lee-Marvin-Stimme zu singen, kam aber nicht tief genug.

»Ich habe einen Vorschlag für eine Story entworfen«, vertraute Jones dem Bären an. »Könnte der erste Schritt zu einem Drehbuch sein.«

»Ehrlich? Wie fängt es an?« sagte der Bär.

Sybil legte ihre Hände zurück auf Jones' Schultern.

»Do I know where hell is«, sang Hatwell-Marvin. *»Hell is in hello.«*

»Nun ja, nach dem College, auf der Suche nach Arbeit...«

»College?« sagte der Bär. »Was für ein College?«

»Du weißt doch, da wo ich studiert habe«, sagte Jones. »Ich tu mich also schwer, den Arbeitsmarkt aufzurollen, schauspieler ein bißchen, und dann wollte ich doch eine Zeitlang diese Bauchtänzerin heiraten, erinnerst du dich?«

»Verstehe«, sagte der Bär. »Spielbergs Leute haben dich kontaktiert, weil sie mal wieder einen Jones-Film machen wollen. Erst Indiana Jones, jetzt du. Darauf haben sie die ganze Zeit hingearbeitet.«

»Meine Fresse«, sagte Jones, »auf dich komme ich schon, keine Sorge.«

»A wandrin', wandrin' star«, sangen Hatwell und Bostic annä-

hernd unisono und zogen sich ins Wohnzimmer zurück, bevor die Kacke überkochte.

»Vielleicht«, sagte Iris, »vielleicht ist Jones der Ansicht, daß man seine Geschichte ganz gut als eine Art Brücke fürs Publikum benutzen könnten.«

Jones schnippte mit den Fingern und zeigte auf Iris. »Genau. So ist es. Ein Bindeglied zum gewöhnlichen Leben. Exakt. Eine Brücke.«

»Wieviel Brücke hast du vorgesehen?« fragte ihn der Bär. »Halbe Stunde?«

»Ungefähr.«

»Ich sehe schon das Kartenspiel vor mir«, sagte der Bär. »Die Karten in Übergröße, über den Tisch schwebend wie Ebenen des Seins.«

»Zu sehr Scorsese«, sagte Jones stirnrunzelnd.

»Nee, nee«, sagte der Bär. »Steve könnte es so machen. Er ist auch auf Wirkung aus.«

»Meinst du?«

Der Bär blickte zu Sybil Bailey auf, die ihn mit undurchdringlicher Miene, aber beharrlich und eindringlich ansah. »Na gut«, sagte er, das beabsichtigte Donnerwetter, das schon auf der Zunge lag, wieder verschluckend, und fuhr ruhig fort: »Wie wär's damit: Jones, was, zum Teufel, ist in dich gefahren? Oder warst du in Wirklichkeit schon immer so?«

»Wie?« fragte Jones zurück.

Der Bär fand es bemerkenswert, daß Jones nicht das geringste merkte. »Weißt schon, ein platter, sich selbst anpreisender Haufen Durchschnitt, der nur darauf wartet, auszubrechen und die Welt zu beherrschen. Ich mein, was hast du mit deinen wesentlichen Charaktereigenschaften gemacht, Mann?«

»Ich versuche, sie weiterzuentwickeln. Ich versuche, mich einzufügen. Ich versuche, deine Angelegenheiten zu befördern.«

Der Bär sah Sybil an, dann Iris, die hinter ihm stand und seine Schultern überraschend fest gepackt hielt. »Okay. Ich versuche, es nett zu sagen«, begann er und als er fertig war, hatte Jones oben im Badezimmer Schutz gesucht, und Iris hämmerte mit kleinen Fäusten rhythmisch auf den Kopf des Bären ein. »Was hab ich denn gesagt?« fragte er sie. »Was?«

Sybil ließ sich auf den Stuhl gegenüber fallen, denselben, den Jones gerade überstürzt verlassen hatte. »Ich brauche jetzt einen Drink«, sagte sie.

»Hab ich Mist gebaut?« fragte sie der Bär. »Oder habe ich recht und unser kleiner Überflieger hat eine kleine Kurskorrektur nötig? Denn soweit ich's beurteilen kann, steuert er auf eine Bruchlandung zu.«

»Weiß der Geier«, sagte Sybil und sackte auf ihrem Stuhl zusammen. »Aber ich könnte schwören, daß ich eine Flasche Cutty hier irgendwo gesehen hab.«

Im Bad im ersten Stock sah Jones sich außerstande zu pinkeln. Seine Eier waren geschrumpft und wie hartgekocht, aber er hatte noch Bier in der Blase und hätte folglich in der Lage sein müssen, noch etwas anderes herauströpfeln zu lassen außer seiner Menschenwürde. Er schüttelte sein letzthin so sieggewohntes Glied und fragte sich, wie er den Rest des Wochenendes, eingesperrt mit dem Bären, überstehen sollte. Es war unmöglich. Und damit das Messer auch ja nicht auf seine letzte, tödliche Drehung verzichten mußte, hatte der Bär ihn natürlich in Sybils Anwesenheit beleidigt. Sorgen wir dafür, daß der Jones-Junge nichts wird im Leben. Sorgen wir dafür, daß ihm alles genommen wird und daß alle es sehen. Ah, jetzt kommt's. Manchmal, dachte er, kann das bloße Wasserlassen genauso süße Erleichterung bringen wie sein Cousin zweiten Grades, der kleine Tod. Er schloß die Augen, um den Moment ganz auszukosten.

Und öffnete sie. Aus der männlichen Pinkelstellung heraus konnte man hier oben einiges Grünzeug hinter dem Haus überblicken, und während er noch auf den Abgang seiner letzten Tropfen wartete, drehte er am Griff der Jalousie, um sich einen optimalen Blick schräg nach unten auf den Hof zu verschaffen – nicht gerade ein atemberaubender Hof, da es fast sofort bergauf ging –, aber Moment mal, eine leichte Neueinstellung des Blicks, ein leichtes Rücken des Bildes, und da, leck mich doch am Arsch, da war er: der GARTEN.

Er schaute auf den Garten, den er kurz vor seinem endgültigen Blackout am Washington Square gesehen, das grüne, gesprenkelte Wäldchen, in dem er sein wahres Ich bewohnt hatte, der Zeit enthoben in unsterblicher Selbstversenkung. Aber dieser jetzige Augenblick war fast genauso unfaßbar: nicht allein, daß er außerhalb der Zeit existierte, dieser gegenwärtige Augenblick hatte gewissermaßen auch im vorhinein existiert, mit ihm als Teil davon. Verfügt. Gewollt. In allen Einzelheiten. Es war, als wäre ein Schleier gefallen und der wahre Mechanismus der Welt enthüllt. Teleologie. Güte. Vorherbestimmung. Großer Gott.

Komisch: Erinnerungen an bestimmte Nachmittage aus seiner Kindheit blitzten in ihm auf, der Blick aus dem Fenster seines Zimmers – nicht mit dem Garten vergleichbar –, die Kriegshandlungen zwischen fliegenden Kugelschreibern und der Nagelschere seines Vaters, die Tischschlachten zwischen den ausländischen Münzen, die Dad von seinen Geschäftsreisen mitbrachte – britische Pennies, französische Francs, italienisches Zinn und ein schweres mexikanisches Zwanzig-Centavo-Stück, das alle anderen Münzen in die Flucht schlug. Er hatte die Münzen immer noch in irgendeinem Karton, in einer verzinkten Eisenkiste, die er auf der High School im Werkunterricht gebastelt hatte. Sollte er ins Lagerhaus gehen und sie sich mal angucken? Ein ganz anderer Gedanke flog ihn zwischendurch an: Ich wünschte, ich hätte von Kind auf schöne Dinge gesehen. Wie kann man den transzendenten Entwurf des Lebens mit seinen bescheuerten, nichtsnutzigen Inhalten in Einklang bringen? Gibt es einen Weg hier raus? Er schaute auf den in Ewigkeit und Zeit identischen Garten hinunter.

Jones hob die Arme, die Handflächen nach oben darbietend, und erwartete so halb und halb, ein für allemal aus der Illusion der Zeit herausgehoben zu werden in das, was er wirklich war. Er atmete ein, dann aus, richtete den Blick aufwärts und wartete einen ausgedehnten Augenblick lang auf das Drama seiner Erhebung.

Es passierte aber nichts.

Okay, so einfach war es also nicht, aber was er jetzt zu tun hatte, so wurde ihm klar, war, nach unten zu dem Bären zu gehen und ein klärendes Gespräch zu führen, für die wahre Lage der Dinge einzustehen, ihm klarzumachen, daß ich kein Fußabtreter bin, sondern ein Mann.

Lieber erst noch die Hände waschen und abtrocknen.

Was er auch tat.

Hübsche Quasten an den Handtüchern. Der Iris-Touch offenbar.

Noch mal den Hosenschlitz überprüfen, bevor es die Treppe hinunterging. Jones war bereit, bereiter geht's nicht.

Unten war allerdings niemand. Er hörte das Gelächter der Rhythmusgruppe – drei alte Kumpel – vor dem Haus, warf im Vorbeigehen einen Blick in die Küche, keiner da, und machte sich auf zur Schiebetür am anderen Ende des Eßzimmers. Der Bär wartete draußen auf ihn, Iris und Sybil waren auch da. In verschiedene Richtungen gewandt, blickten sie zu den Bäumen hoch; beide hatten eine Zigarette in der Hand, bliesen grauen Rauch in die Luft, während von den Zigarettenenden Fäden eines reineren Blaus aufstiegen. Das Zwielicht, wenngleich weniger intensiv jetzt, war noch immer für mancherlei magische Effekte gut, und der Wind mußte gerade eine Pause eingelegt haben.

»Laß uns mal reden, du und ich«, sagte Jones und faßte den Bären leicht am Arm. Es gab da einen Pfad, der vom Haus weg durch die Ahornbäume, oder was es war, führte. In ihrem Rücken hörten sie einen nervös gedämpften Wortwechsel zwischen den Frauen, unentschlossene Schritte und dann Iris' Stimme: »Laß sie nur.« Von irgendeinem hohen Ast aus gab ein Vogel eine hübsche rhythmische Figur, gefolgt von einem munteren zweinotigen Ruf, zum besten. Jones drehte stutzend den Kopf. »Moment mal«, sagte er. »War das nicht…?«

»Monk«, bestätigte der Bär.

»Was hast du denn hier mit deinen Waldbewohnergenossen veranstaltet?«

»Du wolltest reden.«

»Richtig.«

Sie stießen auf eine ovale Erweiterung des Weges, und am anderen Ende der Lichtung, links neben dem weiterführenden Pfad, lag ein großer grauer, irgendwie doppelhalbkugeliger Stein, etwa ein Meter hoch, an dem Flechten in sanften Wellen emporwuchsen. Unten herum glänzte grün das Moos.

»Was dagegen, wenn ich mich ausruhe?« fragte Jones.

»Nimm dir einen Sarg«, schlug der Bär vor.

Sobald Jones sein Hinterteil bequem auf den Fels plaziert hatte, erzählte er dem Bären alles und endete damit, wie er, mit dem

Loch im Bauch erschöpft an den Rand zeitlicher Existenz auf der Suche nach seinem Kumpel kriechend, in die kühle Ewigkeit des Gartens gestolpert war – der sich nun, ha ha, welch kosmischer Sinn für Humor, als der Blick aus des Bären Klofenster im ersten Stock herausstellte. »War aber der Garten wirklich?«

»Es ist eine recht bekannte Einrichtung«, antwortete der Bär. »Und was du als dein Sein erlebt hast, was die Folklore als unsterbliche Seele bezeichnet, das ist wirklich.«

»Das brauchst du mir nicht zu erzählen. Mein Leben hier unten ist im Vergleich dazu eine Art bizarrer, nicht funktionierender Traum. Warum aber sah er so aus wie der Blick von oben?«

»Jones«, sagte der Bär, »wenn du versuchen willst, eine Übereinstimmung zwischen jenem Garten und dem Blick aus meinem Badezimmerfenster herzustellen, wirst du dich verrennen. Nimm es als gegeben hin, sofern du es nicht ausdrücklich besser weißt. Wirkliches ist wirklich wirklich.«

»Sind alle Gärten der GARTEN, und wir sehen es nur nicht?« fragte Jones. Er konnte sich nicht helfen, aber er erwartete, daß sich irgend etwas Letztbedeutendes aus diesem Moment ergab. Er würde etwas sagen, oder der Bär, das Rätselbild würde plötzlich ganz einsichtig, und sie würden aus der Zeit herausgefegt in die Wirklichkeit oder wenigstens in eine funktionierende Freundschaft. Warum geschah es nicht? »Wir sind in diesem Moment da und sehen es nicht?« lockte er.

»Genau«, sagte der Bär. »Aber du solltest versuchen, dich nicht an den Einzelheiten festzubeißen. Ich glaube, da liegt möglicherweise dein Fehler.«

»Ach ja?« sagte Jones, und der Bär konnte hören, wie er sich versteifte.

»Du hast deine wahre, zeitenthobene individuelle Existenz erblickt, aber auch das ist nur ein flackerndes Bild, verstehst du?«

»Wie ist das möglich?«

Der Bär überlegte, das Wort mit dem großen G ins Feld zu führen, entschied sich aber doch dagegen. Selbst der Erste Intellekt und die Objekte Seiner Selbsterkenntnis könnten Jones verkrampfen und sich taub stellen lassen. »Meiner Erfahrung nach«, sagte der Bär, die Sache nach Maßgabe seiner Grenzen bestimmend, aber auch mit dem Gefühl, sie damit im Kern zu verfehlen, »mußt du auch über diese Selbstheit hinausgehen, sonst erzeugst du nur neue Illusionen und erreichst keine wirkliche Wirklichkeit.«

»Ach ja?« sagte Jones wieder. Man hörte geradezu, wie er das als Infragestellung seines ureigenen Daseinsrechts interpretierte.

»Ach, Jones, hör auf, so angestrengt jemand *sein* zu wollen. Warum bist du so... Es paßt nicht zu dir, es ist so stillos.«

»Während du natürlich ohne Makel bist.«

»Offensichtlich nicht«, gab der Bär zu.

»Von welchem Standpunkt aus glaubst du dann, mich sozusagen existentiell niedermachen zu können? Mag ja sein, daß du für diese Welt zu groß bist, aber ich brauche ein größeres Selbst als ich habe, damit ich da draußen was losmachen kann – mich im Beruf halten, mit den wichtigen Leuten umgehen können, die Frau glücklich machen, ein Heim haben.«

»Aber du drängst in die falsche Richtung. Hör zu«, ich versuch es, dachte er, »es gibt in Wirklichkeit nur ein existierendes Wesen...«

»Ja, und das ist ein sprechender Bär, der Altsaxophon spielt.«

»Das ist ganz und gar nicht das, was ich meinte.«

»Das glaubst *du.*«

Es ging noch eine Weile so weiter; Jones zog sich immer mehr in eine Verteidigungsstellung zurück, und nach Ansicht des Bären war der Rest ihres Gesprächs ziemlich sinnlos.

Weit nach Einbruch der Dunkelheit und dem Abendessen lag der Bär im Bett, und als er fertig war mit der Überlegung, ob Iris wieder nach unten geschlichen kommen würde oder nicht, dachte er darüber nach, wie sehr ihn die Unterhaltung mit Jones mitgenommen hatte. Es wäre so schön, wenn man von aller Sorge um das Selbst frei wäre. Aber so weit war er auch noch nicht, oder? Nein, war er nicht.

Aber man erreicht einen Punkt, an dem es offensichtlich wird, daß das Ich nichts ist. Das Ding mag immer noch an dir kleben, aber du kannst es nicht zu Leben erwecken. Du magst dein Vergnügen haben – das sich sogar, Gott und Iris sei Dank, noch steigern kann –, aber es steht nicht in deiner Macht, das Ich wiederzubeleben, das die Genüsse entgegennimmt. Jones hat nicht ganz unrecht. Die Wahrheit ist aber, daß ich, bevor mein Ego den Dienst aufgegeben hat, mich nicht wie so ein Monstrum des Egoismus aufgeführt habe. Wahrscheinlich mache ich mir da aber schon wieder was vor.

Iris stand in der Tür. »Hallo, Seemann«, sagte sie.

Er hob die Decke für sie hoch, und sie schlüpfte darunter, behielt aber ihr Baumwollnachthemd an.

»Also«, fragte Iris, »bist du zufrieden mit der Band?«

»Die packen das schon. Sie sind großartig. Ich muß morgen mein Bestes geben, um sie zu beeindrucken, meint Hatwell.«

»Kann ich zuhören?«

»Wer könnte willkommener sein?« Er gab ihr einen zärtlichen Kuß, den ihre Lippen leicht erwiderten. »In Wirklichkeit vermisse ich aber Billy und Charlie manchmal. Die haben eine so unglaubliche Tiefe. Wenn ich mit diesen Kids spiele, muß ich zuviel selber stemmen.«

»Du bist ja auch der Bandleader«, sagte Iris.

»Daran bin ich nicht gewöhnt. Vielleicht, wenn wir erst mal im Sommer unterwegs sind, nach ein oder zwei Wochen … Wir werden sehen.«

Iris rückte kurz von ihm weg, um ihn anzusehen.

»Was ist?«

»Dein Gesichtsausdruck. Deine Augen. So bist du wirklich. Alles, was dir wichtig ist, ist deine Musik.«

»Du bist mir wichtig.«

»Alles ist nur Futter für deine Kunst, ich eingeschlossen.«

»Ach, das sagst du nur, weil du einen Fatterkomplex hast.«

Iris blinzelte, als hätte er etwas Ernsthaftes gesagt. »Glaubst du, das ist es, warum ich hier bin? Glaubst du, das ist es, warum ich mit dir ins Bett gehe?«

»Moment, Moment. Du mißverstehst. Das war ein reines Wortspiel.« War's das wirklich? Der Bär hatte es geglaubt, doch jetzt, direkt darauf angesprochen, dachte er an einen Vorfall aus der letzten Woche zurück, als er und Iris wieder einmal den Zug ihrer Leidenschaft bestiegen hatten, aber etwas ungeduldiger als sonst dem wohlbekannten Reiseziel entgegenstrebten, während normalerweise ja das Ziel nicht so wichtig, die Reise aber alles war; er also bewegte sich in ihr auf und ab, alles ging so schnell und leicht, dann fühlte er ihre Hände seinen Rücken fächeln, und sie sagte: »Oooh, Daddy.« Daddy? hatte sich der Bär gewundert und hielt am Scheitelpunkt seiner Bewegungskurve kurz inne. Vielleicht fehlte ihm das rechte Verständnis für den Jargon, aber er hatte doch das Gefühl, daß es im Bett, Friede sei mit Freud, plötzlich etwas eng wurde. »Es war nur ein Witz, Liebling. Reiner Gedankenschwurbel. Gischt und Schaum. Abdrift. Flitterkram. Fatterkomplex. Spielerei mit Worten.« Es schien ihm von entscheidender Wichtigkeit, diese Nummer abzuziehen.

Iris entspannte sich offenbar wieder. »Wie bist du mit Jones verblieben?« fragte sie.

»Wir haben geredet. Alles okay.«

»Worüber habt ihr geredet?«

»Gartenwesen. Im Ernst, alles klar zwischen uns.«

»Dir ist klar, daß du wieder absolut garstig zu ihm warst.«

»Wir haben die Sache durchgesprochen, Eye. Ehrlich, es ist alles geklärt.«

»Du hast ihn einen unglücklich verliebten Narziß genannt.«

»Das hab ich gesagt?« Der Bär rollte vor Lachen zur Seite, und das Bett erbebte. »So was hab ich gesagt? Da lohnt es sich ja beinahe, ab und an ein bißchen garstig rüberzukommen, wenn man so einen korrekten Scheiß absondern kann.«

»Es bleibt trotzdem Scheiß«, sagte Iris.

»Ach komm, Süße. Ich hab mit Sybil geplaudert, und die macht sich auch Sorgen um ihn. Er ist dabei, sich ganz gefährlich aufzublasen.«

»Ich hab mir gerade vorgestellt, wie sich sein Kopf aufbläht wie ein Ballon und seine Füße vom Boden abheben.«

»So sieht die Sache aus. Ein Luftikus, der auf Helium umrüsten will und Schwierigkeiten mit der Umstellung bekommt. Er will mit einer solchen Verbissenheit jemand sein, daß es weh tut.«

»Ich möchte auch jemand sein, schon vergessen? Ich möchte dringend ein Ich.«

»Ich hab dir schon gesagt, daß du meins haben kannst. Der Unterschied ist, daß er bei dem Thema aggressiv wird und du nicht.«

»Will heißen, ich schlafe mit dir«, sagte Iris.

»Mit Jones hab ich noch nie schlafen wollen, selbst damals nicht, als ich noch klein und das Haus kalt war und ich meine Mutter vermißt hab. Wie kannst du das nur vergleichen?«

»Du hast ihn außerdem gefragt, was er mit seinen wesentlichen Charaktereigenschaften gemacht hätte.«

»Ja, an den Teil erinnere ich mich.«

»Was hast du mit deinen gemacht, Bär? Wo du doch in Wirklichkeit so zärtlich...«

»Pst.« Er rollte auf sie zu. »Verrat es niemandem.«

»Und wie kann jemand, der so zärtlich ist, auf diese Weise zu einer anderen Person reden?«

»Jones gehört zur Familie. Da ist es erlaubt.«

»Gehöre ich auch schon zur Familie? Bin ich schon lange genug dabei? Wirst du auch mit mir so schrecklich reden, wenn ich aufgenommen worden bin?«

»Iris, worüber machst du dir Gedanken? Ich liebe dich so sehr.«

»Ich weiß. Liebe Liebe Liebe. Das ist aber nicht alles.«

»Nicht?«

»Es ist das, was es ist, nicht weniger, aber auch nicht mehr.« Sie richtete sich auf, um ihm einen flüchtigen Kuß zu geben, doch dann schien ihr plötzlich danach zu sein, die Lippen zu öffnen.

»Was ist, wenn man uns überall im Haus hört?« fragte der Bär, als die weitere Entwicklung sich abzeichnete.

Iris ergriff den Saum ihres Nachthemds, zog es hoch, wodurch sie vorübergehend ihr Gesicht verbarg, und warf es in hohem Bogen aus dem Bett. »Du darfst nur nicht oben liegen.«

»Warum denn das nicht?«

»Hast du das Bett schon mal gehört, wenn du mit deinem Rauf und Runter zugange bist?«

»Muß meiner Aufmerksamkeit entgangen sein.«

Iris lachte, ein uncharakteristisches Schnauben, wie der Bär fand.

»Daß ich es nie bemerkt habe, ist natürlich ein Kompliment an dich«, sagte er. »Es ist also laut, ja?«

»Katastrophal. Eines Nachts wird dieses Bett noch zusammenkrachen. Du hast einfach keine Vorstellung von...«

»Meiner Kraft?«

»... deinem Gewicht, wollte ich sagen.«

»Aber du.«

»Das muß ich zu meiner Beschämung gestehen«, sagte sie. »Heute nacht laß mich einmal die Führung übernehmen.«

»Zerschlage mein Herz, dreipersoniges Schätzchen«, sagte er und rollte sich lachend weg. »Bitte sehr, bedien dich.«

Sie drückte ihn auf die Matratze und ergriff die Initiative, er ließ sie entspannt gewähren und gab sich schwerer Verzückung anheim.

Hinterher lag er auf dem Rücken, sah zu, wie sie gen Schlaf segelte, und hörte ihre Stimme, obwohl ihre Lippen genauso fest geschlossen waren wie ihre Augen, und er dachte: Aha, diese Nummer mit der Hellhörerei war ja auch lange genug einseitig, jetzt werden wir endlich quitt.

Er hörte sie deutlich mit ihrer eigenen Stimme denken: Ich will sie haben.

Was? Er wäre beinahe herumgeschossen.

Ich muß sie haben, sprach ihre unverkennbare Stimme.

Er sah sie an. Das Gesicht trug die Züge des Schlafes, aber sie schien sich auf irgend etwas zu konzentrieren.

Ich will *wen*? Ich muß *was* haben?

Die Innereien des Bären zogen sich in einem Anfall von, wie er wohl wußte, wahnhafter Eifersucht zusammen. Wen meinte sie bloß? Die Rhythmusgruppe? Jones? Die gesamte männliche Bevölkerung, sofern in Reichweite? Quatsch. Sie hat mir ja erzählt, daß sie ganz allgemein Lust an der Welt gewonnen hat, seit sie es mit mir macht, aber wir wollen doch nicht übertreiben.

Von herbeihalluzinierter Eifersucht mal abgesehen, war das Gefühl jedoch so unvertraut nicht; er verstand sie halt nicht bis in alle subtilsten Verästelungen hinein, das nicht. Was da in ihrem Innern wohl bloß alles vorgehen mochte?

Vielleicht, hört, hört, verstand er sie überhaupt nicht besonders gut.

Wer war sie?

Bei aller Verliebtheit, hatte er denn überhaupt einen blassen Schimmer?

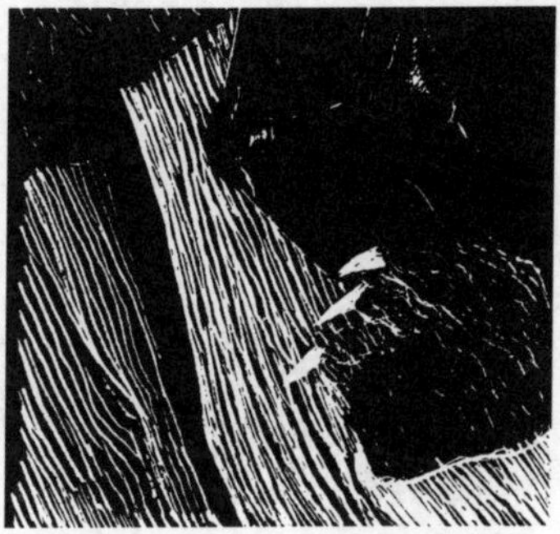

Teil fünf

So manche Karawanserei muß der Mensch aufsuchen, bevor er heimfinden kann.

– Rumi

1

Zufällig stand der Bär, der den Arm um Iris gelegt hatte, gerade am Schlafzimmerfenster, als der himmelblaue Bus in die Auffahrt bog und knirschend über den Kiesweg bis zum Haus vordrang. Der Fahrer hatte das Fahrzeug tadellos im Griff – riß kaum den Kies auf, so daß Iris nur einmal würde harken müssen, um alles wieder glatt zu machen –, was Gutes erhoffen ließ für die allgemeine Sicherheit in den kommenden Wochen, dachte der Bär. Er hörte, wie das Motorengeräusch erstarb und die hydraulischen Türen sich seufzend öffneten.

»Ich schätze, ich sollte da mal rausgehen«, sagte er. Am hinteren Ende des Busses schwamm ein letztes blaues Abgaswölkchen in die Lüfte hinauf.

»Irgendwann wirst du das müssen.« Iris drückte ihm einen schnellen Ehefrauenkuß aufs Kinn, aber er konnte die Anspannung wegen seiner bevorstehenden Abreise in ihrer Stimme hören. Je näher die Tournee gerückt war, desto deutlicher hatte sich eine gewisse Unruhe ihrer bemächtigt, sie wollte aber irgendwie nicht darüber reden. Hatte sie Sorge, daß er wieder verhaftet werden würde? Sollte sie doch nicht. Sie hatten die Angelegenheit diskutiert – jedenfalls soweit er gewillt war, seine Gedanken dazu preiszugeben – und waren zu dem Ergebnis gekommen, daß das Risiko gering und das Sicherheitskonzept angemessen sei. Was also machte ihr zu schaffen? Er hatte ein paarmal versucht, das Thema zur Sprache zu bringen – beim Essen, beim Spaziergang auf dem Hang hinterm Haus, während der postkoitalen Umarmung im warmen Bett –, aber jedesmal hatte sie nur die Augen aufgerissen und den Kopf geschüttelt.

»Es sind nur ein paar Wochen, Kleines«, sagte er jetzt.

»Ich weiß.«

»Und ich werde da draußen schon zurechtkommen.« In Wirklichkeit hatte der Bär sogar für sich beschlossen, sich im Fall einer Polizeiaktion nicht ergreifen zu lassen, selbst auf das Risiko hin, dabei getötet zu werden. Vielleicht sogar auf das Risiko hin, jemand anders töten zu müssen, um entkommen zu können. Er würde sich nicht wieder einsperren lassen, das stand fest. Wenn er zu Tode käme, hätte er eben Pech gehabt, *è finita la commedia.*

»Der Fahrer steigt aus«, sagte Iris.

In der Tat. Ein muskulöser Zeitgenosse mit einem langen, schmutzigblonden Pferdeschwanz und Mafia-Sonnenbrille vor den Augen war aus dem Bus heraus in die unter den Bäumen schwirrende Stille des global erwärmten Sommers getreten. Er trug schwarze Bügelfaltenhosen und ein sauberes weißes Hemd mit Schulterklappen, sah aber eigentlich eher wie ein Rocker im Ruhestand aus und hatte eine gewisse Ungesetzlichkeit an sich. Na, das ist ja vielleicht auch ganz gut, dachte der Bär. Die Muskeln könnten uns nützlich sein, falls uns irgend jemand komisch kommen will.

»Kommst du mit?« fragte der Bär sein Lieblingsmädel.

»Wenn es dir nichts ausmacht, würde ich lieber hierbleiben«, sagte sie höflich.

Die Sachen des Bären erwarteten ihn in ordentlicher Aufstellung im eingegitterten Schatten der Veranda: sein Saxophonkasten, eine Aktentasche voller Notenblätter, Geld für unterwegs, Bücher, Videos und eine allen Eventualitäten gewachsene Menge an Ersatzmundstücken und -rohrblättern. Ein kleiner mattschwarzer Koffer und ein Kleidersack vervollständigten das Ensemble. Der Bär schnappte sich den ganzen Kram auf einen Schlag, trat in die ländliche Sonne hinaus und ging die Treppe hinunter auf den Bus zu. Verlorener Sohn bittet um Wiederaufnahme, setzt notfalls auch Gumminase und spitzen Hut auf.

Ich weiß, ich soll da raus und ganz Amerika von den Socken hauen, aber ich fühle mich noch immer eher wie ein Frage- als wie ein Ausrufezeichen. Was für eine Parole läßt sich daraus basteln? Das Land verwirren, bis es kracht, und dann schnell die Kohle nach Hause bringen? Muß mein Lebenszweck sein. Iris.

»Hi«, sagte er, noch auf dem Weg nach unten.

»Du mußt der Bär sein.« Der Fahrer sah zu ihm auf, rührte sich aber nicht, weder um vor dem Ungeheuer die Flucht zu ergreifen, noch um ihm beim Tragen zu helfen.

»Ich versuche, ab und an mal freizukriegen, aber im großen und ganzen ist das völlig korrekt.«

»Tommy Talmo.«

»Hiya.«

Trotz der gegenseitigen Vorstellung blieb der Fahrer ausdrucks- und bewegungslos, daher stellte der Bär seine Sachen am Fuß der Treppe ab und unternahm einen kleinen Rundgang um das Vehikel. Es war nicht unschick, doch im ganzen gesehen ein recht gedrungener Bus, dieser blaue Zweidrittel-Greyhound mit der gerillten Aluminium-Seitenverkleidung und dem abgerundeten Heck, das oben mit einem stromlinienförmigen Air-condition-Abzug abschloß. Er war erfreulich gut in Schuß, und die hochprofiligen Reifen machten einen stabilen Eindruck – was sein Fuß nach einem Fußtritt schmerzhaft bezeugen konnte –, insgesamt besaß der Bus einen gewissen Retro-Charme. Die schnittigen Aluminiumstreifen an der Seite erinnerten ihn an den Bus, der Cary Grant bei Prairie Crossing abgesetzt hatte, damit Hitchcocks Schädlingsbekämpfungsflieger ihn mit seinem Maschinengewehr beschießen konnte. Die Klimaanlage ersetzte, anders als seiner Erinnerung nach bei Hitchcock, nicht das Rückfenster, und Flugzeuge waren auch nicht in Sicht, was den ängstlichen Teil seines Ichs freilich nicht daran hinderte, den Bus bereits als Kapsel des Todes zu betrachten. Ich muß wirklich lernen, entspannter mit Veränderungen umzugehen. Hör zu: Es ist ein tadelloser Bus, und ich mag die Band, und wir fahren nach Westen. Wo liegt das Problem?

Hitzephantome erhoben sich wellenförmig hinten aus dem Motorraum und verursachten optische Wellen in der Luft.

Jones hatte den Bären wissen lassen, daß es seinem höchstpersönlichen Einfluß zu verdanken war – er war offenbar trotz übelster Sommerhitze unverdrossen mit der Glorifizierung seiner eigenen Person beschäftigt –, daß die Firma sich bereit erklärt hatte, ihn im fernen Staat New York abzuholen. »Ich hab mich für dich eingesetzt«, hatte er ihm am Telefon mitgeteilt. »Andernfalls hättest du in die Stadt kommen und hier den Bus besteigen müssen.«

»Ich bin hier nicht am Nordpol«, hatte der Bär entgegnet. »Es ist eine Fahrt von zwei Stunden.«

»Und zwei Stunden zurück«, sagte Jones vor einem Soundtrack von Bürogeräuschen.

»O mein Gott«, stöhnte der Bär. »Ich habe einem anderen Lebewesen Arbeit verursacht. Sag die Tournee ab.«

Jones' Stimme war plötzlich in den Kontraalt gerutscht: »Das ist doch nicht dein Ernst, oder?«

Der Bär schloß die Umrundung des Busses ab und stand dem Fahrer wieder von Angesicht zu Angesicht gegenüber, soweit dessen Sonnenbrille eine solche Konstellation zuließ.

»He«, sagte der Bär.

»He.«

Keine sehr ergiebige Kommunikation. Der Bär hob den Großteil seiner Sachen auf und trug sie an Bord. Der Fahrer sammelte den Rest ein und folgte ihm die gefurchten schwarzen Gummistufen hinauf.

Drinnen war alles auf ökonomische Weise im Raum verteilt, wenn auch einige der unscheinbaren Inventarteile und Refugien dem Bären auf Anhieb nicht ganz einsichtig waren. Es roch nach Desinfektionsmittel. Kunststoffverkleidungen und lasierter Kiefer, nicht allzu abgenutzt, erzielten durchgängig ein gewisses Gleichgewicht. Auf seine Filmerfahrungen zurückgreifend, befand der Bär, daß der Bus aussah wie ein ins Holzige verirrtes Verkehrsflugzeug; er wünschte, das Himmelblaue der Außenhülle hätte sich im Inneren fortgesetzt. Hinter dem erhabenen plüschenen Fahrersitz befanden sich schwarze, drehbare Ledersessel mit hoher Rückenlehne, je einer zu beiden Seiten des Durchgangs, dahinter jeweils eine Sitznische; die Resopaltische sahen so aus, als könnte man sie leicht entfernten, um zwischen den Bänken fürs Strecken langer Beine Platz zu schaffen; ein nahes Regal beherbergte Fernseher und Videorecorder, hier und da eingebaute kleine Lautsprecher wiesen auf das Vorhandensein einer Stereoanlage hin.

Der Bär hievte seine Taschen durch das erste Drittel des Busses in den schmalen Mittelteil, wo er im Vorbeigehen zur Rechten eine Spüle, einen niedrigen Kühlschrank, Kaffeemaschine und Mikrowelle zur Kenntnis nahm; hinter den zwei gleichartigen Kieferntüren zur Linken vermutete er eine Toilette und eine hoffentlich – das war immerhin vereinbart – bärenadäquate Dusche. Die Schlafbänke und Stauräume befanden sich im hinteren Teil.

»Ist der Bus wirklich für vier Schlafplätze ausgelegt?« fragte der Bär Tommy Talmo. Im Umdrehen legte er eine Pfote auf eine der oberen Kojen. »Ich sehe zwar zwei Etagenbetten, aber sie kommen mir ziemlich schmal vor.«

»Können vier Lhasa schlafen auf jeden Fall«, erklärte Tommy Talmo. »T. Lobsang Rampa«, fügte er hinzu.

Dazu konnte der Bär nur blinzeln. »Sie wirken trotzdem etwas schmal«, sagte er.

»Na ja, wir werden ja nur ein paarmal nachts unterwegs sein, ansonsten sind wir immer in ziemlich guten Motels.«

»Ich nicht«, sagte der Bär. »Ich schlafe hier.«

»Ach ja, richtig. Wir lassen uns was einfallen.«

»Was denn zum Beispiel?«

Tommy Talmo zuckte die Achseln. »Irgendwas«, sagte er.

Der Bär musterte Tommy Talmo eingehend, den schläfrigen Blick, der sich mit dem Abnehmen der Sonnenbrille offenbart hatte, den Duane-Allman-Schnäuzer, den Pferdeschwanz, den breiten Körperbau und den das Hemd oberhalb des Gürtels ausbeulenden Bauch. Der Bär hatte gehört, daß Talmo Miteigentümer der Tourneebusfirma war. Auf jeden Fall schien er seine erste Begegnung mit einem sprechenden Bären ziemlich cool aufzunehmen, allerdings legte er auch den etwas dösigen, unerschütterlichen Habitus eines leicht Bekifften an den Tag. Was, wenn sich die Vermutung bestätigte, ein Problem werden könnte. Wegen seiner eigenen wackeligen Stellung dem Gesetz gegenüber hatte der Bär für die Dauer der Tournee einen absoluten Bann über alle illegalen Substanzen im Bus verhängt.

»Paß auf, ich mach das ständig…«

»Tourneen mit Bären?«

»… und wir lassen uns immer etwas einfallen«, sagte Talmo. »Biste soweit reisefertig? Wir müssen vor der Stoßzeit in die Stadt rein und wieder raus. Dein Zeug ist untergebracht. Kann's also losgehen?« Breites, zahnendes Lächeln, das dem Bären nicht sonderlich gefiel.

»Ich hab noch was im Haus zu erledigen.« Er und Iris hatten sich schon mehrmals verabschiedet, aber er hatte bisher noch nicht die

Trennungskadenz vernommen, die er sich erhoffte, eine entschlossene harmonische Auflösung, die für die Zukunft eine solide Weiterentwicklung versprach, eine Reprise, einen weiteren Satz vielleicht – eventuell eine Folge von Variationen oder eine Fuge. Er liebte Fugen.

»Dann mal los«, sagte Talmo und ging nach vorn.

Es war ein heißer Tag, trotzdem tat es gut, wieder an der Luft zu sein, unter den ihm inzwischen zu Vertrauten gewordenen Bäumen. Er wollte sie nicht verlassen, gar nicht. Als er sich auf der Treppe umdrehte, sah er, daß Talmo sich anschickte, gegen einen der Bäume zu pinkeln. Das ging nicht an, auch wenn man dem Mann einen gewissen Sinn für atavistische Nuancen zubilligen mußte.

Der Bär machte auf der Stelle kehrt, ging mit gesträubtem Fell auf den Mann zu und sah ihm ins Gesicht. Talmo blinzelte. »Du weißt, was ein Bär mit jemandem macht, der so etwas in seinem Revier versucht?«

»Nee. Was denn?«

Ein Sturm von Hormonen und Energieschüben tobte durch den Bären hindurch. »Meistens stirbt man ganz schnell«, sagte er schlicht.

»Im Ernst?« Talmo packte wieder ein und zog den Reißverschluß hoch. »Kann ich das Klo im Haus benutzen?«

»Nein, du kannst die Einrichtungen im Bus benutzen und prüfen, ob sie richtig funktionieren, damit ich sie später benutzen kann.«

»Okay«, sagte Talmo.

Der Bär stand da. Ich weiß, es ist lächerlich, und ich sollte es auf sich beruhen lassen, beschwor er sein Nervensystem. Andererseits könnte ich ihn in den Boden rammen wie einen Zaunpfahl und sehen, welchen Einfluß das auf meine Position in der Industrie hat. Es wäre sicherlich ein Weg nach draußen. Er ging kurz mit sich zu Rate. Mach ich ihn alle, oder mach ich die Tournee?

Es war von vornherein klar: Er würde die Tour machen. »Bin gleich zurück«, sagte er und vergewisserte sich, daß Talmo unterwegs in Richtung Bus war, bevor er sich wieder dem Haus zuwandte.

Um Zeit zu sparen, nahm er die Treppe auf allen vieren, stellte sich aber auf die Hinterbeine, sobald er oben war, und schritt aufrecht über die Veranda. »Honey?« rief er – obwohl er wußte, daß Iris das nicht so gern hatte; ihr gefiel die Analogie nicht – und auf einem Fuß stehend lehnte er seinen Oberkörper durch die Wohnzimmertür. »Hon?«

Keine Antwort. Dann muß der Bär eben zu Iris gehen. Er fand sie auf der Kante des großen Bettes sitzen, die Hände in den Schoß gelegt.

»Einen großen nassen Kuß noch«, sagte er von der Tür aus. »Ist das wohl zu viel verlangt für einen reisenden Bären?«

Angesichts ihrer zuletzt sichtbar gewordenen Bemühungen um Gefaßtheit hatte er bestenfalls die Höflichkeit eines formellen Abschieds erwartet, was aber seine leichtherzige Frage auslöste, war ein furchtbar leidenschaftlicher, dabei aber kaum sexhaltiger Blick von Iris, die gleich darauf, so fest sie konnte, ihre Arme um ihn warf. Ihr Gesicht stieß sie in Tiefen seiner Brust.

»He«, sagte der Bär, der ihre Umarmung erwiderte, ihre Geste jedoch überraschend operettenhaft fand, »es sind doch nur ein paar Wochen, und wenn ich wieder zu dir zurückkomme, bin ich so reich wie ein großer Handelsherr und seine zwei kleinen Brüder.« Iris beugte sich soweit zurück, daß er ihr Gesicht sehen konnte: geradezu glühend – was ging dahinter vor? »Hast du Angst vor einer Verhaftung? Dazu wird es nicht kommen.«

»Das ist es nicht.« Ihre kristallinen Gesichtszüge schienen gerundet und umgeformt von Gefühlsregungen, die der Bär in großen, der Oberfläche derzeit allzu fernen Tiefen gewähnt hatte.

»Wow, du liebst mich«, sagte er verblüfft.

»Natürlich«, sagte sie und schüttelte ihren kleinen Kopf frei. »Hab eine großartige Tournee, Bär. Auf Wiedersehen.« Die in ihrem gewohnt singenden Tonfall gesprochenen Worte paßten eigentlich nicht zu der Heftigkeit ihrer Umarmung, aber derlei Gespaltenheiten waren durchaus typisch für sie.

»Was ist denn dann?« fragte er.

Sie schüttelte entschieden den Kopf, schien die Aufwallung des Gefühls zu unterdrücken und lenkte die Rede auf etwas Sachliches, was ihr Gelegenheit bot, sich wieder zu fassen. »Eins will ich noch wissen: Hast du die Absicht, da draußen andere Frauen zu haben?«

»Ist es das, was dir zu schaffen macht? Der Gedanke hat für mich überhaupt keinen Reiz. Meine Beziehung zu dir befriedigt mich völlig – was heißt befriedigt? Ich bin im siebten Himmel – außerdem bin ich die treueste pelzbedeckte Seele in Gottes großer weiter Welt. Wie kommst du bloß auf so was?«

Iris umarmte ihn erneut mit dieser seltsamen Hingabe, dann küßten sie sich, und Iris zog sich an ihm hoch, wobei sie seine Hüften mit den Beinen umklammerte. Der Bär dachte kurz: Eine schnelle zittrige Nummer im Stehen? Hatte aber dann doch das Gefühl, daß das jetzt fehl am Platz wäre. Würde schmutzig wirken. Diese Szene gerade handelte von Gefühl, auch wenn er nicht genau verstand, welche Funktion sie in der Geschichte hatte.

»Du solltest gehen«, sagte sie und lockerte die Beinschere, ohne jedoch wieder auf festen Grund abzusteigen.

»Ich weiß«, sagte er. »Okay, ich werde dich schrecklich vermissen, aber ich bin weg.«

Sie ließ von ihm ab und stellte die Füße wieder auf den Boden.

»Kommst du mit mir zum Bus?«

»Ich bleib hier.«

»Dann wär's das also.« Sie nickte. Er blieb noch einmal an der Schlafzimmertür stehen. »Hast du genug Haushaltsgeld?«

Iris nickte wieder.

»Denk dran, die Tauben zu füttern«, sagte er. Das scheue Paar, das er seit dem Spätfrühling gefüttert hatte, zeigte sich seit neuestem mit seinem Nachwuchs – alles andere als flügge, weiße Stiele staken aus den unfertigen Köpfen und Rücken –, so daß man es nun mit fünf Stammgästen zu tun hatte; zudem hatte ein zweites Paar begonnen, die Gegend zu erkunden, und kam gelegentlich mit kreischendem Flügelschlagen auf einen kleinen Körnerimbiß vorbei.

»Hab ich doch versprochen«, sagte Iris. »Ich füttere sie. Vertraust du mir nicht?«

»Da ist noch ein zweites Pärchen, das jetzt manchmal kommt. Wahrscheinlich werden sie auch Stammkunden«, sagte er. »Ich liebe die Tauben.«

»Das weiß ich. Ich werd mich um sie kümmern.«

»Und die Schwalben.«

»Ich hab ein Auge auf die Schwalben.«

Der Bär nickte. »Irgendwann muß ich ja wohl los. Am besten jetzt.«

Und er schaffte es.

Die Treppe, ein letztes Mal sein Stück Wald einsaugen, sein Fleckchen Himmel und Erde.

Im Bus setzte die Klimaanlage ein, die Türen surrten hydraulisch zu, der bisher gedämpfte Motor drehte auf. Tommy Talmo haute den ersten Gang rein und ließ die Kupplung kommen. Als der Bus sich in Bewegung setzte, sah der Bär Iris mit zum Abschied erhobener Hand im Schlafzimmerfenster des einzigen Hauses auf der Welt, das je, wenn auch nur vorübergehend, seines gewesen war. Ist dies wirklich mein Leben? Ist es möglich, daß ich hierher zurückkehren kann?

Der Bus bog nach rechts auf die Asphaltstraße, setzte sich hügelabwärts in Bewegung, und ehe der Bär es sich versah, war das Haus außer Sicht.

Der Bär wartete, bis Tommy Talmo sie durch alle Kurven der ländlichen Straße hindurchgeschaukelt hatte, dann nutzte er die Ebenmäßigkeit der Schnellstraße, um seine Sachen unterzubringen; die wenigen Kleidungsstücke und dergleichen im hinteren Teil und seine Aktentasche griffbereit in der Sitzecke. Was das Sitzen anging, probierte er zunächst die Bänke aus, um sich dann auf einem der Drehsessel mit hoher Rückenlehne niederzulassen. Der bot ihm erfreulich viel Platz. Das gleiche galt übrigens, wie er gesehen hatte, für den Toilettensitz, und auch die Dusche entsprach seinen Anforderungen, gratias Deo.

Jetzt setzte der Trennungsschmerz ein. Sie waren in den vergangenen Monaten fast ständig zusammengewesen, mit Unterbrechungen von höchstens drei Stunden. Es war völlig anders gewesen als alles, was er bisher kannte, und er hatte sich nur zu gern daran gewöhnt.

Iris. Es war immer noch nicht zu fassen.

Der Bus brauste über die Schnellstraße in Richtung Stadt, fast so glatt wie sein Leben in den letzten Monaten, so glatt wie inzwischen die geübte Bewegung ihrer Leiber, so glatt wie das entspannte Reden miteinander, von gleich zu ungleich, allein … allein, es war schwer, sich des Gefühls zu erwehren, daß gerade die tieferen Schwingungen aus ihrem harmonischen Diskurs herausgefiltert, daß gerade die für die poetische Feinkoordination des Sexualakts zuständigen Sehnen außer Betrieb gesetzt worden waren, so daß, ja, was eigentlich? Es war vielleicht, als ob ihr wertvollster Schatz Molekül für Molekül von ihnen genommen worden wäre, ohne daß sie es bemerkt hätten, und nur der bloße Effekt seines Glänzens und Glitzerns hätte sich auf immaterielle Weise erhalten... na ja, also irgendwie so in der Art. Es war, als hätten sie nicht genug auf den Wert dessen achtgegeben, was zwischen ihnen war, oder hätten sich mit weniger begnügt, ohne sich Rechenschaft darüber abzulegen.

Die allgemeine Lebensqualität schien doch, sofern man sie – konnte ja auch sein – nicht überkritisch beurteilte, außerordentlich gewesen zu sein: die Lockerheit der Unterhaltung, am Frühstückstisch, zwischendurch, wo auch immer, und die miteinander erarbeiteten Wunder im Bett. Was sonst war denn je annähernd so gut gewesen? Wahrscheinlich war er einfach ein überpenibler Nörgelheini, daß er sich unbedingt einen Kopf machen mußte wegen kleiner Unzulänglichkeiten in seinem Paradies. Hatte er ein Problem mit anhaltendem Wohlgefühl? Und wenn ja, warum, verdammt? Das hätte er doch zu gern gewußt.

Wie auch ansonsten das Urteil ausfallen mochte, sein Sexualleben mit Iris hatte seine Beziehung zum Leben im ganzen verändert, er fühlte sich dessen Mechanismen besser angepaßt, besser eingebunden in seinen Fluß und, wer weiß, seine Teleologie. Er war jetzt richtig drin. Es lebte ihn. Also?

Vielleicht war das, was ihn störte, einfach nur, daß sie nicht redeten. Beziehungsweise, sie redeten schon, aber nichts von *Bedeutung.* Sie sprachen über Alltägliches – ein exotisches Thema für den Bären, dessen Verhältnis zum Alltagsleben stets ein bestenfalls flüchtiges gewesen war und der jetzt viel Freude daran hatte –, übers Essen, den Wein, ihre Bücher oder das Wetter, und da das Tiefste, was der Bär Iris zu sagen hatte, sich voll und ganz in irgendeiner Variante von IchliebedichIchliebedichIchliebedich zusammenfassen ließ, besaßen die fröhlichen Belanglosigkeiten ihrer Alltagsprosa eine seltsame Eleganz für ihn: Wie anmutig es war, auf das überwältigende Etwas, das sie in Klauen hielt, nur anzuspielen. Erst allmählich bemerkte er, daß sie im Grunde nicht viel sagten und daß das Hoheitsgebiet ihrer wahren Intimität fast ganz abgetreten war an eine Koalition aus Schweigen und Bettfreuden, welch letztere aus Gründen der Abwechslung, die es vorher nicht gebraucht hatte, mitunter auf Tische oder den Wohnzimmerboden verlegt wurden.

Aber vielleicht war das ja die normale Scheiß-drauf-Bewegung des Lebens. Was verstand er schon von normalen Bewegungen? Dies war Leben, oder etwa nicht? Hatte er nicht immer eins haben wollen?

Tommy Talmo verwickelte sich in eine Auseinandersetzung mit dem Mautstellenmenschen über die Länge des Busses, die Anzahl der Räder und darüber, wieviel Geld hier fällig war, aber dann wurden sie doch noch einig, ohne daß es zu Handgreiflichkeiten kam, und der Bus brummte weiter nach Süden, dem graubraunen Abgasdunst entgegen, der über der keuchenden Stadt hing.

Die Rhythmusgruppe hatte sich vorab bei Linton Bostic in der Upper West Side versammelt, von wo aus man ihrer Einschätzung nach am bequemsten auf den Highway gelangte; außerdem hatte Linton erklärt, er sei nicht gewillt, sein Schlagzeug durch die halbe Stadt zu wuchten, wo sie ihn genausogut zu Hause abholen könnten, und Garrett könne seinen Baß per Abhol-Service aus Harlem herbeischaffen lassen, also bitte.

Nur eine Stunde später als vorgesehen drängte die Band sich in einem Schwarm von schwarzem Gepäck an Bord. Bostic war der erste an Deck. Er machte eine Blitzinspektion. »Alter Bus. Vor ungefähr zwei Jahren zuletzt überholt worden«, sagte er. »Fängt an abzubauen, aber ich hab schon Schlimmeres gesehen. Was liegt an, B?«

»Ich weiß noch nicht«, sagte der Bär, der in dem schwarzen Ledersessel gleich hinter der Tür saß. »Ich hatte gehofft, daß ihr mir das sagen könnt.«

»Tourneejungfrau«, sagte Bostic und lachte.

»Nicht völlig.«

»Muß mal den Rest dieser abgehalfterten Dschunke auschecken«, sagte Bostic. Er lud eine seiner Taschen unter einem Seitentisch ab und ging mit großen Schritten nach hinten. Der Bär hörte, wie Bostics Schlagzeugkisten in den Gepäckraum unter ihm rutschten, und schaute aus dem Fenster, wo Tommy Talmos Rücken unter der nach oben gerichteten Kante der Aluminiumtür gebeugt war und sein Hemd ausbeulte. Garrett stand hinter Talmo, seinen Baß in einem großen weißen Geigenkasten haltend; er redete auf Talmos Rücken ein.

Rahim Bobby Hatwell kletterte an Bord und sah sich um.

»Und, was meinst du?« fragte ihn der Bär.

»Geschenkter Gaul«, sagte Hatwell. »Obwohl, ich will dir eins sagen, wir haben immer noch Zeit, einen Anhänger zu mieten und den Sled hinten festzumachen, damit wir weiterfahren können, wenn dieses Scheißding hier zusammenbricht. Wo hast du den Fahrer aufgetrieben, aus dem Affenhaus im Zoo? Hast du die Liste der Städte gesehen, die wir anlaufen? Haste schon jemals solche Buchungen erlebt? Bist du sicher, daß du das durchziehen willst? Wie lange hast du gebraucht, um ein geeignetes Mundstück zu entwickeln? Wie schaffst du es, mit diesen Pfoten soviel Artikuliertheit hinzukriegen? Welches ist dein Lieblingsstück von Monk? Hat Trane oder Sonny auf ›Tenor Madness‹ gewonnen, oder war es unentschieden? Hast du die einheitliche Feldtheorie ausklamüsert? Was ist diese Sache namens Liebe?« Hatwell hustete in seine rechte Hand. »Wie geht's? Du siehst ein bißchen nervös aus.«

Der Bär zuckte die Achseln.

Hatwell schaukelte auf seinen Absätzen und stemmte sich kurz auf die Zehenspitzen. »Fang bloß nicht an zu spinnen, Bär. Das ist meine Aufgabe, und ich werde darum kämpfen, wenn es sein muß. Oobop sh-bam da *Fledermaus.*« Er hob die Stimme und rief: »Hört mal zu, ihr Arschgeigen, ich tue eine Ladung von gefrorenen jamaikanischen Fleischbällchen in den Kühlschrank. Wer sich daran vergreift, ist des Todes.«

»Yeah, und zwar nach kurzer Zeit.« Bostic kam aus dem hinteren Teil des Busses zurück. »Ich hab richtig geraten, und du lagst daneben«, sagte er mit frohem Lächeln zu Hatwell. »Die Ladefläche oben ist fürn Arsch, und deinen ausgebeulten weichen Cordkack kannst du vergessen, während ich mit meinem Samsonite top dastehe.«

Der Pianist und der Drummer stiegen in eine höchst fachmännische Gepäckdiskussion ein, die in längeren Passagen den Vorteil würdigte, den es hat, wenn man seinen ganzen Mist in flach zusammenlegbare Hälften verpacken kann. Der Bär verfolgte nicht alle Einzelheiten. Er wußte, daß die Band auf der Bühne Anzüge – wie großzügig definiert auch immer – tragen sollte; ursprünglich hatte er das auch sollen. Iris hatte einen Schneider, den sie in der Stadt kannte, ins Haus kommen lassen, um den Bären mit einem Satz von zweireihigen Teilen in grauen Nadelstreifen und sommerlich leichter blauer Serge auszustaffieren, aber als sie ihn dann in den Stoff eingehüllt und die fertigen Papierschnittmuster gesehen hatte, wirkte sie ziemlich entgeistert. Du wirst aussehen wie eine mittelalterliche Festung, sagte sie. Genauer gesagt, wie ein öffentliches Sch..., du weißt schon. Damit war die Sache gestorben, und der Schneider fuhr, für seine Mühe mit einem Hunderter entlohnt, wieder nach Hause. Iris war anschließend zu einem Laden für Übergrößen in einem der Einkaufszentren auf der anderen Seite des Flusses gefahren und hatte den besten Regenmantel, den er je besessen – einen hippen kohlengrauen Trench, mit dem er tatsächlich recht schnittig aussah, trotz des bei diesen Teilen üblichen Gürtel- und Kragengeflatters –, sowie zwei Overalls mitgebracht – einer stumpfgold, der andere schwarz, beide mit Unmengen von Reißverschlüssen. Er war massig, aber gemessen an seiner Breite nicht groß, daher mußte sie einige Änderungen vornehmen. Der Bär lernte einen neuen Sachverhalt, als sie an den Nähten in der Schrittgegend arbeitete.

»Links- oder Rechtsträger?« hatte sie ihn gefragt.

»Wie meinen?«

Nach mehreren Wiederholungen dieses Wortwechsels verdrehte sie die Augen und fragte ihn: Wo steckst du ihn hin, nach links oder rechts?

»Oh, links«, antwortete er lachend und kam sich relativ cool vor, weil er sich den naheliegenden schmalen Witz verkniff von wegen, wo er ihn ja eigentlich gerne hinstecken würde etc., und so ließ er sie den Betreffenden zurechtrücken und die Naht feststecken.

Die Klamotten sahen tiptop aus, und eine Woche vor der Abreise war Iris noch einmal in den Übergrößenladen gegangen und hatte den gleichen Trenchcoat noch mal in Beige gekauft, dazu noch zwei breitkrempige Hüte, einen schwarzen und einen braunen, mit countrymäßig silberbeschlagenen Hutbändern, die schärfer aussahen als alles, was er je auf dem Kopf getragen hatte. Iris kannte ihn und hatte zudem einen unfehlbar guten Geschmack.

Tatsache war, daß er in den vergangenen Monaten ein bißchen Gewicht zugelegt hatte – eine Folge eher des Zusammenlebens mit Iris als der Menge dessen, was er in sich hineinstopfte, war er überzeugt: ein Zeichen nämlich dafür, daß der ihm zugemessene Platz in der Welt sich seit dem Frühling ausgedehnt hatte. Man billigte ihm jetzt einfach mehr Lebensraum zu. Es lag an Iris.

Er schaute aus dem Fenster. Garrett schüttelte Tommy Talmo gegenüber den Kopf und hielt seinen Baßkasten fest, und ein Stück weiter hinten vor den Ladenfenstern stand ein jüngeres Paar, das den Bären anstarrte. Dieser grinste ihnen breit und freundlich nickend zu. Die Leute nickten reflexartig zurück, dann sahen sie einander an, um zu prüfen, ob sie sich in der Wirklichkeit befanden. Euer Problem bin ich nicht, dachte der Bär. Ich bin mein Problem. Was dem Bären noch auffiel: Das ist aber eine graue Steinwelt da draußen, ganz anders als auf dem Land. Wie hab ich es fertiggebracht, hier so lange zu leben? Was für eine Geruchseinschränkung: wenige Düfte, und die sind auch noch ziemlich uninteressant. Außerdem gibt es hier auch keine Farbschattierungen, alles ein reiner Wirrwarr, völlig unnuanciert.

Das junge Paar ging nicht weg. Er winkte ihnen noch einmal zu.

»Diese Geräte kenn ich«, sagte Hatwell gerade, und der Bär wandte seine Aufmerksamkeit wieder dem Busgeschehen zu. »Kleiner Bildschirm, aber guter Ton.« Er hatte den Fernseher eingeschaltet und wartete, mehr oder weniger in der Pose des Aristoteles, wie er auf dem Gemälde von Rembrandt die Homer-Büste betrachtet, auf das Erscheinen des Bildes. »Ich hab ein paar Videos mitgebracht«, sagte er.

»Gut.«

Das Bild erstrahlte unterhalb von Hatwells Hand: eine dieser kranken Nachmittags-Talkshows mit lauter zerrütteten Familien, sexuell Zügellosen oder aus allen Richtungen Mißbrauchten, Leuten, die von Ufos entführt wurden, Frauen, die mit sprechenden Bären zusammenlebten und dergleichen. »Geil, das ist Rolonda«, sagte Hatwell.

Der Bär schaute auf den Bildschirm, wo ein Haufen Menschen

sich gegenseitig anschrien, wobei das meiste vom Sender per Pfeifton gestrichen wurde; Hatwell amüsierte sich nicht schlecht.

»Könntest du das bitte abstellen?« bat ihn der Bär.

»Warum denn? Das dauert noch, bis wir loskommen.«

»Es überfordert mich.«

»Es geht gerade erst los«, sagte Hatwell. »Das hier ist noch gar nichts. Warte mal hundert Meilen, dann wollen wir uns alle gegenseitig an den Kragen.«

»Verstehe.«

Hatwell schaltete den Fernseher mit einem ironischen kleinen Schwung aus. »Scheiße, was braucht Church da so lange?«

»Ich glaube, es geht darum, wo sein Baß untergebracht werden soll«, sagte der Bär.

»Wozu frag ich eigentlich?« sagte Hatwell. »Ich regel das.« Er rückte seinen unsichtbaren Revolvergürtel zurecht und stampfte nach draußen.

Bostic ließ seine lange Gestalt in den Drehsessel gegenüber fallen. »Statt auf Tour zu gehen«, sagte er, »könnten wir ja auch einfach untertauchen.«

»Klingt vernünftig«, erwiderte der Bär.

»Wenn Schlagzeuger die Welt regieren«, hob Bostic an, verfiel dann aber in Schweigen, den Mund noch halb offen, und nach einer Weile gab der Bär es auf, auf die Fortsetzung des Satzes zu warten.

Ein Blitzen erregte seine Aufmerksamkeit; das Paar von draußen hatte eine Sofortbildkamera aus irgendeiner Tasche gezogen, der Mann hatte sie in der Hand und hielt sie vors Gesicht. Das wird kein tolles Foto werden, so durchs Fenster, hätte er ihnen verraten können. Ihr werdet darauf in erster Linie euren eigenen grellen Blick erkennen, und steckt darin nicht eine Lektion für uns alle?

Das Blitzlicht ging trotzdem los.

Bobby Hatwell hatte sich in einen höchst gestenreichen Dreier mit Tommy Talmo und Garrett Church eingegroovt.

Noch ein Blitz, und als der Blick des Bären wieder klar war, bückte sich Garrett, um einen gebündelten weichen Koffer aus dem Bauch des Busses zu ziehen. Während Hatwell diesen auseinanderfaltete und hochhielt, damit er das Instrument aufnehmen konnte, öffnete Garrett seinen stabilen Kasten und legte den

Baß frei. Wie schön das Holz ist, dachte der Bär, das Geschick, die Geduld, die Liebe, die in die Herstellung eingegangen sind.

»Das dauert hier noch ewig«, teilte Bostic der Luft mit.

Das tat es dann aber doch nicht. Der Baßkasten wurde leer in den Gepäckraum geschoben, der gepolsterte und warm eingepackte Baß legte sich auf einer der Pritschen hinten im Bus zur Ruhe, alles stieg an Bord, und der Motor erwachte wieder zu Leben.

Als der Bus sich etwas ruckartig in Bewegung setzte, hatte der Bär das Gefühl, ausgesetzt zu werden – wohin würde er treiben? Draußen strömte die Welt in Form von Handel und Wandel und dicht an dicht gestapelten Wohneinheiten vorbei. Der Bus schwenkte flußwärts, dessen Lichtern und dessen Luft entgegen.

»Yo, Rondo!«

Die Rhythmusgruppe hatte beschlossen, den Fahrer Rondo Hatton zu nennen, angeblich, weil er sie ja »Round Manhattan« fahre, in Wirklichkeit aber, wie Hatwell dem Bären zuraunte, weil er ihrer Ansicht nach mit seinem vorspringenden Kinn und seiner dicken Nase unverkennbare Ähnlichkeit mit dem grotesken Schauspieler aufwies, der in Horrorfilmen der dreißiger und vierziger Jahre einschlägige Rollen bekleidet hatte. Der Bär konnte diese Ähnlichkeit nicht ausmachen, aber egal.

»Rondo, reich mal die Reiseroute rüber. Du hast sie doch, oder?«

Wunschgemäß wurde eine Mappe nach hinten gereicht, während der Bus, anstatt wie eine in der Nachmittagssonne entflammte Orange in den Hudson zu plumpsen, rechter Hand auf den Highway einfädelte und seine Nase nach Norden richtete.

»Guckt euch das an.« Linton Bostic hatte die Reisemappe an sich genommen und blätterte sie durch. »Verblüffend. Wir lassen praktisch alle wichtigen Orte links liegen. Welcher Idiot hat diese Tour zusammengestellt?«

»Dieser hier vor euch«, sagte der Bär. Obwohl es Jones war, der dann die Buchungen vorgenommen hatte.

»Monogahela statt Pittsburgh? Waukesha statt Milwaukee, und Chicago berühren wir nicht einmal? Die paar Collegestädte verstehe ich ja noch, aber der Rest macht irgendwie keinen Sinn.«

»Auch nicht, wenn ich dich daran erinnere, daß bei meinem letzten Gig auf mich geschossen wurde und ich einen Winter im Bau verbracht habe? Ich bin nur vorsichtig. Das ist für mich die einzige Möglichkeit, wie ich die Sache angehen kann. Wir haben uns alles genau überlegt«, sagte er, während der Bus den Bogen und Streben der George Washington Bridge durch körnigen Dunst ein wenig näher rückte. Er genoß die Aufmerksamkeit seiner Band, alle wandten sich ihm in jeweils unterschiedlichen Formen der Interessensbekundung zu, Linton war der Eifrigste, Garrett der Gelassenste.

»Sprich«, schlug Bobby Hatwell vor.

»*Sensible Shoes* erscheint mehr oder weniger in diesem Moment«, begann der Bär.

»Yeah, ich hab einige Anzeigen gesehen«, sagte Bostic.

»Und Megaton hat sich verpflichtet, landesweit einen Haufen Publicity zu machen«, fuhr der Bär fort.

»Ist doch meine Rede seit eh und je«, warf Hatwell ein. »Wenn mehr felltragende höhere Säugetiere Jazz machen würden, bekämen wir alle ein bißchen mehr Respekt zu sehen.«

»Das heißt«, blieb der Bär am Ball, allmählich eine Ahnung davon bekommend, wie diese Tournee sich Tag für Tag gestalten würde, »in jeder Gegend, wo wir spielen, machen sie gezielte Publicity für das Album...«

»Aber wir sind als das Ted Beastly Quartet angekündigt«, sagte Garrett.

»... und jeweils einen Tag vor dem betreffenden Gig«, sagte der Bär unbeirrt, »ruft Jones beim lokalen Jazzradiosender an und läßt durchblicken, daß das Ted Beastly Quartet wir sind beziehungsweise umgekehrt. Zusätzlich soll es auch eine Art Hinweis darauf in den Anzeigen geben, aber darüber weiß ich nichts Näheres. Der Gedanke dabei ist...«

»Den Gedanken verstehen wir schon«, sagte Hatwell, »aber diese Orte, wo wir spielen, die sind doch ziemlich mickrig, und deshalb sehe ich nicht, wie wir unser Geld reinbringen sollen. Dieser fabelhafte Bus«, sagte er trocken, »all die Komfort-Motels, die netten Schecks, die wir letzte Woche in der Post hatten, das Tagegeld, das du uns unterwegs auszahlen sollst...«

»Yeah, das waren echt nette Schecks«, sagte Bostic. »Solches Geld verdient man in New York nicht oft, praktisch nie.«

»Das Tagegeld habe ich zum Teil bar bei mir«, sagte der Bär, »und der Rest soll aus den Einnahmen aus der Abendkasse bestritten werden…«

»Du hast ja keine Ahnung, Bär«, sagte Hatwell.

»Nein, warte«, sagte der Bär. »Was von der Gage nicht abgedeckt ist – und überhaupt, zusätzlich zu ’ner Pauschale kriegen wir auch einen Anteil aus dem Barbetrieb…«

»Dessen Einnahmen wer zählt?« wollte Bostic wissen.

»Yo«, erklang es aus dem Fahrersitz, »das kann ich machen.«

»Rondo!«

»Ron-*do*!«

»Weil, wenn ich das nicht mache«, sprach Rondo-Talmos müde Stimme, »kann ich euch gleich sagen, wo diese Kiste hinläuft.«

»In die Scheiße«, sagte Bostic.

»T. Lobsang Rampa«, sagte Rondo.

»Was fürn Tee?«

Der Bär brachte das Orchester mit großer Pfotengeste zum Verstummen. »Wovon hab ich keine Ahnung?« fragte er.

Hatwell lehnte sich ihm entgegen. »Wo kommt der Rest des Geldes her«, fragte er den Bären in einem Tonfall, als spräche er zu einem beschränkten, störrischen Kind, »falls die Nachtclub-Einnahmen es nicht abdecken?«

»Aus den Einnahmen der Plattenverkäufe«, sagte der Bär, streckte beide Pfoten aus, zog die Klauen ein und richtete die ledrigen Handteller nach oben.

Die drei Mitglieder der Rhythmusgruppe sahen einander an, dann wieder ihn. Tommy Talmo Rondo Hatton begann »Dixie« zu pfeifen.

»Was ist«, sagte der Bär.

»Das Geld kommt aus den Platteneinnahmen«, mahlte Hatwell weiter, »die es bislang nicht gibt, weil die Platte noch nicht erschienen ist, und bevor es welche gibt, werden sie deinen Vorschuß abziehen und die Gage für Billy, Charlie und mich, außerdem diverse Betriebskosten, die sie sich je nach Bedarf einfallen lassen, ferner die Gehälter und Tagesgelder, die wir drei auf der Tour einsacken, dazu kommen noch die Ein-Groschen-für-jeden-Spatzen-den-der-Bus-während-der-Tour-anfährt-Kosten…«

»Die Brathähnchen-Rechnung«, sagte Bostic.

»Die Akkordwechsel-Steuer.« Wiederum Hatwell.
»Die Zweiunddreißig-Takte-Chorus-Maut.«
»Davon spielen wir ja nicht allzu viele«, sagte der Bär zuversichtlich.
»Uptempo-Bußgelder.«
»Modulations-Gebühren.«
»Blues-Abzüge.«
»Lyrizismus-Strafgelder.«
»Tonart-Abgaben.«
»Gebührenpflichtige Verwarnungen bei Baßtrommelschlägen.«
»Ähhh … Moment mal«, sagte Bostic. »Mir liegt da noch was auf der Zunge … Scheiße.«
»Kriegst du ein pauschales Honorar für die Tour?« Das wollte Garrett wissen.
»Kann man so nicht sagen«, sagte der Bär. »Also, was ich kriege …«
»Du bist an die Abteilung Kreative Buchhaltung übergeben worden«, sagte Bostic. »Was du kriegst, ist ein lauwarmer Händedruck.«
»Wir müssen ihn beschützen«, erklärte Rahim Bobby Hatwell. »Wir müssen diesen Jungen unter unsere Fittiche nehmen.«
»Wir sind ein bißchen spät dran«, sagte Bostic. »Was sollen wir jetzt noch machen?«
»STEHLEN!« rief Talmo Hatton. »Die haben uns mit diesem Prozentsatz-von-der-Bar-Scheiß auch die Möglichkeit dazu gegeben. Stellt mich an die Bar, und laßt mir entsprechenden Spielraum, dann könnte das die einträglichste Tournee werden, die ihr je erlebt habt. Ein kleiner Handgriff an der Registrierkasse, wenn grad keiner guckt, und simsalabim, hast du nicht gesehen. Stellt mich an die Tür, und der Club kriegt mäusemäßig nur das zu sehen, was wir ihm überlassen.« Der Bus begann zwischen den Spuren hin und her zu schaukeln und dabei die Limousinen unschuldiger Pendler zu schneiden. Rondo schien sich sein Hemd aufzuknöpfen. »Diebstahl! Ich wußte doch, daß ich mich nützlich machen könnte.«
»Aber Jones hat mir versichert, daß alles klargehen würde«, sagte der Bär zu Hatwell, als der Bus auf die Zufahrtsrampe der G. W. Bridge schwenkte.

»Und für wen arbeitet Jones?« warf Bostic ein.

»Vielleicht«, sagte Hatwell, »sollten wir das Thema wechseln.«

»Yeah«, sagte Bostic und kreiselte auf seinem Sessel. »Irgendwelche guten Bücher gelesen in letzter Zeit?«

»Guck dir dieses kleine Arschloch an«, rief Talmo Rondo zum Stöhnen der Luftdruckbremse. »Ich sollte ihm den Gefallen tun und seine Scheißkiste zerlegen. Hol mir mal einer ein Bier aus dem Kühlschrank.«

Der Bus schaukelte an einer hohen Steinmauer und überhängenden Bäumen vorbei, um dann durch eine schwindelerregende Kurve zur Brücke aufzusteigen.

Der Bär wischte sich mit der trockenen rechten Pfote übers Gesicht. »Das ist also, was hier abgeht? Beschiß nach Strich und Faden?«

»Wir haben das Thema gewechselt«, erinnerte ihn Bostic. »Und wir passen auf dich auf. Kannst dich auf uns verlassen.«

»Garrett?« fragte der Bär den Bassisten auf der Suche nach einem Rettungsanker, einem Hoffnungsschimmer.

»Bisher läuft diese Tour genau wie alle, die ich mitgemacht habe«, sagte Garrett. »Chaos und Ärger. Die Tradition trägt dich. Kämpf nicht dagegen an.« Er erhob sich aus seinem Sitz. »Rondo, wo ist die Anlage?«

»Rechter Schrank über der Mikrowelle. Wer holt mir denn mal das Bier? Ich kenn ein paar Leute in Detroit, die 'ne Bank für uns klarmachen können. Nach Ann Arbor haben wir einen Tag frei. Wir könnten uns 'ne Bank vornehmen, lassen das Geld saubermachen und haben keine Sorgen mehr.«

»Eine Bank?« fragte der Bär matt.

»Scheiße, was glaubt ihr, wie ich mich ins Musikgeschäft eingekauft hab, mir meinen Anteil von der Busfirma besorgt hab, das ganze Produktionsgerät und das kleine Jingle-Studio, das zwar ehrlich gesagt eher wie ein Scheißhaufen aussieht, aber mördermäßige Kohle einfährt? Ja, Tony und Don sind zwar alte Kumpel von mir, aber deswegen mußte ich trotzdem was vorzeigen, um als Partner einsteigen zu können. Ist doch nur fair.«

»Banken?« sagte Garrett von der Stereovitrine her. »Ist nicht ein kleiner diskreter Drogenhandel der konventionellere Weg?«

»Ich bin mehr fürs Direkte«, sagte Rondo. Der Bus schwang

hinauf ins Tageslicht und segelte über den Fluß. »Pfoten hoch. Geld her. Schöne Titten. Keine Bewegung.«

»Du meinst, mit so 'ner Bank, da kämen wir mit durch?« fragte Hatwell den Fahrer.

»Machst du Witze?« fragte Rondo zurück. »Kinderleicht.«

Ich bin nur ein einfacher Musiker, wollte der Bär sagen. Der ein kleines Lied in diese komplizierte Welt hinaustragen möchte. Aber das Pathos dieses Statements konnte er sich selbst nicht abnehmen. Nicht inmitten des momentanen Tohuwabohus.

»Wieviel bringt so eine Bankgeschichte normal ein?« fragte Hatwell.

»Kommt drauf an«, sagte der Fahrer.

»Das wird eine klasse Tournee«, sagte Bostic zu dem Bären, wobei jener sich diesem vertraulich über den Durchgang hinweg zuneigte. »Erst hatte ich ja Bedenken, aber jetzt entwickelt es sich sehr vielversprechend. Ich hatte echt Angst, es würde langweilig werden, aber danach sieht es ja jetzt nicht mehr aus. Juhu. Bär? Jemand zu Hause? Ruf dein Büro an.«

»Ja. Sicher. Klar. Was?«

Garrett brachte das Radio zum Laufen und stellte es auf KCR ein, was ihrer aller Lieblingssender war. »Tja, und wie es der Zufall nun einmal wollte«, war dort eine angenehme männliche Stimme zu hören, »aß Monks Band zwischen dem zweiten und dritten Take von ›Bye-Ya‹ zu Mittag. Ganz recht, bei dieser speziellen Aufnahmesitzung, zwischen dem zweiten und dritten Take von ›Bye-Ya‹, setzte sich Thelonius Monks Band an den Mittagstisch, und ich möchte unsere Zuhörer draußen an den Radiogeräten einladen, die Unterschiede zwischen dem zweiten und dritten Take festzustellen, denn Thelonius Monks großartige Band hatte sich Sandwiches ins Studio bestellt, die sie gleich an Ort und Stelle verzehrte, und zwar zwischen dem zweiten und dritten Take. Von ›Bye-Ya‹. Ganz recht, wir hören heute die Musik von Thelonius Monk. Die Musik von Thelonius Monk hören wir heute. Eine kleine Huldigung unsererseits. Eine Huldigung an Thelonius Monk, dessen Musik wir heute hören. Hören Sie jetzt den zweiten und dritten Take von Monks Stück ›Bye-Ya‹, wobei man Take Numero zwei als den ›hungrigen‹ Take bezeichnen könnte, und wir machen dann ohne Pause weiter mit dem nächsten Take, versuchen dabei aber im Auge zu behalten, daß die Band ihrerseits sehr wohl eine Pause einlegte, eine Mittagspause nämlich, zwischen dem zweiten und dritten Take des betreffenden Stückes, mit Namen ›Bye-Ya‹, an diesem betreffenden Tag. Nun, mir ist zwar nicht bekannt, von welchem Imbißladen die Sandwiches bestellt wurden, in Reichweite vom Studio befanden sich sowohl das Carnegie Deli als auch Max Asnas' Stage Delicatessen, und auch, welche Sorte Sandwiches verspeist wurden, kann ich nicht sagen, wiewohl ich aus mehreren Quellen weiß, daß Monk selbst eine Schwäche für Corned Beef hatte...«

»Ich liebe diesen Typen«, sagte Hatwell.

»Wir alle lieben diesen Typen, aber wir brauchen jetzt ein bißchen Musik«, sagte Bostic nachdrücklich, »und bei ihm dauert es noch mindestens fünf Minuten, bis welche kommt. Guck doch mal, was auf BGO läuft.«

»Und bringt mir mein Bier«, sagte der Fahrer.

»... während Charlie Rouse, nun, im Grunde weiß ich nicht, wo Charlie Rouse' Vorlieben auf dem Sandwichsektor lagen, aber wahrscheinlich ist, daß er etwas Gehaltvolles zu sich nahm, vielleicht mit Kartoffelsalat als Beilage, so daß wir, wenn wir uns Take Numero drei des Stückes anhören, versuchen sollten, uns vorzustellen...«

Garrett drehte am Knopf und fand den Jazzsender aus New Jersey, und schon nach anderthalb Takten hoben alle die Köpfe. »Das hört sich gut an«, sagte Hatwell. »Ist das 'n Tenor oder 'n Alt?«

»Alt«, sagte der Bär. »Ich müßte eigentlich wissen, wer das ist, aber frag mich nicht.«

»›But Not for me‹ in Coltranes neuer Harmonisierung«, stellte Garrett ganz richtig fest.

»Der ist ziemlich gut«, sagte der Bär. »Ich hoffe, es ist nicht irgendein Jüngelchen in euerm Alter, denn wenn einer mit Mitte zwanzig schon soviel versteht, dann mach ich mir in die Hosen.«

»Ich weiß, wer es ist.« Bostic lächelte selbstgefällig. »Ich hab nämlich die Platte.«

»Wer denn?« fragte der Bär.

»Ä-äh.« Bostic schüttelte seinen eleganten afrikanischen Kopf. »Nicht so hastig. Blindtest.«

Der Bär senkte den Kopf und hörte zu. Spielt besser als ich, dachte er. Hör nur, wie er sich durch die Harmoniewechsel arbeitet. Ganz entspannt mit alternierenden Akkorden und Skalen. Swingt. Gute Rhythmusgruppe, klingt nach alten Hasen. Scheiße, wer ist es? Nicht Frank Morgan. Spielt fast so gut wie Jackie, vielleicht mit etwas weniger unverwechselbarer Präsenz... Verdammt, aber spielen kann er. Ich dürfte gar nicht hier sein. Ich dürfte nicht im Bus sitzen und nach Amerika hinausfahren. Was für ein Recht habe ich, mich wieder in die Öffentlichkeit zu stellen und auf meinem Blech zu blasen?

»Kenny Garrett ist es auch nicht«, sagte Hatwell.

»Es ist nicht Kenny Garrett«, bestätigte Bostic.

Welche Erleichterung, dachte der Bär und hob noch gerade rechtzeitig den Kopf, um den spektakulären Ausblick von oben auf den Hudson und die Palisades nicht zu verpassen, ein Lichterregen hinab auf eine einstmals vermutlich spektakuläre Wildnis, und dann mußte der Bus sich in einem Labyrinth von Spuren orientieren, die sich in alle erdenkliche Richtungen auseinanderfächerten – Route 4, Route 17, Fort Lee, Palisades Pkwy, NJ Tpk, Springsteen Expwy und so weiter. Der Bär überließ sich der Führung von Rondo Talmo, der den Weg zu kennen schien in das unvorhersehbare Verhängnis, das die Welt ausbrüten mochte.

»Halt mal einer das Bier, bis wir durch diesen Kack hier durch sind«, sagte Rondo – was irgendwie ermutigend war –, während er seine Mafia-Sonnenbrille aufsetzte und sich senkrecht auf seinen erhöhten Sitz pflanzte, bevor er in Hüftpolster und Kissen zurücksank.

Der Bär beobachtete, wie Rondos Hemd sich unten wieder ausbeulte, und dachte: Verdammt, dieser Altsaxophonist kann spielen. »Rhythmusgruppe ist auch gut«, sagte er laut.

»So leicht kommst du nicht davon«, sagte Bostic.

»Er hat nicht mehr dieses Ornettsche Surren im Ton«, sagte der Bär, »aber... ist es Gary Bartz?«

»Bingo«, sagte der Drummer. »Sie gewinnen die Eßeckengarnitur und einen Lebensvorrat an Hundefutter. Gary Bartz. Lesen und weinen Sie.«

»Ich mochte Gary Bartz schon immer«, sagte der Bär, »aber früher hat er nicht so gespielt. Wo ist er denn die letzten Jahre gewesen?«

»Ich würde sagen, er mußte wahrscheinlich mal ausspannen«, sagte Bostic.

»Wo ist mein Gerät?« fragte der Bär.

»Da, wo du's hingepackt hast«, sagte Bostic. »Yeah, fang ruhig an, dir um die richtigen Sachen Gedanken zu machen. Mit dem Geld wirst du immer angeschissen, das Business hat immer die Hand an deinen Eiern. Das ist Gesetz. Reine Energieverschwendung, sich darüber aufzuregen. Arbeite lieber mit deinem Instrument. Auch bei dem Kampf wirst du natürlich verlieren, aber es ist eine schönere Methode, die Zeit rumzubringen.«

»Bostiker der Gnostiker«, sagte Hatwell und nickte.

»Laß mich das Stück zu Ende hören«, sagte der Bär.

Himmelarsch, dachte er beim Zuhören. Gary Bartz. Das hätte es jetzt auch nicht gebraucht, daß ich einen so guten Altsaxophonisten zu hören kriege. Flüssig. Souverän. Allumfassend. Entspannt. Nun ja, er hatte Gary Bartz immer gemocht, aber im Moment wäre es ihm lieber gewesen, Gary wäre draußen in der kommerziellen Einöde geblieben und hätte weiterhin versucht, den großen Pseudofunk-Radiohit zu landen, aber seit Wynton war Jazz halt wieder hip, und auch Bartz war wieder da und besser denn je. Ich versuche, eine Tour auf die Beine zu bringen, und will deshalb solche Informationen jetzt einfach nicht verarbeiten.

Weiter innen stellte der Bär sich vor, einen erheblichen Teil der kommenden Zeit auf der Straße hinten im Bus in innigem Zusammensein mit seinem Gerät zu verbringen und bis zur Vergasung alles, was ihm zu Gebote stand, durchzugehen und dabei hoffentlich etwas Musik daraus hervorzuquetschen. Besser wäre das. Und noch besser, wenn das Glück mitspielt.

Das Stück war nach weiteren fünf Minuten zu Ende. »Das war Gary Bartz«, sprach es mit tiefer cooler Radiostimme aus dem Apparat, »und jetzt eine Mitteilung von den absoluten Meistern des preisgünstigen Ölwechsels, den Leuten von Blink-a-Lube, genau, schließen Sie einfach die Augen, und hast du nicht gesehen, läuft Ihr Wagen plötzlich so sanft und glatt wie am Tage seiner Geburt, denn bei Blink-a-Lube verstehen wir...« Garrett ließ den Sendersuchlauf auf KCR zurückschwirren. »Wenn Sie also jetzt den dritten Take hören, achten Sie darauf, ob Sie irgendwelche Unterschiede zum zweiten Take entdecken können, nach welchem Thelonius Monks Quartett eine Mittagspause im Studio einlegte, um ein paar Sandwiches aus dem nahegelegenen Imbißladen zu verzehren, bevor es anschließend weiterging mit dem dritten Take von ›Bye-Ya‹. Letzten Endes entschied man sich dann allerdings doch für den ersten Take, den sie aufgenommen hatten. Was wir aber jetzt hören, das sind der zweite sowie der dritte Take, zwischen welchen, ganz recht, die Band für einen leckeren Lunch unterbrach, und da wir heute ausschließlich die Musik von Thelonius Monk hören, hielt ich es für angezeigt, daß wir uns einmal näher ansehen...«

Der Bus rollte, nun da er seinen Weg auf der vielgestaltigen Erde gewählt, auf ebenem Kiel dahin, stetig gen Westen. »Ich glaube, ich könnte mich jetzt wieder mit dem Bier da befassen«, klang es hinter dem Steuer hervor.

»Rondo!« kam Garretts Stimme von hinten.

»Scherzo!«

»Allegro!«

»Harpo!«

»Du fährst wie Gott auf Acid«, meldete sich Garretts Stimme wieder, »aber dein Biergeschmack ist, darf ich das sagen? Dein Biergeschmack ist fürn Arsch.«

»Bring mir die Scheißdose.«

»Bring Rondo die Scheißdose.«

»Bring Rondo die Scheißdose«, zweimal Klopfen auf den Tisch, »und zwei hartgekochte Eier.«

»Okay, hier sind sie nun also, Take Numero zwei und drei von ›Bye-Ya‹, eingespielt vom Thelonius Monk Quartet, getrennt durch eine Mittagspause – die Takes wohlgemerkt, nicht die Band, die, vermute ich, gemeinsam zu Mittag aß, obwohl, wenn man Monk kennt, kann man nicht ausschließen, daß er sein Sandwich genommen und es sich irgendwo zurückgezogen zu Gemüte geführt...«

Garrett kam vorbei, um Rondo die Scheißdose zu bringen – »Grüner Tod«, sagte er zum Bären, der nicht wußte, was Garrett damit meinte – dann ging er wieder zu seinem Platz zurück.

Linton blätterte noch einmal in den Seiten des Reiserouten-Ausdrucks: »Holiday, Holiday, Quality – ich mag Quality, weil die Zimmer neu sind, und die Badewannen sind aus Fiberglas und irgendwie weich, wenn du also zufällig eine Meerjungfrau beim Gig kennenlernst und sie mit aufs Zimmer nimmst, schonst du ihre Hüften – McIntosh, Scottish Inn – mit anderen Worten: billig, klar? – Red Roof, Holiday, Shylock's, Ramada… Ich kenn Schlechteres. He!« Er sah den Bären an, und ein Lächeln legte sich langsam über sein Gesicht. »Hey, Bär, du kannst nicht in denselben Ho-tels übernachten wie wir, oder? Jungs, he, Leute, der Bär kann nicht in denselben Ho-tels wie wir übernachten. Er muß in ein Hotel nur für Bären. Findet ihr das gerecht?«

»Vielleicht«, ließ sich Hatwell vernehmen, »können wir dagegen irgendwie Protest einlegen. Beim Ho-tel.«

»Oder wir halten irgendwo an, holen uns eine Kiste Enthaarungslotion und reiben ihn damit ein, vielleicht kommt er dann so durch.« Linton faltete gackernd seinen langen Körper zusammen.

»Oder Elektrolyse«, schlug Hatwell vor. »Ist weniger Schmierkram. Einfach einen Draht in seinen Arsch stecken und an eine Steckdose anschließen. Hinterher brauchst du dann nur noch einen Besen. Du weißt doch, wie man mit einem Besen umgeht, Garrett?«

»He«, sagte Linton, »welche Farbe hat er überhaupt unter dem ganzen Fell? Wenn man einen Hund häutet, ist er *weiß.* «

Garrett schaute von seinem Kreuzworträtselheft auf. »Was trägt der Häuptling der Nez-Perce-Indianer?«

»Ein Perce-nez«, sagte Hatwell. »Weiter.«

»Häute einen Hund«, blieb Linton eisern, »und darunter ist so ein komisches fahles *Weiß.* Wenn wir den Bären mit Enthaarungslotion behandeln oder mit 'nem Draht brutzeln, müssen wir hinterher noch Tönungscreme oder so was drüberstreichen.«

»Also früher, zu meiner Zeit, ja?« sagte Hatwell zu den Businsassen, indem er einen tumb reaktionären Film-Sheriff markierte, »haben wir keine Enthaarungslotion nich benutzt, sondern immer *Teer.* Weil man Teer *anzünden* kann. Wenn ihr versteht, was ich sagen will, nämlich mit Teer hat man so seine verschiedenen Möglichkeiten.«

»Was du also sagen willst«, sagte Linton, »ist, wir zünden den Bären an und spazieren mit ihm ins Holiday Inn?«

»Anzünden werden wir ihn müssen«, sagte Hatwell. »Für die

Mikrowelle ist er ja zu groß, obwohl, wenn wir ihn in kleinere Stücke schneiden würden, könnte es passen – man weiß es nicht, wenn man es nicht versucht.«

»Wir könnten es bei Rondo ausprobieren«, schlug Linton vor.

»Nicht genug Fell.«

»Fell ist nicht alles.«

»Stimmt, und bei Rondo könnte man testhalber den Kopf abschneiden, ohne daß er es merken würde. Niemand würde es merken.«

Garrett hob den Kugelschreiber über seinem Kreuzworträtsel. »Unterweisungen für Täbris, fünfzehn Buchstaben, türkisch.«

»Git ve bashsiz gel«, sagte Hatwell.

»Hat«, sagte Linton. »Du mußt mir helfen. Ich weiß immer noch nicht, wie man mit einem brennenden Bären im Holiday Inn einmarschiert.«

»Am Unabhängigkeitstag hätten wir das ohne weiteres machen können«, sagte Hatwell. »Wir hätten einfach ein paar Wochen eher mit der Tour anfangen müssen. Aber so wie die Dinge liegen, ist es nichts als reines Kopftheater. Ich bleib auch irgendwie an den Bildern hängen, aber so sieht's wohl aus.«

»Mhm«, sagte Bostic, »aber mal ehrlich, glaubst du, Enthaarungslotion *brennt*?«

Der Bär gähnte, und Garrett murmelte irgendwas in sein Rätselheft hinein, aber das Gesprächsthema trug Linton und Bobby noch über weitere zehn Meilen, bevor es ihnen dann doch langweilig wurde.

»Bär«, fragte Rondo, als es halbwegs still geworden war. »Irgendwas Besonderes, was ich für dich tun kann?«

»Yeah, wenn du Sheryl Crows Bus siehst, ramm ihn mal ein bißchen. Ich würde sie gern kennenlernen.«

»Bär trifft Krähe«, sagte Hatwell erfreut. »Ein tierischer Spitzenwitz.«

Später rollten sie durch belaubte Landschaft, deren Grün durch diverse Rußflecken des Kommerzes verschandelt wurde. »Paß mal auf«, sagte Bostic zum Bären, der sich langsam an die Bewegung des Busses gewöhnte, »das gehört zu den Sachen, die einen beim Touren echt anöden können, daß man stundenlang diesen ganzen

New-Jersey- und Pennsylvania-Scheiß vor der Nase hat. Du fährst und fährst, und es ändert sich nichts, sieht immer noch aus wie New York da draußen.«

»Wenn du dagegen nach Ohio kommst«, kommentierte Bobby Hatwell mit Leierstimme, »gibt es da lauter Palmen und Tropenvögel und Vulkane, und ab und an kommt noch ein Dinosaurier vorbei. Linton, was zum Teufel willst du dem Bären eigentlich weismachen? Du bist doch schon älter als sechs, oder? Wenn also nicht irgendwas mit deinem Felskopp nicht in Ordnung ist, dann weißt du genau, daß wir nichts anderes zu sehen kriegen werden als noch mehr dampfende Haufen derselben alten Scheiße, vom Anfang bis zum Schluß.«

»Der Mississippi? Die Ebene von Kansas, wo du Gewitter in fünfzig Meilen Entfernung beobachten kannst?«

»Linton, weil du mein Kumpel bist, versuche ich, mir nicht die Krätze an den Hals zu langweilen, aber versprechen kann ich nichts.«

»Colorado«, gab Bostic zu bedenken. »Die Rockies.«

»Das sind nur Berge. Ich will was, was anders ist.«

»Welche Sorte anders soll es denn sein, Ra-hiehm?« wollte Linton wissen.

Der Pianist dachte einen Moment nach. »Lebensformen auf Vanadium-Basis. Aus farbigem Licht bestehende Gedanken. Gefühle mit sichtbar neunseitiger Kristallstruktur. Solargetriebenes Gemüse, das Comicbücher verfaßt. Verstehst du, was ich meine? *Anders.*«

»Sprechende Bären reichen dir nicht aus?«

Hatwell warf einen Seitenblick auf den Bären. »Hab ich mich schon dran gewöhnt«, sagte er. »Rondo!«

»Wassis?«

»Erzähl uns von deinen Banken.«

Rondo begann ihnen von der Faszination des Bankraubs vorzuschwärmen: »Wenn du da reingehst, Alter, ich kann dir sagen, das geht schärfer ab als Sex«, sagte er, worauf alle drei Rhythmusgruppler einander ansahen, das Gesicht verzogen und ruckartige Wichsbewegungen machten.

Der Bär beobachtete Garrett, wie er einige Sachen aus seiner blauen Segeltuchtasche packte: ein Taschenschachspiel, ein dickes gebundenes Buch – was war das? Die neue Übersetzung von *Der Mann ohne Eigenschaften;* Garrett war im zweiten Band; der Bär hatte vor Jahren die alte Übersetzung gelesen. Genau, sagte sich der Bär, das ist es: sich eine richtige Türstopperschwarte als Lektüre mitzunehmen. Er selbst hatte eine eher unentschlossene Auswahl von Paperbacks in der Tasche: seine drei Lieblingsstücke von Shakespeare, nämlich *Lear, Hamlet* und *Der Sturm* – warum hatte er nicht die weniger vertrauten eingepackt, *Troilus und Cressida, Cymbeline, Ein Wintermärchen?* –, ein paar Sachen von Elmore Leonard, die er schon zweimal gelesen hatte, eine Biographie über Talleyrand, die er garantiert nicht lesen würde, eine zerschlissene Penguin-Ausgabe von *Die Kartause von Parma* – das einzig bedeutende Buch nach des Bären Meinung, das einen gescheiten Sinn für das Groteske besaß, aber in dieser Hinsicht mochte er gewisse Vorurteile hegen –, worin er vielleicht die eine oder andere Lieblingspassage nachschlagen wollte... Irgendwie blöd: Er machte alles falsch. Er war unter einem Unstern geboren. Wenn man keine *guten* Bücher hat, hat man gar keine. »Garrett? Du hast nicht zufällig auch den ersten Musil-Band dabei?«

»Tut mir leid.«

Linton beugte sich hinüber, um den Titel auf dem fetten Rücken von Garretts Buch, das auf dem Tisch lag, zu lesen. »*Der Mann ohne*... Boah, Hat. Garrett liest ein Buch über sich selbst.«

Hatwell streckte die Arme nach oben, gähnte in extravaganter Manier und ließ seinen Drehsessel um ein paar Grade im Kreis drehen. »Spielzeit«, sagte er und zog ohne große Begeisterung einen Laptop aus seiner neben dem Sessel stehenden Tasche, den er mit ein paar Knopfdrücken zu Leben erweckte.

»Noch was«, sagte Rondo, immer noch dem Glück des wohlorganisierten Bankraubs hinterherstrebend, »wir wären eine ethnisch gemischte Truppe plus noch einem sprechenden Bären extra, und das würde sie total durcheinanderbringen, was die Identifizierung angeht, aber ehrlich, und wenn sie sich überhaupt an irgendwas erinnern, dann höchstens an einen von uns, oder...«

»Entschuldigung«, sagte der Bär, »aber wenn einer der Bankräuber ein sprechender Bär wäre, würden sie sich nicht eventuell an *den* erinnern? Und wäre das nicht letzten Endes ein Hinweis auf *mich*?«

»Yeah, aber du wärst erste Sahne effektiv«, meinte Rondo. »Die Leute kriegen einen Gehirnkasper. Sind praktisch gelähmt. Die reichen die Scheine rüber, wir verschwinden, und die wissen überhaupt nicht, was Trumpf ist, und außerdem würden die Bullen ihnen eh nicht glauben.«

»Wer hat die Macht, die Gedanken seiner Gegner zu verwirren?« fragte Hatwell.

»Der Schattenmann«, kam Bostics Antwort.

»Wenn die Cops die Scheiße spitzkriegen, denken sie, daß Profis am Werk waren, und wir sind aus dem Schneider«, faßte Rondo zusammen. Er räusperte sich nachhaltig. »Also Jungs, was haltet ihr davon? Ich kann meine Freunde in Detroit anrufen, und die bereiten gegen zwanzig Prozent Beteiligung, fünfundzwanzig, für uns was vor, schmieren die örtliche Polizei, damit die dann gerade Mittag macht. Wie wär's, Bär?«

»Ich glaube, ich passe«, sagte der Bär.

»Typisch Musiker«, sagte der Fahrer. »Gut im Träumen, schlecht im Handeln. Nichts für ungut.«

»Kein Problem«, sagte der Bär.

»Und was ist, wenn die Tourneegelder nicht rüberwachsen?«

»Ich denk drüber nach«, sagte der Bär.

»Also, *ich* bin dabei«, verkündete Hatwell. »Banken, Fort Knox, der Mormonische Tabernakelchor. Solange du mir garantieren kannst, daß ich mich nicht langweile.«

»Langweilen? *Langeweile?* Scheiße, nein«, sagte Rondo und drehte sich nach hinten, um den Pianisten anzusehen. Der Bus blieb brav in der Spur. »Keine Chance. Langeweile bei einem Bankraub? Nie im Leben.«

»Du kennst mich nicht«, sagte Bobby Hatwell.

Der Bär beugte sich vor, um ihm zuzusehen, wie er mit dem Joystick ein Baseballspiel betrieb, eine Oberfläche von flachen Primärfarben: das weite Ausholen, der Wurf – der Ball wirkte etwas langsam und bewegte sich in kleinen abgehackten Etappen –, Schwung, Schlag und vorbei, zweiter Strike, eins zu zwei war jetzt der Stand.

»Willste spielen?« fragte Hatwell.

»Ich mach mir nichts aus diesen Sachen«, sagte der Bär.

»Nach dieser Tournee hol ich mir einen neuen Computer, mit

schnellerem Chip, größerem Arbeitsspeicher, mal die neuere Software austesten. Der hier ist nicht mehr allzu hip.«

»Warte mal«, sagte der Bär und rückte noch näher. »Das ist ja schräg. Sind alle Spieler weiß?«

»Was erwartest du, Realismus? Wach auf und riech den Bockmist.«

»Sie sind alle weiß? Ich glaub es nicht.«

»Ah«, sagte Hatwell, tief einatmend, »der Geruch von tagealtem Bären, sollte schnellstens eingefroren werden. Gestern geboren und immer noch voll dabei. Rondo, kann ich eins von deinen Bieren haben?«

»Yo-ho«, sagte Rondo. »Nimm, was du willst, Mann.«

»Du kannst einen von meinen Fleischbällen zu einem Drei-Bier-zu-eins-Wechselkurs haben, wenn du willst.«

»Nee, schon gut. Zu scharf für mich. Kannst das Bier so nehmen.«

»Der weiße Blödmann glaubt garantiert, daß ich es ernst meine mit dem Bankraub«, raunte Hatwell dem Bären im Aufstehen zu. »Denkt wahrscheinlich auch, daß *er* es ernst damit meint. Konzentrieren wir uns lieber aufs Wesentliche.« Er ging zum Kühlschrank, um sich sein Doppelpack Bier zu holen. »Rondo«, rief er.

»Was ist.«

»Das ist ja Rainier Ale. Green Death.«

»Yeah, ich hab einen Truckerkumpel, der bringt sie mir haufenweise schwarz aus dem Nordwesten mit.«

»Rondo. Das ist Green Death – Grüner Tod.«

»Darauf kannst du einen lassen.«

»Warum sollte jemand solchen Scheiß unbedingt hier reinschaffen wollen?«

»Alter«, sagte Rondo, »wenn du das fragen mußt, wirst du's eh nie erfahren.«

Der Bär betrachtete vorübergehend seine Füße, bewegte seine Zehenklauen auf dem Teppichboden hin und her. Die Band war erst eine Stunde unterwegs, und schon verdickten all diese konkurrierenden Subjektivitäten die Luft. Erwartet wurde von einem, daß man dies wochenlang durchhielt und jeden Abend pünktlich inspiriert war. Kinderspiel. Kaffeekränzchen. Babyleicht. Wie die Erkennungsmelodie von *Terminator 2.*

Andererseits konnte er nicht umhin, seine Rhythmusgruppe ein wenig um ihre Jugend zu beneiden – weniger um das Gefühl, jede Menge Zeit zum Herumalbern zu haben, als um das Leben in einer Welt ohne echte Konkurrenz –, aber vielleicht hatte das ja auch gar nichts mit Jugend zu tun. Vielleicht war das einfach der Lauf der Dinge, wenn man davon ausging, daß der einzige Zweck der Zeit der ist, Illusionen auf dir aufzutürmen, bis du strauchelst und untergehst. Wenn das zutraf, dann war er mal jung gewesen und hoffte, es dereinst wieder zu sein.

»He, Jungs«, rief Hatwell vom Kühlschrank her. »Ich mach das Radio aus. Wir entfernen uns aus dem New Yorker Sendebereich, und das Knistern geht mir auf den Senkel.«

»Mach's weg, mach's tot«, sagte Bostic, und das Geräusch verschwand. »Äh«, Bostic erhob die Stimme, »vielleicht sollten wir die Kiste ein bißchen anmachen? Jetzt gleich?« Der Bär hörte etwas Uncharakteristisches in seinem Tonfall.

»Yeah«, meinte Hatwell, den Grünen Tod in der Hand, etwas allzu emphatisch. »Gucken wir ein Video.«

»Ich habe eine Zwei-Kassetten-Version von *Die Kinder des Olymp* mit«, sagte der Bär.

»Nee, ich hab hier was anderes.« Bostic kramte in einer Tasche zu seinen Füßen herum.

»Ich rieche ein abgekartetes Spiel«, sagte der Bär schnüffelnd.

»Ein abgekartetes Spiel? Was ist das denn?« sagte Hatwell.

»Wir brauchen keine stinkenden Karten«, sagte Linton. »Komm doch einfach her und setz dich zu uns.« Er tätschelte die Bank neben sich, während Hatwell an dem Videorecorder herummachte.

»Okay«, sagte der Bär, erhob sich, ging rüber und setzte sich. »Worum geht's?«

Garrett legte sich ein Lesezeichen in seinen Musil, klappte ihn aber nicht zu. Hatwell befaßte sich mit den Knöpfen an dem Videorecorder. Bostic legte sittsam die Hände in den Schoß.

»Los geht's«, sagte Hatwell. »Ein Kunstfilm. Was für Eingeweihte.«

Der 40-cm-Bildschirm erwachte flackernd zum Leben, zuerst als eine Fläche von rauschendem Videoschnee, dann als Bluescreen mit einer Drei in der Ecke und schließlich als ein ältliches Schwarzweiß-Kinobild aus den Fünfzigern, mitten im Film,

Donald O'Connor in Militäruniform in einer Scheune, seitlich gegen eine Box gelehnt, im Gespräch mit Francis, dem sprechenden Maultier.

»Das muß ja echt schwer zu finden gewesen sein«, sagte der Bär zu Hatwell.

»Eigentlich nicht, bei meinen Beziehungen.«

»Aber Francis«, sagte Donald O'Connor, der deutlich aufgebracht war, »du erwartest doch wohl nicht, daß ich *das* dem General erzähle!«

»Also«, sagte Hatwell mit professoraler Gebärde, wobei er den rechten Ellbogen mit der linken Hand umfaßte und einzelnen Punkten mit erhobenem Zeigefinger Nachdruck verlieh, »ich fand immer, daß Mr. Ed die kommerzielle Dummversion und Francis the Talking Mule das wahre Original ist. Ich wollte aber«, sagte er zu dem Bären, »dich dazu befragen. Weil du, obwohl ich nicht unterstellen will, daß du dich notwendigerweise mit anderen sprechenden Tieren solidarisch fühlen mußt – das wäre beleidigend, das wäre geradezu animalistisch von mir –, trotzdem, ich dachte, du würdest vielleicht über irgendein relevantes Wissen verfügen, das nicht allgemein zugänglich ist...« Hatwell fiel fast aus seiner Professorennummer, nur knapp gelang es ihm, sein Lachen hinter einem kleinen Hustenanfall und der schnell vor den Mund gehaltenen Hand zu verbergen. Sobald er sich erholt hatte, gab die Hand, nunmehr eine imaginäre Pfeife haltend, zu verstehen, daß ihr Besitzer bereit sei, die Antwort des Bären zu hören.

Der Bär konnte sich nicht recht entscheiden, ob er ihnen sagen sollte, daß es sich hier um pubertären Blödsinn handle, oder ob er gute Miene zum bösen Spiel machen und sich etwas einfallen lassen sollte, das den Humortest bestehen würde.

Bostic, der gleich neben dem Bären saß, sagte mit angestrengt ernstem Gesicht: »Wenn du nicht weißt, was du sagen sollst, stampf einfach auf den Fußboden. Wir zählen mit.«

Garrett klappte sein Buch über dem Lesezeichen zu. »Linton und Ra-hiehm«, erläuterte er dem Bären, »sind erbarmungslose Praktiker des Musikerhumors. Erbarmungslos ist in diesem Fall der angemessene Ausdruck.«

»Hört, hört.«

»Manchmal«, sagte Garrett, »ist es allerdings auch umgekehrt.«

Hatwell wartete, Bostic fingertrommelte auf den stonewashed Jeansstoff über seinem Knie und summte dazu die aus vier Noten bestehende Baßlinie von »Hambone, Hambone, Have You Heard«.

Auf dem Bildschirm war hinter Donald O'Connors Rücken ein Unteroffizier in die Scheune getreten, ohne daß Donald O'Connor es bemerkt hatte. Der Bär sah zu, wie Donald O'Connor sich weiterhin bei Francis the Talking Mule, beschwerte. Dann sah er, wie Donald O'Connor darauf wartete, daß Francis, das Sprechende Maultier, ihm antwortete. »Na los, Francis«, sagte Donald O'Connor. »Sag es mir.« Der Film hielt einen beträchtlichen Augenblick lang inne, um dem Kinopublikum Gelegenheit zum Lachen zu geben. Dann legte der Unteroffizier seine Hand schwer auf die Schulter von Donald O'Connor, und Donald O'Connor fuhr ganz fürchterlich und ausgiebig zusammen.

»Ich fand immer«, sagte Hatwell, »daß Francis sozusagen Duke Ellington im Vergleich zu Mr. Eds Stan Kenton war. Aber was weiß ich schon? Donald O'Connor ist offensichtlich eine Jones-Figur, aber er kann auch tanzen, und das ist verwirrend. Daher habe ich mich an dich gewandt. Mit diesem Dilemma.«

»Tja«, sagte der Bär, »tatsächlich hast du trotz deines Mangels an Insiderinformationen den Nagel mehr oder weniger auf den Kopf getroffen, Bob. Denn zufällig habe ich, als ich noch sehr viel jünger war, ungefähr in deinem Alter, sowohl Mr. Ed als auch Francis the Talking Mule, gekannt; Francis war damals allerdings schon recht betagt. Ich glaube, ich darf sie beide als innige liebe Freunde und als wundervolle sprechende Tiere bezeichnen, die mich beide sehr beeinflußt haben. Und sie waren sogar, obwohl ich damals noch ein kleines Jungtier war, so nett und großzügig, mich mit ihnen jammern zu lassen.«

»Aha.«

»Und grundsätzlich hast du völlig recht. Tatsächlich fing Ed häufig gerade in entscheidenden Momenten an zu lahmen. Manchmal zählte er ein Stück mit dem Vorderhuf vor: Eins zwei drei, und nicht selten mußte Francis the Talking Mule, oder sogar ich zu ihm sagen: Einen noch, Ed. Na komm, Ed, das schaffst du.«

»Ein Taktproblem«, sagte Bostic.

»Eine generelle Schwerfälligkeit«, sagte der Bär. »Die Unfähigkeit, mal fünfe grade sein zu lassen, obwohl Francis partout nichts auf ihn kommen ließ. Eine andere Sache bei Ed: Wenn er zuviel gegärten Hafer aß, kam immer das wahre Pferd zum Vorschein.«

»Ein Arschloch?« sagte Hatwell wißbegierig.

»Wut und, trotz allen Erfolgs, unbezähmbarer Neid. Also mit einem Wort: ein fieser Nörgler vor dem Herrn. Francis dagegen, o Mann, was soll ich sagen? Er war der Charlie Parker der Maultiere, der Diz der Lasttiere, der Prez der Paarhufer. Und seine Freundin, Clare? Wollt ihr über Sängerinnen reden? Wollt ihr über ›Make Me an Instrument of Your Peace‹ reden? Wollt ihr einen Armutsgelöbnis-plus-›Ich-spreche mit den Vögelein‹-Twostep mit der Renaissance als Zugabe? Worte müssen versagen. Francis lebt.«

Der Bär hatte es gebracht: Das beifällige Gelächter, das den Schluß seiner Rede erstickte, ergriff sogar Garrett, wohingegen Rondo eher unbeteiligt schien – der Bus gondelte in gerade Linie durch die Welt. Vielleicht hätte ich, dachte der Bär, noch einen kriminalistischen Aspekt in meine Ausführungen einarbeiten sollen, damit sich alle gleichermaßen hätten angesprochen fühlen können. Das aber ist das Wesen eines improvisierten Solos: Es ist provisorisch, im besten Sinne des Wortes. Es war schon so, er liebte den Jazz und den Stoff, aus dem er gemacht ist. Rondo mit einzubeziehen hätte außerdem vielleicht die Gefahr eines Unfalls heraufbeschworen.

Unterdessen kroch Bostic aus seiner Bank heraus und kletterte auf den Flügeltisch. Dann stellte er den rechten Fuß auf den Tisch auf der anderen Seite, so daß er breitbeinig über dem Gang stand, ein Kolossus der Straße. »AAAHHHHH!« sagte Bostic und stieß mit dem Kopf oben an die Decke. »AAAHHHHH!«

»Seid ihr Jungs immer so?« wollte der Bär über den Gang hinweg von Hatwell wissen. Der Pianist klappte seinen Laptop zu und brachte ihn in Sicherheit, damit er, für den Fall, daß alles unter Bostic zusammenkrachen würde, weiterhin in der Digitalen Bleichgesichterliga spielen könnte.

»Mit dir unterwegs zu sein, stimuliert uns ein bißchen«, sagte Hatwell. »Es dreht alles ein wenig schneller ab als üblich. Aber ansonsten, ja, so sind wir.«

Bostic stieß seinen Kopf noch heftiger gegen die Decke. »AAAH-

HHHH!« rief er wieder. »Ich halt's nicht aus! Wir haben alle Witze durch und sind immer noch in Pennsylvania!«

»Genaugenommen«, teilte ihm Garrett mit, den Kopf schräggelegt, um seinen Blick aufzufangen, »haben wir noch nicht mal den Fluß überquert. Ich sag's nicht gern, aber wir sind noch in New Jersey.«

»AAAHHHHH!«, schrie der Drummer und nahm seine Kopfattacken gegen das Dach wieder auf.

Der Bär fragte sich, ob Bostic das Dach des Busses zerlegen und etwas Luft hereinlassen würde, aber nach einer Weile beruhigten sich alle, und es begann ein entschieden stillerer Fahrtabschnitt. Garrett klappte sein Buch, Rahim Bobby seinen Laptop wieder auf. Bostic hatte die neueste Ausgabe von *Modern Drummer* aufgeschlagen. »Sieht so aus, als hätte Ludwig hier ein gutes neues Hi-hat-Pedal«, sagte er zum Bären.

»Toll«, antwortete der Bär und drehte die Daumenklauen.

»Ich wünschte, ich hätte auch so eins, jetzt für die Tour.«

»Mhm.«

»Die haben den Preis nicht so hoch gesetzt wie die ausländischen Firmen, und es sieht ziemlich gut aus.«

»Oh.«

»Hier, auf dem Bild kann man's sehen. Ganz schick, hä?«

»Jau.«

»Hat zwei parallele Federn, aber man kann nicht sagen, daß sie es nur auf den Schaueffekt angelegt hätten.«

»Verstehe.«

»So wie die Dinge liegen«, sagte Hatwell, indem er sich dem Bären über den Gang hinweg zuneigte, »wird nach ein oder zwei Wochen keiner von uns mehr den anderen ausstehen können. Wenn man auf Tour ist, muß man sich eine Ablenkung suchen, etwas, was einem die Zeit vertreibt, andernfalls geht man zugrunde oder flippt vor Langeweile aus. Weiber sind gut, aber Drogen und Alkohol gehen auch. Ich für meine Person ziehe Weiber vor, aber zwischen den Auftritten spiele ich Computerspiele und nehme manchmal auch was zum Anregen, um die Leere zu füllen. Wir brauchen unseren Zeitvertreib und Kompensationen. Welches sind denn deine?«

»Ich weiß noch nicht.« Der Bär spürte, daß die Straße anstieg, und vor den Fenstern dünnten sich die Bäume aus. »Ist das jetzt der Fluß?«

»Da draußen ist Dodge City, Bär, ein ganzes Land voller Hühott-Cowboys und ihren Mädels, und du solltest dir irgend etwas ausdenken. Wenn du's herausgefunden hast, sag mir Bescheid.«

2

Unter Umgehung von Pittsburgh – wahrscheinlich doch ein Fehler, wurde dem Bären klar, als sie sich gegen Ende des Tages unter aufziehenden Wolken von der Stadt entfernten – durchquerte der Bus eine kurze heftige Regenbö in hügeligem Gelände, welches sich nach einiger Zeit auf einen Streifen reinster Autokultur hinabsenkte, bestehend aus Tankstellen, Supermärkten, Blink-a-Lubes und den üblichen Macs und Kings, bevor man unter schwefligem Lampenlicht in ein aus Schindelhäusern zusammengeschustertes Stadtzentrum einfuhr. Hinter den Häusern erhoben sich die Zwiebeltürme irgendwelcher slawischer Kirchen, und ein schemenhafter Haufen vorsintflutlicher Industriesaurier zeigte durch gelegentliches Schlotabfackeln an, daß hier noch etwas produziert wurde.

»Interessant«, sagte Bobby Hatwell mit Blick aus dem Fenster. »Lassen wir doch Jones einfliegen und spendieren ihm dafür, daß er diese Scheiße gebucht hat, einen Ritt auf dem Hochofen.«

»Es ist nicht seine Schuld«, sagte der Bär.

Der Bus verirrte sich zweimal in enge Straßen, mußte vorbei an Mietshäusern und Lagergebäuden, fand dann eine lange gerade Straße, auf der in drei Blocks Entfernung ein großes grünes Neonzeichen aus einem Gebäude ragte. Als sie dort ankamen, sahen sie eine ramponierte JAZZ NIGHT-Aufschrift in einem der Fenster und ein hastig hergestelltes Plakat mit der Ankündigung des Ted BEASTLEY Quartet in dem anderen.

»Was mich interessieren würde«, sagte Bostic und schaute dabei aus dem Fenster – niemand machte Anstalten, den Bus zu verlassen, obwohl der Motor seit reichlich einer Minute abgestellt war –, »was für ein Kackname für einen Club ist eigentlich Nancy's Cabbage.«

»Könnte wetten, daß die da Bier haben.« Rondo ließ die Türen ächzend aufspringen, wand sich aus seinem Sitz und stakste die Stufen hinunter. Die anderen beobachteten, wie er sich durch die Flügeltür der Bar schob. Dann blickten sie nach links und rechts die Straße hinunter. Es war niemand zu sehen. Es war tatsächlich niemand zu sehen.

»Sind wir versichert?« fragte Garrett.

»Im Todesfall«, sagte Linton, »kommen wir in den Hümmel.«

»Ich bin der Bandleader«, sagte der Bär. »Also geh ich als erster.«

»Ah, Ehre unter Bären«, sagte Hatwell.

»Ich hab mal das Buch mit den Regeln gelesen«, sagte der Bär. Er setzte seinen rostfarbenen Hut auf und trat auf die Straße, ging über den Bürgersteig und durch die Türen hinein in die bartypische Dunkelheit von Nancy's Cabbage.

Nicht sehr vielversprechend, dachte der Bär, sobald er drinnen stand, doch dann hielt Rondo, rückwärts gegen den Bartresen gefläzt, einen Bierkrug in die Höhe. »He, setz dich zu mir, Bär«, rief er. »Ich fall gleich auseinander.«

Nancy's Cabbage war eine lange dunkle Bar, an deren noch dunklerer Rückseite sich eine Art Bühne befand. Gestalten in Arbeitshemden und mit Baseballmützen auf dem Kopf hockten, über ihre Biere gebeugt, entlang der Bar oder in ein oder zwei versunkenen Sitzecken weiter hinten. Ein baßlastiger Klangbrei drang mit verzerrter Geschwindigkeit aus der Jukebox, deren Lichter ebenfalls dabei waren, den Geist aufzugeben. Der Bär hörte hinter sich die Band eintreten.

»Das habe ich irgendwo schon mal gesehen«, hörte er Linton sagen.

»Die Werbung für SIQ, den neuen Männerduft«, sagte Hatwell etwas zu laut. »Scheiße Im Quadrat.«

Der Bär sah, wie sich ihnen entlang der Bar blasse Gesichter zuwandten, aber da weiter nichts geschah, traten er und die Band nach einer Weile endgültig ein.

»In einer Reihe«, wies Rondo den Barkeeper an, und gleich erschienen in kurzen Abständen mehrere schäumende Bierkrüge auf dem Eichentresen oder was immer es war. »Das Bier ist ziemlich scheußlich, laßt uns ordentlich viel davon trinken.«

Rondo hatte recht. Das Bier schmeckte nach Eisen in der Leitung, und der Bär trank drei hintereinander weg, während Rondo kommunikationswillig durch den Raum spazierte und Bobby Hatwell das Bühnenklavier ausprobierte. Der Barkeeper war mit nach hinten gegangen und sah Hatwell beim Herumklimpern zu, nur für den Fall, daß dieser etwas Ungehöriges mit dem Klavier anstellen wollte, zum Beispiel seinen Speer hindurchstechen oder es in einem großen Topf kochen. Der Bär versuchte, nicht zu hören, wie das Klavier klang, nicht die Töne zu zählen, die wie Bettfedern oder gar nicht klangen. Er behielt den Hut tief im Gesicht und den Mantelkragen hochgeschlagen, aber die tote Energie in dem Raum war nicht aufzulösen.

Hatwell war zurück. »Was ist, haben die keine Hammond B-3 dahinten stehen?« fragte ihn der Bär.

»Man benutzt hier *Sampling*-Keyboards«, sagte Hatwell. »Willkommen in der Neuzeit.«

»Sollte man nicht denken. Spielst du eigentlich Hammond, mit den ganzen Pedalen und alles?«

»O Mann.«

»Wir sollten es irgendwann mal ausprobieren.«

»Tja, heute abend gibt's nur Samples, und was den Baß angeht, mußt du wohl oder übel auf Garrett hier zurückgreifen.«

»Zu reizend von dir, mich zu erwähnen«, sagte Garrett. »Noch ein Bier, bitte.«

»Danke, daß ich auch mal was sagen darf, Church«, sagte Hatwell, dann wandte er sich wieder dem Bären zu. »Obwohl, eins kann ich dir sagen: Das Hausklavier zu spielen wäre eine echte geistige Herausforderung.« Er unterbrach, um ein halbes Bier wegzuschlucken und das Gesicht zu verziehen. »Ich müßte mich immer daran erinnern, welche Tasten nicht funktionieren und wie ich sie in all den Tonarten, die wir verwenden, umgehen kann. Vierdimensionales Schach mit Ohrenschützern. So beschissen klang das Klavier gar nicht, vielleicht versuch ich's sogar. Das soll Bier sein? Jesses. Rondo, wieviel Green Death hast du an Bord?«

»Vier Kisten im Gepäckraum.«

»Rondo, erinner mich dran, daß ich mich bei deiner Mutter dafür bedanke, daß sie dich so klasse verkorkst hat. Also, Bär, ich spiel elektrisch, und Garrett hat seinen Verstärker, aber falls du eine benutzbare PA fürs Gebläse erwartet haben solltest, vergiß es. Du wirst dich direkt an den Saal wenden müssen.«

»Linton wird leise spielen müssen«, sagte der Bär.

»Ha«, sagte Linton. »Ha ha ha. Ha. Ha ha. Ha ha ha haah.«

Hatwell lehnte sich über die Bar und winkte John, den Barkeeper, heran. »Hat der Klan eine Zweigstelle in der Stadt?« erkundigte er sich. »Oder benutzt ihr nur eine Website.«

Während die Band am Aufbauen war, entschloß sich der Bär, nicht weiter zuzusehen, wie Hatwell auf seinen Verstärker eintrat. Er entriß Rondo den zwei Eisenarbeitern und dem Flaschenbier, mit denen dieser es sich in einer Sitzecke gemütlich gemacht hatte, und ging mit ihm zum Bus zurück, weil er versuchen wollte, Jones mit dem Mobiltelefon zu erreichen. »Weißt du nicht, wie man das Ding benutzt?« fragte Rondo schließlich.

»Der Schalter zum Anmachen. Wo?«

»Jesus Maria.« Rondo drückte den Knopf für ihn und verschwand.

Der Bär war ganz dankbar, daß Rondo ihm anscheinend zutraute, selbst wählen zu können. Allerdings brauchte er eine Weile, bis er heraushatte, daß er hinterher den »Send«-Knopf drücken mußte.

Sybil ließ ein nettes, überraschtes Hallo hören und sagte dann, sie würde ihn weitergeben.

Als Jones den Hörer aufnahm, hörte der Bär Eiswürfel im Glas klirren, aber Jones klang verhältnismäßig nüchtern. »Wir haben uns gedacht, daß ihr Nancy's Cabbage als eine nette und sichere Gelegenheit nutzen könntet, um auf Touren zu kommen«, erläuterte Jones. »Ihr müßtet einige Leute über den NPR-Sender in Pittsburgh anlocken, der euch nach Sonnenuntergang ausführlich erwähnen wird – ich hab nachgefragt, sie haben es versprochen –, und die anderen Auftrittsorte werden durchweg mehr nach eurem Geschmack sein, Ehrenwort. Denk dran, du bist derjenige, der die Einschränkungen vorgibt, wo man buchen kann – nichts zu Großes, nichts zu weit Offenes, deine übliche wollen wir's Neigung zur Vorsicht nennen?«

»Oder wollen wir es meine rationale Abneigung, wieder verhaftet zu werden, nennen?«

»Wir versuchen, dich so gut wie möglich unterzubringen, aber du mußt mit den Unterbringungen fertig werden.«

»Klar«, sagte der Bär, »aber warum ausgerechnet Nancy's Cabbage?«

»Hauptsächlich, weil ich das Zusammentreffen von Monongahela und Nancy's Cabbage irgendwie ziemlich unwiderstehlich fand, auf nomenklatureller Basis, äh, gibt's so ein Wort? Außerdem gibt es nichts anderes zum ohne Druck Aufwärmen, was man an einem Tag erreichen kann.«

»Monongahela? Da sind wir?«

»Wie, hast du nicht nachgeguckt?«

»Nur so allgemein.« Der Bär meinte damit, daß er mehrmals auf den Tourneeplan geschaut hatte, dieser dann aber vor seinen Augen verschwommen war. Jetzt studierte er ihn ernsthafter, indem er durch die Seiten auf dem Klemmbrett blätterte. »Jones, ist das wirklich dein Ernst? Wir spielen in Rockford, wie in Jim, Illinois, und Parma, wie in Kartause, Ohio?«

»Ich konnte nicht widerstehen. Wir haben für jeden Laden feste Garantiesummen, die ihr durchweg übersteigen werdet. Denk dran, Collegestädte. Ann Arbor und Madison, jeweils vier Nächte, finanziell sehr gutes Pflaster und bombensicher. Weißt du, was du allein in den fünf Tagen Boulder Colorado einfährst?«

»Das ist die letzte Station der Tournee.«

»Der Club da ist ganz neu, ein richtiger Palast, hab ich mir sagen lassen, und die Garantiegage allein reicht schon, damit ihr auf euern Schnitt kommt. Da finden auch die Aufnahmen statt, wenn du willst, und es gibt eine Option auf eine zweite Woche, falls die netten Leute nicht aufhören herbeizuströmen, um dich zu sehen.«

»Das sind noch Wochen bis dahin, falls ich überhaupt so lange überlebe, und was ich hier sonst noch so sehe, ist wirklich nicht sehr inspirierend.«

»Überleben wirst du sicherlich, und die Inspiration ist deine Sache. Im Bekunden von Unwillen bist du noch immer ziemlich unerreicht.«

»Danke.«

»Und du vermißt mich, gib's zu.«

Das war nicht gelogen. Der Bär spürte eine ungereimte, aus dem Nichts kommende Aufwallung seiner alten Zuneigung zu Jones.

Lag das daran, daß er auf sechs Wochen mit vier Verrückten eingesperrt war – na gut, drei Verrückte und ein Bassist, was aber ungefähr aufs gleiche hinauslief –, oder war da etwas Tiefgreifenderes im Gange? Der Bär tastete sich durch den Nebel seiner aktuellen Verärgerung betreffs Nancy's Cabbage und hätte schwören mögen, daß die alte, unqualifizierte Kameradschaft im Begriff war, sich wieder ins Spiel zu bringen. Das hatte zwar wenig Sinn, war ihm aber trotzdem willkommen. Warum passieren Sachen dann, wenn sie passieren? »Jones«, sagte er, »ich bin sauer wegen dem Nachtclub, aber es tut gut, deine Stimme zu hören.«

»*Vesti la giubba,* B.«

»Was?« Der Bär rückte den unbequemen Hörer an seinem Ohr zurecht. Bei der Konstruktion dieser Dinge sollte mehr Rücksicht auf Bärenbelange genommen werden.

»Ich sagte, ich wünschte, ich könnte mit dir da draußen sein.«

»Ehrlich?«

»Natürlich. Machst du Witze? Hör zu, sie schicken mich nach Colorado, wenn du bereit bist, die Aufnahmen dort zu machen. Denk dran, daß die Aufnahmesituation in Boulder relativ entspannt ist. Es geht nicht darum, eine reguläre Veröffentlichung zu produzieren, sondern etwas, das wir den Radiostationen schicken und für andere Promotionzwecke verwenden können. Den Topf weiter am Kochen halten für *Shoes,* das übrigens in der Industrie ganz gut für Aufsehen sorgt.«

»Weder Mühen noch Ärger gescheut«, sagte der Bär. »Du hast dich echt für mich reingehängt.«

»Vorwärts und rückwärts, wie immer. Wie fühlst du dich denn nun wirklich?«

»Seltsam«, mußte der Bär gestehen. »Es ist echt hart, von Iris wegzugehen, und hier draußen häng ich zusammen mit Groucho, Chico, Harpo und dem Geist von Jesse James.«

»Talmo ist 'ne echte Nummer, was? Hat er dir erzählt, wie er ins Musikgeschäft reingekommen ist?«

»Die Welt ist ein fremdes Land.«

»Was gibt's sonst Neues. Wünschte, ich könnte dabeisein, B.«

»Wünscht ich auch.«

»Klingt nach alten Zeiten, wie?«

»Ist es nicht seltsam? Wie läuft's zu Hause?«

»Eigentlich«, sagte Jones und senkte die Stimme vertraulich, »läuft es hier immer besser. Es ist, als wäre meine Probezeit zu Ende. Sie fängt an, mich für das zu schätzen, was sie in mir gefunden hat.«

»Ist was unterwegs?«

»Das ist ja das Gute daran. Soviel ich weiß, nicht. Es möchte am Ende wahre Liebe sein.«

»Ah, den alten Schlager hab ich schon immer gemocht«, sagte der Bär. »Nein, im Ernst: alles Gute.«

»Willst du nach dem Gig anrufen? Ich bleib solange auf.«

»Sieh zu, daß du ein bißchen Schlaf kriegst oder was noch Besseres«, sagte der Bär. »Ich ruf dich morgen an.« Nach einem förmlichen Austausch von Abschiedsgrüßen und guten Wünschen schaltete er das Gerät ab – Rondo hätte Beifall geklatscht – und steckte ihn in den Pistolenhalfter, der von der Rückenlehne des Fahrersitzes herabhing.

War es zu spät, Iris anzurufen? Könnte sein. Sie war zuletzt immer zwischen neun und halb zehn ins Bett gegangen. Landleben. Er würde morgen bei ihr anklingeln.

Zeit, seine Position einzunehmen und zu gucken, was anlag.

Er polterte in den Club zurück und traf Hatwell knapp hinter der Tür an. »Auf geht's«, sagte der Bär. »Spucken wir den schlaffen Polacken aufs Eis.«

»Dachte ich auch gerade«, sagte Hatwell und stieß hastig seine Hände in die Jackentaschen, allerdings nicht rechtzeitig genug, daß der Bär nicht die kleine weiße Pille bemerkt hätte, die er zu verbergen suchte. Hatwell wußte offenbar, daß er sie gesehen hatte; er wußte, daß Hatwell wußte; Hatwell wußte, daß er wußte, daß... Der Bär beschloß, darüber hinwegzugehen. Hatwell räusperte sich. »Trotzdem, an deiner Stelle würde ich ein bißchen aufpassen, was ich hier drinnen über Polacken von mir gebe. Die Jungs und ich haben das deutliche Gefühl, daß die Luft hier ziemlich eisig wird, wenn du weißt, was ich meine.« Er stocherte mit einem Finger zwischen Hemdkragen und Hals.

»Ich bin ziemlich gut bei Kneipenschlägereien«, sagte der Bär.

»Glaub ich gern, aber das ist eigentlich nicht die Art, wie man eine Tournee beginnt, wenn man nicht gerade Mingus heißt. Komisch aber, daß du darauf kommst. Siehst du den Typen da am

Tresen, der mit dem Verband an Kopf? Nicht so auffällig gucken, Dämlack.«

»Ich seh ihn.« Ein klotziger junger Bursche in Arbeitskleidung, der eben dabei war, ein Bierglas zu leeren: ein weißer Verband bedeckte die rechte hintere Viertelkugel seines Schädels: seine glatten schwarzen Haare waren rund um die Wunde abrasiert: er machte keinen übermäßig hellen Eindruck.

»Tja«, meinte Hatwell zum Bären, »er hat einen auf ›He, Kumpel‹ gemacht und mich zu einem Bier eingeladen. Nach ein, zwei Schlucken frag ich ihn wegen des Verbands, und er erzählt mir, daß er gestern abend auf der anderen Seite der Stadt beim Billardspielen war und in eine Schlägerei mit einem Dutzend Schwarzen geraten ist, und einer von denen hat ihm einen Billardstock über den Kopf gezogen, und dann haben sie ihn auf die Straße geschmissen, und er mußte nach Hause kriechen. Und heute abend tut er sich mit ungefähr zwanzig Kollegen zusammen, die wollen dann alle rübergehen und die Schwarzen fertigmachen. Einer von seinen alten Kumpeln bringt eine Lötlampe mit, die anderen haben sich Ketten eingepackt. Er hat mich gefragt, ob ich nicht mitkommen will.«

»Ohne Scheiß?«

»Ich hab überlegt, ob er ökumenisch sein wollte oder ob das ein Trick ist, um mich zusammenschlagen zu können; daß ich vielleicht in irgendeiner stillen Gasse auf dem Weg dahin zum Aufwärmen vorgenommen werden soll.«

»Was hast du ihm gesagt?«

»Ich hab gesagt, es könnte doch sein, daß seine Kumpels mich mit den Bösen verwechseln, wenn die Kacke am Dampfen ist. Er meinte, ich könnte ja eine Mütze aufsetzen, damit sie uns auseinanderhalten können. Ob ich eine von John Deere oder eine von den Pittsburgh Steelers haben wolle. Ich hab gesagt, Chicago Bears, und der Vorschlag sei interessant und mal echt was anderes, aber wenn er nichts dagegen hätte, würde ich doch lieber passen.«

»Ich glaube, das war eine kluge Entscheidung«, sagte der Bär.

»Meinst du?«

»Ich kann hier nicht auf dich verzichten.«

»Bär, das ist der verrückteste Club, den ich je erlebt hab, seit ich mit Mr. Tim, John Carradine und dem Affen unterwegs war. Nicht«, fügte Hatwell hastig hinzu, »daß ich irgendeinen Vergleich zwischen dir und Zip ziehen will.«

»Ich kann ja eine Mütze aufsetzen«, sagte der Bär, »damit du uns auseinanderhalten kannst.«

»Bring mich bitte nicht zum Lachen. Der Typ guckt gerade, und wahrscheinlich kann er riechen, daß wir über ihn reden.«

»Rahim«, sagte der Bär, »erzähl mir was über die Pille.«

»Okay. Das bin ich dir wohl schuldig.« Hatwell ließ in einem vagen Ausdruck von Schuldbewußtsein die Schultern hängen, was ihm dann aber doch nicht gefiel, also straffte er sich wieder. »Es ist eine Percocet.«

»Ich verstehe nicht das geringste von Drogen.«

»Ein Schmerzmittel.«

»Hast du Schmerzen?«

»Ich lebe, oder nicht? Paß auf, ich hatte da so eine kleine, kontrollierbare Sucht und wollte clean werden, bevor wir auf Tour gehen, aber mit dem Timing hatte ich mich um eine Woche verrechnet. Percocet nehme ich, um runterzuschalten. Ich hab nichts Schwereres dabei, ich bin nicht high, ich bin nicht am Arsch, und in einer Woche werd ich nicht mal mehr das Percocet brauchen – für das ich übrigens ein völlig legales Rezept habe. Du wirst keine Zuckungen bei mir sehen, keinen Durchfall oder irgendwelchen schwer schwitzenden Hollywood-Blödsinn, obwohl ich allerdings ein gewisses unwillkürliches Zittern in den Beinen habe, aber ich werde euch auf dem Weg aus der Stadt nicht bitten, mal eben beim Juwelier zu halten, wo ich meine Armbanduhr zur Reparatur habe, dauert nur eine Minute und, nein, ich geh lieber allein. Das wird es nicht geben. Ich bin fit für die Musik, und alles andere geht, mit Verlaub gesagt, niemanden was an. Eine harmlose Sucht, verstehst du? Ich bin ein- oder zweimal auf die Fresse gefallen, aber ich hab die Sache im Griff.«

»Das Lied kenn ich«, sagte der Bär. »Es ist solch ein trauriger alter Scheiß.«

»Ja, na schön, ich hab einen Sinn für Tradition.«

»Es ist ein Fehler, Rahim.«

»Tja, ich bin derjenige, der ihn auf sich nimmt, oder?« Für einen Augenblick hob sich der Vorhang, und der Bär konnte Rahim

Bobby Hatwell als einen von den Lebensumständen, wie er selbst, fundamental Gearschten erkennen. Dann fiel der Vorhang wieder. »Na, jedenfalls nehme ich Percocet zum Abgewöhnen und Lomotil für meinen Darm, andernfalls müßte ich vielleicht mitten in einem Klaviersolo aufstehen und zum Klo gehen. Reicht das als Auskunft? Sind wir soweit klar? Ist es in Ordnung so?«

Der Bär sah ihn forschend an. Hatwell sah aus, als würde er jeden Moment Rauch aus den Ohren und Feuer aus der Nase ausstoßen, mit anderen Worten, es war nichts Ungewöhnliches, Fehlerhaftes festzustellen. »Wenn's sein muß«, sagte der Bär.

»Muß es.«

»Ich mach mir manchmal Sorgen um dich.«

»Danke, Mama.«

»Okay. Gehen wir also da rauf und, äh...« Der Bär warf einen Blick in die Runde, und seine Rede verlor sich.

»Fahren Schlitten mit den Scheißpolacken.«

Der Laden hatte sich inzwischen aufgefüllt, merkte der Bär, als er die Bühne betrat und richtig hinguckte. Die Radiostrategie, vielleicht auch Mundpropaganda oder was auch immer, hatte Wirkung gezeigt, jedenfalls waren neue Leute da, die aussahen, als kämen sie von anderswo her. Nur ein einzelnes Paar war mutig genug gewesen, sich an einen der vier Tische in der ersten Reihe zu setzen – Studenten, wie er annahm. Die männliche Hälfte sah aus wie ein Zwölfjähriger mit glühenden Augen, dunklem Ziegenbart und einer Zigarette, die er zu Tode rauchte; seine blonde Freundin war so blaß und ihre Gesichtszüge noch so wenig durch Charakter akzentuiert, daß sie wie unvollständig gefertigt erschien. Der Bär hätte die beiden auf allerhöchstens sechzehn geschätzt, doch entweder waren sie alt genug, die vor ihnen stehenden Biere serviert zu bekommen, oder sie hatten gefälschte Ausweise. Der Bart allerdings war nicht gefälscht. Der Bär würde auf dieser Tour seine Wahrnehmungsskala für menschliches Alter neu justieren müssen. Sie sahen jedenfalls wie Kinder aus.

Er hörte, wie die Band, sich über dies und jenes beschwerend, hinter ihm die Plätze einnahm, und er spürte die übliche Nervosität einsetzen, dann aber dachte er: Nein, wir sind gut, wir wissen, wie's geht; und er stampfte ein mittleres Tempo für »Straight No Chaser« vor.

Er hatte von Anfang an das Gefühl, daß es schieflief, war aber sicher, daß die Band sich bei der Wiederholung des Themas zusammenreißen würde. Dann dachte er, daß sie sich nach ein paar Improvisationschorussen fangen würden. Danach sagte er sich, daß er sich erst daran gewöhnen müsse, mit dem Rücken zur Band zu spielen, nachdem die kreisförmige Anordnung in seinem Wohnzimmer so bequem gewesen war, und sich einem nicht übermäßig eindrucksvollen Haus gegenüber zu sehen, an einem gewöhnlichen Alltag in der normalen Welt. Die Band – würde sich auch daran gewöhnen müssen. Bobby würde aufhören, zur rechten Zeit den falschen Akkord einzusetzen, Linton würde es gelingen, Becken- und Trommelsound in Einklang zu bringen, und was vor allem ihn selbst betraf, er würde sich früher oder später daran erinnern, wie man spielt. Garrett war der einzige, der etwas von seiner gewöhnlichen Kompetenz erkennen ließ, aber obwohl seine stetigen Viertelnoten ordentlich und gesittet daherkamen, waren sie recht eigentlich nicht voneinander zu unterscheiden – eins konnte auch drei sein, oder sogar zwei oder vier –, bewußtlos, roboterhaft, gleichgültig. Schon bald aber würde einer von ihnen sich wieder einkriegen und die anderen mitreißen.

Als der Bär jedoch acht nichtssagende, nichtswingende Chorusse hinter sich gebracht und Bobby Hatwells Solo damit begonnen hatte, daß dieser über seine eigenen Finger stolperte, zeichnete sich der Ausgang dieser Nacht in deutlich werdenden Konturen ab. Sofern sie nicht schleunigst etwas dagegen taten, würde der Auftritt in Nancy's Cabbage sich als der klassische Alptraum eines jeden Musikers offenbaren.

Nachdem Hatwell von einer Verlegenheit in die andere getaumelt war, nahm Garrett klugerweise Abstand von einem eigenen Solo, und als der Bär einen Abtausch von Fours mit seinem Drummer eröffnete, fiel Linton gleich beim ersten Mal der linke Stock aus der Hand, und während er einen neuen suchte, verpaßte er einen Beat, so daß sie beim Wiedereintreten nicht zusammenfanden. Der Bär hielt Fours über drei Chorusse, hörte, wie sie beide sich beim Zählen vertaten, kehrte zum Thema zurück und brachte das Stück so gut er konnte zu Ende.

Anschließend beging er den Fehler, »Reincarnation of a Lovebird« anzusagen, ein schönes, schweres Stück, das nach langen, nachdenklichen Soli geradezu schrie; statt dessen jagten sie es, da sie nur noch wieder rauswollten, in fünf Minuten durch. Das Ted Beastly Quartet hatte ausreichend Muße, um dem absoluten Mysterium nachzusinnen, warum vier überaus kompetente, häufig inspirierte Musiker über Stunden, die sich unendlich hinzuziehen schienen, schlicht nicht in der Lage waren, irgend etwas anderes als bloße Noten zu spielen. Das Taktgefühl des einen wollte einfach nicht mit dem des anderen ineinandergreifen, nicht jedenfalls auf der subtilen, pulsierenden Ebene, auf der lebendige Musik sich entfaltet; alles, was sie spielten, reduzierte sich auf mechanische Gesten der Tonproduktion, in denen keine Bedeutung lag. Die Klänge gingen jeweils getrennte Wege in die Luft oder lagen auf dem Boden herum wie verbrauchte oder unbrauchbare Gegenstände. Keiner von ihnen konnte verstehen, wie einer unleugbar talentierten Band etwas so Entmutigendes zustoßen konnte, aber offenbar konnte es. Keinem von ihnen war dergleichen seit langer, langer Zeit mehr passiert.

»Kann mal jemand meine Finger abhacken«, sagte Hatwell von hinten.

»Zuviel Arbeit«, sagte Bostic.

»Es kann nicht ewig so weitergehen«, sagte der Bär über die Schulter.

»O doch, kann es.«

Der Bär sagte »Skylark« an, eine seiner Lieblingsballaden, und irgendein kaltherziger und mordbübischer Jäger schoß auf die Lerche, verwundete sie aber nur am Flügel, so daß sie die ganze Zeit über flatternd auf der Erde lag. Jedesmal, wenn er zur Überleitung kam, spielte der Bär das Stück haargenau wie vom Blatt, mit nur den winzigsten Ausschmückungen, um nicht etwas so Schönes vollends zu versauen.

Der Saal war ziemlich still, als es vorbei war. Wenigstens hatten sie Respekt vor den Toten.

Vielleicht, dachte der Bär, kann ein bißchen Uptempo-Energie uns kurieren. Er sagte »Oleo« an und hörte die Rhythmusgruppe sich in den Umwegen und Absonderungen des Themas verlieren, und als das durch war, warf er sich in die »I Got Rhythm«-Changes, als ob seine Lautstärke und versuchte Leidenschaft schon ausreichten; aber die Beharrlichkeit des raschen Tempos war wie eine Peitsche, die ohne Sinn und Zweck auf sie einprügelte, der Takt wie ein irrer Zwang, um jeden Preis Energie und Hitze und Licht zu erzeugen. Wer gab hier den Befehl? Der Rhythmus im Innern des Jazz hatte doch immer die Unerschöpflichkeit des Lebens selbst exemplifiziert, einen Grund zur Hoffnung, zum Weiterleben, ein Hoheitszeichen am Bug der Anmut; im Augenblick aber erschien ihm, und vielleicht auch der übrigen Band, die ganze amerikanische Musik wie eine Galeere, auf der ein blinder Gott die Trommel schlug und Männer sich an den Rudern zu Tode schufteten für eine sinnlose, ins Verderben führende Reise. Anderen war befohlen, zuzuhören und Vergnügen zu finden an diesem Spektakel. Die Welt drehte sich, von Schmerz und Überdruß beladen, und selbst in Friedenszeiten bekam die Bevölkerung Scheiße zu essen, die in großen dampfenden Haufen zu servieren Aufgabe der Musiker war. Ist das nicht ein tolles Land, oder was?

Dies jedenfalls waren die Eindrücke des Bären von seiner Version von »Oleo«.

Der Bär versuchte sich an einer weiteren Ballade, aber auch deren Flügel waren gebrochen. Danach brachte er einen humpelnden, halbempfundenen Blues zuwege und sah ihn auf einer staubigen Straße sterben, eine reichliche Meile noch von zu Hause entfernt. Geier stießen herab wie zögernder Beifall, die Hälse gebeugt, starre Augen über den gebogenen Schnäbeln, und ihre Flügel klatschten die Pause vor mindestens noch einem ausstehenden Set ein.

Das einzige Stück im vorläufigen Repertoire der Band, das bei diesem ersten Set überhaupt funktionierte, war »M Squad«, Count Basies Shuffleblues, den er 1960 für eine Fernseh-Polizeiserie mit Lee Marvin geschrieben hatte und der jetzt als Schlußmotiv diente. Der Bär spielte drei Solos, um es auszudehnen und den Set abzuschließen. Wenn du keine Shuffleblues von Count Basie mehr hinkriegst, bist du höchstwahrscheinlich schon tot.

»Danke danke danke«, sprach er ins Mikrophon, wobei er seine Stimme über die vorsintflutliche Lautsprecheranlage splittern und kreischen hörte. »Das ist Rahim Bobby Hatwell am Klavier, Garrett Church am Baß, Linton Bostic am Schlagzeug und am Altsaxophon meine Wenigkeit. Lieutenant Frank Ballinger.« Als niemand lachte, fügte er hinzu: »Das ist schon in Ordnung, ich bin dran gewöhnt, Witze zu erzählen, die niemand kapiert.«

»Den haben wir auch nicht kapiert«, sagte Bostic von hinten.

»Wir unterbrechen kurz«, verkündete der Bär, »für Selbstmord und Notoperationen, und in etwa zwanzig Minuten sind wir wieder da, um Sie zu quälen.«

Während die Band schnurstracks auf die Bar zustürzte, schlenderte der Bär ins Publikum, vom Verlangen getrieben, sich bei den Leuten an den Tischen zu entschuldigen. »Ist erst unser erster Set«, sagte er zu ihnen. »Wir werden bestimmt besser.«

»Schon gut«, sagte der College-Junge mit dem Ziegenbart, der einen auf erwachsen und der Welt überdrüssig machte – wenn der wüßte. Eine Hand in seinem Bart, die andere im Haargewühl seiner unfertigen, aber reizenden Freundin verhakt, sah er ihn an: »Das ist ungefähr das, was wir von einem sprechenden Bären und seiner Band erwartet haben. Wer hat denn eigentlich auf der Platte gespielt?«

»Ausgezeichnet«, sagte der Bär – der Junge war höflich und schien es nicht böse zu meinen – und wankte mit einem Gefühl wie mitten durch den Leib geschossen zum Tresen.

Die Rhythmusgruppe schluckte, ohne einander anzusehen, Faßbier in sich hinein.

»Sag nichts«, sagte Hatwell.

»Beim nächsten Set wird alles anders«, sagte der Bär.

»Hat er nicht gesagt, du sollst nichts sagen?« sagte Bostic.

»Garrett, was meinst du?«

»Na ja«, sagte Garrett, lehnte aber nähere Erklärungen ab.

»Das Geld«, rief Rondo den anderen in Erinnerung, »wird in Banken aufbewahrt.«

»Hört zu, Jungs«, setzte der Bär an.

»Sag. Einfach. Gar nichts«, sagte Hatwell warnend.

Der Bär fügte sich, und sie tranken einige sogenannte Biere.

»Wir biegen das hin«, sagte der Bär unverdrossen, bevor sie die Bühne zum zweiten Set betraten, aber dann sah er sich mittendrin gezwungen, wieder »M Squad« anzusagen.

Wenn du keinen Shuffleblues von Count Basie mehr hinkriegst, was dann?

Dann kannst du nur noch zum Motel fahren, wo Rondo schon

die Reservierung bestätigt hat. Die Band geht rein, und du darfst auf dem Parkplatz schlafen, beschirmt von dekorativem Gebüsch und zwei Weiden, die den Blick auf den Highway und ein mitten im Bau verendetes Einkaufszentrum verstellen. Du haust die Dachklappen zum Zwecke der Durchlüftung auf, aber du kannst nicht schlafen. Du betrachtest das Blechinstrument in deinen Pfoten, probierst es aus – du könntest sogar spielen, irgendwie halt – und denkst über alles nach. Du sagst dir, im rationalen Tonfall deiner inneren Stimme, daß, wenn es so weitergeht, du entweder ...

Konnte nicht schlafen, wollte auch nicht mehr Saxophon spielen, fieselte sich also die Bedienung des Videorecorders zurecht und steckte die erste Kassette von *Die Kinder des Olymp* hinein, sah die Wahrheit in Gestalt von Arletty sich im Spiegel betrachten, die Tiefe ihres Quells beschwörend, dachte dann: Ach nee, und wechselte Buster Keaton ein, sah ihn den Hügel hinunterrennen, verfolgt von unendlich vielen hüpfenden Felsbrocken. Der Bär hatte das immer für das Komischste gehalten, was je auf Film gebannt worden war, und er ließ es ein paarmal durchlaufen, mit jedem Mal stärker an filmtechnischen Aspekten orientiert, bis es schließlich an der Bustür klopfte.

»Wer ist da, verdammt?« grölte der Bär, bekam einen Schrecken und hoffte, auch dem Anklopfenden angst gemacht zu haben. Dann noch einmal: *»Wer?«,* nachdem er die Stimme nicht hatte verstehen können.

»Garrett«, sagte Garrett diesmal lauter, und: »Wie sieht's aus?«, nachdem er eingetreten war. »Ich konnte auch nicht schlafen. Was machst du?«

»Ich sitz hier vorm Fernseher und frage mich, was es kosten würde, die Tournee abzublasen und euch Jungs auszuzahlen.«

»Ach, tu das nicht.«

»Ich schwanke die ganze Zeit.«

»Und guckst dir Schwänke an?« sagte Garrett. »Oder was ist das, Keaton?«

»Yeah, der Schluß von *Sieben Chancen.* Kennst du? Nicht? Ist nicht dein Ernst.«

Der Bär faßte für Garrett den Plot zusammen und spulte das Band zu der Stelle zurück, wo Keaton in der Kirche aufwacht und hinter ihm ein paar hundert Frauen sitzen, die ihn seines Geldes wegen heiraten wollen. Dann guckten sie sich die Verfolgungsjagd bis zum Ende des Films an und kugelten sich vor Lachen.

»Was hast du noch da?«

Der Bär hielt die beiden Kassetten von *Die Kinder* hoch. »Schon mal gesehen? Echt nicht? Hast du noch was Schönes vor dir, wenn du mal Zeit hast. Ein sehr langer Film.«

»Laß sehen.«

Während der Bär das Band einschob, wollte Garrett noch etwas loswerden. »Du solltest das heute abend vielleicht einfach als Halluzination betrachten. Du weißt, daß du spielen kannst. Ich weiß, daß du spielen kannst. Ich weiß, daß ich spielen kann. Und so weiter. Das passiert halt manchmal. Weil es so unangenehm war, wird es uns eine Weile nicht loslassen. Alles, was wir tun müssen, ist aber, es Stück für Stück wegzuarbeiten. Die Musik wird wiederkommen.«

»Wird sie das?«

»Ist sie bisher immer. Laß dich nicht von der Anspannung verrückt machen. Ich sag nicht, daß wir morgen schon kuriert sind, aber du weißt, wie es ist: Einer von uns wird anfangen zu spielen, ein anderer wird es aufnehmen, und ziemlich bald, na ja. Vielleicht kriegen wir noch richtig Spaß.«

»Wir haben heute draufgezahlt«, sagte der Bär. »So kann es nicht weitergehen. Ich werde euch auszahlen und den Rest absagen müssen.«

»Hat Jones dir nicht gesagt, daß die anderen Clubs richtige Clubs sind? Nicht ausgeschlossen, daß wir okay gespielt hätten, wenn es im Nancy's nicht so ausgesehen hätte.«

»Das glaube ich nicht«, sagte der Bär.

»Es *könnte* aber so sein.«

»Und es war alles Jones' Schuld, daß er uns da gebucht hat? Herrje, und gerade habe ich angefangen, den Mann wieder in milderem Licht zu sehen.«

»Es war ein ehrlicher Fehler«, sagte Garrett, »aber was entscheidend ist: Du wirst damit fertig werden müssen, nicht er. Wenn du es völlig aus dem Kopf rausbekommen kannst, das wäre das beste, dann ist es nie passiert. Wahrscheinlicher ist aber, daß du es nicht einfach abschütteln kannst, also mußt du es irgendwie für dich nutzen.«

»Und wie geht das?«
»Das findest du selbst raus.«
»Ehrlich?«
»Unbedingt.«

Garrett sprach ohne besonderen Nachdruck, drückte nicht aufs Tempo, war in der Wahl seiner Noten diskret und feinfühlig, und der Bär konnte nicht behaupten, daß es sich um eine allzu mitreißende Anfeuerungsrede der alten Schule handelte, doch am Ende wußte der Teil seines besseren Ichs, der ihm zugänglich war, daß Garrett recht hatte. So recht jedenfalls, daß man es wagen konnte, sich danach zu richten. Und, ach ja, denk bloß dran, dich bei ihm für seinen kleinen Besuch zu bedanken. »Okay«, sagte der Bär. »Wir versuchen es noch ein paar Abende. Was nun aber diesen Film betrifft...«

Was den Film betraf, so schauten sie ihn sich mittelmäßig beeindruckt an, bis – und für den Bären geschah es stets an derselben Stelle, wenn nämlich der apoplektische Besitzer des Théâtre de Funambules die Hände in die Luft warf und rief, daß sein Theater von Haß und Rivalität zerrissen sei – er zum größten Film aller Zeiten wurde. »Wow«, sagte Garrett an den üblichen Stellen, und dann: »Echt? Bist du sicher?«, als der Bär meinte, er würde sich jetzt hinten hinlegen, aber Garrett könne weitergucken, wenn er wolle.

Nachdem Garrett im ersten Morgengrauen gegangen war, erwachte der Bär aus einem einstündigen Nickerchen und sah, mit noch geschlossenen Augen, fast wieder Normalsicht dargeboten, nur ohne die abschließende Klarheit oder Schärfe – sah durch analoges Licht gleichsam –, die Grenze der Welt als eine Reihe von zerschundenen grauen Holzlatten mit Lücken dazwischen. Durch die Lücken erstreckte sich blaugrauer Himmel, an dem weiße Vögel entlangzogen, die spitz zulaufenden, zurückgebogenen Flügel weit ausgestreckt.

Nicht uninteressant.

Aber ein wenig später war es, nachdem er sich gewaschen, Kaffee getrunken und den Motor angestellt hatte, damit die Klimaanlage ansprang und die Nachtfeuchtigkeit wegblies, daß die Tournee langsam Wirklichkeit für den Bären anzunehmen begann. Er packte sein Instrument aus, suchte es nach Spuren der gestrigen

Beleidigung ab, betätigte die Knöpfe und befestigte ein neues Blatt am Mundstück. Zuerst im Gang hin und her laufend und später hinten auf einer Bettkante kauernd, spielte er abwechselnd kleine Fetzen von bestimmten Stücken, betrieb Skalenforschungen und machte technische Übungen für Mundstück und Pfoten. Eine Stunde lang spielte er, Kaffee- und kleine Denkpausen nicht eingerechnet, und wenngleich er es nicht überbewerten, nicht in seiner taktvollen Art mit allen vier Pfoten darauf eintrampeln und es zu Tode erschrecken wollte, bevor es überhaupt zu Leben erwachen und ein bißchen atmen konnte, hatte er doch ein Gefühl, eine gewisse Intuition...

Obwohl er mit *Sensible Shoes* eine recht erfolgreiche Platte – ein Triumph der Selbstimitation, unter unerträglichem Streß bewerkstelligt – hingelegt und im Frühling ein äußerst annehmbares Übungswochenende mit der Band in seinem Haus absolviert hatte, fand der Bär, daß sein Verhältnis zur Musik mindestens seit seiner Ergreifung im Tin Palace ein unechtes war. Oh, seine technischen Fähigkeiten hatten sich vervielfacht und seine harmonischen Kenntnisse vertieft, aber das hatte sich in einer Art Vakuum vollzogen. Er hatte viel geübt, aber es war ein mechanischer Fleiß gewesen, nicht der Hunger nach Ausdruck. Komischerweise und wer weiß, warum, kam aber jetzt langsam etwas in Gang: Der Schwimmer kippelte auf der Wasseroberfläche, und er war ziemlich sicher, daß er den Ansatz eines Ziehens an der Schnur spürte. Wer hätte das gedacht? Doch noch irgendwas am Leben da unten. Er spielte eine zweite Stunde und den Großteil einer dritten und fühlte sich kein bißchen müde. Was er fühlte, war... Interesse. Ruhiges Interesse.

Gestern hatte Hatwell ihn gefragt, was wohl sein Zeitvertreib auf dieser Tour werden könnte.

Tja, man weiß nie, am Ende mochte es Musik sein.

Der Tagesrhythmus von Bus und Straße sowie der nächtliche Rhythmus von Club und Publikum setzten sich in einer äußeren Umlaufbahn seines Bewußtseins fest, fast so peripher wie die Reklametafeln, die im sommerlichen Dunst von Highway-Amerika an ihnen vorbeizogen. Dazu beigetragen haben mochte die Tatsache, daß Monongahela ihm eine solch tiefe Grube zum Herausklettern beschert hatte – am zweiten Abend im Nancy's hatten sie gelegentlich das Niveau einer Schülerband erreicht –, und Scham war eine altbewährte Motivation; die neue Versenkung des Bären in die Musik, auf der Rückbank des Busses spätnachts oder auf der Fahrt zwischen den Städten an langen Nachmittagen oder manchmal sogar in einem Nachtclub, bekam jedoch rasch einen kontemplativen Aspekt, wenn er, die massige Gestalt über das auf- und absteigende Sax gebeugt, auf Abenteuerfahrt zu den Feinheiten ging, der Matrix, der Logik der gegebenen Formen. Irgendwann mochte er schließlich den Weg aus dem Labyrinth heraus und zurück zur Schönheit finden – wer weiß? –, aber vorerst hatte er daran zu arbeiten.

»Das ist ein Coltrane-Ding«, war Bobby Hatwells Ansicht.

»Fang ich an, wie Trane zu klingen?« wollte der Bär wissen. »Also, es stimmt schon, ich werde ziemlich modal.«

»Nein, ich meinte nur, ich kenne sonst keinen, der so viel übt. Ich glaube, du spielst mittlerweile zehn, zwölf Stunden am Tag, oder? Orale Fixierung, könnt ich mir vorstellen. Vielleicht sollten wir alle zusammenlegen und dir einen Lolli kaufen. Oder irgendeinen Tiertranquilizer, damit der Rest von uns in Frieden leben kann.«

Der Bär taumelte, sein Saxophon schützend, nach vorn, weil Rondo gerade auf die Bremse stieg und irgendein Arschloch in einem japanischen Flohauto anschrie von wegen, man sollte diesen Scheiß echt zu Klump fahren, wenn man nur nicht gerade diese Tournee zu machen hätte, ist doch wahr. Der Bus schaukelte hin und her, wechselte dann die Spur und überholte.

»Setz dich lieber ein bißchen zu uns«, lud ihn Linton ein, »bevor du an der Windschutzscheibe klebst.«

Der Bär ließ sich auf einen der Sitze am Tisch fallen. »Ist das wahr, stört es euch, wenn ich so viel übe?«

»Ein Tusch für die höheren Säugetiere«, sagte Hatwell. »Habt ihr schon mal einen so rücksichtsvollen menschlichen Musiker erlebt?«

»Ich nicht«, meinte Linton. »Willst du einen Kartoffelchip?« Er hielt ihm die Tüte hin.

»Also, eigentlich«, hob Garrett an, worauf Linton und Bob unisono aufstöhnten. Eine Autohupe schrillte an ihnen vorbei.

»Du mich auch«, merkte Rondo dazu an.

»Eigentlich ist die Coltrane-Frage ziemlich interessant, finde ich«, sagte Garrett.

»Wen kümmert das?«

»Ja, wen kümmert's?«

»Denn obwohl du tatsächlich ziemlich ins Modale steuerst, höre ich bei dir einen kräftiger zupackenden Beat als bei Coltrane...«

»Och, bitte.«

»... denn Trane stand ja mehr auf dieses Schwebende, und du, na ja, du...«

»Garrett, bitte, halt die Klappe.«

»Okay.«

»Guck dir das an«, sagte Rondo. »Drei freie Spuren Interstate vor meiner Nase. Ich kann fahren.«

»Das sagst du«, meinte Linton.

»Ist mir neu«, stimmte Hatwell zu.

Immer wenn der Bär Iris anrief, um ihr zu sagen, daß die bevorstehende Wiedergeburt seines musikalischen Gefühls recht eigentlich ihr zu verdanken sei, denn Schönheit sei Wahrheit und Wahrheit Schönheit, sagte sie: Vielen Dank, und wenn er sie fragte, wie es ihr gehe, antwortete sie: Gut, und wich weiteren Fragen aus, indem sie wiederholte, daß es ihr gutgehe und alles in Ordnung sei.

Was? wunderte sich der Bär, und: Leuchtendes Wesen am anderen Ende meiner Lebensleitung, was ist mit dir? Doch sobald er aufgelegt hatte, wurde er rasch wieder von der Musik aufgesogen und fügte sich, anfangs mit bohrenden, dann flackernden und schließlich nur mehr ihn anhauchenden Zweifeln.

In Youngstown spielten sie in einem Club, der mitten auf den Schienen gelegen hätte, wäre denn der Ort an eine Bahnlinie angeschlossen gewesen: eine Bar um die Ecke, auf der Grenzlinie zwischen dem weißen und dem schwarzen Teil einer der vielen sterbenden amerikanischen Industriestädte. Die Bühne war eine Nische gegenüber der Bar, dazwischen ein freier Holzfußboden – tanzten die Leute hier? – und nur an den Ecken Tische und Stühle, bunt zusammengewürfelt. Der Haupteingang lag auf der linken Seite, rechts erstreckte sich der Raum tief bis zur Rückwand des Gebäudes, und hier gab es tatsächlich eine Hammond-B-3-Orgel. Hatwell leckte sich die Lippen und rieb sich die Hände beim

Anblick der Tasten und Pedale und besonders des großen, alten Leslie-Elements. »Belüftung«, sagte er glücklich. »Garrett, du kannst dir heute abend freinehmen und ein paar Chemiebücher lesen, und Bär, du kannst gern deine Verwandten im Zoo besuchen, denn Linton ist der einzige, den ich brauche, wenn überhaupt.«

»Schließ für alle Fälle deinen Sampling-Teufel an«, sagte der Bär.

Den ersten Set begannen sie vor einem aus einzelnen Trinkern aus der Nachbarschaft bestehendem Publikum, und sie klangen ganz gut, zunächst mit einer Version von »Giant Steps«, bei der der Bär Hatwell anbrummen, die Fußpedale sein und Garrett Baß spielen lassen mußte. Die Band kriegte einen gewissen Grad von Swing in die Sache, und gegen Ende seines Solos kam der Bär da an, wo er bei diesem Stück hinwollte, setzte mit feinem Erhöhen und Senken des Krafteinsatzes über die Hürden der Akkordwechsel und ließ die Tonkaskaden flüssig dahinströmen, so daß Coltranes Hinderniskurs zwingend und leicht klang. Hatwell hatte einige Probleme mit der Orgel – alles mechanisch, fluchte er hinterher, verklemmte Tasten, elektrische Schwankungen – und wechselte auf halbem Wege zum Piano-Sample.

Der Bär kam durch den ersten Set, ohne sich genieren zu müssen. Mitten im zweiten zeigte der Bär seine wahre Natur: Gelegenheit für alle Musiker der Stadt zu bieten, nach dem Gig oder anstelle eines Gigs zu jammen. Ein Haufen junger Burschen mit Instrumentenkasten kam nach und nach hereingeschlendert; sie versammelten sich an den Tischen links von der Bühne, hielten sich an ihren Bieren fest und beobachteten das Geschehen mit der üblichen widersprüchlichen Mischung aus Frechheit, Skepsis und Zurückhaltung: die Drei Parzen des Jammens. Ich wünschte, dachte der Bär, als er »Skylark« ansagte – die Überleitung ist einfach toll –, ich wünschte, diese Typen würden in einer Woche auftauchen, dann könnte ich locker mit ihnen umgehen, aber nicht jetzt, wo ich mir nicht so sicher bin; und blitzartig wurde ihm zu seiner nicht geringen Überraschung klar, daß er genau wußte, wo er in einer Woche spielen würde. Das war eine Fähigkeit, die er schon in den alten Zeiten besessen hatte: ein musikalisches Ziel bestimmen, es klar sehen, die Kurve zwischen hier und dort intuitiv erkennen, wissen, wie lange es dauern würde, sie zurückzulegen, diese Spanne mit den notwendigen, aber sekundären Arbeitsdetails ausfüllen und die Ziellinie exakt zur vorherbestimmten Zeit erreichen.

Dieses Aufleuchten seiner alten Sehschärfe brachte ihn zwei Schläge lang durcheinander, und gleich sah er die Gesichter an den Musikertischen hochschnellen – eine Horde von Beutejägern. Er achtete darauf, den Rest von »Skylark« besonders gut zu spielen, setzte bösartig komplizierte Akzentumkehrungen à la Bird und Sonny Rollins ein und benutzte ganz schamlos alle Tricks der Tonerzeugung, die sein bärenkompatibles Mundstück ihm leichtmachte: diese Verschleifungen und Verzierungen, dieses Verstärken des Timbres, das sardonische Brummen inmitten lyrischer Blütenpracht – wie gesagt, keine falsche Scham. Während er das Ende seines Solos in den Anfang von Hatwells hineindehnte, beobachtete er, wie in den Gesichtern die Parameter der Nacht neu justiert wurden.

Er schloß den Set mit »Take the Coltrane« ab, ordentlich gespielt, obwohl er wußte, daß er immer noch weitgehend so tat als ob, weil leider das Zeug, das er im Bus spielte, noch nicht voll abrufbar war, und stieg dann von der Bühne, um den jungen Löwen, die schon ihre Instrumente auspackten, die Hand zu schütteln und eine Soloreihenfolge ins Auge zu fassen.

Sechs schnelle Biere an der Bar, ein bißchen Geflachse mit der Band, dann war der Bär im Rahmen seiner Möglichkeiten »bereit«. Ganz auf Kampfgetümmel eingestellt, breitete er sich auf der Bühne aus, ging »Oleo« in einem nicht unzumutbar hohen Tempo an, spielte drei professionelle Chorusse voller »Rhythm«-Changes mit Unmengen von Akkordersetzungen in den letzten sechzehn Takten, um den Kids zu demonstrieren, auf welches Terrain man Bobby, Linton und Garrett locken konnte, dann winkte er den ersten Burschen herauf, einen Tenoristen, und stellte sich auf die Seite der Bühne neben Hatwell. Linton nahm die Taktarbeit auf dem Ride-Becken wieder auf, ließ das High Hat deutlicher als sonst auf zwei und vier zischen und dröhnte dann und wann einen Philly-Joe-Jones-Akzent auf der Snare heraus. Der Bär nickte Bostic zu, in Anerkennung für dessen Freundlichkeit gegenüber dem anrückenden Nachwuchsmusiker.

Wie sich herausstellte, waren die meisten der Youngsters darauf angewiesen: ein Tenorsaxophonist, der mit einigem Esprit durch die Akkordfolge ging, bis die Rhythmusgruppe ihm antwortete, das Feld öffnete, so daß er ihnen wiederum antworten mußte und sich dabei verirrte; drei Posaunisten, die, kaum überraschend, ihren Zug nicht so im Griff hatten, wie es für Bebop in diesem Tempo erforderlich war, wenngleich einer von den dreien immerhin interessante Kolorierungen anzubieten hatte; ein Gitarrist, der sich einstöpselte und eine glaubwürdige Nachahmung von Kenny Burrell ablieferte, dann aber ehrgeizig wurde und sich in den eigenen Fingern verhedderte; zwei talentierte Altsaxophonisten, die noch an den Grundlagen arbeiteten und nicht soweit waren, mit dieser Rhythmusgruppe zu spielen, welche langsam die Geduld verlor und zu randalieren begann – der Bär stieg für ein paar Chorusse wieder ein, um den Kurs zu begradigen; dann war da ein Typ am Flügelhorn, der sich mit einiger Sicherheit in den nächsten Tagen vor Scham zerfleischen würde, obwohl der Bär sich beeilte, ihm freundlich zuzunicken, als jener von der Bühne und gleich weiter in die Nacht hinaus eilte, wo das Wetter bereitwillig die passende Kulisse für sein persönliches Drama lieferte, indem es nämlich just anhub zu regnen; ein Tenorsaxophonist, der eine Menge Sonny Rollins drauf hatte, sich aber wahrscheinlich beim Mutantrinken um ein oder zwei Biere vertan hatte; noch ein Tenorist, der mehr schlecht als recht durch fünf Chorusse stolzierte, die schmerzhaft deutlich machten, daß er sich in einer anderen Tonart besser aufgehoben gefühlt hätte; doch als dieser von der Bühne trat, war seine Großspurigkeit nicht nur noch intakt, sondern unerklärlicherweise sogar gewachsen. Und dann war da noch Jerome Parris.

Ein scheuer, knochiger, brauner Junge von vielleicht neunzehn Jahren mit großen Augen, langem Kinn, Wangenknochen, die mit dem übrigen Gesicht noch nicht Freundschaft geschlossen hatten, einem fast blankgeschorenen Kopf und einer zerknitterten, viel zu langen Hose, deren untere Enden auf seinen abgetragenen Schuhen aufstanden. Beim Besteigen der Bühne lag eine so große Verlegenheit auf seinem Gesicht, daß der Bär sich darauf gefaßt machte, von ihm die unsicherste Musik des Abends zu hören. Tatsächlich begann der Trompeter auch ein wenig unsicher, zögerte zwei Takte lang auf dem Gipfel des Chorus, den Kopf achtsam gesenkt, befeuchtete seine Lippen, schürzte sie dann und beugte sich seinem Mundstück entgegen, statt das Instrument ganz nach oben zum Mund zu führen. Am Ende des ersten A-Teils hatte er eine vibrierende, kumulative Linienführung aus dem Geiste der lyrischen Seite von Clifford Brown gezeigt – Dupree Bolton und Carmell Jones anstellte von Lee Morgan –, und der Bär und die Rhythmusgruppe nickten einander zu, um das Talent des jungen Mannes zu würdigen; im zweiten Chorus jedoch begann der Junge, einen glänzenden, direkten, blechbläserbewußten Sound zu entwickeln, der den Bären vollends aufscheuchte und seine ganze Aufmerksamkeit gewann.

Bobby Hatwell sah auf und hob beeindruckt die Augenbrauen. Garrett vertiefte seinen Zug. Linton setzte etwas Breites und Strahlendes aus seinem Grinsevorrat auf und packte die von Art Blakey patentierte große Trommelwalze aus, um den Jungen anzufeuern.

Der gesamte zweite Chorus war ein beeindruckendes Gebilde mit nur einem Schnitzer, der dem Jungen beim Einstieg in die Überleitung unterlief, als er ein Lick rausließ, das er zu lange geübt oder zu lange in Ehren gehalten hatte – seine Ehrlichkeit verriet ihn –, aber er erholte sich schnell, und der Chorus schloß mit dem Anstieg zu einem Höhepunkt im dritten ab: eine Schar von Linien, die sich am Ende des Chorus zu Fanfarenstößen am äußersten oberen Ende seines Tonumfangs aufschwangen. Dann erfreute er sie alle, indem er in seinem vierten und letzten Chorus vom Gipfel herabstieg – Brownie liebte es ebenfalls, den Mount Everest mitten in sein Solo zu stellen –, unter allerlei Rückverweisen und zwischenzeitlichen Spritzern frischer Erfindungskraft, bevor er im tiefsten Register mit fast flatternden Tönen endete.

Der Saal applaudierte, und Hatwells Solo sowie der Pro-forma-Abschluß des Bären hatten die Aura eines Nachklapps.

Als alles vorbei war, versuchte der Junge unbeschadet aus dem Club zu entkommen, aber die Band umzingelte seinen Tisch, bevor er die Wasserklappe ausgeschüttelt und sein Mundstück im Täschchen verstaut hatte.

»Jerome«, sagte er. »Jerome Parris. Wie bitte? Ja, neunzehn. O danke. Danke sehr.« Es gelang ihm nicht, den Kopf bis unter die Schlüsselbeine einzuziehen. Linton trug ein Tablett mit zehn

Bierflaschen heran und brachte sie, nachdem kurzfristig Zweifel an einem glücklichen Ausgang des Unternehmens aufgetaucht waren, mit Garretts Hilfe auch heil an den Tisch.

»Unbedingt«, redete Hatwell auf den jungen Trompeter ein. »Du solltest unbedingt nach New York kommen und dir dein Leben versauen, genau wie wir. Also, es ist mir egal, was deiner Ansicht nach an Youngstown auszusetzen ist, aber wenn du Brutalität und Häßlichkeit sehen willst, wenn du in die Scheiße geritten werden willst, bis du jodelst, dann mußt du auf Besuch kommen. Wir zeigen dir die Stadt, Jerome.«

»Tja, eigentlich«, sagte Jerome, »habe ich daran gedacht, die Berklee School of Music zu besuchen. Falls und sobald mich meine Familie entbehren kann.«

»Kenn ich, kenn ich«, sagte Hatwell, »und ...«

Tja, eigentlich war der Bär am Überlegen, wie es wäre, ein Quintett zu haben, ein zweites Blasinstrument, ihn zu unterstützen, und ein frisches, hoffnungsvolles Talent, das man einer größeren Öffentlichkeit vorstellen könnte, und ohne die Tatsache, daß er sich im Grunde ja noch versteckt hielt, gar nicht richtig auf der Bildfläche war und sich nur gelegentlich blicken ließ zum Gucken und Abkassieren ...

»Eigentlich ...«

»Ohne Scheiß«, sagte Linton. »Tranes Vater war echt auch Schneider.«

»Wirklich?« Anscheinend hatte Jeromes Vater seinen Schneiderladen kürzlich schließen müssen, nachdem immer mehr Arbeitsplätze aus der Stadt verschwunden waren und kaum noch Aufträge aus der Nachbarschaft kamen, und daher hatte Jerome das Gefühl, er dürfe in dieser Lage nicht fortgehen, sondern sollte sich so gut er konnte nützlich machen und seine Trompetenstudien unterdessen bei Mr. Middleton fortsetzen – ob irgendeiner von ihnen von Mr. Middleton gehört habe? –, jedenfalls auf absehbare Zeit ...

»Ach, komm, ey«, sagte Hatwell. »Du bist alt genug, um deine Eltern zu enttäuschen. Du mußt dein Ding durchziehen. Komm nach New York und wühl in der Scheiße.«

Parris' Augen wurden noch größer, und es schien, als würden sie sich mit Tränen füllen. »Ich liebe diese Musik so sehr«, sagte er, und sogar Hatwell sah sich veranlaßt, dem Jungen die Hand auf die Schulter zu legen und die Klappe zu halten.

Den letzten Set bestritten sie als Quintett, allerdings hatte der Bär den Eindruck, daß Parris sich wieder in die Schale einer Clifford-Brown-Imitation zurückgezogen hatte und die strahlenden Gipfel seines wahren, erleuchteten Ichs nicht mehr so recht zum Tragen kamen. »Was hältst du von ihm?« fragte er Hatwell nach dem Set im Vertrauen.

»Ich werde im Oktober sechsundzwanzig. Neben ihm komme ich mir vor wie ein scheintoter alter Arsch.«

»Nee, im Ernst jetzt.«

»Im Ernst?« sagte Hatwell. »Wenn er es nicht auf die eine oder andere Weise vergurkt, kann aus ihm was Ungeheures werden.«

»Hoffnungen für die Zukunft, Paps?«

»Leck mich, Mami«, sagte Hatwell.

Auf der Fahrt – padam, padam, ging es über die Straßenbelagplatten – nach Norden in Richtung Parma – er würde sich diese Sorte Gags von Jones in Zukunft verbitten – verwirrte der Bär sich in einem Wald von Noten und war gerade noch imstande sich zu erinnern, wie leicht es ist, sich in den einfachsten Forschungen völlig zu verlieren. Musik sollte durchaus einfach sein – richtig? –, sie war doch nur ein Haufen von Noten und ein keineswegs sehr widerstandsfähiges Medium gemessen am Leben im allgemeinen, wie also konnte man den roten Faden von etwas so Einfachem verlieren? Und doch tat man es andauernd. Es war wie beim Geld: Der Faden war nur wichtig, wenn man ihn nicht hatte.

Nachmittags rief er Iris an, und sie redete diesmal fast normal mit ihm, dann aber verfiel sie doch wieder in die »Gut, gut«-Nummer und erzählte ihm, daß sie eigentlich weiter nichts Besonderes gemacht habe. Anspannung in der Stimme? Wie, was? Was für Anspannung?

Der Bär tätigte einen weiteren Anruf.

Der Club in Parma, teilte Jones ihm mit, sollte der heißeste Veranstaltungsort auf dieser Tour sein, die Collegestädte mal außen vor gelassen, und wie üblich gebe es Collegestädte und größere Orte in Sendebereichweite des kommerzfreien National Public Radio.

»Ein Rock-Schuppen«, sagte Bostic, als der Geschäftsführer sie vor Sonnenuntergang einließ.

»Scheint so«, sagte der Bär. Es gab eine Bar auf der einen Seite des Clubs, eine Bühne ganz auf der anderen, aber keine Tische dazwischen, und alles war schwarz angemalt – Fußboden, Wände, Pfeiler und Heizungsrohre. Oben an den Wänden hingen blaue und rote Neonschriften, die zum PARTY ON aufforderten, und Neon-Martinigläser blinkten ein GO GO GO aus allen Ecken. Ein Keil von Tageslicht schnitt in den Raum, als irgendeine Hilfskraft den Lieferanteneingang aufstieß.

»Typische amerikanische Musikeinrichtung«, sagte Hatwell.

»Tatsächlich?« sagte der Bär. »Ich finde es ziemlich seltsam.«

»Ich hab nicht behauptet, daß es nicht seltsam ist«, erwiderte Hatwell. »Heute abend wirst du aber etwas über dieses Land lernen.«

»Was denn?«

»Daß die Amerikaner die elendsten Arschgestalten auf der ganzen Welt sind, aber jederzeit ums Verrecken so tun müssen, als würden sie sich großartig amüsieren. Dieses Land hat seine letzte Chance in den Sechzigern verschissen und ist seitdem am Absterben, aber das hindert es nicht, immer größer und lauter zu werden, aber ehrlich.«

Der Soundcheck lief immerhin ganz gut, und der Bär machte erstmals in seinem Leben Bekanntschaft mit vernünftigen Bühnenmonitoren. Es war interessant, die Band mal klar zu hören, auch wenn der wahre Klang der Instrumente in der Ungeschliffenheit der Schaltungen verlorenging. Wie es wohl im Saal klang?

Er würde es nie erfahren.

Als sie an diesem Abend die Bühne betraten, war der Club ziemlich rammelvoll mit weißer Jugend, als deren Hauptproblem sich erwies, daß sie schreien mußte, um sich bei der Musik unterhalten zu können. Das war eine neue Erfahrung für den Bären, der nach zwei Chorussen von »Now's the Time«, die von der Band ganz gut, sonst aber wohl von niemandem gehört wurden, vom Mikrophon zurücktrat.

»Mach ein langes«, sagte er, wobei er sich über Hatwell beugte.

»Willkommen in Amerika«, sagte Hatwell und griff in die Akkorde. »Ich zeig dir, wie das funktioniert.«

»Wenigstens hat der Laden ein Klavier«, sagte der Bär hoffnungsvoll.

»Darauf kannst du einen lassen«, meinte Hatwell. »Paß auf.«

Hatwell spielte zwei makellose Bebop-Chorusse, begann dann den dritten mit einem »Amazing Grace«-Zitat, in Blockakkorden fortissimo mit beiden Händen gespielt, wobei seine Unterarmmuskeln unter den hochgeschobenen Jackettärmeln hervortraten. Dies rief einen Beifallssturm hervor, sogar Fußetrampeln und vereinzeltes Wolfsgeheul war zu hören.

»Geschnallt?« sagte Hatwell zum Bären. »Q. E. Scheiß-D.«

Eine kurze Anspielung auf »Ain't No Mountain High Enough« verursachte ein etwas schwächeres Gebrüll. Der Bär ging in eine der hinteren Ecken der Bühne, um die Situation zu überdenken. Er kam sich vor wie in einem Schnellimbiß. Er kam sich vor, als würde er in der Ausgabe eines Drive-Thru-Restaurants arbeiten. Und es war nicht einmal ein reiner Rock-Schuppen, wie er bemerkte. Im Saal hingen Plakate, mit denen zurückliegende Auftritte von Son Seals, den Meters, Luther Allison und Bela Fleck gefeiert wurden.

Als er ans Mikro trat, um sein Solo zu spielen, bekam er einfach für das, was er war, Beifall, aber der Lärm ließ auch kaum nach, als er zu spielen begann. Unterhaltungen wurden allenthalben und energisch geführt. Er spielte dem Saal ein bißchen Dave Sanborn vor, und als das sich als nicht ausreichend erwies, eine Reaktion zu provozieren, traktierte er sie mit einem Medley der ältesten Bluesklischees, ganz hoch mit vollster Lautstärke gespielt – dem Publikum gleichfalls entgegengeschüttelt –, und darauf gab es eine Ovation, die auch nicht abflaute, als er einen billigen Trick vorführte und einen einzigen Ton über einen ganzen Chorus hielt, ohne auf zirkuläres Atmen zurückzugreifen. Zum höhnischen Abschluß ließ er sein Instrument durchdringend kreischen und nahm ein durchtriebenes Grinsen von Bobby Hatwell entgegen, als er sich wieder ans hintere Ende der Bühne zurückzog.

So soll's also sein, dachte er sich und beschloß, das Spiel für den Rest des Abends mitzuspielen.

Bis zum Ende des Sets hatte er jedoch erkannt, wie nervtötend das Arrangement war, und eingesehen, daß der in dieser Taktik waltende Geier des Zynismus ihm die Leber aus dem Leib fressen würde. Er erinnerte sich an die älteren Musiker, die er damals gesehen hatte, als er noch, ans Ende einer Leine gekettet, glaubwürdig wirkte und in die Clubs gehen konnte – Max Roach, Art Blakey, Coleman Hawkins, Sonny Rollins –, und im nachhinein konnte er eine gewisse Präsenz an ihnen erkennen, eine granitene Festigkeit, ein Massiv des Stoizismus, in dem sie ruhten, und der Bär begriff, daß es dieser inneren Substanz bedurfte, damit man den jahrzehntelangen Schwachsinn ertragen konnte und immer noch etwas zum Spielen hatte. Man mußte eine Art Koloß sein, um sich über die Jahre am Laufen zu halten.

Jesses, er dachte an Sonny Stitt zurück, der nie eine Band gehabt hatte, immer mit den jeweiligen Hausrhythmusgruppen spielte und meistens jemanden fand, den er niedermachen konnte, und dessen größtes Vergnügen darin bestand, jeden in kleine Stücke zu zerlegen, der so unklug war, mit einem Instrument die Bühne zu betreten, um sich mit ihm messen zu wollen. Die Bitterkeit im Gesicht dieses Mannes. Sechzig Jahre bist du alt, spielst besser als jeder andere Lebende, und sie nennen dich noch immer Sonny.

Ich bin nicht er.

Der Bär brachte den Set ohne weitere oberflächliche Schnörkel zu Ende und nahm sich vor, die zweite Show so anzugehen, als befände er sich auf der Rückbank des Busses und spüre dem Rätsel seines Daseins durch die Labyrinthe der Akkordstruktur und die Windungen reinen Klangs nach. Auf jeden Fall gab es am Ende wieder eine Riesenovation. Sie erhob sich sogar für reichliche zehn Sekunden über den Lärm der Konversation.

»Jesus«, bemerkte er zu Hatwell, als sie im Aufenthaltsraum saßen.

»Der verkehrt hier nicht«, sagte Hatwell.

Garrett erzählte ihnen die Geschichte, wie Mingus eines Abends mitten in einem Baßsolo abbrach, dem Publikum mitteilte, daß es ihm leid tue, ihre Dinnerunterhaltung gestört zu haben, und dann einen für zwei Personen gedeckten Tisch auf die Bühne stellen ließ, an dem er sich mit Dannie Richmond niederließ, um ein Drei-Gänge-Menü zu verspeisen, wobei er gelegentlich über das Mikrophon ein wenig mit dem Publikum plauderte.

»Die servieren hier kein Abendessen«, sagte der Bär.

»Wir könnten Karten spielen.«

Sie begannen den zweiten Set mit »Well, You Needn't«, und der Bär versuchte, ungeachtet des unermüdlichen Geplappers aus dem Saal, seine Konzentration zu halten. Was ihm fast gelang. Gegen Ende seines Solos nahm er erfreut zur Kenntnis, daß Jerome Parris mit der Trompete in der Hand nach oben geklettert kam. Sicher, es wäre besser gewesen, wenn er zuerst hallo gesagt und auf eine Einladung gewartet hätte, aber stell dir vor: Er muß ja wohl hundert Meilen gefahren sein, um hier sein zu können.

Der Bär schloß sein Solo ohne weitere Chorusse ab und beugte sich zum Mikro, um ihn vorzustellen – »Begrüßen Sie Jerome Parris, den jungen, erstaunlichen Jerome Parris, bitte sehr!« –, und als Parris zu spielen begann, stellte der Bär für ihn den Mikrophonständer höher ein und schraubte diesen wieder fest, bevor er sich zurückzog.

Der Junge ging sein Solo mit etwas mehr Selbstvertrauen und Schmackes als noch in Youngstown an, hangelte sich sehr schön durch Monks Akkordfolge im ersten Chorus, wobei er in den letzten acht Takten einige Phrasen entwickelte, die er in einfacherer Form in den ersten beiden A-Teilen dargelegt hatte, kurzum: Da baute sich etwas auf. Und tatsächlich, bei der Überleitung im zweiten Chorus erklomm Parris seinen ersten Gipfel, indem er sehr wirkungsvoll den Tonumfang seines Instruments schrittweise nach oben auslotete, während Monks Harmonien sich schrittweise nach unten bewegten – eine schöne gegenläufige Bewegung, die in der Vorstellung gewaltige Ausbaumöglichkeiten eröffnete. Bobby und Garrett gingen erfreut und emphatisch auf diese Taktik ein, und Linton zollte ihr auf der Snare sozusagen Applaus. Was das Publikum betraf, so konnte man das natürlich getrost vergessen, von ein paar wenigen Seelen nahe des Bühnenrands abgesehen, die die Gesichter von Anfang an aufgerichtet hatten und noch immer zuhörten.

Parris trieb sein Solo zu einem zweiten Ausrufezeichen und machte sich dann auf den erwarteten Abstieg – bei einem Neunzehnjährigen war es wohl etwas verfrüht, darauf hinzuweisen, daß diese Brownsche Bewegung auf Dauer zunehmend mechanisch klang und auch, daß er nicht unbedingt jede Phrase mit kleinem Zungenstoß, so wie Brownie es tat, zur Klarheit schnalzen mußte –, aber dann, am Ende seines fünften Chorus, der nach aller entwickelten Logik sich eindeutig als der letzte angekündigt hatte, ging er in einen sechsten über und dann in einen siebten. Der neunte brachte die Bestätigung: Aus Parris wurde »der Solist, der nicht aufhören kann«. Im zehnten Chorus versagten ihm die Lippen ihre Dienste, und wenn er nicht Ideen recycelte, die er bereits zweimal vorgestellt hatte, fingerte er an komplizierten neuen herum, die er vielleicht zu Hause hätte ausführen können, sie aber hier und jetzt einzupassen oder gar swingen zu lassen, daran war nicht zu denken.

Der Bär wußte, daß der Junge inmitten seines schlimmsten Alptraumes steckte und keine Ahnung hatte, wie er da wieder rauskommen sollte. Am Ende von Parris' elftem Chorus, als er gerade Luft für den zwölften holte, trat der Bär ans Mikrophon, gab dem Saal ein Zeichen und begann, Beifall zu klatschen. »Applaus für den großartigen Jerome Parris, meine Damen und Herren!« rief er, bekam die Ovation, und als Parris, voller Scham und Panik, von der Bühne stürmen wollte, packte der Bär ihn mit breitem Showbiz-Grinsen am Arm und führte ihn linker Hand von der Bühne und in den Aufenthaltsraum.

»Hör zu«, sagte er dem armen Jungen, der ein verstopftes, zitterndes, dem grausamen Tageslicht ausgesetztes Ego herzeigte, unfähig, sich entweder auszudehnen oder zusammenzuziehen oder einfach zu explodieren, um es hinter sich zu haben. Der Bär selbst hatte natürlich keine Egoprobleme, war aber in der Lage, sich so weit in ihn hineinzuversetzen, daß er ihm tröstend mitfühlende Worte anbieten konnte. »Hör zu, du bist ein toller junger Musiker, und die ganze Band mag dich sehr, aber du hättest wirklich nicht... Ach, vergiß es, setz dich und trink ein Bier. Trink mehrere, und versuch nicht wegzulaufen. Ich will dich beim nächsten Set auf der Bühne sehen.«

Das stimmte zwar eigentlich nicht, aber, na ja...

Zwischen den Sets wurde Parris von allen Mitgliedern der Band bearbeitet, die ihm versicherten, wie gut er sei, und was er mit dem Monk-Stück gemacht habe, könne keineswegs die Pflicht zum Selbstmord begründen, sondern sei allenfalls ein ganz klein wenig unpassend gewesen. Es brauchte eine Weile, bis er sich beruhigte, aber als man ihn einlud, die Band durch den dritten Set zu begleiten, und darauf bestand, ihm Geld fürs Benzin zu geben, da brach er vor Erleichterung praktisch zusammen.

Wir sind doch alle gleich, dachte er Bär. Idioten alle miteinander, hinter der Maske und unter dem Fell, und ob.

Es war also ein ereignisreicher Abend. Was den Bären am Ende jedoch vor allem überraschte, war die Tatsache, daß sowohl Bob als auch Garrett und Linton es geschafft hatten, sich aus dem allgemeinen Gewusel da unten jeweils eine Frau herauszugreifen, und im letzten Schein des Spotlights sah es trotz allen Huchs und Achs mädchenhafter Verlegenheit tatsächlich so aus, als würden sich mindestens zwei von dreien flachlegen lassen.

Eine Reihe von Frauen zeigte ein noch nervöseres Interesse für den Bären selbst, und eine oder zwei von ihnen traten schwärmend, wenn auch am beschützenden Arm ihrer mißgestimmten Freundinnen, zu ihm heran, aber der Bär gab sich mit einem Parkplatz außerhalb der Stadt zufrieden. Nachdem Rondo das Taxi, das dem Bus gefolgt war, bestiegen hatte, um ins Hotel zurückzufahren, genoß der Bär die nächtliche Kühle zwischen den Bäumen und unter den Sternen und bedauerte, daß es schon zu spät war, um Iris noch anzurufen. Allerdings, wenn man den bisher geführten, nur begrenzt aufschlußreichen Telefongesprächen zwischen ihnen Glauben schenkte, dann ging es ihr ja gut, gnadenlos und unzweideutig gut.

Nachdem er eine Viertelstunde vor dem Fernseher mit planlosem Rumzappen verbracht hatte, rief ihn die Pflicht zum Üben, und er unterwarf sich ihren Verwicklungen, bis es selbst für einen Bären Zeit wurde, Ruhe zu finden.

»Ich bin hier draußen in Amerika«, sagte er am nächsten Morgen.

Aber Iris schien nur ein Flackern in der Leitung zu sein, und ihre Unterhaltung glich all den anderen, die sie seit Tourneebeginn geführt hatten.

Gut.

Und den Tauben?

Denen geht es gut.

Die Schwalben?

Denen auch.

Irgendwelche Probleme mit Siege?

Sie hatte ihn kaum gesehen. Es war alles in Ordnung.

Du fehlst mir.

Er fehlte ihr auch. Wie die Tournee denn laufe?

Na ja, konzedierte er, es gehe langsam bergauf.

Na dann, auf Wiedersehen.

Was? Iris... Iris... bist du noch da?

Natürlich. Wolltest du noch was sagen?

Wie wär's, dachte der Bär, nachdem er den Hörer wieder aufgehängt hatte, wie wär's mit: He, was ist los mit dir, mein Schatz?

Der Bär zog sich ins Busheck zurück, setzte sich auf die Bettkante, hakte das Saxophon am Halsriemen fest und überlegte, woran er als nächstes arbeiten sollte.

Langsam zeichnete sich ab, daß die ganze Arbeit, die er das letzte Jahr über stückweise und im dunkeln getan hatte, nunmehr zusammenzupassen begann; es war exakt so, als wäre das Grundlegende ohne sein Zutun geleistet worden – in Wirklichkeit hatte er sich durchweg dagegen gewehrt, weil er sich diese falschen, irreführenden Komplikationen quantitativer Harmonie nicht aufdrängen lassen wollte, immer und überall diese verqueren Noten –, als hätte sich die notwendige Musik erst einmal auf eigene Faust, so gut es ging, zusammengebaut, im Vertrauen darauf, daß er sich früher oder später schon noch anschließen würde. Der Bär hätte eine derartige Einmischung in das Wirken seines freien Willens extrem übelgenommen, hätte er nicht, wenn schon nicht das Licht geschaut, so doch eingesehen, daß die ersten Früchte dieser seltsamen und abgespaltenen Arbeit ja recht süß und angenehm schmeckten. Auch stellte sich das alte Gefühl wieder ein, daß er, und nicht das Saxophon, das eigentliche Instrument war und der Zweck all seiner Mühen nur der, sicherzustellen, daß die Klappen reibungslos arbeiteten, die Polster nicht klebten und das Rohrblatt nicht total eingespeichelt war. Dann war es Zeit, falls und wenn der richtige Augenblick kam, beiseite zu treten und sich spielen zu lassen. Hört die neugeborne Flöte. Er wünschte, es wäre wahr.

Die erste Collegestadt auf der Tourneeroute gab ihm Gelegenheit, ausführlich in diesen neuen Freuden zu schwelgen. Ann Arbor, das bedeutete: ein netter, holzintensiver Club mit einem vernünftigen Baldwin-Stutzflügel und einem aufmerksamen, wenn auch mitunter allzu beflissenen jungen Publikum. Unmöglich, durch den Set zu gelangen, ohne zu bemerken, wie all die Elemente, mit denen er sich abgemüht hatte, Aufstellung nahmen und zu tanzen begannen. Er kam sich vor wie eine übersättigte Lösung, in die man den kryptischen Kristall getaucht hatte, und jetzt wurde all diese Musik ausgefällt. Dennoch mußte er zugeben, daß er von seiner Rhythmusgruppe in den Schatten gestellt wurde. Gut war aber, daß es ihm nichts ausmachte; er kannte seinen Punkt auf der evolutionären Kurve dieser Tournee, und er gab sich keine übergroße Mühe, darüber hinauszuwachsen oder vorauszulaufen, sich umzudrehen und zu schauen, wie er sich machte. Es war fast, als wäre er wieder intelligent, und außerdem konnte er sich die Situation auch ein bißchen zurechtrationalisieren: Das meiste an interessanter Musik ging dieser Tage sowieso in den Rhythmusgruppen ab; er konnte es ertragen, für eine oder zwei Wochen eher zweitrangig rüberzukommen. Dauerte es aber länger, hieß das natürlich Mord und Totschlag.

Auf dem Traumsektor allerdings war schwer was los, dort draußen auf dem Campingplatz vor der Stadt. Eines sehr frühen Morgens, als er am Einnicken war, trat eine typische mittelwestliche Gestalt mit gepflegtem Haarschnitt, Madrashemd und Chinos auf ihn zu, einen kleinen Jungen an der Hand. »Hi, ich bin Tom«, sagte der Mann, der ihm freundlich die Hand reichte, »und das ist mein Sohn Kevlar.«

Dies ließ den Kopf des Bären hochzucken, er erwachte und lachte recht albern. Bald aber schlief er wieder ein, und nach etwa einer halben Stunde hatte er den bezauberndsten Traum seines Lebens. Er stand auf einem mit Gras bewachsenen Feld, in drei Reihen umgeben von fünf- oder sechsjährigen, hell gekleideten Kindern, und fühlte sich groß und unbehaglich. Als sie zu singen anhoben, hörten sich ihre Stimmen wie die von echten Kindern an, dünn und nur annäherungsweise im Gleichklang – hübsch gemacht, dachte der Bär –, aber das Lied, in einfachem C-Dur, war sogar noch besser.

– so eine hübsche Umkehrung, dachte der Bär, ich habe nichts dagegen, daß sie mich als Mann bezeichnen.

– Verstehe, dachte er, doch dann überwältigten, ihn die Kinder, indem sie ihn so nannten:

Er erwachte in einem Zustand benebelter Glückseligkeit, mit einem Gefühl, als wäre ihm etwas viel Besseres verheißen worden, als er sich bewußt hätte ausdenken können – nicht allein eine Wiederherstellung verlorener Unschuld, sondern etwas noch Edleres und Ausgeformteres. Eine Frage: Hatten nicht einige der Kinder in der vierten Zeile »wirst du sehen, was ich *bin*« gesungen, statt »was ich *kann*«? War möglich. Es funktionierte so oder so. Kinder hatten ihn schon immer geliebt.

Er schrieb sich die Melodie auf, obwohl er wußte, daß er sie nicht vergessen würde – der Traum war so deutlich gewesen, und sein Kopf beim Erwachen so wunderbar klar –, und bevor er sich wieder schlafen legte, teilte er mit einer Pfote den Vorhang vor dem Fenster und blickte hinaus: einige Leiber in Schlafsäcken neben ihren Autos, niemand rührte sich im ersten Tageslicht. Vielleicht war irgendein Kind hier vorbeigelaufen und hatte … Nein, der Traum war aus einer völlig anderen Region gekommen.

Eines anderen Morgens, im sanften Dahindösen, hatte er einen erotischen Traum, der von Tauben handelte: Ungefähr zwanzig Exemplare stürzten sich auf ihn, und er starb unter ihren rosigen Brüsten, während sie flügelschlagend auf ihn eindrangen. Er war sich, während er träumte, klar darüber, daß es ein Traum war, und wußte, daß er mit einem feuchten Schoß aufwachen würde, doch selbst als das Flügelschlagen ihn immer tiefer zog und während er anfing zu kommen, dachte er, daß diese große Schönheit nichts enthielt, das nicht in Iris' Umarmungen erlebt und übertroffen wurde. Oder vielleicht war es so, dachte er in seiner langsamen, hartnäckigen Art beim Aufwachen, daß, während er sich die Welt Spezies für Spezies vornahm, Iris ihre Summe darstellte.

Der Club in Madison Wisconsin gefiel ihm auch recht gut, obwohl er beim Betreten aus irgendeinem Grunde einen Anfall von Angst verspürte. Er ließ Rondo die Sicherheitsvorkehrungen und den Zugang zum Hinterausgang sorgfältig kontrollieren und verlangte ihm das Versprechen ab, daß er besonders scharf nach allem Ausschau halten würde, was auch nur entfernt nach Polizei aussah. Alles, was dann passierte, war, daß er plötzlich mit seiner Rhythmusgruppe mithalten konnte und ein paar Nächte erlebte, in denen er spürte, wie der Korpus der Musik sich in ihm ausdehnte.

Auf dem Weg von Madison nach St. Paul wurden einige nicht unbedeutende Angelegenheiten telefonisch geklärt: Der Typ von *Down Beat* wollte sich mit ihnen in Minnesota treffen, und jawohl, sie würden auf dem Titel der September-Ausgabe erscheinen. Der Bär hatte den Interviewer selbst am Telefon, und nach dem rituellen Vorspiel, in dem er sich über seine Kindheitserinnerungen in bezug auf Tiere ausließ, wollte der Mann wissen, ob der Bär grundsätzlich pro oder contra Wynton sei, und das schien ein eher unheilvolles Omen. Engen Sie mich nicht ein, hatte er dem Mann gesagt, ich liebe alles, was Wynton machte, und er wurde in allem auch immer besser, und wenn eine Kunstform, die Zeit ihres Bestehens anscheinend alle zehn Jahre völlig neue Bewußtseinsformen erfunden hat, nun offenbar eine Denkpause einlegt und das Erreichte erst einmal kodifiziert, dann ist das nicht Wyntons Problem, ab und an allerdings meins. Ja, man mag sich an den Parametern einer klassischen Kunstform durchaus reiben, aber was mich betrifft, so arbeite ich im Moment gründlicher an ihnen als je zuvor.

Nun, da er zwischen den Städten dahinrollte, arbeitete er eine Rede aus, die das explosionsartige Auftauchen von Genialität im Jazz dieses Jahrhunderts mit der italienischen Renaissance vergleichen sollte – echt wacher Sinn für Maßstäbe, dachte er –, wobei er allerdings darauf hinzuweisen gedachte, daß es seit dreißig Jahren keinen bedeutenden Erneuerer in dieser Musik gegeben hatte... Je länger er darüber nachdachte, desto mehr verlor er sich in einem Dickicht von Vorbehalten: Die frühen Modernen gleichen vielleicht dem *cinquecento* – ah, nee –, oder die geringe Wichtigkeit der Innovation außerhalb der unermüdlich und zwanghaft siebenden westlichen Kultur etc. ... Es war bodenlos. Ich werd nichts sagen, das bringt einfach nichts. Der Interviewer wird den üblichen Gammel über seine Kindheit und Baloo und Smokey ausbreiten und sich den Rest aus den Fingern saugen müssen.

Weil sie zwischen Madison und St. Paul reichlich Zeit hatten, fuhr Rondo über Nebenstrecken, wo das Ackerland an den Fenstern strahlenförmig vorbeiwischte, Kornfelder in geordneten Reihen, weiße Farmhäuser in mittlerer Entfernung hinter den phallisch ragenden Aluminiumsilos.

»Jede Menge Leute, die ihre Nutztiere ficken, wenn die Töchter grad nicht greifbar sind«, grummelte Hatwell vor sich hin. Er war vom Percocet runter, hatte mit dem Trinken angefangen und letzte Nacht keinen wegstecken können.

Der Bär hängte das Mobiltelefon ein und machte die Band mit der Neuigkeit bekannt.

»Das heißt wohl, *du* kriegst das Titelblatt von *Down Beat*«, sagte Linton und lachte.

»Alles, was sie von mir kriegen«, versicherte der Bär der aufgescheuchten Band, »ist die Rückseite meines Huts, ein paar Zentimeter Nackenfell und einen Eindruck von den Ausmaßen meiner Schulter unter dem Regenmantel. Ihr dürft in die Kamera gucken und für die Leute lächeln.«

»Welcher menschliche Musiker würde uns derart gut behandeln?« fragte Hatwell mit nach oben gerichtetem Gesicht. »Ab sofort arbeite ich nur noch mit paranoiden höheren Säugetieren.«

»Außerdem«, sagte der Bär, »meinte der Typ, daß wenn du deinen Laptop an das Mobiltelefon anschließt, er uns in fünf Minuten eine Vorabkritik von *Sensible Shoes* mailen könnte. Er sagte, es hätte ihm gefallen.«

»Moderne Zeiten«, sagte Hatwell, der in seinem Beutel nach dem Kabel wühlte. »Nachrichten vom Mutterschiff. In fünf Minuten, hat er gesagt?«

Sie mußten allerdings zehn warten.

»Komm schon, Rahim«, sagte der Bär zu Hatwell, der den Bildschirm für sich beanspruchte und Linton wegdrängte, »was steht drin?«

Hatwell drehte sich auf seinem Stuhl vom Bären weg. »Das Album kriegt viereinhalb Sterne, ich bin ein frühreifer, begabter junger Pianist – das wußten wir alle –, und Kriegers pedantischer Produktionsstil, Achtung jetzt: ›Vermag es nicht, des Bären wahre Flauschigkeit einzufangen.‹«

Allgemeines Gelächter.

»Ob wohl irgendwas darüber drinsteht, wie ich spiele?« fragte der Bär.

»Yeah«, rief Bostic dazwischen, »was steht über *mich* drin?«

»Ich meine mich zu erinnern, daß du auf der Platte nicht mitspielst, Lin«, sagte der Bär zu ihm.

»Scheiße, na und? Ich fahr im Bus mit.«

»Möchte wissen, wofür du den halben Stern eingebüßt hast.« Hatwell ließ das Bild hoch- und runterlaufen. »Meinetwegen jedenfalls nicht.«

»Eigentlich möchte ich gar nicht wissen, was da noch steht«, sagte der Bär, »davon werd ich nur blöd im Kopf.«

Bostic fing wieder an zu lachen. »Bär, du bist echt 'ne Nummer.«

»Vielleicht sollte ich lieber nach hinten und üben.«

»Und ich steh absolut drauf, wie du dich deiner Hingabe hingibst«, sagte Bostic.

»›Nicht so sehr eine ausgezeichnete neue Jazzplatte‹«, las Hatwell laut vor, »›als ein beispielloses Naturereignis.‹«

»*Das* steht da?« Der Bär fiel in seinen Sitz zurück und schlug sich die Pfote vor die Stirn.

Hatwell kicherte boshaft. »Reingefallen.«

»Fluß im Anmarsch«, verkündete Rondo vom Fahrersitz aus.

»Ein oder zwei Meilen noch, dann kommt der mächtige Mississippi. Echt geile Überfahrt auf der Strecke hier. Achtet mal drauf.«

»Yeah, den Fluß mußt du dir angucken«, sagte Hatwell mit Kennermiene. »Wo ich herkomm, ist alles nur noch Industrieschlamm – von den Überschwemmungen dieses Jahr gar nicht zu reden, Gott sei Dank ist das Haus von meinen Eltern verschont geblieben. East St. Louis Toodle-oo.«

»Wir könnten sie besuchen, wenn wir…«, setzte der Bär an. Oh, aber guck mal, der Fluß. Der Bus nahm den Anstieg, und der Bär blickte durch die Aluminiumträger hindurch aufs Wasser.

Das Licht war an diesem Tag golden. Hier und da lagen langgezogene, grasbewachsene Inseln, die die blaue Ungeheuerlichkeit schulterten, und die sinkende Sonne verspritzte ihr Gold auf hohes Gras und die Steilküste am Ostufer hinter ihnen.

»Wäre es möglich«, fragte der Bär Rondo, »daß wir drüben irgendwo anhalten, uns die Beine vertreten und ein bißchen gucken?«

»Logo.«

»Der Bär entdeckt Amerika«, sagte Hatwell.

»T. Lobsang Rampa«, stimmte der Bär zu.

Rondo gackerte fröhlich. Nach dem Landfall wandte der Bus sich nach rechts und folgte dem Fluß nordwärts auf einer zweispurigen Asphaltstraße, bis sie an eine Stelle mit breitem Seitenstreifen kamen, die sich als Aussichtspunkt eignete. Rondo warf einen prüfenden Blick über die nähere Umgebung und befand, daß mißtrauische Säugetiere nichts zu befürchten hätten.

Der Bär war als erster an der Tür. »Bis später, Jungs«, sagte er, winkte ihnen unbestimmt zu, ließ sich auf alle viere fallen und begann sich durch das hohe Dünengras zu schlagen, das Steilufer hinunter aufs Blaue zu.

»Halbe Stunde höchstens«, hörte der Bär Rondo noch rufen, machte sich aber nicht die Mühe, darauf zu reagieren. Es war heiß und schwül, aber trotzdem wunderbar, den Hang hinunterzurumpeln, zumal eine Bö ihm ein paar kühlere Gerüche vom Fluß herauf zuwehte. Der Bär fing an zu traben und überließ sich dem Abwärtsschwung der Böschung, immer schneller, stolpernd, und plötzlich machte er einen Salto – ein großes Hallo gab es da von der Straße oben –, trockenes Gras brach unter seinem Aufprall, geile Reibung und eine wahre Explosion von Staub, der ins Sonnenlicht schwirrte und sich in sein Fell einwühlte. Sich aufrichtend, schlug er sein schärfstes Tempo an, der Kopf wurde ihm ganz leicht ob dieser ungebändigten, ungebärdigen Bärenstärke, noch ein kleiner Sturz und dann im Galopp ans blaue Ufer. Mit voller Geschwindigkeit und Wucht stieß er ins Wasser, strauchelte kurz im nicht erwarteten Schlamm am seichten Rand, erreichte dann aber die Tiefe, stieß sich ab und warf sich hinein, das Wasser in Wellen unter sich verdrängend. Nicht so kalt, wie er es sich gewünscht hätte, aber annehmbar.

Während des Bades konnte er sich nicht von der Sorge freimachen, womöglich von Cops oder anderen Fremden beobachtet zu werden, obwohl er wußte, daß er aus genügend großer Entfernung auch für einen im Wasser treibenden Baumstamm gehalten werden konnte. Er tauchte, konnte nicht sehr weit gucken da unten und kam wieder hoch, schnaubte Mund und Nase frei. Man gebe mir ein Stück Naturlandschaft, und schon lande ich ganz oben auf der Spaßskala, ungelogen. Kein lebendes Wesen zieht größeres Vergnügen aus den Angeboten der Welt als ich. Was ist also eigentlich mein Problem?

Der Bär tauchte erneut, tiefer hinab diesmal, seine Fähigkeit zum Luftanhalten zu testen, und stieß mit der Nase auf Grund – meine Fresse! –, viel eher, als er erwartet hatte. Trotzdem topgeil das Ganze. Wünschte, du wärest hier. Warum war sie so verschlossen am Telefon?

Nach schätzungsweise zehn Minuten stieg er wieder an Land, schüttelte sich trocken und kletterte die Böschung hinauf dorthin, wo das Gras am höchsten stand, mampfte ein paar süßschmeckende grüne Triebe weg und ließ sich auf Rücken und Ellbogen nieder, um die Aussicht zu bewundern, froh, aus dem Labyrinth der Musik in die offensichtliche Schlichtheit der Welt spediert worden zu sein – guck dir den Fluß an, halt deine Nase in diese Brise aus dem Norden, und sauge das anspielungsreiche Gewebe ihrer geflochtenen Düfte ein; es hat dies kein Ende außer dem, das wir setzen, aus reiner Langeweile. Nichtsdestoweniger nahm nach wenigen Minuten sein inneres Auge einen Tafelschwamm zur Hand und wischte über das Bild.

Etwas in seinem Spiel machte ihm zu schaffen, etwas generell

Unerfreuliches an seiner Person womöglich. Es hatte was mit obsessiver Schwere zu tun.

Schau, wie der Wind auf der Insel dahinten Wellen durchs Gras kämmt. Das ist Musik für dich. So muß man spielen. Er spürte denselben Wind das Fell auf seinem Kopfe kräuseln. Du bist immer so ehrgeizig gewesen. Das verunreinigt deine Musik. Es ist etwas Schweres, Obsessives an dem, was du hervorbringst. Du hast nicht genug Spaß dabei. Warum kannst du nicht eher so wie die Jungs spielen?

Was?

Noch einmal hörte er es, eine Stimme, die von oben nach ihm rief, und als ihm klar wurde, daß es Zeit zum Weiterfahren war, nahm er ein letztes Mal die Bläue des Flusses sowie das Gold der Uferstreifen und Inseln in sich auf, wandte den Kopf aufwärts und erblickte Bobby Hatwells Silhouette vor der sich rötenden Sonne. »Was?« rief er.

»Komm zurück zum Floß, Huck, mein Junge.« Von einem Umschlagen des Windes begünstigt, konnte er Hatwell jetzt besser verstehen.

Der Bär stellte sich umständlich auf die Hinterfüße, winkte bestätigend und schüttelte sich noch einmal trocken.

Als man wieder im Bus versammelt war und den Fluß hinter sich ließ, wurde ein allgemeines Bedürfnis nach Musik laut, allerdings herrschte keine Einigkeit darüber, was man denn auflegen sollte.

»*Black Saint and the Sinner Lady*«, lautete Garretts Votum.

»Schon wieder?«

»Man kann Mingus nicht oft genug hören«, sagte Garrett.

Am Ende legte Hatwell eine Trio-Aufnahme von Keith Jarrett ins Gerät, doch nach einer Weile begann er, Jarretts stimmliche Nachahmung einer Ziege, der man mit einem spitzen Stock die Weichteile malträtiert, seinerseits zu imitieren – »Ich glaube, das werde ich demnächst auch mal auf der Bühne machen«, sagte er, »aber ich werde es beim Baßsolo tun« –, und da er nicht aufhören wollte zu blöken, stand Garrett auf und schaltete die Musik aus.

»Spielverderber«, sagte Hatwell zu ihm.

»Aber immer«, erwiderte Garrett.

»Wißt ihr was?« Bostic hatte sich in halb liegender Position auf der Tischbank eingerichtet, indem er die Füße auf den Tisch gelegt hatte, er hatte Wochen gebraucht, um diese Sitzhaltung auszuarbeiten, war aber jetzt in der Lage, sie über Stunden durchzuhalten. Sein in einem hohen Segeltuchschuh steckender Fuß nickte zu seinen Worten. »Wir sollten uns was ausdenken, was wir im *Down-Beat*-Interview von uns geben wollen.«

»Sehr richtig«, sagte Hatwell. »Bär, du hast doch mit dem Typen gesprochen. 'n Weißer?«

»Der Interviewer? Glaub schon.«

»Sehr ihr«, sagte Hatwell, »Linton hat recht. Wir sollten uns ein paar Takte überlegen. Es muß einigermaßen würdevoll rüberkommen – Garrett, das möcht ich vor allem dir ans Herz legen –, und wir sollten sehr, sehr aufpassen, daß wir keine unseligen kulturellen Klischees aufkommen lassen.« Er lehnte sich über den Gang, in der Hand eine leere Bierdose, die er Bostic wie ein Mikrophon unter die Nase hielt. »Ein paar Worte für *Down Beat,* bitte. Erste Frage. Wie schlagen Sie Ihre Alte am liebsten?«

Bostic lachte. »Am liebstn laß ich die Alte mein Handrückn spürn«, sprach er in die Bierdose, »wenn die Schlampe grad nich guckt. Der Trick is, links guckn, rechts zuschlagn, weil, wenn die Schlampe's kommen sieht, bewegtse den Kopf, und dann tu ich mir vielleicht die Hand weh tun, und dann muß ich sie plattmachen.«

»Und wie machen Sie Ihre Alte am liebsten platt?«

Garrett erhob sich, ging zum CD-Player zurück und kramte zwischen den Plastikhüllen. Bostic beobachtete ihn.

»Empört?« fragte Hatwell den Bären.

»Ja, danke.«

Garrett hatte eine Scheibe ausgesucht, und das die Musik ankündigende Surren des Abspielgeräts übertönte die Geräusche der Straße und der Klimaanlage. Es erklang Coltrane.

»O Kacke. Gott ist da«, sagte Bostic. »Wir müssen mit dem Scheiß aufhören.«

»Unser Bassist hat uns beschämt«, sagte Hatwell und ließ den Kopf hängen.

Es war »Crescent«, und sie saßen still und lauschten dem sich entfaltenden Solo Tranes, den sich auftürmenden Kämmen seiner Phrasierung, den periodischen Entladungen, wenn die thematischen Wellen sich glatt und geordnet am Ufer brachen.

»Tja«, sagte der Bär. »Das ist es.«

»Yeah, laßt uns alle so spielen«, stimmte Hatwell zu.

»Hast du Trane je live spielen sehen?« fragte Bostic den Bären.

»Da war ich noch ganz klein.«

»Wir hassen dich trotzdem. Erzähl.«

»Jones hat mich an der Leine mit ins Birdland mitgenommen. Lacht nicht. Wir haben oft mit den gängigen Vorstellungen gespielt. Ein- oder zweimal hat Jones 'ne Sonnenbrille aufgehabt und so getan, als wäre er blind und ich würde ihn führen. Unsere surrealistische Phase. Ihr hättet sehen sollen, wie die Leute gestutzt haben.«

»Coltrane«, sagte Hatwell ungeduldig.

»Es war ziemlich schwer, ihn neben dem Schlagzeug überhaupt zu hören, nachdem Elvin Jones erst mal richtig losgelegt hatte.«

»Ach komm, wie war es?«

»So ungefähr, als wenn man lebendigen Leibes verbrennen würde«, sagte der Bär und sah es wieder vor sich. »Ich war noch ein Junges, aber ich glaubte, ich hätte schon alles erlebt, was es auf der Welt zu erleben gibt, und dann kam Trane – eine riesige Dosis von ›O nein, das hast du keineswegs‹. Es hat mich echt überfordert, aber letzten Endes doch tiefere Spuren hinterlassen als alles andere, was ich je gehört habe.«

»Mhm.«

»Zum Teil bestand mein Problem darin, daß ich mich so verhalten mußte, wie man es von einem normalen Tierchen erwartet, aber statt dessen habe ich mich andauernd zur Musik bewegt und Trane beobachtet. Jones mußte ständig an der Leine reißen und mich an unsere Nummer erinnern. Interessiert euch das wirklich?«

»Yeah.«

»Was soll ich sagen? Ich weiß noch, daß ich ein- oder zweimal dachte, daß für Trane eigentlich nichts mehr zu tun übrigbliebe, als über dem Boden zu schweben oder in Flammen aufzugehen. Weil die Ressourcen der Musik als solche alle waren, erschöpft.«

»Guckt euch seine Augen an«, sagte Hatwell.

»Schöner Schleier«, war Bostics Kommentar.

»Elvin kam dann zwischen den Sets immer zu uns und spielte mit mir. Habt ihr eine Vorstellung, wie kräftig seine Hände sind?«

»Ich hab ihm ein paarmal die Hand geschüttelt«, sagte Linton. »Das hat richtig weh getan.«

»Dann weißt du ja Bescheid. Er hat mir praktisch den Kopf abgerissen. Trane kam ein-, zweimal rüber und stand nur da und hat mich angestarrt.«

»Haste mit ihm gesprochen?«

»Spinnst du? Selbst wenn ich's versucht hätte, hätte ich nicht mit ihm reden können, so voller Ehrfurcht, wie ich war. Es war aber schön, sein Gesicht zu betrachten. Diese Augen. Dieses Lächeln. Er rauchte Zigarren.«

»Danke für diese sehr wichtige Information«, sagte Hatwell.

»Carla Bley blieb auch oft an unserem Tisch stehen, um mich hinter den Ohren zu kratzen. Sie fand mich niedlich. Daß sie Zigarettenmaus im Birdland war, wißt ihr, ja? Ihre Methode, die Musik umsonst hören zu können, aber sie hat die Nummer voll durchgezogen: rosa Kostüm, Netzstrümpfe, großer Bauchladen mit Zigaretten und Teddybären. Jones war ziemlich scharf auf sie, aber sie wollte nur mit mir spielen.«

»Du hast sie angetatscht«, sagte Bostic lachend. »Gib's zu.«

»Ich kann mich ehrlich nicht erinnern«, sagte der Bär und rümpfte die Nase. »Jimmy Garrison wollte mir etwas zu essen aus der Küche besorgen, aber Pee Wee Marquette hatte was dagegen... Ihr wißt, wer Pee Wee Marquette war?«

»Der Zwerg, der den Conférencier machte«, sagte Bostic.

»Der Typ, den Lester Young ›eine halbe Portion Arschloch‹ genannt hat«, sagte Garrett.

»Richtig«, sagte der Bär, »Jimmy stritt sich also mit Pee Wee darüber, ob ich was zu essen kriegen sollte, und als die Band wieder auf der Bühne war, hat Pee Wee uns aus dem Club gewiesen. Sein Parfüm war schlimmer als alles, was ich erlebt habe. Gott, hat der gestunken.«

»Es ist solch ein Privileg für uns, mit dir in diesem Bus fahren zu dürfen«, sagte Hatwell scheinheilig.

»Er hat Trane gesehen.«

»Er hat die junge Carla Bley betatscht.«

»Er hat mehr erlebt, als wir je begreifen können.«

»Er wiegt mehr als wir alle zusammen.«

»Er riecht nach Scheiße aus dem Fluß.«

An diesem Abend fühlte der Bär auf der Bühne in einem Vorort von St. Paul, wie etwas in ihm losließ. Er legte sahnige Lyrizismen in den Balladen, eine größere Bandbreite an Swing in den Midtempo-Stücken frei und fühlte sich in den schnellen nicht gehetzt. Gegen Ende der Vorstellung spürte er die ersten der alten Seligkeit ähnelnden Regungen am Eingang seines Herzens, und Visionen lockten ihn vom jenseitigen Rand der Dinge her. Dafür war er noch nicht bereit – zuviel Arbeit noch hier unten zu erledigen –, aber allmählich empfand er, erstmals seit Ewigkeiten wieder, wie die Musik ihn tatsächlich emporhob, ihm immer höhere, reichere, befriedigendere Welten einladend vorführte. Noch nicht, sagte er entschlossen. Ich hab es schon mal vergurkt, aber ich hoffe, daß ich, wenn es wieder an der Zeit ist, bereit sein werde.

Wenn du stehst, wo ich stehe, wirst du sehen, was ich bin.

Little One. Kleiner.

In der Nacht dann war es dem Bären nicht bewußt, daß er nur träumte, wie er ein Theater betrat, das möglicherweise in einem Zelt aufgestellt worden war. Die hell, aber nicht grell erleuchtete Bühne – ausnehmend angenehm war das Licht sogar – hatte einen Hintergrund aus weißer Leinwand, und als die Jongleure angekündigt wurden, erschien eine Anzahl von roten, orangefarbenen und gelben geometrischen Figuren – Kreise, Dreiecke, Quadrate –, die sich gegenseitig sich selbst zuwarfen, quer über die Bühne hinweg, und sich manchmal beim Fangen ineinander verwandelten, ein rotes Dreieck zum Beispiel in ein orangefarbenes Quadrat.

Den Bären dünkte, es sei dies das Schönste, was er je gesehen.

»Und dann« kündigte eine Stimme jenseits der Bühne an, »hochverehrtes Publikum: der Zirkel!«

Die hellfarbenen Figuren begannen nun, sich vor der weißen Leinwand wirbelnd im Kreis zu drehen, immer schneller, immer weiter, und bald verwischten sich ihre Umrisse ob der Geschwindigkeit. Der Bär war von dem Zauber der Vorstellung so vollständig gebannt, daß es ihm nicht einmal einfiel, zu lachen oder zu applaudieren: Lust hätte er schon gehabt, es zu tun, doch ließ er es, weil es ihn abgelenkt hätte; hinzu kam auch, daß es nicht vonnöten war. Indes der Kreis sich weiterte, begannen die wirbelnden Figuren am Rande ihrer Umlaufbahn ins Grüne, Blaue und Purpurne zu spielen, und die Bühnenbeleuchtung verstärkte sich zu noch angenehmerer Helligkeit. Es war ganz wunderbar anzusehen. Just in diesem Moment wachte der Bär wieder auf.

Er lag in seiner Koje, schwelgte in der Erinnerung an die Show und wünschte sich, er könnte sie noch einmal sehen. Er wußte, daß er niemals in der Lage sein würde, irgend jemandem, oder auch nur sich selbst, zu erklären, wie erhebend dieser Traum war: die hellen Farben, das heitere Licht, das Spielerische in ihm. Er brauchte ungefähr fünf Minuten, bis ihm aufging, daß diese »Jongleure« in gewissem Sinne die Jungs in der Band waren und daß das, was ihm so viel Spaß gemacht hatte, ihre grundlegende, nicht durch die Bedingungen der realen Welt, durch Raum und Zeit, vermittelte Freiheit war: das, was er ihre Jugend genannt hatte.

Lustig war allerdings, daß sie immer dann, wenn er mal außerhalb der Akkordfolgen wandelte – was er ein- oder zweimal des Experiments halber und um der alten Zeiten willen getan hatte –, trotz all ihrer Hurra-Freiheit nicht wußten, wie sie als Gruppe eine Antwort darauf formulieren sollten. Bobby, der bei den *Shoes*-Sessions so gut zurechtgekommen war – da hatte er sich allerdings an Charlie Haden orientieren können –, zog sich jetzt entweder zurück oder spielte mäandernde, leere Oktaven, während er dringend nach dem Heimathafen und einem Glas Tonic Ausschau hielt. Garrett versuchte der tonalen Wanderung des Bären zu folgen, mußte aber, anders als Charlie Haden, vier Beats lang überlegen, und bis er seine Wahl getroffen hatte, war der Bär schon wieder woanders. Wenn Linton hörte, daß der Bär stiften ging, spielte er exzentrische Polyrhythmen und ließ einige seiner Phrasen unvollendet – so richtig *schräg,* echt –, was es aber auch nicht wirklich brachte. Der Bär gab es nach zwei Stücken auf und wollte es auch nicht wieder versuchen. Muß eine Generationsgeschichte sein, nahm er an.

Was auch noch lustig war: Angetrieben von den eigenen Forderungen an sich selbst und ohne Bezug auf die augenblickliche neoklassische Tendenz der Musik, war der Bär mehr als nur ein paar Grade von seinen in Richtung Free Jazz gehenden Gewohnheiten abgedriftet, um die harmonische Tradition en détail zu untersuchen. Er fand es geradezu schockierend, wie sehr er doch ein Bär seiner Zeit war.

Aber mal ehrlich, es konnte tatsächlich darauf hinauslaufen, daß wir eine ganz interessante Musik hinkriegen, wenn wir die Tournee in Colorado beenden. Gott, ich wünschte, Iris wäre hier und könnte es miterleben.

3

Das Blue Note in Boulder Colorado war der mit Abstand am coolsten aussehende Club der Tournee, von der luxuriösen Ausstattung gar nicht zu reden. Der Bär saß in voller Nachtclubmontur, also Overall und Regenmantel, an der Bar – der Hut lag auf dem Tresen –, nippte an einem Myers's Rum mit Orangensaft und freute sich schon im voraus. Der Laden hatte etwas Scheunenartiges. Von seinem Sitz an der gerundeten Holzecke der Bar aus – amerikanische Eiche – konnte der Bär durch einen großen rechteckigen Torbogen hindurch den Hauptraum des Clubs sehen: hohe, beinahe mitternachtsblaue Wände, an denen in drei Meter Höhe rundum eine feine Linie königsblauer Neonröhren verlief. Dazwischen standen in Reihen die Tische mit sage und schreibe dunkellila Tischtüchern und ordentlichen Stühlen, und obwohl er von seinem Platz aus nicht ganz bis zur Bühne sehen konnte, wußte der Bär, daß die Instrumente der Band unter gedämpftem Scheinwerferlicht standen und auf den abschließenden Soundcheck warteten, während die Band selbst sich an die hübschen Bedienungen ranmachte – der Bär hatte das Gefühl gehabt, daß seine Anwesenheit den Mädels unheimlich war, und sich daher an die Bar zurückgezogen, um zu warten, bis die Crew bereit für einen letzten Durchlauf war. Es war für alles gesorgt: gute Akustik, Bühnenmonitore, die einem einen ehrlichen Eindruck vermittelten, sowie nicht nur einen einzelnen, abgedrehten und bekifften fritzeligen Soundtypen, sondern eine echte Crew, die sich um Mikrophone, Ständer, Regler, Schieber und Knöpfe kümmerte, als sei das alles richtig wichtig. Gute Güte, dieser Gig würde vielleicht mehr sein als der übliche Kampf gegen widrige Umstände.

Was um so willkommener war, als sie hier an den letzten beiden Abenden ja ihre Platte oder Quasiplatte aufnehmen wollten.

Der Bär nippte an seinem Drink. Er war noch nie in einem Club so gut behandelt worden und die Band wußte zu berichten, daß

Boulder über die bestaussehenden Frauen verfüge, die ihnen seit Paris, Mailand, Stockholm, Urbino, Rom, yeah, praktisch überall, über den Weg gelaufen seien... Jedenfalls war es der angemessene Abschluß einer Tournee, die nach einem unvergeßlich schlechten Anfang doch ganz gut gelaufen war. Sogar das Interview mit *Down Beat* war ordentlich über die Bühne gegangen, die entsprechende Ausgabe war allerdings noch nicht erschienen. Der Bär war dann und wann zu Wort gekommen, die Band hatte mit dem Mann ihren Spaß gehabt, und die Polaroids aus der Fotosession versprachen ein interessantes Titelbild: Rücken und Schultern des Bären raumgreifend unter dem Regenmantel, und die Jungs, die vor einem strukturierten grauen Hintergrund äußerst selbstzufrieden in die Kamera blickten. Yeah, es war gut gelaufen, und Hatwell und Bostic hatten den Interviewer sogar vergleichsweise rücksichtsvoll behandelt.

Das wirklich Seltsame und Interessante aber war, dachte der Bär, wie schnell und umstandslos die Gruppendynamik sich verändern konnte, nachdem er selbst lockerer geworden war und ab St. Paul sich dem allgemeinen Spaß an der Freud' angeschlossen hatte. Gleich wurde alles ruhiger – Hatwell weniger leicht angesäuert und beißend, Linton entsprechend entspannter, und sogar Garrett kam in den Genuß von so etwas wie freiem und gleichem Rederecht –, und der Bär hatte sich verblüfft die Augen gerieben, weil es wie eine subtile und unmittelbare Reaktion auf die ja nicht bekanntgegebene Wandlung seines inneren Zustands schien, ein eleganter, vielleicht vollkommener Balanceakt, so als ob die Jungs aufgeklärte Abgesandte einer höheren Macht wären, mit der Aufgabe, so lange herumzualbern und Lärm zu schlagen, bis er die Botschaft empfangen und den Stein beiseite gerollt hätte.

Ziemlich unwahrscheinlich, aber so wirkte es eben. Erhabenes, unausgesprochenes Zeug, das hinter den Kulissen abging. Die Leute, die immer von der hintergründigen Interaktion zwischen Musikern sprachen, hatten ja keine Ahnung!

Wenn nur Iris ein bißchen interaktionswilliger gewesen wäre. Ihr ging es immer noch kompromißlos gut, wenn er sie anrief, und der Bär hätte sich durchaus Sorgen machen können, falls er dazu aufgelegt gewesen wäre. Am Ende befand er, daß er, wenn er schon nichts daran ändern konnte, am besten damit fuhr, so zu tun, als sei gar nichts, und wenn es mehr als nur eine Laune von ihr war, nämlich Scheißescheißescheiße, dann konnte er sich damit befassen, wenn er nach Hause kam. Also ziemlich bald. Natürlich machte er sich Sorgen.

Na, wenigstens hatte er all diese guten Wie-in-den-alten-Zeiten-Gespräche mit Jones. Apropos...

Der Bär sah Jones – anscheinend frisch vom Flughafen eingetroffen, denn er führte einen Koffer und eine Kleidertasche mit sich – direkt an sich vorbeimarschieren und seinen Kopf durch den Torbogen halten, als würde er erwarten, den Bären im anliegenden Raum zu sehen. Der Bär grinste, als Jones mit einem charakteristischen Wackeln unter dem Bogen stehenblieb.

»Hallo, Seemann«, rief der Bär lachend.

»Bär!« sagte Jones.

War wirklich klasse, den alten Jungen zu sehen.

Jones ließ das Gepäck fallen, der Bär rutschte von seinem Barhocker, und so bekamen sie eine Reihe von schwankenden Umarmungen mit integriertem Rückenklopfen zustande.

»Nach all den Jahren wieder vereint«, sagte der Bär. »Zurück von den Toten.«

»Sind wir wieder Freunde?« fragte Jones.

»Scheint fast so, wie? Du siehst großartig aus. Du siehst völlig verändert aus.«

»Yeah«, sagte Jones. »Gut möglich.«

»Komm mit an die Bar und trink einen mit mir.«

»Come with me, if you want to go to Kan-sas City.«

»Kenn ich, war ich schon«, sagte der Bär.

Sie ließen sich auf zwei benachbarten Barhockern nieder.

»Yeah«, sagte Jones, »Kansas City. Was war da so Wichtiges letzte Woche, daß du es mir nicht am Telefon erzählen wolltest?«

»Wollte ich nicht? Komisch, inzwischen kommt es mir gar nicht mehr so wichtig vor. Ich bin zum Friedhof gegangen, um Charlie Parkers Grab zu besuchen, und obwohl die Jungs mich auf dem ganzen Weg aufgezogen haben – huh, gruselig, huh, guck mal, ein Ufo, das wie ein Altsaxophon geformt ist , bin ich von ganz starken Gefühlen ergriffen worden, und ich war mir sicher, daß ich drauf und dran war, ähm, na ja, du weißt schon.«

»Seinem Geist zu begegnen.«

»So ungefähr«, sagte der Bär. »Aber als ich dann das Grab fand, sind diese großen Gefühle völlig verschwunden, das ganze Gefühl, begrüßt zu werden – schwupp.«

»Und das konntest du mir nicht am Telefon erzählen?« fragte Jones.

»Nachts hatte ich dann einen Traum«, sagte der Bär, »in dem ich mich lange mit John Coltrane unterhalten habe. Wir saßen in Sesseln, und ich glaube, ich hab ihm all meine tiefgründigsten Fragen gestellt über, äh, das Leben hier unten und wie man versucht, etwas Echtes mit der Musik anzustellen.«

»Was hat er dazu gesagt?«

»Ich weiß nicht mehr. Bis ich mir des Traumes bewußt wurde, war das Gespräch fast vorbei.«

»Pech.«

»Das einzige, woran ich mich deutlich erinnere«, fuhr der Bär mit gesenkter Stimme fort, »ist, wie er auf seine Uhr schaute und sagte: ›Oh, ich muß gehen. Komm doch mit und iß mit uns zu Abend, und hinterher gehen wir in diesen kleinen Club nach Brooklyn‹ – ich wußte, er meinte den alten Club la Marchal –, ›niemand weiß, daß wir da sein werden, und du könntest mit einsteigen, du könntest spielen.‹ Und ich platzte also los, daß ich nur ein kleines Bärenjunges aus den Sechzigern sei, das immer an eine Leine gekettet gekommen sei, ihn zu sehen, und es sei ausgeschlossen, daß ich je... und so weiter. Und er meinte – ich konnte mich an den Klang seiner Stimme von damals erinnern, es war also jetzt tatsächlich seine –, er lachte und sagte: ›Ach, kümmer dich gar nicht um diesen Kram. Komm einfach mit, iß was und spiel mit uns.‹ Dann bin ich aufgewacht.«

»Und, was glaubst du?« sagte Jones zum Bären. »War es eine wirkliche Begegnung?«

»Keine Ahnung«, sagte der Bär.

»Ach?« bemerkte Jones mißtrauisch.

»Vielleicht hat es damit zu tun, daß ich eine Art Wandel durchmache. Ich weiß nicht.« Der Bär zuckte die Achseln. »Es ist mir ein Rätsel. Ich hatte ein sehr aktives Traumleben unterwegs, aber ich weiß nicht, worauf das ein Hinweis ist, wenn's überhaupt einer ist. Vielleicht nur subjektives Zeug. Träume sind 'ne verzwickte Sache, Jones.«

»Was trinkst du da eigentlich?« Jones deutete nickend auf das Glas des Bären.

»Rum und Orange. Nimm auch einen. Sally?« Ein großer blendender Rotschopf tauchte vor ihnen auf. Sally trug nicht viel auf dem Leibe, und der Bär konnte noch immer nicht begreifen, wie man einen Körper dazu bringen konnte, in all diese Formen hineinzuwachsen und alles so gut zusammenpassen zu lassen. »Einen für meinen Freund und einen zum Abschied.«

»Okay, Frank«, sagte Sally und wandte sich den aufgereihten Flaschen zu.

»Wo kommt *die* denn her?«

»Mach erst mal einen Spaziergang durch die Stadt. Muß an der Bergluft liegen. Ist hier übrigens auch alles voller tibetanischer Mönche.«

Sally stellte zwei Drinks vor ihnen ab, lächelte und hieß Jones auf eine Weise willkommen, daß er um ein Haar rückwärts vom Barhocker gekippt wäre.

»Jesses«, sagte Jones. »Und wie sind die Mönche so?«

»Orangefarbene Gewänder, freundliches Lächeln.« Der Bär nahm einen Schluck. »Weißt du was? Jetzt wo du hier bist, sollten wir uns einen Transporter mieten und an den Nachmittagen in die Berge fahren. Der Bus ist dafür nicht gemacht, und außerdem ist er zu auffällig.«

»Es wäre möglich, daß ich mir einen Wagen auf Firmenkosten besorge, um uns beide herumzukutschieren.«

»Yeah, was macht eigentlich das Musik-Business? Wie läuft *Shoes*? Machen wir hier 'ne Platte oder was?«

»*Shoes* läuft ausgezeichnet. Wir können hier an zwei Abenden mitschneiden, und was dabei rauskommt, ist entweder eine neue Platte oder eine Radiosendung. Wie gut ist die Band?«

»Du kannst sie gleich hören.« Der Bär lehnte sich zurück, um an Jones vorbei in den großen Saal zu spähen, konnte jedoch noch keine Anzeichen dafür erkennen, daß etwas im Gange wäre. »Der einzige Laden, den ich je erlebt hab, wo sie einen zweiten Soundcheck machen wollen, weil der erste nicht perfekt war.«

»Man lernt nie aus«, sagte Jones. »Wie gefällt dir das Touren?«

»Ich bin noch nicht verhaftet worden, und wir klingen von Mal zu Mal besser. Jones, ich glaube nicht, daß ich dich schon mal so relaxed und cool erlebt habe. Wenn die Frage erlaubt ist, kommt das daher, daß Sybil dich nicht mehr an der kurzen Leine hält, oder hast du eine Wertpapieroption abgestaubt?«

»Nein, ich habe nur erkannt, daß ein angespanntes, mieses, furchtsames Leben, nur gelegentlich durchschossen von Visionen und in jüngster Zeit von ziemlich erstaunlichem Sex, nichts ist, was... ähm, ich sollte wohl lieber nicht über den Sex reden.«

»Ach was, mir gefällt's.«

»Ich weiß nicht, Bär. Irgendwie klappt es in letzter Zeit. Sybil hat sich mit der Vorstellung angefreundet, daß das Zusammenleben mit mir nicht unbedingt das Schlechteste sei, was ihr je widerfahren ist, aber ich glaube, ich habe mich schon vorher verändert. Aus der Erkenntnis heraus, daß ich mich gewissermaßen in einem Zustand der Gnade befand, und immer befunden hatte. Tja, so geschah es also, daß ich aufhörte, mir Sorgen zu machen, und lernte, die Bombe zu lieben.«

»Aha«, sagte der Bär. Er nahm den alten Kumpel genauer in Augenschein, suchte nach Anzeichen der höheren Einfalt, die Jones vormals an den Tag gelegt hatte, fand aber keine. Der Junge schien überraschend souverän in sich selbst zu ruhen. Der Bär erhob sein Glas und hoffte, daß Jones' Zustand von Dauer sei.

»Warum siehst du mich so an?« fragte Jones. »Ist mir gerade eine Blume aus dem Kopf gewachsen oder was?«

»Ich erfreue mich nur an dir.«

»Das kann man wohl als Wandel bezeichnen. Wir haben eine Weile lang an entgegengesetzten Seiten des Berges gebohrt. Wie geht's dir sonst so?«

»Ich bin musikfixiert. Die Musik funktioniert, aber sonst hab ich keine Ahnung von nichts. Berufsrisiko. Ich bin im Mississippi geschwommen und hab nur Akkorde im Kopf gehabt. Ich hab am Ufer im Gras gesessen und mir keine Sorgen darüber gemacht, daß der Mississippi von Zebramuscheln erobert wird, die aus europäischen Tankern gespült wurden und die den ganzen Sauerstoff im Fluß aufbrauchen, so daß alles andere abstirbt.«

»Was hättest du machen wollen, alle mit Pasta kochen und aufessen?«

»Ich habe mir keine Sorgen darüber gemacht, daß der Fluß weiter südlich die Leute aus ihren Häusern schwemmt...«

»Wolltest du ihn austrinken?«

»... und Wälder wegen der Trockenheit wie Zunder brennen, der Lebensraum nach wie vor schrumpft, die Sonne immer heißer brennt...«

»Meinste, du könntest sie ausblasen?«

»... und es auch dem Himmel nicht gutgeht.«

»Das ist eine ganze Menge, um das man sich sorgen könnte.«

»Ich weiß«, sagte der Bär und seufzte. Er wollte Jones fragen, ob er wüßte, was mit Iris los sei, zögerte jedoch und kam dann wieder davon ab. »An manchen Abenden, wenn sich die Musik entfaltet, hebe ich richtig ab, erlebe Visionen, kleine Ekstasen, und dann vergesse ich nur zu gern alles andere. Allerdings sollte man, wenn ich in einem solchen Zustand bin, weniger von vergessen als von subsumieren sprechen. Wie wirklichkeitsnah aber ist das? Ich wünschte, ich wüßte's.«

»Eine zweite Kindheit durchleben?«

»Lang genug ist's her«, stimmte der Bär zu. »Es ist nett, hat aber nicht mehr die Bedeutung wie früher. Ich mein, das Leben ist mehr... ähm.«

»Das Leben ist garantiert mehr ähm«, sagte Jones. »Gibt es etwas, was du mit mir bereden wolltest?«

»Eigentlich...«, setzte der Bär an, doch dann hörte er die Rhythmusgruppe im Saal loslegen, ein Arpeggio auf dem Klavier, ein Klopfen auf der Snare Drum, dann Hatwell und Bostic, die Tierlaute ins Mikrophon ausstießen. Ruf der Wildnis.

»Wie sind sie gewesen?« fragte Jones den Bären, als sie von den Barhockern kletterten. »Habt ihr euch vertragen. Wie spielen sie?«

»Alles Genies«, sagte der Bär. »Und angenehm im Umgang.«

»Findest du Bobby Hatwell nicht ein bißchen allzu intensiv?«

»Der Mann ist ein Schmusekätzchen. Warte, bis du uns spielen hörst.«

»Ähm.« Jones hielt den Bären noch kurz am Ärmel seines Regenmantels fest.

»Ähm?«

»Versuch mal zu raten, wer vielleicht zu den Aufnahmeabenden angereist kommt.«

»Die dänische Dogge?«

»Nein, Krieger hat gesagt, er will nie wieder mit dir arbeiten, und dabei bleibt's auch. James kommt übermorgen, um eine Zusammenschaltung mit einem lokalen Studio und einer mobilen Anlage klarzumachen und alles vorzubereiten.«

»Wir sollten in der Lage sein, ihnen etwas zu bieten, was das Mitschneiden lohnt«, sagte der Bär. »Die Band ist großartig, und ich will den Mund ja nicht zu voll nehmen, aber ich glaube, ich bin eventuell endlich dabei, mein... mein wahres, vielleicht... aber, na ja, kann auch sein, daß ich ersticke, wenn ich weiß, daß das Bandgerät läuft. Mal sehen.«

»Du bist immer noch komisch«, sagte Jones.

»Danke. Also wer kommt angereist?«

Jones sah ihn seltsam an. »Bär, du verarschst mich. Kannst du's echt nicht erraten?«

4

Iris saß im Bus, hatte die Hände in den Schoß gelegt und wartete darauf, daß der Bär von ihrer Ankunft erfuhr und aus dem Club kam, um sie zu begrüßen. Da der Eingang des Blue Note in einer Art Einkaufszentrum beziehungsweise Fußgängerzone lag, hatte Tommy Talmo den Tourbus in einer Zufahrtsgasse hinter dem Gebäude geparkt: nächtliche Dunkelheit, Dämpfe, die aus Seitenfenstern drangen und über wuchtige Müllcontainer hinwegzogen. Angeblich wußte der Bär nicht, daß sie kommen würde, aber sie war sich sicher, daß Jones es ihm erzählt hatte. Obwohl der Sommer in den Bergen eingezogen war, war die Nacht in Colorado recht kühl. Tommy Talmo hatte, bevor er gegangen war, den Motor abgestellt und mit ausgesuchter, aber ungeschickter Höflichkeit zwei kleine Luken im Dach geöffnet. Iris hatte ihn gebeten, die Tür abzuschließen. Sie wußte nicht, wie lange sie würde warten müssen. Eine unbezwingbare Kraft knotete die kleinen knochigen, ungehobelten Hände auf ihren Schenkeln zusammen, und sie hatte das vertraute Gefühl, auseinanderzubrechen und in kleinen Stücken davonzufliegen. Sie war in den Monaten der Häuslichkeit mit dem Bären stärker und ruhiger geworden, aber jetzt, wo sie sich auf diese Reise gewagt hatte...

Iris hörte, wie ein schwerer Schlüssel im Schloß gedreht wurde und dann die Tür seufzend aufging. Der Bus neigte sich unter dem auf ihn einwirkenden Gewicht, und dann platzte der Bär nach oben ins Blickfeld, wobei er den Kopf unablässig auf der Suche nach ihr wendete. Er war, dachte Iris, wie das Hereinbrechen des Urchaos, und sie war sowohl froh, ihn zu sehen, als auch halb zu Tode erschrocken. Wie seltsam, daß er sie nicht gesehen hatte. Sie saß genau vor ihm, im Sessel, allerdings hatte sie, sowie sie den Schalter gefunden hatte, das Deckenlicht ausgeschaltet.

»Bär?« sagte sie, und der emotionale Ausschlag in ihrer Stimme kam selbst ihr unangemessen vor. Das hier sollte schließlich eine Begegnung zwischen alten Freunden sein.

Der Bär stieß einen Entdeckungs- und Willkommenslaut aus, und obwohl er einen Moment innehielt, bevor er auf ihre ausgestreckten Arme zuschritt, konnte Iris die wimmelnde Gestalt seiner Zuneigung und die ganze Wärme seines Herzens fühlen, die ihr in einer riesigen Welle entgegenströmte. Sie drohte darunter zusammenzubrechen und mußte jeden Fetzen Mut beisammenhalten, der sie bis hierher getragen hatte. Es war ihre Pflicht, ihren Willen wie auch immer zu bewahren und ihren Verstand funktionsfähig zu halten. Sie hatte Gelöbnisse zu erfüllen, Gebote zu bezeugen und zu befolgen. »Hier bin ich«, sagte sie und erhob sich.

»Ba-by«, dröhnte der Bär allzu vorhersehbar und nahm sie in die Arme. Nachdem er sie einen Augenblick gehalten hatte, lehnte er sich zurück, um sie anzusehen. »Es ist ganz und gar unfaßbar, dich hier zu sehen. Laß mich dich morgen mit in die Berge nehmen. Fährst du mit uns im Bus zurück nach Osten, wenn wir hier fertig sind? Du weißt, daß wir heute abend eine Aufnahme machen? Es ist unser letzter Abend und wir haben schon so viel tolles Material auf Band, daß wir gar nicht wissen, was wir damit machen sollen. Du mußt uns spielen hören. Wir sind unglaublich. Wir haben unfaßbares Glück gehabt. Du bist schöner denn je, du mußt gerade einem Nonstopflug vom Himmel entstiegen sein. Wie war der Flug? Ich liebe dich so sehr, mein Herz platzt gleich. Die Musik wird unglaublich. Wie soll ich dich eigentlich umarmen, wenn du dich da in diesen Sessel verkriechst? Iris, um Himmels willen, sag schon was.«

Es war so ziemlich das, was Iris erwartet hatte. »Setz dich«, sagte sie und zeigte auf den entsprechenden Sessel jenseits des Ganges.

Der Bär sank rückwärts ins schwarze Leder – Iris hatte ganz kurz das absurde Gefühl, sich selbst als der Bär im Spiegel zu erblicken –, welches klagend aufseufzte und einen Riß in seiner linken Seite aufklaffen ließ, schließlich aber doch unter ihm zur Ruhe fand. »Jones hat mir gesagt, daß du kommst, wollte aber nicht verraten, warum.«

»Das glaub ich dir nicht«, sagte sie.

»Wie bitte?«

»Ich glaube nicht, daß Jones fähig ist, so konsequent seine Klappe zu halten.«

»Wir fahren nach Santa Fe, um deine Töchter zu holen«, gestand der Bär.

»Hat er den Grund genannt?«

»Ich brauche keine Gründe. Du willst deine Töchter holen, und du willst meine Hilfe, das genügt mir. Ich würde alles für dich tun, das weißt du.«

»Bist du dir da sicher?«

»Santa Fe«, sagte der Bär sinnierend. »Das ist doch in Arizona, nicht? Saint of Faith, also der Heilige des Glaubens, in der ariden Zone, sprich: im Trockengürtel. Paßt doch perfekt.«

»Santa Fe liegt in New Mexico«, sagte Iris.

»Das sind ein paar Stunden Fahrt von hier. Halber Tag oder so. Das weiß ich, weil Rondo es mir gesagt hat. Wann geht's los? Morgen? Lieber schon heute abend? Ich soll 'ne Platte machen, aber scheiß doch drauf, wen kümmert das, Baby, ich bin so stolz auf dich. Wir wollen deine Töchter zurückholen. Wir fahren alle zusammen im Bus nach Hause. Warum machst du so ein sorgenvolles Gesicht? Irgendwas nicht in Ordnung da unten? Wenn der Scheißkerl Herb sie schlecht behandelt, dann hau ich ihn zu Klump. Ich zermahle ihn wie Kaffeebohnen und zerstreue das Pulver über ganz Arizona. Ich stehe auf deiner Seite, ich bin für dich da.«

»Ich wäre furchtbar froh über deine Hilfe und Unterstützung, Bär«, sagte Iris.

»Schau in dies Gesicht.« Der Bär zeigte auf sein eigenes. »Liegt darin nicht ein Ausdruck von positiver Einstellung und gutem Willen, oder was? Möchtest du gleich losfahren oder mit in den Club kommen und zuhören, wie wir unsere 15-CD-Box fertigmachen?«

»Ich würde euch gern spielen hören, und dann, falls alles soweit arrangiert werden kann, könnten wir die Nacht zusammen verbringen und morgen früh aufbrechen«, sagte Iris.

»Das ist noch vollkommener als perfekt«, sagte der Bär. »Ich bin so glücklich, dich zu sehen. Komm mit rein, ich spiel einen extraschönen Set, extra für dich.«

Später sollte sie sich kaum noch an das Blue Note erinnern: ein großer Laden mit hohen, mitternachtsblauen Wänden, und die Jungs aus der Band, die mit strahlendem Lächeln auf sie zukamen. »Hi«, sagte sie und mußte lachen. Vor ein paar Monaten, bei den Proben in Shady, hatte sich ihre ganze Zuneigung untereinander verteilt, ein bißchen war noch für den Bären übriggeblieben, aber ihr hatten sie kaum Beachtung geschenkt – sie hätte genausogut ein sprechendes Möbelstück sein können. Jetzt fühlte sie eine unverkennbare Wärme von diesen drei jungen Männern auf sich herabströmen, während sie ihren Tisch umringten. Lag das an der Zeit, all den Meilen und der Musik, so daß sie eine Nutznießerin ihrer Zuneigung für ihn war – oder war ihre, Iris', Beziehung zu dem Bären eine so amüsante sexuelle Vorstellung? Die offenkundige Ehrlichkeit der Jungs war es schließlich, die sie dieser Sorge enthob. »... zwei Stunden Verspätung am Kennedy«, sagte sie, »aber sonst ein guter Flug, danke.«

»Hat Rondo auf dem Weg vom Flughafen noch kurz einen Krämerladen überfallen?« fragte Linton sie.

»Wer?« Aber Iris bekam nicht heraus, wer Rondo war. Der Bär streckte die Arme aus und umarmte seine Band als Ganzes. Bostic tat so, als würde er unter dem Gewicht der Umarmung zusammenbrechen.

»Sind sie nicht 'ne Wucht?« sagte der Bär zwischen Garretts und Linton Bostics Köpfen hindurch.

Es gab einen kurzen Tumult, dann bemerkte der Bär, daß vier tibetanische Mönche in orangefarbenen Gewändern am Tisch hinter ihm saßen. »Entschuldigung, haben wir Sie belästigt?« fragte der Bär. »Nein?«, und blickte in ihre ihm zugrinsenden Gesichter.

»Wo Sie kommen *her*?« fragte ihn schließlich ein rundköpfiger

Mönch mit geschorenen schwarzen Haaren, goldener Haut und einem wunderbar offenen Lächeln.

»Ich komm aus New York City und ziehe eine Ruhmwolke hinter mir her«, sagte der Bär. »Und Sie?«

»Tibet«, antwortete der Mönch.

»Ach ja? Aus welcher Gegend?«

Iris war überrascht, daß dieser Witz am Mönchstisch sofort verstanden und mit Gelächter quittiert wurde. Sie mußten wohl schon eine Weile unterwegs sein.

Apropos, es schien ihr, kurz bevor der Bär sich zur Bühne aufmachte – er hatte den Arm um sie gelegt und war unangenehm überschwenglich –, daß die Mönche ihre Beziehung zu dem Bären registrierten und ein paar schnelle, beiseite gesprochene Worte auf Tibetanisch über das Thema wechselten: ziemlich unhöflich, und als der Bär weg war, lächelten und nickten und scharwenzelten sie ein bißchen allzusehr.

Iris war jetzt entschlossen, Jones zu fassen zu kriegen, der sich offenbar über irgendwelche Details verrückt machte und zwischen der Bühne und einer Sitzecke an der hinteren rechten Wand des Clubs, zu der ein Bündel abgedeckter schwarzer Kabel führte, hin und her wuselte.

Als die Band ihren Set mit einem Shuffle-Blues eröffnete, der ihr halbwegs vertraut klang, gelang es ihr endlich, Jones herbeizuwinken. »Ich hoffe, du kommst mit uns nach Santa Fe«, sagte sie, indem sie ihn am Handgelenk näher heranzog, damit er nicht plötzlich weglaufen konnte.

»Natürlich«, sagte er.

»Gut«, sagte sie und nickte. »Das ist mir ein großer Trost.«

Jones' Gesicht nahm einen theatralisch aufrichtigen Ausdruck an, und er beugte sich herab, um ihr etwas unbeholfen die Arme um die Schulter zu legen. »Du kriegst deine Töchter wieder«, sagte er.

»Das hoffe ich.«

»He, der Bär ist bei Rettungsaktionen ganz groß. Mach dir keine Sorgen. Wir schaffen das. Das geht schon klar.«

»Es wird kein Sonntagsausflug werden«, sagte sie. »Es könnte schiefgehen. Du kennst Herb nicht.«

»Keine Angst, Kindchen. Den haben wir unter Kontrolle.«

Sie kapierten es einfach nicht, wie?

Der Mond war schon auf dem Weg nach unten, und die Berge erhoben sich wie ein gezackter Schriftzug vor den Sternen, als Rondo den Bären und Iris, nach einem Dreier-Set, der vom Publikum gut aufgenommen worden war, von Boulder aus nach Norden auf einer zweispurigen Asphaltstraße zum Campingplatz fuhr. Garrett und die hübsche rothaarige Bardame folgten ihnen in einem alten Volvo. Iris hörte nur flüchtig zu, wie der Bär ihr erzählte, daß Rondo sie für zweihundert Dollar nach Santa Fe und wieder zurück bringen würde. Und sollte er die angebotene Zusatzwoche in dem Club noch wahrnehmen oder nicht?

»Entscheide das doch, wenn wir wieder da sind«, riet sie.

Ungefähr fünf Meilen nördlich der Stadt bogen sie nach links auf eine unbefestigte Straße, die sie in den Schoß der Berge führte und den Bus über allerlei Unebenheiten holpern ließ. Iris ging nach vorn, um durch die Windschutzscheibe zu schauen: Berggipfel schwammen in den Himmel hinein und schluckten die Sterne und den abnehmenden Viertelmond, während der Bus in ihren Schatten eintauchte. Iris schauderte. Nein. Es wird klappen, dachte sie. Es muß.

»Fast da«, sagte Rondo.

Sie spürte die Pfote des Bären leicht auf ihrer Schulter und tauchte darunter weg. »Es ist schön hier«, sagte Iris.

»Hier übernachte ich, seit wir in Boulder sind«, sagte der Bär. »Die beste Lagerstätte, die ich auf der ganzen Tournee hatte. Meistens schlaf ich draußen. Das ist das Tor.«

Iris erblickte zu allen Seiten nur Schemenhaftes, als der Bus hindurchfuhr.

»Es ist ein Campingplatz, der eigentlich geschlossen ist, weil sie irgendwelche Arbeiten durchführen, aber unser Rondo hat sich an ein oder zwei Schlössern zu schaffen und dann noch die richtigen Leute geschmiert...«

»He, he, he«, sagte Rondo gepreßt, und Iris hörte Kies unter den Reifen, als der Bus nach links schwenkte und mit vollendeter Eleganz zum Stehen kam – er hat wirklich ein Füßchen für die Pedale, dachte Iris. Der Volvo hielt rechts neben dem Bus.

»Home sweet home«, sagte der Bär.

Rondo erklärte, er würde ihnen die Schlüssel dalassen für den Fall, daß sie heizen oder kühlen oder was zum Kack auch immer wollten, Entschuldigung, Ma'am, und abholen würde er sie, wäre elf Uhr morgens zu früh? Weil, wenn man sechs Stunden Fahrt nach Santa Fe kalkuliert, und wann wollten sie da sein? Okay, dann bis zehn Uhr. Ihr wißt, wie spät es jetzt ist. Okay, bye.

Der Volvo hupte zum Abschied, und Rondos Arm winkte aus dem hinteren Fenster, während die Rücklichter entschwanden.

Der Bär und Iris blieben vor dem Bus stehen, ließen die Stille sich wieder ausbreiten. In der Ferne heulte etwas auf, und als Iris Blätter rascheln hörte, sah sie nach links und konnte noch gerade eben eine weit gesetzte Anpflanzung junger Espen erkennen, silbrige Blätter, die im Sternenlicht und der Aura des hinter der Bergwand stehenden Viertelmondes zitterten.

»Na, was meinst du?« sagte der Bär.

»Es ist ein reizendes Fleckchen. Das hier ist ein Campingplatz. Wir sind auf einem Parkplatz. Warum ist sonst niemand da?«

»Hat Rondo doch gesagt. Willst du dich beschweren?«

»Nein.«

Sie liebten sich auf einer Koje im hinteren Busteil, so schnell und fieberhaft, daß sie von der Intensität richtig durchgeschüttelt wurden. Hinterher fing der Bär an zu lachen.

»Was ist?« fragte Iris.

»Es war, als bekäme man einen tödlichen Stromschlag, aber auf die denkbar angenehmste Weise«, sagte er, und sie schloß sich seinem Lachen an. Nach einer Weile gingen sie wieder nach draußen, Iris leicht in eine Decke eingewickelt.

»Guckemal«, sagte der Bär, und sie standen da und beobachteten eine ganze Reihe von Sternschnuppen, die über die ausgebreiteten Flügel der Nacht hinwegflitzten: Es war die Jahreszeit der Meteorschauer, und der Himmel hier war wie dafür gemacht: ein feiner Lichterstaub, Urstoff im Keimstadium hinter Milliarden von hellen Partikularitäten. Hier unten zwischen den Espen flimmerten andere Konstellationen, die in neuer Konfiguration wieder erschienen: Glühwürmchen auf Brautschau. »Da, wieder einer.« Der Bär zeigte auf einen Meteorstreifen, dem gleich ein weiterer folgte, nur ein paar Grad weiter unten am Himmelszelt.

»Ich habe in der Nacht, bevor ich geflogen bin, vor dem Haus in Shady gestanden und hab sie beobachtet«, sagte Iris. »Aber was für einen Himmel du hier hast, Bär. Viel klarer. Soviel Sterne.«

»Du glaubst, daß es meiner ist?«

»Hab ich mich in dir getäuscht? Das alles hier gehört dir gar nicht?«

»Häh? Was? Entsch…«, sagte der Bär, sah dann Iris im unverstärkten Sternenlicht lächeln. »Warum mußt du mich immer aufziehen?«

»Weil es so leicht ist«, sagte Iris.

Sie gingen in den Bus zurück, weil es dann doch ein wenig kühl wurde, und als sie sich zum zweitenmal liebten, herrschte eine beiderseitige Zartheit und Rücksicht, die sie noch niemals erlebt zu haben glaubten. Fast wie ein Abschied. Der Bär schaltete das kleine Licht aus.

»Ich hätte nie gedacht, daß es so sein kann«, sprach Iris' Stimme im Dunkeln, dann lachte sie. »Das glaub ich nicht, daß ich es war, die das gerade gesagt hat.«

Der Bär lachte mit, fügte jedoch hinzu: »Ich war's aber auch nicht.«

Sie schwiegen eine Weile, jeder in seine Lieblingsgedanken verstrickt. »Ich habe nie verstanden«, sagte der Bär schließlich, »warum man hinterher Tristesse empfinden soll.«

»Tun wir nicht. Ich tu's nicht. Du?«

»Wozu? Hör mal, erzähl mir, was mit deinen Töchtern los ist. Willst du sie grundsätzlich zurückhaben, oder ist irgendwas Schlimmes da unten im Gange?«

»Beides. Sie sagen nicht viel, aber ich habe immer befürchtet, daß Herb durchdreht, selbst in seinen besten Zeiten, und jetzt höre ich es in den Stimmen meiner Töchter, und ich bin mir sicher, auch in seiner. Ich habe Angst um meine Töchter, Bär.«

»Keine Sorge, Kindchen. Wir befreien deine Kinder aus den Klauen des Ungeheuers.«

»Wir befinden uns nicht in einem Märchen.«

»Ach ja? Guck dir mal deine Begleitung etwas genauer an.«

Iris' Stimme war ruhig und ernst. »Ich weiß, daß ich die beiden mit mir nehmen werde. Ich habe es gesehen.«

»Sprechen wir hier von Präkognition?« wollte der Bär wissen.

»Ohne dich hätte ich nicht die Kraft, es zu tun. Ich meine jetzt nicht, daß du mit mir kommst, obwohl das wichtig genug ist, glaub mir. Ich meine, ohne deinen Einfluß … Ohne die Kraft, die du mir gegeben hast, hätte ich nie und nimmer gewagt, es auch nur zu versuchen. Ich möchte, daß du das weißt, was immer geschieht.«

»Was soll geschehen? Wir holen deine Kinder und leben glücklich bis in alle Ewigkeit. Du tust etwas Gutes. Aber darf ich eine simple Frage stellen? Warum hast du mir nicht vorher schon davon erzählt? Warum all die Monate zu Hause gar nicht und dann all dieses Gutgutgut am Telefon? Warum die ganze Geheimhaltung?«

»Ich war mir nicht sicher, ob ich die Kraft haben würde, bis das Flugzeug nach Denver tatsächlich abgehoben hat. Und ich wollte nicht im voraus mit dir darüber in ein, wie soll ich es nennen, Dings geraten.«

»Was für ein Ding? Ich stehe ohne Einschränkung hinter dir.«

»Ich wollte ja auch nicht, daß du mich dazu drängst, solange ich mir nicht selber völlig sicher war. Ich wollte mir erst darüber klarwerden, ob es richtig ist. Weißt du noch, daß du mir gesagt hast, du würdest mir dein Ich geben, wenn du könntest? Ich glaube, das hast du tatsächlich getan, und dafür bin ich dankbar.«

»Ich glaube nicht, daß das möglich ist«, sagte er. »Es ist alles du selbst, und es ist großartig.«

»Du bist so anspruchslos. Und du kannst keine Komplimente annehmen.«

»Mag sein. Kann ich das Licht anmachen?«

»Haben wir genügend warme Decken zum Draußenschlafen?« fragte Iris. »Das Bett hier drinnen ist irgendwie zu schmal, wir müßten über den Gang hinweg Händchen halten. Ich würde lieber in deinen Armen schlafen.«

»Wir können zwei von den Matratzen hier mit nach draußen nehmen und dazu ein paar Decken. Außerdem haben wir noch unsere Liebe, die uns wärmt. Von der guten alten Bärenfelldecke gar nicht zu reden.«

»Es ist alles immer noch so seltsam«, sagte sie. »Also gehen wir.«

Frühmorgens beobachtete der Bär sie, wie sie rosig nackend – was für ein reizender kleiner Hintern – auf dem Gras und dann zwischen den Espen herumspazierte. Keiner von beiden hatte in dieser Nacht viel Schlaf zustande gebracht. Statt dessen jede Menge in die Sterne geguckt und dem Wind gelauscht. Vor dem ersten

Morgengrauen waren sie eingedöst, aber der Bär, von seiner üblichen Sorge bedrängt, in einer nicht angängigen Beziehung zur bekannten Welt entdeckt zu werden, war kurz darauf wieder hochgeschreckt, und davon war auch sie wachgeworden, bevor er noch Gelegenheit hatte, über ihren süßen Schlaf zu wachen.

Sie hatten sich, unter den beschränkten Möglichkeiten, die der Bus bot, ein wenig gewaschen, und er hatte ihr eine saubere Zahnbürste aus seinem Gepäck gegeben, da sie vergessen hatte, eine einzupacken. Jetzt ging sie auf Zehenspitzen durch den Morgentau, während der Bär ihr von der offenen Bustür aus zusah. Der Anblick von ihr – ein Luftgeist, dessen Gang von einem Tanz schier nicht zu unterscheiden war – paßte zu dem elementaren Bild, das er seit jeher von ihr hatte: Fast erwartete er, sie würde sich niederbeugen, um zum Frühstück etwas Tau von einem Grashalm oder einem ihr von einer diensteifrigen Espe dargereichten Blatt zu schlürfen. Ihre Kultiviertheit war so außerordentlich, daß er ungeachtet der tagtäglichen Anschauung am Eßtisch beinahe wirklich dachte, sie ernähre sich von so materiearmen Dingen wie Kondensation oder Regen. Alberner Gedanke. Ihren grazilen Gang auf dem ordentlichen Rasen vor Augen, hinter ihr die sich in dunkelgrünem Drama zu grauer Zerklüftung aufschwingenden Berge, wußte der Bär, daß dieses Bild, jetzt in diesem Moment, sich in sein Gedächtnis einschreiben und dort so lange lebendig bleiben würde wie er selbst. Ach, die Eleganz ihres Schrittes. Es möchten ihr jeden Augenblick Flügel aus dem Rücken wachsen.

Und doch war sie stark genug, sich herauszubegeben und ihre Töchter zu holen. Er war stolz auf sie.

Der Bär hörte ein sich näherndes Motorgeräusch und drehte sich dem von Osten kommenden Zufahrtsweg zu. »Komm zurück zum Floß ...«, wollte er rufen, bevor er sich erinnerte, daß er diesen Satz kürzlich schon einmal vernommen hatte – wo eigentlich? »Iris!« rief er statt dessen. »Besucher! Gäste!«

Der Bär spähte die Straße hinauf. Zwei Wagen, ein Minivan, den er nicht kannte ... und der Volvo von gestern nacht. War die ganze Band gekommen, um sie zu verabschieden?

Iris zog sich im Bus an und beobachtete, während sie die weiße Bluse glattstrich und den Reißverschluß ihrer Jeans überprüfte, die Gruppe auf dem Parkplatz: die Band, den Bären, Jones, zwei schläfrige Kellnerinnen neben den im Leerlauf laufenden Autos und Rondo, der zum Bus herüberlinste. Iris glaubte nicht, daß jemand sie nackt gesehen hatte.

Der Bär und seine Band waren in einer Reihe von Umarmungen begriffen, die so herzlich ausfielen, daß die darin zum Ausdruck kommende männliche Verbundenheit sie beinahe ängstigte – sie mußte sich in Erinnerung rufen, daß die Furcht ihren Gedanken an Herb entsprang und daran, was geschehen mochte, wenn sie ihm gegenüberstand. Der Bär und die Band waren unschuldig.

Sie schlüpfte in ihre Schuhe, prüfte ein letztes Mal ihr Aussehen im schmalen, unzulänglichen Spiegel, und als sie vorsichtig den Tritt hinunterstieg, sah sie zu ihrer Überraschung, daß es Linton Bostic war, der herübergetrottet kam und – sie stand noch auf der letzten der schwarzen Gummistufen, war noch nicht ganz auf die Erde zurückgekehrt – sein hübsches junges Gesicht und strahlendes Lächeln ihr schräg von unten zuwandte. »Wir möchten dir alle viel Glück wünschen«, sagte er. »Ich würde ja selber gern mitkommen und dir behilflich sein, aber alle sagen, nein, nicht nötig, der Bär und Jones und Rondo hätten die Sache im Griff. Wie geht's denn so?«

»Ich bin gerührt«, war alles, was Iris zu sagen wußte.

Linton streckte seinen langen schlaksigen Arm aus und half ihr beim Abstieg zur Erde. Inzwischen wurde sie auch von allen anderen mit guten Wünschen eingedeckt, und der allgemeine Abschiedslärm klang noch in ihrem Kopf nach, als der Bus schon fast die Asphaltstraße nach Süden erreicht hatte und Jones zwei große weiße Papiertüten raschelnd öffnete. Iris roch etwas Gutes.

»Wir haben beschlossen, früh rauszukommen«, sagte Jones. »Vielleicht hätten wir anrufen sollen – warum haben wir das eigentlich nicht gemacht? Hab ich vergessen –, aber Rondo hat eine Arbeitsstudie angefertigt beziehungsweise das I Ging befragt, und du solltest jetzt am besten eine Kanne Kaffee kochen. Also, ich hätte jedenfalls gern einen, und schaut mal, was ich mitgebracht habe.«

Jones hatte Bagels aus dem Imbißladen in der Innenstadt von Boulder mitgebracht, die aufwendig in Papier eingewickelt waren und dick belegt mit Frischkäse und Zwiebeln und Tomaten und vor allem Lachs, je einen für sich und Iris, vier für den Bären und noch ein paar nur mit Frischkäse für alle Fälle. Iris und der Bär wetteiferten ungeschickt an der Kaffeemaschine und ließen das Filterpapier zweimal fallen, doch irgendwie kamen sie dann doch zu Rande, während der Bus unbeirrt gen Süden steuerte.

»Phantastisches Frühstück«, sagte der Bär, bevor er den nächsten Bagel einwarf.

»Wir haben einen langen Tag vor uns«, sprach Rondo vom Fahrersitz her. »Können wir nicht ein bißchen Musik hören?«

Der Bär war klug genug, dem Mann seine Dosis Country zu gewähren.

Was Country-Musik betraf, hatte Iris eine simple Aufteilung parat: auf der einen Seite Willie Nelson, auf der anderen alles andere. Was aus dem Äther kam, war nicht Willie Nelson, aber sie konnte damit leben. Der Kaffee war gut, und sie schenkte sich noch einen ein, und es war fast wieder wie das häusliche Leben mit dem Bären: Sie beobachtete, wie er einen halben Bagel in den Mund einführte und rief sich in Erinnerung, daß er ihr damit wohlbedacht einen Gefallen tat, es war so etwas wie seine Version von Zartgefühl: Normalerweise aß er sie nämlich gern in einem Stück. Der ihm aus den Maulwinkeln schäumende Frischkäse ließ ihn trotzdem etwas unzivilisiert erscheinen.

»Da ist es.« Rondo zeigte nach links in die Ebene, als sie zehn Minuten südlich von Boulder waren, und sie erblickten in vierhundert Meter Entfernung hinter einer Reihe von Schutzzäunen eine Ansammlung von flachen graubraunen Gebäuden. »Rocky Flats.«

»Wo sie die Plutoniumzünder für die H-Bomben hergestellt haben«, erklärte Jones. »Jetzt räumen sie auf und machen alles sauber, hihi, als wenn das ginge.«

»Yeah, genau«, grölte Rondo und wandte sich mitten in der Fahrt nach hinten. »Überall Radioaktivität hier draußen. Darum war auch der Campingplatz geschlossen. Die ganze Gegend hier ist von Abfall verseucht.« Rondo lachte, während er den Bus zurück in die Spur riß. »Von oben bis unten zugeschissen.«

Der Bär und Iris starrten einander für einen langen Augenblick an, dann einigten sie sich darauf, daß ein nächtlicher Aufenthalt in ihrem Fall und gerade mal eine Woche in seinem unmöglich ausreichen konnten, um... zumal sie beide nicht von dem Wasser dort getrunken hatten – was allerdings insofern Glück war, als ein gemeinsames, womöglich mit Leidenschaft ausgetragenes Bad in dem am Rande des Parkgeländes vorbeifließenden Flüßchen eine unwiderstehliche Versuchung dargestellt hätte, wenn nicht die Abholdelegation so früh eingetroffen wäre.

»Bär?« Iris starrte auf seinen Pelz. »Du hast doch wohl nicht in dem Bach gebadet, oder?«

Der Bär schüttelte den Kopf. »Da muß einer sein, der auf mich aufpaßt«, sagte er.

Sie hielten sich dicht an die nach Süden und Westen ausscherende Bergkette, wenngleich die Landschaft hier und da zu weniger dramatischer Aussagekraft zu zerkrümeln schien und die Straße ein- oder zweimal gar in eher minderwertiges Gelände abirrte.

Iris hielt sich weitgehend von jeder Unterhaltung fern und beobachtete statt dessen die vorbeiziehende Landschaft. Je mehr davon vorbeizog, desto weniger beobachtete sie aber, da sie ihre Gedanken auf das zu konzentrieren suchte, was vor ihnen lag. Angenommen, es erweist sich als unmöglich, Aim und Trace da rauszuholen, ohne daß Herb die Polizei ruft? Und sie dann unterwegs in einem Bus mit einem sprechenden Bären und zwei jungen Mädchen, für die sie gar nicht das Sorgerecht besaß? Andererseits, wer außer dem Bären konnte ihr helfen? Sie hatte diese Sache auf die einzige ihr möglich erscheinende Weise in Angriff genommen. Angenommen, es stellte sich als genau die falsche Weise heraus – was dann? Vielleicht hatte der Bär ihr nicht zu mehr Mut verholfen, sondern zu mehr Dummheit? Kann nicht sein. So kann es einfach nicht sein. Sie mußte ihre Töchter da rausbekommen. Alles andere war irrelevant. Es ging ihr nicht um Rache an Herb, oder? Aber was, wenn sie sich getäuscht hatte?

Vom Verstand her glaubte sie nicht an Revanche oder gar Rache. Sie glaubte an wahre Augenblicke, an ihre Echtheit oder, eigentlich häufiger, den Mangel daran. Was für ein Augenblick aber war der jetzige? Iris glaubte nicht, jedenfalls nicht bewußt, an schlüssige Lebensdramen mit einem kohärenten Netz von Handlungen, Konsequenzen und Erlösungen, doch irgendwo tief drinnen hatte sie das starke Gefühl – von dem sie sich wünschte, es sei Überzeugung –, daß, wenn es ihr gelänge, ihre Töchter aus einer offensichtlich gefährlichen Lage zu befreien und sie vor einem Chaos zu bewahren, dem ausgesetzt zu sein sie in keiner Weise verdient hatten, dies vielleicht der Beginn einer Wiedergutmachung für das entscheidende Versäumnis ihres Lebens sein könnte.

Einmal hielten sie an, um einen Imbiß zu nehmen, und auch davon schloß Iris sich aus, einem obskuren, aber mächtigen Drang folgend, sich für die bevorstehende schwere Prüfung gleichsam zu reinigen; immerhin verließ sie den Bus, um etwas Luft zu schnappen. Überrascht war sie, daß ihr völlig entgangen war, wie die Landschaft sich vom Grünen und Granitenen in ein Rötliches verwandelt hatte, das ihr gänzlich unvertraut war. Die Luft war heiß und trocken und klar, und über dem Ort lag etwas Dramatisches und, wie sie versucht war zu sagen: Heiliges.

»Ma'am«, ertönte Rondos Stimme hinter ihr. »Wir wären dann wieder soweit.«

Fünfzig oder gar hundert von diesen roten, lichtüberfluteten Meilen zogen vorbei, Sandsteinquader ragten unter bröckelnden Hügeln schräg aus der Erde, und nachdem Rondo einige Male falsch abgebogen war, offenbar bei dem Versuch, sich Santa Fe aus der günstigsten Richtung zu nähern, bog der Bus knirschend auf eine am Straßenrand gelegene Aussichtsbucht. Die Stadt lag unmittelbar vor ihnen, und als sie alle aus dem Bus stiegen, fühlte Iris, wie ihr bebendes kleines Herz gegen das Brustbein trommelte. Alle Kräfte, die in ihrem Leben eine Rolle gespielt hatten, waren wie Armeen zusammengezogen, und der Ausgang war ungewiß – dieser ganze Krishna- und Arjuna-Schrott, der sie ängstigte, und an den sie nicht gern glauben wollte.

Sie war die letzte, die an die Aussichtsplattform trat, und mußte sich richtiggehend zwischen Jones und dem Bären hindurchdrängen, um zu sehen, was es zu sehen gab. Hierher also hatte Herb ihre Töchter gebracht. Für sie war es völliges Neuland: die zerfurchte Erde so rot, und der Himmel darüber, dem es an helleren Obertönen gebrach, strahlte ein flaches Cyanblau ab, in das das Weiß der langgezogenen Wolken gesprenkelt war, an den Unterseiten durch die Reflektion der Erde ziegelsteinrot getönt. Von der heißen, trockenen Luft bekam sie einen klaren Kopf. Was für ein unzweideutiger Ort dies ist, dachte sie. Und wie empfänglich ich für seine Aura bin. Paß lieber auf.

»Heiliger Boden, klarer Fall«, sagte Rondo knapp.

Jenseits eines Stückes Flachland erblickte Iris ein komplexes, aus geraden Linien gebildetes Netz von Stahlzäunen, hinter denen Natriumdampflampen ein teuflisches Gelb über flache Gebäude strahlten, obwohl die Sonne erst in ein paar Stunden untergehen würde.

»Seht, das ist das Gefängnis da«, fuhr Rondo fort. »Ein Jammer, Bär, daß du und ich nicht mal eben rübergehen und ein paar gute alte Jungs raushauen können. Sind wahrscheinlich nicht wenige meiner Freunde da drin. Können wir nicht, was? Ma'am, sind Sie sicher, daß Sie nicht noch mehr Hilfe brauchen?«

Iris schüttelte den Kopf.

»Wie lange hast du gesessen?«

»Ach«, sagte Rondo, »ich und der Knast, wir kennen uns schon ganz lange.«

Iris versuchte sich auf das Anstehende zu konzentrieren. Jenseits des Gefängnisses, links nach Süden und Osten raus, konnte sie den Autokulturabschnitt und die einsammelnden Vertikalen einer Stadt erkennen, Santa Fe offenbar. Da. Da war es.

Jones hatte die Landkarte auseinandergefaltet und raschelte wichtigtuerisch damit herum.

Der Bär legte einen Arm um ihre Schultern, und sie ließ es sich gefallen, machte dann einen halben Schritt auf die Karte zu.

»Wir müssen jetzt eine Entscheidung treffen«, sagte Jones. Er zeigte nach unten auf einen staubig wirkenden Landstrich, in dem einige Häuser wie hingewürfelt standen. »Jim Wilsons Haus ist da unten – du erinnerst dich doch an Jim, Iris? Ich hab ein bißchen rumtelefoniert und ihn aufgestöbert, wirklich erstaunlich, was man hinkriegen kann, wenn die Firma die Telefonrechnung bezahlt –, und wir sind eingeladen, uns dort auszuruhen, zu übernachten und deine Töchter morgen zu holen; übrigens warten, falls wir kommen, ein großartiges Essen und guter Wein auf uns. Oder wir fahren direkt nach Santa Fe und machen es gleich.«

»Wir machen es jetzt gleich«, sagte Iris.

Die beiden Männer und der Bär blickten einander an und nickten. Oh, wie zuvorkommend, dachte Iris.

»Okay«, sagte Jones. »Wenn die Auskunft, die Rondo in Boulder eingeholt hat, korrekt ist…«

»Ist sie«, sagte Rondo.

»… dann liegt das Haus deines Exmannes in einem Reiche-Leute-Cañongebiet etwas nordöstlich der Stadt.« Jones zeigte in eine Richtung, die links von der Stadt lag und dann nach unten auf die Karte, aber Iris war nicht in der Lage, eine Verbindung zwischen den beiden Punkten herzustellen. »Bist du dir wirklich sicher, daß wir nicht erst ein bißchen auskundschaften, eine Nacht abwarten und dann morgen zuschlagen sollten?«

»Ich möchte meine Kinder jetzt gleich holen«, sagte sie, »und dann sofort nach Colorado zurückfahren.«

»Dann ist es entschieden«, sagte der Bär. »Schnappen wir noch etwas von dieser guten Luft und machen uns dann an die Arbeit.«

Jones klopfte auf die Karte und zeigte auf einen Punkt jenseits von Santa Fe, wo sich die gezackten Umrisse von Bergen aus der Erde erhoben, deren untere Abhänge in der untergehenden Sonne blau bis purpur strahlten. »Seht ihr die Lichter am Fuße der Berge da drüben?« sagte Jones. »Los Alamos. U-235. Die Bombe. Radiation City.«

Rondo stieß einen leisen Pfiff aus. »Die glühenden Eier der Schlange«, sagte er. »Sehr gefährlich, wenn man sie klaut.«

Den Bären befiel ein klassisches Stutzen, dann sagte er: »Genau, Rondo. Sowieso!«

»Was?« Iris war kurzzeitig vom Auftauchen dieses unpassenden Subtextes verwirrt, erkannte dann jedoch: Natürlich, diese ganze spektakuläre Landschaft ist verseucht, und meine Töchter sind darin gefangen.

Jones wollte die Landkarte wieder zusammenfalten, kam aber mit den Falzungen nicht zurecht. »Santa Fe geht noch – Scheißding –, aber ich hab gehört, die Krebsrate in Los Alamos ist – Mann, dieses Scheißteil.«

Rondo nahm ihm die Karte ab und faltete sie so zusammen, daß der Stadtplan oben lag.

»Ich hab noch nicht mal ein Bild von Herb gesehen«, sagte der Bär nebenhin.

»Ich ziehe es vor, solches nicht in der Nähe zu haben«, sagte Iris zu ihm.

»Wie sieht er denn aus?«

»Sephardisch.«

»Darunter kann ich mir wenig vorstellen.«

»Er ist ein sehr attraktiver Mann«, sagte Iris.

Ein beschämt wirkender Bär blinzelte ihr zu. »Attraktiver als ich?«

Iris war dankbar für Jones' knochige Schulter, an der sie sich vor Lachen ausschütten konnte.

»Was gibt's da zu lachen?« wollte der Bär wissen.

Iris sah ihn an und verfiel in weitere Zuckungen – aber grenzte das nicht langsam an Hysterie?

»Du bist... anders«, brachte sie irgendwie heraus.

»Inwiefern anders?«

»Danke, Bär.« Sie kriegte sich wieder ein. »Das tat gut.«

»Yeah, und wie hoch ist nun die Krebsrate in Santa Fe?« fragte Rondo Jones.

»Jungs«, sagte Iris schließlich. »Seht ihr das?«

Im Westen, von Albuquerque her, lag ein fächerartiger Mantel dunkelgrauer Wolken, der sich rasch in ihre Richtung ausbreitete, das Land unter sich verdunkelte und seine Ärmel der Sonne entgegenstreckte, deren Feuerstrahlen das Gewebe hier und da durchstießen.

»Jesses«, sagte Jones.

»Mann, ich liebe den Scheißwesten«, faßte Rondo seinen Eindruck zusammen.

»Sturm«, sagte der Bär überflüssigerweise.

»Was auch immer.« Iris sah sich von Verrückten umgeben. »Ich wäre gern woanders, wenn es hier ankommt.«

Die Wetterfront war jedoch längst zerbrochen, und nur noch einzelne graue Fetzen hingen in der Luft, als sie den Weg aus dem Zentrum von Santa Fe herausfanden; hinter ihnen ging unangefochten die Sonne unter. Nachdem Rondo zum Überprüfen seiner Notizen an einer Steigung noch einmal gehalten hatte, während das Tageslicht sich von Gold zu Orange verdunkelte, schleppte der Bus sich durch eine Haarnadelkurve nach links auf eine Straße, die aus einem mit Salbei- und Mesquitsträuchern bestandenen Cañon hinauf auf einen seiner Kämme führte. Die flachen weißen Adobehäuser, die auftauchten, je höher man gelangte, boten zur Straße hin einen eher bescheidenen Anblick, während sie nach hinten heraus recht ausgreifend zu sein schienen und dunkle, auf antik gemachte Balken unter Pueblodächern hervorstechen ließen: So würde ethnische Kultur aussehen, wenn die betreffenden Ethnien über die entsprechende Kohle verfügten. Kakteen, weitere Mesquitsträucher, dunkelgrüne Silberblätter auf verschlungenen Zweigen, makellose Kieswege und freiliegende rauhe Felsen – alles auf künstlich angelegtem Gelände, um den Leuten, die dort wohnten, zu allen Seiten ordentliche und erfreuliche Ausblicke auf die Welt zu bescheren, die sie sich sauer verdient hatten.

»Das große Geld«, sagte der Bär, indem er sich vorbeugte, um durch die Windschutzscheibe zu spähen. »Jedes einzelne bestimmt einige hunderttausend wert.«

»Eher wohl eine Million«, sagte Iris. »Hätte mich gewundert, wenn ich Herb nicht in so einer Gegend gefunden hätte. Sehen Sie irgendwelche Nummern an den Torpfosten, Ron?«

»Ich bin am Gucken, Schätzchen. Das da drüben?«

»Schauen wir mal.«

Rondo hielt den Bus rechts vor einem noch in Bau befindlichen Haus, gegenüber von dem Gebäude, das Herbs Hazienda sein mochte und das breiter angelegt war als die meisten Häuser an der Straße.

Iris sah in der Einfahrt einen gedrungenen schwarzen Porsche am Hinterteil eines Range Rover schnüffeln und wußte, daß sie hier richtig waren. Er ist immer noch reich und mächtig. Also los. Gott steh mir bei.

Rondo bestätigte die Nummer.

»Soll ich mit dir gehen?« fragte der Bär.

»Nein«, sagte sie, »ich will es erst allein versuchen«, und in einer Art Traumzustand stieg Iris aus dem Bus, überquerte die Straße, schritt über den weißen, gewundenen Sandweg an niedrigem, trockenem Grün vorbei, drehte den facettierten Türknopf, stieß die schwere Holztür auf und trat ein. Nach links, an ein paar Flurregalen vorbei, zwei Schritte geradeaus, dann nach rechts, und dort stand Herb, ein On-the-rocks-Glas in der Hand, mitten in seinem Wohnzimmer; vom Geräusch der Haustür aufgeschreckt, sah er sie an, die Arme weit ausgebreitet und im Gesicht die Frage: »Was zum Geier?«, und dann rasteten die Synapsen ein und er erkannte sie, kapierte aber trotzdem nicht, was los war.

Iris blickte sich rasch um, entdeckte keine Spur von ihren Töchtern und sah dann wieder ihren Exmann an.

Herb sah entsetzlich schlecht aus. Sein krauses Haar hatte sich zur Hälfte grau gefärbt, aber das war wohl dem normalen Lauf der Zeit geschuldet. Seine starrenden Augen wirkten ausgebrannt – ein Hinweis sicherlich auf seinen geistigen Zustand –, und seine Gesichtszüge waren zwar oberflächlich noch da, sahen aber fix und fertig aus. Er verströmte ein Fluidum von Alkohol und Drogen, wofür Psychiater natürlich anfällig sind, genau wie sie selbst seinerzeit. Seine Haut, obwohl sonnengebräunt, sah nicht gut aus, und seinem zerquollenen Gesicht konnte Iris die Spuren ablesen, die der Weg vom intellektuellen und chemischen Draufgängertum seiner Jugend zu Reichtum, Zusammenbruch und womöglich ersten Anzeichen von Psychose hinterlassen hatte. Oder las sie zuviel in ein paar geplatzte Äderchen und die Taschen unter seinen Augen hinein?

»Was zum Geier?« brachte er schließlich heraus.

Seine Stimme: von innen verfault. War es möglich, daß sie, sogar unabhängig vom wiederbelebenden Input des Bären, besser mit dem Leben zurechtgekommen war als er? Es schien offensichtlich, aber alteingefahrene Gewohnheit und Scham machten es ihr schwer, die Erkenntnis sofort ganz anzunehmen. Er war eine solch mächtige, bedrohlich über ihrer Vergangenheit ragende Gestalt gewesen, ebenso wie die anderen Männer, deren meistens nicht vorhandenem Erbarmen sie die Lebensumstände und ihre eigene Hilflosigkeit ausgeliefert hatten. Mit sprechenden Bären ist man einfach besser bedient, obwohl die natürlich auch ihre Probleme haben. Für einen Moment betrachtete Iris diese ehemalige Supermacht, die sich vor ihren Augen schwankend um Haltung bemühte, und sie spürte, wie sich ein Lächeln um ihre Lippen legen wollte. Rache.

Aber sie mußte ihre ganze Aufmerksamkeit auf den jetzigen Augenblick richten, auf all die Dinge, die jetzt zu tun waren.

»Was zum Geier machst du hier?« fragte Herb, sein erster vollständiger Satz.

»Ich bin da, um meine Töchter zu holen«, sagte sie und hörte mit Genugtuung, daß ihre Stimme völlig normal klang. »Du bist fertig«, fügte sie hinzu. »Du bist ein Wrack.«

»Ich bin zu Hause, und es ist sonntags abends«, sagte er mit teilweise undeutlicher Aussprache. »Morgen im Büro sehe ich aus wie ein junger Gott. Unannehmbar, äh unanfechtbar.«

Iris musterte ihn von oben bis unten. »Das wird wohl kaum noch möglich sein«, sagte sie.

»Hallo?« sagte eine weibliche Stimme, aber sie gehörte keiner ihrer Töchter. Eine Gestalt erhob sich aus einer Sitzecke vor den Fenstern, ganz am anderen Ende des langen weißen Zimmers, und dann kam das Mädchen auf sie zu. Wo waren Tracy und Amy? Dieses kleine Ding, zweifellos eine Sonderzulage aus der New-Age-Abteilung von Herbs Praxis, konnte höchstens ein paar Jahre älter sein. Ihr Körperbau – null Taille, ausgestellte Hüften, große, selbsttragende Brüste – würde mit Sicherheit nicht mal die Teenagerjahre überdauern. Schon mit etwas über zwanzig würde sie der Schwerkraft erliegen, sich ausdehnen oder zusammenfallen. Vorerst aber war sie genau die unruhige, hypersexuelle Sorte Mädchen, die ein aus dem Leim gehender Seelenklempner in einer Gegend wie Santa Fe noch abgreifen konnte. Sie ging festen Schritts, aber viel zu langsam – Gras oder mindestens Tranquilizer, dachte Iris, die die träumerischen Augen bemerkte –, die hohen Brüste wippten unter einem abgeschnittenen T-Shirt, einem Vorhang, der sich vor dem zu heben drohte, was nach Iris' Überzeugung Herbs Lieblingsshow darstellte. Das Mädchen sah Iris mit noch unschuldiger jugendlicher Frechheit an. Iris war überrascht, daß Herb sie zufriedenstellen konnte, aber vielleicht machte Erfahrung bei einem so jungen Ding das wett, was an Vitalität fehlte. Aber – ermahnte Iris sich selbst – war dies nicht wohlfeile und durchsichtige Selbstverteidigung, womöglich gar eine idiotische Form von Eifersucht? Mach dich frei davon.

»Mama?«

Tracy – Gott sei Dank war sie da; Iris hatte die Mädchen zwar gebeten, das ganze Wochenende über nicht das Haus zu verlassen, aber die beiden hatten deswegen ziemlich gejammert, und man konnte ja nie wissen. Sie stand in einem Durchgang zu Iris' Linker und starrte sie mit nur scheinbarer Ruhe in ihren dunklen Augen an. Ihr Gesicht war im Vergleich zum letzten Mal, als Iris sie in der Wohnung von Herbs Mutter in Chicago gesehen hatte, schmaler und ernsthafter geworden. Hinter ihr führte ein Flur zu einem Zimmer, in dem irgendwelche Rockmusik lief. Aus diesem Zimmer kam jetzt Amy geschlendert und blieb halb hinter Tracy stehen, den blonden Kopf gesenkt, aber die Augen auf ihre Mutter gerichtet, und Iris wußte, was sie zu tun hatte.

»Du bist wirklich gekommen«, sagte Tracy, und Iris konnte heraushören, daß ihre ältere Tochter nicht auf ihr Kommen vertraut hatte. Vielleicht überhaupt kein Vertrauen zu ihr besaß. Es tat weh, aber nach all den Jahren hatte sie vielleicht nichts Besseres verdient. Meine beiden Töchter, hell und dunkel. Tracy begann sehr hübsch zu werden. Diese mediterrane Färbung, die maurisch geschnittenen Augen. Aim war noch eher niedlich, hatte blasse Sommersprossen auf beiden Seiten ihres Stupsnäschens, und ihr Anblick zwang ein Lächeln auf Iris' Gesicht. Mein Herz platzt gleich. Wenn ich bloß hiermit durchkomme!

»Habt ihr eure Sachen gepackt?« fragte Iris, aber jetzt hatte Herb sich in Bewegung gesetzt, und sie mußte ihn im Auge behalten.

»Scheiße noch mal, was redest du da?« sagte er und tappte auf ein Regal an der rechten Wand des Zimmers zu. Auf der anderen Seite gab es noch einen Kamin nebst Sims. Seine Hand fand ein rundes Stück indianischer Töpferei, erdbraun mit rauhen schwarzen Dreiecken, verwarf es dann zugunsten eines größeren, aber weniger qualitätsvollen Gegenstands – selbst im Beinahe-Delirium funktionierte sein Besitzinstinkt noch. Sobald er den zweiten Krug an seinem Rand ergriffen hatte, trat er ein paar Schritte vor und schlug damit nach ihrem Kopf, verfehlte diesen klar und schleuderte das Stück, entweder im Schwung der Bewegung oder absichtlich, an die gegenüberliegende Wand, wo es über dem Sims zerbrach und im Herabfallen noch zwei Kachinas und einige Fotos umriß. Tracy duckte sich von den fliegenden Splittern weg, und Herb kam auf Iris zu.

»Das reicht.« Der Bär war beim ersten Splittergeräusch aus der Bustür heraus und jagte auf allen vieren zum Haus. Als er es durch die offene Tür betreten hatte, richtete er sich allerdings wieder auf. Es sah nicht gut aus, dachte er, aber das würde er schon geregelt kriegen.

Sie mußten ihre Positionen getauscht haben, glaubte der Bär, denn Iris war ja weiter hinten im Haus als der Mann, und dieser Mann, der ein schwarzes, kurzärmeliges Polohemd und legere Khakihosen trug, ging gerade mit ausgestreckten Armen und einem Whiskeyglas in der erhobenen Hand auf sie los. Links davon standen zwei halbwüchsige Mädchen in einem Durchgang, Iris' Töchter vermutlich, eine dunkel, die andere heller, und dann war da am anderen Ende des Zimmers noch ein Mädchen, wohl eine Freundin der Familie, das rückwärts auf ein vor einer Fensterfront stehendes Sofa gefallen war. Unwahrscheinliche Titten, dachte er.

Er hoffte nur, daß Iris und der Mann noch so weit auseinander waren, daß es zu keinem Akt der Gewalt kommen konnte, bevor er zur Stelle war, denn wenn der Mann Iris schlüge, würde der Bär ihn höchstwahrscheinlich töten, und das würde Komplikationen mit sich bringen. Der Bär wußte sehr wohl, daß es albern und kitschig war, aber im Heranstürmen konnte er sich nicht gegen das Gefühl wehren, sich in einer Jim-Rockford-Szene zu befinden. Der Mann hob das Whiskeyglas noch höher und bedrohte Iris.

Der Bär schlug den Mann – Herb – mit der flachen Vorderpfote zwischen die Schulterblätter, nicht hart genug, ihn niederzuwerfen – er wollte nicht, daß er auf Iris fiel –, aber doch so, daß er ihn zum Straucheln brachte und seine Aufmerksamkeit erregte, und als das hübsche, aber schwer gezeichnete Gesicht zu ihm herumfuhr und die Augen sich weiteten und der Mund aufklappte – wegen der über dem Overall sich sträubenden Haare und der gebleckten Zähne – , sagte der Bär: »Sie würden wahrscheinlich besser mit dem hier klarkommen, wenn Sie Jungianer wären. Aber jetzt ist es zu spät, um noch umzuschulen.«

Herb kam nicht sehr gut mit der Situation klar. Sein Gesicht rötete sich abrupt, daß der Bär sich schon Sorgen machen wollte, hier möchte ein Herzinfarkt im Anmarsch sein.

»Setzen Sie sich«, sagte er zu Herb und drückte ihn aufs Zweiersofa. »Wir werden in fünfzehn Minuten verschwunden sein. Möchten Sie noch einen Drink? Ich fürchte, den anderen haben Sie verschüttet. Wenn Sie mir zeigen, wo die Getränke stehen, leiste ich Ihnen sogar Gesellschaft.«

»Ffffff«, sagte Herb.

»Das würde ich so nicht sagen«, sagte der Bär leutselig. »Iris? Jones und Rondo können dir helfen, das Zeug rauszutragen. Ich bleib hier bei deinem Ex sitzen.« Er tätschelte Herbs Knie. »Nett, Sie kennenzulernen. Was? Doch, ja, bin ich«, versicherte er dem Mann. »So real wie's nur geht. Das Mädchen da ist noch nicht volljährig. Sensationeller Körper. Sie rühren sich nicht vom Fleck.«

Natürlich hatten die Mädchen nicht alles eingepackt, worum ihre Mutter sie gebeten hatte, und so vergingen noch zwanzig Minuten, während derer Jones und Rondo schwerbeladen zwischen Haus und Bus pendelte und Iris meistenteils im Zimmer der Mädchen zugange war, Sachen unter dem Bett vorzog und Tracy versprach, daß sie, wenn sie das Dingsbums nicht finden könnten, ihr in New York ein neues kaufen würde. Als alles in den unteren Gepäckräumen des Busses verstaut war – Rondo hatte noch einen letzten Auftritt, bei dem er grinsend sämtliche Telefone des Hauses in seinen Armen hielt –, trat Iris, die einen bewundernswert ruhigen Eindruck machte, auf das Mädchen im abgeschnittenen T-Shirt zu.

»Ich glaube nicht, daß du jetzt noch hier bleiben möchtest«, sagte sie in ihrem gewöhnlichen Konversationstonfall.

»Manchmal kann er echt witzig sein«, beteuerte das Mädchen.

»Die nächsten ein oder zwei Tage wohl eher nicht«, sagte Iris. »Hat er dich schon mal geschlagen?«

»Ich hole meine Sachen«, sagte das Mädchen hastig.

»Sollen wir dich irgendwo absetzen? Zu Hause, ich meine, bei deinen Eltern?«

»Gottes willen, nein, da ist es noch schlimmer«, sagte sie. »Ich habe Freunde. Können Sie mich in der Innenstadt absetzen?« Der Bär sah zu, wie das Mädchen ein paar Sachen in einen Rucksack stopfte, eine zerrissene Jeansjacke überzog und Iris mitteilte, sie sei aufbruchsbereit. Den Bären schien sie überhaupt nicht wahrzunehmen.

»War 'ne geile Sause hier«, versicherte der Bär Herb zum Abschied. Sie hatten einige Whiskeys ohne alles zusammen getrunken. »Versuchen Sie nicht, uns aufzuspüren. Niemand wird Ihnen das mit mir glauben, und die Minderjährigen-Gegenklage dürfte Ihnen überhaupt nicht schmecken. Sie sind nicht in der richtigen Verfassung dafür. Sie sind am Arsch.«

»Übrigens«, sagte Iris. »Deine Mutter ist auf meiner Seite.«

Sie setzten das Mädchen – Annie – im letzten Tageslicht an einem Platz in der Altstadt von Santa Fe ab, und der Bär sah sie, während sich der Bus entfernte, unter einigen Missionstorbögen verschwinden – er verspürte eine Mischung von Fleischeslust und sorgendem Verantwortungsbewußtsein. Er stand mit Jones in der Mitte des Busses, in der Küchenabteilung, und hielt sich an den Wänden fest. Sie sprachen nicht viel und hatten beide das Gefühl, sich von den Tischen weiter vorn fernhalten zu sollen, wo Iris sich bemühte, ihre Töchter zu trösten und wieder aufzubauen. Eine von beiden schien etwas hysterisch zu sein: Der Bär hörte eine Stimme, die abwechselnd und kurz hintereinander lachte und weinte. Die mit den dunkelblonden Haaren, dachte er. Amy? Die andere wirkte fast unnatürlich beherrscht.

Als der Bus den Highway nach Norden erreichte, war es draußen bereits dunkel. In den Fenstern erschienen die Spiegelungen der Passagiere, durch die von vorn nach hinten die roten Schlußleuchten der anderen Autos zogen – Rondo fuhr schnell und überholte sie alle.

Zweimal ging der Bär nach vorn, um bei Iris und ihren Töchter vorbeizuschauen. Tracy, die ältere, war ein schönes Kind von fast vierzehn mit seidigen dunklen, in der Mitte gescheitelten Haaren, einem länglichen, ernsthaften Gesicht und tiefen Augen, die weder blinzelten noch sich abwandten, als er sich näherte. Amy schien, mit ihren hellen Augen und den Sommersprossen auf den Wangenknochen, etwas vom Irischen ihrer Mutter geerbt zu haben und womöglich sogar schon einen gewissen Sinn für Humor: Jedenfalls blitzte irgend etwas Unbezähmbares aus ihren Augen und zerrte an ihrem breiten Mund, während sie den Bären ansah, nicht so, als ob er ein Witz wäre, sondern als ob sie vielleicht etwas Komisches miteinander teilten. Dann fing sie wieder an zu weinen.

Er wollte hilfsbereit eine Pfote auf Iris' Schulter legen, aber sie wand sich von ihm weg. Als er das zweite Mal nach vorn ging, mühsam das Gleichgewicht an den Sitzbänken haltend, kam sie ihm auf halbem Wege entgegen und versperrte den Weg. »Schlag dir das aus dem Kopf, hier jetzt herzukommen. Sie hatten für einen einzigen Tag schon genug zu verdauen.«

Den Bären erinnerte das unvermeidlich an ein Bärenweibchen, das am Höhleneingang wacht und bereit ist, das Männchen zu töten, sollte dieses auch nur einen Blick auf ihre Jungen werfen wollen. Er zog sich zu Jones in die Küchenabteilung zurück. »Kinder lieben mich. Weißt du noch, wie es bei den Straßenvorführungen immer war? Was hat Iris also für ein Problem?«

Jones wollte offenbar nichts dazu sagen.

Das Lustige dabei war ja, daß der Bär die unpersönliche Berechtigung, die in der mütterlichen Grimmigkeit lag, immer anerkannt hatte, auch wenn ihm persönlich dabei natürlich bitter unrecht getan wurde, und er wußte, daß er trotz aller jetzigen und vielleicht zukünftigen Protestversuche sich Iris' biologischen Geboten fügen würde, was immer ihn das kosten mochte und obwohl er von ihr eigentlich ein bißchen mehr Bewußtsein erwartete als von der durchschnittlichen Bärenmutter. Trotzdem schüttelte er den Kopf, durchaus in der Erwartung, das Klappern zweier getrockneter Erbsen zu hören, und wunderte sich, wie doch die Welt eingerichtet und wie ungeschickt auch er selbst zusammengebastelt war.

Nach ein paar Minuten kam Iris auf sie beide zu. Sie wirkte immer noch bemerkenswert beherrscht und trotz ihrer offenkundigen Aufgewühltheit – er sah, daß sie ein Zittern ihrer Hände unterdrückte –, sprach sie ganz ruhig. »Ich glaube, es ist das beste«, sagte sie zu dem Bären, mit einer Stimme, die einen Großteil ihrer gewöhnlichen Musik bewahrte, »wenn du hinten bleibst, bis wir in Boulder sind. Die Mädchen und ich fliegen heute noch nach New York, falls wir den letzten Flug erreichen, und ich glaube, es wäre das beste, wenn du mit der Band die zusätzliche Woche des Engagements wahrnimmst, damit wir drei diese Zeit noch für uns haben, bevor du nach Hause kommst.«

Iris ging zurück zu ihren Töchtern, ihr Schritt war leicht, das Gleichgewicht tadellos.

Sie hatte in ausgesprochen wohlabgewogenen Worten gesprochen, und obwohl sie allen mütterlichen Furor gut verborgen hielt, war der Bär nicht so beschränkt, daß er nicht in der Lage gewesen wäre, eine Schrift zu entziffern, die wie durch Zauberhand auf der nächstgelegenen Wand erschien. Es fielen ihm fast buchstäblich die Schuppen von den Augen, und er glaubte die Zukunft sehen zu können, während der Bus durch die Dunkelheit gen Norden schaukelte. Es bestand natürlich auch die Möglichkeit, daß er mal wieder alles in den falschen Hals kriegte. Der Bär schwankte ein wenig hin und her und legte hilflos eine Pfote an die Stirn. »Wow«, sagte er leise und schüttelte den Kopf.

»Du meinst, du hast das nicht kommen sehen?« fragte ihn Jones.

»Nicht im Traum«, sagte der Bär.

»Ich hab sozusagen versucht, dir einen Tip zu geben.«

»Ach ja? Kann ich mich nicht dran erinnern.«

»Du hast nicht hingehört.«

»Dann war ich wohl einfach blauäugig und wollte zusehen, wie sie das große Los zieht?«

»Wohl auch ein bißchen selbstverliebt«, sagte Jones, »und dann noch der Reiz der Rolle.«

»Yeah«, nickte der Bär. »Detektiv Rockfish.«

»Du hast es wirklich nicht kommen sehen?«

»Njet. Nicht ein klitchen. Nicht ein tittchen. Will sagen…«

Freudloses Lachen.

»Es wird doch aber wieder, oder?« fragte der Bär dann seinen Kumpel.

Jones zuckte die Achseln.

Der Bus fuhr weiter nordwärts.

5

Nach Iris' Abflug mit ihren Töchtern in Richtung Osten befolgte der Bär ihren Vorschlag und nahm das Angebot auf eine zweite Woche im Blue Note wahr. Obwohl es dann eigentlich eher die Woche der Rhythmusgruppe wurde. Sein eigenes Spiel hatte den Glanz verloren, zumal er mit den Gedanken meistens woanders war. Die Tatsache, daß er immerhin mit einer Kompetenz spielte, von der er noch vor zwei Monaten nur hätte träumen können, heiterte ihn nicht wesentlich auf. Na gut, ein- oder zweimal erwachte er auch so zu Leben. An den Nachmittagen arbeitete er seine Sorgen in hochgelegenen Wäldern ab, während Jones im Gold Hill Inn (2895 m ü.d.M.) zu Mittag aß und mit New Yorker Augen über den gemieteten Transporter wachte, der an der einen unbefestigten Straße, die durch den Ort führte, abgestellt war.

Der Bär zog noch weiter oben durch den Forst, trainierte seine Beine und seine Lunge. Obwohl Hochsommer herrschte, waren die Gipfel schneebedeckt, und der Himmel dahinter war von einem strahlenden, ungebrochenen Blau, dem Wärme etwas ganz und gar Unbekanntes schien. Der Bär war von der Erhabenheit des Blicks ergriffen, er erinnerte sich sogar daran, daß dies das gegenständliche Sinnbild für die höheren Bewußtseinssphären war, aber die Macht, in seinem Sinne etwas zu bewegen, hatte es auch nicht. Er hegte den Verdacht, daß er versuchen würde, falls ihm irgendwelche Wanderer über den Weg liefen, ihnen alles über Iris zu erzählen.

Für die Rückfahrt brachte Rondo sich mit einer Ladung Speed auf Touren, die er vor der Jack-Kerouac-Akademie für Entkörperlichte Poetik eingekauft hatte, Alter, mitten in der Innenstadt von Boulder, ey. Die Band, niedergeworfen von der Tourneegrippe, die sie bis zwei Tage vor der Abreise verschont hatte, verbrachte den Großteil der Fahrt in den Kojen, unter mächtigem Prusten und Elend und »Scheiße, wo sind die Papiertücher«.

Rondo saß über weite Strecken singend am Steuer, hatte praktisch ununterbrochen Waylon Jennings laufen, mit gelegentlichen Ablösungen durch Willie Nelson. Wenn irgendwer das Programm zu ändern versuchte, warnte er davor, ihm dumm zu kommen, solange er aufgepulvert sei.

Ich bring ihn um, sagte Garrett.

Vorher bringt er uns um, entgegnete Linton.

Wir sind bereits tot, sagte Hatwell. Wir sind vierzig Meilen weiter hinten bei einem Unfall gestorben, und das alles hier ist nur ein böser Traum.

Des Bären Immunsystem sorgte dafür, daß er sich als erster erholte. Als Pennsylvania wieder in Reichweite rückte, stand er vorn an der Windschutzscheibe und starrte auf die weißlinierten Meilen, die ihm entgegenflogen, und Rondo, der breigesichtig und mit unbewegt weißäugiger Konzentration dahinfuhr, hatte aufgehört zu singen.

Sie liebt mich, dachte der Bär. Es ist zuviel zwischen uns gewesen, als das alles. Burger King. Benzinpreise gehen rauf.

She's a good-hearted woman in love with a good-timin' man, bemerkte Rondo.

Ach ja, bezieht sich das auf mich? fragte sich der Bär und beobachtete, wie sich aus kaputten Lagerhäusern und Industrieschrottplätzen langsam die Stadt erhob, während der Bus durch Jersey fuhr, wo Feuchtigkeit und Smog immer lastender wurden, immer mehr Gebäude aus der Erde wuchsen und immer mehr Radiowellen den aus Kommerz und Banalität und Träumen zusammengesetzten Lärm vervielfältigten.

Hello walls, ließ Rondo sich vernehmen.

Du überraschst mich immer wieder, sagte der Bär zu ihm.

Hello windows, fügte Rondo hinzu.

Nicht von der Hand zu weisen, mußte der Bär zugeben. Die Luft dreckt sich ein. Würdest du sagen, daß es Smog ist oder tonnenweise geistiger Müll und die Stupidifikation der Idiosphäre?

Schwer zu sagen, sagte Rondo. Guck, da ist die Stadt.

Ankunft und Entladen in Manhattan zogen sich hin, man war ja so krank, und alles war so schwer zu heben; Rondo verfuhr sich, nachdem er Garrett und seinen Baß in Harlem abgesetzt hatte, und machte sich schon Sorgen, ob er hier je wieder rausfinden würde und, meine Fresse, schau dir all die Nigger an. Auf der Fahrt nach Shady wurde Rondos Gesicht langsam grau und seine Augen sahen ziemlich erledigt aus.

Willst du mit reinkommen und einen Kaffee trinken oder aufs Klo gehen? fragte der Bär ihn. Dich kurz hinhauen?

Nee, ich schätze, ich fahr den Bus zurück, nehm den Motor auseinander und öl ihn entweder ein oder piss ihn voll.

Na schön, bis dann also.

War echt 'n Knaller. Vergiß dein Alt nicht.

Iris bereitete gerade das Abendessen vor, als der Bär ins Haus kam. Sie war nicht an die Tür gekommen, um ihn zu begrüßen. Die Mädchen waren oben. Wir haben zu reden, sagte Iris. Ich weiß, sagte er. Sie redeten aber nicht.

Das Abendessen war eine zähe Angelegenheit, alle vier saßen sie meistenteils stumm vor ihren Brathähnchen mit Wildreis, wobei Iris immerhin recht fröhlich wirkte und nur leicht unter Strom zu stehen schien, Tracy hingegen ihr schönes, mißbilligendes Gesicht abgewandt hielt und Amy ständig ein Kichern unterdrücken mußte.

»Mir scheint, jetzt wo du wieder da bist«, gelang es Iris schließlich zu sagen, »muß ich anfangen, für acht Leute einzukaufen.«

»Nee, das geht schon.«

»Wenn du ein bißchen eher angerufen hättest…«

»'s geht schon.«

Der Bär hielt sich ans Brot und trank fast im Alleingang eine Flasche Côtes du Rhône leer, was von Iris nicht übermäßig goutiert zu werden schien, und so schwante ihm schon Böses.

Später im Bett aber überraschte ihn Iris. Sie kuschelte sich mit irgendwie verdächtiger Geschmeidigkeit an ihn – war sich ihrer Wirkung sehr sicher, wußte, wo sie ihre Brust gegendrücken, wo sie ihr Bein hinplazieren mußte – und ermahnte ihn nur, es leise anzugehen. Wie er hinterher so dalag, während Iris unter einem einzelnen Laken in der lindkühlen Sommernacht schlief, da dachte der Bär zum ersten Mal, daß recht bald wieder alles normal werden könnte.

Dennoch konnte er nicht umhin zu erkennen, daß es da ein neues Alphabet der Erfahrung für ihn zu lernen galt.

Am nächsten Morgen erwachte er von den Geräuschen, die Iris und die Kinder beim Frühstück machten. Mit dem unbehaglichen Gefühl, ein Fremder im eigenen Heim zu sein, blieb er im Bett liegen, bis Aim und Tracy sich in die Stadt aufmachten, um dort abzuhängen – na ja, nach den ganzen Reiseanstrengungen wäre er wahrscheinlich eh im Bett geblieben –, schlief wieder ein, und als er dann wach wurde, war auch Iris weggefahren. Sie hatte eine Nachricht hinterlassen, derzufolge sie bis zum Abend wieder zurück sein würde, und so verbrachte der Bär den Tag damit, hügelaufwärts durchs Unterholz zu stolpern, und kam, weil er das abendliche Zwielicht sich nicht entgehen lassen zu dürfen glaubte, aber auch, weil er sich beklommen ausrechnete, daß die Kinder früh zu Abend essen würden, erst gegen neun nach Hause. Iris hatte ihm etwas warmgehalten, und die Mädchen waren bereits nach oben gegangen. Natürlich war ihm klar, daß er sich wie ein Idiot aufführte, aber wenn da Unheil am Köcheln war, dann versuchte er doch nur, die Flamme niedrig zu halten, oder?

Dem Haus schienen neue, unvertraute Koordinaten eingezogen worden zu sein, von denen der Bär sich auf Schritt und Tritt eingeengt fühlte. Er versuchte sich ihnen anzupassen, und einige Tage lang schaffte er es auch, gab sich alle Mühe, sich mit Tracy anzufreunden – unmöglich – oder Amys spitzem kleinen Lächeln auf die Schliche zu kommen – ein schwierigeres Unterfangen, als er gedacht hatte – und Iris zu zeigen, daß er alles tat, um gut Wetter zu machen oder was, aber eines Abends, als man beieinander saß, hörte er, wie Amy zu Tracy sagte, etwas sei »voll spaßig« gewesen, und er kritisierte den Ausdruck, erläuterte seine Kritik ausführlich und verteidigte sich dann gegen den einstimmig erhobenen Vorwurf der Pedanterie mit dem Hinweis, daß die Sprache ihm wegen seiner, nun ja, speziellen Situation besonders kostbar sei und ihr korrekter Gebrauch ihm daher wichtig. Und dann, bevor er sich selbst so recht darüber klarwurde, war er dabei, den Dreck zu erwähnen, den die Mädchen ins Haus geschleppt hätten, und sie könnten gern seine CDs hören, aber nicht seine LPs, jedenfalls nicht, bevor sie gelernt hätten, damit umzugehen oder sie wenigstens wieder in ihre Hüllen zu packen, und er wisse auch, daß sie sein Saxophon ausgepackt und damit herumgespielt hätten und natürlich hinterher alles falsch wieder eingepackt, und ob es wohl besser sei, wenn er den Kasten abschließe und, übrigens, eure Zimmer oben sind ein einziges Chaos, und ich finde, ihr solltet mehr Rücksicht auf eure Mutter nehmen und ordentlicher sein … Diese Rede schien wie von selbst aus seinem Mund zu strömen, und einmal richtete er mittendrin seinen Blick auf Iris, um Bestätigung oder Billigung einzuholen, sah ihre erschrockenen, ja entsetzten Augen und hörte geradezu, wie sich die Räder und Gewinde der Entschlußfassung drehten – nein, das konnte nicht sein, oder? dachte er, dann vernahm er ein hellhörbares Reißen und sah, wie sich im Blick der Geliebten etwas veränderte.

Nachdem jedoch die Mädchen ins Bett gegangen waren, fiel die Schwingungsrate fast auf Normalwerte zurück, und alles schien in Ordnung.

Iris saß mit einem gekühlten Wein auf dem Sofa vor dem Fernseher und war auf gelassene Weise unzugänglich. Einige Minuten, nachdem er sich neben sie gesetzt hatte, gestand sie, daß sie müde sei, und reichte ihm die Fernbedienung, bevor sie sich in Richtung Schlafzimmer entfernte. Der Bär lauschte, während sie sich, wie er wußte, mit kühlem Wasser abduschte, wünschte sich, dieses Wasser auf ihrem Körper zu schmecken, und starrte über zwei Werbeunterbrechungen hinweg wie blind auf eine Sitcom, bevor er sich seinerseits zögernd dem Bett näherte.

Sie war noch wach, las im Licht der Nachttischlampe. Er glitt unters Laken und lag dann neben ihr.

»Iris«, sagte er, von einem Seufzer begleitet, er wollte reden, rücken auf sie zu, und obwohl er dies ohne ein wirklich dogmatisches sexuelles Ansinnen tat, stützte sie sich auf einen Ellbogen, um ihn auf Armeslänge entfernt zu halten – die Länge ihres dünnen Arms, nicht sehr starr gehalten, aber ausreichend.

»Weißt du«, erklärte sie, »die Lage hat sich geändert, und was hier gebraucht wird, ist weniger ein Liebhaber.«

»Hä?« war er in der Lage zu bemerken.

»Sag bitte nicht hä. Ich weiß, daß du nicht blöde bist. Sex ist einfach nicht so wichtig im Moment.«

»Das ist nicht unbedingt das, was ich gedacht hätte«, sagte der Bär, »danach zu urteilen, wie wir es machen. Ganz zu schweigen von der Bedeutung, die Sex bei uns einnimmt. Okay, *meistens*«, modifizierte er diese hoffnungsvolle Aussage, als sie ihm einen »Also wirklich«-Blick zuwarf. Dennoch konnte er bei ihr kein offenes Ohr entdecken.

»Sex ist nicht so wichtig«, fing sie wieder an. »Der Zusammenhang ist alles, und alles hat sich geändert. Ein Liebhaber ist in dieser Situation nicht so sehr gefragt. Ich bin nicht in erster Linie Geliebte. Ich bin hier die Mutter.«

»Na, dann weiß ich ja, was *ich* bin«, sagte der Bär, der sich, was Geradlinigkeit anging, von niemandem was vormachen lassen mußte, und, au weia, es war wieder nicht das Richtige.

Iris zeigte ihm den finstersten Blick, der aus einer solchen Lichtgestalt überhaupt entweichen konnte, und verzog zusätzlich noch enttäuscht den Mund. »Nichts zu machen«, sagte sie.

»Bemüh dich um Verständnis«, riet sie ihm noch, bevor sie sich zum Schlafen umdrehte.

Na, war das nicht das, was er sowieso immer und jederzeit tat?

Am nächsten Morgen erwachte er vor ihr, ein seltenes Vorkommnis.

Die Sonne schien ins Zimmer, die Anfänge des Tages sickerten durch die Fenster, voll schöner Verheißung und grenzenlosem Licht. Iris und der Bär lagen einander zugewandt da, er auf seiner linken Seite, sie schlafend auf ihrer rechten, den Kopf jeweils auf ein Kissen gebettet. Sie schlief so anmutig wie eh und je. Der Bär blinzelte mehrfach, um wacher zu werden, ohne sie aufzuwecken. Nach einigen Minuten kam er nicht mehr dagegen an: Unter dem leicht durchschaubaren Vorwand, daß er ja nur etwas zusätzliche Wärme gegen die verbliebene Morgenkühle brauche, zog er seinen Kopf unter das weiße Doppellaken, das sie beide bedeckte, und hob außerdem noch ihre Seite etwas hoch, damit er auch ihr Gesicht darunter sehen konnte.

Er wußte augenblicklich, daß er ihn nie vergessen würde, diesen Anblick – den letzten vielleicht? – seines liebsten Paradieses. Des verlorenen? In der Bewußtlosigkeit des Schlafes hielt Iris die Arme vor den Brüsten gekreuzt, die inneren Rundungen sichtbar, die Nippel von den Unterarmen bedeckt. Es konnte kaum bequem sein, so zu schlafen, mit dem ganzen Gewicht auf Arm und Ellbogen. So hatte er sie jedenfalls noch nie schlafen sehen.

Er hob den Rand des Lakens auf ihrer Seite, um ihr Gesicht besser sehen zu können. Sonnenlicht formte den Anblick, dämpfte ihn durch weiße Baumwolle, unter deren warmem Schutz der Körper rosig dalag. Er bewunderte das liebliche Gesicht, den anmutigen Hals, die feinen eckigen Schultern und die momentan verhüllte Zartheit ihrer Brust, mußte sich aber eingestehen, daß darunter die ganze ineinanderfließende Wölbung des geteilten Bauches, von den Rippenbögen bis zum gefalteten Lendendreieck, die den Fall der konvergierenden Körperlinien in bloßen Haarkräuselungen auffing, im Interesse der Fortpflanzung gestaltet worden war und daß es haargenau diese schöne, unwiderlegbare Logik – der er sich mit ganzer Seele unterwarf – war, die ihn jetzt ausschloß – welche legitimen Ansprüche konnte man als monströser sprechender Bär auch stellen? Ihre Töchter schliefen im ersten Stock, schliefen dort schon seit Wochen, und allem, was er vielleicht sagen wollen könnte, wurde ohne jede Verhandlungsmöglichkeit durch Iris' beredtes schlafendes Fleisch und die plumpe Gegebenheit seiner eigenen atmenden Fellmasse widersprochen. Seine nackte Ungeschicklichkeit neben ihrer Feinheit und Finesse: kein sehr guter oder hilfreicher Witz. Natürlich mußte es zu Ende gehen. Das Überraschende war doch, daß ihre Liebe überhaupt existiert hatte. Hatte sie doch. Oder?

Iris seufzte im Schlaf, nicht sehr dramatisch.

Ein dicker Bär in Ketten liegt.

Hätte er je wirklich mit ihr geschlafen, dann hätte er, das lag auf der Hand, diese Schönheit durch seine Absonderlichkeit und Nullität korrumpiert. All das Liebesspiel war also, so schloß er, Fiktion gewesen, erfunden von dem unnatürlichen Autor, der seine Gestalt trug. Er war ein sprechender Bär, er war Illegitimität und Zusammenbruch. Er wünschte ohne Schuld zu sein, aber es war nicht zu schaffen.

Liebte er sie, oder brachte sie nur seinen Schwanz zum Singen? War im Moment unmöglich zu entscheiden. Er hätte auf den Vorrang seines Herzens schwören mögen, doch den sichtbaren Hinweisen nach zu urteilen, da geht's schon los... Iris, laß uns das nicht verlieren.

Mein Gott, wir haben es uns wirklich besorgt.

Oder etwa nicht?

Vielleicht sollte er den Tatsachen ins Gesicht sehen: All seine gewollte romantische Intensität war frustrierte Gier und weiter nichts. Aber war das so schlimm? Diese Art von Liebe, wie sie von Iris und ihm betrieben wurde, schien doch lange Zeit durchaus unschuldig gewesen zu sein. Und jetzt sollte sie das nicht mehr sein? Er lag da, betäubt von ihrer nunmehr unerreichbaren Schönheit, sein ganzes Leben unerträglich durchbilanziert. Es war schwer zu sagen, wie sein Körper so viel erotisches Leid bergen sollte.

»Also wirklich, Bär. Wie soll ich mit so viel Emotion fertigwerden?«

»Was?«

»Das kann ich einfach nicht.« Sie war aufgewacht, und als er lange genug den Mund aufgesperrt hatte, fügte sie hinzu: »Ach, komm her, du Dussel.« Sie lächelte, zog seine Zunge in ihren Mund und hob ein Bein, um ihn damit zu umwickeln.

Titel seines nächsten Albums: *Engel hat verblüffendes Erbarmen mit melodramatischem Narren.*

Am nächsten Abend jedoch legte Iris ihr Kissen ans Fußende des Bettes, sagte gemessenen Blicks etwas wie: »Nur heute nacht« und legte sich nieder, und so schliefen sie den Großteil der Woche Kopf an Fuß. Etwelche Verschlingungen unterblieben.

Auf dieser Grundlage waren, trotz gelegentlicher Zwischenspiele der Leidenschaft, weitere Distanzierungen leicht vollbracht.

Das war ja eben das Erniedrigende, daß ihre Geschichte so schlicht angelegt war, ohne nennenswerte Nuancierungen oder spezielle Verdienste. So wie er es sah, ging der Verfall seines Liebesglücks in einem einzigen rapiden Schwung vonstatten, auch wenn es einen oder zwei Monate dauerte. Was ihm dabei am wenigsten gefiel, abgesehen von der Tatsache, daß es überhaupt geschah, war die krasse Durchsichtigkeit des Prozesses: Man konnte die Story mit ihrer beider Körper schreiben, jedes neue Wort bezeichnete einen größeren Spalt zwischen ihnen. Zunächst ließ sich das Schriftbild noch auf der weißen Seite ihres Doppelbetts zwischen den Messingrändern unterbringen, doch allmählich wurden die Wörter zu lang und die Zwischenräume zu groß, so daß der Text auf den ovalen Bettläufer übergriff – ich fühl mich wohler auf dem Fußboden, sagte sie, weil die Luft dort nicht so stickig ist – und später auf andere Zimmer.

Dem Bären war klar, daß Sex von Anfang an eine zu zentrale Bedeutung in ihrer Beziehung gehabt hatte – seine zunehmenden Zusammenstöße mit ihren Töchtern spielten in diesem Prozeß eine allenfalls sekundäre Rolle, auch wenn sie etwas anderes behaupten mochte. Sie hätten lernen sollen, mehr zu reden; all diese kostbaren Nuancen von Intimität hätten ein anderes Ausdrucksmedium als immer nur das Bett finden müssen, obgleich zu jener Zeit ihr Liebesspiel wirklich alles zu sagen schien. Wenn sie das Reden besser geübt hätten, dachte der Bär ohne restlose Überzeugung, könnten sie die Sache jetzt intelligenter angehen. Sie wären in der Lage, eine Lösung zu finden.

Na ja, vielleicht.

Das Verblüffende war doch aber, daß immer dann, wenn man glaubte, man sei sicher im Heimathafen angelangt, sich die Welt wieder von der vollkommen fremden Seite zeigte. War das etwas, was *er* bewirkte? Wenn ja, so wußte er jedenfalls nicht, wie.

Der Bär hatte Kopfschmerzen, und eine abnorme Müdigkeit befiel ihn.

Der Bär sieht nichts, dachte Iris, hört nichts und merkt immer weniger. Auf jeden Fall sollte er so verständig sein, nicht andauernd Tracy in die Quere zu kommen, als ob er sie etwas zu lehren hätte oder ihr ihren Platz zuweisen könnte. Weiß er denn nicht, daß Tracys Wut, wenn sie gegen den Kühlschrank schlägt und aus der Küche stürmt, nachdem er in einer unbedeutenden Sache Recht behalten hat, nichts ist im Vergleich zu dem, was sie runterschluckt, ansammelt und hinterher in alle Richtungen wieder rausläßt, vor allem aber gegenüber ihrer Mutter? – und Tracy hat langjährige legitime Ansprüche. Ich weiß, der Bär ist ein großer dummer geiler einäugiger Romantiker, aber kann er nicht erkennen, was sein Streiten mit Amy für meine Loyalität bedeutet?

Und wenn man versucht, es ihm zu erklären, dann sagt er…

Tracy ist sauer auf mich, selbst wenn ich supernett zu ihr bin, also schätze ich, solange sie aus Prinzip sauer ist, kann ich ihr genausogut mal sagen, was Sache ist.

Bär, das ist das Verkehrteste, was du tun kannst.

Warum? Seit ich wieder hier bin, geh ich praktisch nur auf Zehenspitzen. Das kann ich nicht ewig machen.

Wer spricht von ewig. Hab nur noch ein Weilchen Nachsicht mit uns, und…

Ihr wollt *weg*?

Wer hat irgendwas von Wegwollen gesagt?

Ihr wollt *weg*?

… unmöglich! Ja, und immer wenn sie dem Bären klarzumachen versuchte, daß sie und ihre Töchter Zeit für sich brauchten, damit sie sie zur Ruhe bringen und am Ende vielleicht an ihn gewöhnen konnte, warum nahm er das so persönlich und verstand es immer als Zurückweisung und Preisgabe? Iris wußte, daß er sehr früh, vielleicht mit traumatischen Wirkungen, von seiner Mutter getrennt worden war, aber… seh ich aus wie seine Mutter? Kann er nicht richtig gucken?

Er hört überhaupt nicht mehr, was man sagt. Und dann mußt du wieder zum anderen Ende des Hauses trotten, wo Tracy am Kochen ist, und mußt das Ventil finden, mit dem du den Druck ablassen kannst…

Er denkt, ich bin nur so ein *Kid,* erzählte Tracy ihr dann. Er glaubt, ich bin ein trotteliges Kind, das nichts Besseres zu tun hat, als sich um ihn Gedanken zu machen. Und wenn das seine Einstellung ist, dann wird sich daran nichts ändern, aber ehrlich, denn wenn man diese Energie erst mal eingesetzt hat, dann bleibt sie auch da.

Ich gebe dir recht, was die Energie betrifft, war Iris' Antwort – obwohl sie den Eindruck hatte, daß Tracy etwas wiederkäute, was sie irgendwo gehört hatte – aber wenn du dem Bären mal eine Chance geben würdest...

Gibt er mir denn eine? Nein, er deckt mich mit einer seiner Tiraden ein – boing –, weil er meint, ich hätte verkehrt auf seine Stereoanlage geatmet. Was glaubt er, wer er ist? Was glaubt er, wer *du* bist, Mama?

Du kennst ihn nicht, sagte Iris und sah, wie ihre Tochter grinste.

Kennen tu ich ihn vielleicht nicht, aber ich habe ihn *gesehen.* Sicherlich habe ich nicht so viel von ihm gesehen wie *du,* aber...

Tra-cy...

Na ja, es ist doch wahr, also brauchst du nicht beleidigt zu sein, weil, es *ist* doch wahr, also was willst du?

... und dann stampft sie mit dem Fuß auf und läßt einen stehen, ihren kleinen Triumph der Boshaftigkeit genießend.

Es war anstrengend. Selbst diese Wiederholungen auf dem inneren Bildschirm waren anstrengend. Iris hatte gehofft, sie könnte gleichzeitig mit ihren Töchtern und dem Bären fertigwerden, aber die Logistik war einfach zu kompliziert, sie würde eine Neukonfiguration vornehmen müssen. Alle dachten immer, sie sei so flexibel, doch ihr war klar, daß sie eine recht starre Art hatte, die Dinge anzugehen. Sie mußte sich umstellen, und das war reichlich viel verlangt.

Iris mußte sich Zeit zum Nachdenken nehmen. Mal richtig nachdenken. War lange her, seit sie sich diesen Luxus gestattet hatte. Das Leben hatte sich in eine reine Abfolge von Ereignissen verwandelt. Sie hatte auf triumphale Gefühle nach der Befreiung ihrer Töchter gehofft, aber dann wurden daraus tausend Kleinigkeiten, endlose Komplikationen, kurzum, noch mehr Leben, wie üblich. Es war wieder, als müßte man sich jedes Stück Leben erarbeiten. Eigentlich sogar noch schlimmer.

Sie stand am Fenster, legte die Fingerspitzen gegen die Stirn und versuchte, es langsamer angehen zu lassen.

Iris hütete nicht mehr ihr eigenes zartes Licht, sondern die helldunklen Seiten ihrer Töchter. Sie hatten zu viel gesehen, in zu jungen Jahren. Herbs Abstieg in eine amoralische Drogenwelt, und jetzt ihre Mutter mit dem Bären.

Tracy war streng und rechthaberisch geworden, am meisten vielleicht ihrer Mutter gegenüber; schwer zu sagen, was der Grund war: daß sie sie damals verlassen oder daß sie sie jetzt zurückgeholt hatte? Iris erinnerte sich an ihre eigene Pubertät: man war ausgesetzt und allein, niemand verstand, was man durchmachte, und die schnellste und billigste Erleichterung lag darin, jemandem die Schuld für alles zu geben.

Amy tanzte den üblichen Jüngere-Tochter-Twostep und hatte gelernt, charmant zu sein. Iris erinnerte sich, selbst irgendwann so charmant geworden zu sein, daß sie kaum hatte atmen können – das war eigentlich immer noch ein Problem für sie –, und hinter Amys Beschwingtheit lag eine erschreckende Konfusion, in der Iris einiges von ihrer eigenen mühsamen Vorspiegelung von Eleganz und Leichtigkeit wiedererkannte – so jung, und schon so weit!

Wenn nur der Bär sich etwas intelligenter anstellen würde, aber er weigerte sich einfach wahrzunehmen, was ihre Töchter hatten durchmachen müssen – praktisch gesehen noch knapp am sexuellen Mißbrauch vorbei, aber lasterhaft genug war's gewesen. Doch was sollte man auch erwarten? Der Bär war menschlicher als alle Männer, die sie kennengelernt hatte, aber eben auch um einiges männlicher. Wie sollte er da in der Lage sein, weiter zu blicken als bis zu seinem Schwanz? Durfte es sie überraschen, daß er's nicht konnte?

Eine Phase taktvoller Abstinenz hätte ihren Töchtern vielleicht Gelegenheit gegeben, sich an den Gedanken zu gewöhnen, daß dieser ... äh ... sprechende ... *Bär* mit ihrer Mutter ... äh ... zusammenlebte – ihre Mutter fickte: Das Wort kannten sie ja bestimmt. Na, vielleicht auch nicht. Aber sie hatte schon so lange nur von der Hoffnung gelebt. Sie kannte gar nichts anderes, und das Beste hoffend, hatte sie auch ihre Töchter heil nach Hause gebracht.

Es war nicht allein, daß er erwartete, geliebt zu werden, oder daß er keine Vorstellung davon besaß, wie er in den Augen ihrer Töchter wirkte. Er schien auch keine Ahnung zu haben, welche Sorte Leben sie jetzt brauchten.

War ihr Vertrauen in ihn verfehlt?

Sie hatte versucht, ihm einiges von dem – und das mochte ihr erster Fehler gewesen sein – im Bett zu erläutern, und als das Gespräch allzu erwartbar versiegte, hatte sie ihm die Tatsachen mit ihrem Körper einbläuen wollen – mittels der erschöpfendsten Demonstration von Zärtlichkeit, Sensibilität, Leidenschaft und Takt, die ihr möglich war –, und da schien er sie auch verstanden zu haben. In der anschließenden Unterhaltung stellte sich jedoch heraus, daß etwelche frischen Erkenntnisse jedenfalls keine Wurzeln geschlagen hatten. Offenbar war die Vorstellung, sie könne ihm die nötigen Einsichten durch Sex vermitteln, in einem Zustand der Benebelung entstanden. Jedenfalls durfte dieses Experiment als abgeschlossen gelten.

Sie bemühte sich sehr, sich nicht dem Automatismus hinzugeben – der Bär bezeichnete es als ihre Tendenz, in Angststarre zu verfallen –, ihn auszuschließen, aber es war nicht leicht. Sie stand von allen Seiten unter Druck. Er weiß doch, wie ich bin. Kann er nicht mal für ein Weilchen lockerlassen? Kann er nicht mal aufhören, mich umzustoßen, wenn ich versuche aufzustehen und zu gehen?

Iris nippte an ihrem gekühlten australischen Chardonnay.

Sie sollte eigentlich nicht mehr daran denken, was Tracy morgens beim Frühstück vorgeschlagen hatte, aber es klang ihr noch immer in den Ohren. »Wenn der Bär weg ist«, hatte sie gesagt, mit gesenktem Blick, aber einem Leuchten in den dunklen Augen, »meinst du, du könntest uns dann vielleicht einen Hund kaufen oder so?«

Manchmal fragte sich Iris, ob der Bär irgendeinem dunklen und komplizierten Plan folgte. Wenn zum Beispiel, nach Wochen kleinlichen Streits und frostiger Atmosphäre, wieder einmal der Ofen zwischen ihm und den Mädchen ziemlich aus war, dann, gerade dann, machte er ganz jämmerliche Versuche, charmant zu sein und sie für sich einzunehmen.

So erzählte er ihnen – es war nicht zu fassen – doch tatsächlich die türkische Geschichte.

Eines Abends, nachdem sie früh gegessen hatten, brach er im Wohnzimmer über sie herein. Aim und Trace waren auf dem Fußboden mit ihren Hausaufgaben beschäftigt, Iris saß müßig auf dem Sofa und blätterte in einer Zeitschrift. Die alte, unter den gegenwärtigen Umständen schon obszön scheußliche türkische Geschichte war seit Generationen durch die Zweige des Bärenstammbaumes geklappert, und Iris kannte sie nur allzugut; sie war in früheren Tagen Teil seines zaghaften Liebeswerbens gewesen.

Wußte er nicht, dieser Idiot, daß das genau die falsche Geschichte war, die er Tracy und Amy erzählen konnte? Dieses Ausmaß an Wahrnehmungsschwäche mußte doch vorgetäuscht sein. Was sollte das? Was führte er wirklich im Schilde?

Iris hörte scharf hin, bereit, jederzeit einzugreifen, wenn der Bär bei der Pointe der Geschichte zu weit ging.

»Wißt ihr«, sagte der Bär, »in der alten Heimat gab es einen Bären, der vielleicht mein Urururururur...«

»Verstehe schon«, sagte Aim, nicht gänzlich ohne Wohlwollen, wie Iris schien.

»...großvater war«, sagte der Bär.

Iris hörte Tracy schwer seufzen. Erzähl's nicht, beschwor sie den Bären im stillen. Zwar konnte er sie manchmal auf diese Weise hören, im Augenblick schenkte er ihr aber offenbar keine Aufmerksamkeit.

»In der alten Heimat also lebte eine Familie am Rande eines Waldes, und sie hatten eine wunderschöne junge Tochter, die dem ältesten Sohn einer in der Nähe wohnenden Jägersfamilie versprochen war. Wie es sich so traf, pflegte der Bär, der mein Ururur... äh, ihr erinnert euch, war, dieses junge Mädchen vom Waldesrand aus zu beobachten, und am Morgen vor ihrer Hochzeit, als sie hinaustrat, um Wasser aus dem Brunnen zu schöpfen...«

Iris ließ ihn die Entführung der jungen Frau, die dem Jägerssohn versprochen war, durch den Bären beschreiben, erlaubte ihm zu schildern, wie der Bär, nachdem er sie zu seiner Höhle getragen hatte, ihr die Fußsohlen mit seiner rauhen Zunge leckte, um sie so zart zu machen, daß sie nicht mehr darauf weglaufen konnte – es bezeugte schon einen schweren Fall von Bewußtlosigkeit, dieses Unvermögen des Bären, die wachsende Spannung im Zimmer zu bemerken, die ungläubigen Blicke auf den Gesichtern ihrer Töchter und die Raschheit, mit der sie die Gleichung hatten lösen können, die auf x = Mama hinauslief. Immerhin vermochte er einigermaßen ergreifend, wenn auch etwas dick aufgetragen, den primitiven Versuch des Storybären zu schildern, mit Ästen und Zweigen, die er von den Bäumen abriß, etwas zu bauen, was auch beim besten Willen nicht die Gestalt des Hauses annahm, das er ihr als Hochzeitsgeschenk darbringen wollte. Als nun der Punkt der Geschichte erreicht war, wo der Bär mit dieser Geste die junge Frau für sich einzunehmen begann, bereitete Iris sich darauf vor, ihrem Bären Einhalt zu gebieten, bevor die Geschichte ganz auf sexuelle Pfade geriet, doch an dieser Stelle wartete der Bär mit einer überraschenden Diskretion in der Detailschilderung auf, und so war sie denn gewillt, die Geschichte bis zu ihrem blutigen Ende laufen zu lassen – die Rache der Jägersfamilie, zur Höhle geführt durch die Schneise astloser Bäume –, aber noch bevor es dazu kam, sagte Tracy: »Ich glaub es einfach nicht, daß du uns so eine schreckliche Geschichte erzählen magst«, nahm ihre jüngere Schwester bei der Hand und stürmte mit einem Ausdruck unendlichen Abscheus aus dem Zimmer.

Iris sah zu, wie der Bär, vollkommen unbeleckt von irgendeiner Ahnung, auf sie zugetapert kam. Er hob die Pfoten wie Hiob und intonierte die Pointe der Geschichte, indem er die Stimme des Bauernmädchens annähernd imitierte: »Es war nur ein Haufen Stöcke, aber es war mein Heim; er war nur ein Bär, aber er war mein Gemahl.«

»Tracy ist ein bißchen streng mit dir, aber hier muß ich ihr recht geben«, sagte Iris. »Wie konntest du ihnen nur diese Geschichte erzählen?«

»Ich wollte, daß sie erkennen, ich wollte, daß sie ...«

»Alles, was sie erkennen, ist ein Bär mit eregiertem Penis, der eine Frau in einer Höhle mißbraucht.«

»Die Sehnsucht ... das Ergreifende würdigen ...«

»Welches Ergreifende?« fragte Iris, aber sie mußte sich korrigieren: Der Bär führte nichts im Schilde, er war tatsächlich ahnungslos. Sie hatte Mitleid mit ihm, sie versuchte es zu unterdrücken, aber es half nichts.

Was war ihm widerfahren? Merkte er denn gar nichts mehr?

Iris hätte den Bären gern an ihrer gegenwärtigen Welt teilhaben lassen, aber es klappte nicht. Sie konnte ihre inneren Koordinaten in Momenten der Krise oder der Entscheidung nur einmal umprogrammieren, und was sich dabei als Ergebnis herauskristallisierte, enthielt das, was hineinpaßte, und ließ alles andere fahren. Ursprünglich hatte sie sich vorgenommen, Tracy und Amy zu retten und den Bären dabei weiter einzubeziehen, aber es wurde immer deutlicher, daß sie umdenken mußte. Die Umstände zwangen sie, den Bären auf Sparflamme zu setzen.

Ja sicher, es war ihr schon klar, wie ungeschickt das Verfahren war, aber was sollte sie machen? In ihr steckten so viele konkurrierende Individualitäten, daß sie sich mehr wie ein Orchester als wie eine Person vorkam. Arme Iris. Armer Bär. Meine Töchter! Der Bär war typischerweise völlig darauf fixiert, so weiterzuleben wie bisher, und wollte nicht einsehen, daß das unmöglich geworden war.

Das schien alles soweit ganz logisch, und doch überkam sie das vertraute Gefühl panikerfüllter Schwäche vor den harten Fakten des Lebens, und daher ... vielleicht war sie nur dabei, einen bereits bekannten Fehler zu wiederholen. Was sollte sie tun? Was nur?

Iris entdeckte in sich auch eine gewisse rachsüchtige Häme über das Wahrnehmungsversagen des Bären – ein garstiges, unfreiwilliges Grinsen juckte ihr manchmal in den Mundwinkeln. Und das machte natürlich ihren ganzen Gedankengang fragwürdig und widerlich.

Was sie außerdem ihren Töchtern nicht eingestehen konnte, ach, im Moment ja kaum sich selbst: Gott hilf mir, aber ich liebe den Bären, und der Konflikt zwischen dem Leben mit ihm und dem mit meinen Töchtern reißt mich entzwei. Aim und Trace müssen natürlich Vorrang haben, aber was kann ich bloß tun?

Iris rang melodramatisch die Hände, bemerkte es, konnte aber nicht damit aufhören.

Was sollte sie tun? Was nur?

Sie mußte ihre Töchter von dem Bären trennen. Aber wie sollte sie das machen, und für wie lange?

Würden drei Monate ausreichen? Am einfachsten wäre es wohl, nach New York zurückzuziehen, aber das letzte, was sie ihnen zumuten wollte – nach all dem, was sie mit Herb durchgemacht hatten –, das war die Brutalität der Stadt, gar nicht zu reden von dem Horror, der in den öffentlichen Schulen abging. Sie besuchten zur

Zeit die hiesige Schule, und obwohl sie niemanden nach Hause einladen konnten, schlossen sie Freundschaften.

Wie ließe sich eine vorübergehende Trennung bewerkstelligen? Konnte der Bär für ein paar Monate in die Stadt ziehen? Aber Jones lebte jetzt mit Sybil zusammen, das würde eine unglückliche Dreierkonstellation ergeben.

Und außerdem – das war der kaum zu fassende Teil –, sie wollte ja gar nicht, daß er wegging. Sie war eine Idiotin. Sie liebte ihn noch immer.

Diese kleinen Schwankungen ihrer Entschlossenheit blieben nicht folgenlos. Eines Nachmittags, als sie und der Bär durch das ansonsten leere Haus wanderten, den sich nicht schneidenden geometrischen Kraftlinien ausgeliefert, die hier den Raum beherrschten, da wechselten sie ein paar unwillkürliche Blicke, und innerhalb von Sekunden hatte der Bär sie an die Wand gestellt und sie den Rock gehoben und die Beine um ihn gewickelt, während er in sie eindrang: ein kurzes, konvulsives Erzittern des ganzen Körpers, das sie für die Zeit seiner Dauer vollständig in Besitz nahm, sie im nachhinein aber beide beschämt haben mußte: Sie sahen sich nicht an und sagten auch nichts, und der Tag wurde plötzlich schmutzig. Sie erblickten sich in seinem schroffen Licht, bückten sich schuldbewußt, um jeden Fetzen zerrissener Kleidung aufzusammeln, und kamen sich ins Gehege, als sie beide den Eimer holen wollten, um den Fußboden und die Wand zu reinigen. Das war kein Eden mehr.

»Ich kann deine Träume sehen, die von mir handeln«, sagte Iris nach einer weiteren Nacht, die sie auf dem Wohnzimmersofa verbracht hatte, zu ihm.

»Das überrascht mich nicht«, sagte der Bär. »Sie sind ziemlich lebhaft.«

Der Bär erklärte sich bereit, statt ihrer auf dem Sofa zu schlafen, es vielleicht sogar mal für ein oder zwei Nächte im Freien zu probieren, und sie taten beide so, als wäre das die Lösung.

Er machte sein Bett in der schummrigen Dunkelheit des Wohnzimmers, kümmerte sich pflichtbewußt um das Feuer und legte einen großen Armvoll Scheite nach. Der Herbst rückte näher, und so brauchte man nachts Wärme, vor allem oben, wo die Töchter schliefen. Caliban hat einen neuen Herren.

Und der Lebensraum schrumpft immer weiter.

Manchmal konnte er nachts nicht schlafen, dann stand er auf und sah mit heruntergedrehtem Ton fern. Eines Nachts wurde ein Naturfilm über ein Tal in Afrika gegeben, das den größten Teil des Jahres über Wüste war, während zweier Wochen jedoch, wenn die Regenzeit der benachbarten Region es erreichte, schlagartig erblühte – eine kurze Explosion der Farben, dann das erneute Versinken in Öde und Verlassenheit. Der Bär fühlte sich wie dieses Tal.

Sobald der Herbst richtig eingesetzt hatte, fand man Gelegenheit für ihn, sich nützlich zu machen. Abgestorbenes Holz sammeln und es zu nutzbarer Größe zurechtsägen, und dann – sie ließen sich von einem Artikel in der *Woodstock Times* instruieren – lernte er, Morcheln aus dem Unterholz herauszuschnüffeln, so daß Iris ein paar schöne neue Sachen zum Kochen hatte.

Der Bär ging mit Iris und ihren Töchtern auf frühherbstliche Expeditionen, aus Gründen der Schicklichkeit und für den Fall unerwarteter Entdeckung in Gegenwart der Mädchen an einer improvisierten Leine. Schlichte Tatsache aber war, daß er sich richtig eingroovte, und seitlich einer den Mount Tremper hinaufführenden Nebenstraße deckte er einen wahren Überfluß an kleinen schwarzen runzligen Dingern auf, deren scharfer Geruch seine Nüstern mit wilder, unwiderstehlicher Wucht anfiel. Er wühlte sie unter abgefallenen, mit feuchter Erde beklumpten Blättern hervor und reichte sie an Iris weiter, die sie in einen Sackleinenbeutel steckte. Aim und Trace trotteten hinterdrein, gelangweilt, alle naslang stolpernd, unhörbar miteinander redend. Amy neigte dazu, beim Stolpern aufs Knie zu fallen und dann zu greinen, sie wolle nach Hause; Tracy sagte ihr, sie solle nicht so ein *Weichei* sein, und dann ging es wieder eine Weile lang.

Was war mit den Anzeichen von Humor passiert, die er bei Amy gesehen hatte? Tracy hatte sie ihr wohl ausgetrieben, sie hatte sie ziemlich unter der Knute. Tracys Abscheu vor ihm war offensichtlich, obwohl er weiß Gott versucht hatte, sich ihr angenehm zu machen. Sie war völlig unzugänglich, mitunter sogar für ihre Mutter, der sie fast herablassend zu begegnen schien. War das bewußt, wie sie Iris gegenüber mit der Peitsche des Schuldgefühls wedelte? Oder nur die instinktive Strategie einer Überlebenden? Bei ein oder zwei Gelegenheiten hatte er den Eindruck gewonnen, daß Tracy ihre Wut auch dann an Iris auslassen würde, wenn er gar nicht da wäre, aus Rache dafür, im Stich gelassen worden zu sein, vielleicht auch dafür, befreit worden zu sein – was immer sie für das zentrale Trauma ihres Lebens halten mochte. Dies schien ihm eine intelligente Einsicht zu sein, doch vermochte er damit im Grund wenig anzufangen.

»Hier ist noch mehr«, sagte er, stieß mit der Schnauze einen Haufen am Boden liegender Ahornblätter beiseite und legte ein fettes schwarzes Skrotum von einer Morchel frei.

»Können wir jetzt zurückgehen?« fragte Amy den grauen Himmel, und es sah tatsächlich so aus, als könnte es bald regnen.

Der Bär blickte, am Ende seiner Leine, nach oben und dann nach hinten zu Iris, die ein langes schottisches Cape trug und hügelaufwärts in die Bäume spähte. Sie hätte nicht schöner sein können, und er bewunderte noch immer die Zartheit ihres Kinns, aber über die Leine, die er da trug, war er gar nicht glücklich.

Dies hier war nicht das, was zu tun er sich vorgestellt hatte, zu dieser Jahreszeit.

Sie unternahmen weitere Versuche, sich wie eine Familie aufzuführen.

Später im Herbst, als die Wälder in den spektakulärsten Farben ihres alljährlichen Rückzugs glühten, setzten sie sich in den orangefarbenen Volvokombi und gondelten auf der kurvenreichen Straße gen Osten zum Lake Hill, wo sie auf die Seitenstraße bogen, die um den friedlichen, künstlich angelegten See führte: ein Reservoir für die hiesige Gegend – fünfzehn Gemeinden und Täler per gesetzlicher Anordnung überflutet –, wenn deren restliches Wasseraufkommen durch Kanäle nach Süden zu der unersättlichen Stadt floß. Es war einer ihrer besseren Tage. Die Konversation im Auto hielt sich in zivilem Rahmen, spielte fast ins Gesellige, die durchfahrene Landschaft war pittoresk, vor allem, als sie das jenseitige Ufer von Cooper Lake erreichten, wo Iris den Wagen am Rande der Straße parkte und sie alle vier zwischen gleichmäßig gepflanzten Fichten hindurch zu dem ruhigen Gewässer schlenderten, das wie ein großes Auge blauer Kontemplation unter dem blauen, unergründlichen Himmel aussah.

Ein umgedrehter Wald trotzte den kräuselnden Wellen an den Rändern und zeigte hinunter auf die gespiegelte Unermeßlichkeit von oben, während einige etwas schlampig wiedergegebene Wolken von Westen nach Osten zogen – kündigte sich da schon wieder ein Regenschauer an? –, doch um wirkliche Berge zu sehen, mußte man den Spiegelungen entsagen und den Blick heben: aufmerksam, ruhig, schon kahl, wo Laubbäume die Vorherrschaft hatten, dunkelgrüne Streifen bildend, wo Kiefern die Stellung hielten.

Der Bär versuchte wieder einmal, mit den Mädchen zu reden – Hoffnung gegen Erfahrung – und erzählte ihnen, was er über die Wälder wußte, im Bemühen, sie für das dargebotene Naturschauspiel zu begeistern – seht nur, wie ganz anders es ist als im Südwesten, wo ihr herkommt, aber auf seine Weise genauso schön, findet ihr nicht? –, bevor bald alles der winterlichen Kahlheit würde weichen müssen.

Tracy wandte ihm den Rücken zu, starrte auf den Volvo, wenn nicht ins Leere, und nach kurzer, vielleicht verwirrter Verzögerung blickte Amy nach unten auf ihre Füße und rieb einen Schuh gegen den anderen.

Der Bär sah Iris an, und sie blickte retour. Was kann ich noch machen, dachte er. Was? Ich tu mein Bestes, aber glaubst du, es macht Spaß, wenn man so systematisch abgewiesen wird?

»Können wir jetzt los?« fragte Tracy ihre Mutter.

»Nicht bevor ich eine Runde geschwommen bin«, sagte er, ein cleverer Schachzug, wie er glaubte – würde vielleicht wenigstens den Ausflug verlängern –, auch wenn die Blicke der Mädchen nicht gerade ermutigend waren. »Das hier ist ein Reservoir, versteht ihr, und es ist gesetzlich verboten, darin zu baden. Aber das gilt nur für Menschen, nicht für mich.« Er klopfte sich gegen die Brust. »Ich gehöre zur Pflanzen- und Tierwelt.«

Tracy verdrehte die Augen gen Himmel, aber Amy konnte ihr Lachen nicht ganz unterdrücken.

Iris' unbewegte Miene, mit der sie in die braunen und graubraunen Karos ihres weichen schottischen Umhangs gehüllt war – wo er sie doch nur zu gern selbst warmgehalten hätte –, war unbedingt dazu angetan, seinen rollenden, vierbeinigen Lauf zum Wasser wie einen schmachvollen Rückzug erscheinen zu lassen.

Unter diesen Umständen mußte er wohl oder übel hinein, auch wenn der See kälter war, als er zunächst gedacht hatte, und keine Vöglein sangen. Er warf sich dennoch ins Wasser, prustete heftig, schüttelte sich, stieß sich weiter in noch kältere Strömung.

»Er sieht aus wie ein Baumstamm«, hörte er Tracy am Ufer sagen, als er bereits ein gutes Stück im Wasser war und kräftig drauflospaddelte, aber er grinste trotzdem über die Schulter zurück und rief, er werde in ungefähr fünf Minuten fertig sein. Jämmerlich.

Er hatte ein Drittel des Sees durchschwommen und bekam langsam richtig Spaß daran, nachdem er sich an die Kälte gewöhnt hatte, da hörte er Iris vom Ufer her rufen, blickte zurück und sah sie ihren Arm über dem Kopf schwenken.

»Was?« schrie er zurück, wendete, bekam dabei Wasser in den Hals, und als er in Erwartung weiterer Äußerungen wieder hinguckte, sah er, wie die drei durch die Fichten hindurch zum Kombi zurückgingen, wobei Tracy sich höhnisch an den Hintern zu greifen schien, hörte – mit entsprechender Verzögerung durch Raum und Zeit – das Zuschlagen dreier Türen, und bevor noch das Leerlaufrumpeln des alten Motors ihn auf dem Wasser erreichte, sah er die Abgaswolken aus dem Auspuff vom Bläulichen ins Graue verblassen, während sich der Wagen ruckartig in Bewegung setzte. Er sah den alten orangefarbenen Volvo, den er zum größten Teil bezahlt hatte, am Ufer des Sees entlangrollen, bis er zwischen Kiefern verschwand.

Seine Schwimmerei hatte jeden Reiz verloren, aber er machte trotzdem weiter. Die Kälte war echt nicht schlecht, und Wasser war immerhin noch Wasser: Er hätte sich am liebsten darin aufgelöst.

Beim Heimwärtsstreben mied er Straßen und offenes Gelände, folgte dem Beaver Creek abwärts und schlug sich nach der Hälfte der Strecke tiefer in den Wald, um sich hinzuhocken und einen prachtvollen Haufen ins Laub zu setzen. Scheißt der Bär in den Wald? Aber ja doch, und es ist eine seiner letzten Freuden. Er wischte sich mit Blättern und einem Stück Moos ab, das zu Füßen eines vergessenen, ergrauenden Baumes wuchs.

Unterwegs rief er sich in Erinnerung, daß Sonny Rollins vermutlich auch solche Tage erlebt hatte, nicht unbedingt im Detail, aber doch in den wesentlichen Zügen. Wenn nicht Sonny, dann Ornette, Monk. Schostakowitsch hatte Stalin. Bird hatte Dope. Alles, was ich habe, ist kaputte Liebe, praktisch eine Par-Runde auf diesem Kurs, eine unvermeidliche Sache.

Aber nichts konnte den Schmerz lindern.

Als er nach Hause kam, half Tracy gerade Iris beim Kochen, und Amy tanzte allein zu einer Rockplatte im Wohnzimmer – konventionelle Akkordfolgen, ein gleichförmig drängender Beat ohne Nuancen: keine Welt, in der sie wirklich leben wollen sollte. Wenn er dem Mädchen nicht helfen konnte, wer dann?

Der Bär winkte ihr zu und zog sich zur Vordertreppe zurück, wo er sich auf die Stufen niederließ.

Zwei Minuten später der Regen. Er setzte bedachtsam ein, barmherzig geradezu, doch nicht lange, und ein wütender Wind ballte sich dahinter zusammen, und die Luft kühlte sich rapide ab, bald fünf Grad alle fünf Minuten. Der Bär stand auf und hielt sein Gesicht hinein. Reißt einem die Wangen auf, dachte er, erkannte dann aber: nicht sehr wahrscheinlich. Regen und Wind peitschten ihm ins Gesicht, aber das half ihm keineswegs, sich shakespearisch oder auch nur byronisch zu fühlen.

Der Winter war nicht mehr fern.

Der Wind wurde noch stärker, und die Sinne des Bären schärften sich. Gequetschtes, umgestülptes Wetterleuchten hellte das Land auf, die Sonne fiel unter die Wolkenlinie und linste unter dem Unwetter hindurch.

Am anderen Ende der Wiese jenseits der Straße erfaßte eine Windbö die Bäume und schien den ganzen Birkenhain emporzuheben, doch in Wirklichkeit nahm sie nur die letzten, hartnäckigsten Blätter mit in die Luft, und er wollte schon ins Haus rufen, damit Iris und die Kinder die Vehemenz und Schönheit des Augenblick genießen konnten, aber bevor er seine Stimme erheben konnte, war es auch schon vorbei, und sie hätten ja eh nicht auf ihn gehört.

Dieser Augenblick gehörte ihm allein.

Als er wieder ins Haus kam, nachdem er sich auf der Veranda trocken geschüttelt hatte, wurde er von Iris begrüßt, die sich für ihren überstürzten Aufbruch am See entschuldigte – das Drängen der Mädchen, auf Toilette gehen zu müssen –, und er spürte, daß die Situation die Gelegenheit für ein wenig echte Kommunikation barg, doch konnte er sie nicht genau eruieren, und so verstrich sie ungenutzt.

Iris zupfte an einem hellen Seidenschal, den sie um den Hals trug, und teilte ihm mit, daß das Essen bald fertig sei und er sich ihnen anschließen könne, wenn er wolle.

Nachmittags, wenn er allein war, ging er nach unten in Sieges Kellerraum und übte Bebop in allen zwölf Tonarten. Er legte frühe Ornette-Coleman-Platten auf und dachte, daß er, alles in allem, gut beraten wäre, die Musik ganz aufzugeben. Ich mein, das gibt's doch gar nicht, wie um alles in der Welt kann man etwas derart Schönes und Unerwartetes spielen wie Ornette damals? Von Charlie Parker schon mal ganz zu schweigen.

In einem Anfall von Schwäche dachte er daran, Charlie Haden anzurufen, damit Charlie ihm erzählen könnte, wie großartig er, der Bär, spiele. Mit knapper Not raffte er noch so viel Charakterstärke zusammen, diesem Drang zu widerstehen.

Der Nachmittag schritt voran, mit dem Tageslicht schwanden alle guten Aussichten, und binnen kurzem würde Fußgetrappel über seinem Kopf die träge Rückkehr der Mädchen von der Schule bekunden. Sie würden in der Küche mit Geschirr klappern, danach in den ersten Stock gehen, Prince' *Black Album* hören und kichernd Videos anschauen.

Iris würde nach Hause kommen. Wenn sie und der Bär beim weitgehend schweigend eingenommenen Abendessen saßen, taten Amy und Tracy immer so, als würden sie zu Bett gehen, aber sein Peilgehör verriet dem Bären, daß sie im Halbdunkel auf dem Treppenabsatz kauerten und lauschten, so daß er sich gehindert sah, bedeutsame Dinge mit Iris zu besprechen.

Statt dessen konnte er darauf hinweisen, daß er neue Rohrblätter brauche.

Iris erörterte das Wetter, Autoreparaturen und was man morgen essen könnte.

Iris zu lieben, hatte im Bewußtsein dessen begonnen, daß er, indem er sie liebte, alle Schönheit und allen Geist liebte, die in dieser Welt oder jeder anderen zulässig sind: Durch sie besaß er das alles in kompakter Form und hatte es in Momenten atemberaubender Intimität tatsächlich in Armen gehalten. Jetzt war er geplagt von kleinlichen, rein persönlichen Erwägungen, jede einzelne eine zugeworfene Tür zur größeren Welt und zu der Schönheit, der sie ein Vorschein war... Er wußte, daß er sich blöd anstellte, aber weder bekam er die zwei Hälften des Bildes zusammengesetzt, noch vermochte er die erfahrene Weite des Universums mit dieser unbestreitbaren Einschnürung in Einklang zu bringen. Es war vermutlich zu spät, darauf zu plädieren, daß er ja nur ein Witz von einem sprechenden Bären sei, und ob sie ihn nicht mal bitte kurz aufklären könne.

Das Abendessen würde vergehen, ohne daß ein Wort von Bedeutung gesprochen worden wäre.

Manchmal ging die simpelste Verständigung... wie war das nur möglich? Er konnte zum Beispiel anbieten, eine Kanne Kaffee zu kochen, um dann als Antwort zu hören: Soll die ganze Kanne für dich sein, oder kann ich auch etwas haben, und wenn ich etwas haben *kann,* heißt das, daß ich etwas nehmen *muß,* weil du den Kaffee gekocht hast und möchtest, daß ich mittrinke, oder habe ich die Wahl?

Seine Erwiderung darauf vernuschelte sich dann irgendwie zwischen seinen Zähnen, und der Versuch, sie herauszuzwingen, verkomplizierte die Angelegenheit nur noch mehr.

Sein Auge wurde durch etwas verstört, was er nie zuvor gesehen, noch je zu sehen erwartet hätte: Sie hat Angst vor mir bekommen. Warum?

Hast du was dagegen, wenn ich das Licht im Zimmer ausmache, mochte er fragen.

Soll das heißen, würde sie antworten, daß du jetzt die Kontrolle über die Lichtschalter in diesem Haus hast und ich dich fragen muß, wenn ich selber einen betätigen möchte? Und hast du, indem du das Licht ausmachst, etwas anderes, viel Schwerwiegenderes im Sinn?

Die Frau wurde offensichtlich hysterisch. Was konnte er bloß getan haben, das alles zu provozieren? Sicher, in letzter Zeit hatte er es ein paarmal nicht vermeiden können, mit einer unbezähmbaren, nicht mal durch den Regenmantel zu tarnenden Erektion durchs Haus zu laufen. Daß der ganze Rest von ihm dadurch wie eine wandelnde Rationalisierung für den Ständer in der Hose aussah, war klar, aber Iris sollte ihn doch besser kennen und wissen, daß seine Liebe zu ihr tief und aufrichtig war.

War es absurd, diese Tiefe und Aufrichtigkeit seiner Liebe zu beteuern, wenn er sich im Augenblick nichts dringender wünschte, als sich an den makellosen Rundungen ihrer Brust zu delektieren, indes diese ihre vergänglich-unvergänglichen Knospen sich ihm zum Wohlgefallen emporreckten?

Vermutlich ja.

Nein, was ihn verblüffte, war die Tatsache, daß sie beide in irgendeiner unbestimmbaren Struktur gefangen waren, einer überwältigenden Konstruktion gerader Linien. Beide waren sie nicht mehr in der Lage, sich zu biegen, all die süße runde Feinheit ihrer Liebeswelt war verschwunden.

Er mußte nur den Mund aufmachen, und schon purzelten die falschen Worte heraus. Er mußte nur irgendeine körperliche Geste versuchen, und schon fühlte er sich in eine Verhaltenszwangsjacke eingespannt – der ganze Körper starr und steif, genau wie der ihre in dessen eigenen Banden. Sie konnten weder reden noch sich rühren, und ihre Töchter, die auf einen herzlichen und verständnisvollen sprechenden Bären mit einem Gefühl der Befreiung vom Alltäglichen hätten reagieren sollen... mit Lachen und Abenteuerlust... ach, am besten reden wir gar nicht drüber.

Sein Gehirn fühlte sich unentwirrbar verschlungen an. Er wanderte von Zimmer zu Zimmer, taperte zwischen den kahlen Bäumen im verwaisten, verödeten Wald umher und erst, als er sich zum dritten Mal auf dem Kriechplatz unter dem Haus wiederfand, ohne klares Ziel auf allen vieren im feuchten, spinnendurchsetzten Halbdunkel herumkrabbelnd, ging ihm auf, daß es ein Platz zum Schlafen war, was er suchte. Eine Weile schlafen gehen, ja es war Winteranfang.

Nein, dachte er. Das geht unmöglich. Es ist unwürdig und atavistisch, eine alberne Überreaktion noch dazu. Aber wie kommt es, daß ich so derartig müde bin?

Ein paarmal schlief er nachts im Freien, oder versuchte es jedenfalls, aber das war nicht ausreichend. Dann kroch er wieder unter dem Haus herum, ohne sich genau erinnern zu können, wie er dahin gekommen war. Der Geruch der Erde hing ihm wie eine Droge in der Nase.

Nein nein nein, dachte er. Das mach ich nicht.

»Wie wär's ich geh schlafen in Sieges Zimmer unten«, überlegte er schließlich laut gegenüber Iris. Die Grammatik kam ihm ein wenig abhanden. »Yeah, und wie kommt es, daß ich ihn überhaupt nicht mehr sehe.«

»Anscheinend weiß er, wann du hier bist«, sagte Iris. »Manchmal kreuzt er auf, wenn du auf einem deiner Streifzüge in den Bergen bist.«

»Er weiß, wann ich weggehe?« fragte der Bär nach.

»Ich glaube nicht, daß er es *weiß*. Er scheint nur ...« Iris lachte. »Soll ich dir was verraten? Er hat versucht, mich zu einer Mutter-Tochter-Sache zu überreden. Nicht nur einmal hat er davon angefangen.«

Es brauchte noch mehrere Fragen und Antworten, bis der Bär begriff, was Iris meinte, nämlich daß Siege mit ihr und einer ihrer Töchter, möglichst beiden, gleichzeitig ins Bett wollte. »Ich bring ihn um«, sagte der Bär mit vollem Ernst. »Ich reiß dem Hurensohn den Leib auf und werf seine Leber den Krähen vor.«

»Mach dich nicht lächerlich«, sagte Iris. »Ich weiß, wie man mit den Sieges dieser Welt fertig wird. Weißt du, wie er meinen Namen ausspricht? Nachdem ich ihn angewiesen habe, nennt er mich vor den Mädchen und sogar, wenn wir allein sind, jetzt Mrs. Termaroo oder so ähnlich. Ich würde mir an deiner Stelle keine Gedanken um Siege machen.«

»Damit ich dich richtig verstehe«, sagte der Bär ungläubig und begann, im Zimmer auf und ab zu laufen. »Daß Siege mit dir und deinen Töchtern ins Bett will, ist ein höfliches kleines Lachen wert, aber ich bin so schockierend und obszön, daß man es niemandem zumuten kann, mit mir zusammenzuleben?«

Der Bär wiederholte diese Frage in verschiedenen Versionen und mit abnehmender Lautstärke, bis er es schließlich aufgab. Das heißt, bis Iris anfing, auf einem einzigen Punkt herumzureiten.

»Bär«, sagte sie, und ihr Gesicht hellte sich auf, wie er es seit

Monaten nicht mehr erlebt hatte: ein strahlendes Lächeln bei der Aussicht auf sein Verschwinden. »Hast du eigentlich vor, dort unten für längere Zeit schlafen zu gehen? Für mehrere Monate oder so? Bär! Das wäre doch ideal! Ich fühl mich, als würde ich auseinanderbrechen, als würde mir gleich der Kopf wegfliegen! Ein paar Monate wären ideal!«

Der Bär war bestürzt. »So scharf bist du darauf, mich loszuwerden?« Tränen stiegen ihm in die Augen.

»Bär, begreifst du denn gar nichts? Drei Monate wären ideal! Vier wären noch besser.« Sie ergriff seinen Arm. »Endlich stellt sich heraus, wozu Bären gut sind!«

»Mein Gott, du willst mich wirklich loswerden.«

»Ach, hör doch auf. Sei nicht so melodramatisch.«

»Du willst mich loswerden.«

»Herrje. Wozu redet man überhaupt mit dir. Du bist ja stocktaub. Vertrau mir. Oh, hör auf, so leidend dreinzuschauen. Weißt du, du kannst da unten so lange schlafen, wie du willst«, sagte Iris nachdenklich. »Siege kann seine Fotosachen rausnehmen. Ich glaube nicht, daß Stanlynn etwas dagegen hätte, wenn ich ihn bitte zu gehen. Glaubst du, daß sie unsere Miete erhöhen würde? Wieviel Geld haben wir eigentlich noch auf der Bank?«

Der Bär versuchte unterdessen noch immer, die Konturen des vorherigen Punktes abzutasten. »Daß Siege dich und deine Töchter ficken will, ist okay, und ich bin diese schockierende, illegale, verbannte Entität, obwohl ich nichts weiter will, als daß wir uns auf eine gesunde, liebevolle, grundlegend nicht perverse Weise lieben? Unter Berücksichtigung natürlich«, gab er zu, »der tendenziellen Unkonventionalität, was den artenübergreifenden Aspekt der Sache angeht. Und jetzt bist du total begeistert, daß das eine Stück, das fehlte, um meine Farce zu vervollständigen, sich eingestellt hat und ich in die Winterruhe gehe? Iris, das ist der Verlust von allem! Es wird wie Sterben sein! Schlimmer noch!«

»Oh, werd vernünftig und hör auf, aus einer Mücke einen Elefanten zu machen. Also, wenn du ein paar Monate lang schlafen willst«, sagte sie, womöglich in ihrer Eigenschaft als Biologin, »solltest du dir vielleicht noch ein Gewichtspolster schaffen. Kann ich dir irgendwas Besonderes aus der Stadt mitbringen? Ich könnte eine Liste von nahrhaften Ergänzungen aufstellen.«

»Iris«, sagte er mit dem Gefühl, sich möglicherweise ganz fürchterlich zu verrennen, jedoch unfähig aufzuhören. »Ist das alles, was ich an Himmel bekomme? In der Geschichte der Welt hat es so etwas wie mich noch nicht gegeben! Ich bin beispiellos, ich liebe dich wie kaum je ein Bär eine Frau geliebt hat, und ich würde deinen Töchtern niemals auch nur ein Haar krümmen. Ist das mein Lohn?« Ja, er hatte sich schwer verrannt, aber mach was.

»Ich war der Auffassung«, erwiderte Iris in ihrem normalen Tonfall, mit einer Andeutung von Lachen darin – jetzt, da er aus ihrem Leben verschwinden sollte, war sie wieder heiter und sorglos –, »daß es wenigstens zwanzig Generationen von sprechenden Bären gegeben hat, bevor du aufgetaucht bist, und daß das Wissen und die Fertigkeiten von Generation zu Generation weitergegeben wurden – so jedenfalls hast du es mir erzählt –, und daß . . .«

»Nie hat es etwas wie mich gegeben!« Er stampfte durchs Wohnzimmer, ruderte mit den Armen auf eine Weise, die er selbst als unzivilisiert bezeichnen mußte. Es befiel ihn die allerdings die vollkommen nutzlose Ahnung, daß er im Begriff stand, die häßlichste Rede seiner Karriere zu halten. »Meine Vorfahren waren Primitive! Sie sprachen mit Akzent! Ihre musikalischen Vorlieben erstreckten sich auf Zirkusmärsche oder bestenfalls irgendwelche geschmacklosen, kitschigen Zigeunergeigen! Ihre Betrachtung der Welt war simpel! Sie hatten keine Ahnung von Literatur! Nicht wenige waren primitive Tiermarxisten! Ihr Mystizismus war primitiv! Sie haben keinen Sinn für Ironie entwickelt, der den Widersprüchlichkeiten ihres Lebens angemessen gewesen wäre! Keiner von ihnen kam auch nur annähernd in die Nähe der Musik, die ich auf meinem Saxophon spiele, geschweige denn der noch größeren Musik meiner Liebe zu dir, die zur Zeit, zugegeben, nur noch ein verkümmertes kleines Liedchen ist.« In der Tat, es war, alles in allem, eine der losesten Reden, die er je geführt hatte. »Zwanzig, vierzig, fünfzig Generationen von sprechenden Bären, die über die Begrenzungen ihrer Zeit und ihrer Gene hinausstrebten, haben nichts produziert, was mir auch nur annähernd gleich käme!«

»Bär, ich weiß gar nicht, worüber du dich so echauffierst«, sagte Iris, soweit hörbar, völlig ungezwungen. »Ob zwanzig Generationen oder fünfzehntausend: Du hast dich nicht selbst produziert. Du bist *produziert worden.* Wo liegt dein Problem?«

Dem Bären klappte der Mund auf und wieder zu. Iris' Worte waren nicht nur nicht zu bestreiten, sie waren auch gerecht.

»Da dem so ist«, sagte sie und trieb den Nagel ohne erkennbare Anstrengung weiter hinein, »verstehe ich nicht, wie du dir als Verdienst anrechnen kannst, das zu sein, was du bist, und schon gar nicht, darum geht es hier ja eigentlich, wie du dafür eine Belohnung fordern kannst.«

Der Bär ließ die Kinnlade aufklappen und bekam sie nicht wieder zu. Wenn du geschlagen bist, dann hilft nichts mehr. Gib auf.

»In dieser Hinsicht«, sagte Iris und ließ nicht locker, »bist du genau wie wir anderen auch. Das Äußerste, was du in Anspruch nehmen kannst, ist, daß du hier bist. Darüber hinaus hast du keine Veranlassung oder gar Vorrecht, besonders laut ins Horn zu stoßen. Das ist natürlich bildlich gemeint. Dein Saxophon kannst du spielen, wie du lustig bist.«

Der Bär ließ sich ins Sofa fallen und roch den Staub, der um ihn aufstieg. »Wuff«, sagte er.

»Wenn du also nach unten ziehen willst«, sagte Iris, »dann ist das ideal. Ich werde C. J. anrufen und ihm eine Woche Zeit geben, seine Ausrüstung auszuräumen. Unsere Probleme sind gelöst.«

Der abschließende Kommentar des Bären war ein schweres, staunendes Seufzen.

Ungefähr zur Zeit des ersten leichten Schneefalls sah er sich mehr oder weniger bewußt Sieges Zimmer für seine Zwecke in Beschlag nehmen. Siege hatte seine Wannen und seinen Vergrößerungsapparat abgeholt. Voll in Ordnung, hatte Siege gesagt, dabei aber beleidigt ausgesehen. Iris hatte mit Stanlynn alles am Telefon klargemacht. Willst du mit ihr reden? Der Bär sagte: Hi, Stanny. Ja, ich weiß, ich sollte Häuptling Oren Lyons besuchen, sicher, es würde mit gut tun, mit ihm zu reden, das wär sehr hilfreich. Aber. Aber. Du kennst mich. Yeah, ich glaube, das Geld ist auf absehbare Zeit sichergestellt. Wie läuft das Lama-Trekking-Geschäft? Großartig. Wenn's hier Probleme gibt, regeln wir die. Gut. Bye. Ja, ich geb dir Iris. Bye.

Unten im Keller drehte der Bär den Thermostaten ganz runter, besann sich dann aber eines Besseren und stellte ihn auf Minimalbetrieb ein, damit die Rohre nicht einfrieren und platzen würden, während er schlief. Für Geruchszwecke holte er sich ganze Arme voll abgefallener Blätter herein, zog die Schaummatratze vom eingebauten Bett, stopfte sie in die hinterste Ecke des Zimmers und ließ sich drauffallen, um ihre Eignung für einen längeren Aufenthalt zu testen und weil ihm gerade nach Fallen zumute war.

Eine Frage bewegte ihn: Würde er, während er Winterruhe hielt, sein Sprachvermögen einbüßen und im Frühling als Feld-Wald-und-Wiesenbär aufwachen? Möglich schien es. Er war zu müde, um sich weiter darum Sorgen zu machen. Überhaupt, es könnte sich auch als Wohltat erweisen. Nee nee nee, derlei Regressionen sollte er dann doch vermeiden. Das spielte sich schon auf einer extrem blöden, er meinte wahrscheinlich unbewußten, vielleicht meinte er auch extrem blöden Ebene ab. Zu müde zum Denken.

Immer noch sich bemühend, dem Andrang körniger Dunkelheit, die nach Körper und Geist griff, nicht nachzugeben, schwankte er eines Tages, als das Haus leer war, schlafwandelnd-schlaflos nach oben, um sich ein paar letzte Sachen zu holen.

Nur er und das verschwindende Echo des Lebens, das er hatte leben wollen.

Zog ein paar Kartons aus der Dachbodenluke und kramte mit tapsigen Pfoten in altem Zeug herum. In seinem Schrankkoffer fand er, was er suchte, riß seinen alten abgetragenen Regenmantel an sich und fühlte eine Woge absurden Selbstmitleids in sich aufsteigen, die einzudämmen er einfach nicht in der Lage war. Mein alter Regenmantel, dachte er hilflos, drückte ihn zuckend an seine Brust, die einst für unerschöpflich gehaltene, und saugte den alten Geruch seiner selbst aus dem Gewebe. Was ihm wurde, war Nostalgie, doch was er sich ersehnte, war Lethe, Nepenthes, Vergessen, Tod.

Ausgebeulte Cordhosen waren auch da, die trotz Wäsche etwas vom Duft der Vergangenheit bewahrt hatten, und, gute Güte, dieser Bademantel, durfte man den, in seiner ganzen löchrigen Zerfranstheit noch als existent betrachten?

Der Bär raffte diese verfilzten Angelegenheiten an sich – verbotenes Selbstmitleid, aber ich kann nicht dagegen an –, schnupfäugig und fast blöd vor Müdigkeit rauschte er auf dem Weg aus dem Zimmer gegen den Türrahmen, schaffte es aber ohne schwerwiegenderes Holterdipolter die Treppe hinunter.

Im Elternschlafzimmer schlug er dem Faß den Boden aus und fügte seiner Sammlung noch ein Bettlaken hinzu, das intensiv nach Iris roch.

Im Keller legte er diese neuen Schätze zu den alten, zerfledderte einige Sonntagsausgaben der *Times,* wickelte das Iris-Laken um seinen Hals, legte sich in sein Nest, wobei er den Bademantel noch unter sich stopfte, legte den Regenmantel über sich, dachte dann: Nein, setzte sich aufrecht und zog den Mantel an. Zerriß das Futter zwar ein wenig, als er die Pfote durch den Ärmel zwängte, aber das machte nichts. Er krempelte die Taschen um: Zahnstocher, eine Büroklammer, graubraune Nahtfussel und ein abgenutztes Rico-Rohrblatt.

Der Bär fühlte sich unglaublich schläfrig. Er legte den Kopf ab. Senkte sich fürwahr herab, ein Gewicht von Schlaf wie nie zuvor. Feiner dunkler Staub. Tonnen. Und Abertonnen.

Er fühlte, wie sein Blut eindickte, der große Herzmuskel herunterschaltete, das Gehirn ins Dunkel hinabstieg, Lichter verschwammen, ausblinkten...

Du wirst immer geübter mit diesen Abstiegen, sagte er sich mit einem letzten kurzen Wachblinzeln des Verstands, immer geschickter mit diesen kleinen Toden und späten Untergängen. Du diskutierst weniger, stimmst schneller zu. Aber ist das Weisheit oder Müdigkeit? Wer weiß, es könnte funktionieren. Vielleicht ist es dir ja doch als Buße auferlegt, dem Gebrauch der Welt zu entsagen. Kaum zu sagen, was dir noch geblieben sein wird, wenn du hieraus wieder aufwachst. Laß los. Hoffentlich noch sprechen.

Hinterste Ecke Kellerraum unter Decken getrockneten Blättern Zeitungen Laken mit schwindendem Geruch von ihr und alter Regenmantel, weiterer Kleinkram, manchmal, in der ersten Phase seines Schlafes, schien es ihm, er würde aufwärts schweben durch die Decke und sich Iris beim Leben dort oben im Licht anschließen. Ihre Töchter kamen zurecht. Aber alles so unbestimmt. Hingezogen. War nicht sicher, ob er wirklich dahin. Sah einmal solche Vögel aber wo. Kopf dick. Herz langsam. Verschlungen in großer langsamer Welle. Schlaf Bärchen schlaf, irgendeiner hütet die Schaf, Welt versunken einzige da unten kaum hörbar letzte Verbindung weit dunkle Mitte langes tiefes Summ.

Kontrollampe. Brauch ich wenn ich lossegle. Wo?

Sank tiefer. Wußte daß Friedmann eben gestorben war.

Nacher Weile – wie lange? – oben Telefonklingeln. Is keina Zause? Einer ran? Gehen? Alle zurück inna Stadt mich hierlassen? Haus um ihn herum dunkel. Wände Regen runterlaufen. Klatschnaß Reden Erde Riechen. Versuch Kopf heben schwer wuch. Kopf runter länger weiter wuch. Dick langsam Gehirn Zunge. Lang langsam schwerer Kopf. Schlaf. Er schlie.fffh.

Teil sechs

Du bist die unbeantwortete Frage,
Könntest du in dein eigenes Auge sehen;
Stets fragt es, fragt es;
Und jede Antwort ist eine Lüge.
So nimm denn deinen Weg durch die Natur,
Durch tausend Naturen bahne ihn;
Frage weiter, du umhüllte Ewigkeit;
Zeit ist falsche Antwort.

– Emerson

Ich übe die ganze Zeit, damit ich da bin, wenn die Eingebung kommt.

– Rollins

1

»Das ist eine tolle Idee«, sagte Jones. Er war noch nie im Innern der Brooklyn Bridge gewesen – wer war das schon? – und starrte mit unverstellter Verblüffung hinauf in die Gewölbe und Bögen, wo Arbeiter in Overalls Gerüste einrichteten, um Gips zu verspachteln, Mauerwerk mit frischem Mörtel zu verstärken oder große quadratische, grobgeschnittene, hellbraune Blendsteine einzuarbeiten. Aus ein paar erneuerten Fenstern zur Rechten stachen Säulen von Tageslicht durch den schwebenden Arbeitsstaub, aber der größte Anteil der Beleuchtung wurde von hängenden, eingegitterten Glühbirnen und, wo die Männer am Gipsen waren, von helleren Scheinwerfern bestritten. Die mattgrünen Stahlbalkone, die an der Vorderseite eine vage an Maritimes gemahnende Rundung aufwiesen und von dünnen Stahlpfeilern gleicher Farbe gestützt wurden, waren schon fertig, alles andere freilich existierte praktisch nur erst in der Phantasie und wartete auf Ausführung. »Obwohl«, sprach Jones weiter zu Bob Levine, »eigentlich sollten Sie Sonny Rollins den Laden eröffnen lassen. Er ist der Mann, der mit Musik auf Brücken und so in Verbindung gebracht wird.«

»Äh, ja und nein«, sagte Levine. »Einerseits sollten wir, andererseits macht er's nicht. Der Bär ist sozusagen die automatische Alternative.«

»Ach ja?«

»In meinen Augen schon. Die mythische Note. Dieser Ort verlangt nach der mythischen Note. Meinen Sie nicht?«

»Was ist mit Ornette?«

»Kompliziert im Umgang, und er würde sicher seine elektrische Band mitbringen wollen.«

»Der Bär würde noch Jackie McLean vorschlagen.«

»Wenn der Bär nein sagt, versuche ich Jackie dazu zu kriegen, ja zu sagen«, sagte Levine und lachte. »Ich kann solche Sachen doch tatsächlich machen. Soviel Spaß hatte ich nicht mehr, seit ich im Kindergarten war.«

»Ist das ein romanischer Bogen da oben?«

»Eine Renaissance-Adaption. Sehen Sie die Männer da oben? Eine Familie von toskanischen Steinmetzen. *La famiglia Fusi. Mia famiglia. Io trovato, lei fatti.* Ich hab sie aus La Fattoressa rübergeholt und überlasse ihnen die Sache. Sie dürfen sich, wenn sie wollen, sogar über den Architekten hinwegsetzen, der im Grunde sowieso ich bin. Na ja, am Anfang hatte ich ein bißchen Hilfe, aber nach einer Weile hab ich dann sozusagen übernommen. Wie gefällt Ihnen die High-Tech-Schallisolierung? Hören Sie Verkehr? Ich höre keinen Verkehr, obwohl um diese Tageszeit genau über unseren Köpfen auf fünf Spuren der Kampf der Autos tobt, die sich in drei Spuren reinzwängen müssen, um über den Fluß nach Brooklyn zu kommen. Weiß der Himmel, was die da alle wollen.«

»Mrs. Stahls Knishes?«

»Glauben Sie? Also, ich steh ja mehr auf Yonah Schimmel. Die Kugeln da liegen eine Woche lang wie ein Stein im Magen.«

»Ich kann Hupen hören.« Jones, die Hand demonstrativ ans Ohr gelegt, war der Ansicht, daß es nicht mehr als fair sei, auf diese einfache Tatsache hinzuweisen. »Das ist natürlich nicht so günstig für Live-Aufnahmen.«

»Wir werden nicht zur Hauptverkehrszeit aufnehmen, und die Mikros können abgeschirmt werden. Und die Stadt stellt ein Schild auf.«

»Cool«, sagte Jones, der sich langsam einige Gedanken über Levine machte. »Am besten gleich neben dem, auf dem es heißt: OKAY, BITTE BRINGEN SIE HEUTE NIEMANDEN UM.«

»Ha ha, der ist gut«, sagte Levine. »Unterstützung ist jedenfalls zugesagt. Und selbst in der Carnegie Hall kann man die U-Bahn hören.«

»Nicht, seit sie renoviert haben«, sagte Jones. »Der Sound ist nicht mehr so gut wie früher, aber jedenfalls hört man die U-Bahn nicht mehr.« Er hatte darüber in der *Times* gelesen.

»Ohne die Hilfe, die ich von der Stadt bekommen habe, hätte

ich das alles hier nicht auf die Beine stellen können«, sagte Levine ernsthaft. »Die hätten statt dessen ein Dutzend angesagter Boutiquen haben können. Ich kann mich jedenfalls über einen Mangel an Fürsprache nicht beklagen.«

»Mhm«, sagte Jones. Das war so ziemlich das erste, was Sybil bei einer ersten Sichtung der Datensphäre über Levines Finanzen herausgefunden hatte: der Großteil seines Geldes war ererbt, wenn er auch einiges auf dem Immobiliensektor selbst angehäuft hatte, als der Markt günstig war; es gab einige Import-Export-Umtriebe ohne den üblichen Geruch von Drogen, aber dann wurde es auch schon schwieriger, die aus dem Datenland zurückstrahlende Geschichte zu erhärten. Anscheinend hatte Levine in ein paar vielversprechende Weingüter in »Chiantishire« investiert, war aber, wie man hörte, unter die Räder schwieriger Praxis, örtlicher Korruption und des zwangsläufigen Schicksals auch nur teilweise abwesender Grundbesitzer geraten – es hieß, der betreffende Geschäftsführer hätte sich nach Sardinien zurückgezogen, auch war die Rede von einer entwendeten Million und einem unangreifbaren Team von Rechtsanwälten mit Verbindung zur Camorra. Levines Familie hatte ihn aus der Toskana zurück nach New York beordert und zum Sparen verdonnert. Aber konnte man das hier als Sparen bezeichnen? Das einzige, was noch mehr nach Phantasterei riecht als die Eröffnung eines Nachtclubs, ist die Ambition, darin zu spielen. Levines Klamotten sahen ziemlich hip aus und sein Mercedes gerade so stumpf vom Gebrauch, daß er nicht vulgär wirkte, und doch hatte der Mann etwas Unstetes an sich, war sich Jones sicher, auch wenn die Geschichten nicht verifizierbar waren.

Aber zweifellos war er ganz dicke und steckte unter einer Decke mit einigen der entscheidenden Macher und Drahtzieher der Stadt. Und das hieß, daß The Bridge – der erste Nachtclub seit dem Birdland, dessen Name einem lebenden Musiker huldigte, denn er deutete doch mehr oder weniger auf Sonny Rollins hin – aller Wahrscheinlichkeit nach die behördlichen Kontrollen überstehen und letzten Endes doch termingerecht eröffnen würde.

Jones glaubte Levines Gesicht aus der Szene wiederzuerkennen, er war einer, den er an diesem oder jenem Tisch gesehen hatte, in irgendeiner Tür stehend mit dem einen oder anderen Musiker, beim Flachs mit Elvin Jones in der sogenannten Küche des Vanguards, dem schweißüberströmten Elvin, der die Zähne für sein bekanntes irres Grinsen unter schwarzen mongolischen Wangenknochen freilegte.

In der Hoffnung auf nähere Erkenntnisse nahm Jones den Mann schärfer in Augenschein, ohne jedoch etwas Neues zu entdecken. Ein Mann offenbar von Intelligenz, gute Gesichtszüge, aber ein unbestimmtes Kinn, Silberrandbrille, irgendwo in den Vierzigern, mit üppigem welligem Haar, das vorn etwas zurückwich und an den Seiten gleichmäßig ergraute; trendy, teuer aussehende Freizeitkleidung – der schlichte Rollkragenpullover und der Sitz dieser cremefarbenen Cordhosen bezeugten etwas undefinierbar Privilegiertes, und die rauhe schwarze Bomberjacke war sicherlich aus irgendeinem hochexklusiven Ziegenleder. Levine hatte so einen gewissen Blick, der einem mitteilte, daß er etwas von Geld und dessen Wegen verstand. Aber was war an den italienischen Gerüchten dran, und warum investierte er in einen Jazzclub? Zumal einem mit derart visionärem Anspruch. Es war etwas Schräges an ihm. Was ein Grund dafür sein mochte, daß ein relativ Außenstehender wie Jones es so behaglich fand, mit dem Typen zu quatschen. Ein Bruder im Geiste vielleicht, unter der Geldhaut und mit all den versteckten Schwächen.

»Die schiere Steinmasse da oben schluckt das meiste vom Verkehrslärm«, versicherte ihm Levine, »aber im Winter gibt's natürlich Schlaglöcher und Gott weiß was für endlose Reparaturarbeiten, drei Jahre lang Stahlplatten verlegen, was weiß ich. Na, also, um mich kurz zu fassen, es ist mir gelungen, einen Forschungszuschuß an Land zu ziehen, der einen Teil der Kosten abdeckt.« Levine lächelte hochzufrieden, so als verblüffte er sich manchmal selbst.

»Und Sie wollen in sechs Wochen eröffnen?«

»Warum nicht?« Levine geleitete Jones tiefer in die Wunder der Baustelle hinein. Jones stieg über einige Bretter hinweg und fragte sich, ob er nicht für alle Fälle einen Bauhelm tragen sollte.

»Passen Sie auf das Loch da im Boden auf«, sagte Levine. »Wir verlegen noch Kabel und Rohre.«

»Das mit den sechs Wochen muß ich genau wissen.«

»Ist der Bär so vielbeschäftigt? Ich habe gehört, daß er im Moment gar nicht arbeitet.«

»Er ist manchmal ein bißchen empfindlich.« Jones registrierte mit Genugtuung, daß er das Understatement beherrschte. Sein Leben hatte eine so unglaublich glückliche Wendung genommen, daß er dazu neigte, alles auszuplaudern, im vollen Vertrauen darauf, daß man sich ruhig in die Karten schauen lassen dürfe, ohne daß dies das gleichmäßig fließende Tao der Dinge beeinträchtigte. Und wenn einen die Leute anguckten, als sei man der letzte Idiot, wenn man ihnen alles erzählte? Dann war das ihr Problem. »Der Bär braucht vielleicht eine Weile zum Nachdenken. Als er das letzte Mal in New York gespielt hat, wurde er hopsgenommen und mußte den Winter über im Gefängnis verbringen.«

»Der Tin Palace«, sagte Levine. »Warten Sie mal ab, was wir hier für Sicherheitsvorkehrungen haben, wenn der Laden fertig ist. Was halten Sie vom hinteren Teil des Saals?«

»Großartig«, sagte Jones, schon bevor er hingesehen hatte. Die meisten Innenwände zwischen den großen braunen Mauerstützen waren herausgeschlagen worden; die Deckenträger schienen ausreichend stabil zu sein. Jones sah hin und wieder ein Steinmetzbein aus den Bögen und Gewölben ragen und verfehlte gerade noch mit viel Glück ein weiteres Loch im Fußboden. »Egal, wieviel Hilfe die Stadt bereitstellt, die Sache muß Sie ein Vermögen kosten.«

Dann erlebte Jones einen unnatürlich klaren Moment, wie in Zeitlupe, in dem er den Mund öffnete, eine sinnlose Geste mit beiden Händen begann und beobachtete, wie ein Brocken Mauerwerk von der Größe eines Fernsehers von oben aus dem Gewölbe herunterfiel. Das Krachen, als es schließlich fünf Meter hinter Levine auf dem Boden auftraf, war gewaltig, und Levine machte einen Satz vorwärts, fast in Jones' Arme hinein. Jones konnte ihn gerade noch mit ausgestreckten Händen stützen.

»*Va bene?*« ertönte eine Stimme von irgendwo aus der Höhe.

»Wir leben noch, Amedeo, *grazie*«, rief Levine zurück. Dann zu Jones. »Wir sollten vielleicht lieber wieder nach draußen gehen.«

»Ja«, sagte Jones. »Ganz meinerseits.«

Levine warf noch einen letzten besorgten Blick zurück, wo frischer Staub um den gefallenen Steinbrocken aufstieg, nahm Jones am Ellbogen und bugsierte ihn an allen Hindernissen vorbei zur vorgesehenen Eingangstür des Clubs. »Die meiste Arbeit betrifft nicht mehr die Konstruktion, inzwischen geht es hauptsächlich um Dekoratives. Wir sind gut im Soll.«

»Bestimmt«, sagte Jones, dachte an Verkehrsvibrationen und fallendes Gestein. Es wird schon nicht in der ersten Woche zusammenbrechen und die Band erschlagen. Paar Monate später, wer weiß? Die Eröffnung ist sicher. Das ist das, was ich dem Bären sagen werde. Und was wird er mir sagen? Such mir zwei Säulen und stütze meine Pfoten dagegen.

Sie waren in die verhältnismäßige Sicherheit des Eingangsbereichs gelangt und spähten durch das kleine, in eine der Stahltüren eingesetzte Plexiglasfenster nach draußen. Nach einer etwas umständlichen mimischen Verständigungsphase, die dann aber in beidseitiges Kopfnicken mündete, stieß Levine die linke Tür auf, und sie schritten hinaus in den Dienstag nachmittag und in die trügerische Mittwinterruhe – Stürme waren gekommen und gegangen und würden vermutlich wiederkommen, im Moment herrschte jedoch eine Art Besinnungspause. Ein feuchter Windstoß machte sich an ihnen zu schaffen, aber es war kein Eis oder Haß darin, und nach der ersten Attacke ließ er sie auch schon wieder in Ruhe.

»Wow«, fiel Jones dazu nur ein.

Sie standen auf dem großen Absatzquadrat des grob entworfenen Treppenaufgangs und schauten über den Fluß nach Brooklyn hinüber. Es war ein unentschlossener Nachmittag: Ein kleiner Regen hatte sich ausgetobt, und jetzt stand die weiße Wintersonne rechter Hand über der Battery und lugte hinter den vorbeiziehenden Wolken hervor, um sich sofort wieder zu verbergen. Die graue Unterseite der Brücke schwang sich über den Fluß und wurde zum anderen Ende hin immer weniger, das Wasser darunter stumpf wie Blei, außer an den Stellen, wo die Sonne die Oberfläche anstupste. Sie konnten den Verkehrslärm über sich auf der Brücke hören, weigerten sich aber ganz cool, ihn zur Kenntnis zu nehmen. Rechts, ungefähr auf Augenhöhe, fuhren Autos auf der erhöhten Brückenzufahrt an ihnen vorbei, Fahrer bremsten ab, um lange Hälse zu machen, das eine oder andere Fenster wurde heruntergelassen, und ein Typ versuchte ihre Aufmerksamkeit zu erregen, rief: »He. He!« Inzwischen war es natürlich zu spät, darauf zu reagieren, und so wurde ihnen die offizielle New Yorker Anrede zuteil: »Ihr blöden Arschlöcher, *he!*«

Das Auto fuhr weiter und wurde, dort, wo die Spuren sich vor der Haarnadelkurve verengten, die sie alle auf die Brücke hinaufschleuderte, von anderen seiner Art verschluckt.

»Er wollte bestimmt nur wissen, was hier vorgeht«, sagte Levine zum Verhalten seines New Yorker Mitbürgers. »Die Treppe, die offenen Fenster, all das.«

Jones nickte. »Es wäre nicht ganz einfach gewesen, eine entsprechende Unterhaltung zu führen«, sagte er.

Jahrelang, vielleicht jahrzehntelang, hatte Jones, wenn er im Auto vorbeifuhr, sich immer wieder gefragt, was es mit den Ziegelmauern und zugemauerten Fenstern auf sich hatte, die den überwölbten Bau zwischen den wuchtigen grauen Steinträgern auf der Manhattaner Seite der Brooklyn Bridge ausfüllten. Was war dort einst hinter den Mauern gewesen, ein Zollhaus? Eine kombinierte Abe-Lincoln/Walt-Whitman/Hart-Crane-Einfriedung abstrakten geschichtlichen Raumes? Der staubige, konservierte Äther einer vergangenen Epoche? Oder was?

»Wenn der Club ein Erfolg wird, wird die Stadt Boutiquen in die anderen Bögen einziehen lassen. Das könnte hier ein hübscher kleiner Basar werden, und dann könnte ich auch nachmittags öffnen, Lunch anbieten, vielleicht einen Pianisten engagieren.«

»Eigentlich«, sagte Jones, »gibt es hier in der Nachbarschaft schon einen hübschen kleinen Basar. Der beste Stoff südlich der 110th Street, allerdings nehmen die meisten Leute die Reise nicht auf sich und begnügen sich mit Tütenware auf der Avenue D.«

»Hier unten? Wußte ich gar nicht.«

»Klar. Gleich hier, Pitt Street.« Jones hatte keine Ahnung, wo die Pitt Street war, daher fuchtelte er unbestimmt durch die Gegend.

Levine stellte seine Kopfhaltung neu ein, um Jones schärfer in Augenschein nehmen zu können. »Sie nehmen das Zeug?«

»Nee«, sagte Jones. »Wollt mich nur auf dem laufenden zeigen. Ich hab einen Informanten, der mir solche Sachen zuträgt.«

»Wer ist Ihr Informant?«

Jones beschloß, cool zu gucken und nichts zu sagen. Das Piano-

Engagement zum Lunch wäre ja vielleicht nicht übel, und warum sollte er es Bobby vermasseln, zumal dieser anscheinend wieder sauber war. »Ich hab häufig über diese zugemauerten Bogen nachgedacht.« Jones wandte den Kopf zurück zur Brücke.

»Ich auch«, sagte Levine.

»Aber Sie haben etwas unternommen«, soufflierte Jones.

»Yeah.« Levine grinste, machte dann eine Reihe von Scheißdrauf-Gesten, bevor er sich näher ausließ. »Ich habe beschlossen, ein paar Manöver zu starten. Ich habe beschlossen, der Stadt auf den Pelz zu rücken und zu sehen, ob ich *handeln* könnte...«

Jones ließ sich von Levine alles erzählen.

Nachdem sie sich per Händedruck auf ein definitives Vielleicht verständigt hatten, machte Jones einen Kreditkarten-Anruf von einem öffentlichen Telefon gleich auf der anderen Seite der Brücke, im Schutze der Police Plaza – die Nähe der Polizei würde er dem Bären gegenüber nicht erwähnen, falls Iris ihn aufwecken und ans Telefon kriegen konnte –, aber es nahm keiner ab. Er wählte die Nummer noch einmal und ließ es ein dutzendmal klingeln – meine Güte, gehen die Leute da auf dem Lande doch tatsächlich aus dem Haus und machen irgendwas. Jones beschloß, es abends nach dem Essen noch mal zu versuchen. Er erwog, noch kurz ein Schlückchen zu sich zu nehmen, bevor er wieder zur Houston Street hinauffuhr, um auf seine Liebste zu warten. Oder, noch besser, zu J&R Jazz World rüberzugehen und zu checken, wie *Sensible Shoes* lief; er könnte dem Geschäftsführer erzählen, daß der Bär in sechs Wochen das Bridge eröffnen würde, und ob es da nicht ratsam sei, ein Display für das Album ins Fenster zu stellen?

Er macht doch wohl keinen Winterschlaf, oder, ha ha ha? hatte Levine ihn beim Abschied gefragt, und Jones hatte geantwortet: Natürlich nicht, ha ha ha.

Die Sonne war hinter den Gebäuden verschwunden, als Jones von der Police Plaza zur City Hall gelangte.

Als Iris ihn weckte – so zart, wie sie es immer getan hatte, als sie Liebende waren, so zart, daß er für einen Moment dachte, sie möchten noch immer Liebende sein –, wurde er von mehreren

Gedankenwolken bedrängt. Seit einiger Zeit war ihm bewußt geworden, daß ihre Stimme sanft – das Schönste an den Frau'n fürwahr – seinen Namen rief und daß eine zärtliche vertraute Hand sich auf seine Schulter gelegt hatte; aber er war ganz weit weg, er schlief, wie man nur schlafen kann, und diese Stimme und die Hand hatten ihn nur durch einen Schleier aus Traum und Interpretation erreicht, von der Erinnerung ans Verlangen zu schweigen, und etwas wie seine Liebe zu ihr tastete sich aus dem Schlafnebel heraus auf sie zu, aber es war so weit, so weit … es war so lange her, seit er … da war so viel, was er sagen wollte … war er überhaupt noch in der Lage, es zu sagen?

Als Iris' vertraute Hand seinen rechten Fuß ergriff, fielen die Dinge aus dem Schema seiner Vorlieben und Wünsche heraus, und da begann er, in die bekannte Welt aus Hell und Dunkel hinein zu erwachen, die Zeit nahm ihre stetige Bewegung wieder auf, und er wußte wieder, daß es Verlust gab.

Als er die Augen öffnete, konnte er sie zunächst nicht klar erkennen. Sie schien zu schimmern, als hätte sie sich nur teilweise aus dem Äther heraus manifestiert. Er wollte sie ansprechen, fand aber nirgends ein Wort, und für einen Augenblick befürchtete er, seine Sprache verloren zu haben. »Ssss?« sagte er schließlich. Vielleicht war sie tatsächlich weg. »Sssonfüllin?«

»Ob schon Frühling ist?« fragte Iris zurück. »Noch nicht ganz.«

»Ihr tut nicht recht an mir, mich aus dem Grab zu holen«, erklärte er. Anscheinend war da noch Sprache. War das gut? Vielleicht konnte er eine Abwechslung vertragen. Was hatte sie ihm eingebracht? »Seelergst.« Zunge freilich immer noch ziemlich schwer im Mund.

»Jones möchte mit dir sprechen.« Ihre Stimme hatte noch immer diesen melodischen Fluß und war noch immer ziemlich unergründlich. »Er meint, es sei wichtig. Wirst du wach? Möchtest du wach werden? Ich könnte dir auch einen Kaffee kochen, wenn dir das hilft.«

Ein Gähnen riß ihm die Kiefer auseinander. »Seeliger Geist«, brachte er schließlich hervor. Er versuchte Iris anzusehen, aber das Tageslicht da oben war ungewohnt und blendete ihn.

»Ich kann dich auch allein lassen, damit du dich in Ruhe entscheiden kannst. Ich kann morgen noch mal wiederkommen.«

Anscheinend war es ihm gelungen zu nicken. Aber er wollte nicht, daß sie wegging. Er bekam irgendwie die Pfote hoch, aber sie hatte sich schon abgewandt, die Tür ging zu, und sie war weg. Und er hatte also eine Entscheidung zu treffen. Zu diesem Zwecke tastete er sich erst einmal durch die Schleier hindurch und sichtete die Ebenen des Bewußtseins, die ihm zur Verfügung standen. Er fand einen Streifen unprätentiösen Schlafes, in dem er lästige Entscheidungen zurückstellen und sich von der Strömung treiben lassen konnte, bis er die Lage ausmeditiert hatte oder eventuell morgen richtig aufwachen würde. Drei Noten erklangen da unten im Baß. Wie seltsam, sich mit dieser vielschichtigen Vagheit herumzuschlagen, wenn das, worauf es recht eigentlich doch nur ankam, eine allerhöchste Liebe war – a love supreme. Drei, genauer: vier klingende Noten, eine altvertraute Lieblingsmelodie, dachte er, indem er sich eine kurzfristige Konfusion mit Bostics gesummter Version von »Hambone, Hambone, Have You Heard« aus dem Sinn wischte. Sobald er Trane wieder scharf eingestellt hatte, segelte der Bär auf den Noten in den Schlaf zurück – ein flacher, glatter Schlaf, nicht das unvernünftige Tieftauchen der letzten Monate – ein Boot, das auf ruhigem, dunklem Wasser vom Ufer weggleitet. Er mußte über die Schlichtheit der Noten lächeln. Bewunderte ihre Ökonomie und Wirksamkeit.

»Iris und ich haben kaum geredet«, erzählte er Jones und kletterte wieder nach vorn, während der Transporter die Mautstelle hinter sich ließ und über die geschwungene Rampe die Gerade der Schnellstraße nach Süden fand. »Obwohl sie meinte, daß wir viel zu besprechen hätten, wenn ich nächste Woche nach dem Gig zurückkomme. Die Kinder und ich, wir sind uns gegenseitig aus dem Weg gegangen. Eine Art Waffenstillstand, sozusagen.«

»Hast du geübt?« fragte Jones mit Nachdruck.

»Ja, ich habe geübt. Und ich kann noch spielen. Danke für dein Einfühlungsvermögen.«

Auf diesen Wortwechsel folgten ein paar stille Meilen Highway, vom Vorbeiflackern kahler Bäume skandiert. Der Bär fummelte an der Heizung herum und knöpfte sich den Regenmantel auf, den schicken kohlengrauen, und rückte seinen Hut zurecht.

»Ich glaube, wir werden heiraten«, sagte Jones schließlich.

»Das ist ja wundervoll, Alter.« Der Bär fand, daß Jones einen unfehlbaren Instinkt dafür hatte, die falschen Sachen zu sagen; darin konnte er sich fast mit ihm selbst messen. »Ich bin natürlich tiefbewegt, aber mal ehrlich, auf die ganze Zeremonie könnte ich eigentlich gut verzichten. Und mal im Ernst, Jones, welche Kirche würde uns trauen? Du weißt, daß ich dich auch so liebe, oder?« Der Bär klimperte mit den Augenlidern und legte eine Pfote auf Jones' rechte Hand, die das Lenkrad hielt.

Jones wandte den Kopf, als wäre er an Kardanringen aufgehängt, und warf dem Bären einen Blick zu. »Ich dachte an eine Heirat mit einer anderen Person. Du erinnerst dich vielleicht an Sybil.« Der Kopf wandte sich wieder der Straße zu.

»Ach ja, die. Ihr werdet bestimmt ein reizendes Paar abgeben. Falls ihr eine Band für den Empfang braucht, solltest du meinen Berater anrufen, damit er mich bucht. Er arbeitet bei Megaton, der regelt das. Yeah, ruf dich an und handel einen Deal aus.«

»Andererseits«, sagte Jones, »wäre es auch ein gutes Unterhaltungsprogramm für die Hochzeit, wenn du dir ganz gepflegt ins Knie ficken würdest.« Er zog den Transporter nach links, um einen langen schwarzen, in Planen gehüllten Laster zu überholen, der sich eine Steigung hinaufquälte und dabei an diversen Ecken Taue flattern ließ. Anschließend reihte er sich ans Ende einer Kolonne von Wagen ein, die in trauter Eintracht die gesetzliche Höchstgeschwindigkeit überschritten.

»Ich wollte einen Scherz machen«, sagte der Bär, »es kam aber wohl ein bißchen gereizt rüber, hm?«

»Gereizt? Du? Nie im Leben. Na, fast nie.«

»Jones, reinigen wir die Atmosphäre. Natürlich freue ich mich für dich. Ich bin nur wegen meines eigenen Verlustes verbittert. Was eine Erklärung ist, keine Entschuldigung. Du und Sybil, ihr kriegt es also wirklich hin? Das ist ja toll.«

»Es ist alles Lachs, Hummer und Veloutésoße. Sieht so aus, als hätten wir alles zwischen uns geklärt.«

»Jones, ohne Scheiß jetzt, das ist schön zu hören.« Der Bär musterte seinen Kumpel von Kopf bis Fuß. Er schien sich heimischer in seinem Körper zu fühlen als je zuvor, in der Tat. Sybil zu heiraten war wahrscheinlich das Beste, was ihm passieren konnte. »Kommt sie heute abend auch in den Club?«

»Natürlich.« Jones räusperte sich und fummelte in etwas inszenierter Manier an den Knöpfen und Hebeln der Heizung herum. »Sie stellt ein Post-Gig-Gala-Supper auf die Beine und wird rechtzeitig zum späten Set im Club sein.«

Der Bär stellte die Heizung, nachdem Jones seine Fummelei abgeschlossen hatte, wieder nach seinem Gusto ein. Natürlich kommt sie. Und natürlich bleibt Iris mit den Mädchen zu Hause. Er war nach wie vor der Überzeugung, daß Tracy und Amy ihn eigentlich lieben müßten und nur ein unerklärlicher Fehler sich in den Fahrplan des Schicksals eingeschlichen und dafür gesorgt hatte, daß sie alle – er, Iris, Trace und Aim – das ihnen zugedachte Boot verpaßten. Wenn es ihm irgendwie gelänge, dieses präsumtive Boot wieder ans Dock zu bekommen, dann könnten sie alle an Bord steigen und allmählich sogar Spaß an der Fahrt finden. Es sollte doch das Leichteste auf der Welt sein, das ganze Mißverständnis aufzuklären, doch immer kamen irgendwelche trivialen, idiotischen und ganz unwichtigen Sachen dazwischen. Gestern abend zum Beispiel, wie ihm Tracy auf der Treppe begegnet war... der Blick, den sie ihm zugeworfen hatte... wie er dadurch in sie hineingestolpert war und sie so getan hatte, als hätte er sie anfassen wollen... Sollte sie wirklich so boshaft sein? Das konnte doch nicht sein. Sie war ein kluges, nettes Kind. Wenn sie bloß begreifen würde, daß er keine Bedrohung für ihren Besitzanspruch auf ihre Mutter war. Wenn Iris bloß weniger empfindlich und ängstlich wäre, dann könnte sie erkennen, daß in ihrer Welt Platz war für sie alle. Aber sie fuhren auf festen Gleisen dahin wie Lokomotiven, unfähig, den Kurs zu ändern. Wie war es möglich, daß keiner von ihnen die nötige Klarsicht aufbrachte, die für alle befreiend gewesen wäre? Was stimmte mit ihnen nicht? Wer hatte sie verhext? Eine solche Vergeudung war das!

»Möchtest du reden?« fragte Jones schließlich mit zittriger, aus ihrer üblichen Lage nach oben ausbrechender Stimme. »Möchtest du über Iris reden?«

»Möchte ich über Iris reden?«

»Ich glaubte, das war's, was ich gesagt habe.«

»Möchte ich über Iris reden.«

»Man könnte das auch noch häufiger wiederholen. Vielleicht sollten wir die Sache vergessen und lieber das Radio anmachen.«

»Auf diesem Abschnitt kriegst du nichts Gescheites rein. Warum sollte ich über Iris reden wollen?«

»Weil es das ist, was dir geschieht. Es geschieht, es ist wichtig, und du könntest es durchsprechen wollen.«

»Ich spreche nie über wichtige Dinge«, sagte der Bär. »Das weißt du.«

»Du könntest ja mal ein Experiment machen. Du könntest die Möglichkeit erwägen, daß nicht darüber zu reden ein Teil des Problems ist.«

»Menschen«, sagte der Bär, »und ihre Menschenmethoden.«

»Laß doch mal sehen, ob ich dir folgendes klarmachen kann«, sagte Jones. »Iris … ist ein Mensch. Du, der du ein Bär bist, hast eine Beziehung mit Iris, die, wie du dich erinnerst, ein Mensch ist. Ihre Töchter, ebenfalls Menschen. Das heißt, wir haben hier eine Vier-Personen-Konstellation, in der drei von den vier Personen Menschen sind. Mit einem Freund darüber zu reden, ist ebenfalls menschlich. Genau wie der Freund. Auch ein Mensch.«

»Worauf willst du hinaus?«

»Du siehst da keine Verbindung?«

»Wo?«

»Iris Mensch. Kinder Menschen. Situation daher überwiegend menschlich.«

»Ja, das ist im großen und ganzen das, was daran auszusetzen ist«, sagte der Bär, »soweit ich sehe.«

Jones ließ nicht locker. »Rede wie Mensch mit menschlichem Freund über menschliche Situation.«

»Mist hoch drei. Macht alles nur schlimmer.«

»Vielleicht gut. Vielleicht Hilfe. Nicht verstehen? Mensch-Mensch-Mensch-Mensch.«

»Jones, du redest wie ein Schwachkopf. Was ist los mit dir?«

»Du gehst mir so auf den Sack.«

»Komisch«, sagte der Bär, »ich wußte gar nicht, daß man jemandem auf den *Sack* geht, wenn man ihn ver*arscht.*«

»Das soll Verarsche sein?«

»Versacke jedenfalls nicht.«

Für eine Weile beobachteten sie die Meilen beim Vorüberziehen. Jones hantierte am Radio und mußte einsehen, daß der Bär recht gehabt hatte, was den Senderempfang in dieser Gegend anging.

Der Bär überprüfte zum x-ten Mal seine Gig-Tasche, um sicherzugehen, daß er genügend Rohrblätter dabei hatte, dann winkte er einigen glücklich erstaunten Kindern auf dem Rücksitz eines schicken neuen Volvo-Kombis zu. Sie hüpften auf und nieder, fletschten die Zähne und machten Krallhände, worauf der Bär zurücklächelte und ihnen Natur in Rot zeigte, Zähne und Klauen, revidierte Fassung. Siehste, sagte er zu sich, sie mögen mich. »Siehste«, sagte er zu Jones, »sie mögen mich, und sie wissen noch nicht mal, wie wunderbar ich in Wirklichkeit bin, wenn man mich erst mal näher kennt.«

»Ganz hilfreich dabei wäre vielleicht, daß du ihre Mutter nicht vögelst.«

»Ich vögel die Mutter von niemandem«, grummelte der Bär.

Jones beschloß, den Volvo zu überholen, bevor der Vater der Kinder den Bären wahrnahm und die Dinge außer Kontrolle gerieten. Er drückte auf die Tube, aber es dauerte eine Weile, bis der Transporter genügend Momentum angesammelt hatte und Stück für Stück vorankroch, während die Kinder ganz außer Rand und Band gerieten und der Bär winkte und Grimassen schnitt.

»Mal ehrlich«, sagte der Bär, »wenn Iris und ich besser hätten miteinander reden können…« Er verfiel in Schweigen. »Vielleicht…«

»Mhm«, sagte Jones.

»Aber es hat sich dann so ergeben, daß… wir einfach… also.«

»Yeah?«

»Es war einfach… yeah«, seufzte er.

»Du bist und bleibst ein brillanter Erzähler, Bär.«

»Yeah«, sagte der Bär nickend, betrachtete dann die Rücken seiner Pfoten, etwas, was er in seiner Kindheit immer getan hatte, um sich zu vergewissern, daß er da war, und sich gleichzeitig zu wundern, warum.

»Danke, daß ich daran teilhaben durfte«, sagte Jones.

»Keine Ursache«, sagte der Bär.

»So ungefähr.«

Weiterhin das Vorbeiflackern kahler Bäume, deren Zweige in den weißen Winterhimmel hinaufgriffen, während Jones den Fuß etwas vom Gas nahm und den Transporter zurückfallen ließ. Als er in die rechte Spur überschwenkte, donnerte der Laster, den sie vorher überholt hatten, an ihnen vorbei und ließ sie in seinem Sog schaukeln – mit seinen flatternden Planen und Tauen sah er aus wie der Tod.

Es ist doch grotesk, sagte der Bär in Gedanken zu Iris, am Thema zerrend wie eine eingeklemmte Pfote an der Falle. Man sollte meinen, daß wir in der Lage wären, gleichzeitig zu gehen und Kaugummi zu kauen. Ich könnte meine Musik haben, du deine Kinder, und zwischen den Sets setzen wir uns zusammen und besprechen alles. Das müßte kinderleicht sein, und doch stehen wir völlig hilflos davor. Wer hätte das gedacht?

Immer wieder wälzte er dieses Scheitern in seinen Gedanken – oder was man dafür halten mochte – herum, versuchte das Bild neu einzustellen, es schärfer zu bekommen. Sie hatten beide eine unbedingte Gelegenheit geschenkt bekommen – für ihn am besten in dem verblüffenden Augenblick dargestellt, da er erstmals in Iris eingedrungen und mit der kosmischen Vielfalt von Köpfen und Gliedmaßen erwacht war –, und sie hatten jeweils das daraus gemacht, was im Bereich ihrer Wünsche und Vorstellungskraft lag. Ich hab Sex und Seligkeit und Musik bekommen, sie hat ihre Kinder bekommen. Hat nicht gereicht. Welch ein Verlust.

Wenn aber ihr tantrischer Augenblick, oder was es war, unbedingt Möglichkeiten repräsentierte und die Pfuscherei, die sie daraus gemacht hatten, die Folge von Selbstverfallenheit war, worin bestand dann der Unterschied zum Leben im allgemeinen?

Jones räusperte sich. »Was ich dich fragen wollte, falls du überhaupt darüber sprechen möchtest, wie war das mit dem Winterschlaf?«

Der Bär blickte hinaus auf die vorüberpeitschenden Wälder. »Tief«, sagte er. Was sollte das eigentlich, nach New York zu fahren, um irgendeinen Gig zu spielen? Was er wollte, war mehr Schlaf. Was er wollte, war, Iris in den Armen zu halten und zu glauben, daß Liebe noch etwas bedeutet. »Er war tief«, teilte er Jones mit und nickte mit dem großen Kopf.

»Friedlich?«

»Nicht unbedingt der treffende Ausdruck.«

»Erholsam?«

»Kann ich nicht sagen. Im Moment fühle ich mich weniger erholt als leer. Annulliert. Die meisten Gefühle säuberlich entfernt.«

Warum sagte er das? Es war doch, im wörtlichen Sinne, gar nicht wahr. Fühlte sich aber wahr an. Etwas war aus ihm herausgenommen worden. Aber was?

»Eine Befreiung?«

»Ich weiß nicht recht, aber ich werde weiter darauf achten.« Er wollte weder Selbstakzeptanz noch Selbstablehnung, sondern einen Zustand, in dem das Selbst keine Rolle mehr spielt, doch so weit war er noch nicht. Wo er jetzt war, das fühlte sich verdächtig nach dem Kleineren Nichts an, kein Gefülltsein, sondern eine Leerstelle. Leere Welt, kalt dazu.

»Erzähl mir was über den Club«, sagte er und gab Jones damit ein Stichwort, nur um aus dem öden Trott herauszukommen.

»Ist ziemlich abgefahren, so im Innern der Brücke. Es ist wie eine Metapher, ein Symbol für etwas.«

»Ich meinte, wie die Akustik ist.«

»Es ist wie eine Brücke zwischen zwei Stufen der Wahrnehmung, zwei Welten.«

»Ich will ja nicht pedantisch sein«, setzte der Bär an.

»Es gibt nichts Schöneres für dich.«

»Aber wenn der Club in den Pfeilern am einen Ende der Brooklyn Bridge sitzt, dann kann er unmöglich einen transzendenten Übergang zum anderen Ufer symbolisieren. Die Bildlichkeit haut nicht hin. Seh ich das richtig, daß wir eine garantierte Summe bar im voraus kassieren, anderenfalls wir keinen Ton spielen?«

»So hab ich's arrangiert.«

»Seit wann bis du denn so knallhart?«

»Ich bin halt im Geschäft tätig. Ich hab meine Beobachtungen gemacht. So werden diese Dinge geregelt. Glaub mir.« Jones langte hinüber und klopfte dem Bären vorn auf den Regenmantel. »He, du hast ja bei der ganzen Schlaferei echt abgenommen.«

»Falls es mit der Musik zu schwer wird, könnte ich ein Infomercial produzieren: Schlafen Sie sich schlank – Die uralte überlieferte Weisheit der Bären.«

»Die Mautstelle kommt gleich.«

»Soll ich nach hinten gehen?«

»Zieh einfach den Hut ins Gesicht und sabber ein bißchen, dann wissen sie gleich, daß du Musiker bist.«

Der Bär wälzte seinen Leib nach hinten und setzte sich auf

einen Reifenbuckel. Geruch von Öl, Spuren anderer Industriestoffe. Es erschien ihm seltsam, daß die süße, immaterielle Bewegung der Musik solch schwerer Apparate bedurfte: Transporter, Busse, schweres Fleisch. Es sollte zartfühlender sein. Er seufzte. Iris. Wie war es möglich, solche Schönheit zu verlieren und dafür in einem nach Öl riechenden Transporter zu sitzen, um Musik zu machen?

Vielleicht würde die Musik sich noch überraschend einstellen, wenn er dort ankam. Oder vielleicht tut mir jemand einen Gefallen und erschießt mich. Ich kann nicht noch mehrere Jahrzehnte von diesem Scheiß durchhalten. Wenn Iris und ich uns nicht zusammenraufen können, hau ich vielleicht einfach in den Sack, geh in die Wälder und laß es für den Rest meines Lebens ruhig angehen. Warum sollte ich einen Haufen von Noten spielen wollen?

Der Transporter näherte sich ruckend der Mautstelle und hielt dann an. Der Bär beobachtete, wie Jones das Ticket und ein paar Dollarscheine durchs Fenster reichte, und diese Geste erinnerte ihn daran, daß er mit Jones über Geldangelegenheiten reden mußte. Jones kurbelte das Fenster hoch, während der Transporter wieder normale Geschwindigkeit aufnahm. Der Bär wartete noch dreißig Sekunden ab, dann kletterte er wieder nach vorn. »Mal was anderes«, sagte er. »Wenn *Sensible Shoes* sich so gut verkauft, und die Single von ›When a Man Loves a Woman‹ sogar ein kleiner Radiohit ist, wie kommt es dann, daß ich keinerlei Tantiemen zu sehen kriege? Iris meint, daß uns das Geld ausgeht.«

»Sybil und ich haben uns die Unterlagen angeguckt, und es ist alles korrekt.«

»Iris hat sich auch die Unterlagen angeguckt, und da steht all das Geld verzeichnet, das das Album eingebracht hat und das ich aber nicht bekomme. Wieso?«

»Ein großer Teil des Geldes kommt aus den ausländischen Verkäufen, das benutzt Megaton, um sich die zwanzig Riesen Vorschuß zurückzuerstatten, die sie dir gegeben haben. Sobald die abgegolten sind, fließt das Geld in deine Richtung. Aber nicht eher.«

»Iris hat den Eindruck«, sagte der Bär, »daß die Plattenverkäufe den Vorschuß längst eingebracht haben, aber weil die Einnahmen noch nicht *offiziell* verbucht sind, krieg ich nichts davon. Was mir nach einem ziemlichen Haufen Scheiße klingt.«

»Das liegt daran, daß das Jahr in zwei Etappen aufgeteilt ist; wenn also das Geld in Europa eingenommen wird, verzögert sich die Auszahlung, und wenn dann dieses Geld auf die amerikanische Seite der Firma geschaufelt wird, fällt der Sechsmonatsabschnitt in Amerika nicht genau mit dem in Europa zusammen, so daß…«

»Ach, ich glaube, die lassen ihre Sechsmonatsabschnitte immer genau so zusammenfallen, wie es ihnen paßt«, sagte der Bär. »Die sitzen bis zu einem Jahr lang auf Geld, das ich verdient habe, bevor ich auch nur einen Pfennig zu sehen kriege. Inzwischen geht mir die Kohle aus, was ja wohl kaum zu glauben ist, wenn man bedenkt, wieviel Platten ich verkaufe.«

»Sie müssen außerdem die Bus-, Hotel- und Tagesgelder von der Tournee abziehen…«

»Moment. Ich denke, das ist durch die Einnahmen der Tournee abgedeckt.«

»Also, ich könnte dir ein paar Dollar leihen, wenn du was brauchst«, sagte Jones, »obwohl ich, ehrlich gesagt, mal kaum vierzig Riesen im Jahr nach Hause trage, und dabei gibt es Sekretärinnen – ist das bitte zu fassen? – *Sekretärinnen* mit höherem Dienstalter, die kriegen…«

»Einem Presseagenten wie dir zahlen sie vierzig Riesen«, brach es aus dem Bären heraus, »und ich muß mir diese ganzen Ausweichmanöver bieten lassen? Ohne mich hätten sie überhaupt keine Musik, mit der sie Geld verdienen könnten.«

»Das ist nicht ganz richtig. Es gibt sage und schreibe auch noch andere Musiker auf dem Label.«

»Ich spreche allgemein, für alle.«

»Wie großmütig von dir.«

»Ich werde beschissen.«

»Willkommen in der Wirklichkeit.«

»Du willst über Wirklichkeit reden? Ich zeig dir Wirklichkeit.«

»Paß auf, Badiyi will sich angeblich heute abend im Club sehen lassen«, sagte Jones und wünschte sofort, er hätte geschwiegen. »Vielleicht kannst du ihn ja mal darauf ansprechen.«

»Scheiß auf vielleicht. Ich werde diesen Managerarsch kreuzigen. Ich mach ihn fertig. Ich fresse seine Leber. Er ist doch kein Trinker, oder? Perser, richtig? Ich liebe ausländisches Essen.«

Jones ließ den Bären sich den Ärger von dessen Leber reden, während der Transporter nach Süden zog, der Stadt entgegen. Deren Wahrzeichen, die Toxinwolke, war schon am Himmel zu sehen, sich in der Schwebe haltend wie das, was der Abend bringen mochte.

2

»Okay, ich geb's zu«, sagte der Bär, dessen Augen sich langsam an das Licht gewöhnten, nachdem er den Club durch die schweren grünen Türen betreten hatte. »Es ist wirklich ein geiler Laden.«

»Danke«, sagte Bob Levine, aber er schien sich unbehaglich zu fühlen, strich immer wieder seine Haare zurück und blickte zur Seite. Na ja, sagte sich der Bär, allmählich sollte ich daran gewöhnt sein, daß die Leute einen auf nervös machen, wenn sie mich das erste Mal sehen. Warum also das leise Bimmeln der Alarmglocke in einem der kleinen Zimmer im linken hinteren Viertel seines Gehirns?

Rahim Bobby Hatwell erhob sich unsicher aus dem Halbdunkel im hinteren Teil des Clubs, wurde, indem er seitwärts ruckte, kurzfristig mit einem tückischen Stuhlrücken handgemein, um sich alsdann hinter einem Tisch hervorzuschälen. Der Bär kniff die Augen zusammen: Ein schräggestellter Hatwell stützte den Großteil seines Gewichts auf einen hölzernen Gehstock, um den sich seine rechte Hand klammerte. »Brooklyn Bridge?« sagte Hatwell, und sein Gesicht verzerrte sich von der Anstrengung, die Schmerzen zu unterdrücken. »Man sollte meinen, es sei der Zoo in der Bronx, so wie sie hier die Tiere reinlassen. Aua. Wie geht's, du fetter pelziger Saftsack? Herrje, tut das gut, dich zu sehen. Autsch, verdammte Scheiße!« Hatwell taumelte rückwärts, bis einer der Rattanstühle, die das Café-Ambiente des Clubs unterstrichen, seinen Fall auffing und noch ein Stück mit ihm über den Boden schlitterte. »Scheiße! Verfickt noch mal. Aua. Aah.«

»Du gehst am Stock?« fragte der Bär. »Was zum Teufel ist passiert?«

»Nur vorübergehend.« Hatwell zog sich tiefer in seinen sicheren Hafen zurück. Er legte eine Alter-Mann-Pose auf, indem er die Hände vor sich auf dem Griff des Stocks faltete. »Eine rein vorübergehende Angelegenheit.«

Während der Bär auf ihn zuging, trat Linton Bostic hinter der Bar hervor, wo er eine informelle Bestandsaufnahme des Getränkeangebots vorgenommen hatte. »Unser Bob hier hat versucht, der Freiheitsstatue einen Schnurrbart aufzumalen, dabei ist er von der Nase abgerutscht und runtergefallen«, sagte Bostic.

Von einem unbeleuchteten Tisch zur Linken erklang Garretts Stimme: »Bobby hat Mist gebaut. Eine Riesenüberraschung für uns alle.«

»Aber ich kann spielen.« Hatwell nahm die Angelegenheit leicht und bedachte den Bären mit einem ungewöhnlich scheußlichen Grinsen. »Der perfekte Jazzmusiker: halbtot, kann aber immer noch spielen. Es gibt edle Vorbilder. Stöpselt mich erst mal ein, begraben könnt ihr mich später. Schickt den Scheck an meine Mutter. So ein vielversprechender Junge. Buhuu. Wen können wir jetzt fertigmachen, wo er nicht mehr da ist?«

Der Bär drehte einen in der Nähe stehenden Rattanstuhl um – diese Dinger nehmen mehr Platz in Anspruch, als die übliche sardinenorientierte Jazzökonomie erlaubt; ob Levine wußte, was er da tat? – und ließ sich gegenüber seinem genialen Outlawklavierkumpel nieder. »Sonst geht's dir gut?«

»Scheiße, nee, ich lebe noch.«

»Du brauchst mir nichts zu erzählen, was du nicht erzählen willst.«

»Das heißt, ich muß es dir erzählen. Ich hätte einen höheren Grad an Heuchelei von dir erwartet, aber warum? Fell? Fell reicht nicht.« Hatwell seufzte theatralisch. »Ich fahr eines Nachts mit meinem Motorrad zur Ecke 120th und Adam Clayton Powell, um mir ein Stück Stoff für meinen Stoffwechsel zu besorgen – keine Unterbrechungen, okay? –, und ich hab einen gewissen Ruf, man weiß, daß ich 'ne dicke Brieftasche habe – ich brauch zehn Tüten, um high zu werden, statt einer oder zwei. Ich gondel also den Block runter, und da springen zwei Typen hinter einem geparkten Wagen hervor und wollen mich runterreißen.«

»Ach du Scheiße.« Der Bär schlug entsetzt, irgendwie nachträglich und nutzlos die Pfote über dem Kopf zusammen.

»Der eine versucht, mich am Hals zu fassen zu kriegen, der andere kommt mit einem Wagenheber von der Seite. Ich reiß mein Bein hoch und geb ihm einen Tritt, und er fällt um, aber der andere erwischt mich an der Schulter, also schleif ich ihn mit, bis das Motorrad mit uns beiden umkippt. Dabei hab ich mir das hier geholt.« Er zog sein rechtes Hosenbein hoch. Eine grausige, überschorfte Schnittwunde wand sich dunkelrot bis zum Knöchel hinunter.

»Kein Wunder, daß du einen Stock brauchst.«

»Deswegen nicht. Mein Helm saß noch oben, und der Typ konnte mir nichts anhaben, also besorg ich es ihm nach Kräften, während die Maschine halb über mir liegt.« Hatwell schnaubte wohlgefällig durch stolzgeweitete Nasenlöcher. »In dem Moment fährt ein unmarkierter Wagen heran. Der andere Typ macht sich Arsch über Kopf aus dem Staub, und die Bullen denken sich, da können sie doch mich hopsnehmen. Haben mir die Taschen durchsucht, keine Drogen gefunden, aber dreihundert Dollar. Waren sauer, daß sie mir nicht genug Stoff unterschieben konnten, daß es für 'n Kapitaldelikt reichte, und die dreihundert waren auch nicht der Bringer für sie, worauf ich sie dann auch aufmerksam gemacht hab. Weißt du, die Zeiten ändern sich, aber aufmüpfige Neger mögen sie immer noch nicht. Mein Fehler war nicht, daß ich Dope wollte, sondern daß ich Widerworte gegeben hab.«

Der Bär legte eine Pfote über die Augen.

»Sie haben mich in ihr Auto geladen, sind mit mir auf ein Fabrikgelände am Fluß gefahren und haben mich dort mit ihren Knüppeln bearbeitet. Getreten haben sie auch, danke der Nachfrage. Hinterher waren meine Rippen, die Nieren und beide Knie im Arsch. Ich bin dann losgekrochen und hab 'n Taxi gefunden, das mich mitgenommen hat. Ob du's glaubst oder nicht, als ich da ankam, wo die Sache passiert war, sah meine Maschine gar nicht so übel aus, und da war ein Junge, der meinte, er hätte drauf aufgepaßt, dem hab ich noch einen Zwanziger gegeben. Eigentlich hätte ich von den Prügeln hinüber sein müssen, aber alles, was ich gemacht hab, war, drei Tage lang Blut zu pissen und weiterzuleben. Es war nicht gerade meine beste Woche, aber ich kann noch Klavier spielen.«

»Bob Bob Bob«, sagte der Bär.

»Bär Bär Bär«, sagte der Bob. »Ich bin geschlagen, aber nicht besiegt. Willst du einen Soundcheck machen, oder glaubst du, du wärst so ein Spitzenmann, daß du das nicht mehr brauchst?«

»Wo ist Garrett abgeblieben?«

»Steht genau hinter dir«, sagte die vertraute Stimme.

»Bassisten«, murrte Hatwell. »Das sagen sie immer. Wo aber sind sie, wenn man sie wirklich mal braucht?«

»Braucht sie denn jemand?« sagte Linton verwundert.

»Wir sollten lieber den Soundcheck machen«, sagte der Bär, »bevor es zum Krieg kommt.«

Letzten Endes machten sie doch keinen Soundcheck. Sie spielten mehr oder weniger einen Set durch, wobei sich alle ein bißchen zurückhielten, um Energie zu sparen, ihre Musik aber weit genug anheizten, um sicher zu sein, daß sie da war. Es war ein gutes Gefühl, das zu können: die Musik anzusaugen und sie sich für späteren Gebrauch aufzusparen. Alles, was sie sich im Sommer erarbeitet hatten, war noch da. Die ganze Leichtigkeit, die sie errungen hatten. Mitten im entspannten, humorvollen Durchgang von »Doxy«, als der Bär plötzlich »The Battle Hymn of the Republic« im verwandten Moll zitierte, wurde dies rundum mit wissendem Lächeln, verstehenden Lachern und beifälligem Kopfnicken quittiert. Wie arrogant! Wie cool! Es war doch immer noch ziemlich hip, Musiker zu sein. Falls er die Nacht überstand, ohne erschossen zu werden, rechnete der Bär sich aus, würde er sich am Morgen echt cool fühlen.

Hatwell allerdings hatte offensichtlich Schmerzen, und der Bär fragte sich, ob er ein Trio tragen könnte, wie Sonny oder Ornette. Falls nötig, würde er das. Man mußte natürlich ein anständiger Melodiker sein. Er wollte es ja nicht laut sagen, aber der Bär war der Ansicht, daß aus ihm wieder ein anständiger Melodiker geworden war. Was eine interessante Wendung in seinem Leben darstellte. An den Ausgangspunkt zurückkehren und sich fragen, ob man ein paar Windungen der Spirale nach oben gelangt oder ob man, trotz aller gemachten Erfahrungen, nur im Kreis gegangen ist. Nein, noch hatte er nichts vorzuweisen, aber er war auch nicht mehr der, der er gewesen.

Der Laden hatte eine interessante Akustik. Die Grundfläche des

Clubs hatte annähernd die Form eines Kreuzes – oder sagen wir sicherheitshalber: eines Pluszeichens oder einer Straßenkreuzung –, und die flache quadratische Setzstufe der Bühne war etwas hinter den Mittelpunkt gesetzt, so daß die Band beim Spielen die auf der Fläche eines breiten, umgedrehten T angeordneten Tische vor sich hatte; ferner waren oben in allen vier Armen ineinander übergehende Balkone aus grünem Metall angebracht, so daß es Logensitze nicht nur vor der Band, sondern auch in ihrem Rücken gab. Der Bär hatte es nicht gern, wenn die Leute, für die er spielte, ihn sehen konnten, er sie aber nicht; doch da war nichts zu machen. Hinter der Bühne, auf ebener Erde, befand sich eine ovale Bar – der Bär sah ein Soundproblem voraus, Cocktailbars beim Baßsolo, Mixer, die den Daiquiri herumwirbelten, der übliche Nachtclubquatsch –, aber er mußte zugeben, daß die Akustik interessant war. Er beging den Fehler, dies Bob Levine gegenüber zu erwähnen, und mußte sich daraufhin einen Vortrag über den Akustikfachmann anhören, den Levine für teures Geld engagiert hatte. Egal. Der Sound stieg nach oben in den Bogen und kam weich zurück, ohne groß an Schärfe oder Detail eingebüßt zu haben; die PA-Anlage war auf intelligente Weise in den Raum integriert, jedes Bandmitglied konnte die anderen ohne besondere Anstrengung hören, und der Bär, der während eines Hatwell-Solos – bisher klang er nicht sehr gehandikapt – die Bühne nach vorn verließ, fand den Sound im Saal sehr annehmbar, höchstens momentan ohne die Dämpfung durch sitzende Leiber eine Spur zu hell. Alles in allem bot der Laden den besten Sound, den sie bisher gehabt hatten. Selbst die Jungs aus der Band äußerten sich dementsprechend.

»Erzählt es nur Levine nicht weiter«, ermahnte Hatwell sie. »Der ist ja jetzt schon nicht zu ertragen. So einen Typen schon mal erlebt?«

»Nein«, sagte Garrett. »Ich glaube nicht.«

Der Bär ließ Stücke spielen, die zum Tourneerepertoire gehört hatten, und dazu noch ein paar Standards. Außerdem verteilte er Notenblätter und arbeitete ein Head Arrangement für einen kleinen Walzer aus, den er aus dem Soundtrack von *Gigi* übernommen hatte: »Say a Prayer for Me Tonight«. Er dachte, das Stück sei vielleicht geeignet, um eine leichte Note hineinzubringen, ein bißchen

Komik, so wie Sonny es mit »Shadow Waltz« gemacht hatte. Während vor den Fenstern das Zwielicht sich in allmähliches Dunkel verwandelte und das Küchen-, Bar- und Bedienungspersonal eintraf – jede Menge aufstrebende Fotomodelle aller Hautfarben, die der Schwerkraft auf mancherlei Weise zu trotzen schienen und deren Körperformen von der Band aufmerksam registriert wurden –, stellte der Bär fest, daß ihm Sonny Rollins andauernd im Kopf herumging. Wie auch nicht? Dies war schließlich The Bridge, und obwohl Sonny seine berühmten nächtlichen Übungsstunden auf dem Fußweg der Williamsburg-Brücke abgehalten hatte, war die Berührung dieses Ortes mit der Legende eng genug. Selbst dem Bären wäre es lieber gewesen, wenn Sonny Rollins den Laden eröffnet hätte.

Sie beendeten den Probeset mit einer etwas wüsten, aber gelungenen Version von »Oleo«, bei der Bobby Hatwell, das vorherige Beispiel des Bären aufgreifend, wiederholt »The Battle Hymn of the Republic« zitierte, obwohl es nicht mit der Akkordfolge zusammenpaßte. Der Bär lauschte seinem Pianisten besonders aufmerksam; der spielte ausgezeichnet, hielt sich aber angesichts seiner Beinprobleme mit dem Pedaleinsatz zurück. Nichts gegen zu sagen. Den Abend heute bringen wir über die Bühne, machen morgen drei Sets, nehmen Sonntag und Montag frei und müßten dann nächste Woche in der Verfassung sein, fünf Tage hintereinander zu spielen, immer angenommen, daß ich nicht erschossen werde.

Aber...

Was war? Irgendwas Wichtiges fehlte noch oder war noch nicht erledigt.

Ach – das hatte er völlig vergessen, und wo war eigentlich Jones? –, sie hätten ja gar nicht aufbauen dürfen, bevor sie nicht die abgemachte Garantiesumme in der Tasche hatten. Sie hatten sich wie Musiker verhalten und einen Aufwärmtest gespielt. »Jones?« rief der Bär in die unvertraute Dunkelheit des Hauses hinein. »Scheiße, wo ist er?« fragte er die Band, als die Antwort ausblieb. »Wenn er unsere Vorabgage nicht hat, haben wir schon mehr gespielt, als die Abmachung vorsieht.«

»He, Leute«, meinte Bostic, »falls ihr's noch nicht gemerkt hattet, jetzt wißt ihr's: Wir spielen mit dem Bären.«

Sie ließen die Instrumente stehen und durchkämmten das

Haus – kein Jones zu sehen. Schließlich hörten sie Stimmen aus dem Aufenthaltsraum abseits der Küchentüren.

»Gehen wir doch mal rein«, schlug der Bär vor.

»Killen«, sagte Bobby Hatwell, humpelte auf die Tür zu und stocherte mit dem Gummiende seines Gehstocks dagegen. »Plündern. Verstümmeln. Käsehappen.«

Der Bär ging um Hatwell herum und zog die Tür auf, betrat dann als erster den Raum und traf Jones und Levine in heftiger Unterhaltung an. Jones hatte Levine diverse Leviten gelesen, doch jetzt verstellte er dem Bären den weiteren Weg und sagte: »Laß mich erklären.«

»Die Vorgage ist nicht da«, sagte der Bär. »Hab ich recht?«

Hatwell ließ die Käsehäppchen links liegen, spürte die Wanne mit dem Gratisbier auf und ließ sich auf die Couch daneben fallen.

»Ich hasse das«, sagte der Bär, nachdem ihm die Lage zweimal erklärt worden war. Die Band beschäftigte sich mit den Antipasti-Platten und zog Bierflaschen aus der großen, mit kaltem Wasser und Eis gefüllten Zinkwanne. »Das Geld sollte vorab dasein. Wir sollten nicht mal die Instrumente aufbauen.«

»Das Geld wird bestimmt hier sein«, setzte Levine zum dritten Erklärungsversuch an, »nur hab ich's jetzt noch nicht, weil das Haus für den ersten Set im wesentlichen voll ist mit Leuten, die auf der Gästeliste stehen – die ganze Welt aus Presse und Musikbusiness kommt, um Sie zu sehen –, aber die werden immerhin ihre Getränke bezahlen, und sobald die Einnahmen aus dem Barbetrieb fließen...«

»Ich muß darauf warten, daß ein Haufen von Kritikern und Music-Biz-Vampiren ihr Perrier mit Wasser zum Nachspülen bestellt hat, bevor ich meine Band bezahlen kann?« fragte der Bär Levine.

»Weißer Mann spricht mit gespaltener Zunge«, erklärte Bostic.

Levine schien sich in seiner Haut nicht sehr wohl zu fühlen: Das war glasklar Angstschweiß, was ihm da auf der Stirn stand. Der Mann fiel fast auseinander, fuhr sich ständig mit der Hand durchs Haar, nahm seine Silberrandbrille ab, setzte sie wieder auf, pflückte imaginäre Fussel aus seinem vielfarbigen italienischen Pullover, zog ein Taschentuch aus der Hintertasche seiner Hose, vergaß offenbar, was er damit wollte, und steckte es wieder zurück; unterdessen lief er ununterbrochen im Zimmer hin und her. »Jones«, sagte der Bär, »ich dachte, du machst die Sache klar.«

»Er kann dafür gradestehen«, erwiderte Jones, aber Jones sah müde aus. »Also, guck dir doch an, was er hier für Geld reingesteckt hat.«

»Wieviel hat er noch übrig?« Bostic blickte fragend die Decke an. »Ich finde, das ist hier die Frage. Wir sollten zweitausend Dollar in der Tasche haben, bevor die erste Note gespielt ist. Glaubt ihr, er hat soviel?«

Levine kräuselte die Haare, die seine Schläfen schützten. Vielleicht kann man zusehen, wie sie stückweise grauer werden, dachte der Bär. »Ich werde Ihnen etwas verraten, was ich eigentlich für mich behalten sollte«, sprach Levine in den Raum hinein. »Diese Cluberöffnung ist ein richtiges Scheißereignis. Salman Rushdie wird hier heute abend erwartet.«

»Hat er sich auch auf die Gästeliste setzen lassen?« wollte Bobby Hatwell wissen.

»British Secret Service«, klärte Levine ihn auf.

»Dann hat er hoffentlich jede Menge Leibwächter bei sich, die Durst haben«, sagte der Bär. »Ich finde ja seine Bücher unlesbar, aber es wäre mir eine willkommene Abwechslung, jemanden zu sehen, der in größerer Gefahr steckt als ich.« Er begann, sich den übelsten aller Fälle auszumalen: iranische Fundamentalisten schlagen die Tür ein und stürzen sich auf Rushdie, der Bär stellt sich ihnen mit Zitaten von 'Arabi oder Rumi entgegen, um ihnen klarzumachen, daß sie die göttliche Fügung mißdeutet hätten, Cops erheben sich und richten ihre Waffen auf ihn, und die Entscheidungsschlacht beginnt – ein typischer Freitagsnachts-Gig in New York. Die Saftigkeit der Bilder half ihm, sich ein wenig zu entspannen.

Bostic erzeugte mit der Mündung einer Bierflasche Nebelhorngeräusche, Bobby Hatwell reinigte seine Fingernägel mit dem Korkenzieher seines Schweizer Armeemessers, und Garrett schien sich für Bob Levine zu interessieren.

»Ich kann Ihnen gar nicht sagen, wie sehr ich mir gewünscht habe, daß ihr Jungs diesen Laden eröffnet«, sagte Levine.

»Sagen Sie's trotzdem«, sagte Garrett.

»Glauben Sie, daß wir da einen Scheiß drauf geben?« war Hatwells Frage.

»Es war abgemacht, daß Sie zwei Riesen rausrücken«, sagte der Bär erneut, ruhiger jetzt. »Eine Menge Geld ist in den Bau dieses Ladens geflossen. Man sieht es. Aber es ist nicht fair, wenn dann nichts mehr über ist, um die Musiker zu bezahlen. Wenn Sie verstehen, was ich meine.«

»Hören Sie«, sagte Levine, »sobald die Leute durch die Kasse kommen …«

»Aber das sind doch alles nichtzahlende Gäste«, sagte der Bär beharrlich.

»Ja, allein Ihre Plattenfirma belegt, glaub ich, sechs Tische.«

»Meine eigene Plattenfirma belegt sechs Tische? Jones, hast du mir etwas verschwiegen? Besitze ich eine Plattenfirma?«

»Ich hol Ihnen das Geld von der Kasse«, sagte Bob Levine flehentlich. »Und von der Bar, sobald die Gäste angefangen haben zu trinken.«

Schweigen, mißtrauische Blicke.

»Okay«, sagte Levine in höchster Verzweiflung. »Ich gebe Ihnen mein Auto. Das Auto meiner Freundin, genaugenommen.«

»Was ist denn an *Ihrem* Auto auszusetzen?« wollte Bostic wissen.

»Das ist ein Mercedes, um Gottes willen.«

»Und er ist ein Bär.«

»Yeah, aber Georgias Accord hat einen Buchwert von fünftausendfünfhundert, und Sie können ihn als Sicherheit für die Garantiesumme haben, falls das Geld wider Erwarten nicht reinkommt. Ich überschreib ihn Ihnen hier auf der Stelle.«

»Haben Sie sie gefragt?«

»Ich brauche sie nicht zu fragen.«

»Ach, Mann«, sagte Bobby Hatwell, »wir können nicht das Auto von Ihrer Freundin nehmen …«

»Ich würde Ihnen das von meiner Frau geben, aber wir leben getrennt.«

»Hören Sie, das können wir nicht machen …«

»Nee, den Wagen können wir nicht nehmen …«

Levines Wege durch den Raum wurden kürzer, aber nicht weniger. »Ich werde gleich mit ihr reden. Sie wird nichts dagegen haben. Der Club wird es bringen. Es ist ein großartiger Laden. Mein Vater wird mich umbringen. Es wird ein Geschäft werden. Helft mir aus, Leute. Ich schwöre, daß ich dies mit dem besten Willen der Welt mache. Glaubt ihr, es ist leicht, Geld zu haben? Es ist nicht leicht, Geld zu haben. Ich habe kein Geld. Ich mein, ich habe Geld, aber gleichzeitig habe ich keins. Vielleicht sind inzwischen schon Leute gekommen. Ich geh mal eben und schau nach Einnahmen an der Bar. Da gibt es Gewinnspannen von drei-, vierhundert Prozent. Ein paar Flaschen Champagner verkauft, und ich kann euch für eine Woche auszahlen.« Die Hand fahrig durchs Haar streichend, verließ er den Raum.

»Ich traue dem Typen, weil er so souverän ist«, sagte Hatwell und warf eine leere Flasche in den Abfalleimer. »Wenn es irgendwas gibt, was ich gut beurteilen kann, dann ist es der Charakter von Leuten. Ich traue ihm, weil er so cool agiert. Wer fährt mich nach Hause?«

»Sein Auto können wir jedenfalls nicht nehmen«, sagte Linton.

»Natürlich können wir sein Auto nicht nehmen«, sagte Garrett.

»Was sollten wir auch mit seinem Auto machen?« fragte der Bär.

»Nützt uns gar nichts, sein Auto«, sagte Jones.

»Damit ist es also entschieden«, sagte Hatwell. »Wir nehmen sein Auto nicht.«

Lange Pause, verstohlene Blickwechsel, dann brachen alle fünf in Gelächter aus. Der Bär war derjenige, der es aussprach: »Nehmen wir doch sein Scheißauto.«

Hatwell fiel lachend aufs Sofa beziehungsweise auf den dort sitzenden Linton Bostic. Garrett juchzte.

Bostic faßte zusammen: »Okay, nehmen wir das Scheißauto seiner Freundin.«

»Habt ihr seine Freundin gesehen?« sagte Hatwell. »Vielleicht sollten wir lieber gleich sie nehmen.«

»Also, eigentlich«, sagte Jones, »könnte man die zwei Riesen auch für seinen Pullover bekommen.«

Der Bär stampfte keuchend und prustend durch den Raum. »Auto«, sagte er. »Auto. Auto. Auto.«

»He«, sagte Bostic, »Bär hat ein neues Wort gelernt.«

Wer weiß, dachte der Bär beim Atemschöpfen, vielleicht wird es ja doch noch ein gelungener Abend.

Sie nahmen das Auto der Freundin. Jones hatte, in Stellvertretung eines Pfotenabdrucks des Bären, das Papier unterzeichnet. Die Freundin, eine Nette, zeigte abwechselnd Ärger und Ängstlichkeit, ließ es aber geschehen. Levine sagte ihr, sie könne den Mercedes haben, falls die Sache schiefgehe. Der Saal hatte sich gefüllt und unten auf dem Parkplatz, am Fuße der langen Treppe, durchbohrte ein weißglühender, hin und her schwenkender Suchscheinwerfer den Himmel. »Einen Scheißsuchscheinwerfer kann er engagieren, aber für uns hat er nicht mal einen Penny?« lautete Hatwells nachvollziehbarer Kommentar. Hatwell knabberte auf einem Fingernagel herum. Es war bald Zeit aufzutreten.

Der Bär wanderte ein bißchen vor der Bühne herum, teils, um einen Teil des Publikums pflichtgemäß zu begrüßen, teils aber auch, weil ihn Sicherheitserwägungen umtrieben. Salman Rushdie war nicht zu sehen. Es gab eine von der Bühne aus erreichbare Hintertür, die man für ihn offen gelassen hatte, aber das hatte im Tin Palace auch nicht gereicht, und hier führte der Notausgang auf eine exponierte Metalltreppe, die ohne jede Deckung über eine bloße Steinmauer hinunter zur Straße führte – keine Chance, falls die Bullen da unten warten würden. Der Bär äußerte einige seiner Bedenken am ersten der Tische vor der Bühne, dem er seine Aufwartung machte.

»Siehst du diese guten alten Kameraden hier?« sagte Rondo und grinste zu ihm hoch.

»Ich sehe sie.« Der Bär sah fünf weitere große seltsame Weiße vor sich – geschwollene T-Shirts, schwarzes Leder, Bäuche, schlechte Haut, Tätowierungen, schiefes, beunruhigtes Grinsen, zottige Bärte, lange Pferdeschwänze und gesetzlose, mit ziemlicher Sicherheit wahnsinnige Augen. »Hi. Hah. Alle miteinander. Keine formvollendete Begrüßung, fürchte ich, aber ganz ehrlich, ich bin froh euch zu sehen. Echt.«

»Wenn irgendwas passiert«, erklärte Rondo, »dann geht hier die Post ab, das kannst du dir nicht vorstellen, und man kann nur jedem raten, daß er dann in Deckung geht.«

»Rondo«, sagte der Bär, »ich danke dir so tief aus dem Herzen, wie's nur geht, aber fangt nicht nur so aus Spaß an der Freud' an, okay?«

»Tu mein Bestes, die Jungs in Zaum zu halten«, sagte Rondo. »Das hier's Dooky, das Pap, das da's Clancy, Case und Bugle-Ass. Solltest dir die Zeit nehmen, sie einzeln kennenzulernen.«

»Vielleicht möchtet ihr nach dem ersten Set alle in den Aufenthaltsraum kommen«, schlug der Bär vor.

»Soll'n dieses ›Rondo‹?« fragte eins der Gesichter am Tisch, während der Bär weiterging, um Tim zu begrüßen. Rondo erklärte es; falls einer von ihnen sich mit alten Filmen auskannte, würde es Ärger geben können. Der Bär spürte, daß er beobachtet wurde, praktisch alle Gesichter drehten sich mit, wenn er von Tisch zu Tisch ging, kopfnickend und gesellig, wie er es nur über sich bringen konnte.

»He, Bär«, rief ihn Tims vertraute Stimme, während er noch in den Saal spähte und sein Saxophon hob – reines gesellschaftliches Ungeschick –, um eine Art allgemeines Begrüßungswinken anzudeuten; es standen eine Menge Tische dort im Halbdunkel, und hier und da erhob sich schon Applaus, obwohl er noch keinen einzigen Ton gespielt hatte. »Ich kann keine Bullen hier drinnen sehen, Bär, falls du dir darüber Gedanken machst. Und ich sollte mich da auskennen«, sagte Tim.

»He, danke, Mann«, sagte der Bär und nickte, um die Mitteilung zu würdigen. »Ist das hier Mrs. Tim? Hi.« Immer noch etwas abgelenkt, sich umsehend, entschieden unhöflich. Der Bär bemühte sich um Wiedergutmachung, faßte die Frau ins Auge.

»Miranda«, sagte sie und ergriff seine Pfote mit weniger Beklommenheit, als er das bei anderen gewohnt war, wobei sie ein breites Grinsen unter aufgetürmten, rotgefärbten Haaren auflegte.

»O schöne neue Welt«, fühlte sich der Bär gedrängt zu sagen, mit weiteren achtsamen Blicken in den Saal. »Freut mich sehr. Die solche Geschöpfe hat.«

»Ehrlich, Bär«, sagte Tim bestimmt, »das Gesetz ist nicht da.«

»Das Gesetz ist immer da«, sagte der Bär. »Auch wenn man es nicht sehen kann.«

»Tim hat mir so viel von Ihnen erzählt«, sagte Mrs. Tim, vielleicht ja nur der Konvention folgend, und zog leicht an seiner Pfote.

Der Bär wandte ihr nun endgültig seine Aufmerksamkeit zu, und was er sah, gefiel ihm gut: Hinter dem sich zu mittlerem Alter weitenden und abflachenden Gesicht der Frau entdeckte er ein keine Unterschiede machendes Licht, viel angenehmer als der durch Make-up-Versuche oder die Aureole aus Haaren sich ausdrückende Stilwille. »Passen Sie auf ihn auf«, sagte er zu Miranda, plötzlich voller Zärtlichkeit für die beiden, die inmitten dieser unermeßlichen Welt um ihr bißchen Identität kämpften. »Er braucht das.« So wie alle empfindungsfähigen Wesen, dachte er, und sein Herz lief vor ungeahnter Liebe für jedes Geschöpf über, das sein Auge heute abend noch näherer Aufmerksamkeit anempfehlen mochte. Was ist los? fragte er sich. Ich weiß, es ist wahr, aber was geht da in mir vor?

»Ich werde auf ihn aufpassen«, sagte Miranda.

»Ich weiß«, sagte der Bär, und für einen Moment glaubte er Tim und Miranda so zu sehen, wie Gott sie sich ausgedacht haben mochte; wie kostbar und liebenswert, wie ungeschmälert und unverzerrt in die Zeit gestellt. Was konnte er für sie tun? Dem Bären fiel beim besten Willen nichts Passendes ein.

Was ist bloß heute abend mit mir los, wunderte er sich. Wenn ich jetzt zu sehr abhebe, hab ich nachher nicht mehr die richtige Konzentration fürs Spielen.

Levine tauchte hinter dem Bären auf und legte ihm eine Hand auf die Schulter. »Stanley Crouch hat gerade für seinen Tisch eine Magnum-Flasche unseres besten Champagners bestellt. Gott segne die MacArthur-Stiftung und die Handelsspannen im Alkoholgewerbe. Das Geld fließt.«

»Das heißt, Sie wollen Ihr Auto zurück?«

»Nur wenn ich glatt über die zweitausend komme plus dem, was ich dem Küchenpersonal zahlen muß. Ich wäre jetzt dann soweit, die Band vorzustellen. Sind Sie bereit zu spielen?«

»Das weiß man nie, oder?« Der Bär betrachtete das Stuck- und Ziegelmauerwerk, die Steinmetzkunst, und rief sich in Erinnerung: Welt der Dinge: du spielst Musik in ihr: das ist deine Rolle hier: du hast wieder angeheuert, erinner dich: aber warum?

»Ich will nur das Publikum mit ein paar Worten willkommen heißen.« Noch ein kurzes Schulterklopfen und Levine machte sich auf zur Bühne, wo er gegen das verchromte Mikrophon tippte, sich räusperte und den Saal mit der größten Annäherung an ein entspanntes und gastfreundliches Grinsen beehrte, die ihm möglich war. »Wenn ich für einen Moment Ihre Aufmerksamkeit beanspruchen darf... nur für einen Moment... hallo allo... danke sehr... Meine Damen und Herren, willkommen im Bridge.«

Pflichtschuldiger Applaus, rasches Abebben, Geräusche von Gläsern, vorläufiges Ruhebewahren und Sich-in-Geduld-Fassen.

»Ein Willkommen auch dem Bären. Soll niemand ausgelassen werden.«

Der Bär ließ sich auf einem Stuhl neben Tim nieder und lauschte, wie Levine zu einer überraschend langen Rede darüber ansetzte, wie es immer sein Traum gewesen sei, einen Jazzclub in New York aufzumachen, und gerade auch, wenn irgend möglich, an dieser speziellen, ziemlich außergewöhnlichen Stelle, und als der Bär eine gewisse Tränenseligkeit in der Stimme des Mannes aufsteigen hörte, schweifte sein Blick durch den Saal, um sein fast ausschließlich geladenes Publikum zu begutachten. Der da drüben, der den Champagner ausschenkt für seinen großen runden Achtmann-Tisch, das könnte Stanley Crouch sein – hübscher Anzug für einen Mann seiner Statur, möchte wissen, ob sein Schneider so einen auch für mich machen könnte; orangefarbenes Etikett auf der Champagnerflasche; der Bär verspürte einen plötzlichen Phantomdurst. Aber der Mann, den der Bär eigentlich aufspüren wollte, das war dieser scheinheilige Herr Badiyi; den wollte er sich zwischen den Sets vornehmen, gesträubtes Fell und gefletschte Zähne inklusive, und ihn zu dieser kleinen Angelegenheit befragen, dieser allzu unbedeutenden Sache die Tantiemen betreffend, hm? Statt dessen fiel sein Auge auf den wie Shakespeare aussehenden Typen, der ihn in der Power Station interviewt hatte und der jetzt an einem kleinen Tisch an der Mauerwand saß, zusammen mit einer attraktiven, nahöstlich aussehenden Frau, die ihn, wenn der Bär seinen lippenlesenden Augen und seinen Richtohren trauen durfte, mehrfach mit dem Namen Winkies anzusprechen schien. Anmerkung für Iris: Die Leute sind schon komisch.

Levine, der im Scheinwerferlicht am Rande der Bühne stand, sprach jetzt darüber, wie wichtig ihm Tiere immer gewesen seien, vor allem in der Kindheit, als... das Pferd, das er sich immer gewünscht hatte... die Vögel, mit denen er sich hatte anfreunden wollen... White Fang... Das Dschungelbuch... Akela... Baloo...

Was haben die Leute bloß, fragte sich der Bär. Ich habe es satt, jedermanns sentimentaler Tintenklecks zu sein.

Bagheera... Kaa... Levine meinte, er habe sich selbst immer als, nun, wie sollte er es ausdrücken, eine Art Mowgli-Figur gesehen... als Kind die Einfühlung in seinen Hund... die Waschbären, die in den langen Sommernächten beim Landhaus seiner Eltern immer an den Mülltonnen zugange waren... und wissen wir nicht auch, daß New York ein Dschungel ist? Daher... in gewissem Sinne... die Brücke über unseren Köpfen... und das Erscheinen des Bären in ihr... während die Autos über uns hinwegbrausen... als ein Symbol dafür...

Der Bär hatte genug – Jones hatte diese Pseudometapher ja auch schon auf der Fahrt aus den Bergen strapaziert, aber für den Bären war das nach wie vor zweifach bescheuerter Quatsch, der allenfalls eine doppelte Portion Nichts symbolisierte. Es war Zeit, dem Gewäsch ein Ende zu machen, Zeit, seine Nummer auf die Bühne zu stellen und zu hoffen, daß sie, allen Widrigkeiten zum Trotz, swingt.

Der Bär wälzte sich aus seinem Sitz, hakte sein Saxophon wieder am Halsriemen fest, nickte Tim und Mrs. Tim noch einmal zu und ging zur Bühne, wobei er etwas spielte, das eigentlich ein Intro zu »Doxy« sein sollte, sich aber durchaus auch als Blues erweisen konnte: Er wollte noch darüber nachdenken. Sich drehende Köpfe, verblüffte Blicke, ein zerbrechendes Glas und vereinzelter Beifall, während Levine verwirrt vom Mikrophon zurücktrat und mit ungeschicktem Armschwung auf den sich nähernden Bären deutete. Nach einem kurzen Augenblick, in dem ihm die Wahrnehmung verschwamm, fand er sich auf der Bühne wieder, nickte in die Lichter, während er spielte, nahm den Applaus mit wiederholtem Neigen seines Rumpfes entgegen und hörte, wie die Band hinter ihm die Plätze einnahm – ein Klimpern des Klaviers, ein Klopfen des Beckens, ein Klackern des Basses –, während er ein paar Blueslicks in F in das Gewölbe hinein spielte und dachte, daß die Sache so hinhauen könnte.

Erst jetzt ging ihm auf, daß es eine weitere Sonny-Rollins-

Anspielung war, spielend auf die Bühne zu gehen, denn das hatte dieser ja auch mitunter gern gemacht. Angesichts des Ortes schien ihm das im Grunde nicht mehr als recht und billig, ein Zollen des schuldigen Tributs, doch jetzt auch noch, wie eigentlich geplant, mit Rollins' »Doxy« zu eröffnen, das wäre denn doch wohl des Guten ein bißchen zuviel gewesen, und so brachte er die Band mit einigen flüchtigen Verweisen auf »M Squad« auf neuen Kurs, jenen Shuffleblues von Count Basie, mit dem sie sich auf der Tournee vergnügt hatten, streunte aber noch über diverse Nebenpfade, bevor er sich auf ein Tempo festlegte und die Band mit hineinzog, indem er sein Saxophon schwungvoll nach unten riß. Nach vier Takten des Themas ließ sich Beifall aus dem Saal hören – kennen die etwa »M Squad«? Würde mich überraschen – und er schaute durch das vermischte Weiß, Blau und Rot des Scheinwerfers zu den Balkonen hoch, die anscheinend wohl gefüllt mit zuhörenden Menschen waren. Das Haus mochte voller nichtzahlender Gäste sein, aber immerhin war es voll. Er schloß die Wiederholung des Themas ab und hörte, wie die Jungs den Weg für sein Solo bereiteten: eine aufsteigende Tynersche Kadenz, ein Beckenschauer mit anschließendem druckvollen Wirbel und ein freundlicher Gruß an die Subdominante von Garrett. Okay, dachte der Bär. Was soll ich denn für diese netten Leute jetzt mal spielen?

In jedem Falle, dachte er nach ein paar Chorussen, ist das eine interessante Art, in die Musik hineinzustolpern. Was er getan hatte, war mehr oder weniger, Sonny Rollins im Auge zu behalten; schrittweise, neckend hatte er die Ansätze einer neuen Melodie aus den Grundlagen des Stückes entwickelt und diesen Prozeß durch unverfrorenes, halb komödiantisches Suchen jeder Kadenz und jedes Akkordwechsels unterstrichen – erst, ähm, dieser Akkord, dann der, und am Ende von jeweils zwölf Takten läuft es alles *darauf* hinaus – auf eine Weise, die dem Publikum bekannt vorkommen mochte, sofern sie seine Aufnahme von »When a Man Loves a Woman« gehört hatten. Normalerweise gefiel es ihm, wenn er derart gestimmt war, mit Hilfe von überbetonten Grundlagen und zwischenräumlichen Läufen einen ausgreifenden, beschaulichen Aufbau zu errichten, den er später zum Zwecke der Katharsis wieder einreißen konnte; während er sein Solo durch diese relativ üblichen Tempi trieb, hatte er jedoch Anlaß, staunend zu vermerken, wieviel dies dann doch mit Sonny Rollins zu tun hatte, vielleicht, weil es sich recht eigentlich von Monk herleitete.

Rahim Bobby Hatwell schien durchaus dieser Ansicht zu sein; jedenfalls salzte er den vor ihnen liegenden Weg mit sondierenden Wechseln von großen und kleinen Sexten, und als der Bär dieses billigte, verfiel die Band in eine Meditation über »Misterioso«, das fast unidentifizierbare Abstraktum, das Monk aus den reinen Grundlagen eines Blues gebaut hatte, und sie hätten es vielleicht sogar auch noch ins freie Tempo überführt, um die sich daraus ergebenden Implikationen zu erforschen – Garrett und Hatwell erklommen jene leiterartigen Sexten, der Bär fuhr fort, die nahezu kontrapunktische Baßkomponente der Linie zu verstärken, um alle ihre Aspekte nacheinander hervorzukehren, so daß sie von der Abstraktion des Stückes langsam in eine Art verzögerte, kubistische Betrachtung seiner Bauweise geführt wurden, in der sich Monks Eckpunkte als ausnehmend brillant erwiesen –, wäre nicht der Bär vorwärts in den nächsten Chorus gedrängt und weiter in den nächsten, mit einer bewußten Vielzahl neuer Ideen, die altbekannten, oder jedenfalls allzu offensichtlichen, über Bord werfend. Die Band leistete zunächst Widerstand – Kinder, dachte er, das Zeug können wir ein andermal ausarbeiten –, aber nach einer Weile schienen sie seine Bedingungen zu akzeptieren und gaben seinem entschiedenen Drängen nach. Sie stimmten einen kleinen, modifizierten Shufflegroove an, um zu testen, ob ihm diese Fahrt vielleicht Spaß machen würde, und nach zwei weiteren Chorussen hatte es ganz den Anschein. Garretts Takt erweiterte sich, um dem größeren melodischen Bereich Rechnung zu tragen, den der Bär fortwährend zur Debatte stellte; Linton verschärfte den schleifenden zu einem beschwingten Schritt und ließ Beckenornamente in den Lücken funkeln; Bobby Hatwell schließlich begann ungewöhnlich lange Pausen zwischen seinen Akkorden zu lassen – der Bär blickte prüfend über seine rechte Schulter, jawohl, Hatwell hielt, um sich zu schonen, die Hände auf die Tasten gedrückt, statt ihre Resonanz mit dem Pedal zu verstärken, ein Vorgehen, das wegen des Zustands seiner Beine einerseits rein praktischen Erwägungen folgte, andererseits aber den Bären einlud, die größer werdenden Lücken mit all dem zu besetzen, was die Freiheit des Augenblicks ihm eingab.

Das waren wirklich drei sehr schlaue Musiker. Die Band klang gut. Und wieviel Raum sie mir lassen. Ich habe fast den Eindruck, daß ich den vielleicht ein bißchen allzusehr ausfülle.

Er spürte, wie sein Körper sich entspannte, die Lunge sich beim Einatmen weitete, der Ton beim Ausatmen voller wurde. Er nahm die nächsten vier Takte im Doubletime-Laufschritt, schloß einen kleinen akzentverschiebenden Turnaround in die Auflösung an, Bird sei gedankt, und fühlte, wie eine Zelle nach der anderen im großen Dunkel seiner selbst erleuchtet wurde. Sauerstoff. Inspiration. Gefällt mir. Er nahm das Saxophon für zwei Takte aus der Schnauze und lachte lauthals, während sein Herz sich zu öffnen begann – viel Platz da drin, und etwas, was mehr weiß als das Gefühl. Ja, dachte er – wie schon manchmal während der Tournee, doch niemals gleich zu Anfang des ersten Sets –, dafür ist die Musik da. Was ich im Moment fühle, das ist das Leben wert, selbst wenn es ein so absurdes Leben ist wie meines. Mit Sicherheit allen Schweiß und alles Studium wert. Wenn er eine Stadt war, dann gingen dort jetzt in den Wohnungen die Lichter an, die Leute setzten sich an den Eßtisch oder erhoben sich zum Tanz, Nachbarschaftsfeste begannen in den Nebenstraßen, und die einfachsten Tatsachen des Lebens wurde gefeiert: Dem Gedächtnis war ein besonderes rhythmisches Nicken zugedacht, und die grundlegenden Hirnfunktionen inspirierten hier und da spontanes Gruppenhüpfen im Kreis. Das Wesen von Nacht und Tag griff ineinander, und am unentschiedenen Himmel breitete sich eine kräftige Farbmischung aus. Der Bär spazierte die Boulevards entlang, und ihm gefiel alles, was er sah, der Charakter der Leute, die Dinge, die sie liebten, und die Art, wie sie sie liebten. Ein weiterer bedeutsamer Schritt vorwärts, und er sah das Labyrinth der Straßen sich in jener idealen Geometrie von Licht ausrichten, in der Identität ganzheitlich und jenseits der flüchtigen Akkorde von Zeit und Raum dargelegt wurde – eine radikale Verschiebung der Perspektive, aber, wie er bemerkte, noch keine entscheidende Substanzveränderung. Der Prozeß bis hierher war ein Begreifen, noch kein Aufstieg, und was er im Moment fühlte, war tiefe Freude zu sein, wer er war, wo er war, und falls das notwendigerweise all die

Gewinne und Verluste umfaßte, die ihn hierhergeführt hatten, so hätte er wohl einige Einwände gehabt, war aber doch bereit, ja zu sagen. Der Bär fühlte sein Herz vor Erwartung höher schlagen, das vertraute Zittern des Schleiers an seinem Eingang, unterdrückte jedoch den Drang auf die Ekstase zu, oder legte ihn vorerst im Interesse der fortschreitenden Besonderheiten dieses befriedigenden kleinen Solos im Rahmen eines Shufflelebens von Count Basie beiseite, gespielt auf einem ramponierten Martin-Saxophon in einem Club namens The Bridge.

So daß der Bär, auf wiedererkennbarem Boden stehend, einen langen, sich wölbenden Triller in alternierenden Sekunden und Terzen über den Großteil eines Chorusses hinweg spielte – Lunge noch gut in Schuß, dachte er –, sich dann in die Rhythmusgruppe zurückfallen ließ, um mit langem Atem einen letzten Chorus zu geben, der beiläufig die zuvor entwickelte Architektur zusammenfaßte, und schließlich beiseite trat und die Gruppe übernehmen ließ. Überraschenderweise faßte Hatwell sich recht kurz, Garrett verzichtete ganz auf sein Solo, und der Bär tauschte drei Chorusse lang relativ elegante Fours mit Linton ab, bevor er »M Squad« beendete. Aber mal ehrlich – so sagte er sich, noch beschwingt von der Wärme und den Erleuchtungen seines Spiels –, dies sind vertraute, gut ausgelatschte Freuden; sie summieren sich bloß zu noch mehr Ich. So behaglich die Empfindung auch sein mag, sie verbleibt in den bekannten Grenzen, hat nichts Überschreitendes. Hinter Gefängnismauern, nach wie vor. In die noch weitgehend stümperhafte Unermeßlichkeit seiner selbst hinabblickend, spürte er die Grobheit der Marionette an sich, den billigen Pelz, die glasig ausdruckslosen Augen, die Verfälschung ihrer bekannten Koordinaten, ihre Inkompatibilität mit allem Wesentlichen, und er befand, daß etwelche Vervollkommnungen dieses in erster Linie ulkigen Dingsbums letzten Endes weder ihn noch sonst jemanden befriedigen konnten. Aber dachtest du wirklich, du könntest hier völlig ausbrechen? Schön wär's ja, und ich würde ja auch den entsprechenden Dringlichkeitsantrag einreichen, sogar in dreifacher Ausfertigung, falls nötig, aber das hier ist einfach keine Sache, auf die man ernsthaft rechnen kann, in der hartnäckigen Enge der gegebenen Welt.

»Danke, danke, danke«, sagte er trotzdem in den Beifall hinein.

»Ich bin Lieutenant Frank Ballinger, und ich wollte, daß Sonny Rollins heute abend auch hier wäre. Wir alle wissen, daß er den Club hätte eröffnen sollen, aber er lehnt mehr Gigs ab, als wir anderen angeboten bekommen, und er würde das Haus viel kosten; seien Sie also willkommen in der realen Welt, wir werden unser Bestes geben. Rahim Bobby Hatwell nur leicht versehrt am Klavier, Garrett Church, die Weisheit selbst am Baß, Linton Bostic schlägt mit Stöcken auf Sachen ein, bis ihm etwas Kultivierteres einfällt, und ich bin genau das, was ich zu sein scheine. Mein Freund Tim hat mir versichert, daß heute abend keine Verhaftung zu befürchten ist, und Rondo scheint besonders begierig, seinen Dialog mit den Gesetzesvertretern wiederaufzunehmen, falls sich die Gelegenheit ergeben sollte. Jones beobachtet die Einnahmen, ich hab bereits ein Auto gewonnen, und Sie könnten die nächsten sein. Bewahren Sie Ihre Garderobekarten auf und danke, danke, danke. Wir hoffen, daß Sie nicht zu dicht dran oder zu weit weg sitzen, und möchten jetzt ein Stück aus der Filmmusik von *Gigi* für Sie spielen, das schon Sonny damals hätte spielen sollen, das ihm aber irgendwie entgangen ist: ›Say a Prayer for Me Tonight‹.«

Beinahe hätte er Iris statt Gigi gesagt.

Der Bär nickte die Band in den pirouettierenden kleinen Walzer hinein, bevor der Beifall noch ganz abgeebbt war. Solch eine hübsche Melodie. Drauf gekommen war er, weil es draußen im Haus ein von Iris mitgebrachtes Video von *Gigi* gab, das er sich mehrfach nachts angeschaut hatte. Wie die meisten sprechenden Bären hatte er sentimentale Vorstellungen von Paris, und so saß er dort häufig vor dem Kasten, und mitten in irgendeiner beliebigen, emotional nicht weiter bedeutenden Szene liefen ihm plötzlich die Tränen übers Gesicht, wollten gar nicht aufhören zu fließen, und er wußte überhaupt nicht, wie ihm geschah. Er mochte die Filmmusik, doch keines der besonders herausgestellten Stücke wäre für das Quartett geeignet gewesen – und ist es vorstellbar, daß man ein Stück wie »Thank Heaven for Little Girls« einübt, wenn das Haus voller Iris, Amy und Trace ist? Aber dieser schlanke kleine Walzer scharmierte ihn wirklich aufs äußerste, und er war froh, ihn hier zu spielen, leicht, graziös … obwohl ihm jetzt auffiel, daß Frederick Loewe die Auflösung des B-Teils verpfuscht hatte und daß Sonny, wenn er auf diesen Wegen hätte wandeln wollen, sich nicht geniert hätte, »Thank Heaven« zu spielen – der Luxus, ein erstrangiger Schöpfer zu sein –, und überhaupt, wenn das Stück so lieblich dahertänzelte, wieso bekam er dann solche groben, unzufriedenen Akkorde von Rahim Bobby Hatwell in den Rücken geballert?

Der Bär sah über die Schulter zurück und empfing stocksaure Pianistenblicke vom Steinway her. Im Ernst? dachte der Bär. He, Bob, wenn ich solchen totalen Blödsinn spiele, wie kommt es dann, daß Garrett und Linton sich dabei ganz gut zu amüsieren scheinen?

Hatwell sah zu Bassist und Drummer hinüber, dann zurück zum Bären, als wollte er sagen: Na und, und verpaßte ihm eine kleine None.

Übellauniger Scheißer, dachte der Bär, doch als er sich wieder auf sein Solo konzentrieren wollte, war der Zauber weitgehend verschwunden, und er kam rasch zum Schluß.

Zu seiner nicht geringen Überraschung gönnte Hatwell sich ein langes, ziemlich lyrisches Solo, wahrscheinlich irgendeine verschlungene Form von Rache, obwohl man sich nicht sicher sein konnte: Dem Gesichtsausdruck des Mannes war nicht das geringste zu entnehmen. Die kleinen Kriege zwischen Bär und Mensch. Der Bär spielte ein paar überflüssige Begleitfiguren für den Pianisten und grinste sich eins hinter seinem Mundstück. Hatte aber, allen ironischen kleinen Freuden zum Trotz, das Gefühl, daß der Set plötzlich auf der Kippe stand, und da es ja irgendwie weitergehen mußte, fragte er sich, was sie wohl als nächstes spielen sollten. Zu einem seiner eigenen Stücke hatte er im Moment keine Lust. Mehr von Sonny? Hieße das nicht, die Sache zu überreizen? Er stöberte durch das Repertoire der Band, verwarf alles, was ihm einfiel, und dachte schließlich: Ja, das vielleicht, obwohl wir schon einen Blues hatten.

Nach Garretts zwei sensiblen Chorussen – substantielle Melodien, an den Rändern ausgekämmt durch geschmeidiges, gitarristisches Einfingerklimpern entlang der E-Saite, wie Flügelschlagen, siehe Mingus auf Dukes »Fleurette Africaine« –, spielte der Bär den Schlußchorus von »Say a Prayer«, als ob das Altsaxophon so federleicht und hauchig wäre wie eine Flöte – eine Abweichung von seiner sonstigen kraftvollen Darbietung. Er verbeugte sich vor dem höflichen, ausgewogenen Applaus und stampfte ein gefährlich schnelles Tempo vor, ohne der Band zu verraten, um was für ein Stück es sich handeln sollte, aber die hatte es natürlich nach zwei Takten schon geschnallt und war ihm beim ersten Downbeat des dritten auf den Fersen: »Pursuance«, der B♭-Moll-Blues, der den dritten Teil von John Coltranes *A Love Supreme* bildete. Aber, dachte der Bär, während er sich über die skalaren Aufstiege hermachte, Tranes Leitern zu einem möglichen Himmel, ein simpler Mollblues is es ja ooch nicht. Jeder, der glaubt, Trane hätte, nachdem er in seine modale Phase eingestiegen war, harmonisch schlichter gestrickt, sollte sich mal genauer anhören, wie er dieses Ding zusammengebastelt hat – Bostic, ich liebe dich, dachte er, als der Drummer sich hinter den komponierten Rhythmus des Stückes klemmte; dank dir dafür, daß du weißt, daß es so etwas wie zuviel Antrieb bei diesem Stück an diesem Abend nicht gibt. Um die generativen Impulse des Stückes und deren Anerkennung durch die Band zu würdigen, wiederholte der Bär das Thema unkonventionellerweise ein drittes und noch ein viertes Mal, um genügend Dampf anzusammeln und noch etwas nachzudenken, weil, he, sieh mal:

Es ist ein B♭-Moll-Blues, sicher, aber Trane hat ihn auf der Grundlage der F-Moll-Pentatonik gebaut, welche durch die kleine Septime zu pentatonisch A-Dur führt und sowieso im logischen, aber unerwarteten Tageslicht von B♭-Dur aufgelöst wird, so daß man es also, wenn man will, als straighten Blues spielen kann, aber selbst ohne die komponierten Parameter des Stückes zu strapazieren, ist man doch schon mitten drin in dem Reichtum der alternierenden Tonleitern… wenn man also den Bären losmachen will, dann trägt einen das Stück – offenbar wollte Trane eine Vielfalt möglicher Aufstiege zu einer einzelnen Erleuchtung andeuten, und man mußte die Ökonomie der Mittel bewundern, mit denen er diese Vorstellung ausgedrückt hatte. Am Ende der vierten Wiederholung spielte die Rhythmusgruppe mit größerer innerer Geschwindigkeit, als er je von ihr gehört hatte, und der Bär warf sich voller Begeisterung für das, was zeitgenössische Klavier/Baß/Schlagzeug machen konnte, auf sein Solo – Linton entband eine vielgliedrige, polyrhythmische Komplexität, die jedes wie auch immer geartete Detail innerhalb der größeren Bewegung des regierenden, voranstürmenden Taktes anerkannte; Garrett legte seine Attacke um eine Kleinigkeit vor den Beat, beschränkte sich auf ungleichmäßige Gruppierungen von Dreien und Vieren, während seine Notenwahl sich an einer zwischen B♭ und F gelegten Achse orientierte, den am Wege liegenden Tonarten durchaus zunickend, doch trotzdem einem geraden Kurs unbeirrt folgend, guter Mann; und Hatwell wartete mit einigen kraftvollen, tynerisch geschichteten Quart-Voicings auf, während er aber hörbar abwartete, wohin der Bär seine Linie trieb, bevor er sich auf eine persönliche Reaktion festlegen wollte. Es war doch nahezu unvorstellbar, dachte der Bär, daß sterbliche Musiker sich auf einem solchen Niveau und so schnell verständigen können – Aufblitzen der Erinnerung an die jonglierenden Dreiecke seines Traums: Wer sind wir wirklich? Der Bär hätte sich gewünscht, der Inspiriertheit Coltranes näherkommen zu können, was weniger mit Größenwahn zu tun hatte als damit, daß das Leben es eben jetzt von ihm zu fordern schien und alles, was dahinter zurückfiel, Scheitern bedeuten würde. In Anerkennung dieser unabgeltbaren Schuld zitierte er anfangs einige Melodielinien von Tranes auf Platte dokumentiertem Solo, jenes tektonische Aufwallen durch differenzierte Dunkelheit, bis die Seele, nachdem sie ihre eigenen und die bekannten Ressourcen der Musik erschöpft hatte, sich legitimerweise vor dem ersehnten, illuminierten Angesicht Gottes öffnen, ihr Interesse nach außen kehren konnte – etwas, was Trane, wie sich der Bär erinnerte, im Studio bei einem Solo erreicht hatte, das höchstens vier Minuten dauerte.

Ehrgeiz, merke auf.

Es wäre schön, wenn man so gut spielen könnte, aber was wirst du jetzt in der Wirklichkeit tun?

Nachdem er anderthalb Chorusse lang Erfindung und Zitat gemischt hatte, gedachte er sich auf ein schlichtes pentatonisches Studium der komponierten Parameter des Stückes zu verlegen, und hoffte, er würde am Ende etwas aus dessen Rhythmik heraus entwickeln können. Er spielte flüssig und schnell, die Pfoten arbeiteten gut, Lunge und Mundstück speisten die Energie reibungslos in den Fluß der Musik ein.

Bis zu Trane mag es noch ein langer Weg sein, aber es fühlt sich schon cool an, so gut zu spielen wie ich jetzt. Gewissermaßen in

Klammern fiel ihm ein, daß er sich ja fragen könnte, warum er denn die Dynamik von Tranes mißlichem Zwist mit der Natur der Dinge adaptierte, wo doch Ornettes subtilere Umgehung des Disputs ihm immer als der klügere Weg erschienen war; doch andererseits war der Bär ja seit jeher eine etwas kompliziertere Natur, und jetzt war es eben zu spät, daran noch etwas zu ändern.

Davon mal abgesehen, hör nur, wie gut es im Moment läuft.

Dem Bären bereitete die Art, wie er die Sache anpackte, so viel Vergnügen, daß er es kaum bemerkte, wie seine Aufmerksamkeit zu wandern begann, ja eigentlich schien ihm, daß das Schweifen der Gedanken sowohl seinen als auch den Interessen des Stücks akzentuierend diente: Er sah sich in einem Auto nach Norden aufs Land fahren – merkwürdig, da doch geplant war, daß er übers Wochenende und am freien Montag bei Jones und Sybil wohnte und erst am Ende der folgenden Woche dahin zurückfuhr, wo sein Zuhause ja wohl kaum noch war, also sinnvollerweise eine Auszeit vom Familienleben nahm –, aber hier, ob in der Voraussicht oder der Vorstellung, fuhr er also mit Jones, der am Steuer saß, nach Norden, möglicherweise in dem neuen Accord, den sie Bob Levine auf so possenhafte Weise abgenommen hatten. Sie würden ihm den mit Sicherheit zurückgeben, sobald die Kasse voll war und er ihnen die vereinbarte Summe zahlen konnte, daher machte das Bild als Präkognition wenig Sinn, lebendig aber war es trotzdem. Die Schatten der kahlen Bäume entlang der Schnellstraße streiften durchs Fenster über seine Augen, die Sonne stand tief im Osten: Ist es morgens? Das Muster von Licht und Schatten, durch das sie brausten, hatte viel Ähnlichkeit mit dem pentatonischen Gleiten der Akkorde – wie schlau und subtil Tranes Konstruktion doch war –, durch die die fließende Entwicklung seiner Saxophonlinie drängte. Na ja, natürlich träumte er von dieser Fahrt. War er nicht verliebt? Tat er nicht das, was er am besten konnte, nämlich sich den Schädel an der Steinmauer der Welt einzuschlagen, im Namen der unanfechtbarsten Wahrheit, die er kannte? Er kannte nichts Wahreres oder Besseres als seine Liebe zu Iris. Sie war das Leben wert, aber echt. Und es schien ihm, daß der Fluchtpunkt des Stückes, wie auch der der Straße, auf der er sich nach einem imaginierten Woodstock träumte, Iris war, oder jedenfalls auf hintergründige Weise in ihren Knochen und Lichtern und Bewegungen verschlüsselt war. Lausche der Musik, Iris, da! wie sie sich aufschwingt nach B♭-Dur: Wir können eine Lösung für unsere Probleme finden. Sieh dir die Tonleitern an, beachte ihr vollendetes Hinströmen. Begreife, wonach die ganze, breit ausschwärmende Komposition sucht. Teil es mit mir. Es wird wunderbar. Wollte, du wärest jetzt hier.

Die einfältige flehende Note in dieser Ansprache konnte sogar er heraushören.

Wenn aber sein ganzes verzücktes Raffinement aufs Wahre zielte, warum mußte dann Bobby Hatwell – was, zum Teufel, war das eigentlich genau, was er ihm da hinservierte? Begleitung konnte man es kaum nennen, diese nackte wiederholte kleine Septime, C nach B♭, ohne das läuternde F dazwischen, und um ihm Nachdruck zu verleihen, verdoppelte Hat das nackte gegabelte Ding auch noch in Oktaven. Was, hätte der Bär gern gewußt, war die Quelle dieser Gewalttätigkeit, dieses Überfalls?

Als er über die Schulter zurückblickte, funkelte Hatwell ihm schon wieder wütend entgegen. Der Bär parierte mit einem Ist-was-Blick, worauf Hatwell eine kleine None und Undezime auf die Septime draufpackte, ach, laß doch, danke, ist so schon herb genug.

Paß mal auf, dachte der Bär wütend, nur weil du dich stärker als ich einem Ethos des Kampfes verschrieben hast, heißt das noch lange nicht...

Nur weil du Tod und Tageslicht verwechselt hast, bedeutet das noch lange nicht...

Nur weil du vor kürzerer Zeit Prügel bezogen hast als ich, belegt das noch lange nicht...

Und überhaupt, ich kann mich in diesem verschlungenen chromatischen Labyrinth genausogut orientieren wie du, was also ist dein Problem, Bob?

Doch allmählich versiegte die Protestenergie des Bären, und er ließ es gut sein, denn was auch immer Hatwells Motiv sein mochte, seine aggressiven Akkorde waren tatsächlich dabei, die flüssige pentatonische Leichtigkeit des Bären Lügen zu strafen; und, ähem, endlich ging ihm auch auf, daß er schon fünf Chorusse lang gleichzeitig gespielt und an eine Autofahrt aufs Land gedacht hatte.

Der Bär beschloß, nicht auf den Pianisten zu schießen, und dachte: Na gut, die Wette gilt, ich schaff mich rein, ich stürz mich auf die Besonderheiten des Stücks, als würde es darauf ankommen und als wäre ich allen ihren Implikationen gewachsen. Wird dich das glücklich machen? Wahrscheinlich nicht.

Der Bär nahm vor dem Mikrophon Haltung an, legte seinen Schwerpunkt tiefer, füllte seine Lunge auf, verdickte seinen Ton, indem er sich das Rohrblatt ein bißchen weiter in den Mund stopfte, und ging auf den Grund des nächsten Akkordes los – wie er sich dort so hineinwühlte, hätte er jetzt gern ein Tenorsaxophon gehabt; das war näher dran am Register seiner Sprechstimme als der spezialisiertere Klang des Alts. Aber das Klangvolle war es ja gewesen, das ihn überhaupt zu dem kleineren Instrument hingezogen hatte; das und wie es sich in den Pfoten anfühlte, also sollte er sich wohl mal von der Schnellstraße schleichen und die Sache angehen.

Wir werrden tun unsär Möglichstes, dachte er mit der Stimme des verstorbenen Doktor Friedmann. Als Sonderleistung werde ich drauf achten, daß kein Blut auf die Bühne spritzt.

Wirklich gute Akustik hier drin.

Sound da oben im Gewölbe ist klasse.

Salman Rushdie seh ich immer noch nicht.

Der Bär packte das Blatt noch fester mit der Schnauze, kommandierte dessen Vibrationen noch ungestümer und schickte seinen Atem durch den Korpus des Instruments mit aller Kraft, die er aus Füßen und Beinen heraus aufbringen konnte, auf daß sie sich im Brustkorb ausbreite und zur endgültigen Gestalt versammle im weiten Haus schlagender Dunkelheit... alles, um nur diesen Kram auf die Reihe zu kriegen...

... und spielte irgendeine wütende, chromatische, nur aufzählende Bullenscheiße...

... und hörte, wie die Rhythmusgruppe ihm dies unter die Nase rieb.

Er schloß die Augen und fragte sich, wie schon mehrfach in seinem Leben: Wenn ich mir wirklich die Seele aus dem Leib spielen könnte, wie würde das klingen? Und beinahe hätte er ins Mundstück hineingelacht, weil, wie schon mehrfach in seinem Leben, ein Teil seiner selbst – zweifellos überzeugt, die Eitelkeitsfalle ausgetrickst zu haben – die Herausforderung annahm, sich auf die Hinterbeine stellte und mögliche Antworten vorschlug.

Er blieb am Ball und hörte die Rhythmusgruppe darauf reagieren – Jesses, ist das Stück schnell; und noch schneller, sobald man versucht, substanziellere Phrasierungen einzuarbeiten. Bei so viel Telepathie und Erfindungskraft, was sollte man als armer, dummer Bär da ausrichten zu können hoffen? Aber Hoffnung hatte nichts damit zu tun, auch nicht Trane oder Bird oder Ornette oder Sonny; er selbst würde diesen Stoffpuppenbären schütteln müssen, um entweder etwas von wirklicher Bedeutung oder halt irgendwelches Füllmaterial herauszuholen.

Er grub sein Alt tiefer in den Klangfarbenbereich des Tenorsaxophons hinein, als er es für möglich gehalten hätte – Jackie McLean, setzen Sie sich mit Ihrem Büro in Verbindung –, und spielte diese surrenden, arpeggierenden Sachen in F-Moll, die sich unter der Tektonik der Akkordfolge erhoben und sie einzuschlagen begannen: Nun, es war nicht so sehr direkte Zerstörung als das Verbiegen tragender Balken, ein protestierendes Knirschen der Grundfesten. Die Rhythmusgruppe hatte auf diese Information schnell eine Antwort parat, die natürlich die Anforderungen an ihn nur noch höher schraubte. Bevor ich den Weg hier herausfinde, werde ich womöglich ein wenig ernsthafte Musik spielen müssen, und was für ein Schock wäre das wohl. Obwohl Bilder auf diesem Spielniveau eher ablenkten, sah er sich hinter seinen geschlossenen Augen im Keller bei der Winterruhe der vergangenen Monate, während irgendein geisterhafter Kern seines Wesens sich freikämpfte, um die oberen Räume zu bewohnen und sich Iris' Leben im Licht anzuschließen; er erinnerte sich an die fruchtbare dunkle Erde draußen, unterhalb; irgendein flüchtiger und ungreifbarer Samen, der darum kämpfte, in der tiefen nährenden Dunkelheit zu keimen. Vielleicht solltest du dich zu erinnern versuchen, daß es hier um Musik gehen soll; nein, ich will diese Gerüche und Erinnerungen sammeln, sie zu einem Teil dessen machen, was ich für diese netten Menschen hier zu entwickeln versuche, die aus irgendeinem Grund plötzlich geklatscht haben.

Er fühlte die Anfänge eines Krampfes in der rechten Pfote – das wiederholte Greifen des tiefen E♭ im vollen Lauf – und veränderte etwas die Armhaltung, aus der heraus er auf die unteren Klappen drückte, verschaffte sich vorübergehend etwas Erleichterung, indem er das Geschehen weiter nach oben verlagerte, wo seine linke Pfote tadellos die Stellung hielt, und blieb, dem wiederholten Locken des Grundton-B♭ trotzend, starrsinnig in F-Moll. Geh weiter, feuerte er sich an und schüttelte die rechte Pfote, um sie zu lockern. Nimm das Scheißding auseinander.

Garrett war sofort mit dabei, und Bostic, der vermutlich darauf bedacht war, zentripetale Kräfte zu neutralisieren, änderte seinen Anschlag dahingehend, die Bestandteile seines Schlagzeugs weniger disparat rüberkommen zu lassen, harmonisierte die verschiedenen Timbres, brachte Becken und Snare näher miteinander in Beziehung, vertiefte seine Verbindung zum Beat, verstärkte dessen Puls – mit anderen Worten: machte alles so, wie es der Bär, ehrlich gesagt, am liebsten hatte –, und was noch erfreulicher war: Bobby Hatwell gab ihm wieder Raum und Unterstützung. Dies spürend, wandte der Bär sich seinem Pianisten zu und sah, daß dieser das Pedal für die ausgehaltenen Akkorde betätigte, die Schmerzen ertrug und durch sie hindurch den Bären anblickte.

Das ist wahrscheinlich ein bißchen übertrieben, Bob, aber du bist auf jeden Fall klasse. Was die großen Musiker ausmacht, ist, daß sie sich durch äußere Geschehnisse nicht beeinflussen lassen. Daß sie, im Gegensatz zu mir, immer so viel Zeit haben.

Der Bär wandte sich zurück nach vorn, hob sein Alt zu einem hohen Schrei, bevor er wieder ins Dunkle hinabstieg, und wenn er auch die Augen offen hatte, so sah er doch den Saal nicht. Was er aber sah, und was er im Moment gar nicht unbedingt sehen wollte, das war der Rand der Welt, der sich zu erheben begann.

Die Visionskiste.

Nicht jetzt, sagte er dazu und konzentrierte sich auf die Wege der Musik, führte seine Linie in den mittleren Tonumfang seines Instruments zurück – um den drohenden Krampf hatte er sich anscheinend herumgemogelt –, sicherte sich das Einverständnis der Akkorde, die Ränder an ihren Übergängen ein wenig verschwimmen zu lassen, und verschaffte sich einen festeren Stand, wobei er darauf achtete, den neuen Holzfußboden mit seinen Klauen nicht zu verschrammen, ihn sich nur gleichsam gefügig zu machen, einen festen Standort zu finden in der fadenscheinigen Welt, stabil genug, um das auf den Weg zu bringen, was in ihm bereits schmerzhaft nach Ausdruck suchte, wenn nur die Dinge lange genug stillhielten, daß er es spielen konnte. Wieder sah er den Rand der Welt sich erheben und schlug ihn zurück, sein »Nicht jetzt« wiederholend. Weitere Entwicklung ist hier gefragt, motivisches Durcharbeiten, ein umfassenderes Sammeln der Besonderheiten des Stückes und meiner eigenen.

Gegen Ende der Sommertournee, als es mit der Musik besonders gut klappte, pflegte der Bär diese Welt ansatzweise zu verlassen: Die Dinge lösten sich aus ihrer Verankerung, sein Herz öffnete sich, und er begann, sich in Ekstase oder Vision hinein zu verflüchtigen, während die immaterielle Luft höherer Welten durch den Schleier am Eingang seines Herzens drang: So sehr ihm dies gefiel, wandte er sich doch zugunsten der notwendigen Konzentration auf die Musik davon ab und auch, weil ihm solche ekstatischen Schwelgereien allzu süßlich und somit suspekt erschienen. Auch wegen seiner Liebe zu Iris hatte er sich abgewandt, denn wenn er seine Verbindung zur gestaltlichen Welt einbüßte, würde er ja in gewissem Sinne auch sie verlieren. Jetzt, wo er sie verloren hatte, fühlte er dennoch auf gleiche Weise. Sie bedeutete ihm mehr als jedes Saxophonsolo und jeder visionäre Flug auf den provisorischen Schwingen des Augenblicks. Also blieb er fest in seiner Weigerung davonzufliegen. Er wollte sich an diese Noten halten, nach wie vor wollte er sich den Einzelheiten widmen.

Er holte den nächsten Chorus in blendenden, überkreuz akzentuierten Sechzehnteln aus den Tiefen seines Saxophons – die Pfoten arbeiteten schnell und bombensicher, die Zunge setzte komplexe Akzente, der Atem schien unerschöpflich – und ging in eine Reprise der von Trane fast in Dreiklängen komponierten Melodie über, rieb sich aber an deren Beschränkungen, ganz wie Trane selbst es getan hatte in jenen lähmenden Nächten, da der Durchbruch nicht gelingen wollte. Das ist es, was es zu spielen gibt, sagte er sich. Bleib dabei. Halte dich an das Bekannte. Schau, was es abwirft.

Andererseits, fiel ihm ein, warum erfordert es soviel Mühe, die Unendlichkeit auf Distanz zu halten? Und warum soll ich diese Mühe auf mich nehmen? Wann hätte ich denn je durch Sterben etwas verloren?

Der Bär kam über diesem Dilemma kurzzeitig ins Stolpern, aber der alerte Bobby Hatwell, der sein Zögern mitten im Chorus bemerkte, streute gleich eine Handvoll von forschenden Noten über die Tastatur. Der Bär nickte: Ja, gute Frage. Wer bin ich eigentlich?

Er begutachtete die chromatischen Möglichkeiten, die er aufgereiht hatte – Blitzanalyse eines hörbaren Regenbogens, Auseinandersetzung intelligibler Lichter –, als würden sie eine Spur freilegen, und ihm schien, daß sein Solo bei allem Abwechslungsreichtum nur ein geistig beschränktes, halb hysterisches Hin- und Herlaufen auf der Tastatur der bekannten Ideen war, von der Hoffnung getragen, daß irgendeine bisher unbekannte gesalbte Kombination des Bekannten ihm den Befreiungsschlag bescheren würde. Dies war aber wohl weder wesentlich noch sehr wahrscheinlich. Der Bär wollte das, was er immer gewollt hatte: Musik, die Leben und Tod zum Frühstück verspeiste und Zeit und Raum wie den morgendlichen Kaffee trank. In seiner Jugend war ihm das nicht weiter schwierig vorgekommen, er war letzten Endes jedoch nie gut genug gewesen, und jetzt war er halt älter geworden und hatte zu viele empirische Einzelheiten erlebt. Er hatte den Glauben hinter sich gelassen, daß der transzendente Sinn seines Lebens – angenommen, es hätte noch einen, was er nach dem Verlust von Iris offengestanden bezweifelte – ihm je offenbart würde, noch sich so ohne weiteres erfüllen ließe; und als Kompensation für diese nicht erlangte Erfüllung waren Visionen und Ekstasen auf ihre Art zwar recht unterhaltsam, aber natürlich ohne jede tiefere Bedeutung. Nach so viel wechselvollem Leben waren Visionen nur ein weiteres Stück Exil. Was war unter diesen Voraussetzungen von der Musik zu erhoffen?

Der Bär hörte zu.

Die zurückliegende, jetzige und womöglich zukünftige Gestalt seines Solos war ihm machtvoll gegenwärtig – als dramatische Struktur, als reine Form, die sich im Äther der Zeit ausdrückte, als eine von seinem eigenen innersten Drängen geformte Gestalt, der selbst die Musik nur plumpes Fleisch war: Eines Tages vielleicht, wenn nicht heute, würde er solch ein Solo richtig spielen können.

War das noch immer möglich?

Er spürte, wie sein harmonischer Schwerpunkt sich allmählich verlagerte, fast unmerklich aufwärts, den letzten vier Takten der

Komposition entgegen, dem Gelobten Land des B♭-Dur – Trane freilich hatte die Mittel, das Ziel dieser Reise zu erreichen, die Anforderungen der Musik zu erfüllen und unterwegs alle Bedeutungen zu durchleben –, einem Nadelöhr, das zu schmal war, einen sprechenden Bären hindurchzulassen. Aber bedenke, wenn du alles in die Musik hineinlegst, was du hast, ungeachtet deiner persönlichen Farce oder der Beschränkungen dieses Abends, wer weiß denn, was alles plötzlich auftauchen und mit auf die Fahrt gehen könnte? Dies könnte die Nacht der Nächte sein, und wenn nicht, na und? Der erste Schritt ist so gut wie der letzte, und das Ende wird irgendwann kommen. Also was zum Dingsda, versuchen wir's.

Eine Bö von Tönen löste sich von ihm und wirbelte in die Luft, erzielte dabei, trotz des unvermindert rasenden Tempos, durchaus eine gewisse lyrische Qualität. Diese flatternden, fächelnden Arpeggios – wann hatte er je so schnell und doch so artikuliert gespielt? Es war, als beobachtete man einen Vogel, wie er seine Flügel ausbreitet und streckt, jede einzelne Feder entlang des beschriebenen Bogens hervorhebend, und er dachte, einigermaßen überrascht und vielleicht nicht persönlich gemeint: Wie schön du bist. Frische Luft flog ihn an – Gartendüfte, heimatlicher Hauch –, als würde der Augenblick tatsächlich eine Gelegenheit für ihn bergen, dem endlosen Irrgarten der Sorge zu entkommen, der sein Solo war, sein Leben, sein Platz auf der Welt, sein Liebesversuch und all der übrige wohlbekannte Überdruß, ihm also zu entkommen ins Freie, in die Klarheit, in neuerliches Erstrahlen.

Tatsächlich?

Wenn es möglich war, wollte er ihn finden, den Weg hinauf oder hinaus.

Hebe mich hinauf in die Musik, durch die alles verändert wird.

Und siehe da: Ganz als hätten sie ein jeder seine Gedanken gelesen, drückte Garrett seinen Anschlag vor den Beat, erhöhte Linton, dem zu genügen, die Intensität und begann Rahim, als er hörte, daß der Augenblick Gestalt annahm, mächtige zweihändige Blockakkorde herauszuhauen, ohne Rücksicht auf die Schmerzen, die ihm das bereitete.

Fast sofort fühlte der Bär etwas Größeres sich herabbegeben, die Zügel zu ergreifen. Jetzt geht's los, dachte er, aber als er durch

Noten aufstieg wie durch Welten, durch Welten wie durch Noten, und eine Version seiner selbst nach der anderen ablegte, während die Luft feiner und das Licht reiner wurde, da fand er eine fundamentale Aufhebung von Fleisch und Zeit weder angeboten, noch wußte er, wie er sie selbst vollbringen sollte. Obwohl B♭-Dur die transzendenten Bedeutungen annahm, die Trane ihm zugedacht hatte, war der Bär noch immer in der Marionette gefangen, dem billigen Pelz und den glasigen Augen, dem elementaren Unvermögen verhaftet.

Er spielte einen Chorus aufwärts arpeggierender Dur- und Moll-Dreiklänge, dicht gehäuft, und zu seiner Überraschung erschien vor ihm in der Luft, fast kinohaft, eine Version der Welt: ein gleichmäßiges Strickmuster von Feldern, abwechselnd grün und graubraun, eingekreist von Wäldern unter einem von Wolken durchsetzten Sonnenhimmel, und er begriff, daß es in seiner Verantwortung lag, diesen Ort zu beschützen, aber, na ja, er hatte sich in dieser Richtung bisher kaum betätigt, es war ihm nicht so wichtig gewesen, wie es hätte sein sollen. Und indem er durch das Bild hindurch auf die Leute blickte, die an ihren Nachtclubtischen saßen, als wären diese ihr Daseinsposten im großen Weltganzen, markiert durch je eine Kerzenflamme, wußte er, daß er auch ihnen nicht Gerechtigkeit hatte widerfahren lassen, und der Bär war verwundert über die Intensität der Liebe, die er plötzlich für sie empfand, für sie und für jeden profanen Faden, aus dem ihre abgetragene sterbliche Hülle gesponnen war. Gern hätte er bessere Töne für sie gespielt oder auch eine noch verblüffendere Instanz des Unerklärlichen vorgestellt, nicht für irgendeine spezielle Person, sondern, nun ja, für die Liebe.

Der Bär bemerkte, daß er einen klassisch strukturierten Blueschorus spielte, und hörte, wie die Band dankbar mit einstimmte: cool. Er spielte einen weiteren: sogar noch cooler. Und hätte noch einen dritten spielen können, solch eine Musik der Feier und des Bedauerns war es. Komm schon, Bär, gesteh es ein: Du kannst es verschleiern und verkleiden, wie du willst, aber wann immer wir etwas richtig ernsthaft tun, tun wir es um der Liebe willen, obwohl, ist schon wahr, sobald du das Wort aussprichst, läufst du Gefahr, sie zu verlieren. Die Dinge zerbrechen in diesen Breiten so leicht.

So viel sage: Iris.

Sag auch: vorbei.

Das war, was in deinem Leben wichtig war, und du hast es verbockt.

Er blickte über die Schulter zu Hatwell, aber der Pianist blickte nicht zurück. Sein Gesicht, offenbar vor Schmerz ganz grau und schweißnaß, war über die Tasten gebeugt, und was aus ihnen herausdrang, das waren leere Quinten, so kahl, so karg, in Oktaven: er macht schlapp: auch er ist am Ende, und noch so jung. Warum gehen wir nur so töricht mit uns selbst um?

Der Bär hätte gern eine angemessene Antwort gespielt, aber er war ja ein Spezialist für Irrtum und Bedauern. Er war ein Splitter im Auge der Welt. Durch ihn hindurch war nichts zu sehen. Und er wollte einfach nicht aus dem Weg gehen.

Er begann seinen nächsten Chorus in größerer Distanz zu den Wechseln, verwirrte die Lage mit Akkordersetzungen und gelegentlichen unverhohlenen Absonderlichkeiten, schloß aber auf einem wohlgesetzten, volltönenden, strahlenden G ab: stellte es aus, als wäre es sein voller Ernst: klang gar nicht übel: er hielt den Ton, die Rhythmusgruppe, Helden der Wahrnehmung wie eh und je, stand dahinter wie eine Eins, und es gab sogar Beifall, obwohl der Bär genau wußte, daß das noch nicht das Wahre war.

Um so überraschender, daß dies der Moment war, da sich alles zu verändern begann. Er hätte nicht zu sagen vermocht, ob es an der komplexen Freude der Musik lag, am schlichten Kummer seines Lebens oder an der Spannung zwischen beiden, jedenfalls zerbrach endlich sein Herz, und durch den entstandenen Spalt strömte etwas, was größer war als er.

Der Bär konnte sich, während er spielte, nicht gegen den Anblick wehren:

Sowohl im Nachtclub als auch in der darüberprojizierten pastoralen Welt sah er alles in der Ordnung der Dinge Befangene, alle Materie und alle lebenden Wesen, sich aus den Ketten der Umstände befreien; schaute, wie das Prinzip der Körperlichkeit seine Gefäße erschöpfte, sah Noten versagen, Worte versagen, Augensinn, Ohren und Pfoten versagen. Sah alles, was er je gesehen oder berührt oder gedacht oder geliebt oder geschmeckt, vor sich erlöschen, aufwärts strömen in die Musik, aus der ihre Töne zu allererst Gestalt angenommen, zurückarpeggieren also ins Licht ihres Ursprungs, bis sie sich im nämlichen Schimmer verloren, durch den sie das Theater des Daseins betreten. Er sah den tremolierenden Regenbogen, die Iris *tremoureux*, deren Feinheit den Übergang zwischen den Welten erleichterte. Er versuchte die Musik zu spielen, aus der alle Dinge geschaffen und zurückgenommen sind, aber die Töne befanden sich nicht im Saxophon.

Kurz sah er Tranes unvergessenes Gesicht: mein Freund.

Nun ja, natürlich: Wer sonst sollte hier bei mir sein?

Obwohl es ehrlich gesagt schwer war, unter diesen Bedingungen zu spielen, denn was vor seinen Augen der Welt geschah, das geschah auch ihm. Womit man sich doch immer herumschlagen muß, wenn man nichts anderes will, als ein bißchen Jazz auf der vertrauten Lichtkurve in E♭ zu spielen, bitte sehr. Das war nicht fair. Siehe: alle denkbaren Töne der Welt versuchen auf mich einzustürmen, um gespielt zu werden: alle Tonarten, alle Rhythmen, alle Klänge schreien nach unmöglicher Gleichzeitigkeit und nach dem Tod aller Umstände. Seht doch, mußte er ihnen sagen, ich stecke mitten in einem Chorus vor New Yorker Publikum, begleitet von einer Handvoll Kids, auf die ich ständig aufpassen muß: Die glauben schon jetzt, daß ich es zu weit treibe, und dann überlegt mal, was ihr von mir verlangt. Was soll ich eurer Ansicht nach sagen? Ja ja ja, heilig heilig heilig? Ist nicht sehr New Yorkerisch. Ziemlich geschmacklos.

Das war der letzte Ironieversuch des Bären; er wurde von der Musik hinweggeblasen, deren Tempo noch zunahm, und die Gewalt seiner eigenen Ideen riß ihn in unvorhergesehene Regionen. Er sah die kostbare geometrische Anordnung seiner Geistes- und Körperfunktionen, die wohlaufgerasterte, von Wellen erhabeneren Lichts ausradierte Signatur seines zeitlosen Selbst, dessen Gefäß zerplatzte. Als der Bär an die Grenzen seiner eigenen transzendenten Kontur raste, konnte er Einzelheiten unterscheiden – Gärten, Geometrien, geometrische Gärten, feinen Staub und Sternbesonderheiten, alle Reduktionen des Lebens auf Lebendes –, die ihrer Aufhebung und Umarmung entgegeneilten und deren Eintagsfliegenkonstruktionen hinweggefegt wurden, denn unter diesen Umständen war selbst metaphysisches Fleisch nur Gras.

Er spürte, wie der wohlbekannte flatternde Schleier am Eingang seines Herzens einer gewaltigeren Pfote nachgab, die ihn aufhob wie ein Stück Seidenpapier.

Ich kann nicht glauben, was hier gesch...

Die ganze Welt verschwand. Genauer gesagt: Alle Welten verschwanden.

Der Bär löste sich auf wie ein billiger Anzug. Einst hatte ihn dieser Stoff so fein gesponnen gedünkt.

Nicht nur jenseits von Zeit und Raum, nein, auch aller Individuation enthoben.

Vollständiger Bruch.

Ungeachtet all seiner närrischen Anstrengungen war er nicht mehr da.

Sterbe ich gerade? Bin ich schon gestorben? Erschossen worden? Nun guck dir das an.

Diese Sonne. Diese Meere von Licht – endlose Ozeane des unbedingten Seins, wahrgenommen als Feuer. Dieser zurückweichende Himmelsstoff – im Zentrum eine einzige unfaßbare Sonne. Leben ohne Begrenzung. Reines Sein, befreit von allen Einschränkungen. Wenn du stehst, wo ich stehe, wirst du sehen, was ich bin. Kleiner. Little One.

Das Licht und die Wärme fühlen sich so *gut* an. Welch eine Erleichterung.

Diese Sonne. Etwas auch nur annähernd so Großzügiges hatte der Bär noch nie erblickt oder sich auch nur vorzustellen vermocht. Man konnte nicht sagen, daß die Sonne der Ursprung dieses Augenblicks war, denn da alles jenseits von Dualität existierte, war jede sondernde Zuordnung unmöglich. Oder daß es das Sonnenlicht war, das diese Meere in endlosen Reihen wie die Falten eines Theatervorhangs auf den Himmel gestreut hatte. Und doch erschien es so. So wie Millionen von Welten in diesen Meeren unablässig entstanden und vergingen, so schienen diese aufeinanderfolgenden unersteigbaren Lichtgestade in jener zentralen Sonne enthalten zu sein. Großer Gott, begriff er, dies war eine Darstellung, in konventionalisierter Form. Man bot ihm ein Schauspiel.

Das war's, was er in all den Jahren gesucht hatte, ein Zimmer nach dem anderen hatte er im weitläufigen Haus seiner selbst durchforscht, immer auf ein Fenster oder einen Ausgang hoffend, immer bemüht, durch den Schleier jeder angetroffenen Gestalt hindurchzusehen. Aber er hatte selbst nie existiert, und es hatte nie etwas gegeben außer diesem. Wo war dieser Cartoon-Bär? Entschwunden im Niegewesen, verschlungen von dem, das keine Hand je berührt, kein Auge gesehen, kein Ohr vernommen, keine Zunge gesprochen, kein Verstand erfaßt, kein Herz umgriffen hatte – dessen Bild ungezeichnet blieb von Liebe oder Hoffnung: Der Bär war heimgekommen.

Wer hätte sich ausmalen können, wie groß die Freude ist, wenn man der Farce enthoben ist, ein Jemand sein zu müssen? Wer auch hätte sich ein Leben erträumen können, das von der Enge der Dinge und allen begrifflichen Eingrenzungen befreit ist? Endlos anbrandende Meere von Licht, Raum ohne Spuren von Beengtheit, Zeit nicht einmal ein Rascheln. Wenn es möglich gewesen wäre zu lachen, er hätte gelacht – er lachte – und das Lachen verströmte sich freigebig in die Meere, jene Fugen der Rezirkulation und Umschlingung.

Noten waren nichts. Jede Note war unendlich. Es paßte alles perfekt zusammen.

Hätte der Bär noch existiert, er hätte über alle Maßen des von der Liebe Trunkenseins und des im Lichte Ertrinkens gelacht. Hätte der Bär je existiert, er hätte sich in diese Meere geworfen und seinen Schwimmzug darin erprobt. Wäre er nicht selbst identisch gewesen mit diesen Meeren. Es war so einfach, daß es unbegreiflich war, wie er dies in all den bornierten bärförmigen Jahren hatte übersehen können. Dies war die Grundtatsache des Lebens, und er war glatt daran vorbeispaziert. Wie das? Wie hatte sich seine Pfotte so schmerzhaft in einer so illusorischen Falle verfangen können?

Ein Trommelwirbel brach hinter ihm aus, und ein Crash-Becken verbrannte den Himmel.

Was?

Als die Welt wiederkehrte und er sich auf der Bühne eines New Yorker Nachtclubs wiederfand, eine viertaktige Phrase auf dem Grundton abschließend, die er vor einer Ewigkeit, will sagen vor einem Augenblick, begonnen zu haben meinte, da hatte er beim besten Willen nicht das Gefühl, daß sich der Stand der Dinge wesentlich unterschied von dem in jenem unglaublich dichten Himmel. Es ist alles hier. War's und wird es sein. Zum Kaputtlachen.

Da es nicht seine Aufgabe war zu lachen, spielte er weiter: eine Reihe von Chorussen, die nicht sehr viel mit den Akkordfolgen zu tun hatten, aber auch nicht willkürlich von ihnen absahen: Sie verfolgten ihre legitimen Anliegen nach Gesetzen, die sie ad hoc einbrachten, aus purem Vergnügen an der Erfindung – und war es nicht interessant zu hören, wie die Rhythmusgruppenjungs darauf reagierten, ein jeder nach seiner Art und den Erkenntnismöglichkeiten des Augenblicks? Isses nich wie im Leben?

Wie lange sollte ich noch spielen, fragte er sich.

So lange ich will, war die Antwort.

Was komisch war, denn wenn man zurück in die Welt und damit in sich selbst fiel, voll unkritischer Liebe und wohliger Gefühle, war alles genauso wie vorher und gleichzeitig grundlegend umgewandelt. Es war zum Lachen. Er war derart unter Strom, daß ihm nichts weiter zu spielen einfiel als ein wiederholter hoher zerrissener und glücklicher Schrei, nicht ganz im obersten Bereich des Saxophons – wie um zu sagen: DU! DU! DU! oder HA! HA! HA! oder vielleicht anzudeuten, daß im Vergleich zu unendlichem Sein eine Note so gut sei wie eine Million davon, also spielen wir doch eine richtig gute und belassen es dabei. Musiker: ein schöner, aber schwerer Beruf; es bleibt immer etwas Unvollkommenes.

Nach zwei rekapitulierenden, ziemlich swingenden B♭-Moll-Blues-Chorussen spielte er einen dritten, der die Melodie in Hochglanz tauchte, dann trat er vom Mikrophon zurück und setzte sein Saxophon ab.

Puh, das war aber lang. Ich fühl mich gut. Sind alle glücklich und zufrieden?

Schöner heftiger Beifall, das, ein paar nette Menschen springen auf, einige rufen und wollen gar nicht wieder aufhören. Was die wohl gehört haben? Keine Ahnung, aber vielleicht war es ja gut gewesen.

Er drehte sich und wandte seine aufgefrischte Wertschätzung der Band zu: Alle drei waren sie über ihre Instrumente gebeugt. Bostic entstieg gerade dem Trommel-und-Becken-Feuerwerk, das dem Solo des Bären den Rücken gedeckt hatte; die Becken waren immer noch so laut, daß man nichts anderes hören konnte. Es sah aus, als hätte Bobby Hatwell ein Solo begonnen, aber es war nicht genau zu erkennen. Alle waren schweißgebadet, und Garrett war in einer so innigen Umarmung mit seinem Instrument begriffen, daß der Bär nicht erkennen konnte, was für ein Ausdruck auf Garretts Gesicht lag. Jedenfalls erklärte Bostic sich schließlich zum Rückzug bereit, und während er in den Takt zurückfiel, blickte er den Bären über seine Istanbuls hinweg an – er verwendete jetzt größere Becken, mit einem dunkleren Timbre als die hohen, hellen Dinger, die er während der Tournee benutzt hatte. Sie gaben dem Bären den mehr ins Dämmrig-Bronzene spielenden Ton, den er sich wünschte. Was für scharfe Ohren Linton doch besitzt, daß er das gewußt hat; muß dran denken, mich bei ihm zu bedanken. Er scheint sich wirklich sehr anzustrengen und sieht irgendwie müde aus, aber trotzdem ist er noch ziemlich wachsam und reaktionsschnell. Ziemlich verspannt um den Mund herum allerdings, und schwitzt wie Sau.

Und was macht Bobby Hatwell, jetzt wo ich ihn hören kann?

Der Bär lauschte dem Beginn seines Solos, hörte die gegeneinander ziehenden Rhythmen innerhalb der Phrasierung – die Musik glättete sich ein wenig, wurde schlanker, effizienter, ökonomischer im Vergleich zum Solo des Bären, und für einen Moment befiel ihn ein seltsames, halluzinatorisches Gefühl der Beschämung angesichts der Unordnung, die er während seines Spiels in einer letzten Endes doch weiseren Welt gestiftet hatte –, hörte Garretts biegsamen Beat von Einfall zu Einfall entlang der Klavierlinie und unterhalb von Lintons leichtfüßigem Beckentakt einherlaufen, und, den kuriosen Anfall von Beschämung mal außen vor gelassen, die Musik rührte ihn. Soll heißen: Der Bär rührte sich. Ein kleines Monk-artiges, gegenakzentuiertes Stolpern nach links, ein offenkundiges Schleudern des Arms in eine interessante kleine Lücke zwischen den Taktschlägen, eine vergnügte Drehung des Körpers auf den Bühnenbrettern und, na ja, überhaupt so...

Er brauchte länger als das Publikum, um zu erkennen, was er da tat, brauchte eine ausgedehnte Minute, während Hatwells Chorus sich zur Andeutung eines Höhepunkts erhob, dann aber in seinen langen geschmeidigen Schritt zurückfiel, bis er begriff, daß er etwas tat, von dem er geschworen hätte, daß es ihm, vor Publikum wohlgemerkt, auf dieser Welt, oder auch jeder anderen, nicht mehr unterkommen würde: ein Schwingen der Hüfte, ein Senken der Schulter, das Gefühl der Bretter unter den Füßen, das Glück des Holzes. Es war schwer zu glauben, aber die Sache gefiel ihm. Er mußte sich eingestehen, daß es höchst angenehm war, ganz unkompliziert und sogar unabwendbar schien. Es gab schätzungsweise fünfhundert Gründe, die dagegen sprachen, aber er unterwarf sich, sein elementares Wesen, keinem von ihnen. Die Regeln waren hinweggefegt.

Der Bär tat das, wozu er Lust hatte.

Er tanzte.

Hinterher im Aufenthaltsraum hatte der Bär ein kleines gesellschaftliches Problem: Er konnte nicht aufhören zu lachen, und bei jedem neuen Anfall hing seine Zunge äußerst ungesittet aus dem Mundwinkel heraus, aber ach was, Scheiße, was soll ich dagegen machen? Mit meinen Manieren war es noch nie weit her. Bin immer aufgefallen. Vielleicht brauch ich einfach noch ein Bier. Unglaublich, wie ausgetrocknet ich bin, und dabei war es doch nur ein B♭-Moll-Blues.

Lachen, obwohl ich weiß, daß wenn ich bis zum Ende gegangen wäre, es keine Himmelsbilder gegeben hätte, sondern nur Licht jenseits von Form. Lachen, obwohl ich, wenn ich jene Welt ganz betreten hätte, diesen verschwindenden Unterschied zwischen ihr und dieser Welt hier nicht einmal erkennen würde. Lachen, weil dieser Abend dennoch, alles in allem, als ein guter gelten muß. Es kommt der Augenblick, da selbst ein Bär aufhören muß zu murren und Trübsal zu blasen.

Er wühlte zwischen Flaschen und Eiswasser in der verzinkten Blechwanne neben dem Sofa, das unter seinem Gewicht nachzugeben drohte. Das Bridge schien sich auf die obskursten Kleinbrauereien der Welt zu spezialisieren: Er paddelte mit der Pfote durch das Seewurfgut, bis er auf eine Flasche Buzzard Breath stieß, die er aufploppte, um einen Probeschluck zu nehmen. Und wissense was? Schmeckte gut.

Der Bär hatte momentan eine gewisse Tendenz, sich und die anderen Leute, die an ihm vorbeikamen, nicht so ganz auseinanderhalten zu können, denn diese Welt war noch so sehr von der Nichtdifferenziertheit der anderen geschwängert, daß er mitunter die einfachsten Unterscheidungen nicht machen konnte. Hat es nicht aber echt Spaß gemacht? He, Leute – dachte oder sagte er, als Bostic, oder er selbst, vorbeikam, um im Inhalt der Bierwanne zu rühren, mit einer Art kosmisch beschaulicher Bewegung, die im Detail zu entschlüsseln er im Moment zu faul war – hat es doch, oder? Er kniff die Augen zusammen, um einen klareren Überblick zu bekommen.

Rahim Bobby Hatwell saß auf einem Holzstuhl mit gerader Rückenlehne, die Hände auf seinem Gehstock abgelegt, das Gesicht grau und gleißend, während er seinen deutlichen körperlichen und vielleicht letzten Endes auch moralischen Schmerz in großen klaren Schweißtropfen reinigte. In den Tiefen eines grünen Ohrensessels versunken, hielt Garrett Church eine Flasche Bier zwischen den Knien fest, während er die Finger seiner rechten Hand an den Spitzen und Seiten mit weißem Heftpflaster beklebte: Die Streifen waren gleich wieder von frischem Blut rot. Linton hatte seine Flasche Brooklyn Brown Ale von der rechten in die linke Hand verlagert und bückte sich, um dem Bären das Zittern seiner Beckenhand zu zeigen, deren Finger sich nach innen gegen den Handteller verkrampften, während der Daumen unregelmäßiger von einer Seite zur anderen zuckte. »Dein Solo hat zwanzig verschissene Minuten gedauert«, teilt er dem Bären mit.

»Ich hab eine halbe Stunde gemessen«, knurrte Hatwell und schüttelte ein silbernes Armband an seinem Handgelenk über dem Stockgriff, »danach hat meine Uhr den Geist aufgegeben. Das nächste Mal, wenn du uns umbringen willst, nimmste 'ne Knarre, okay?« Er atmete heftig aus, sackte dann in sich zusammen. »Ich komm nach Woodstock raus, tret dir die Tür ein, läster über die Kochkünste deiner Alten und zerbrech alle deine Coltrane-Platten.«

Garrett ließ seine Pflasterrolle fallen, die über den Betonfußboden vor die Füße des Schuldigen rollte und dort umkippte. Was hab ich getan? fragte sich der Bär, die gefallene Rolle betrachtend. Meiner ganzen Umgebung Gewalt angetan, der übliche Preis dafür, daß ich überhaupt mal ein bißchen Freude habe. Ist es wirklich notwendigerweise mit so viel Schaden verbunden, eine künstlerische Aussage zu machen, die den elementaren Fragen genügt, die meine Existenz aufgeworfen hat? Bei anderen wahrscheinlich nicht. Bei mir immer. Ich bin eine Schande, ein Schmutzfleck, ein…

»Vielleicht willst du ja den nächsten Set *a capella* spielen«, schlug Hatwell vor.

Der Bär war in einer zu guten Stimmung, um einer hysterisch inquisitorischen Stimmung weiter Raum zu geben, und auch Bostic hatte zu lachen begonnen: »Oder eine Krankenversicherung für uns abschließen«, meinte er, während Garrett von seinen blutigen Fingern aufblickte und fragte, ob er bitte sein Pflasterband wiederhaben könne.

»Apropos Band.« Der Bär beugte sich vor – sein Körper schien sich dabei merkwürdig zu verlängern – und gab Garrett die Rolle zurück. »Wäre schön gewesen, wenn jemand das aufgenommen hätte.«

Da trat Jones heran. »Um ehrlich zu sein, Levine hat ein DAT direkt vom Mischpult gemacht«, sagte er und linste in die Bierwanne, als würde er dort vielleicht sein Spiegelbild finden.

»Haut das Bootleggerschwein tot«, sagte Hatwell.

»Ich würde mich mit dem Band begnügen«, sagte der Bär.

»Läßt sich machen«, versprach Jones, und beäugte eine Flasche Encantada.

»Denn irgendwann würde ich mir das gern mal anhören.« Der Bär fiel ins Sofa zurück und gestattete sich, den Überblick über die Vorgänge im einzelnen zu verlieren. Es reichte zu wissen, daß vom jetzigen bis zu dem Zeitpunkt, wo sie wieder rausgehen und einen zweiten Set auf die Beine stellen mußten, alles in Ordnung war. Balladen, beschloß er. Nichts als Balladen, und vielleicht noch einen Rausschmeißer. Er fragte sich, wie wohl das »Pursuance«-Solo auf Band klingen mochte, welche Spuren das Erlebnis, es zu spielen, hinterlassen hatte. Vielleicht gar keine.

Leute kamen vorbei, ihm die Pfote zu schütteln und »klasse Set« zu sagen. Er grinste ihnen allen zu und sagte was auch immer. Gut möglich, daß ihm wieder die Zunge raushing, aber er hatte keine Lust, das nachzuprüfen. In dieser Manier empfing der Bär einige Presseabgesandte, diverse Sympathisanten, ein paar Musiker – war alles ziemlich verschwommen – und ein schüchternes großes blondes kicherndes reizendes Patriziermädel aus Connecticut, das gleich von Linton Bostic akquiriert wurde. Garrett erhob sich, um seine große, elegante, äthiopisch aussehende Freundin Sistine zu begrüßen: Mit einer Intimität, die schockierend gewirkt hätte, wäre sie nicht von Liebe durchdrungen gewesen – die Hochzeit stand kurz bevor, und der Bär war eingeladen –, verschränkte sie ihre wellenförmige Gestalt für einen kurzen Augenblick in die eher eckigen Konturen des Bassisten. Kurzzeitig verwechselte der Bär Garrett und Sistine mit sich selbst und Iris, bis ein dumpfer Schlag von innen ihn an die Fakten draußen auf dem Lande erinnerte. Oh, warum war sie nicht hier?

Dann fiel ihm wieder ein: Garrett hatte ihn gebeten, ein Wort mit Bobby zu reden, der auf keinen seiner menschlichen Freunde hören wollte, wenn es darum ging, daß sein Todeswunsch eventuell außer Kontrolle geraten könnte. »Weißt du«, sagte er vertraulich zu dem Pianisten, der anscheinend gerade ausprobierte, wie er seine Sitzhaltung mit dem Gehstock verbessern konnte, »wenn du den wahren Gegenstand deiner Suche sehen könntest, wüßtest du, wie ungeeignet deine gegenwärtigen Mittel sind, Bob.«

Hatwell sah ihn nur an, und dem Bären war selber klar, daß seine Äußerung ziemlich zusammenhanglos dahergekommen war. Angesichts jener Himmel, jener unendlichen Meere des Seins war die Verschwommenheit dieses Zimmers hier entschuldbar, aber trotzdem … »Beim nächsten Mal sind es vielleicht deine Hände«, fügte er, auf den Gehstock deutend, hinzu.

»Vielleicht«, konzedierte Rahim.

»Tu's nicht. Es ist unter deinem Niveau. Es ist altertümlich. Es ist atavistisch. Ich kann dich in deinem spirituellen Aspekt sehen. Auf der elementaren Ebene bist du frei davon.«

»Katzen und Hunde spielen das gleiche Spiel«, sagte Hatwell, »aber nur Ratten können tanzen.«

»Das ist Blödsinn, Bob. Komm, Rahim. Das Universum liebt dich. Du hast kein Ende. Gib auf.«

»Das ist so ergreifend, ich glaub, ich kotze gleich«, sagte Hatwell.

»Vergib mir meine Einmischung. Ich hab es nicht herablassend gemeint. Du solltest mal meine Probleme sehen.«

»Tu ich.«

»Na ja, dann tun wir uns doch alle zusammen«, sagte der Bär, der das Gefühl hatte, daß die Unterhaltung nicht recht hinhaute, »und werfen die ganze Scheißlast ab.«

Jones kam mit der winzigen DAT-Kassette in der erhobenen Hand ins Zimmer und wies mit einer ruckartigen Kopfbewegung nach hinten auf den Gesandten des Music-Biz und des Pfauenthrons. Der Bär sah Badiyi an und mußte über die Glätte lachen, mit der dieser seine Windigkeit verkörperte. Er wußte, daß er den Mann zu Hackfleisch machen konnte, aber er war in einer zu guten Stimmung, auf einer zu großmütigen und erhobenen Ebene, als daß er sich momentan so weit hätte erniedrigen können. Kurz, er verhielt sich wie ein Musiker, will sagen wie ein der Schönheit verfallener Narr. Kein Wunder, daß sie uns andauernd zum Frühstück verspeisen. »Hi, sehr erfreut«, konnte er grad noch sagen, bevor er Badiyi bereitwillig und unbeschadet entkommen ließ.

Ein Stück abseits war Jones zu beobachten, wie er die rituellen Schritte des alten Woistdasgeld-Walzers mit Levine tanzte, der von einer nervösen Inspektionstour durch den Saal zurückgekehrt war, um zu sehen, was hinter den Kulissen anlag. Jones sah den Bären an und machte eine Autofahren-Geste, was wohl besagen sollte, daß nicht genug Geld in der Kasse war. Na und? Die Welt war von einem weit größeren Accord überwältigt worden, einem Akkord der Harmonie.

Der Bär hatte zwar einen zweiten Set mit Balladen ins Auge gefaßt, als jedoch die Band die Bühne wieder betrat, begleitet von vereinzeltem Klatschen, das mittendrin zu einem Beifallssturm anschwoll, als die nichtzahlenden Gäste daran zurückdachten, was ihnen im vorherigen Set geboten worden war, und sich nun auf mehr davon spitzten, da sagte der Bär »Reincarnation of a Lovebird« an, und sie spielten es über eine halbe Stunde lang – der Bär nahm sich drei Soli, Hatwell zwei, Garrett ein sehr lyrisches und langes, und der Saal hörte relativ mucksmäuschenstill zu; Lintons Besen sorgten für die Schattierungen, die Soli glitten ineinander wie die Szenen eines Traums, und der Bär dachte die ganze Zeit: Wir gehen voll und ganz in dieser Musik auf, und es ist die beste, die wir jemals gemacht haben, die allerbeste, die besteallerje. Innerhalb der Band flogen Blicke hin und her, Nichtblicke, Insidergrinsen, einverständiges Nicken. Sogar einige Leute im Saal wußten, was los war.

Er war nach dem Set immer noch am Grinsen, als Jones in Begleitung von Sybil Bailey den Aufenthaltsraum betrat. Der Bär fand, daß sie zusammen großartig aussahen, die Luft zwischen ihnen harmonisch ausgefüllt mit einem Stoff, den man wohl doch als Liebe bezeichnen konnte: Auf jeden Fall konnte er einen erfreulichen Austausch von Ionen darin erkennen. Der Bär lächelte ihnen zu. »Hallo, junge Liebende«, sagte er, »wo immer ihr seid.«

»Spielt ihr noch einen dritten Set?« fragte Jones. »Einen kurzen? Was auch immer. Wir haben uns gedacht, daß du die Band für hinterher mit zu uns einladen könntest, Sybil hat ein paar Flaschen guten Champagner gekauft, wir haben ein bißchen Kaviar, der von einem Lastwagen runtergefallen ist, und dann können wir drei noch eine späte Mahlzeit einnehmen, die wir im Ofen aufwärmen können, und du kannst bis morgen abend durchschlafen. Du bist wohl ziemlich erledigt, was?« Jones legte den Arm um Sybils Schulter und grinste, während sie sich – eine winzige Bewegung nur, aber spontan – näher an ihn schmiegte.

»Eigentlich«, sagte der Bär, mit noch breiterem Grinsen jetzt. »Eigentlich...«

3

Der Bär rieb sich mit der flachen Pfote erneut über den Kopf.

»Es ist weg«, versicherte Jones ihm. »Du bist sauber. Hör schon auf.«

Als sie aus dem Nachtclub gekommen waren, hatte eine Möwe, die sich im Licht über der Brücke vom Aufwind treiben ließ, dem Bären volle Kanne mitten auf den Kopf geschissen, und obwohl er sich in Jones' und Sybils Wohnung gründlich gewaschen hatte, blieb das Gefühl einer elementaren Befleckung bestehen. Dieses Gefühl verband sich für ihn aus irgendeinem Grunde mit den ausbleibenden Tantiemen von Badiyi und mit der Tatsache, daß er keine Gage für den Gig erhalten und statt dessen nun dieses Auto am Hals hatte. »Wie läuft es denn?« fragte der Bär.

»Schön sanft und glatt.«

»Gute Straßenlage?«

»Doch, doch.« Jones tätschelte anerkennend das Lenkrad.

Das Licht huschte, durch Baumschattenbalken rhythmisiert, über sie hinweg, und ihre Augen brauchten eine Weile, sich an die abrupten Wechsel der Beleuchtung zu gewöhnen, da sie beide in der vergangenen Nacht nicht geschlafen hatten. Frühmorgendliches Licht stieg im Osten auf, während sie auf der Schnellstraße nach Norden zogen. Eine rauhe rote Felswand erhob sich zu ihrer Rechten, um ihnen zur Erholung ein Stück ununterbrochenen Schatten zu gewähren.

»Ich weiß das echt zu schätzen, Jones.«

»Kein Thema.«

»Geht's dir einigermaßen?«

»Ich nicke nur ab und zu am Steuer ein. Sing mir was vor oder so. Halt mich wach.«

»Ich muß sie wirklich unbedingt sehen.«

»Nicht nur den Text aufsagen. Summ ein paar Takte.«

Der Bär schaltete das Radio an und drehte am Senderknopf, bis die Liebe sich dem elektrischen Triumph in D-Dur entgegenzukämpfen begann.

Er mochte sie wohl unbedingt sehen müssen, aber seine Augen waren an diesem Morgen ein wenig müde. Er hätte sich nach dem späten Abendessen bei Sybil aufs Ohr hauen sollen, aber die in der Nacht freigesetzten Energien waren noch immer in ihm zugange gewesen – hatte er wirklich diese ganze Musik gespielt? Jones war mit aufgeblieben, sie hatten gewitzelt und Geschichten erzählt, und bevor sie sich's versehen hatten, dämmerte es erst grau, dann blau, dann loderte die Sonne hinter den Häusern auf, und sie machten sich auf den Weg. Was denn, hatte er wirklich all diese Musik gespielt? Das war das Komische daran: Die Erfahrung der Unendlichkeit konnte er ohne Probleme in sich aufnehmen, doch daß er jenes Solo in dem Coltrane-Stück gespielt hatte, das zu glauben fiel ihm schwer – eines Tages würde er sich das DAT anhören und sehen, ob es was taugte. »Reincarnation of a Lovebird« war auch nicht übel gewesen. Er hatte sich nie imstande gesehen, für diese Art von Spiel eine musikalische Hoffnung groß oder weit genug zu formulieren. Konnte es sein, daß er es wirklich gebracht hatte? Vielleicht war er immer noch glückstrunken und konnte deshalb nicht klar sehen. Was Unendlichkeit betraf, Ewigkeit, Meere unbedingten Seins: ja, Gott, sicher, klar. Was gäbe es hier auch sonst zu sehen? Das Leuchten war immer noch da, und er wollte es mit aufs Land nehmen, solange es noch frisch war und vielleicht sogar kommunizierbar. Empfand er wirklich unbegrenzte Liebe für alles, was atmete, und sogar auch für alles andere? Ja, es schien so.

»Weißt du, es wäre leichter gewesen, den Transporter zu nehmen«, sagte Jones.

»Ja, aber ich wollte ihr mein neues Auto zeigen.« Der Bär wußte, daß selbst das schon töricht klang, und er schämte sich, sein eigentliches, noch alberneres Motiv einzugestehen, traute sich nicht zu sagen, daß der Name Accord ihm ein bedeutungsschwangeres Hoffnungszeichen war, ein Omen – gute Güte, war das sein Ernst? –, eine Art selbstlaufendes Gebet. Accord! sang er absurderweise sich selbst und über die Entfernung hinweg auch Iris zu. Harmonische Auflösung! Vollständige Kadenz! Es war eine so lange Akkordfolge. Sicherlich benahm er sich wie ein Idiot. Aber es lag so viel Hoffnung in der Welt, in dem Wort, in diesem barmherzigen, sieh nur, Licht. Iris! Accord! Idiot! Was ist schon ein Bär, daß Iris sich um ihn bekümmern sollte?

Ja, befand er, vielleicht ein bißchen euphorieschwummrig, vielleicht ein bißchen bescheuert. Es handelt sich um einen Markennamen, nicht um ein Omen. Aber es scheint solch ein großzügiger Morgen zu sein, solch ein vielversprechender Tag.

Trotzdem, wie doch ganz anders die Fahrt hin als die Fahrt weg. In die Stadt zu kommen mit trüben Gedanken, der Sorge um die Musik und die Möglichkeit einer Verhaftung. Zurückzufahren mit dem Nachglühen der Vision, das Herz um ein paar weitere Oktaven geweitet: Platz genug für Iris und jedwede Anzahl schwieriger Töchter. Platz genug für alles, um in einem großen Rad hindurchzurollen. Wie der Himmel, den er gesehen hatte. Wie der Himmel, der er gewesen war.

»*May you be an old man*«, begann der Bär zu singen. »*May you be as tall as I am...*«

»Was ist das?« fragte Jones.

»Etwas, das ich geträumt hab.«

»Recht niedlich. Nicht das, was man von dir kennt.«

»Na ja, weißt du...«, sagte der Bär und erzählte Jones den Traum, in dem er das Lied gehört hatte.

»Was für ein schöner Traum«, sagte Jones, und der Bär sah über die Sitze hinweg seine sich abstrampelnde Mitkreatur an.

»Jones Jones Jones«, sagte er.

»Bär Bär Bär«, antwortete Jones.

»Schön, dich wiederzusehen.«

»Gleichfalls, Baby.«

Zwischen ihnen stimmte es also. Diese Lebenskiste blieb irgendwie kompliziert, wie freundlich die übergreifenden Himmel auch sein mochten.

Also, sagte er zu dem momentan über ihnen schwebenden Blaustreifen, beugte sich vor und sah durch die Windschutzscheibe, daß die wieder ein paar Grade höher stehende Sonne im Osten ihn mit Farben aufhellte, die kein Winterlicht mehr waren, aber auch noch kein Frühlingslicht, also, du solltest dich öfter mal so zeigen, wie du eigentlich bist. Würde es der überwölbenden Ordnung der Dinge schaden, wenn du uns dummen Scheißern hier unten deine wahre Natur ein bißchen regelmäßiger vorführtest? Das würde sich hier in Schlammhausen ungeheuer segensreich auswirken, würde den Krieg- und Abschlachten-Scheiß eindämmen und allgemein mit Wahnvorstellungen aufräumen. Wem würde es denn schaden, wenn der Plebs plötzlich durch die Gegend tappte und sich fragte, wen er als erstes lieben sollte? Ich weiß, daß du die schlüssigeren Argumente hast und alles, aber vielleicht könntest du trotzdem einmal meinen Vorschlag bedenken. Weil, es tut echt weh hier unten, sogar in Friedenszeiten.

»Wie fandest du die Jungs gestern abend?« fiel ihm ein zu fragen.

»Sie waren cool, aber du hast sie ganz schön fertiggemacht.«

»Mitunter muß man diesen jungen Frechdachsen auch mal zeigen, wo der eine oder andere Hammer hängt. Wie fandst du das Solo im Coltrane-Stück?«

»Ganz schön schwungvoll. Vielleicht ein bißchen abgedreht.«

»Abgedreht«, sagte der Bär lachend. »Das ist gut. Genau das war's, wahrhaftig. Weit weit abgedreht. Und die Kids werden sich dran gewöhnen müssen.«

Ein paar Meilen weiter ließen sich erstmals die Berge sehen, und das Licht von oben wurde heller.

Als sie sich Woodstock näherten, wies der Bär Jones an, sich nicht um die Abkürzung am Bach entlang zu kümmern, sondern geradeaus durch die Stadt zu fahren.

»Biste in Provozierstimmung?« fragte Jones.

»Nee. Es ist frühmorgens, sind nicht viele Leute unterwegs.«

Die Supermarkt- und Tankstellenstrecke passierten sie ohne erwähnenswerte Zwischenfälle, aber als sie die Kurve durch die Boutiquenmeile und den Stadtpark nahmen, waren doch schon einige frühe Spaziergänger unterwegs, die Zeitung unterm Arm oder einen Kaffee zum Mitnehmen in der Hand, und ein paar von ihnen erblickten tatsächlich plötzlich einen Bären hinter der Windschutzscheibe. Meistens stutzten sie dann leicht, in ein oder zwei Fällen wurde auch gewinkt.

Der Bär winkte zurück: Er war nicht oft in der Stadt gewesen, war schon gar nicht so dreist gewesen, hier ein Konzert zu geben, aber irgendwie wußten die Leute, woher auch immer, daß er in der Nähe lebte – viele wußten sogar, in welchem Haus, hatte Iris gesagt, und auch, mit wem – aber anscheinend bot Woodstock den von der Natur geschaffenen Freaks denselben diskreten Mangel an Rummel wie den Rockstars und Filmleuten, und an diesem speziellen Morgen nahmen diejenigen, die ihn sahen, seine Erscheinung buchstäblich im Vorbeigehen auf: ein winziges Innehalten, mehr nicht.

Da war der Typ, der gerade das türkische Teppichgeschäft öffnete, wo Iris zwei überraschend billige Kelims erstanden hatte. Da war der Buchladen. Da war Taco Juan's – Iris hatte ein paarmal erstklassige Burritos zum Abendessen mit nach Hause gebracht.

Es war ein künstlicher kleiner Ort, doch gleichzeitig ein nettes Städtchen, und der Bär verspürte einen Anfall von Sehnsucht, dort genauso abhängen zu können wie alle anderen auch.

Als sie die Stadt verließen, wurde schließlich doch ein Typ mit wallenden Weißhäutigen-Dreadlocks vom Anblick des Bären derart auf dem falschen Fuß erwischt, daß er mit seinem Fahrrad kopfüber in den Büschen landete.

»Mein erstes Drive-by.« Der Bär vollführte eine Drehung auf seinem Sitz, um zu sehen, ob der Mann wieder auf die Beine kam. »Vielleicht krieg ich eine Reportage in der *Woodstock Times*.

Nach etwa einer Meile auf gerader, zweispuriger Strecke erreichten sie Bearsville – der Bär hatte immer noch so seine Probleme damit.

»Willst du mal hier links anhalten?« Der Bär deutete mit wedelnder Pfote auf den Vorhof des Restaurantkomplexes: das Bear Café, der Little Bear, immer noch mit rausgesteckter Zungenspitze auf dem Schild. Die Abbiegung hügelaufwärts in Richtung Haus lag gegenüber auf der rechten Seite.

»Willst du dich noch ein bißchen sammeln, bevor du deine Aufwartung machst?« fragte Jones, als der Honda auf dem Kies neben der Straße zum Halten kam.

Der Bär spähte durchs Fenster nach vorn und nickte. »Ich sehe Bewegung da drinnen. Sie haben offen.«

»Juhu«, sagte Jones.

»Die bieten da ein schönes Sonntagsfrühstück an, hat Iris mir erzählt.«

»Und?«

»Worum ich dich bitten möchte, Jones: Geh rein und gönn dir ein richtig großes, auf meine Kosten, und ich fahr das Auto zum Haus. Ich möchte sie zuerst allein sehen. Spazier später hinterher, wenn du dein Frühstück im Bauch hast. Ich möchte ein bißchen Zeit mit ihr für mich haben, sofern die Kinder es erlauben und du nichts dagegen hast.«

»Ich kann dich auch oben absetzen.«

»Ich würde ihr den Wagen gern selber zeigen.« Der Bär gab sich Mühe, die Absurdität seines Ansinnens nicht durchscheinen zu lassen. Accord.

»Traust du dir zu, ihn zu fahren?«

»Ich hab doch früher auch das Bearmobil gefahren.«

»Ein Erlebnis, das ich noch nicht vollständig verdrängt habe.« Jones saugte an seinen Zähnen. »Ein bißchen Kaffee könnte ich schon gebrauchen. Wie gut, sagtest du, ist das Frühstück hier?«

»Hätt' ich deine Zunge und Eier, ich setzt' sie ein, auf daß das Himmelsgewölbe aufbreche.«

Jones verzog das Gesicht und klackte die Fahrertür auf. »Du wirst aussteigen und herumkommen müssen, oder kannst du hier rüberrutschen, ohne den Schalthebel zu zerdeppern?«

»Rutschen.«

Jones löste seinen Sicherheitsgurt und beobachtete, wie der Bär auf den Fahrersitz glitt, ohne den Schalthebel zu zerstören. »Fahr ihn aber nicht zu Schrott«, sagte er, »sonst schulde ich Levine Geld.«

»Bis dann, Jones. Warum machen die eigentlich immer die Kupplung so klein?«

»Weil sie gedankenlose Rohlinge sind. Weil sie nicht imstande sind, eine so simple Unvorhersehbarkeit wie dich vorherzusehen. Man sollte ihnen die Leber rausfressen. Rutsch zurück, ich fahr dich.«

»Ich kann kaum … da.«

Der Bär ruckelte das Auto über die Straße und bekam auf dem Anstieg problemlos den zweiten Gang hinein. Er schrammte auf der rechten Seite gegen ein paar Zweige, korrigierte seinen Kurs und schaute in den Rückspiegel, wo Jones sich beide Hände über die Ohren hielt. Der Bär hupte zweimal und hielt sich fortan in der Mitte der Straße. Was für ein lieblicher Morgen, dachte er, während er den Bergkamm gewann und der offene Himmel sich zeigte. Er versuchte, eine Bühne der Hoffnung in der Arena seines Herzens zu errichten und ein Lied dort aufzuführen. Ein paar Strophen in einem recht wackeligen Tenor kamen zustande. Ich werde sie sehen, sie wird mich sehen, und sie wird die Veränderung spüren. Sie ist so empfindsam, daß sie es sofort aufnimmt. Sie wird erkennen, daß es mehr Raum für uns gibt als vorher. Ich werde sie nach draußen führen – der Morgen ist doch nicht zu kühl, oder? –, ihr den Accord zeigen, und dann werden wir uns unterhalten, ohne daß die Kinder mithören. Die werden mich dann irgendwann auch lieben. Wie auch nicht? Der Tenor, in dem er seine Hoffnung heraussang, klang allerdings, je näher er dem Hause kam, desto zweifelhafter.

Was ist, wenn die Kinder schon auf sind, sie aber noch nicht? Was, wenn sie gerade zusammen beim Frühstück sitzen? Was – aber das kann nicht sein –, wenn sie gerade mit irgendeinem Typen im Bett liegt? Wie soll ich vorgehen?

Ich möchte die Liebe obsiegen lassen, nicht nur um meinetwillen, sondern auch, damit das Bild dieser Welt mit dem der anderen zur Deckung kommt. Die Disharmonie ist ein Hirngespinst, ist nicht real.

Der Bär probierte diese Empfindung in seinem normalen Bariton, doch fand er nicht die richtige Tonart für diesen Stimmbereich.

Der Wagen nahm den Gipfel, machte sich an den allmählichen Abstieg, und als er sich der Straßeneinmündung näherte, präsentierte das Leben – das war mal wieder typisch – dem Bären ein Bild, auf das er nicht vorbereitet war: Das Haus, wie immer ein bißchen dunkel und groß, stand noch da, keine Sorge, aber der Volvo war in der halbkreisförmigen Auffahrt unter den wachenden Bäumen nicht zu sehen. Keiner daheim. Oder die Kinder waren da, und nur Iris war in die Stadt gefahren, die eine oder andere Leckerei einzukaufen. War er, ohne sie zu sehen, an ihr vorbeigefahren?

Der Bär brachte den Accord – harmonischer Zusammenklang? – zum Stillstand und schaute in beide Richtungen, bevor er hinüberfuhr.

Den schlimmsten Fall hab ich nicht bedacht, wurde ihm klar, und sein Mut sank ins Bodenlose: Sie hat die Gelegenheit meines Auftritts in New York genutzt, um ihre Sachen zu packen, sich ihre Töchter zu schnappen und abzuhauen, so wie sie es damals mit Herb gemacht hat.

Als er den Wagen über die Straße und dann auf die mahlenden Steine der – unheimlich kleinen – Auffahrt drängte, da wurde ihm dieses Worst-Case-Szenario zur Gewißheit. Sie ist ausgeflogen. Weg. Der Sänger floh das Scheinwerferlicht seines Herzens und stolperte von der Bühne, vielleicht um sich kompromißlos zu besaufen.

Der Bär hielt den Wagen am unteren Ende der Treppe an und fingerte am Schlüssel, um den Motor abzustellen. Ist sie für immer fort?

Beim Aussteigen bemerkte er, was er schon von der Einmündung aus hätte sehen müssen: Gemütliche Kräusel von Holzrauch pufften aus dem Schornstein hinauf in die Bäume. Obwohl der Optimismus der Anfahrt sich nicht vollständig wiedereinstellte, war seine Erleichterung darüber, daß das Worst-Case-Szenario nicht zur Aufführung kam, eine beträchtliche.

Es durfte weiter gehofft werden.

Er schaute sich um, seine alte Domäne zu begutachten, erst jetzt so richtig verblüfft darüber, daß er tatsächlich den Winter verschlafen hatte – wie drollig –, und seine Augen fielen auf die Tauben, die schüchtern und liebreizend zwischen vereinzelten Gräsern und nackter Erde hockten. Sechs Trauertauben, die graubraune Rundung der Brüste vom rosigen Sonnenschimmer aufgehellt, die zarten Köpfe wachsam aufrecht gehalten und je einen hellaquamarinen Kreis um die schwarzen Augen. Von den zwei Männchen, die er ausmachen konnte, schillerte des einen Hals purpurrot, des anderen in einem leuchtenden Hellgrün. Zwei der Weibchen pickten aufmerksam auf der nackten Erde herum – eine clevere Form der Bittstellung an ihn, oder gar ein Mittel, Nahrung vom Himmel herunterzubeschwören? Blitzartig fiel ihn die Erkenntnis an: Iris hatte sie nicht gefüttert! Sie hatte die lieben Tauben, die Tauben der Liebe, nicht gefüttert, und das machte ihn echt sauer. Ja, er wurde von einer unverhältnismäßigen, grotesken Wut gepackt und merkte kaum, wie er die Treppe hinaufgaloppierte und durch die offene Tür – steht offen! Scheiß Gören! – ins Haus platzte. Drinnen aber kam er wieder zu sich und stellte sich auf die Hinterbeine, ließ die Nüstern vibrieren, um zu schnuppern, was hier eigentlich vorging. Schwache Gerüche: Keiner zu Hause, aber sie waren noch nicht lange weg. Keine Geruchshinweise auf Siege oder sonst irgend fremde Männer. Er trat einige Schritte vor und spähte um das rustikale graue Massiv des Schornsteins herum: Frühstück steht noch auf dem Tisch: zwei halbvolle Schüsseln mit irgendwelchen Frühstücksflocken, kalter Toast und ein verlassener Becher Kaffee. Das Wrack der *Marie Celeste*. Der Bär war heimgekehrt.

Der Bär trat näher heran. Da wo Iris immer saß, am Kopfende, sah er auf dem blauen Teller den sichelförmigen Bißabdruck der Geliebten an einem Stück Weizentoast; vor den Plätzen der Kinder – wie er den nach Undankbarkeit schmeckenden Anblick liegengelassenen Essens haßte – blaue Milchschüsseln, in denen der Zersetzungsprozeß der Flocken vor den blinden Blicken gestrandeter Rosinen begonnen hatte. Er nahm ein paar rasche Berechnungen vor, leerte die eine Schüssel in die andere, krümelte den Toast noch hinein und trug das Ganze nach draußen, die schönen Tauben zu füttern, voll altruistischer Gefühle für die sanftherzigen, schüchternen Seelen.

»Guckt mal hier, Kinder«, verkündete er, indem er auf sie zumarschierte, und augenblicklich flohen sie in kreischender Panik auf die Bäume. Der Bär stand da mit seiner Bettelschüssel, einmal mehr als wandelnder Zorn und Schrecken der Erde bloßgestellt. Er streute die durchweichten Flocken und Toastkrümel auf die Erde und goß die Milch in eine Mulde auf einem flachen Stein, um sich alsdann mit der Schüssel in der Pfote auf den Rückzug zu begeben, bemüht, sich seiner Rechtschaffenheit zu versichern, was aber nicht ganz gelang. »Ich weiß, daß ihr runterkommen werdet, wenn ihr soweit seid«, sagte er über die Schulter hinweg und hatte die Stärke, sich nicht umzudrehen, um zu sehen, ob die Vögel herabflatterten.

Das war Murks, was er da machte. Er verlor die Beherrschung. Wie bescheuert kann man sein? Schön cool bleiben.

Zurück im Wohnzimmer jedoch, nahm sein Verstand zur Kenntnis, was sein Auge bereits gesehen hatte: die halboffene schwarze, eiserne Holzofentür. Schon bevor es zwischen ihm und Iris schiefzulaufen begonnen hatte, war dies ein Streitpunkt gewesen: Mit Vorliebe packte sie den Ofen voll mit Eichenholz und ließ dann, als hätte sie nicht die geringste Kenntnis von den Gesetzen der Konvektion oder den Feuerholzpreisen, ließ sie also – es war kaum zu glauben –, *ließ sie beide Türen des Holzofens offen*! Oftmals zog sie sich dann einen Stuhl heran, um sich mit ihrem Morgenkaffee davorzusetzen und mühsam ihre sieben Sinne zusammenzusammeln, während die Eichenholzstücke aufflammten wie Streichhölzer. Okay, ihm war klar, daß sie nach dem Aufwachen nicht ganz da war und nur langsam zu Bewußtsein gelangte, aber gestehe der Natur mehr zu als die Natur bedarf, und selbst das Leben des Viehs ist nicht so, äh, wohlfeil. Zweihundert Dollar pro Klafter! Fragwürdige Klafter dazu: Man wurde gern und oft beschissen in dieser Gegend.

Ich bitt' Euch, macht mich nicht wütend.

Er machte die Tür des Holzofens zu, was die beiden Hälften der Flachrelief-Berglandschaft wiedervereinigte, und drehte den Schließgriff um. Wird sie das denn nie verstehen? Tonnenweise gute Eiche verbrennen. Mach mich nicht wütend.

Dann hatte der Bär ein seltsames Erlebnis: Er sah einen eisigen bösartigen Nebel aus seinem Körperinnern herauskriechen und das Haus bis unter die letzte Decke und bis in die entlegenste Ecke ausfüllen. Er erkannte dies als ein monströses Kontrollinstrument. Das war's, was alles kaputt gemacht hatte zwischen ihm und Iris und den Kindern. Und es kam von ihm.

Befreie mich von diesem wahnhaften Unsinn, bat er. Hilf mir jetzt. Es muß doch noch etwas Gnade von letzter Nacht übrig sein. Und zu dem Monstrum in seinem Innern sprach er: Laß ab, fall ab von mir, hebe dich hinweg, verpiß dich, stirb … und hast du nicht gesehen, so was gibt es wirklich, es fiel ab, Schicht um Schicht, fiel von ihm ab wie eine schwere, träge qlipothische Schale, was es ja auch war.

So daß nicht die geringste Spur von Zorn im Spiel war, als er oben im ersten Stock, in dessen Zimmern er ein wenig herumschnüffelte, Tracys und Amys Betten zerwühlte, nachdem er Pistazienschalen, Bonbonpapier und Stücke von Tortilla-Chips im Bettzeug – Käfer, Chipmunks, Mäuse! – gefunden hatte; und er war auch vollkommen ausgeglichen und vernünftig, als er die Treppe wieder nach unten ging und sinnend im Wohnzimmer stehenblieb, bereit, Iris und die Kinder bei ihrer Rückkehr von wo auch immer zu empfangen. Er würde sie ausgelassen und liebevoll begrüßen. Dann würde er unter vier Augen mit Iris sprechen und erklären, daß er wüßte, wie schwierig, na, sagen wir unmöglich er gewesen sei, und daß er volles Verständnis für die Situation ihrer Töchter habe, auch die Gefahr verstehe, in der sie sie sehe, und natürlich anerkenne, daß seine Beziehung zu ihr ein ungewöhnliches, manche würden sagen: unnatürliches Bild abgebe, und schließen würde er mit den Worten, daß die Liebe schon einen Weg finden werde. Egal, wie lange es dauern mochte. Er würde über Liebe sprechen. Nicht nur ihre Liebe, Liebe als solche. Die die Gestalten der Natur geformt und darauf verzichtet hatte, die konventionellen Horizonte zu überfluten, eine ausgesuchte Rücksichtnahme, nur um die individuierten Gestalten, die sie geschaffen, intakt zu erhalten, Gestalten, Iris, von denen wir, du und ich, zwei sind, die die Spur dieser ursprünglichen Liebe in einander erkannt haben, und …

Allein, es kam niemand nach Hause – Jones würde bald eintreffen –, und eine gewisse Schläfrigkeit rieselte wie Staub auf ihn herab. Er sollte wirklich ein kleines Nickerchen einschieben. Mußte ja abends schon wieder spielen und alles.

Ohne groß darüber nachzudenken, marschierte er ins Elternschlafzimmer und zu dem großen Messingdoppelbett, das einst solche Freuden gesehen. Wenn die Dinge mit Iris wieder ins Lot kommen, dachte der Bär müde, und wenn die Tantiemen fließen, können wir Stanlynn das Haus vielleicht abkaufen, einen Architekten engagieren, um ein Loch in den Schlafzimmerboden machen zu lassen und einen Baum unten in den Kriechplatz zu pflanzen, ihn ins Schlafzimmer hineinwachsen und gedeihen zu lassen, wie der, den Mr. und Mrs. O'Dysseus hatten. Yeah, falls alles wieder ins Lot kommt und wir noch genug Geld fürs College für Aim und Trace beiseite legen, vielleicht, Iris, könnten wir dann hei...

Anscheinend bin ich schon völlig blöde vor Müdigkeit.

Er taumelte ins Bett, wurde aber noch einmal dadurch aufgestört, daß ihm ihr Geruch – Iris! – ganz ungemildert in die Nase stieg, und es dauerte ein paar Minuten, bevor der Schlaf sich wieder spürbar über ihn legte und er in Träume versank, in denen sich Bilder von Iris mit Gedanken über Musik vermischten, Gedanken sich in Bilder verwandelten und Bilder in Klänge, so daß schließlich das vertraute Rumpeln des Volvo auf der Auffahrt sich mit dem Gemurmel seiner in den Schlaf hinabrollenden Gedanken vermischte, und der Schock des bewußten Erkennens ereilte ihn erst, als der Motor ausgeschaltet, die Handbremse angezogen und eine Tür auf ihrer kaputten Angel aufgerissen wurde.

»Nein«, hörte er Iris' Stimme, »ich weiß auch nicht, wessen Auto das ist.«

Den Accord meinte sie. Er wußte nicht, was er tun sollte, und erklärte sich infolge Schlafmangels für nicht aufstehfähig. Er hörte, wie sie auf dem unteren Treppenabsatz zögerten.

»Ich bin sicher, es gibt keinen Grund zur Beunruhigung«, versicherte Iris ihren Töchtern mit einer Stimme, die ihre Beunruhigung tarnte, und dann, nach einer ganz kurzen Pause, stiegen sie die Stufen hoch, Iris vorneweg, falls seine Ohren ihn nicht arg täuschten.

Sie standen an der Tür. Er hörte Iris allein eintreten.

»Es ist niemand hier«, sagte sie, und dann folgten ihr zögernd die Schritte der Töchter nach.

Des Bären Herz pochte.

Weitere Schritte, eine Sorte davon träge, über den Fußboden schleifend: Amy. Amy würde ihn als erstes liebgewinnen, und am Ende würde sie Trace nachziehen.

»He«, hörte er Amy aus dem Eßzimmer sagen, »jemand hat aus meiner Schüssel gegessen.«

Es war einmal vor langer, langer Zeit, kurz nachdem er das Familiengeheimnis verraten und sich Jones zu erkennen gegeben hatte – er war ein wenig grob in bezug auf das Klarinettenspiel des alten Knaben gewesen, aber das hatte an der Anspannung gelegen –, da hatte Jones, der in einer rührenden, unbewußten Parodie sorgender Vaterschaft geglaubt hatte, der Bär müsse noch lesen lernen, einen Haufen von abgenutzten Grundschullesebüchern mitgebracht, typisierte Geschichten von Dick und Jane und Spot – man konnte sie laufen sehen, erst getrennt, dann zusammen; dabei hatte der Bär schon so ziemlich den ganzen Hemingway durch. In einem dieser Bücher hatte es eine Geschichte über einen kleinen Bären gegeben, der seine Mutter aus den Augen verloren und sich im Wald verirrt hatte, als die Nacht hereinbrach. Daß die Mama ihn am Ende finden würde, war ein sentimentales Gesetz dieses Genres, doch vorher mußte der kleine Bär eine ganze Nacht einsam und verlassen im Wald verbringen. Wogegen der Bär aber ganz besonders Einspruch zu erheben hatte, das war die Stelle der Geschichte, als das verlassene Junge sich bei Einbruch der Dämmerung am Fuße eines Baumes in seine eigene Wärme kuschelte. Erst machte es ein Auge zu, hieß es im Text, und dann das andere. An diesen Sätzen nahm der Bär entschieden Anstoß. So schlafen Bären nicht ein! hatte er Jones mit unverhältnismäßigem Zorn zugerufen. So schläft niemand ein! Wie kann man nur solchen Mist hinschreiben! Jones hatte eine Weile gebraucht, die Empörung durch Witze zu entschärfen, bevor sie sich gemeisam hinsetzen und über den hirnrissigen Scheiß lachen konnten, von dem irgendwelche Leute glaubten, daß Kinder davon lernen würden. Immer das gleiche blöde Gewürge. Die menschliche Zivilisation ein Witz etc. pp.

Doch jetzt, als er vernahm, wie Tracy zu ihrer Schwester an den Eßtisch trat, und gleichsam den ganzen Güterzug um die Ecke kommen hörte, als Tracy sagte: »Aus meiner Schüssel hat auch jemand gegessen«, da machte der Bär das eine Auge zu.

Wer anderen eine Grube gräbt, dachte er, fällt selbst hinein.

»Mein Toast ist weg, aber der Kaffee ist noch da«, sprach Iris' Stimme, und obwohl er dankbar für diese kleine Abwandlung war, machte der Bär auch das andere Auge zu.

Man mußte nicht über unmäßig viel Geduld verfügen, um abwarten zu können, bis die anderen Schuhe fielen, also Amy und Tracy die Treppe hinauf liefen und etwas nur teilweise Vernehmbares über den Zustand ihrer Betten verkündeten, aber als Iris in der Schlafzimmertür auftauchte, mit geweiteten Augen, wie zu Berge stehenden Haaren und ohne eine sichtbare Spur von Ironie oder Erkenntnis dessen, was sie da aufführte, und sprach: »Jemand hat in meinem Bett geschlafen, *und er liegt immer noch drin*«, da war der Bär plötzlich scheußlich hellwach. In seinem ganzen Leben, in seinem ganzen langen Leben voll müder, in diesem ganzen langen Leben voller ermüdender, abgedroschener, ja, also war dies doch das Müdeste, Abgedroschenste, Schlimmste. Es war genug, einem das Rückgrat zu brechen, das Herz, die Hoffnung, den Sinn für Humor, von vorn bis hinten, müde, platt, abgestanden, überdrüssig, ohne Gewinn, total.

»Was machst du denn hier?« fragte ihn Iris in erregtem Flüsterton, das Gesicht rot und weiß gefleckt, und als er hochfuhr, sich demütig auf die Hinterbeine stellte und sich dahingehend vernehmen ließ, er habe einen Moll-Blues von Trane gespielt und müsse ihr das Auto zeigen, schien sie das nicht wesentlich zu beruhigen.

»Hör zu«, versuchte er ihr zu sagen, aber eben dies tat sie nicht. Trace und Aim polterten gerade wieder die Treppe herunter. Iris versperrte die Tür mit ihrem Körper, und trotz ihrer vergleichsweise lächerlichen Maße erkannte er ohne Schwierigkeiten in ihr die Bärenmutter vor dem Höhleneingang, die ihre Jungen schützt, obwohl er ihnen niemals auch nur das geringste zuleide tun würde, und sie vor dem unnatürlichen, ja obszönen Anblick seiner Person bewahrt, obwohl er sich keinen Millimeter in Richtung Tür oder gar des anderen Zimmers bewegt hatte. Kurzum, die altbekannte Welt kam mit dem ganzen langweiligen Gewicht ihrer Serienbeschränkungen wieder auf ihn heruntergekracht, und es war so unerträglich öde, alle Stichworte tausendmal eingeübt, alle Rollen abertausendmal durch- und längst zu Tode gespielt. »Ach, hör doch bitte mal zu«, sagte er, was keinen erkennbaren Nutzen brachte. »Warum haßt du mich?« war er schließlich imstande zu fragen.

»Ich hasse dich nicht«, sagte Iris. »Wie könnte ich dich je hassen?« Für einen Moment legte sich Traurigkeit über ihr Gesicht, und für einen Moment steckte eine Durkadenz ihren Kopf aus den gegeneinanderschlagenden Akkorden heraus, die am Ende seine eigenen halluzinierten Worte sein mochten: Wenn du mich erreichst, können wir auf der Stelle Frieden schließen. Aber es geschah etwas, und die Auflösung versank in den Wellen der vorherrschenden Dissonanz, während die Komposition von Taktstrich zu Taktstrich voranschritt, indem sie einen Augenblick vom nächsten trennte, und entsprechend blieben auch er und Iris getrennt voneinander über die unendlich scheinende Strecke der Bodendielen hinweg, sie in der Tür stehend, er auf der Bettkante sitzend, Matratze und Bettfedern katastrophal durchhängend unter seinem Gewicht, während er sagte, oder zu sagen versuchte: »Moment, können wir mal etwas langsamer machen?« Doch einmal mehr hatten er und Iris, trotz der überwältigenden Wellen unbedingten Seins, die er in der Nacht zuvor gesehen, jenes Ufer erreicht, an das des Nachts nur ignorante Knalltüten schlugen.

»Geht für einen Moment nach oben«, sagte Iris über die Schulter zu ihren Töchtern, und als sie ihr hörbar Folge leisteten, kam dem Bären der Gedanke, daß dies ihm zumindest eine neue Eröffnungsmöglichkeit bescherte.

»Können wir nicht einfach für eine Weile wir selbst sein?« fragte er sie. »Wenn es nicht funktioniert, können wir ja hinterher wieder auf Automatikbetrieb gehen.«

»Ich weiß nicht, was du meinst«, sagte Iris, schien aber etwas milder gestimmt.

»Schau«, versuchte er zu sagen. »Schau«, doch weiter kam er nicht. Er war müde. Und fand keine Worte. Er hätte sprechen lernen sollen in all den Jahren.

»Wohin?« wollte Iris wissen.

Auf mich. Schau das monströse Gesicht an, das die Liebe auf dieser Welt trägt. Sieh auf das, was sich vielleicht doch noch zum Guten wendet. Auf das unannehmbare Gesicht, das das Leben vielleicht doch aus guten Gründen unbedingt vorzeigen will. Auf die Unbequemlichkeit und Unverschämtheit von allem. Darauf, wer wir wirklich sind. »Auf mich«, war alles, was er auszusprechen vermochte, nachdem das Scheitern sich schon schwer aufs Zimmer gelegt hatte.

»Immer geht es um *dich*«, sagte Iris. »Alle sollen auf *dich* Rücksicht nehmen. Was ist mit mir?«

»Tut mir leid«, sagte der Bär. »Ich liebe dich. Ich fühl mich, als würde ich hier sterben. Ich bin letzte Nacht gestorben. Ich bin müde.«

»Nun, du solltest dich nicht ausgerechnet hier ausschlafen.« Iris stieß ihr Kinn erläuternd in Richtung Bett, ließ dann den Blick kurz nach oben schnellen, wo die Töchter warteten. »Ich hatte dich nicht erwartet.«

»Iris, mein Herz zerbricht.«

»Ach, das«, sagte sie. »Solche Dinge nimmst du noch wahr?«

»Iris.«

»Bär.«

»Falls es etwas Neues gibt, das ich servieren soll, weiß ich nicht, was das sein soll«, sagte er. »Sag mir, was du von mir erwartest. Gib mir einen Wink. Einen kleinen Hinweis.«

»Du hast keine Kinder. Du würdest es nicht verstehen.«

»Nein«, erklärte er. »Ich würde es nicht verstehen. Wie könnte ich auch nur das geringste von dem verstehen, was du durchmachst?« Er wedelte in verzweifelter Signalsprache mit den Armen. »Ich bin nur eine Marionette, die du bei passender Gelegenheit liebenswert finden und hinterher wegschmeißen kannst.«

»So denke ich nicht von dir. Glaubst du wirklich, daß ich so über dich denke?«

»Ich weiß nicht, was ich sonst glauben soll.« Wann immer er in eine Auseinandersetzung mit jemandem geriet, war er automatisch ungerecht, und wenn Iris die Widersacherin war, unfehlbar auch im Unrecht. »Weißt du, ich habe vielleicht ein oder zwei Kinder irgendwo da draußen«, erzählte er Iris trotzdem, »aber ihre Mamas haben mich ungefähr genauso behandelt wie du mich jetzt. Hände weg, scheiß auf deine plumpe Verkörperung von Liebe, du willst ja nur meine Kinder fressen. Iris, ich würde deine Töchter liebhaben, wenn sie mich ließen. Daß ich dich liebe, und sei es auf meine dumme, fatale Art, muß ich ja wohl nicht extra betonen. Ich verstehe die Gebote deiner Mutterschaft. Ich würde dir helfen, wenn ich könnte oder wenn du mich lassen würdest. Ich glaube, daß ich gut für dich war. Ich könnte auch gut für sie sein. Laß mich rein. Gib mir einen Erkennungskuß. Hier bin ich. Sag mir, was du erwartest. Meinst du, dies sei keine Liebe?«

»Du bist unmöglich«, war alles, was Iris einfiel, aber sie rang dabei die Hände und wirkte verzweifelt. »Ich hatte dich heute nicht erwartet.«

»Natürlich bin ich unmöglich. Aber von dir hatte ich mir Anerkennung erhofft.« Für einen Augenblick drückte ihr Gesicht Hilflosigkeit aus, ein Hinweis darauf, daß sie sich vielleicht im Netz ihrer eigenen Reaktionen gefangen fühlte und eine Befreiung ersehnte; wenn er doch nur das Messer parat hätte, die Fäden zu zerschneiden. »Iris«, sagte er. »Sei aufrichtig mit mir. Erinnere dich, wer wir sind.«

»Laß mir einen Moment.« Ihre Hände stocherten nervös in der Luft. »Warum konntest du nicht die Woche in der Stadt verbringen, wie wir es abgemacht hatten? Ich habe mit dieser Woche gerechnet. Ich weiß, ich hatte die Monate mit den Mädchen, aber ich brauchte diese eine Woche.«

»Wofür? Wolltest du weggehen?«

»Was hast du nur immerzu mit deinem Weggehen? Wir haben eine Menge zu reden, wenn du nur zuhören würdest.«

»Wirklich?« Er kam ein Stück näher und spürte deutlich, wie er eine Aura der Verwirrung und des Schmerzes betrat, die sich mindestens einen Meter von ihrem Körper aus erstreckte, armes Kind, eine Art wirbelndes Verschwimmen der Luft.

»Aber nicht in diesem Moment. Ich war noch nicht bereit. Nicht gerade jetzt.«

»Wann denn?«

»Ich weiß nicht«, sagte Iris. Sah sie hilflos aus oder nur erschöpft?

»Habe ich … Iris, meinst du, daß es tatsächlich noch Hoffnung gibt?«

Und dann geschah etwas sehr Seltsames. Iris' Gesicht wurde hellrot, sie schlug die Hand vor den Mund, ihr Körper begann zu kreisen und nach vorn einzuknicken. Der erste Eindruck des Bären war, daß sie im Begriff stand, sich explosionsartig zu übergeben, womöglich in Reaktion auf sein Sprechen von Hoffnung, doch was statt dessen geschah, war fast genauso übel: Sie fing an zu lachen.

»Genau«, sagte er, »lach mich aus. Recht vielen Dank.«

Sie schüttelte heftig den Kopf, lachte aber weiter, in die vorgehaltene Hand gebeugt, unter Zuckungen des ganzen Körpers und Aufstampfen des rechten Fußes. »O mein Gott«, stieß sie hervor, bevor sie von neuen Konvulsionen gepackt wurde.

»Ja«, sagte der Bär. »Das bekomme ich also dafür, daß ich etwas so Unrealistisches wie Hoffnung auszudrücken wage, obwohl ich daraus, wie du mich behandelst, längst hätte lernen sollen, daß es keine gibt. Na ja, du wirst mich in ein paar Minuten los sein. Jones müßte bald den Hügel raufgekommen sein, und dann steigen wir ins Auto und ...«

Weiterhin mit einer Hand das Lachen an der Quelle einfangend, schüttelte Iris überdeutlich den Kopf. »Ich habe gerade gemerkt«, brachte sie keuchend heraus, »gemerkt, was ich gesagt habe ...«

»Tja, vielleicht haben wir beide schon zu viel gesagt. Keine Sorge, in ein paar Minuten wirst du nichts mehr von mir hören.«

Diese Rede hatte nur zur Folge, daß Iris vollends überzuschnappen drohte. »... was ich gesagt habe, als ich reingekommen bin und dich hab daliegen sehen. *Jemand hat in meinem Bett geschlafen ...«* Und wieder wurde sie beim Gedanken daran von Zuckungen ergriffen.

»Ja, und so sehr ich es auch zu schätzen weiß, wenn man mich beleidigt und auslacht«, sagte der Bär, »scheint mir doch ...«

»Oh, du armer Tropf«, rief sie ihm nach Luft schnappend zu. »Siehst du nicht ...«

»Ja, vielen Dank. Ich brauch mal etwas frische Luft. Darf ich hier durch?«

Iris wand sich prustend zur Seite, und er schritt durch die Schlafzimmertür.

An ihr vorbei, wohl zum letzten Mal.

Gib ihnen was zu lachen, wenn du gehst. Meine Devise seit eh und je.

Ging durchs Wohnzimmer, schob die Glastür auf und trat hinaus in die Luft der Welt, die seit dem früheren Morgen süßer geworden war; Anzeichen für neuen Wein im Wind, Frühling vor der Tür. Warum hab ich dann Lust, mir eine Decke aus Erde über den Kopf zu ziehen und noch eine Jahreszeit zu schlafen wie die Toten? Der Bär breitete die Arme aus, um tiefer atmen zu können, orientierte sich kurz und beschritt dann den Pfad, der vom Haus weg entlang des Hangfußes verlief, müßig durch Zweige und Blattmehl schlurfend.

Als er sich von Blicken berührt fühlte, wandte er den Kopf und sah die blonde Amy; eingerahmt von der Glasschiebetür, stand sie ganz in Weiß da wie die Hoffnung selbst: Sie mochte fast die Hand ein wenig gehoben haben, ihm zuzuwinken, aber das war durch die Spiegelung der Glasscheibe schwer zu erkennen. Der Bär ging weiter.

Bald kam er an eine Lichtung, in der er, wie er sich erinnerte, eine besonders fruchtlose Unterhaltung mit Jones über Gärten geführt hatte. Er begann ihren Rand abzuschreiten, in der annähernden Kreisform, die sie vorgab, den Kopf gesenkt, *kak medved.*

Er und Iris hatten beinahe Gesprächsniveau erreicht, bevor dann alles in Nichtigkeit und Hysterie abglitt. Frag mich, wann Jones hier ist, damit ich dann weg kann. Was für eine Schau der Himmel war letzte Nacht, übervolles Sein ohne die geringste Möglichkeit von Verlust, der überzeugendste, ultimative Anblick seines Lebens. Und was für eine Schau ich jetzt bin, wo ich die Begrenzungen meines alten Kreises abschreite.

Wie soll ich diesen erbsenhirnigen, dichotomisierenden Rummel akzeptieren? Es sollte einem Bären, egal von welchem Verstand, möglich sein, eine bessere Beziehung zwischen den Polen von Geist und bestehender Ordnung als diese hinzuzimmern.

Dann bestand natürlich noch immer die Möglichkeit, daß er alles mißverstand.

Nee, nee.

Er dachte an all die Veränderungen, die er durchlebt hatte, seit er, von Visionen entflammt, die Second Avenue hinunter zum Tin Palace gestolpert war, um dort zu spielen. Mit Sicherheit hatte er an Erfahrung und Verständnis gewonnen. Er mochte sogar um ein oder zwei Grade weiser geworden sein – aber mit welch geringen handfesten Folgen! Und der Felsen war alles andere als vollständig vom Höhleneingang weggerollt. Warum müssen Ignoranz und Primitivität uns immerzu hinunterziehen und alle unsere Anstrengungen zunichte machen?

Trotz aller momentanen Trübheit und Konfusion fühlte er doch ein paralleles Bewußtsein in ihm arbeiten: dankbar fürs Gewesene, dankbar fürs Gegenwärtige als einer Instanz zuhandener Gnade, und was das Zukünftige betraf, wie konnte es weniger gesegnet sein als das Vorherige? Wie konnte er seine Zeit mit Bedauern vergeuden?

Er bedauerte alles.

Der Weg lag klar: vor ihm, hinter ihm, dort wo er stand.

Der Weg war eingetrübt: Er konnte ringsum nichts erkennen, er ging im Kreis. Gerüchte von einer aufwärts führenden Spirale waren nicht mehr als das: Gerüchte.

Das Geflatter in einem nahen Baum konnte ihn nicht von seinen Grübeleien ablenken.

Eins ist sicher, sagte er sich, die Liebe werde ich, ob auf dieser oder jener Seite des Himmels, nicht aufgeben, wie unvollkommen ich die Sache auch angegangen sein mag. Ich lehne diesen Schlamassel, dieses Vermasseln rundweg ab. Ich bestreite dieser billigen Verengung das letzte Wort zur Sache, dieser grunzdumm dichotomisierenden »oben Himmel, unten Schlamm«-Aufspaltung der Reiche von Erfahrung, diesem »Glück in der Musik, Unglück in der Liebe«-Klischee: nicht mit mir. Ich akzeptiere das nicht. Ich kehre der Liebe nicht den Rücken, egal, was für ein Chaos wir zwei daraus gemacht haben.

»*Nee*-dn't«, ertönte ein Ruf in zwei Noten aus einem etwas hügelaufwärts stehenden Baum.

»Verdammt richtig, daß ich das nicht brauche«, sagte der Bär, obwohl, obwohl ... er gab's nicht gern zu, aber er wußte ... als es den immer noch köstlichen Bach hinunterzugehen begonnen hatte mit ihm und Iris, war sein Bestreben, sie jede Nacht zu lieben – sagen wir ruhig, sie zu ficken –, statt nur dann, wenn die richtige seelische Stimmung da war, der Versuch gewesen, sie durch Entzücken und Wonne gefügig zu machen. War ein selbstsüchtiger Versuch gewesen, etwas festzuhalten, was bereits verloren war. Er hatte ungeeignete Mittel eingesetzt. Und hier ist die Quittung.

»*Nee*-dn't«, sang eine silberne Stimme von einem Baum.

»Brauch *was* nicht?« schrie der Bär gequält. »Brauch keine Liebe? Brauch nicht zu erstreben? Brauch mir keine Gedanken zu machen, wie alles gut wird? Brauch nicht zu bluten? Brauch keine Details auszuschwitzen, weil Verlust nur eine Illusion und Liebe universell und unbegrenzt ist? Das weiß ich, aber mittlerweile hab ich Zeit hier herumzubringen, und es funktioniert nicht.«

»*Nee*-dn't.«

Der Bär schaute auf, sah den grauen Vogel flatternd aufgestört durch sein brutales Gegröle und begriff erst jetzt, wer ihn angezwitschert hatte. »Ach, du bist es«, sagte er. »Schon zurück aus Florida? Ist es wirklich Frühling? Wie kommt's, daß ich immer noch die Welt in Grund und Boden schlafen möchte?«

»*Nee*-dn't.« Die Spottdrossel wetzte ihren Schnabel gegen den Ast und schien dem Bären zuzunicken. »*Nee*-dn't«, sang sie wieder und ließ den Schwanz auf und nieder hüpfen, ziemlich keck.

»Du hast leicht reden. Und wo bleibt der Rest des Stücks? Ist das alles, was du noch weißt?«

Die Spottdrossel sah ihn mit frischer Aufmerksamkeit an, wedelte die Schwanzfedern durch die Luft, womöglich in irgendeinem Takt, den Kopf schräggestellt, die dunklen runden Augen erwartungsvoll, wachsam.

»Na gut, also«, sagte der Bär geduldig. Er befeuchtete seine ledernen Lippen, schürzte die Schnauze und pfiff die ersten Takte des Stücks.

Er wartete, aber der Vogel wartete ebenfalls. Der Bär führte die Phrase noch einmal vor. »Du bist dran«, sagte er resolut, ganz der gestrenge Lehrer, und verschränkte die schweren Arme vor der Brust.

Seine Schülerin zeigte das übliche Lampenfieber und reflexartiges Zögern, vollführte einige Ablenkungsmanöver mit Flügelzupfen und -verdrehen, öffnete dann aber den Schnabel um einen Spalt, spannte die Kehle und sang los – der Bär beobachtete zu gern die Bewegung der Kehle. Das Lied begann gut mit vier richtigen Tönen von Monk, verlor sich dann aber in der Mitte: Der Vogel fügte irgendwelche Liedfetzen aus Rotdrosselkreisen ein und ließ einen Taktschlag aus, bevor er mit einem fanfarenhaften *nee*-dn't« schloß und offenbar hoffte, damit durchzukommen.

»Alter Möchtegern«, sagte der Bär.

»*Nee*-dn't«, insistierte der Vogel mit der ganzen übermelodiösen Saftigkeit eines Bluffs. Der Bär hatte selbst schon ähnliche Ausweichmanöver vollführt. Ein paarmal hatte er es sogar letzte Nacht probiert.

»Laß mich eins klarstellen«, sagte der Bär. »Du hast dich also den ganzen verdammten Winter lang in Miami Beach oder wo rumgetrieben, ohne auch nur einmal an deinen Monk-Lektionen zu arbeiten. Wenn du glaubst, du *brauchst nicht* zu üben, dann hast du dich geschnitten. Du brauchst sehr wohl zu üben, und zwar eine Menge. Du hast nur auf der faulen Haut gelegen, stimmt's? Man hört's. Leugnen ist zwecklos. Der Bär merkt alles.«

»*Nee*-dn't«, blieb der Vogel beharrlich und versuchte, den Bären mit Blicken fertigzumachen.

»Quatsch«, sagte der Bär. »Jeder muß üben. Du kommst nicht drum herum.«

»*Nee*«, sang die Spottdrossel, wurde jedoch vom Bären unterbrochen.

»Sieh mal«, sagte er nachdenklich, »wenn du dir das Stück aneignest, lernst noch ein paar andere dazu, und Alter, vielleicht gibst du das Ganze an deine Nachfahren weiter, und ein paar Generationen weiter dann, wo zum Teufel werden die dann stehen? Ich spreche hier aus meiner eigenen Sackgasse heraus, wohlgemerkt.«

»*Nee*-dn't«, sang der Vogel.

»Du hast recht. Es ist ein Fehler, die Zukunft derart deterministisch zu betrachten. Zweifellos wird dein Nachwuchs mehr Glück haben. Ich hatte eine sagenhafte Nacht, aber der Tag war bisher echt schwierig.« Der Bär begann wieder enge, streitlustige Kreise zu beschreiben und richtete seine Hauptwut erneut gegen sich selbst. »Vielleicht war das ganze Unterfangen, Iris zu lieben, ja reine assimilatorische Schwäche und von vornherein ein Irrweg. Vielleicht hätte ich zufriedener mit meinesgleichen sein sollen. Vielleicht war es ein Fehler, meine Welt erweitern zu wollen.«

»*Nee*-dn't«, bestätigte der Vogel.

»Ach, was, zum Teufel, verstehst du denn davon?« fragte er die Spottdrossel. »Könntest du ihre Schönheiten aufzählen? Das Ganze erfassen, das mehr ist als die Summe aller ihrer Teile? Die Träume von Engeln außerhalb der Zeit reichen nicht an ihr Lied heran, du Vogelhirn, geschweige denn irgendwas, das Narren wie du und ich sich ausdenken können.«

»*Nee*-dn't«, sang der Vogel.

»Man braucht keine Metaphysik auf etwas zu packen, das letzten Endes nur ein ziemlich schlichtes Verlangen ist? Was ist das für ein Scheiß! Du klingst ja ziemlich selbstsicher, aber was hast du denn wirklich von der Welt gesehen?«

»*Nee*-dn't«, sang der Vogel erneut.

»Je öfter man reist, desto weniger weiß man? Der alte Taoisten-Spruch? Den kann ich allenfalls in einem abstrakten Sinne akzeptieren. Praktisch gesehen, haut das nicht hin.«

»*Nee*-dn't«, sang der Vogel wieder.

»Ein bißchen eintönig ist es ja, aber im Vergleich zu ›Nevermore‹ immer noch der totale Renner«, gestand der Bär zu. »Wie ist es möglich«, fragte er mit ruhigerer Stimme, »daß ich so viel gesehen habe und nur so wenigem traue? Kannst du mir das sagen?«

»*Nee*-dn't.«

»Das brauchst du mir nicht zu sagen? Man braucht nicht zu trauen? Braucht nicht zu fragen?« Der Bär sah sich um, nahm kurz die einkreisende Kulisse wahr: die Erde unter ihm, kahle Kiefern, die geduldig auf ihre Neubelaubung warteten, während die Sonne aufstieg, und guck dir mal *meine* kahlen Zweige an. Wieso führe ich eigentlich diese idiotische Unterhaltung mit einem Vogel, der nichts anderes tut, als ein paar Töne zu wiederholen, die er halb- oder viertelwegs von mir gelernt hat? Was für ein jämmerlicher Unfug. Erstmals bemerkte er jetzt den massigen grauen, fast doppelhalbkugelförmigen Felsstein, der ihn einst so lebhaft an ein Gehirn erinnert hatte.

Und vielleicht war es auch eine Art Gehirn.

Er stellte sich so gut er konnte auf die infinitesimale Geschwindigkeit von dessen kalter mineralischer Erkenntnistätigkeit ein. Flechten kletterten an seinen Seiten hoch, Moos, dessen Ränder bereits durch das wechselnde Wetter und die aufsteigende Sonne mit frischem Glanz aufgemöbelt waren, sammelte sich an seinem

Fuße, gierig auf ein Grün, das es zweifellos für ein nie dagewesenes hielt, etwas, das die Welt noch nie gesehen hatte. Egoismus auf allen Ebenen, überall gleichermaßen bescheuert. Trügerisch all meine skalaren Errungenschaften.

Hatte Jones die Höhe bereits erklommen, mit seinem vom Frühstück erwärmten sterblichen Leib?

Ticktack macht die Uhr. Und wieder ein Tag.

Die generelle Einfältigkeit von Individuation.

Ihre unvergleichliche Schönheit.

Woher Versöhnung nehmen? Woher Sinn?

»*Nee*-dn't.«

»Ach, verpiß dich. Hör auf, die Stimme der Weisheit zu imitieren.« Andererseits, wer konnte sagen, was es war, was da mit der beschränkten Stimme der Spottdrossel sprach? Gott hat alle Stimmen, außer deiner eigenen. Es sei denn, du bist ausgelöscht und nicht zu unterscheiden, so wie er letzte Nacht. Und jetzt war er wieder in diesem dummen Dualismus versackt. So schnell. Pure Blödheit, völlige Gehirnblockade. Es war eigentlich ein einfaches Problem, und die wahre Lösung lag auf der Hand.

Einerlei. Der Bär war müde. Alles, was recht ist.

Er würde nach einer Weile zum Haus zurückgehen. Es würde ihm gelingen, wenn nicht jetzt, dann später, außerhalb des Herrschaftsbereichs ihrer blind gegenläufigen Zwänge mit Iris zu reden. Falls er warten müßte, bis Aim und Trace im College waren, dann war das auch in Ordnung. So war er eben. Dumm, aber gutwillig. Diese Sorte Bär. Aufrichtig, ernsthaft bis zum Gehtnichtmehr. Das Leben ist mir auf die Schliche gekommen. Gestatten, das bin ich.

»*Nee*-dn't«, sang der Vogel, dann versuchte er sich noch einmal an der ganzen zweitaktigen Aussage.

»Schon besser«, sagte der Bär, »obwohl du immer noch versuchst, dich durch den Mittelteil zu mogeln.«

Genau wie er. Bei aller Herrlichkeit der letzten Nacht war er kein Beispiel für spirituellen Triumph. Er hatte alles zertrennt und zerpfuscht. Wozu waren große Visionen gut, wenn man nichts daraus machte und alles versaute, was einem über den Weg lief? Was waren die großen Hollywoodmomente wert, wenn man sein Leben Atemzug für Atemzug lebte wie ein Hund?

Der Bär war nicht dort angelangt, wo er hinwollte.

»*Nee*-dn't«, kehrte der Vogel zu seiner vertrauten, allzu schlichten Gewißheit zurück.

»Ich nehme an, du hast recht, aber ich bin trotzdem müde«, sagte der Bär.

Für den großen grauen Stein, dachte der Bär, und seine sich lang hinziehenden mineralischen Denkprozesse war der Wechsel von Tag und Nacht nicht mehr als das Flackern von Film. Weniger sogar. Für den Stein waren Tag und Nacht, bei aller vitalen Gestik und Kammerdramatik, für sich gar nicht wahrnehmbar. Bach hatte das wahrscheinlich besser als jeder andere Musiker gekannt: das Gesetz, das keine Schönheit oder Idee ausschließt, während es in geordneter Manier voranschreitet, ohne Aufenthalt und ohne besonderen Schlachtruf. Aber der Stein verstand nicht viel von Schönheit. Der lidschlagartige Aufstieg und Untergang wandelnden Lebens ebenso wie das kaum dauerhaftere Flackern zwischen Blatt und Baumstaub, für den Stein waren das alles hysterische, illusorische Gesten schnell vergehenden Geltungsbedürfnisses.

Im Angesicht der Ewigkeit, wie er sie letzte Nacht geschaut hatte, war selbst der Stein nur ein kurzes Aufleuchten, seine Beharrlichkeit Illusion, seine Substanz substanzlos.

Hier unten in der flüchtigen Welt des Bären freilich blieb der Stein der Tatsachen unbeugsam und unbeweglich, die Verhältnisse waren stabil. Auf dieser Seite des Himmels hatte man es mit gewissen Umständen zu tun. Hier unten war der Bär noch der Bär, Iris noch Iris, und jede wesentliche Bewegung zwischen ihnen extrem schwierig. Spirituelle Visionen versprachen, die Hindernisse abzubauen, dienten aber nur dazu, die Lage zu verunklaren.

In diesem Moment zum Beispiel wurde sein Versuch klarzusehen, von einem Wunsch beeinträchtigt, der sich ihm in der Pose eines Zweiten Gesichts aufdrängte: Vor seinem inneren Auge verließ Iris das Haus durch die Glastür und beschritt den Pfad in seine Richtung. Wenn der Bär geglaubt hätte, daß seine übernatürlichen Fähigkeiten erstens noch da waren und zweitens irgendwas zum Ausdruck brachten, dann hätte er dem vertrauen können, was er sah: Iris auf dem Weg zu ihm, die feingezeichneten Züge von exzessiver Fröhlichkeit gerundet. Er aber wußte, daß es eine wunschgeleitete Halluzination war.

Wenn wir die Dinge mit Augen sehen könnten, die der jeweiligen Welt ihres Daseins angemessen wären und das Falsche unfehlbar vom Richtigen schieden, hätten wir vielleicht gewisse Aussichten. Wir würden vielleicht sogar anfangen zu swingen. Aber so wie die Dinge stehen … puh, was für ein Gewäsch, das alles.

Sein inneres Auge fuhr fort, Iris' Kommen zu beobachten, aber er schenkte dem keinen Glauben, denn zu glauben, daß Iris tatsächlich auf dem Weg zu ihm sei, hieße auch zu glauben, daß Gnade bedeutsame Folgen nicht nur im Geiste, sondern auch hier unten auf der Erde habe, und das wollte er aus langer Erfahrung und alter Gewohnheit bezweifeln.

Er sah, wie sie im Gehen einen dunkelgrünen Kiefernzweig mit der Schulter streifte – was denn noch für hellseherischer Hokuspokus?

In ein paar Minuten würde er zum Haus zurückkehren und sehen, was der wirkliche Tag zu bieten hatte. In der Zwischenzeit aber wollte er noch mal ein bißchen, na, nennen wir es ruhig: nachdenken, unter diesen flüchtigen Bäumen, den provisorischen Himmeln.

»*Nee*-dn't.« Noch ein Spottruf aus dem Spottdrossellager.

Du hast ja keine Ahnung, beschied er den Vogel in Gedanken. Bewege doch diesen rohen Stein mit deinem halb erinnerten, unfertigen Stückchen Lied. Das habe ich mein ganzes Leben lang versucht, und schau dir an, wo es mich hingeführt hat. Die ewig gleiche Tretmühle. Halt sie an, wenn du kannst.

Der Bär ging auf den Stein zu und setzte sich hin.

Da rauschte Iris, immer noch lachend, aus dem Gebüsch, die Arme weit geöffnet, und hüpfte gar hold über die Lichtung, ihn zu umarmen.

Plattentips

Ich hoffe, daß *Der Bär kommt heim* als Roman auf seinen eigenen vier Beinen stehen kann und daß die Welt des Jazz – wie das Militärleben im Kriegsroman, das Geschehen am Gericht von Parma oder das Verbrechen in Miami und Detroit – sich im Fortgang der Erzählung auch dem Leser eröffnen wird, der sie nicht erlebt hat; zu bedenken ist allerdings auch, daß ein detailliert geschildertes spezielles Milieu dem langjährigen Kenner dessen stets ein gewisses Extravergnügen bescheren wird, und so wird auch der mit der Jazzszene vertraute Leser die Musik dieses Buches klarer hören als der ihr fernstehende.

So soll es denn der folgende musikalische Leitfaden selbst dem unerfahrenen Leser ermöglichen, die im Text erwähnten Musiker und Gegebenheiten gleichsam mit Leben zu erfüllen. Vielleicht möchten Sie auch, ob Sie nun schon etwas Jazz kennen oder nicht, diesen Vorschlägen einfach aus purem Vergnügen nachgehen. Empfohlen werden solche Alben, die zum gegenwärtigen Zeitpunkt – Frühling 1998 – erhältlich sind.

Der Bär sagt, er hoffe zwar, daß er wie er selbst klinge, es sei aber andererseits offensichtlich, daß er von Charlie Parker, Ornette Coleman und Jackie McLean herkomme; diese sollten Sie sich also anhören, wenn Sie eine genauere Vorstellung vom charakteristischen Sound des Bären gewinnen möchten. Sein schneidender Ton leitet sich von Jackie her; hören Sie sich dazu *Let Freedom Ring* oder *One Stop Beyond* an, beides klassische Alben des Blue-Note-Labels aus den sechziger Jahren. Etwas neuer ist *Jackie Mac Attack* auf Verve, eine furiose Liveaufnahme, die ein wenig durch die fortschreitende Verstimmung des Klaviers und Jackies Versuch, damit klarzukommen, beeinträchtigt wird. Aber was für Musik!

Die formale Freiheit des Bären leitet sich großenteils von Ornette Coleman her, der in seinem Frühwerk die gängige harmonische Ordnung der Musik aufgelockert und von da an nicht mit dem Erneuern aufgehört hat. Wer sein Werk noch gar nicht kennt, sollte natürlich als erstes zu seiner klassischen Atlantic-Aufnahme von 1959, *The Shape of Jazz to Come*, greifen und besonders auf die Stücke »Lonely Woman«, »Congeniality« und »Peace« achten. Falls er dann den Wunsch hat, diese Musik weiter zu verfolgen, kann er auf das Box-Set von Rhino, *Beauty Is a Rare Thing*, zurückgreifen: sechs CDs, die seine gesamte Arbeit für Atlantic enthalten, umfassend und sehr schön remastered. Was neuere Sachen betrifft, sei auf *Science Fiction* hingewiesen, zur Zeit als japanischer Import von Sony erhältlich, oder auf Pat Methenys *Song X* bei Geffen, im Grunde ein Ornette-Coleman-Album, das von Metheny produziert und arrangiert wurde.

Der Ursprung des modernen Jazz liegt, versteht sich, bei Charlie Parker, dessen Tod nach einem kurzen, chaotischen Leben dem Werk eines Genies ein Ende setzte, eines Genies, dessen pure musikalische Brillanz vielleicht nur mit der von Bach zu vergleichen ist. Im ersten Kapitel des Buches spielt der Blues »Parker's Mood« eine Rolle, der sich auf der Doppel-CD-Compilation

Yardbird Suite bei Rhino findet, einer cleveren Zusammenstellung vieler seiner Bestleistungen. Zum Zwecke eingehenderer Beschäftigung halte man sich an Parkers Werk auf Verve, vor allem seine Live-Sessions im Royal Roost in den Jahren 1948–50. Einige Verse des von King Pleasure über Parkers Solo auf »Parker's Mood« gelegten Textes werden, leicht vom Originaltext abweichend, von Jones und dem Bären gesungen. Dieser vielleicht beste einer Jazzimprovisation je nachempfundene Songtext ist auch auf Pleasures gleichnamigem Kompendium bei Prestige vertreten.

In der Mitte des Buches und zunehmend zum Ende hin beruft sich der Bär auf die Tenorsaxophonisten Sonny Rollins und John Coltrane, ersterer noch aktiv und letzterer 1967 verstorben, beide aber von überragendem Einfluß auf praktisch jeden, der heutzutage Jazz macht. Mit Vergnügen kann ich Rollins jüngste Scheibe *Sonny Rollins + 3* empfehlen und möchte besonders auf das Meisterwerk »Cabin in the Sky« und auf den Blues »H.S.« hinweisen. Unumstrittene Rollins-Klassiker aus früheren Tagen sind u.a. *The Freedom Suite, Newk's Time* und *Saxophone Colossus*. Einige der Soli aus Rollins Musik für den Film *Alfie*, bei Impulse erschienen, sind typisch für die Spielweise, die der Bär anstrebt, wenn er sich auf Rollins bezieht.

John Coltrane wächst gegen Ende zu einem zentralen Bezugspunkt heran, und tatsächlich ereignet sich die Klimax des Buches unter seiner Ägide, wenn der Bär sein Solo über »Pursuance« spielt, den dritten Abschnitt von *A Love Supreme*, erschienen bei Impulse. Im Text wird außerdem auf das Album *Crescent* hingewiesen, empfehlenswert sind ferner *Coltrane Live at Birdland* oder *Coltrane* oder überhaupt alle Impulse-Platten. Seine frühere Musik ist eine andere, ebenfalls endlose Geschichte, die für dieses Buch aber weniger wichtig ist, wenngleich das Album *Giant Steps* ein- oder zweimal im Hinblick auf Coltranes – und des Bären – harmonisch schwierige Phase Erwähnung findet. In klassischer Manier, die freilich für ihn nur ein Übergangsstadium war, taucht Trane auch auf Miles Davis' ewig populärem *Kind of Blue* auf.

Weitere Musiker und Musikstücke sickern durch den Text, einige Musiker erscheinen als Figuren mit dramatischer Funktion. Im ersten Teil trifft der Bär auf den Schlagzeuger Steve McCall und den Trompeter Lester Bowie. McCall kann man vielleicht am besten auf dem Album *Air Love* der Band Air kennenlernen, einer charmierend modernistischen Aufbereitung von Kompositionen Scott Joplins und Jelly Roll Mortons. Was Lester Bowie betrifft, möchte ich besonders *The Fifth Power* ans Herz legen, das aus derselben Periode stammt wie das Air-Album, sowie das bei ECM erschienene *Nice Guys* des Art Ensemble of Chicago. Wer sich für die größte Annäherung des Art Ensembles an seinen Auftritt auf diesen Seiten – inklusive bestimmter Kompositionen, dargebotener Obszönitäten und, wer weiß, gar Pistolenschüssen – interessiert, dem empfehle ich das turbulente *Bap-tizum* auf Atlantic.

Wenn der Bär Arthur Blythe bei seinem langen Solo im Tin Palace lauscht, dann hört er vielleicht etwas Ähnliches wie »Slidin' Through« auf Blythes *Lenox Avenue Breakdown*, erschienen bei Columbia. Diese Aufnahme hilft auch zu verstehen, warum der Bär von Jack DeJohnettes Schlagzeugspiel eingeschüchtert ist.

Billy Hart betritt das Buch im vierten Kapitel. Hart ist ein wunderbar erfindungsreicher und musikalischer Drummer, der auf einer langen Reihe von Plattenaufnahmen vertreten ist, unter eigenem Namen oder als Begleiter. Beinahe jede dieser Aufnahmen ist exemplarisch.

Der Bassist Charlie Haden schließt sich Hart und dem Bären bei einer Aufnahmesession in Teil drei an. Er ist bereits auf Ornette Colemans *The Shape of Jazz to Come* vertreten, aber in seinem Spiel dort, so großartig und verblüffend es auch ist, schimmert sein reifer Stil lediglich in Ansätzen hervor. Der japanische Import *Science Fiction* ist eine hervorragende Darbietung dieser Reife, und Hadens Duette mit Coleman und anderen sind auf *Closeness* und *The Golden Number*, beide bei A & M, erhältlich, zwei von vielen schönen Duett-Alben.

Bobby Hatwell und das Tourneequartett des Bären existieren nur in der Fiktion, aber ihre Geschmäcker sind von handfester Bedeutung. Garrett Churchs Mingus-Obsession führt *The Black Saint and the Sinner Lady* (Impulse) in den Text ein, und Mingus' großartiges »Reincarnation of a Lovebird« von dem Album *The Clown* (Atlantic) ist vom Bären bereits ins Repertoire der Band aufgenommen worden. Im Rahmen der Straßenshow des Bären gibt es zudem eine Anspielung auf das Titelstück des Albums.

Thelonius Monks »Well, You Needn't« tritt etwa zur Mitte in das Buch ein und erscheint auf den letzten Seiten wieder. Die beste Aufnahme ist wohl die auf *Monk's Music* (Riverside), dem Album mit dem kleinen roten Wagen auf dem Cover. Dem Singvogel, der die Melodie nach Anleitung des Bären zu pfeifen versucht, bin ich in einem britischen Garten begegnet, als ich beim Holzsägen vor mich hin pfiff.

Ein Musiker, der nie im Buch auftritt, aber häufig im Hintergrund schwebt, ist der verstorbene Altsaxophonist und Komponist Julius Hemphill; eins seiner besten Alben ist unter dem Titel *Reflections* auf Freedom wiederveröffentlicht worden. Empfehlen kann ich auch *Fat Man and the Hard Blues* (Black Saint). Halten Sie nach der Wiederveröffentlichung seines klassischen *Dogon A.D.* Ausschau. Ein weiterer Musiker, der hin und wieder präsent ist, ohne tatsächlich aufzutreten, ist der verstorbene Trompeter Lee Morgan, ermordet im Slug's Saloon, der am besten auf, sagen wir, Art Blakeys *Night in Tunisia* zu hören ist, auf Wayne Shorters *Night Dreamer* und auf seinem eigenen, mit Jackie McLean eingespielten *Leeway* (alle Blue Note). Bedeutsam für die Einschätzung des fiktionalen Jerome Parris, dessen Auftritt einen Teil der Tournee des Bären näher beleuchtet, ist Clifford Brown, ein Musiker, der so gut war, daß selbst Bird es nicht fassen konnte. Versuchen Sie's mit *Brown & Roach, Inc., A Study in Brown*, beide auf Emarcy/Verve, oder *The Beginning and the End* (Columbia).

Und was die Violinkonzerte von Schostakowitsch angeht, so ist es mir egal, was man von Vengerov sagt; für mich bleibt es bei Oistrach, und zwar ohne Abstriche.

Danksagung

Ich bin der Hochherzigkeit aller Musiker verpflichtet, die mir erlaubt haben, sie in diesem Buch auftreten zu lassen: Lester Bowie, der inzwischen verstorbene Steve McCall, Arthur Blythe, Roscoe Mitchell, Joseph Jarman, Malachi Favors, Don Moye, Ornette Coleman, Billy Hart, Armen Donelian und Charlie Haden. Ähnlicher Dank gilt den Nichtmusikern Bob Cummins und Stanlynn Daugherty. Julius Hemphill schwebt im Hintergrund, tritt aber nie auf; auch stirbt er nicht – wäre es doch so.

Tief in der Schuld stehe ich bei Peter Giron (Baß, Paris und Bordeaux) für seine Tourneestories und Wildwestshows; er hat ferner den harmonischen Gehalt dieses Buches erstellt bzw. gutgeheißen und mir sein (leicht umbenanntes) Stück »Billy's Heart« zur Verwendung überlassen. Wayne Reiss (Klavier, Brooklyn) arbeitete die Changes von »Book the Hook« aus. Bruce Jackson (Schlagzeug, New Jersey) bestätigte Girons Tourneegeschichten und stellte den Lead Sled sowie einen einzigen Gag zur Verfügung; trotzdem ist Jackson einer der witzigsten Jazzer der Welt, und ich habe eine Menge von ihm gelernt. Danken muß ich auch Branford Marsalis & Co., die mich mit Tourneehumor in seiner geschmackfernsten Ausprägung bekanntmachten, und Peter Himmelman & Co., vor allem Jeff Victor, für die langen Fahrten durch den Kaukasus und Zentralasien. Ronald Shannon Jackson für den geliehenen Accord. Robert Rahim Hartwell in England für den Gebrauch seines Namens. David Breskin für eine frühe Rezension von *Sensible Shoes*.

Besonderen Dank schuldet der Autor Jack DeJohnette: für alles, was dieser ihn am Schlagzeug gelehrt hat, für all die Sessions in der Power Station, für die profunden Einsichten in die Musik und die Musiker, zu denen auch Lydia DeJohnette viel beigesteuert hat. Ich schulde allen Musikern allen möglichen Dank und hoffe, daß das Buch diese Schuld abzutragen hilft.

Weitere offene Rechnungen:

Ein nomadisierender Autor ist auf Gastfreundschaft angewiesen. Im Olgun Palas von Konia in der Türkei, wo das Buch seinen Anfang nahm, wurde sie ihm von Ali Bei zuteil; weiter von Asim und Muzaffer Kaplan, Jemal Palamutçu, Ahmet Kavut und Yashar Kemal. Bei Atesh Baz Wali und den anderen Ältesten der Stadt steht der Autor in unabgeltbarer Schuld.

In Sherborne, Gloucestershire, trieb Siddiqa Cass, in deren Haus ich den ersten Abschnitt zu großen Teilen entwarf, ihre Gastlichkeit über alle Maßen des Erwartbaren hinaus; in ihrem Garten war es auch, daß der an Monk interessierte Singvogel vorstellig wurde.

Sam Holdsworth und Gordon Baird boten mir die verblüffende Gastfreundschaft ihrer Zeitschrift, als ich ihnen aus der Türkei das erste Kapitel zur sicheren Verwahrung schickte; sie druckten es und setzten die Kreatur für ein Jahr in Serie.

Viele Menschen lasen das Manuskript und spendeten Unterstützung. An erster Stelle zu nennen ist Brian Cullman, ein so kenntnisreicher und wohlwollender Leser, wie man ihn als Autor wohl nur selten findet. Die meisten seiner

Vorschläge habe ich auf der Stelle eingearbeitet; die übrigen nach einer Weile. Zu denen, die ihre Zeit und Weisheit zur Verfügung stellten, zählen auch Daniel Furman, Salik Chalom, Sara Sterman, Eleanor Buller, Aaron Cass, Bulent Rauf, Mahmut Rauf, Kathryn Dunn, Jane Winsor, Jacob Lampart, Barbara Pecarich, Maura Ellyn, Bibi Wein, Karen Burdick, Abdullah Gündogdu, Vic Garbarini und Jerome Reese.

Der Autor ist dankbar für die großzügige, ja entscheidende Unterstützung durch die New York Foundation of the Arts. Und er dankt Bruce und Susan Kovner, die ihn, als es auf das Ende zuging, aus seinem Brooklyner Bunker zerrten und zur Meerenge von Vancouver flogen; zusammen mit Kate Wilson, die dieses paradiesische Zwischenspiel noch verlängerte, rettete sie den Schluß des Buches und machten dessen zentrales Liebespaar glücklich.

Dank auch an Mary Cunnane, die mich zu Norton brachte, noch ehe ich einen Bären im Schlepptau hatte, und deren Interesse nicht abließ, als dieser vierzehn Jahre lang nur still vor sich hin brütete.

Zum Schluß ein kurzes Andenken an zwei Musiker:

Den begabten jungen Altsaxophonisten Alain Tabar-Nouval, mit dem ich 1966 in Paris spielte und der 1969 bei einem schrecklichen Zugunglück auf dem Weg zu einem Festival in Oslo starb. Seine Tongebung und sein, leider Gottes, noch nicht zur Reife gelangter Stil wurden – wie ich im Fortgang des Schreibens begriff – post mortem zu einer Grundlage des Bären.

An Jim Schjeldahl, der 1995 von der Polizei zu Tode geprügelt wurde, aus einem Anlaß, der unschuldiger war als der, dem Bobby Hatwell fast zum Opfer gefallen wäre – der, genaugenommen, völlig unschuldig war. Ruhe in Frieden, wenn es dir möglich ist, und stelle deine Feinde, wie auch deine Freunde, Gott anheim.